新编
杨慈燈文集

夏正社 主编
陈实 副主编

⑤

辽宁人民出版社

新编杨慈灯文集

1944

杀人犯

寂寞和寒冷的胡同里被四面八方聚来的男女塞满了。人们的嘴脸都显着惊奇，女人的下巴拉得长长的，她们的面孔罩着一层忧郁和恐怖的网。

两个青年警察，一个穿着白色外套的医生，一个医士的助手，是个年轻，胖胖的小伙，他们推开人的墙壁，从人的波浪里挤开一条出路钻进去，在他们身后，新的群众用难挡的气力随着往里挤。

在胡同口，洋车和自行车因为失去了前进的路线正焦躁的等着，徘徊着，谁也没有方法把这些拥挤的群众赶散让胡同恢复清静。

"出了什么乱子呢？"

"杀死人了！"

"真的么？"

"用菜刀砍死的！"

人的溪流越聚越多，变成浩浩荡荡的海洋了。

那被砍死的人是卧在一家黑漆的小门楼前面的墙角，他是一手压在腹下，另一只手抓着泥土伏卧在那里的，脑后是模糊的血块，半面的脸孔被鲜血涂满了，鼻孔压着的地面是变黑的血的痕迹，撕破的长衫的后襟，也有许多血的污点，这人没有穿鞋，两脚的袜底沾满了泥土，他一定是企图逃跑不及穿鞋，手背的伤痕似乎在表明他是用全力抵抗过的，因为抵抗不住那凶猛的攻击，便负着重伤出街门，伤势过重，流血太多，倒门口昏倒了，现在已经断了最后一口气。

三十分钟以前，在这漆黑的门楼里发生过很大的骚动和喧吵，同院里另外三家人都清清楚楚的听到了，他们知道那位在车站搬运货物拉车的老赵今天是做了半个工，他好像是在事前有了正经和考察又有了周密的准备，当他发现房门是紧紧的关着的时候便搬起用窗外一块大石头把门打破了，他用脚踢开房门，用有力的肩膀把门抗开挤进了去。接着就有了凶狠的咒骂和拳打脚踢的声音，还不时有小声哀求和女人求饶的哭泣声。

"混蛋！你好大的狗胆子，我要你的狗命！"

"您您您您别上火，有话好说，我们可以商量……"

"您饶了我吧，您无论怎样办都行……"

"放屁！"

他们又听见男人粗野的咒骂和厮打，夹着女人的叫声，很快的就有高声呐喊的声音传出来：

"救命啊！救命啊！"

"杀死人啦！救命啊！"

邻居虽然已经出现在门口，但是确也没有勇气进去阻止那可怕的打架，老赵的手里是紧紧的握着菜刀，咬着牙齿，瞪着充血的眼睛。他用一只手生生的抓住情敌的胸襟不放，举起的菜刀在半空乱舞，流出血红的光线。他的妻子，那个惊魂动魄的女人已经吓碎了胆子，她尽管用着平生的气力企图拉开丈夫，但是毫不济事。那发疯的丈夫用野兽一样猛烈的脚力把她踢开，把那飞起的菜刀在敌人的脑门上留下一道裂开的记印，当敌人从死的境地脱出，滚爬到门外的时候，他还不留一点儿活命的余地，紧随着追出去又在那脑后劈开三五条血的溪流。

这一切的经过是很简单而且迅速的，邻居们都被这凄惨的场面吓昏了，一直到老赵回屋收拾了他的妻子，把菜刀嘟一声扔在院子里，用粗犷的嗓子对着天空说：

"邻居！劳驾报告一声吧，我杀死了两个人。"

这样，大家才清醒是怎么一回事了。

在警察没有来到以前，老赵并没有逃走，他两手垂直的坐在门口低着头，那过于劳力和紧张的脸，是青紫色的，痴滞的眼珠笔直的瞅着那扔在身旁的菜刀，刀上是血，泥土，一直到四个警察出现在他的面前，把他绑结实了为止，他并没有一丝一毫挣扎或打算潜逃的意思。

老赵被绑走以后，看光景的人又增加了十倍，后来的两位警察以及医师动手用了许多的时间和研究把屋里和屋外的两具尸身的被害情形详细的写去以后，看光景人的数目越发的增加，胡同里挤得风雨不透。暮色苍茫的黄昏来临以后，胡同里还是拥挤着好奇的看客，他们似乎用这珍奇的事件代替配给的食粮了。

"那个家伙是特地回来捉双的。"

他怎不逃跑呢？老老实实叫他砍死么？

"抓住了往哪儿跑……"

随处是这类无头无绪，片断的议论和批评。

（《警声》1944 年第 2 期，署名：慈灯）

夜间三角戏

张警士从嘴角轻轻的喷出一口浓烟，接着就把半截烟卷放在烟盒里，喝了一口茶，对我们笑一笑，开始讲他的故事：

"有一年秋天，在一个漆黑的夜里，我在西四牌楼北大街受壁胡同西口巡逻，忽然听见距我不远的地方有个少女用惊骇的声音说：

'起来！你这是干嘛？你疯了怎么的？叫人家看见多不好……'

我悄悄的走过去，立在一个大门楼跟前，从这里，我可以看见那女孩子模糊的轮廓，她穿的是一件白色的衣衫，鞋也是白的，虽然在夜里也显得很清楚。在她面前，有个穿白衬衣的小伙子，跪着两条腿，用两只手扯住那姑娘的胳臂，吞吞吐吐的说了一些什么我也没有听清楚只有一句话我听真切了：

'你快点儿说，到底答不答应我？'

那个姑娘，显然是对于'你答不答应我'这个严重的问题一时是很难裁决和批准的，她害怕别人看见，总是用力的拉那个疯癫的小伙子：

'快点儿起来你！叫人家看见……'

'不，你要不答应我，我死也不起来，谁看见也不要紧……'

那小伙了算抱定了主意。

女孩子没有办法，只好用温柔的口气劝他：

'你起来，我告诉你！'

那小伙子站起来以后，用两只手抱住了女孩子的肩膀，一面摇，一面好像哭泣似的哀告着说：

'好妹妹，你快说啊，我真急死了！'

说句实在话，立在门楼底下偷听的我，这时候也很焦急，我不是着急别的，我看那小伙子是那样的疯癫，说不定会掏出小刀子来坚决的拼命，如果在没有动刀以前，我要不过去把他拉开，一定会出乱子，后来看那情形，动刀还不至于，于是我就放心大胆的瞧着这幕逼真的电影。

那个姑娘默默的沉思一下，悄声的说：

'你也不替我想想，我要一夜不回家，姨妈能答应我么？再说要叫你的好朋友知道，多不好意思啊？'

'没有关系，没有关系……'

那小伙子真急了，两只脚不住的在地下乱跳：

'你就说在同学家里玩儿晚啦，便住在同学家里……'

'那不成，不成！'

这时候突然从胡同的东面有了急快的奔跑的声音，女孩子着了慌：拉着她男朋友的手说：

'大概是他来追我们？'

'不会，不会，决不会！'

奔跑的脚步声已经近了，我往黑暗里仔细一看，也是个小伙子，这小伙子穿着裤衩，拿着一把扇子，他一眼便看清了女孩子的面孔：

'啊，你在这里呀！这位是谁？'

他往前靠了一靠，好像发现了一条蛇似的，吃惊的喊起来：

'噢，是你呀！仲树，你们在这里鬼鬼祟祟的做什么？'

'没有什么……'那个叫仲树的很为难的回答他。

后来的这小伙子很机敏，他似乎早就把这桩案子侦察明白了，这回抓住了证据，气的全身都膨胀起来，用扇子敲着大腿，喘呼呼的问那个仲树：

'好，仲树，你干的好事，你对得起人么？你为什么要割我的靴腰子？'

女孩子讲了一些什么话我一点儿也没有听清楚，因为她说话的声音在嗓门里，她像含一块石头，咕噜咕噜的一点儿听不见。其次是仲树自圆其说的为他自己辩护，他说的很快，每一句话都很响的说出来。他说的话大意是走到这里碰见了她，决不是和她有什么约会，不应该误解，更要紧的是不要伤了同学的感情。但是后来的那小伙子全不理会这些拙笨的谎话，他一口咬定了割靴腰子的事实是胜于雄辩的，这时候从东面过来一辆洋车，车夫不停的喊着：

　　'劳驾，劳驾，碰着！'"

　　他们三个人不约而同的闪在一边，中止了热烈的辩论，女孩子打算走开，似乎怕发生什么灾祸，后来的小伙子拽住她，并且对她警告：

　　'你为什么要走？做了坏事怕人么？'

　　'我谁也不怕！'女孩子这样勇敢的声明。

　　'那么……'后来的小伙子斩金截铁的审问她：

　　'我们俩，你爱谁？爽快点儿说出来就好办！'

　　'我谁也不爱！'

　　'这不能！'后来的小伙子愤愤的说：'要不然这么办，我们俩打吧，谁打胜了谁就有资格！'

　　'我不干！'

　　'你不干我揍你！'

　　'你敢？'

　　马上就有一下巴掌的响声，接着又有一声沉闷的，大概是拳头的声音，两个人都动起来，好像狗打架似的滚在地下，你一拳，我一巴掌，干得非常的凶猛，那个姑娘过去拖也拖不开，急得像热锅里的蚂蚁，不住的旋转：

　　'一对疯子，你们这是干嘛，多丢脸！'

　　后来的小伙子是比较强壮的，有气力的，他把情敌压在下面，就好像人活活抓住一只狗熊，得意洋洋的发表：

　　'仲树，你承认败了么？'

　　仲树什么也不说，悄悄的爬起来，一面咒骂一面往东走去了。

　　我恐怕这事件以后要扩大，便过来拦住了他，把他们三个人的居住登记要出来，记下姓名住址，第二天我把这三个学生的家长请到派出所，忠告他们顶好是留心的管教管教放荡不羁的孩子们，无论如何不要因为争风吃醋闹出什么乱子来。

　　后来据我调查女方的家长，得到了这样的情报：女孩子已经送回天津她自己的家里上学，原来她是寄住在姨母家上学，这么一来，做姨父的可以去一块心病了。"

聪明的父母，决不把到年轻的女孩子放出去，一放出去就容易叫人家弄坏了，在跟前看管着总比较好一点儿，诸位的意见可不知怎？

（《警声》1944年第3期，署名：慈灯）

荒唐鬼日记

四月二十五日

三百元薪水领到了手，还没有等到下班的钟点就溜走了。先到玉壶春吃了一盘炒面，一碗汤面，又到西单商场绕了一圈，走到去过一次的那家球社门口，那里的球声把我的两腿拖住了，进去看了一个钟头，那位密斯问我在哪里恭喜，我说在馆子里当茶役，她咧着小嘴笑起来，我趁机摸摸她的小脸蛋儿，有几个球迷看见了，做着怪脸。

在那一家职员全是女性的商店里泡了一回钢筋蘑菇，什么也没有买，可是发出不少问题：

"这个多少钱？那个呢？那个……"

在十字路口望着来往的男女苦闷的思索了半天，心里一动：到韩家谭走走！

我光临的太早了，丽丽姑娘还躺在被窝里闭着眼睛做梦，我轻轻的掀开门帘，像小偷似的钻进屋里勇猛的亲一下嘴，她惊醒了，赶紧爬起来，眯缝着眼睛，举起小巴掌打我，可是当我鼓着嘴巴让她打的时候，她又把小手放下笑起来，于是我又如疯如颠的亲了一阵，唷了一阵……

离开这间"大家的洞房"到街上一看，太阳的光线亮得很，还有的是时间，决心去看电影。在电影院门口，和一个卖烟的老太太碰了一个满怀，她两手端着一盘二十来盒烟卷全滚在地下，错误全在我，因为我走得太快，又不断的回头醉心欣赏着立在街边那位花枝招展的少妇。老太太生气的申斥我：

"你这个人，走路闭着眼，不往前看往后看！"

我只好谦虚的弯下身体，帮着她把烟卷收拾起来，一面对她赔罪：

"劳驾，太对不起，请您原谅，就这一回，下回决不敢了……"

电影院里，因为是新换片，观众拥挤得像初开封的洋火匣一样，几乎没有立锥之地。在我前面是个胖子，又肥又大，他的身躯讨厌极了，我用肩膀和肘节努力奋斗，好容易把他推在一边，前进了两步，这回可好极了，在我跟前正好立着一个女性，柔软的屁股紧贴着我的大腿，呼吸着脂粉的芳香有一种几万字描写不尽的美妙味道，可惜，我这份福气很快的被一个伙计压去了，原来他也是在我背后早就开始了攻击的，等我发觉现在的地位有了动摇和危险的时候已经迟了！

总是千篇一律的性爱的纷争，害人不浅和平庸的技术造成的低级的影片，还没有看完，觉得十分的厌倦，扫兴的挤出来，要不是因为脂粉的气味儿，早就跑了！

我在街灯辉煌的照耀之下无精打采的慢步了好久，肚子里像打雷似的咕咕嘟的响起来，听见一家店铺传出来无线电放送的优雅动人的音乐的声音，忽然想起雅叙园，我有两个多月没去了，今天有钱，应该去一回。

"三轮"我大声叫了一声。

"先生，您上那儿去？"拉车的大概是知道我今天领饷，显着异常的客气。

"南河沿多少钱？"

"拉去得啦！"

不到半点钟上，我到了钢琴叮咚，提琴呜呜，歌唱噢噢，男男女女都是眉笑眼开的大厅里。穿着洁白衣衫的茶房很有礼貌的招待我，给我拿来一大玻璃杯啤酒，一小包油炸的花生米，接着又去给我叫饭，最后领来一位女士做陪客，说说笑笑，把我满肚子经常对于生活感到的重压和愁苦全部丢掉了！

走出这间富丽堂皇的房屋，口袋里是空空如也了！

好容易拖着疲乏的身子走到了所谓"家"，做梦也想不到听见了好久不见的父亲的语声：

"他天天半夜回来么？"

"嗯……"妻子用哀怨的声调回答。

我在心里怨恨的想："爸爸，都是你不好，在我还没有脱掉孩子毛的时候就逼我娶媳妇，她连学校的大门都没有进过一天，这样的'家'我怎么能好好的呆下去，不到各处寻点儿刺激，难道说叫我闷死不成！"

好容易振作起勇气来把门推开……

（这几页日记是我在公园里拾来的，觉得很有趣，于是改了几个字登在这里，可惜后面的一页撕去了一块儿，这是无可奈何的，其实，下面的不要也没有什么……）

（《警声》1944年第5期，署名：慈灯）

女侦探

刘女士急急忙忙把黑眼镜戴好，对老妈子嘱咐着说：

"好好看孩子，我一回儿就回来。"

"哎！"老妈子答应一声，拉开房门，让女主人出去，望着女主人的背，咧着没有门牙的大嘴笑了一下。女侦探迈开大步，像飞一样跑到胡同口，仔细往大街上一望，那个可恶的罪犯正顺着街边悠闲自得的迈着方步。他没有戴帽子，梳得很整齐的分发在西沉的太阳光里显着很明亮，一只手插进衣袋里，文明棍是挂在这只手腕上，嘴角叼着烟卷，看那走路的姿态，显然是有满肚子装不尽的快乐。

女侦探在他身后，大约有一百米的距离，不慌不忙的走着，她的嘴闭得很紧，皱着眉，从握紧的两手上表现出确实的把握和极大的决心。

在前面走着的那个家伙，一点儿也不知道身后偷偷的尾随着一个危险的人物。

女侦探走到十字路口，看见那小子拐了弯，于是她赶紧奔跑着追到十字路口，很怕那小子逃得无影无踪，如果在今天要不尽力的发挥归纳的搜查法和演绎的搜查法，要不拿出疾风闪电的策略和勇猛果敢的手段，抓住人证物证，真凭实据，那么，以往长期苦心的调查，侦探的前功要尽弃了。今天，正是破案的最宝贵的机会，失掉了这千载难逢的机会后不知需要多少心血了。

她把眼镜正一正，用手指当梳子，理了一下头发，目不转睛的看着那小子慢慢的走到电车站，在人丛的后面立定了，把烟卷拿下来，往半空畅快的喷吐了一口灰烟，端详着身前一个年轻女郎的腿肚。这时候，女侦探恨极了，她真想过去抓住他，当着大众的面给他两个大耳光，把他的脸颊打得青肿，把他的牙齿打出了血，可是她极力忍耐着满腔的愤恨和难以压抑的愤怒，小心的把身体掩蔽在杂货摊旁边的电线杆后面，怕那小子看见她，——当然，一看见她，这桩难以处理的案子就不好破了。

电车轰轰的吼着驰过来，下车的人不少，上车的人太多了，那小子没有勇气和别人一样往里挤，他立在街边用着观望的态度，他的意图一定是，电车里人少就上去，人多就改变方针，他的这种性格女侦探是非常熟悉的。事实上，女侦探并不希望他坐电车，果然没有违背女侦探的意望，他在电车开走以后，四面看了一下，和一个洋车夫讲着价钱。穿着破背心的洋车夫连连的点几下头，让那小子坐上去，女侦探赶紧在街边停着的几辆洋车之间选拔了一个年轻体壮的车夫，价也不讲便坐上去：

"你慢一点儿，跟着前面那辆车走，别叫他看见，听见没有啊？"

在车水马龙的大街上，女侦探的眼睛睁得异常的明亮，她没有心思观看来来往往的男女和五光十色的店铺，无论什么也激不起她的兴致。她留心的观察着前面那辆洋车和在车上摇摇摆摆的熟悉的背影，两眼好像倍数特别大的探照灯，前面那辆车和人决逃不出她捕住的光线里。

那小子在一家修锁店门口叫车夫停下了，女侦探赶快指示车夫：

"站住！"

她看见那个可恶的东西从车上小心翼翼地跳下去，拍拍屁股，跺跺脚，对车夫说了句什么话，扬着得意的头走进商店，大约有半点多钟的工夫才低着微笑的脸出来，轻轻的上了车。女侦探还以为他是察觉身后有侦探监视着他的行动，潜藏在钟表店里不出来了，或者是从店铺的后门逃走了。那小子很高兴的把背脊靠在软垫上，伸出文明棍往前面笔直的指了一下，车夫拔起腿来就跑。

刘女侦探放心的指挥着她的车夫：

"走吧，跟着那辆车。"

那个该死的男人在公园门口下了车，付了车钱，头也不回就像老鼠似的钻进门洞里去。女侦探在下车的时候有点儿慌张，差一点儿和一个骑自行车的小姐碰个对头，她往侧面一躲，没有看见又碰在一个洋车夫的汗臭的怀里，要在平常，她会发起脾气来，可是今天却不然，她不理会，一面给车夫钱，一面睁开了水汪汪的眼珠侦察那老鼠的行踪。

等她慌张的进了公园的门洞，那个罪大恶极的犯人已经逃得无影无踪了！

她在左边追寻了一下，看看没有，又改变方向往右面奔跑，还是没有。真奇怪，莫非说他能像虫子一样钻进地皮里不成？正在焦急，踌躇，彷徨的一瞬间，突然他在树林边沿出现又隐没了。女侦探迅速的追上去，咬紧了坚决的嘴唇。

犯人走到美丽的晚霞映照着的静静的池边，在一个呆坐着小姐的背后，悄悄的立住了脚，目不转睛的欣赏着那位穿着浅绿色旗袍的小姐的脖颈，悄悄的不动，好像被钉子钉住了的一块木头一样。

女侦探溜进一团高高的草丛的后面遮蔽起自己的身体，努力的侦查犯人的动作。

犯人轻轻的咳了声，那位小姐似乎受了一惊，回头一看，马上裂着小嘴，露出一排洁白的牙笑起来，接着又皱紧清秀的眉毛，怒气冲冲的问：

"你怎么这时候才来呀？"

看那小子一言不发，把文明棍挂在木椅的背上，快乐的坐在小姐的身边，从衣袋里掏出一个小小的，不知是什么东西，递给那位小姐：

"给你的，已经是忍到这啦！"

茂密的草丛的后面，有一只眼球瞪得分外的明亮，好像炬火。女侦探她判定那个小姐是上家，正是千方百计要抓的同谋共犯之一，男人已经把东西交到女犯人的手里，要是再过一会就要把赃具拿走了。这时要不要抓住她，还待何时？

那位小姐说不出有多么高兴的把一支玲珑奇巧的小手镯放在手心里，看了又看，男的更是描写不尽的幸福和满足的嘴脸，他俩一点儿也不知道身后有个危险的人物悄悄的，一点儿声音也没有的，渐渐的走过来。突然，女侦探出现在男女人面前！

男的惊慌失措的跳起来，想抢棍子，可是女侦探的攻势太猛了，他正伸开两臂，肩头上挨了一掌，一转身，背上又挨了一拳，女侦探从咬紧的齿缝之间吐出字句来警告他：

"混蛋你要动手，我要不打死你我是你养的！"

男犯人知道这位女侦探是不容易对付，仓皇的拼命逃走了。

女侦探不理他，抓紧了女人的头发，从她手里夺下握紧的手镯，摇动着烫卷的头发，凶凶的咒骂：

"养汉精，婊子，你敢缠住我的男人？"

女侦探的棍子在抢夺赃具的时候滚在水边，她想拾起来又怕犯人逃走，于是她举起小巴掌和敌人拼命的战斗。敌人正在温柔甜蜜和梦一样欢乐的情景里，突然受到这晴天霹雳一样的奇袭，已经弄昏了头，除了消极的抵抗、挣扎和躲避也已没有别的办法。

看光景的人从四面聚来了，有个中学生坐在附近的草地上，从一开头便看见了这场戏剧，他一面走过来，一面对着众人发表：

"嘿！争风吃醋，干起来啦！"

女侦探和犯人的头发和身躯在晚霞的光里乱跳乱动，观众都是惊奇，满意，幸灾乐祸的嘴脸。

镜头慢慢缩小……

（《警声》1944 年第 6 期，署名：杨慈灯）

真正的情书

阿早：

你还记得不，我们初次见面的时候，正是小米一斤卖两块八的春天，大米卖多少钱一斤可不知道。那时候，我一天只有吃一顿窝头的资格，住在没有窗子的小房里，窗外是直通房东太太的楼梯，把小屋的光明全遮住了，那个肥胖的娘们上下楼梯的进出，轰轰的声响像雷声一样。

那天晚上我下班归来，看见你父亲的屋里多了几个人，你母亲，你，你妹妹，都坐在外屋吃东西，南房那个没有门牙的老婆子立在门口，嘟嘟念念的说：

"棒子面两块多钱一斤，这日子怎么过呀！"

我忽然想起来，你父亲在不久以前曾经对我谈过，你们不能一起在上海经营码头搬运旅客物品事业的舅父家里再住下去了，一定想法子弄几个川资让你们到北京来生活。

你父亲，在西单商场那一带卖烟卷，赚钱有限，他一个人都吃不饱肚子，你们几口人一过来，让他怎样维持下去呢！

可是你的端庄的态度，美丽和谐的塑像，世界上一切的美都综合集中在你一身的奇迹，使我把现实生活的忧闷忘记得干干净净。我有点儿不相信卖烟卷的老郑会有这样艺术典型的女儿，我并且深深的悔恨为什么在一个月以前当他和我借二十块钱的时候竟拒绝了，我应该典当衣物帮助他买下那两条"兴亚"牌烟卷才是。

你父亲毕竟是一个良心清醒的人物，并不怨恨我，一回来就在窗外的楼梯旁喊我：

"杨先生，你大嫂她们来啦。"

我像飞一样从窗户跳出去，差一点儿和正从外面进来的房东太太碰一个头，我走到你们的屋里，高兴的问你母亲安好，你害羞的立起来，整理一下衣襟，推开小妹妹，小声的对她说了句什么，她把椅子搬过来让我坐。

我极力的忍耐着不看你，可是你的美像电石一样，非常有力的吸住了我的灵魂，我的心乱得像一捆麻。嗓子里又干燥又紧，难受得要命，你父亲和我说话，我一点儿也没有听见，只是像傻子似的哼哼唉唉的答应。

半个月过去了。

你有时到我的屋里坐一坐，翻翻小桌上的书籍和未完成的糟心稿，钦佩的叹息着。你完全弄错了，以为我出了几册不三不四的书便属于文学家之类了，其实并不是。在这世界上有许许多多滥竽充数的蠢材，我便是这一种低级的货色。可是我想对你解释文学的真理，你不会北方话，我只好把话吞进肚子里了。

我们的聚会，多半是你看看我，我瞧瞧你，相对默然，或者是喘几口粗气，笑一笑完事。

在一个暮色苍茫的黄昏，房东太太在你们家里大声的喧嚷，为的是两个月没有给她房金的问题。

你父亲，说了无边无际的好话，不能感动那一百多斤自私自利的肥肉，你母亲长吁短叹，更激起了胖娘们厌恶的感情。

她离去的时候说的那些刻薄无情的语言，到现在似乎还在我的耳边翻滚。

你们成天到晚是在饥饿、愁苦、焦躁、恐慌、不安的窒闷的空气里艰难的挣扎着讨生活，像几条鱼被无情的网拉到陆地，又如狂风暴雨中的小鸟受到摧残和袭击一般。

你的聪明和天才实在惊人，很快的学会了许许多多北京话，从这以后我便时常对你津津有味的吹大牛：夸奖我自己的文学修养是如何的深远，在中华日报的广告栏看见了中华日报的目录里有批评的文章，越发的大吹特擂，上海有位名作家给我写了一封平平常常的信，也大肆宣传——这都是为什么呢？

我想，你是会明白的，我希望你能在我阴暗狭窄缺少光明的小屋里举起热爱的火把，用那纯洁伟大的火炬照耀我死灭的雄心，使它跳起活泼的生命力!

可怜,我的梦幻受了小米价格不断飞涨的影响,哪有一丝一毫实现的希望啊!

没有门牙的老婆子时常在你家出出进进的事实使我心惊胆颤。

我知道这个老不死的混蛋,她是拉皮条专家,从买客和卖客之间榨取油水,狡猾的利用别人的聪明才智灵魂去自己享用。

这种万恶的寄生虫,她们的存在等于人类就是拖脓带血的毒疮,当然她是我一生中不共戴天的大仇敌,是不能原谅她的!

我不能在班上安心的服务了,一想起没有门牙的老妖怪板着干得像糯子皮的脸孔,扭动着麻秆似的细腿,得意洋洋的去喊你,把你领到一个陌生男子面前,也许是个满脸横肉的大汉,也许是个蛮横无理的家伙,再想到两双粗笨的大手把你抱住,按在怀里,压在身体上面……啊啊,一想到这种情景,我的头脑无形中重了几百倍,眼睛花了,天昏地暗,人和物在我面前旋转。

大概是在立夏的头四五天夜里,你伤心的哭泣的声音把我从昏睡中惊醒,我害怕的坐起来,把脑袋探出窗户,可是除了无边无际的黑暗什么也看不见,大地是统治在黑夜的魔手里,是阴天,连一颗昏暗的星光都看不见。我左思右想,无论如何也猜不出你哭泣的原因。第二天早晨,我看见你的眼睛红肿,脸色发青,我实在忍不住了。把你叫进小屋来:

"昨天晚上为什么事?"

你的简单的回答像一块大石头一样把我压得闷闷的喘不出气。

做梦也想不到你在四天以后便不见了。

从此以后,社会上又多出一个出卖灵魂肉体的妓女。

你父亲用不着在西单商场那一带叫卖烟卷了,你母亲不必为区区有限的几个房钱长吁短叹了,一家人的生计问题在你迎张送李的辛苦里暂时的解决了。

我总想到韩家潭去看望你,可惜我无论如何也提不起这股勇气来,最后的决心便是写这封信给你,——写这也没有什么事情,我觉得肚子里有一种难告人的烦恼,像这样记流水老账似的,平铺直叙的写出一个梗概来,可以多少舒缓一下无法压抑的忧愁。

你看完这封信，不要难过，要振作起勇气来好好生活，做了妓女仍然是和别人一样有高尚的人格和灵魂，我这样说的目的可决不是鼓励女同胞都去做妓女，我们不能老老实实等着饿坏肚子，所有的人全是如此，我们要活命，要好好的活下去……

阿早：我和从前一样用谎话和欺骗在人类里鬼混，想诚实，不能活命，只好戴着假面虚伪羞辱的过下去，希望你也如此。

没有别的话说了，愿你有福……

（《警声》1944 年第 7 期，署名：慈灯）

旅居的故事 （残篇）

秋天还没有来临的时候，我到河北省的南边，一个寂寞的城市里住过一些日子，为的是寻找一个能够飞黄腾达的差事。但是这个梦很快的便粉碎了！因为在那个城市里，并不像我闭着眼睛所想象的那么容易，一下子便像童话中所说的一般，在一眨眼的工夫就成为大富翁。如果我把良心往脚底下踹，利用各种机会，敲个竹杠，也许会剩个万八千的。可惜，我踏不住自己的良心，又没有机会，于是，悄悄的跑回来，白白的浪费了许多精力和时间，说起来真不合算！

我现在很难说起在这些浪费的日子里究竟得到了一些什么东西，也许我多认识了一些人，多学习了些事。然而那些人，大多数是愚蠢到了极点的，连最低限度的常识都不充分，那些事呢，更糟糕得很，只有一点儿没有开化的野蛮民族才能干得出来，此刻想起来还禁不住皱眉和缩鼻子，甚至于作呕！

当然啦，我明白那些愚蠢的人所以愚蠢的原因，我也懂得那些愚蠢的事所以愚蠢的必然性。我不想咒骂那些人和唾弃那些事，完全相反的，我是深深热爱那些人的，可是我不赞成那些愚蠢的事。还有，这是值得可喜可贺的事实，在那些愚蠢的人群里有不少聪明的人，有智慧的人和勇敢的人，——这些人是可爱的，我所以要写这篇东西，也可以说主要的是对于这些人的纪念。

最初当我住在小旅馆的时候，有个到现在还不知道姓名的茶房做了我的朋友，他的貌相是这样的：在一副圆形的面庞中间镶着高大的有点儿微尖的鼻梁，一双圆小像小鸟似的黑眼珠嵌在这两边，粗黑的短眼眉，厚嘴唇，牙齿不齐，下巴是平秃的，他的体格不太健康，细瘦的肩膀，稍屈的脊背，两只细腿，走起路来总像没有睡醒似的。

有天傍晚，他捧着碎嘴的茶壶进来，笑嘻嘻的告诉我：

"您看，那个小娘们又领着野男人回来了！"

"她是打野鸡的么？"

"不是，不是……"

"那么是干什么的？"我觉着很抱歉。

"她丈夫在县里当科长，她从前是唱大鼓的，嫁给科长当姨太太，她常到城里来往，背着丈夫会情人，丈夫知道了，和她离了婚……"

关于这位姨太太，茶房喋喋不休的对我讲了半个多点，他说那个女人，不满意丈夫那些"缺德的行为"和堕落荒唐的行径，她打算自己独立的创造点儿小事业，曾经在市场里创设了一家小饭铺，经营不久，倒闭了，失败的原因是伙计们不忠实，偷着把钱装进了自己的腰包。在那以后又开办了一个回力球场，很赚钱，可惜，她不热心着管，时常和那些"不三不四的男人"来往，不久这个买卖转让给了别人，她自己，储蓄了不少金钱，现在正在寻找着机会，预备干别的事业。

我在这天晚上，在门口看见对门的玻璃窗里，那个少妇坐在床边和一个坐在墙角的男子悄悄的谈着话。少妇是正对着窗户坐着的，从侧面射过来的电灯的光线映着她右脸，她的面孔很美，不像个妇人，好像是年纪轻轻的少女一样。她的一只手扶着木床的栏杆，一只手压着膝盖，眼睛沉思的看着地下。

那个男人，因为衣架上衣服的黑影遮住了头，所以看不清他的貌相，我觉着这是一个年轻的男子，似乎是当教员那样的人物。

大概过了半夜以后，他们的谈话还在继续。

在落着细雨的夜晚，少妇的房间被"官家"包围了，不知道因为什么，两个穿便服的"官差"在她的房间里大肆搜查，翻箱倒柜，无论什么地方都翻遍了。后来在床底下箱子里，夹杂在烂纸中间，有一只手枪和不少的子弹被搜出来了，便衣官差之一严声厉气的问她：

"他上什么地方去你不知道？"

少妇用沉着的声调回答：

"不知道！"

这个少妇被带走以后，大家纷纷的议论着，有人说她是"通匪"，那个时常来会他的男子便是"强盗"，至于他强抢了些什么东西却没有人知道。有人说那个男人是专门贩卖枪械弹药的奸商，少妇不知道他是这种人，现在是梦想不到的受了牵累。又有人说，少妇便是一个"行迹可疑"的人物！她所做的事不是平凡的女性可以做得出来的，但是不论人们怎样的批评她，她从被带走以后，永远没有回来，人们很快的就把她忘记了，旅馆掌柜为了这个事件忧愁了许多天，恐怕牵累了他，板着不高兴的嘴脸，时常对伙计发脾气，吹毛求疵，为一点小事也大发雷霆，对我讲故事的茶房这样的对我解释。

"他借给那个女人五百块钱，还没有给他呢，呸！这个家伙，根本没有安好心！"

我和旅馆掌柜是这样认识的：他在一天晚间路过我的门前，不知是有意无意的把圆锥形的头颅从微开的门缝里向里窥探，看见我伏在灯下写字，好像吃了一惊，皱着粗短的眉毛问道：

"喂，杨先生，您怎么老不出门呢？"

我推开纸张假装对他微笑。

"屋里请坐吧。"

"不会打扰您么？"

"不会，不会……"

老实不客气说，这个人，我一点儿也不喜欢。他那双总是眯眯着，而看起人来却睁得滚圆的眼睛，总像是在聚精会神的观察着别人是不是在暗地对他有不利的企图。在他看来，似乎所有人都怀疑他，轻视他一样，甚至于连一个儿童，在他看来，也有不妥当的气味儿。当他迈进腿来的时候，使用一种公园里的看守人留心的视察笼里的野兽会不会咬断铁锁跑出来那样不放心的眼光上上下下的打量我一遍。他的鼻尖稍扁，下巴有点偏左，满嘴的牙齿，破败不齐，瘦弱的身材，青筋毕露的手背，处处都叫人讨厌。

我想试探一下他和少妇的爱情，可是想不出来适当的问法来，他一面坐下，一面用惊奇的眼角偷看我写的东西。

"杨先生，您在报上登的文章好极了！"

"不好，不好……"

"嘿，我天天看，一天不漏，从前我本来不看报。"

他的嘴张得很大，满脸的皱纹像风雨中的波浪一样。

我提起所有的勇气问了他一句：

"那位姨太太有信没有？"

"没听说。"

"她在这里住了多少日子？"

"唉呀，住的日子可不浅……"

"不知道因为什么被官家抓去了么？"

"我看，她完全是受了人家的愚弄，好交朋友，也不看看人。这个年头，交朋友不注意怎么行啊？她究竟是个女人，眼界窄，好坏人分不清，吃亏上当以后还不醒悟！"

"她从前上过什么当？"

"听说她和科长分居的原因便是上了人家挑唆的当！实在是，现在这年头，人太复杂了，哪一路人都有，在表面上看，都是平平常常的人，骨子里却各有各的派别，不加小心可真不行啊……"

我们这是初次谈话，第二次谈话比较亲密多了，他把肚子里的苦闷向我倾吐：旅馆的生意不好，住客有半数以上不付房金都是"有权有势"的人物，有的甚至于反向他借钱花，还板着尊严的面孔和神圣不可侵犯的神气，火急之中，有和权威的住客有交情的，也用沉默的傲慢的态度和不服从的心理对付他，他没有对策这些不断的在变动着的人和事，所以肚子里装满了忧愁。

我看他还有对于生活厌弃的感情，一切的利害都不怎样关心，时常听见他反反复复的嘟念着这种话：

"混一天算一天，有什么大不了的……"

在一个放假的日子，由于这位掌柜的介绍，我和一个没有牙的老头认识了，这个老家伙有七十来岁的年纪，满头的灰发，一脸的雀斑。他在旅馆柜房的里屋，躺在堆满了乱七八糟物件的床上，十分热心的烧烤着大烟，枯黄憔悴的面容，陈涩疲视的眼光，活像坟地里爬出来的死尸。

和我交情不错的茶房曾经对我讲过这个老人的事，他在年轻的时候，当过小偷，专门偷盗旅行中商人们的财物，也在夜里和同伴们强抢富人们的金钱和贵重东西，后来加入匪帮，在到处做些坏事，到了四十岁，成了匪贼的头目，但是他在做头目以后就把以往的作风全然改变了，专门帮助别人，特别是穷人，受他恩惠的很不少，很有点"侠客"的风采儿。距今十年前，他在阴历年的头一天夜晚，忽然对同伴们发了一个宣誓，意思是：他要洗手不干了，希望大家也都抱着忏悔的决心回家做好人，于是他毅然的离开匪贼的团体，回到故乡，作了一个行脚商人，贩卖布匹和妇女用的化妆品之类的东西，很赚钱。不久以后，和一个年纪比他小两岁的寡妇同居，搬进城里来，开一个杂货铺。现在，他的店铺由伙计看着，他成天到晚什么也不干，唯一的嗜好是抽大烟，别的事，全不放在心上，也不看在眼里。

　　掌柜的给我介绍之后，又加上了一套赞美的歌话：

　　"这位老弟，人可实在不错，有学问，是个朋友！"老头子很高兴的坐起来，搓一搓两手，拉开皱纹布满的脸皮，咳嗽一声，笑着问我：

　　"老弟，府上是什么地方？"

　　接着又问一些使人厌烦的废话。

　　他对于目前流行的"商业病"是很发生兴趣的，津津有味的讲着各种物品的价格，囤积什么样的货物才能赚钱。

　　"两个月以前，金子的价码多贱，现在的行市多贵！要存点金子，现在就发财啦！"

　　我盼望听到一些他过去"匪贼生涯"的故事，可是他关于这门历史的一个字也不提，他讲了一通发财哲学后又倒下骨瘦如柴的身躯，孜孜不倦的抽他的大烟，黑暗狭窄的小屋里，罩满了刺激的烟雾。

　　另外一天落着蒙蒙细雨的黄昏时分，我和旅馆掌柜到一家花烟馆去串门。这家花烟馆是在一条狭窄的胡同里，紧靠一家门口摆着鲜果摊的磨坊。

　　我做梦也想不到，在烟馆里碰见了一个和少妇年纪相仿佛的女子，她的眉头紧皱，好像有很大的愁苦没有法解决一样。

　　少妇的模样一点也没有改变，头发很整齐地梳向后边，青灰色旗袍的袖子是长的，亮领，戴一只有二钱多重的戒指，穿一双高跟的红色皮鞋，她坐在床边，叠着腿，把烟卷头捏碎了扔进痰盂桶里，露齿一笑：

"您到这来干嘛？"

掌柜的似乎有点惧怕她的模样，为难的张着嘴，搔搔头皮：

"来玩呗！"

接着用眼角看看我：

"见过。"少妇点点头。

我只好点点头。

少妇的女友不满意的指着掌柜的下巴，扬一扬脸额，翻动着薄薄的嘴唇对掌柜的不客气的质问：

"你不说昨天晚上一定来么？为什么说话不顶数？男子汉大丈夫的嘴，还赶不上密姐，我看见撒谎的人就有气！"

少妇欠一欠屁股，指着床边对我说：

"杨先生，请坐呀！"

（原文缺失）

（《警声》1944 年第 11、12 期，署名：杨慈灯）

新编杨慈灯文集

1945

入　伍

第一部

一

在一间像三等船舱式的大屋子里，我静静的、胆怯的坐在木板的床边等着、看着、想着。

这屋子里有四丈多长，两丈来宽，墙壁是石灰抹的，已经变成土黄色了，有许多脱皮的部分。露出炭黑色的砖头来，黑漆漆的屋顶有几处漏雨的痕迹，好像画着地图。所有的窗户——我数了一下，一共是十四扇，都紧紧的关闭着，窗缝没有糊纸，有些透孔的地方有风吹进来。我觉得奇怪的地方是叠得整整齐齐、有棱有角的行李的方块，在那后面墙上挂着的书包，后来我才知道那叫干粮袋，全是一式榍板上的物品都遵守着一定的顺序陈列着，连床底下的破鞋也排得有条不紊。

正对着我的光亮的玻璃窗外，在积雪的平坦的广场上，有几个粗壮的老总在那里不休不息的出教练，一个挺着胸脯的头目立在队伍的正前方，他的嘴一张，几个老总一起把枪托在肩上，他的嘴又一动，那几个老总同时的抬起大腿，甩开胳膊，一步一步的前进了，好像有一条线扯着他们的手腿一样。有个捆着围巾的伙夫提着铁桶摇晃着几乎歪倒的身躯从东向西走过去，空中飞过两只懒洋洋的黑色的老鸦。

在我身后关紧的木门，砰一声踢开了，袭进一阵冷风，接着闯进来一张扁平的脸，山峰似的鼻子，眼睛出奇的圆小，脖子倒很粗壮的伙夫，他用后脚不耐烦的关上了门，手里紧握着的一把破布往床边一扔，不知对谁，气愤的咒骂了一句：

"日他祖奶奶！"

这个粗野的人，脾气太大了，在我心里想，并且感觉有点儿怕他。

他转过扁平的脸，从肩头瞥了我一下：

"排长叫你！"

我不明白他这话是对谁说的，也不懂得排长这名称的意义，他把牛一样强健的身躯向后转了一百八十度，对我笔直的伸着脖子，眼睛里装满了愤怒的光焰：

"没听见么？"

这时我才知道他的话原来是对我说的，我想不起怎样回答他才合适，只好立起来看他发狠的嘴和冻得特别紫红的鼻头。

"你知不知道排长的屋子？"

"不知道……"

"来，我领你去！"

排长的屋子坐落在这间兵舍的东端，紧靠着有热气冒出来的厨房，门前有一棵清瘦的槐树，我的向导在没有进屋以前用大声喊了一声：

"报告！"

门一开我看见一位头发剃得光秃，两只耳朵厚实，圆眼珠，大嘴的人物，他的一只宽脚踏着方凳的边沿，热心的打着裹腿。

"等一会儿。"

他的嗓门很响，好像唱黑头的戏子。

领我进来的老总把桌边的茶杯小心的向里移了移，细心的指教我："往里一点儿。"

排长打好绑腿，直起宽阔的肩膀，喘一口长气，把一条像蛇一样的武装带从头套在肩上，拍拍圆实的屁股，命令道：

"叫张班长来！"

我在这间阴暗狭窄的屋里闷闷的等了有一刻钟，排长好像把我忘记了似的，理也不理，聚精会神的翻弄着一本叫步兵操典的小册子。

张班长是一位体格魁梧的汉子，满脸的麻粒，三角眼、说话的时候，嗓子里像含着一块石头，声音沙哑，又好像敲破锣一样。

排长把我交给了这个人：

"新兵，你们班的。"

麻子把两只脚跟往一处一靠："是！"

他刚要把我领走，排长又把我叫住：

"等一等，你叫什么名字？"

他侧着耳朵听完了我的报告，写在一个从衣兜里掏出来揉皱的小本子里，重复了一句：

"杨广路！"

接着把肥厚的手掌一扬：

"好，去吧！"

我觉着寂寞而且伤心，把我交给这样一个形体丑陋性情看起来也十分蛮横的怪物，我的命运太糟了，真想大哭一场，可是胸头闷太紧没有眼泪。

兵舍里不像先前那样的冷静与凄凉了，出完教练回来的老总们像一群鸭子似的，说着、笑着，打闹起来十分可怕，简直就像凶猛的野兽。

一个小头颅、厚嘴唇的老总过来拍拍我的肩头，一半嘲笑一半安慰的说：

"嗳，老弟，干什么也不如当兵好啊！你在我们这一班，比哪一班都有意思。"

这个家伙，纯粹是个虚伪的博士，欺骗的圣手，当我领到军服的时候，他假装殷勤的过来帮助，用一副破旧不堪的裹腿换去了我的一副比较新的。我的军帽太大，不合适，扣在头上，好像儿童戴着成人的帽子，帽顶有一大片油污，帽子盖破了边，中间有一道很宽的裂缝，我想，这顶光荣的军帽，也许在肮脏的伙夫头上扣过一些日子，又在恶臭的马夫脑袋上经过好多的岁月，或者是死人的遗品也说不定，现在传到了我这一代，我将套着这顶美丽无比的王冠体验着丰富与丑恶的生活历史。

二

兵营的庭院里，有许多积雪的小山，温暖的阳光爱抚的照着它们也不肯融化。我们在干净的地方下小操，每天都是没有遍数的，差不多从早到晚，不间断的学习这门枯燥乏味的功课。

和我在一起受新兵教育的一共是六个人，特别蠢笨的一位名叫张兴。他的年纪比我大两岁，细长的面孔，皮肤黑黄，粗厚的眉毛缺少光辉。一双眼睛好像是瞎了又重新用人工制造了一对嵌上去的，看东西的时候不灵活。稍稍有点儿弯肩，两条细腿像仙鹤的腿一样，但是用一只脚站着在他却是一桩最大的难题。

当麻子班长像驴似的喊道：

"四个字的慢步数！

"一！"

张兴的腿在开始颤动了，他两手拙笨的叉在腰际，手掌向下瘫软的弯曲着，抬起来一只脚，脚尖压他，像讨厌苍蝇一样，口令一喊完便迈着四方步气势汹汹的对着他的后背走去，先皱着难看的眉毛厌恨的打量一下他可笑的姿态，往地下吐了一口，接着便是一连串的咒骂：

"你这个王八羔的，这是什么姿态？要不打你个婊子儿你记不住，你不看看人家怎么做？"

麻子的大巴掌在空中迅速的画着黑色的影线，可怜的张兴跟跟跄跄的东跌西倒，像不倒翁一样。跌倒了又赶紧爬起来，眼睛是越发的灰暗与凝固了。麻子在收拾他的时候，别人也跟着倒霉，必须咬紧了牙关，不使自己的姿势因为力气渐渐用尽了而走样，如果身体的某一部分发生了一点儿的摇动，麻子看见了决不轻饶你，不管头脸，狠狠的捶你一顿再和你讲话。

"数……二！"

驴的嗓门又在叫了。

张兴抬起来的腿没有落稳，混身上下都摇动起来，急了一头的冷汗，麻子加倍的收拾他，一面恶毒的咒骂他倒运的灵魂：

"我把你这个王八羔的，奶奶个孙子！小舅子儿！"

我们在下小操的时间内，很难得到休息的赐予，麻子的性情太暴躁，我们这些小兵看见了他像看见了老虎一样，在他的身体里仿佛储藏着排泄不尽的愤怒的血液，他的骂和打不仅是代表他习惯的教育法，同时也是消遣和享乐的项目之一，他有时似乎忘记了我们是人，而是牛马之类的畜生了！

他的说明是很难听明白的，差不多每一句粗野的话里都包含着怒骂的词句，把动作的要领弄模糊了，谁也记不住他教授的课目的逻辑。

"王八草的，记住！数一的时候，左脚向前，眼睛别他娘的往地下看，地下没钱，婊子养的，我没见过你们这些笨猪，看着，把腰挺起来，收回小肚子，别弯着个鸡巴腰，像铁拐李似的，哎，王八草的，你们记住没有啊？"

咳！我算记不住。

我总觉着和我排在一起的老总，每一个人都像飞禽，张兴像个蠢笨的鸭子，他右翼的邻兵像一只肥胖的鹅，其次像一只羽毛落尽的母鸡，有的像尖嘴大头的老鸦，有的像轻小的鸽子，所有的人都使我想象到飞禽，也有的像走兽，有时情不自禁的笑起来，于是免不了挨巴掌，因为笑，我挨的巴掌是数不胜数的。

麻子班长除了对我们打骂之外，还有一种残酷无情的惩罚办法，他看我们的精神，由于过长时间的折磨，都忍耐不住的颓废起来了，便命令我们排成一列纵队，大声的喊道：

"跑步！走！"

我们在操场上绕了一圈又一圈，跑得头晕眼花，身体好像被扯得四分五裂似的疲惫不堪，还不叫停止。每一个人都累得上气不接下气，好像被拉到岸上的鱼一样，呼吸都快要闭塞了。谁要稍微停顿一下，一定挨一顿臭揍。因为跑不动，挨打最多的是排尾名叫秦世新的小个子，他的嘴因为时常的张开所以挨了不少的打。

我的床位正靠着破碎与透风的窗户，左邻是挨打著名的张兴，右邻是老兵油子之一的李富贵。他的外号叫李大蒜，是个鼻子扁平、宽下巴，喜欢说笑打闹，特别高兴讲一些男女的私事，激烈的嘲笑人格不能独立的妇女，唱些下流的小调，对待无论什么人都取一种怀疑和敌对的态度，是个古怪和讨厌的家伙。和这种人在一起我觉得很不安，好像睡在野兽的洞里。

在一个下过一场零碎的小雪刚刚停住、凉风还像小刀子似的刮着耳朵，冷得异常难受的黄昏时分，不吉的集合号声在连部门口响了。

五分钟以后，全连的弟兄，各式各样的面孔，瞪着好奇和深思的眼光在连部门口排好了队伍，不知是出了什么乱子，大家都有一种不幸的预感。稍息的时候、有的在低声耳语、有的在喘着长长的粗气，我从别人的眼光里尝到了恐慌和悲凉的滋味儿。

"张兴，什么事？"

他悄声的回答我：

"要办人啦！"

我不明白什么叫办人，再问他，他把手掌一摇，闭紧了灰白的嘴唇默默的不言语。

并非军人出身，完全是以团长小舅子的资格和私运大烟土最有本领而当上了军官的姜连副，像一只蠢笨的灰鹅似的，从连部里摇摇摆摆的走出来。

"立正！"

值星班长，一个黑得像秃鹰似的家伙大叫了一声。

大家取好不动姿势，笔直的躯壳像些烛台，痴呆的嘴脸和缺少智慧的目光，盲然的对着一个方向。

姜连副喊出一个人的名字：

"陈泽升！"

面黄肌瘦，有如好久没有得着饱食的黝黑的弟兄，踌躇不决的答应了一声，大家担心的看着他。我看这个人，好像有病没有痊愈的样子，他的精神十分颓废、无精打采的低着头，用乞怜的眼光巡视着周围的兄弟，仿佛是在寻求同情和援助。

"出来！"姜连副又坚决的喊了一声。

他蹒跚的走出队伍，要哭似的看着姜连副。

"那桶剩饭是你偷的么？"

他的两腿一软，在姜连副面前跪下了：

"连副，您饶了我吧！我下次再也不敢啦！"

"不行，非办你不可！"

从他有力的胸腔里，从那悲酸的心灵的深处又叫出这样悲壮哀怨的语言：

"连副，我实在没有法子，饶了我这次，下次再也不敢啦！"

不管他的声音是如何的悲惨，姜连副人并不为之稍动，他越发神气十足的端平了瘦窄无力的肩膀，摆出神圣不可侵犯的态度，认为自己很不平凡，瞪起烟瘾过足的目光在队伍里细心的扫视了一下，喊道：

"崔班长！"

"有！"

"派四个弟兄！"

"是！"

"连副，您可怜我，饶了我这次吧！"

"混蛋！不准叫唤！

姜连副把阴森的连部门口挂着的一头红一头黑的所谓军棍摘下一只来，咣当一声扔在地下。派出来的四个弟兄，都是不得已的很苦恼的样子。一个按头、一个按脚、两个互相扯着手，用脚踩着犯人的腰。这时候，陈泽升服从的卧在地下，崔班长举起军棍来，在犯人的屁股上一下一下的敲打，一面大声的数着数目。

"哎呀！哎呀！连副啊！打死我啦！饶了我吧！"

沉闷的棍棒的声音，悲酸的哀嚎的声音，柔软的皮肉的响声，很均衡的配合着。

姜连副大人严格的命令着："用力打！"

崔班长是把圆实的军棍的柄长长的留在后面，扁平的前端敲着地面，后端打着自己的胳膊，这样一来，挨打的人便会减轻一些痛苦。

一五一十的打了五十棍，打完了把犯人像拖死狗似的拖回兵舍，队伍也随着解散了。

我被这场惊人的光景吓得全身都麻木了，我是头一次看见这样的"办人"，做梦也想不到，兵营里预备着这样残酷无情的刑罚。我可怜那个挨打的人，也可怜所有的弟兄们悲哀的命运，尤其可怜自己走上了这条污秽与凶险的道路。

晚上躺在冰凉的床上，难受的想了好久，我用小声询问张兴：

"那个陈泽升，他为什么偷东西？"

"他有一个老婆，两个孩子，就住在这营后身，没有吃的肚子饿呀，他又没有钱，没有法子，就偷拿了厨房的剩饭。晚上，他从墙头把饭桶递出去，他老婆在外面接，司务长看见了，抓着证据，这样，他就倒了霉呗，咳！……"

我的眼睛一闭，仿佛看见那面黄肌瘦的陈泽升，冒着狂舞的雪花，忍受着寒风的袭击，偷偷的溜进黑洞洞的厨房，四面看看，闻闻，防备着，抓起饭桶，迅速的跑出来，在黑暗里，深一脚浅一脚的到了墙边，他的老婆在荒地里等了多时，快冻僵了，发现了铁桶，眼睛里射出饥饿燃烧的光芒，战战兢兢的伸出两只瘦手，用力的拥抱了铁桶，消失在黑暗的海里，风雪在大地怒嚎。她跑到油灯半明半灭，缺少温度的家里，瘦弱的孩子们张开了黑黢黢的口腔……

我幻想着这些灰暗的人间悲痛的生活的画面，又想到自己可怜的下场，实在觉着不好受！

三

我和张兴的友谊的锁链紧密的拉起来了，他在出操的时候，身体虽然没有我敏捷，但是他的脑力比我好得多，他的生活经验也比我丰富。他是农民的儿子，他的父亲，为人忠厚纯朴，精疲力尽的劳动了一生，仍然是在贫穷和饥饿的线上挣扎，他没有耐性在破产的农村过着半死不活的日子，用幻想来支配自己的行动，想到城里发一笔财，可是都市的乌烟瘴气很快的使他觉醒了，发财是桩难事，饿死倒很有可能。

高楼大厦和汽车美女虽然多得很，然而那是特殊阶级的玩物，大多数老少男女是贫穷的，饥饿的，没有尊严的像死灭般坟墓里爬去的。他到处做小工，赚钱不够吃饭，走投无路，到这里来，企图在操场上另开他的新世界。

"我在铁厂里做工，认识一个人，这人很直爽，他常说：'人挪活，树挪死，老弟，我们换条路走吧。'他走了以后，我常想他的话：'人挪活，树挪死'，对，真不错！一定挪一挪看。这回挪到这里，又认识你！"

他快乐的哼了几声，又唏嘘了一阵，最后提到了麻子，尽可能的咒骂了一通。

他和麻子感情是不能调和的，提起来便咬牙切齿的，好像提起不共戴天的大仇人一样，但是老兵滑子们对于麻子却是另一种看法，依他们说，麻子的学术两科在这一连是顶呱呱的好手，别看他的脾气坏，心眼儿可不错，至于打人，那是科学教育法，他自己也是挨打出息起来的，不挨打的人，决没有出息。

张兴对于我起始有点儿不满意，明白的说出来：

"看你的外表，有点儿自大的样子，和你处长了就两样了，你不可以皱眼眉，老像生气似的。"

其实我过不惯这种战争的日子，弟兄们蛮横无理的性子使我害怕，他们时常为了小小的事情激烈的口角或打架，为了一条三角形的擦布会打得头青脸肿，为了一滴擦枪油，一小块肮脏的擦刺刀的碎布片也会打到班长或排长那里去，当然，这种事件并不是时常发生的，但是那种贪婪、放荡，自私与大胆，不怕天不怕地的态度，真叫人吃惊。

我惧怕极了站岗这种无聊的勤务，拿着大枪在同一的地点一站便是两个钟头，实在不容易忍受。在夜间站岗，我更觉得头痛，寒冷倒没有什么，主要的是害怕。我怕黑漆漆的树木，怕坍塌的房屋和乱七八糟的墙角以及兵营附近的坟地，我总觉着在一切黑暗的地方有野兽，有鬼。

当我忐忑的立在黑夜的雪地里，听到换班的人的脚步声时，好像死刑的囚犯被释放了一样，快乐得什么似的，赶紧跑回灯光辉煌的卫兵所，把大枪放在枪架，刺刀挂在钉上，溜进后屋，在床上一倒，说不出的快乐与幸福。

李大蒜在这里热烈的欢迎着我，他对我体贴备至，问寒问暖，好像慈悲的妇人。我一向以为他是个坏蛋，尽量的躲避他，不和他交流，现在我们是处在同样艰难困苦的境地里，自然会激起同情与共鸣的情谊。他对于我的照顾和安慰，使我真心的感激，认为他是世上难得的好伴侣。

"你冷不冷？"他亲切的问道，把烟头捏碎了扔在地下。

黑漆漆的窗外，西北风呼呼的响，好像海洋上波涛汹涌，吹起的积雪打在玻璃窗上，好像野兽打算用爪抓坏了窗户进屋吃人一样。我渴望着温暖和睡眠，兵舍里呼呼大睡的弟兄们歪扭的颜脸在这时候格外使人羡慕。

李大蒜又谈起女人的勾当来：

"在这屋里，如果有个娘儿们来就不会冷了，你说是不是？"

为什么有个娘儿们就不冷，这在懵懵懂懂的我却是新常识，但是我在冰天雪地里难受的忍耐了两个小时，全身都冻透了，手指麻木还没有恢复知觉，对他所提出的意见不大感兴趣。他呢，谈起这些原始粗野的玩意儿却是兴高采烈的，好像有鬼附上了他的身体一样。

"娘儿们到了三十岁劲头才大哦！三十如狼，四十如虎。"

"什么劲头？"

"这个你都不懂？"

他津津有味儿的讲了半天没有羞耻的话，又用吹牛的口气讲了一阵自己的兽经验，夸张自己怎样的有力气，有手段，如何的征服了一个"窑子娘们儿"恶狠狠的嘲笑她们，还加上一番咒骂。我闻到了他嘴里有一股刺鼻的臭味儿，离他远一点儿，他不知道人家讨厌，又把身体靠过来一点儿，热心的接着宣讲：

"媳妇一种滋味儿，姑娘一种滋味儿，你都尝过么？"

"没有。"

"哼！这你可差得远啦！你应该遇机会尝一尝，你是小白脸儿，姑娘媳妇一定愿意和你干，真的呀，你有点儿像个姑娘！"

他这样的时候还伸出冰凉的大手摸摸我的脸，我没有理他，他的疯狂劲来得更大了。一翻身把我压在肚子下面，抱住了我的肩膀。好像要吃人似的，张开大嘴咬我的脸腮：

"哎哟，小宝贝儿……"

我气极了，叫喊了两声他还是不下去，于是我用头角对着他的鼻子袭击了一下，他赶紧爬起来用两手捧着鼻子：

"嘿嘿，把我的鼻子撞破了，可恶！"

接着我们又凶猛的厮打，他的力气比我大，总想把我按在下面，我拿出吃奶的力气和他干，不管什么地方拳打脚踢，一面咒骂他的老辈。后来我怕吃亏，急忙逃到外屋，把刺刀抓在手里，对着他的喉咙比试。

"好，你对我这么狠，先饶了你，下回再说！"

以后我对于这个色迷鬼处处加小心。

有一天早晨，寒风刮得异常的猛烈，我坐在床边，把大枪托底板挂着的泥土擦下去，练习托枪和枪放下的分解动作，麻子班长像熊似的运着魁梧的身躯走过来，指着我的鼻子吩咐：

"周排长室勤务，今天你去！"

我不明白排长室勤务都做些什么，便胆怯的问了一句。

"混蛋！你去就明白了。"这便是那温柔婉转的回答。

周排长已经起身穿好了衣服，懒洋洋的枕着两手躺在床上，闭紧了眼皮，好像烹熟了的鱼一样，忽听见我进来，把没有睡醒似的眼睛稍微睁开了一点儿，含含糊糊的命令：

"打洗脸水来！"

"洗脸盆在什么地方？"屋子里，看不见洗脸盆的影子，只好这样的请教了。

排长把微肿的眼皮往上一翻，眼珠睁得滚圆，大叫了一声：

"不会找找么？"

我战战兢兢的在这一间闷气的屋子里，不断的旋转着找了又找，桌子底下，墙角，书架后面的报纸堆里，什么地方都看不见洗脸盆的影子，桌边有一本叫阵中勤务的书被我的屁股撞掉了，挨了一顿训斥，最后还是排长大发慈悲告诉我：

"在床底下！"

他的嗓门太高，好像晴天的霹雳，把我吓得全身抖擞了一下，

到了炊务室又为了难，排长洗脸不知是用凉水还是热水？我想，官长当然与士兵不同，于是决心打热水，一大锅热水正开得翻滚，浓重的热气罩满了一屋。

眼圈发青，眼角儿有点溃烂，头发长了也不剪，满脸横肉，下巴生满黑胡的家伙看我进来，好像发现了一只狼一样，老远就翻着仇恨的眼球，

看我对着开水走来，白眼球显着加倍的大了：

"干什么？"

"打盆热水……"

"洗脸么？"

"是啊！"

"你可真是扁担上睡觉想得宽，洗脸要热水，哼真好福气，赶紧滚蛋！"

碰了个大钉子。

没有办法，只好打了一盆冷水。排长把手巾扔进水里，两只手伸进水里又急忙拿出来：

"怎么，没有热水么？"

"伙夫不给……"

"谁说的，快去换热水，废物鸡！"

伙夫这回把眼珠更翻得苛毒无情和越发可怕了：

"又来干什么？"

"排长非要热水不可……"

他把马脸拉得很长，难看的大嘴大大的张开，露出一排黄牙，好像起了火似的，手忙脚乱，好容易寻到了木瓢，接过我的脸盆，恭恭敬敬的向我道歉：

"排长洗脸，你怎么刚才不说明白呢？咳！幸亏排长没生气，今儿是你的勤务么？什么时候用水什么时候说话，大家是弟兄，不客气……"

周排长屋里，因为书架上有些书籍，使我对他起了尊敬心，他在空闲的时候，大部分的时间埋头在书页里，读的最多的是那本操典，他不知道我也认识几个字，有意无意的问了一句：

"你识不识字？"

我对他说：稍微识几个，问起这类事，我觉着很高兴。

显然的，他也表现着很高兴，而且有点儿惊疑的表情，把操典翻开，指给我：

"这是纲领，你念一念看！"

这本书里的字和句子并不艰深难懂，我得意的念了一段话：

"军以战国为主，故凡事皆以战国为基准，而战国一般之目的，则在压倒歼灭敌人，以期速获战胜。"

我以为这部书有个最大的缺点，没有新式标点符号，而是死的文言文。

排长对我似乎满意，上下打量着我，好像量布，又好像初次见面一般。

在我眼里觉着在官长之中最讨厌的姜副连常到周排长的屋里来，他们所谈论的是各式各样的事情，谈到过去，似乎特别的神往，津津有味儿，沉醉在往事的雾里，对于现在是马马虎虎的，不肯努力，对于将来是模糊不清的，好像瞎子，什么也看不见。周排长并不是十二分的欢迎这位客人，不得已的接待他，一方面也可以消磨无聊的时光，他俩时常有不同的观点，而争论的结果，周排长总是谦虚的微笑着让步，姜连副认为自己打了胜仗，骄傲的笑个满脸，好像活捉了一只狗熊一样。

姜连副这个人，不学无术，满肚子大粪，所有的一星半点知识，都是马马虎虎，明白一点儿皮毛，不求甚解，固执、偏见，是他的特色，贪婪、固执、怪癖和凶狠更是他的擅长。

麻子班长有时候到排长屋里来，他的态度神气和在操场的情形完全不同，一举一动都是小心的，头上脚下显出温柔与甜蜜的风度，脸上的每一颗麻粒都透露着亲切和蔼的颜色。

这使我比挨骂挨打还要吃惊，这些人们，他们所扮演的角色改变得太快了、在他们身上，仿佛有两个灵魂、对上是鞠躬尽瘁、死而后已的作风，对下则是吹毛求疵、蛮情无理的法律！

四

放假的日子，是我们当老总的好像儿童遇着了过年节那样欢欣鼓舞的心情，几天以前我们便热烈的盼望着，期待着，计划着，怎样周密的利用假日尽情的享乐，张兴肯定的答应我：

"领你到好地方去！"

"怎样的好地方？"

"去一趟你就明白了。"

这是天气很好的一个上午，蔚蓝的空中只有很少的几片像撕碎的棉花那样的云块，太阳扳着温和的笑脸，取笑似的窥探着大地上我们这些可笑亦复可怜的一群。

我们顺着凝冻的，边沿松软的田坎之间蹦蹦跳跳的奔走，目标是直对着距兵营不过三里来路的村庄。这村庄孤独的坐落在平秃的山冈下面，山冈的右侧有一丛稀疏的树林，树林中间有一条结了冰的小河。房屋都是矮小的，有的歪斜着，好像快要倒塌了似的。陈泽生的家眷也住在这寂寞萧索的村里，另外还有许多由于生活的压榨而弄得困疲了的人们。

所谓好地方乃是两间粗陋低矮的茅屋，窗户很小，像马眼睛，黑黝黝的窗框里堆着尘土，短秃的烟筒像狗尾巴似的从房屋的侧面奇怪的伸出来，小小的庭院，散布着干柴和鸡粪脏土任意抛弃在各处，门口陈列着一双泥湿的女人的破鞋，一只瘦细的黑猫从土墙上敏捷的跳下来。

我们听见屋里有我们老总的语声和笑声和稀里哗啦的牌九的响声，女人的嗓门异样响亮的传出来，粗壮的喉在呼喊：

"抬手！看骰子！"

六七个我们连里的弟兄，像群贪婪的苍蝇围着食物似的，聚集在烂毡子铺盖的床上，吵吵嚷嚷的推牌九，庄家是个溜号著称的魏秉武，时常挨打，有一次挨了四十棍，屁股打裂了，半个多月才养好，过了不久又溜号，可是没有给官长知道。他欢喜喝酒，唱歌，说笑和打闹，是个无忧无虑的亡命徒，年纪很轻，养成了一种死活不怕的性格。他这时立在床边，眯缝着圆圆的眼珠抚摸牌九的点数，看我们进来，欢迎的点点头……

"来呀！押，押，押……"

这间莫名其妙的小屋的主人，是个老太婆，大概有五十来岁的年纪，满头很好的黑发，梳得很整齐，左耳的下面有一块浅黄色的疮疤，深陷的两眼，尖下巴，嘴角下垂，坐在外屋的墙角在破碎杂乱的针线包里寻找着什么。嘟嘟哝哝的不知对谁埋怨着说：

"赢了两把不给我，男子汉大丈夫说话不算数！"

少妇的面孔很清秀，明亮的眼睛在看人的时候含着无限的深情，没有好穿戴，棉裤补缀了几块异色的粗布，破鞋的前尖像开了花一般，她敏捷的，像一条鱼一样在老总之间攒来攒去，看谁赢了钱就赶紧伸出戴着银指环的一只小手：

"面子事儿，给我一毛钱！"

张兴抓住了她肥宽的衣袖，往自己胸前使力的拉一拉，用一种像对小孩子说话似的声调对她亲密的说：

"嗳，嫂子，我给你一毛钱。"

少妇像温和的小猫一样体贴的一笑：

"拿来给我呀！"

张兴把她拖到墙角摸着她的手悄悄的商量：

"让我亲个嘴我就给你，别说一毛，两毛也成！"

她在张兴的脸上轻轻的敲打一下，假装生气的瞪着媚人的眼睛：

"缺德，谁要你的钱！滚一边去！"

老总郝大任抛下牌九，像蚂蚱似的高高的跳起来，一下子抱住了少妇的腰肢：

"宝贝儿，让哥摸一摸，看到底是不是白虎？"

张兴帮着他，扯紧了少妇的两只胳膊，他趁着少妇弯身挣扎的机会，狠狠的亲了一下嘴，亲得很响，好像拔开一个结实的瓶塞一样。别的老总受了传染，一窝蜂似的拥过来，有的抱头，有的抱脚。无数的黑手在少妇的下半身乱摸乱抓，粗暴的笑声和尖细的叫喊罩满了一屋。老太婆放下针线包，扭动着一双没有裹好的小脚飞进来，把床上的钱，尽量的收集了一下，满意的装进衣袋，咯咯的笑着走回原位，表现出漠不关心的样子。

郝大任是第一个达到了目的的，嘻嘻的发表他探险的成绩：

"嘿！真是白虎，一点儿不假，你们摸摸看！"

"哎呀呀，该死的，松手。不然我咬你，来，缺德鬼！"

叫喊和笑声震人耳聋。我看张兴现在完全是另一个人，他狡猾、活泼、敏捷、迅速、的确不是操场上那一个蠢笨的家鸭了。我吃惊而且嫉妒这些放荡不羁的家伙，为什么我不能像别人一样的发疯呢？不，我是过分的被这些粗暴和野性的把戏骇住了。

少妇好像从一群老鹰的爪子下拼命的挣扎着逃出来的一只小鸟一样，

难堪的理着散乱的头发，咒骂着，唏嘘着，打了张兴一拳：

"都是你，不得好死的！"

张兴嘻皮笑脸，张牙舞爪的蹦着，跳着，发出难听的怪声。

我以为少妇会哭起来，可是她整好了衣裤，笑了一个满脸，从魏秉武手里一把抢去了所有的钱，跑到外屋，抛给老太婆，魏秉武算整个的破产了，于是这一男一女，扭作一团滚在床上。

粗暴咒骂和笑声，屋里装不住流到屋外并且传到街上。

老总们在这里，都是兴致勃勃的，他们把困苦的忧患扔到九霄云外去了。张兴来得格外的兴奋，满脸都是喜气，手舞足蹈，好像个狂人。

大家都十分英勇的和苦闷作战。

新从外面进来三个神头鬼脸的老总，也是我们一连的，打头的是个瘦子，一脸的皱纹，猫头鹰似的小眼睛，眼眉很稀，抓起两张牌九向高处一扔又接在手里拍一下，认真的对大家发表：

"推四扇的，谁押？"

我觉着在这屋里没有意味儿，可以说是个多余的角色，悄悄的走出来，张兴也随着出来追上了我，奇怪的挤着眼睛，认为我的行为似乎不太合理：

"你怎么的？"

他想说服我，可是没有成功。我们在各处逛荡了半天，结果只是辛苦了自己，得不着一点儿好处，在归队的路上，张兴对我说明：

"那个小娘们儿，她男人是当医兵的，在前方打死了，老太太是她婆婆，这两个人全靠在当弟兄的身上弄钱花，冯班长和她顶要好，她有意嫁给冯班长，可是冯班长家里已经有了老婆，她知道了这事就和冯班长疏远了，冯班长白玩儿了一阵，传染了淋病给她，她时常骂冯班长；挨枪子儿的，砍头的，不得好死的鬼，骂有什么用？她是在背地里骂，见了冯班长还是好好的，一面疏远他，又有点儿怕他舍不得他，女人就是这种贱骨肉，谁摸她觉着谁可爱，表面上可假装不愿意还赶不上狗来得痛快！"

我觉着少妇的环境太坏了，她的丈夫是当兵的，和我们是同样的无产阶级，丈夫死了，别的老总欺负她，玩弄她，还在背地里讲她坏话，在她身上得到了欢愉之后，却一点儿都不知道感激。

"你不知道，那个小娘们儿好干，一天没有人干就不舒服！"

张兴又对我下了一个歪曲难听的注解。

归队以后点完了名，刘班长领着大家伙在宿舍里排列着坐在床边，放开喉咙嗷嗷的唱歌。

刘班长总是先唱一句我们也随着唱一句。他唱歌的时候，肥宽的面孔涨得通红，皱着眉头，嘴张得很大，挺起胸脯来，好像很受苦似的，他最喜欢唱的是"太平洋"他单独的用沙哑的嗓门唱一句：

"太平之洋天下强！"

在我身旁的丛得功运用着奇腔怪调合唱着，还摇晃着窈窕的腰肢，好像坐在舢板里一样。

"波涛……澎！湃！"

这一句唱得极其轰动与响亮，郁积在大家伙满肚子的压迫和烦恼，都由愤怒的嗓门里尽着全身的力吼出来，我受了别人的感染，放高了声调，唱得十分的热心。

五

号兵是个老于行伍的人物，他的年纪总在四十开外了，剃光的胡须又很快长出粗硬的根来，松树皮一样粗糙的脸，透着青紫和灰黄的颜色。一双饱经忧患的细眼珠在多纹的深眶里闪着光亮，不说话的时候也咧着宽嘴，露骨的下巴向前突着，和蔼的微笑着，看着所有的弟兄们，无论对谁都是亲密的，好像看待自己的亲兄弟。他喜欢讲故事，讲得很多，很详细，可惜我忘记了，只有一个故事，这是他经历过的，我记得格外清楚。

那是一个大雪纷飞的晚上，寒风刮得很响，时常吹开了房门，吹了一枪架的雪花，在兵舍里撒下刺骨的冷气。我们许多人围聚在一起坐着聊天，寂寞与单调使大家觉得很乏味儿，都希望早一刻听见熄灯的号声，响过以后好就寝，但是时间故意和大家作对，过得很慢。张兴时时的打哈欠，伸伸懒腰。李大蒜坐在别人的背后像狗似的半闭着眼皮打起盹来。

门开了，大家以为又是风雪在淘气，厌恨的望着响动的门口，但是踏进来两只号兵的打得紧紧的裹腿，眼睛像磷火似的，高高的鼻端向大家伸过来，亲密的微笑了一下，回身掩好了门以后才抚去身上的积雪。

"怎么还不吹熄灯号啊？"

不知是谁伏在黑暗的墙影里这样问他。

号兵在我们跟前慢慢的坐下，冷冷漠漠的回答：

"咳，不到时候呢！"

李大蒜和他认真的商量：

"这么冷的天，又是风，又是雪的，早吹一会儿怕什么？"

老号兵孤独的笑了一下，有意无意的摇摇头：

"那怎么行！"

他的脸在昏暗的灯光里显得灰暗，瘦瘪的前额，冻红的鼻尖和下巴倒显得分明，巨黑的影子在墙上晃动。他喘了一声粗气，不知是因为什么事，沉思默想起来，思想的云雾好像窗外的风雪在他脑后杂乱的翻卷不停。过了一刻他就对我们用低沉的语调讲：

"我在二十八团的时候，我想想，那是多少年，你看，我的记性多坏，想不起来了！咳，也是这么一个晚上，大风，大雪，不，风比这大，雪也比这大，刚过点名，对我特别好的赵班长说：'到我屋来，有酒，我们喝一盅。'我去了，喝得迷迷糊糊，班长吩咐我：'早点儿吹熄灯号吧，这么冷的天，值星官不会追究的。'我一想，是，就早半个钟头吹起来。

"睡到半夜，我听见枪响，叫喊，门口不少弟兄忙着干什么，马都备好了，各处都有什么声音，风刮得很大，雪也下得也大，我不知是出了什么事，稀里糊涂的穿好衣服，裹腿也没有打，觉着头痛得厉害，赵班长把我抓起来，问我：你愿不愿意跟着走？我这时候才明白，噢，我的老天爷，这是叛变。

"走是不走？我自己也拿不定主意。

"赵班长替我决定了：好，你留下吧。有机会你可以来找我们，后会有期！

"就这样，他们叛变了，打死了连长，一个连副，一个不赞成的弟兄，天亮以前走得无影无踪，以后……"

他想了一下，补充了一句：

"以后没有听见他们的消息，有人说他们是加入了叫什么人民战线的。那大概就是义勇军，好家伙，那群小伙子，真能干，在队里的时候我就看得出来，他们不是老老实实像羊一样的人。"

忽然有一阵暴风掠过，兵舍都受了一下震动，老号兵的故事很动人，我不住的思索着他的故事，那位赵班长以及那些弟兄们的思想和行为的意义。

从这以后，我有一种喜欢接近老号兵的奇怪的欲望，想从他那里多听到一些人间宝贵的故事。我在入伍以前，读过几本"新式的书籍"不仅是本国的，翻译的也读过。可是像老号兵所讲的那类故事却一点儿也没有读过，但是老号兵对于我，也和对待别人是一样，一视同仁，决不另眼相待，捧为至宝，也不轻视、瞧不起。

天气晴朗的温暖的日子，我们最喜欢坐在兵舍的南端，有几间房盖坍塌了的房屋的侧面，那里有平滑的石台。上面铺着干枯的稻草，附近有一排厕所，厕所的前面是一个枯井。我们坐在稻草上面，像坐在丝绒的沙发里一样的舒服和满意。

秦世新刚从茅厕出来，还没有解裤带，愤愤的骂着：

"谁他妈把尿拉在外面，差一点儿踩了我一脚！"

厕所里的建筑很简单，拼着挖了一些四方形的窟窿，彼此可以看清丑陋的部分，我没有勇气进这厕所，总是偷偷的逃到破屋的后边，选择墙角地方谁也不会看见的地点，那里可以说是我的乐园。有时我也愿意独自一个人，离开大家远远的，坐在马厩的后面，向阳的草地上胡思乱想，闭着眼睛做一些华丽和玄妙的美梦。

和大家坐在一起晒太阳我也很高兴，李大蒜总是向我这一面拥挤，动手动脚的。泥瓦匠出身的王松龄，一张嘴总是恶意的批评官长，姜连副的一举一动，一挤眼，一闭嘴，他全不满意，有时谈到他家乡的事情便伤心的长吁短叹。

别人说，他的父亲是个疯子，夏天在房顶上睡觉摔下来，跌断了一条腿，后来淹死在河里。他的母亲因为饥饿上了吊，他从小寄养在庙里伺候和尚，长大了他就逃走，做过各式各样的职业，后来他随着泥瓦匠做工，学会了这种手艺。

秦世新有一种讲大话的嗜好，吹牛也是好手，时常讲一些没有边际的大话，提出一些叫人意想不到的问题，鼓励大家伙加入讨论。他排泄完了，舒服的蹲在张兴脚边，又提出傻气的资料来：

"你们想，当兵到底有什么好处？"

李大蒜抹了一抹鼻子：

"当然是有好处的哦，没有好处谁肯干呢？"

秦世新吹了一口大气追问他：

"你说好处在哪里？"

"好处多得很，比方出发打仗，运气好可以发一笔财。"

"要是发不了财，发了棺材呢？"

"那就算完啦！你得这样想，不冒险，决发不了财，死活没有关系。人活一辈子，怎样还不是活着，死是早晚都要死的。无论什么事，你先把死看在前头那就不行。嗯，当兵就是这样的，明明知道危险，要死，可是大家都是另一种想法，也许运气好，死不了，如果大家伙都认为非死不可，那么老早就开小差了，再说，打仗是打谁呢？打自己。中国人打中国人，不打敌人，这算怎么回事？可是大家就是这么打，谁也不明白，也不研究，咳！人都是糊里糊涂的，明白的人少，糊涂的人多。"

我咀嚼着他的话，明白的人少，糊涂的人多，这是不错的，但是为什么有许多明白的人心甘情愿给糊涂的人利用呢，有的鞠躬尽瘁，死而后已，我把这个疑问提出来。

李大蒜觉着很聪明，一五一十的回答：

"明白的人没有饭吃，没有办法，只好给糊涂人利用，有的人走运气，有的人倒霉。像姜连副吧，他是糊涂虫，可是人家当官长，麻子的学术科比他好，可没有当官儿的命，见了人家得立正，世上的事真是乱七八糟，没有理讲呀！就拿女人来说吧，红颜女子多薄命，丑陋女子做夫人，这是什么道理？"

这道理谁也摸不清，都陷于沉思的泥沼之中。

还是李大蒜聪明，有智慧，用这样的话推翻寂静的空气：

"黑紧，黄卷，白不够。"

推了我一下，低垂着脑袋质问：

"你明白么？"

李大蒜这家伙知道许多这类下流的俏皮话，像念诗一样津津有味儿的吟诵着，有时唱一些难听的小调：

"二人上牙床，贝儿巴就脱衣裳……"

唱的时候是用淫声淫气的，还笑眯着两眼，像吃醉了酒的傻瓜一样。他的歌曲把大家正在研究的"学问"弄丢了。

像这样的快乐时间在我们是不多的，只有在短短的休息的时间内我们才聚会在一起，号声一响，大家便鸟兽散了。

给姜连副这个贼头贼脑的外行军官当勤务真是祖上没有烧高香大大的倒血霉，我在没有轮到给他当小使的时候，单是和别人议论便觉着可怕与寒心了，等正式轮到了我的这一天，简直是吓昏了头。

"你叫什么名字？今年十几岁？什么地方人？"

好像法官一样，一开头便严声厉气的问了一大套没有用的废话，接着便没头没脑的发命令：

"把行李叠好卷起来，枕头留在外面，把枕布洗一洗，省一点儿胰子，床底下有两双袜子也洗一洗，洗完拿到厨房，在炉前面烤干了好穿，烤煳我可揍你，听见没有？你们这些东西，不揍简直不行，都是属牲口的，鞭子不抽皮肉痒痒，快去打洗脸水来，沏一壶茶，把牙粉拿给我。"

我糊涂得连东南西北都分不清了，刚要出去打水，又大声把我喊住：

"不是叫你把牙粉拿给我么？"

牙粉给了他，又这样的指挥：

"把棉靴子擦一擦，抹一点儿油，放在床边那条手巾，不许拿它擦桌子，另去找块布来！"

我又昏了头，不知先做什么好了。

"快去打水来呀！"

灌了一壶开水给他，他掀开盖往里面看了一看，生气的拍了一下桌子。

"茶叶呢？没有茶叶怎么喝？笨虫，去换一壶来，放好茶叶，沏的时候，壶嘴高一点儿，要不然泡不开。"

我看他好像商家的掌柜，我是个学徒的小伙计，他的生活是琐琐碎碎的，没有一处合乎操典里所写的"凡事皆认战斗为基准……"的条件，他一共有两部书籍，一部是《聊斋志异》，一本是《笑林广记》，军事学的典范他一本也没有。

我看不起他的假威风，讨厌看见他那副烟灰罩满的黄脸，他喝完了早茶，预备写一封信，把墨在砚台里磨了半天，又把笔和纸收起来，缩着肩膀跑到连部去。

他的袜子臭味儿熏人，洗这种脏东西要没有很大的忍耐性可不成，要洗干净，还得省胰子，要快一点儿烤干，还不许烤煳，这都是难问题，其实做点儿苦工倒没有什么，叫人讨厌和为难的是他那副装腔作势的神气和没有系统的指挥。

他的性情固执，还偏重迷信，在他床头的墙壁上钉着一块小小的长方形的木板，上面供着一尊有拇指大小的铜佛，这位佛爷是个圆脸，咧着大嘴，眉眼笑开的，没有一点儿威严，在他身前有一个铁盒做香炉，姜连副洗完手，脸对着他老人家祷告一遍，我聚精会神的听也没有明白他嘟嘟哝哝的唠叨了一些什么词句。他跪在床上，两腿并排着压在屁股底下，弯着腰身，低垂着脑袋，闭紧了稀松的眼皮，像个老太婆似的，褂子非常的滑稽可笑，我好容易压住了满肚子的笑，细心的擦掉棉靴底的泥泞，假装没有看见他的活动，他祷告完了，下地喝一口茶，瞪我一眼，批评我的工作。

"找一个木片多省劲哪，你的脑筋是干什么用的？"

他在吃饭的时候，动作也很别致，筷子用左手拿，慢慢的嚼着米粒，思索着咽进肚里，好像没有牙齿，喉咙比别人细半倍。周排长却是迅速的，大口小口，一会儿就完了，人家吃饱了半天，他还没有磨完半碗。

艰难困苦的勤务干完以后，我又在操场上挨了一顿毒打。

是在麻子做射击姿势给我们看的时候，他跪下没有跪好，沉重的屁股往后一坐，身体向后仰了一下，差一点儿仰卧在地上，我忍不住笑了一声。

麻子从肩头生气的瞥了我一眼，吼了一声：

"小兔崽子，你笑什么？"

他伸开了青筋毕露的手掌，在我脸上狠狠的击了一下，我觉着头上冒出金星，嘴里发咸，用手一摸，牙齿流出鲜血。

他这一掌并没有把我好笑的毛病根本治疗好，看见了滑稽的场面还是情不自禁的发笑。

张兴替我担心，时常提醒我：

"你干嘛总是笑，打挨得轻了么？"

六

连长出现了。我头一次看见他到操场来视察我们的成绩，看完了我的托枪动作，似乎很满意的样子点一下头，很耐心的替我紧了一下皮带，嘱咐着说：

"皮带，要在第四和第五个扣纽中间。"

我明白，在军队里，一个纽扣比几本哲学书都还重要的事实，可是，麻子班长把我打昏了，生命都提心吊胆的不知能不能保住，哪有余心注意服装。

连长是个身材肥瘦合适，个子不高不低的人，四方脸，扁脑袋。脸色灰黑，好像涂着油漆，大盖的军帽快要掉落了似的扣在后脑海，走路的时候喜欢背着两个手，不慌不忙的迈着方步，思量的端详着每一个弟兄，好像公园管理人在兽笼外面视察一样。

我看见他伸出手指对我点了一下，和周排长低声的谈了几句什么话，周排长恭敬的点点头，微弯着上身笑了一下，我想，多半是麻子班长把我笑他的事情报告了连长，连长嘱咐周排长收拾我。

在这件事情以后不久，有一次内务检查，我有一本小说藏在褥子底下，被麻子班长翻出来了，连长也在场，他把这本小说要了去，为了这件事，我一连有好几天没有舒舒服服喘一口气，和几个知己的弟兄商量，他们也没有妥善的办法。李大蒜满不在乎的鼓励我：

"放心，要罚早就罚了，不能拖延这些天。"

在另一天黄昏时分，李大蒜气喘吁吁的从什么地方跑来抓住了我，在我耳边悄悄的说：

"跟我来，有要紧的事情！"

我坚决的相信，一定是关于发笑的事情和拿走那本书的事情有什么可靠的消息了，于是忐忑不安的随着他跑到马厩的隔壁一间放稻草的屋子里，这里是清静的，没有人来，适于通知秘密的消息，我等不得了，扯扯他的衣袖询问：

"你听见什么消息了么？"

"喂、你坐下来，坐下来我慢慢告诉你。"

我焦急的喘了一会儿，蹰踏的坐在软草堆里看着他难看的嘴脸，静等着倒运的消息。

"人家都说，快叫你到连部去啦！"

我几乎怕得哭起来。

"哎呀！这可怎么办？"

想起陈泽升的挨军棍，我怎么能不心惊胆战呢？笑了麻子是违背军纪的，军纪是军队的命，比什么都要紧，我犯了这种大错还能有个好么？加上裤子底下藏小说，这是违反军队内务规定的罪，那么，军棍的犒赏是必然要光临的了。

我拖住了大蒜的胳膊哀求他帮助，他是个老兵滑子，经验比我多，总会替我想个什么避免皮肉受苦的办法。

"怎么的，你不愿意去么？"

"我快急死了，你还开玩笑，谁愿意到连部挨军棍，我可受不住！"

我想起最近有一天在营里看见了麻子，他对我露齿一笑，他是从来不对我们新兵笑一笑的，这一笑一定是不怀好意，他的告发成功了，知道我快要该死了，于是胜利的微笑。越想越难过，欲哭无泪，又急得像热锅里的蚂蚁被煎熬着一样。但是李大蒜这个怪物却扳着一脸的轻笑，我的痛苦，毫不关心，而且惊奇的歪着嘴脸：

"你说什么？挨军棍？挨什么军棍？"

"你不是说叫我到连部……"

"人家说，连长有意叫你到连部帮着办公，你说的是什么？挨军棍？你做梦怎么的，活见鬼！"

我有点不大相信自己的耳朵。

"真的么？"

"谁要是骗你是个王八蛋，婊子养的！"

"你在什么地方得到的这消息？"

"上士说的还有错么？"

这个家伙，一向是狗屁倒灶的，很难使人相信他的鬼话。

他搂住了我的脖子，嘱咐着说：

"你到连部以后，我们就不容易见面了，你说句良心话，我对你怎么样，你高升了可不许忘记我呀！"

他表现出很难过的样子，我也多少受了一点儿感动，不知说什么话安慰他。

他忽然扳着难看的丑脸，半闭着两眼把我按在草窝里，用脑尖压着我的心窝，不使我抬起身体来，两只手开始忙乱的搔抓我的衣服，一面像有病似的哼哼一些梦话：

"你像个姑娘，嘻嘻，比姑娘有意思，你老实的，小宝贝儿，叫我玩儿一下，我情愿舍一条命！"

这个不要脸的东西，简直是疯了。我抓住他的衣领，用拳头猛打他的脑壳，两脚乱踢，好容易把他翻在下面，赶紧跑到门口，得到了一根棍子，我用这个做武器和他战斗。

他像猛兽似的翻身跳起，咬牙切齿的对我扑过来，想夺取我手里的棍子，我也毫不客气的在他背上用力的抽打，他用两手抱着头，咬着牙忍耐着。

我气极了，把棍子扔在地上，对他宣言：

"我去报告排长！"

他惊跳了一下，又很快的恢复平静，缩肩曲背的咳嗽了一声，眼睛像刺一样在我脸上刺了一下：

"报告？哼，我不怕，脑袋掉了不过碗大个疤，你愿意怎样便怎样，随你的便！"

我的嗓子紧得呼吸有点儿困难，眼睛也快气花了，重新抓起棍子来，我觉着两手有点儿抖擞，举得高高的棍子用力过猛了，想打在他的头上，却抽在他的背上，他咬着牙忍痛的低下身子，没有想到我会这样用力的打他，显然的，他的灵魂受了一下震动。

"哎哟妈呀，把我骨头打断了！"

他躺倒在草地里，一手摸着肩膀，一面痛苦呻吟：

"唉，痛死我了，骨头断了，活不成了，唉……唉……"

真倒霉，我闯了这么大乱子，把他的骨头打碎了这可怎么好呢？

我伏身摸摸他的肩膀，他马上推开我的手，一面哼呀一面咒骂。

"混蛋玩意儿，你干嘛这样打我，我犯了什么罪？"

"谁叫你……"

"我和你闹着玩儿，难道说犯了罪么？"

他像个被欺负了的小孩子一样用两手捧着脸呜呜的哭起来，我很后悔自己的粗野，不应该对他这样的残酷而且凶猛。

他难听的哭了几声，从草里爬起来，把棍子扔在屋外，回身对着我做了一个狰狞的鬼脸，我这时才看见，他的脸上没有一滴眼泪，原来是假装出来受伤的样子，我想逃走已经来不及了，他在门口挡住了去路，摇摆着狗熊样的身子对我攻击过来。

他先把我摔倒在地上，我抓住他的领子，用头碰他的鼻子，在地下撕扯了半天，他滚在上面的时候用咒骂和呻吟和我开玩笑：

"我的宝儿，你怎么就不叫哥干一下？"

我的拳头一挥，他的鼻孔冒出鲜血来。这样我们的战斗便停止了，我决心去报告，让他重重的受一下惩治。

但是排长的房门含着嘲笑的情味儿迎到我的面前的时候，我的手又没有勇气推开它了，羞耻和侮辱的感情把我包围，又好气又好笑，想了一想，算了。

大蒜在后面追上了我：

"报告了么？"

我悄悄的走开没有理他。

过了几天我很轻松的坐在连部的办公室里帮着上士写呈文。

七

上士是一个体格衰弱的老年人，头发里有不少的白丝，眼睛有点儿近视，看东西看不清，不和他说话的时候沉默着一言不发，好像掉进洞里一样。他写字的时候，腰板挺得直直的，伸长了皮肤粗裂的脖子，紧紧的闭着嘴，眼睛狠狠的看着纸张，一笔一画，不慌不忙的写下去。

无事的时候他细心的读着一本公文呈式，有工作分配一点儿给我，简单的指教一下：

"你写这个戳领吧，照着格式写。"

写小楷我是写不好的，笔在手里战战兢兢，写出来的字都是歪歪扭扭的不成形，好像鸡爬的一样。写得不好还是小事，写错一个字便作为废纸了，出了半天的力全是白费。

上士先生告诉我一个补救的方法，写错的字可以用一块小纸贴上，四边用手指划开，贴好以后再用指甲磨平，这样便是可以遮掩了缺点，写呈文可不是闹着玩儿的，每一个字都必须周周整整，草率一笔都不成。

司务长是个貌相特别难看的家伙，在一副清瘦的皱纹堆满的青灰色的脸上，镶着一对小偷似的眼睛，时常偷着用眼角观察每一个人，好像他偷了谁的东西怕人家从他身上发现一样。两只边稍下垂弯的眼眉像庙里的小鬼那样难看，说话的时候，驴唇不对马嘴，颠三倒四的，很难听明白。最可笑的是他不会写字，除了他自己的名字和钱数以外一概不认识。他是连长最信仰的人，连长和他的关系是亲密的，两个人时常交头接耳，讨论一些什么机密的问题。

"你会不会打算盘？"他问我。

我说打不好，可是不妨试试看。

他很殷勤的把一个磨得光亮的古旧的算盘递给我：

"喂，打打打，打错了没关系！"

他结结巴巴的念起来：

"打上一元六角五，再打上四元，再打上八角二，一共是多少？"

他很满意我的成绩，连青灰色的下巴都流露出来笑意。

帮他写账也是我的工作之一，他自己有个带蓝线的小手账，轻易不肯拿出来看一看，看的时候事前留意屋子里都有什么人，如果连长当差——一个强壮，野蛮，没有礼貌的小伙子在屋里。他决不拿出来看，因为连长当差的时候时常和他捣蛋。

有一天早晨，连长正坐在连部和司务长计算着什么账目，当差的张德发悄悄的开了门进来了，连长生气的瞥了他一眼，吐了一口唾沫：

"你死到什么地方去了？"

他的嘴唇抖动着，回答不出一句话。

"你昨天晚上到什么地方去来的？"连长严格的审问。

"没有到什么地方去呀？"

"你还嘴硬，混蛋！你以为我不知道么？什么事情能瞒住我。你自己混蛋，别人也跟着混蛋么？"

像这样的申斥和责骂，在他是家常便饭不以为怪了。连长不满意他，时常大发雷霆，在张德发走后，他发狠的自言自语说：

"这个混蛋，越学越坏，不往有出息的路上走，得打发他滚，不能要他！"

张德发在连长面前虽然是战战兢兢的，好像一只温驯的小羊在虎狼的底下一样，但是对待司务长却是不客气的，勇敢百倍，时常拌嘴、打架，闹得很厉害。

有一次，连长不在，司务长神秘的翻弄着那个珍贵的小本子，张德发进来，一眼看见了，过去抢夺，司务长气得满脸没有了一点儿血色：

"你看什么？"

"你那本账是私账，我知道。"

"管得着么？"

"上月的给养金。剩下的五十块钱哪去了？你不是答应我给我十块钱。为什么说话当屁放？拿来我看看你那本私账，一定有毛病，那十块钱不给我可不成！"

"我什么时候欠你十块钱？"

"是你答应给我的！"

"我告诉你，张德发，我报效的是连长，连长叫我怎么办我就怎么办，你干涉不着这一份。我做事情是正大光明的，没有私藏，你看这份差事好，那么给你干哪！"

张德发张着嘴，思量着司务长的缺点，计算着攻击的方向，他跳起来，捶胸顿足的和司务长喊：

"□□十块钱就那么样稀里糊涂算啦？答应给我，又不给啦？柴炭费你剩了多少呢？也一毛不拔么？"

司务长的眼睛变得很窄小，脸色发白，嘴唇发青，手指有些发颤，看他的模样，气焰一定是很高的。

"混账王八羔子，你算什么东西？谁给你的权力来管我？你怎么大也大不过你爹呀！不知道退，我得请示连长去，到那时候你可别后悔！"

张德发被征服了，一言不发，气愤的咬着牙关。

司务长加紧了威风，展开了最后的攻势：

"你叫小桃红迷住了心窍，故意往末路走去呀？你也不张开眼睛看清，司务长是容易惹的么？一星半点，司务长不在乎，反正是羊毛出在羊身上，马马虎虎，能过得去，怎么都好，你要是得寸进尺，不知道天多高地多厚的话，那我可不客气，干就干个痛快，比个高低！"

他们争论，我不大了解，我把他们的话记住了一个模样，清闲的时候跑回兵舍，低声耳语的请教我的好朋友们。

聪明的秦世新给我拨开了一片浓重的雾霭：

"司务篓子，本来是连长的铁把子，专门替他弄钱的好手，抚养金，柴炭费，薪金，办公费，哪一样他们不是整个的私吞了，再不然也打去半折，他们吃干的，我们当老总的连稀的都喝不着啊！张德发是看清了他们的私弊，想拾一点儿贱钱，可是他拾的不得法，免不了起口角，要是叫我，哼，休想和我要无赖，该怎么办就得怎么办，少一点儿也不成，别费口舌，真是他妈二虎蛋！傻瓜一个！"

"小桃红是干什么的？"

"小桃红你都不知道？"张兴惊愕的睁着眉眼，"是个养汉精，卖屄的丫头，模样倒不坏。领你去看看呀？"

他接着就对我讲述了一段令人吃惊的事：

有一天晚间，熄灯号吹过以后，李大蒜和张兴这两个缺德鬼当卫病，趁班长休息的时候，他俩商量好了溜出去跑了三里多路，到小桃红家里。

我在前面，李大蒜在后面，这家伙，色大胆小，跳墙又怕狗咬，我呢？我不怕。

那个时候，他们家里还点着灯，我们以为有客人，我们悄悄舔破了一点儿窗纸，往里一看，嘿，只有小桃红一个人在家里，她坐在灯下缝什么东西，别的人一个也没有。

我们两个乐极了，先在窗外商量：谁吃头一口？这家伙，他要先尝，我说那不行，我们得划一把拳，一划，他赢了，没有法子，我倒霉。

我们一推门就开了，小桃红吓了一跳，问道："谁呀？"大蒜过去就抱住了她的身子，按在床上！她嚷了起来：

"我要喊啦！我娘一会儿就回来，干什么你们！"

大蒜的劲头儿很足，不管她说什么，连理也不理。

我过去吹灭了油灯，把门闩上，等了一会儿，听见大蒜喘起气来，我等了半点多钟，这个家伙还不完事，我可真急了，用脚踢门，一面警告他：

"大蒜，不好，有人来了！"

他以为是真事，赶紧跳下炕，我对他说了一个谎，来人推了一下门又赶紧跑回去，他也不知道真假，我叫他把守着门，这回轮到我啦。

可是小桃红不干，我说：

"许他干不许我干？太不公平啦！"

我干的时候不及大蒜长，大蒜急的直跺脚，可是我不理他，小桃红不住的推我：

"快下去，要来人了！"

我说："下去上哪儿去呀？"

咳！这回我算过了瘾，死也值了！"

"呸！"我嫌弃的唾了一口。

"你不赞成是不是？"张兴有点儿不满意我：

"她就是那种玩意儿，像尿桶一样，谁来还不是一样！"

八

放假的日子我随着张兴去见小桃红，可惜我们去得不凑巧，小桃红家里有我们老总在那里打架。

一个老总用脚尖狠狠的对着一个老头子的肚子踢了又踢，另一个老总手里拿着从身上解下来的皮带，抽着一个泪流满面的老太太：

"老东西，你把她藏在什么地方？"

老太太的灰头发乱七八糟的披散在耳边，掉了半口牙齿的嘴张得很大，哭哭啼啼的说：

"你们不是看见么，她自己跑的，叫我上哪儿找她出来？"

从外面闯进来四五个雄赳赳的老总，其中有一个，在腋下夹着手枪，走在最后面的一个气喘吁吁的向大家发表：

"操他妈的，什么地方也没有！"

踢打老头的那个老总转了一下肥粗的身躯，不知对谁商量：

"快去报告连长，把手枪交给连长。"

这场打架原来是因为争风吃醋的事；我们连里的一群老总到小桃红家里"泡蘑菇"，连长的马弁张德发，以为小桃红和他特别要好，应该是属于他自己，别的老总不应该去胡闹；但是别的老总认为小桃红是公开的买卖物品，自然大家都有资格去享受，决不许任何一个人来包办，如果她嫁了人，那就是另一种说法了。

因为双方见解不同，于是打起架来。连长的马弁怕吃亏，掏出他的手枪，一个手疾眼快的老总一把抢了去，挥手一拳把他打倒了，别的老总也动手打起来。

张德发平常好吹牛，摆架子，对待自己的弟兄还是拿出一副自命不凡的神气，觉着自己很了不得，比官长还神圣几十倍，因之弟兄们都恨他入骨，这正是收拾他的机会，可怜的张德发，被弟兄们按在脚底下了，他的情人一看形势不好，早已溜之大吉，可怜她的爹娘跟着受这样大的累。

这场战争，结果是多数的这一面得了胜，张德发是大大的失败了。连长气得什么似的，狠狠的骂了他一顿之后，又把他押进禁闭室里，决心开除他。

暮色苍茫的黄昏时分，卫兵听后屋的窗前聚集了不少的弟兄，我也是其中的一份子，大家从灰尘满布的窗户探头探脑的向里费力的窥视：张德发是坐在铺一条破麻包的当中，垂头丧气的看着自己被撕碎的裤腿，样子很可怜，这事件发生以后的第三天，我坐在连部，帮着司务长写一份给养金的清单，还没有写完，姜连副进来了，用眼角搜索着，捉住了我的影子，焦急烦躁的告诉我：

"连长叫你到公馆去！"

司务长把清单收回去，命令着说：

"你现在去吧！"

"连长公馆，我不认识。"

"叫魏秉武领你去。"司务长这样命令。

魏秉武在路上不停的讲着打架的事，我没有兴致听他的话，只是一心一意的想：连长叫我去有什么事呢？

他又细心告诉我：

"连长公馆附近，有个姑娘很不错，不知是谁家的，你慢慢的就会知道的。"

我哼了一声算回答，不断的想着我自己的事。

连长好像是刚刚的起床，还没洗脸，从里屋走出来，一翻眼看见了我，高兴的笑起来，对着屋里通报：

"杨广路来了！"

一个女人的柔和的细嗓门，拖长了昂扬的声调：

"进来吧！"

躺在床上，把没有梳理的头发堆在枕头上，睁着一双没有睡醒的女人眼，我想，大概是连长的尊夫人了，她用细窄的眼角，从我的脑袋顶到脚后跟，上下打量了一下，喝了口茶，问道：

"你今年多大岁数？"

接着又问了一些令人讨厌的话。

连长大人大概已然过足了烟瘾，精神很足，和我说了这么一大套的话。

"张德发这小子，不好好干，吃，喝，嫖，赌，没有一样不会，只剩下抽大烟还没有学会了。那么大的年纪就坏得那样，将来能有出息么？今儿和这个打，明儿和那个打，又在外面养了一个娘儿们，钱不够花，什么东西都偷，什么东西都拿，和司务长要钱，没有给他，他骂司务长，连我一起都在内，和弟兄打架，动起手枪来，因为什么呢？为了一个臭婊子娘们……"

"都是臭的么？"太太打断了他的话。

"不是臭的是什么？"

"既然臭，为什么去亲近？像狗一样，狗见了臭东西也过去闻闻。"

"人和狗不一样！"

"我有人赶不上狗，狗还讲点儿义气！"

连长由于对我训话，变成和太太打嘴架了，我把一肚子笑压住，恭敬的听着这一对活宝喋喋的辩论不休，唠叨够了又对我教育：

"我看你读过书，会写会算，人也老成，所以叫你跟着我，家里有事来家帮忙，自己要知道长进，别学一身的毛病……"

"第一，你自己得先改好一身毛病，要不然跟着你也学坏了！"

我看连长在这家庭里，是一点儿尊严也保持不住的，他似乎有点儿怕太太，时时用胆怯和乞求的目光看看太太的脸，迈步的时候也不像在营里那样的用力。

在这家庭还有一个厨子老郑和老妈子，老郑是个诙谐的角色，对我很欢迎，开头就告诉我：

"在老卖婆跟前说话加小心，那是个传舌精，一头吃猪头，一头吃羊头。"

"老卖婆是谁？"

"老妈子！"

用灰黑色的手巾擦了一把脸，又告诉我：

"我告诉你，那个窑子娘们，更得加小心，不是个好东西，爱小白脸，爱儿天够了就想换新的，哼！窑子娘儿们有几个好玩意儿？"

我猜想，窑子娘们一定是连长的太太的别称，我觉得这个外号起得很恰当，很和她形象和举动。老郑又对我说明：

"她本来就是个窑子娘儿们，跟连长从良的。"

我的寝室是在乌烟瘴气的厨房的里屋，黑暗，冰冷，还有刺鼻的潮湿气味儿。有一扇纸窗，左下角镶着一块陈旧昏黑的玻璃，太阳的光很难射进来。墙上挂着一条不堪使用的马鞭子，鞭鞘断了半截。屋角的地方，有一只木凳，上面安置着一副马鞍，缺少一只马镫。床铺是乱七八糟的，有一堆散乱的纸牌堆在枕头旁边，老郑无事的时候，喜欢摆着纸牌玩，用牌来算卦，预测他自己的命运，摆得不如意的时候，便愁眉苦脸的埋怨自己：

"这把牌没有洗好，妈个腿的！"

对我说了又说下面这件事：

"张德发这小子欠我五块钱没有给，你说我报告连长好还是不报告连长好呢？"

连长太太时常袖着两手，缩着肩膀，嘴角含着烟卷走进厨房里来，眯着一直稍微发青的眼睛对老郑发号司令：

"你看你，锅盖脏得这样也不扫一扫，厨房快和茅房一样了，你做的饭真得闭着眼睛吃！"

我看老郑并不十分怕他，很粗率的拧出一串鼻涕，巧妙的为他自己辩论：

"我天天洗澡呀，太太，这是屋顶上掉下来的灰尘，我的给养本来是在连里，现在由司务长给提出来加入在公馆，吃的是剩饭菜，我所得的油水比弟兄们多一点儿，麻子的'王八草的，婊子儿'在我身上已经不发生作用了。张兴很羡慕我，突然改变环境与特殊的地位，别的弟兄们用另一种眼光望着我，看我好像是另一个世界里的人，我自己觉着和他们的距离无形中拉长了，我觉着很光荣而且骄傲，好像小孩子穿上了一件花衣服一样。"

连长把我叫到屋子里，眼睛也不看我对我说：

"营长明天从城里来，你得好好的伺候。"

他教给我，怎样接帽，怎样拿大衣，怎样点烟倒茶，营长问的话怎样答复，我把这些不容易学习的科学用力的记在脑子里，以后又用认真的口气这样的叮嘱：

"营长喝白开水，营长太太喝岩茶，你可记住，不要弄错了。"

转过脸去嘱咐太太：

"营长太太交给你，我不管！"

"我知道，用不着你说。"

在我想象中，营长一定长个身躯魁梧的大汉，满脸的凶气，像张飞一样；但是他为什么不喝茶水，这是我莫名其妙的事情。晚间吃饭的时候我请教老郑：

"有淋病的人不喝水。"

他用坚定疯笑的口气简单的回答了我的问题。

营长来的时候是在过午以后，他们是坐着马车来的，完全出乎我的意料，营长是个小个子，肥圆的脸，散着油光，一双小眼睛，圆圆的像鸟眼一样，耳朵倒不小，像杨树的宽叶。下了马车先寻找厕所要小便。营长太太，腰肢细得快要断了似的，一双半大脚，迈步的时候很不自然，屁股向左一扭，又向右一扭，她拖着连长太太的肩膀嘎嘎的笑着说：

"哎哟，妹子，你胖多了，尽吃好东西吃的呀！"

连长太太扶着她的臂，满脸显露着幸福的笑：

"姐姐，你也不瘦啊，你比我胖得多！"

"人家都说我瘦啦！你偏说我胖，我自己知道，比从前瘦得多。前些日子不舒服，躺了好几天，吃药也不见效……"

营长大人还带着一个背盒子炮的马弁来，他是一个宽脸，紫红色的皮肤，有一对异常狡猾和凶险的眼珠，欢喜假笑，我有点儿怕他那副虚假的神气，我觉着他的神气很凶恶，好似杀过许多好人的刽子手一样。

营长进屋以后并没有把帽子交给我，他自己摘下来往桌子上一抛就完事。连长偷着瞥了我一眼，我也不知道应该怎样做派，还是老卖婆聪明伶俐，她把帽子拾起来挂在墙上。

营长这么一个小个子，毫不出奇的人物，为什么连长都有点儿怕他呢？这个问题我思索了半天也得不到解决。

司务长也来到公馆，帮着里里外外的照应，老郑忙得顾头不顾脸，他手里紧握着大的铁勺，不断的炒呀，炸呀，蒸呀，煮呀。厨房里，烟雾和油气罩得满满的，还有沸开和油滚的响声，铁勺敲击得当当的响。

我们这几个光荣的奴隶，屋里屋外不断的奔跑，拿酒呀，端菜呀，司务长是奴隶的长官，时时的指示最多的是对于我：

"新上的菜，放在客人那一面，把袖口挽起一点儿来，别碰在盘子上。"

连长真是一位活泼泼能说能行的好角色，他一面吩咐酒吩咐菜，一面殷勤的招待营长极其尊贵无比的太太：

"营长您怎不喝酒？"

"那你怎么不喝呢？"

连长非常豪爽侠义的把一盅酒一下倒进嘴里，咕噜一声喝个干净。

司务长除了伺候这一面以外还在我们的寝室里设着席位招待营长的当差：

"吃完了饭，我给你个好地方，要讲玩儿得找司务长。"

这些快乐与安逸的男女，吃得很多，喝得很多，因为胃袋装得太满，都懒洋洋的不愿意动弹，时时发出疲乏的喘声，连长在吃喝这一着，格外的努力，好像不如此便不足以报效上官。

擦得干干净净的烟灯明亮起来了，照着几副青灰色的面皮，连长太太专门担任打烟的工作，打好了一个烟泡，把精致美丽的烟枪呈给营长：

"营长，您请！"

咻！咻！咻！——这是抽烟的时候所发出来的声音。

营长抽了半天才过足了瘾，欠起上体，喝了一口白开水之后，又躺下休息。

连长和他商量着什么秘密的事情，用的是小声：

"报告营长，这回这个钱，我这连摊得多一点儿！"

"团长非用这些钱不可，各连平均拿，你这一份并不多，我们弟兄是什么关系，我能难为你么？等三营刘营长调走以后，你想想，那个缺儿不是你去接还有谁？你得看开一点儿，别为了几个小钱打算盘啊，老弟！"

"是，是，营长，我明白，不过，我现在手头紧一点儿，所以……"

"没有人和你借呀！"营长太太插嘴说：

"干嘛在这些人眼前苦穷？"

接着他们就高声的吵吵闹闹的辩论着一些琐琐碎碎的事，又低声耳语的议论一些什么鬼把戏。

这些事于我这个当小小差事的毫无关系，我也没有兴趣去追究他们，我只是像一个偷着打开盒盖的儿童，是受了好奇心的指使，愿意知道这些人都是在怎样的生活着。

营长大人和他的太太在这里流连到第二天下午，太阳快下山的时候才回城里去了。他们在晚上打牌抽的头钱和赏钱，我也分了份，这是我用宝贵的生命换来的可笑的代价。

和老郑睡在一间屋里是很不安静的，他睡觉的时候，面孔很难看，脖颈歪倒枕头旁边，好像被斧头砍断了似的，时常说些梦话，呼呼的像猪一样打着震人的呼噜。

他时常把装在一个布袋里的钱拿出来细心的数了又数，在昏暗的灯光下他的面孔显着很得意，油光四射，嘴唇挂着没吐尽的唾沫，有时候哼哼呀呀的唱着小调：

"正月呀十五啊，庙门开呀啊，

牛头啊，马面啊，两边排唉……"

我厌恶极了这种阴森森的歌曲。窗户上正紧紧的贴着黑暗，小玻璃上映着闪烁的灯光，好像有鬼从外面向屋里偷看着一样。

老郑还有一种强烈的嗜好，是在睡觉以前用手捏弄着臭脚趾，把臭泥捏出来送到鼻尖闻一闻，有滋有味儿的向鼻腔里深深的呼吸一下，好像嗅着花香一样，捏弄了好久，把臭味儿散满了一屋子，抓起一只臭袜子胡乱的擦一把手脚，蠢笨的曲着细腿去睡觉，有时好奇的问问我：

"老弟，你看的是什么书？"

我看的是一本小说，他对于这类著作不感到兴趣，用轻蔑的眼光瞥了我手里的书本，问道：

"《七侠五义》，你看过没有？"

"没有。"

他失望的叹了一口气，接着又问：

"彭公案、赵公案呢？看过么？"

"看过。"

他的眼睛，欣快的闪亮起来，用夸大的言词，赞美的声调，津津有味的讲着，那些书里在他认为是出类拔萃的人物，对我吹嘘着说：

"现在，行侠做义的人还有啊！又一次我在城里看见……"

他看见一个白胡子老头，抢了一家钱庄，警察赶到了，把这家钱庄团团围住，那个老头看见没有路走，嗖的一声上了房，警察开枪也没有打着他。

第二次他对我讲的则是那个白胡子老头，一下落在警察的手里，把他捆起来，可是正往衙门押的时候，他把绳子扯断，嗖的一声上了房，不见了！

他编造的这个故事，每次都有修改，只有嗖的一声这个绝妙的形容词是不变的。

连部里新来了一位录师爷，厨子老郑的同乡，和老郑有一样的才能，喜欢编一些故事，他的故事编得比老郑的写实一些，材料多半是采取军队里所发生的生活故事，他的面相好像个老太婆，皱纹很深，光秃的下巴，一排不整齐的牙齿，笑的时候，眼睛闭成了一条线。

老郑时常夸奖他，

"嘿，这个人有学问！"

九

老总们正在辛辛苦苦的忙着预备团长检阅，教练的课目总是不改变，不是"排的整顿"便是"班的横排行进"，他们在抬高了大腿努力前进的时候，都是勉强的振作着精神，有的太凸出，有的太落后，枪在肩上歪斜着。好像农夫进城扛着扁担一样。他们记不住班长的指导，正面行进，应该以右翼为标准的原则都弄不清，老兵滑子还好一点儿，新兵的动作差得太远了。

麻子班长嗷嗷的叫喊了几声，看看不行，又叫他们立定：

"王八日的，我不是说，从右面挤过来，赶紧让，要从反面挤过来，娘个逼的，不是抵抗么？看着手就知道往前往后啦，谁叫你们转头？刚才是……"

他指指李大蒜紫色的鼻头：

"是你这个婊子儿转头，我叫你记住！"

在他脑袋顶打了一巴掌，打得很响。

"你再转头，我打死你这个王八日的！叫你装孙子！"

"是……"

"立正！"麻子又嗷嗷的喊起来，"目标正前方墙角，开步——"

老兵们齐心努力的把枪托在肩上，张兴枪托得太往上了一点儿，枪把往下斜着。麻子一眼就看见他的毛病，跑过去踢他一脚，又在他的背上往下打了一拳，然后退回原位叫道：

"走！"

抬起左腿，摇动着胳膊用力的跺着脚掌前进。

麻子一面用着碎步后退，一面皱着眉毛叫喊：

"一，一，一二一，一，一，张兴！把枪往下压！王八日的！一，一，一二一……"

老总们在休息的时候，都羡慕的望着我立在连部门口悠闲自得的欣赏风景，听着小鸟在树梢上唱歌。他们以为我的差事是特殊的，优美的，一点儿也不知道我在"公馆"里的地位和工作是怎样的卑微和下贱。连长脾气大，时常像火山似的爆发起来，实在使人难堪，有好几次我都想取好立正姿势坚决的对他申请：

"报告连长，我干不好这倒霉的差事，让我回连，另请高明吧！"但是我一想起麻子狰狞凶恶的嘴脸，和那尖锐刺耳的咒骂："王八日的！"就觉得浑身发抖，认为目前的地位应该苟且偷安的忍耐了。

连长大人起身得特别的晚，他一起床我就开始忙碌：

"把我的鞋拿过来！"

"我的袜子呢？"

"给我倒杯茶！"

"混蛋，茶碗多脏也不洗一洗！"

"赶紧把马裤拿过来！"

连长太太这个臭娘们自命不凡的神气讨厌极了，她时常对我发号司令，严声厉气的，好像一个尊荣无比的女王，这世界全归她管了，应该老卖婆做的职务也叫我负担，我是连长的当差，同时又做了她的丫鬟，真晦气！

"杨广路，你来！"她又在叫喊。

假装听不见，照旧蹲在厨房里洗自己的袜子不理她。

"杨广路！"她把尖锐的声音加强了。

她叫第三声的时候，我才慢慢把袜子拧干了晒好，故意多耽搁一些时候才去应典。

"你的耳朵聋了怎么的，叫你半天听不见？"

"我洗袜子……"

小娘们儿气的眼睛闭成了一条细线，瘦细的小腰扭向一侧，抬起屁股来把衬衣扣上，对我高傲的噘着家雀嘴，抓起桌上的茶碗，我以为她是要打我了，惊愕的往后退了几步，胆怯的望着她松散的头发，像夜叉一样的模样。

"洗袜子？"她重复了一句，用茶碗在桌子上碰了一下，"你洗袜子要紧呀？"

"不是……"我知道自己说错了话，赶快改过来，"我洗袜子没听见。"

"叫了半天，也听不见？"

"实在的。"

"那么听见了怎不答应呢？"

我闭紧了嘴唇不说话，抱定了主意：臭养汉老婆，你愿意怎么样，便怎么样，老爷就是这种骨头不理你。

她看我默默的不语，怒气更大，把散乱的头发一摇，挺起胸脯来喊道：

"你不愿意干是怎么的？"

我还是不开口，把头深深的低着，看着自己的脚尖，我的鞋已经旧了，还不给我买一双，还装腔作势的发脾气，我想起有一天早晨在阳光温暖的窗外，听见她有病似的呻吟着说梦话：

"哎哟哎哟，死鬼，压死我了，你等一会儿……"

她的人格在我的眼里更值不上半分钱，我想笑，又押在肚里。

"不愿意干，快点儿滚！"她又说一声。接着便指挥我干一些无聊的琐事，干完了变对我把手一指：

"滚！"

这正是我的心愿。

老妈子对我很不错，她像个慈悲的母亲照顾她亲爱的儿子一样，用那温柔的心肠和甜蜜的言语，到处体贴我，帮助我，这使我增加了不少一生的兴趣，好像一枝枯萎的花朵受了雨露的恩惠，从颓废中伸出振作枝梗一样。特别是她鼓励的语言，减轻了我不少的烦恼，她时常热心的指教我：

"你以后别那么耿直，有什么用呢？自己吃亏，人家张德发多会来，叫一声答应三声，说一不二。你到底是年轻，缺少经验，再说，你的性子也太硬，臭娘儿们不讲理，你也别太认真了。随她意吧。咳！"

有时她用亲切和蔼的模样和异常婉转的声调鼓励我，并且安慰我：

"连长时常夸奖你，说你脑筋好，有天才，你好好干，将来有机会，连长提拔一下，高升几步，到那时不是就好了么？"

她这些话，好像兴奋剂一样，使我寂寞的灵魂，暂时的振作一下。她的女儿——一个和我年纪相仿的姑娘——有时来看妈妈，也会给我带来一点儿精神上的食粮。

她来的时候多是在寂静的清晨，她知道只有早晨我们才有空闲，她妈妈有事的时候嘱咐她几句，事事□□□□□□□□□□□□□□□□□，女孩子很懂事，也明白礼貌，见了厨师傅，行礼加上问安好，看我缝补什么东西的时候，很殷勤的过来帮助：

"拿来我给你缝吧。"

她的双手也和面孔的皮肤一样的柔嫩而干净，发辫梳得整整齐齐，规矩的在背后绑着。我觉着她的眼光有诱人的力量，睁开的时候，水汪汪，有如一片明净无波的湖水，在水里似乎映着一轮光辉皎洁的明月。当她缝补的时候，两只手的动作轻巧敏捷，做得惊人的细心，我忍着难受的心跳，欣赏着她的劳动，觉着是无比的快乐和幸福。老妈子不反对她帮助我工作，但是我明白她为什么老是用严厉的口气嘱咐她的女儿这句话：

"不许到老陈家去，连他们的门口也别走！"

女儿的脸色有点儿改样了，胆怯的，小声的答应：

"好久没有去啦……"

她走后，厨子用开玩笑的口气问我：

"你看她好不好？"

又走到我的眼前，掀起肮脏的围巾角用力的擦了一下黑手，又用手背反复的抹抹鼻子，我觉着他有点儿嫉妒我，不愿意听他说话。他似乎看出了这一点儿，很为难的思索了一阵：

"你知道她常来干什么？"

"人家是来看妈妈呀！"

"我告诉你，那是借题发挥，你明白什么叫借题发挥么？"

我摇摇头，把手背在身后面，安定的靠着门柱。

他把圆脑袋伸长了贴近我的耳朵小声的说：

"老卖婆，想把他的姑娘嫁给连长，没有方法接触，叫她时常来晃一晃，连长要看中了的话，那不就好办了么，这点你都看不出来，你还夸口看了不少的书，看书有什么用？这些事书里也没写。"

他这些话没有力量打动我，我一点儿也不相信他，纯粹是自己编故事用来欺骗人，他好像从中得点什么便宜。我看他，心里是一片阴暗，总是把所有人的人格极力的往低处估值，认为无论什么人都是坏心肠，都在做着坏事，并且还要持续不断的做些更坏的坏事，抱着这种思想的人才是真正的魔鬼。好像只有他自己，是心地纯洁的，善良的，一句话：他是个正人君子，别人，全是灰色的小人。

但是我又不懂：他为什么时常像咒骂别人那样，甚至于更凶恶的咒骂自己呢？

"我真缺德，我真该死……"

可见他的恶比别人还要深重。

别人，我一概不管，说老妈子的坏话我实在不愿意，她是越来越慈心的看着我。她看我像老人家自己的亲人一样。至于她的女儿，我很不高兴听别人讲她的坏话，她温柔体贴，可以说是世界上少有的好女儿呢。

"你要不信我的话，早晚有苦头吃，我告诉你，女人都是祸水，一掉进去，便淹死了！"

他像对着广大的观众演讲似的，滔滔不绝的说了一大篇道理，可惜，我只愿回忆女孩临走的时候那微微的一笑，他的高谈阔论我一句也没有听进心里。

"好，我们等着看吧！"

"看什么？"

"有看的就是，你用不着摆出了不得的神气，等当上官儿再摆神气也不晚，现在不过是当差的，给人家索马坠镫，伺候人家，比我高不了多少，没有人害怕呀！"

他挽起袖子来动手洗锅，一面还叨叨的：

"黄毛没褪的小孩崽子，懂得什么？"

我的肚子都快气破了，向他走近几步：

"骂谁？"

他把粗圆的刷子往锅里一抛，握着粗大的拳头靠过来：

"杨广路，你不知道好坏，我看你年纪轻轻的人很聪明，盼你有出息，讲好话你不听，还想和我打架么？我告诉你，干别的不成，要讲打架，你得再去多找些人来，明白么？"

他把握紧的拳头举起来，在半空比试几下，他这拳头，的确比我大得很，也比我有力气，和他打架，我不是对手。我想了一下：还是不吃眼前亏。走开吧。

把厨师得罪了，这对我是很不利的，女孩子来的时候，他嘴里叨叨念念，说些不三不四的废话，故意把她弄得进退维谷，她受不住，只好急急忙忙的走了。

我决心报仇，我时时刻刻都在想着计策，有一天我突然想出一条妙计来，在他做好的汤里偷偷的抛进一些咸盐，连长轻快的喝了两口，立刻皱起眉头和鼻子来，缩着脖子，咧着猪一样的嘴唇，把手掌在桌子上拍了两下：

"把老郑叫来，这个混蛋！"

老郑正在摇头摆尾的忙着炒一盘菜，还没有炒好，急得满头流着汗水，等把菜炒好了，便慌慌张张的跑到上屋，我在窗外听得很清楚他们的谈话。

"把卖盐的打死了怎么的？"

"报告连长，怎么回事？"

"你尝尝这碗汤！"

"口重了么？"

"不，你自己尝尝。"

"再对一碗来吧……"

"混蛋你尝一口，来给你！"

停了会儿，老郑结结巴巴的说：

"奇怪，我没弄这么咸……"

"我看你这些日子马马虎虎的，好像有什么心事，你有什么事告诉我，大家想法子。"

"报告连长，没有……"

这时候，我后悔得不得了，我觉着像拿一把刀子，无缘无故在他胸前刺了一下，把他刺伤了似的。看他愁眉苦脸的走出来，那副可怜的模样，实在难以忍受，我随他到了厨房，想坦白的告诉他，这罪过是我故意做出来的，不知怎么，提不起对他悔过的勇气，我又害怕，要是给连长知道了，会发生怎样的事呢？实在不敢想……

连长对他发完脾气，接着又对我扳着厌恨的嘴脸：

"吃饭的时候，你从来不在屋里多照应一会儿，你的心跑到什么地方去啦？你打算学张德发去蹲禁闭室么？"

我吃了一惊：莫非厨师在背后讲了我什么坏话？但是很快的就证实了，并没有什么人在背后说坏话，完全相反的，厨师和老妈子在背后说了我不少好话，连长在高兴的时候问我：

"老郑说你很用功，你用什么功？"

"看点儿书……"

"什么书？是军事学书吗？"

"是的……"鬼才知道我看的什么书。

我对于老郑，觉着越发的羞耻了，他为我好，在背后唱了不少赞美诗，我认为他坏，偷偷破坏他的工作，弄糟他的服务成绩，伤害他的灵魂，我算是个什么畜生呢？

这天晚上我捧着一颗漆黑的悔恨的心情问老郑：

"还生气么？"

"生什么气？"

我以为他是假装糊涂，他这么一来，人格越显着高不可攀了，我越感觉自己卑鄙无聊，他好像一个强大的国家把我这懦弱无力的民族征服得一败涂地，几乎没有复兴和解放的余地了。

我害羞的在他面前起誓：

"那个丫头再来，我一定不理她，你看怎样？"

"怎么的，出了什么事么？"

"你不是说，和她接近没有好处么？"

"咳，也没有什么了不得，没有关系，你放心吧，不会出什么事，连长不会看中那个老憨，看中的话也不能娶她，不，也不能看中，你不看太太多厉害……"

最后又加上一句："也说不定，这种事难猜测，等着看吧。"

这个人，我简直摸不清他思想究竟是怎样一种系统，在他身上，仿佛有好几个灵魂，时常变换着对付我，有时诚恳，有时虚伪，有时罩上一副朦胧模糊的假脸，好像隐藏在雾里，不容易看清那面目是好是坏。他的话有时叫人安静，有时使人烦躁得不能忍受；又有时叫人兴奋一时，又把人包围在惊愕恐怖的氛围之中。我觉着他这时候便把灵魂打扮得五光十色神奇迷离的模样出来招待我，我觉着幸运的同时又感到不幸，把我弄得像火烧一样痛苦，又像水淹一样闷闷的喘不出气。

他弯着腰把两只手浸在水盆里轻轻的搓着脚趾，脚上脱下来的泥灰已经把水盆盖满了，他把两脚在水里泡了好久，还不想拿出来。

"据你看，那个丫头是不是处女？"

我不明白什么叫处女，我以为处女便是没有婆家，还没有嫁人的意思。

洗脚的人把两只湿淋淋的脚拿出来，直起上体，哈哈一阵大笑，好像有妖怪附了他的身体一样：

"处女，你都不懂啊？"他用肘节抹抹鼻子，嘲笑说，"处女就是，还没有和男人睡过觉，还没有坏，你明白了么？"

他觉着自己博学多才，知识比我高，认为很得意，身体前仰后合的，屁股颤动着，往脑后墙上一靠，把他那顶破军帽碰掉了，他赶紧拾起来，拍拍尘土，扣在头上，开始指导我：

"先看屁股，便能看出一个七八成来，处女，屁股多半是很规整的。其次是，你留心看她的眼眉，要是密的没有什么，卷开的，哼，保不住了，然后你再看她走路，两只脚轻轻的，这没错，要用力的往地下踏，那就是十个有九个破坏了。在这以外，唉，还有好几种看法。当老总年头多了，都有研究，要不信，我一看就知道，你可不行。"

他这种了不得的才能，我佩服极了！

"老卖婆的姑娘，据你看怎么样，是处女不是？"他出了这么一个问题问我。

"说不好……"

他把眼珠瞪得圆圆的，向屋角吐口唾沫，搔了一下肚子：

"我告诉你，她要是……"

老妈子咳嗽着走进来，把我们重要的功课扰乱了，她的鼻尖上有一块黑，洗衣服的两手还是湿红的：

"太太叫你！"

我不愿意离开这间有臭脚味儿的教室，因为最有趣儿、最重要的一课还没有研究完呢，我坐着不动，也没有想动的意思。

"快去吧！"

"你去看看得了！"

"她叫你呀！"

十

连长太太正懒洋洋的坐在床边半闭着眼睛思索着什么主意，好像有了愁事无法解决。连长是和司务长一块儿出去的，叫我留在家里。这时候，吃过晚饭好久了，连长还没有回来，我以为是出了什么事。老妈子在外屋哗哗的洗衣服，累得呼呼的喘气。

"昨天下午，连长到什么地方去来的？"

我想了一下，赶紧回答这位尊贵无比的女王：

"从营里出来，走到半路，连长说有点儿事要到朋友家里去看看，叫我先回来。"

"你不知道他到谁家？"

"不知道。"

"你用不着撒谎，我没有亏待你！"

"实在不知道！"

"真的不知道？"她把一只袜子堆叠在脚面的脚抬起来，翻弄着怀疑的眼珠。

"真的！"我有点儿忍耐不住了。

"废物！"

我心里想：你才是废物，什么玩意儿，屁股这么大，已经不是处女了。我多增进了一种有趣儿的常识，觉得很高兴，情不自禁的在眉之间流露出压不住的笑意。连长太太奇怪的看着我，从床边的小篮子里拿出一个橘子来剥皮，一面用眼角测量我的尺寸：

"你一定撒谎，明明知道不告诉我，连长对你说过：'无论谁也不准告诉，太太更不许告诉，多嘴多舌就叫你滚蛋！'是不是？哼你就瞒得很结实！你等着吧，你要对我说半句谎话，我给你点儿苦头吃，老苏！"

老妈子答应一声，从门口探进憔悴的面孔来。

"明天再洗，没有事儿了，早点儿回去休息。"

"好，明天洗……"

老妈子很快收拾完了，悄悄的去了。迈出门槛的时候还奇怪的回头望一眼，好像屋子里藏着怪物。

连长太太把橘子扯下一瓣用指尖推进嘴里：

"唉，你说实话！"

我无论如何也想不起是出了什么事，恨不能在一秒钟之内就飞回教室，接着听老师讲意义最深的一页功课。

"你干嘛不说话呀？"

"我的头有点儿痛……"我忽然想起这么一个脱身的计策，用手摸摸因为焦急而发热的前额。

"头痛？"小娘儿们不相信的皱着眼眉，"你过来我看看，过来，快过来呀！"

她先头已经用严重的口气说过的：我给你点儿苦头吃！这个可怕的宣言像钉子一样钉进了我的脑里，又像锄刀一样在我的脑中深深的耕种了，我哪有勇气靠近她。

"叫你过来，耳朵聋了么？"

我心里想：小娘儿们，你无论怎样的厉害，也不至于把我三口两口咬死，动武的，你不是对手，一巴掌就把你打个倒栽葱，谁害怕不是好小子。我这么决定了便走近她，看她能把我整死不能。

她先立起来用手指当梳子不耐烦的抓了两下稍微散开的头发，理理鬓角，搓搓手背，看看手心里有没有尘土，从床边扯过一条带红花的手巾擦一擦手心，又照照小镜子，她觉着自己很美丽，还微微的笑了一下：

"唉，你说实话呀，用不着装头痛，老苏的闺女你看中了是不是？她也看中你了，那孩子倒不错，长得够样，穿上好衣服，像个太太，我给你保媒你娶了她吧。不过老两口子还有她的哥哥，好吃懒做，欢喜耍钱，你全得养活他们，给他们吃穿供他们零钱花。你赚得不够，那不要紧，有方法，你娶了她也好为我除一块病。"

我真想不到她会讲出这么一套荒唐无稽的话，她从早到晚吃饱了饭没有事做总是想一些无聊的身边琐事，安慰她自己，我坚决的对她声明：

"娶媳妇还早得很！不过是闲扯……"

她好像大腿上挨了一锥子，打了一下颤，坐在床边，用一双容易受惊的马的眼睛圆圆的瞪着我，竖起耳朵来，拍一下大腿，摸着膝盖叫喊：

"哎哟，可了不得，你已经和她扯上了么？这么快！你们是在什么地方？在她家里？你们要正在亲热的时候，叫她爸爸堵见了那可怎么办好，嘿，那老头子厉害呀！时常说，闺女要好好嫁人，不守本分就打死她，连老婆子也打死。你这一来哎哟，我的天，我真佩服你这个小鬼，你快告诉我，你们扯了几回，不能有孩子么？她怎么样，好吧？呸！不要脸！"

连长太太好像是疯了，说出这种鬼话，我听得呆了，一句话也回答不出来。

"说呀，怕什么呢？我知道，她一定是愿意，费不了多少事。你们第一回扯的时候是谁起的头？我想准是你。她看你是小白脸子，比别人好，就依你了，你一定撒野，也许把人家都弄哭了，你用不着装老实，不说话，我也明白你，哼，外面老实，心里一点儿也不老实，小缺德鬼儿！"

她寻思了一阵，把话题改变了，质问我：

"连长要娶姨太太，对你说过了没有？"

我从什么地方会知道这些狗屁倒灶的事，他娶不娶姨太太与我有什么鸟关系，我又不是连长的亲爹，他要娶太太也无需对我来请求。

我摇摇头回答她。希望快点儿结束这场傀儡戏去睡觉，这样的谈话，还不如挨一顿臭打痛快。

连长太太不肯放松，步步加紧的审问：

"从来没有对你讲过？"

"没有。"

"那么你听别人讲过了没有？"

"没有。"

"老郑呢？"

"没有。"

"上士呢？"

"谁也没有对我说过，太太，我实在不知道！"我气坏了，想哭。

"那么你明天问问司务长，不要说是我问的，再有，连长要到那个养汉精的家里去，赶紧告诉我，我去抓住他们，嗯，要叫我抓住……"

她这时候很像一只吃人的野兽，咬着牙，怒气冲冲的望着外面从齿缝里流出这样可怕的宣言：

"我拿剪子穿死她，该死的，养汉精！"

想了一下又摸摸枕头底下，那下面放着一支马牌手枪：

"唉，我拿枪去，照大腿上，砰——给她一枪，不打死她，叫她活受罪！"

我想了又想，总想不出那个养汉精是谁，如果我知道，我有意跑去秘密的通报她：连长太太要拿枪来和你拼命，赶紧躲开吧！

太太的眼光很敏锐，好像测透了我的心思似的，用不相信的神气把我上下打量了老半天，好像头一次见面，还不认识我似的。

"你要是故意不告诉我，也给你一枪，把你打成瘸子，叫你变成残废，一辈子不能做事，当叫花子伸手叫爷爷奶奶。"

我肚子里的怒气早就装满了，再也装不进去了，她这句凶狠的话好像火上加油一样，把我的身心燃烧得非常痛苦，没有法忍耐。

我抓住她的头发，使力的打她两个大耳光，一脚踢倒她，用膝盖压着她的肚子，扯下她的上衣和裤子来，不管她怎样挣扎和叫喊，让她一丝不挂，赤条条的，好像拔了毛的鸡一样，然后把她拖到大街上，找一个棍子，狠狠的抽她一顿，把她打个半死不活，让大家好好看个光景。我想这样干一场，一定会出气。

可惜我没有勇气这样干个痛快，只好让愤怒的烈火燃烧着我。把我烧得零零碎碎，瘫软无力，一直烧成灰烬。

小娘们儿发作了一阵，又渐渐的变成温和了，好像暴风雨已过，变成了晴天，她闷闷的喘几口粗气，愁眉苦脸的自言自语，好像演话剧那样的口气：

"唉，暖饱生淫欲，饥寒起盗心，一点儿不假呀！他当排长的时候，我就和他认识，那时候他还没有抽上烟呢，从当连长以后就学坏了，撒谎，狡猾，一肚子坏水，看见女人就迷糊，唉，看着吧，就这样下去，早晚得死在女人手里，要往好处做，我就好好的，要往坏处干，我也不在乎，怎么坏怎么来，差事打了要饭吃，我一概不怕，我不愁没有饭吃，下窑子也吃碗饭，还弄个舒服，哼，不长进的东西！……"

她抬一抬头，摇摇下巴，往地上吐了一口：

"哼，你想当营长，可不好好干，来不来又想娶姨太太，哼，你可真想个宽，我要让你顺心才怪呢！妈个臭逼的！"

休息一下，喘喘气，接着又发挥下去：

"当官儿的，哪有好东西，官儿越大越不是人，为升官儿，溜须拍马，怎样下贱怎样干，为发财，从弟兄身上找好处，当兵的去送死，去卖命，去当炮灰，他们专挣钱，抽兵的骨头，喝兵的血，真是作孽，该死！说起来，有几个能得着好死的？不是当炮灰，就是挨枪子儿，婊子养的，你也好不了！我死了变鬼也来扼你，不能叫你舒服……"

这时候，我仿佛就是连长，她把我当作假设的标的，把子弹一发一发的往我身上射过来，可是我并不觉着有一丝一毫的疼痛，这时候我觉着分外的有趣和可笑，在我面前展开的这幕人生的角落里所演出来的喜剧，是多么卑鄙丑恶和滑稽呀！实在可笑……

十一

走出"皇后宫殿"的我觉着浑身松快了不少，好像从法场释放的囚人，几秒钟以前我的双手还戴着手捧子，脚上拖着铁链子，这一刻，全都摘下去了，我可以恢复自由了。我快乐得像活泼旋转的风车，又像一支火箭要从地上飞起，三步两步跑回教室，一把抓住正在床边用破布擦脚突然受了一惊的郑厨子，"唉，你说，老苏的闺女到底是不是处女呀？"

他没有给我圆满的答复，不知因为什么正生气的噘着嘴半天没有回答。

"你怎么的，干什么生气？"

"我行李底下的两块钱不知叫哪个祖宗拿去了，我想，你是决不会拿的，那么，除了老卖婆还有谁呢？啊，她今天没有进这屋，一定是她闺女做的贼？不用说……"

真是活见鬼，一波未平，一波又起，在好好的教室里又发生了这样不容易解决的难题，有趣儿的功课，不能接续研究了。在连长没有回来以前，我们没有间断的讨论丢钱的学理，我焦急烦闷的在他行李底下，在破袜子和乱七八糟臭味儿刺鼻的杂物之间搜索的结果，发现了两具值得注意的臭虫皮，一本缺页的武侠小说，但是钱的影子一点儿也没有。

"我想，她不会拿钱。"

"你敢保证么？"

"那么你怎么知道一定是她？"

"别人没有进这个屋里呀！"

"你上厕所的时候，也许老婊子进来你不知道。"

"那么是她拿去的？这个老养汉精可说不上，上回她偷取了两个鸡蛋我还没有报告太太知道呢，这回又来偷钱，可恶极了，报告太太，叫她滚蛋！"

我不同意他叫老妈子滚蛋的政策，他这种仇恨老妈子的心理真不容易明白，我想说服他，毫无效果，最后我用狡猾的外交手段把他难住了：

"也许是你记错了地方，再不然是已经花掉了！偏说是人家拿去的，故意害人，不安好心……"

"你，你……唉，我怎么能，你听听，是不是连长回来了？"

这时候已经是过半夜了，我们结束了这一天闷气讨厌的劳苦打算睡觉，上屋里，突然发生了声音响亮的口角：

"亏你说得出口，没有孩子，怨我么？得过淋病梅毒，怎会有孩子……"

"你小点儿声吵！"

"要娶那个臭丫头，干脆娶，做什么鬼鬼祟祟的，什么事也瞒不住人，我全都知道。"

"我愿意娶多少就娶多少，愿意跟谁就跟谁去，听明白没有？我不是好管的。"

"对！"老郑悄悄的称赞，"男子汉大丈夫做事，决不能叫女人管，当指挥官的，顶要紧的是自己拿主意，打仗的时候，三心二意可不行！"

连长太太的骂声又响起来：

"噢，我管不着你。是呀，你现在是连长，手底下有好几个人，也有了几个造孽的钱，你可以随便的干！好呀，你看着吧，我原本也没有打算管你，我只问你，你打算怎么办？你最好把我一枪给打死，省着讨厌，给你！"

老郑轻轻的推我一下：

"坏啦！你快去看看，把枪夺下来……"

真糟糕，我已经脱去衣裳要睡了，急急忙忙抓过袜子往脚上套。

老郑不断的催促：

"用不着穿，就那么样去吧！"

"冷呀！"

连长太太大声的叫喊："给你枪，把我打死了出气，你再另娶新鲜的，手枪在这，拿去！"

老郑急了，用力的推我：

"快点儿，再等会儿就坏了！"

好容易把鞋穿好，连衣服都没有扣上就慌慌张张的往上屋拼命的奔跑，院子里有块木头把我绊了一跤，我踉踉跄跄往前跌了几步，幸亏手快。扶在地上，整个身体没有扑倒，就这样我的膝盖还是擦去了一块皮，但是我刚要推那正屋的房门，听见里面广播出来这样温柔婉转娓娓动人的音乐：

"得啦，祖奶奶，你干嘛这样难为我，你想叫我怎样，痛快说吧！"

我没有力气推那关紧的门了，全身瘫软无力的立正在窗外，背靠着墙，乏味儿的望着满天闪耀的星光。

连长太太还是强硬无比的声调：

"你一枪把我打死不就完事了么？顶多给我买口棺材，叫你们喽啰把我抬到荒地埋了就算完，你要是好小子，赶快打死我！"

我的呼吸又紧张起来，有一颗星光迅速的划了一条斜斜的光线，坠落了，我想这也许是连长太太要死的预兆，她那样的激连长，很容易激起他的怒火，那么他一时压不住感情就会抓过枪来对着女人的脑门放。

我的想象又错了，连长并不动火，他用亲切和蔼、温柔百倍，好像哄小孩子似的难得的语调安慰她：

"得，得，别生气了，慢慢的说吧，来，坐下，坐下呀！"

我的情绪又平稳了，好像有块石头扔进水里，发出一声音响，起了几层波纹，接着就沉寂了一样。

"上一边去，不许动我……"连长的小宝贝儿又在动气。

"来，坐下来我告诉你好话。"

"你还有好话告诉我？前世也不知道造了什么孽，叫我活着受罪，不如赶紧死了痛快，呜呜呜……"

哭了。

窗外有个平滑的石台，我在上面悄悄的坐下。有一颗也不知道什么星，格外的明亮，周围的星都显着很渺小，那颗星好像连长威风凛凛的立在操场，旁边有两颗比别的稍微大一点儿的星，那就像两位连副，有一只星不住的挤眼睛，好像司务长算给养金算错了账焦急烦躁的模样，在那旁边的两颗星，一个是有病痊愈不久的缮写上士，一个是沉思默想的师爷在翻读公文呈示，张兴立在较远的空中，他一定又是趁机溜号了，还有一颗微弱的星光像老太婆，正在许多老总的星群里出现的伸出黑瘦的手掌要赌博的头钱，在她身后的星光便是她的儿媳……所有的星群都使我记起一切熟识的人们，哭的，笑的，默默不语的，喋喋不休的，蛮横无理的，贪婪无厌的，荒淫的，狡猾的，老实的人们，有一颗小星像老妈子的女儿，正默默的流着哀怨伤心的泪水，不愤的望着大千世界……

过了几天，是在傍晚的时候，连长太太和老妈子吵起来。

太太正躺在床上伸直上体，弯着肩膀，探着头，蜷曲着腿肚，有滋有味儿的打着大烟，她那没有水洗也没有搽胭脂抹粉的面孔在灯圈的光里显得很灰暗，好像从坟墓里挖出来的死尸一样，她一面打烟，一面生气的叨咕：

"老养汉精，该死的鬼婆子……"

司务长是在这里和太太低声耳语了半天刚刚离去的，老妈子一进来，她就把正在烧烤的烟泡放在放光的铜盘子里，满脸怒气的爬起来，端详一下老妈子干瘪的黄脸，咬着牙：

"老冯，你过来，我问你话。"

老妈子好像早就预料到这不可避免的冲突，不慌不忙的握着手背，极力的压制着自己，很规矩的立在床边：

"什么事？太太！"

"昨天晚上连长在你们家里么？"

"太太，我不知道啊！"

太太把凸出的眼珠狠毒的望着地下：

"哼，你的嘴倒很巧，不知道，你怎么会不知道？你回去的时候他还在你们家里，你装的倒像模像样，真是越老越糊涂，越坏！你养汉养了一辈子，还教你姑娘养汉，你到这儿做事，原本是为的来勾引连长，要把你的姑娘嫁给他，来顶我的行，你认为我不知道怎么的？哼，我早就知道，我忍着，想看看你们要怎样，现在我全都明白了，你说吧，你打算怎样？"

她被愤怒的火焰燃烧得很厉害，立起来又坐下，过一会儿又立起来，想了一想又坐下了，两只手，一会儿抓抓头发，一会儿弯腰摸摸铜盘里一匣洋火，拿起来摔一下，壮壮她的声势：

"人家养狗是为了看家，防备贼，我拿着包子馒头喂狼，喂饱了来咬我，你问问你自己的良心，你这样大年纪，棺材都快没脖子了，还干些缺德的事，打算顶我的行，你们是做梦，我告诉你，赶紧滚蛋，我这里不缺少皮条客，真是那一辈子作孽，碰见这些活对头，呸，真倒霉！"

老妈子一言不发，好像挨了一棍子把头打昏了一样，她的两腿有点儿发抖，两只破脚不断的移动着位置，她刚要开口辩论，太太的嗓门又像机关枪一样很快的响起来：

"我先告诉你一声，连长再去，叫我堵着，哼，我可决不客气，加小心点儿！"

一头倒在床里，把满头松乱的、像着了火的茅草一样的头发堆在枕头上，连连的打着哈欠，显然的，她是被这些狗屁倒灶的讨厌的事件袭击得寂寞和厌倦了，烟瘾也在重压着她，使她失去了争骂的力气，她接续烧烤那一条土黄的、像胶皮糖一样柔软的烟泡，烟泡在她手里冒烟，烟的浓烈的气味儿令人作呕。

老妈子受了咒骂和威胁，好像被抛进深井里一样，好容易挣扎着爬上来，千辛万苦，模样很可怜，嘴唇在发颤，牙齿抖动着：

"太太您听了别人的话，连长去了是不错，每回都瞒着我，我在这里，他去了我也不知道，我知道也不能把他怎么样呀！太太，您是明白人，您待我好，我何尝不知道，再说……"

"用不着说！"太太把烟泡捏成一个圆尖，插进烟斗里对着火猛力的吸着，没有工夫说话，老妈子念着：

"那个该死的老头子不告诉我，孩子年纪还小，不懂事，我如果有意把她嫁给连长，太太，您叫我怎样就怎样，我对天起誓！"

太太抽了几口烟，精神振作起来了，把烟枪放下坐起来，脑袋一摇头发全扔在后面，抓起烟枪，用烟嘴敲敲锅盖子：

"你用不着满嘴胡说，我不是一个用花言巧语好欺骗的人，你那张嘴没有说话我就看准了你要说什么，你看明白点儿，我不是好惹的人，不给你们点儿苦头，你们也不知道厉害！"

把衣襟整理了一下，瞪瞪我，把嘴一咧，好像要吃人似的，气势很凶，她已经忘记屋子里还有个看戏的我了，这时才想起来。

"没有你的事，去！"

出来以后，我很挂心老妈子，怕她大腿上挨一枪，很快的我又转了一个念头，像她那样的人，活着并没有大的益处，对我的温存，并不见得是真的，连自己生养的孩子都不爱，为了几个小钱，把她逼着往深渊里走，真卑鄙下贱！

屋子里。争吵的戏片还接着活泼的旋转：

"我问你，连长给了你多少钱？"

"什么钱？"

"哼！你们这种贱骨头，一辈子受大穷是应该的呀，几个零花钱，能吃一辈子，能穿一辈子，姑娘大了不快给她找个汉子嫁出去，留在家里，为的叫她赚钱，没听说谁家靠着姑娘养汉子大富大贵。你说你姑娘岁数小，二十来岁的人还算小，多大才算大？像你这样老掉了牙才算大呀？你说不知道纯粹是装糊涂，她来勾引当差的，你也看不出来？我看你那个姑娘，早就坏透了，像七八月的甜瓜一样，想娶她的，一定是瞎眼，呸，没有脸的贱骨头，真他娘的逼的不要脸，勾引野汉子勾到这门上来了，瞎了眼睛的，倒霉鬼，等着瞧！"

"太太，你不必生这么大的气，你应该弄明白……"

"什么，我早就弄明白了，用你教训么？你配么？要不看你年纪这么大，我会撕碎你的嘴，给你一枪，你还多嘴多舌的，我告诉你一声，我这里不用你，去！以后加小心，叫我堵着不客气，要了你们的狗命！"

十二

在这场争吵的第四天午间，连长太太很少见的走到下屋来吩咐：

"杨广路，跟我来！"

我把新买的军帽扣在头上，跟着她出门。她手里拿着一个青灰色的手巾包，那里面包的不知是什么，是扁的，前头是尖的，后头是圆的，看那样子决不是手枪。

她满脸的怒气，不知为的什么，走路时的两只脚很用力，恨不能要一脚把地球踏碎了一样。

走到老妈子家里，他叫我轻轻的推开那关紧的街门，不让发出声音来，门是闩着的，没有法推开，她急了，握紧屋里的小拳头生气的敲打。

"谁呀？"老妈子的声音。

太太对我扬扬下巴，皱着眼眉叫我答应，意思是叫我不准发表她来，我假装不明白她的意思，决心破坏她的作战计划：

"快开门，太太来有事！"

太太生气了，眼睛闭得很小，在我背后打一拳：

"傻子，领你来还不如不领。"

"快开呀！"我认真的呼喊，表示对太太援助的热诚，不露出一点儿倾向敌军的意思，我用脚踢了两下门，目的是警告他们加小心，一面咬着牙打算从门上面爬进去。

老妈子回屋好久才出来开门：

"噢，太太……"

太太不理她，笔直的往屋里奔去，她没有看见连长是藏在院子的一角草堆的后面露出牙齿微笑，对我认真焦急的摆摆手，太太进了屋，他赶紧像老鼠似的逃走了。

糟透了，连长忘记了他的武装带，把武装带解下来放在桌头上，太太一迈进门口，就看见了这个，她急忙弯腰看看床底下，又回身望望外面，指挥我：

"快到院子里看看连长藏在什么地方？"

我像捉迷藏一样在院子里绕了一圈，回屋报告她搜查的结果：

"没有。"

老妈子慌急了，她的女儿脸色惨白，像月夜里的芙蓉一样，看着狰狞凶猛的太太就如一只可怜的小兔看着将要吃她的老鹰。太太用武装带的前端在她脸上指了一下：

"养汉精，把连长藏在什么地方，说！"

"太太，他没来……"

"放屁，混丫头，这不是他的武装带么？"

这时候我觉着她惊骇慌恐的模样又可恨又可怜，想帮助她，可是想不出方法，太太回头指着老妈子的眼睛：

"连长从什么地方跑的？"

把武装带握紧了，不管头或脸，对着老婆子猛抽，一面用着大声命令我：

"在门口堵住，不准她跑！"

其实老婆子并没有逃走的意思，她忍耐着吃了几皮带，用眼角示意给她的女儿叫她赶紧逃出去避免这场灾祸。可怜她已经昏了头，还没有往外奔跑，太太已经抓住了她的头发，太太把手巾包一扯，露出剪子来。

"妈呀！"姑娘骇得大叫，用手推开太太的手，打算把她推开了好夺门而逃。太太抓住了她的头发抓得太紧了，她无论怎样的用力也拔不开，太太打算把她按倒在地上，可是缺少气力，一面拖拉一面咒骂：

"养汉精，我叫你知道我的厉害！"

在女孩子的大腿上刺了一剪，一声尖锐的大叫冲出这间房屋，传到外面，老妈子急的两脚乱跳，她打算夺下太太手里的武器，没有成功，手背上反挨她一剪子，鲜血从她的手背冒出来。

"太太，饶了我吧！"女孩子哀求着、哭着、忍着疼痛。

太太的脾气大极了，又在女孩的屁股上扎了两剪子，然后把她的头发放开，扔开剪子，用脚踏着剪柄怕别人拿去，再用两手推倒情敌，在她肚子上像狼似的下口乱咬。

"哎呀妈呀，救命呀！救命呀！"

老婆子跳过来抱着她的胳膊给她叩头：

"太太，太太，您抬抬高手饶了她吧！"

太太不理，用屁股把她坐在一边，抓起剪刀来威吓她：

"你过来我扎死你！"

她动手撕扯姑娘的裤子，这时候太太的头发披散着，脸腮在什么地方碰了一块青，瞪着充血的眼睛，咬着下嘴唇，好像可怕的夜叉一样。姑娘在她凶狠的爪下滚爬，挣扎，两手拼命的抓着裤子不让她扯下来，又哭又喊：

"太太饶命吧，哎呀！哎呀……"

我真不明白她为什么要撕扯情敌的裤子，老太婆似乎明白了她的用意，抱住她的胳膊死命不放，姑娘在她松手的一瞬间脱开了身子。我看见她的大腿和屁股上都撕破了，露出了肉，鲜血染红了皮肉，模糊一大片。她的手上也有被戳破的伤痕，嘴角流出鲜血。

太太挣不开老婆子的拥抱，自己也使不出劲来，上气不接下气，筋疲力尽，说话的力气都不够了，她有气无力的命令我：

"杨广路，打她！打死她！你站着干嘛？"

我拖起老婆子来，把她拖到院子里，指指外面，她似乎领会了我的意思，哭着往外跑了。

回头我又拖起发疯似娘儿们来：

"太太，休息吧！"

"鬼婆子呢？"

"叫我打跑了！"我咬着牙齿报告战况。

"什么，该死，你把她放跑的！"

她叉着腰，用脚在姑娘的胸前踢了一脚：

"养汉丫头，你再敢不敢勾引他？"

"太太，饶了我吧！"

她痛得立不起来了，用两手扶着地，头发散乱的垂在肩膀上，说实在话，我的心痛极了，我恨不能掏出枪来把身旁的妖精一枪打死，然后用那把剪刀剖开她的腹部，把她一肚子肮脏的肠子全掏出来抛给狗吃。

她休息了一会儿，又伸手打了姑娘两下耳光。

"连长要娶你么？养汉丫头，快说，你要不说实话，我今天就拿剪子穿死你，再不然我活剥了你的皮，唉，不信你看看！"

女孩子用皮破血流的手摸摸负伤的臂部裤腿，忍痛的扬起灰白的面孔，脸上有巴掌的烙痕，眼睛里，泪水饱满，头发上沾着泥土，胸前的衣襟被撕破了几道口子，里面一件灰白色的内衣也撕破了，野兽似的娘儿们一定是把她的胸部咬伤了，她用手摸着胸部，好像有几把刀子刺在胸口，因为刺得太深，用足了气力也找不出来一样，痛得连喘气的力气都失去，哪有说话的精神。

"混东西，你怎么不说呀？"

在她头上打了几拳，在她的腰上又踢了几脚。

她咬着牙不说话，鲜血从嘴角里流到下巴，像一条小河，太太气急生疯，又在我身上发泄：

"那个鬼婆子，你为什么要放跑她？噢！你们是一鼻孔出气，我忘了，你和这个养汉丫头也扯上了，你疼她是不是？我偏打她！打死她！"

抓着姑娘的头发，左一个耳光，右一个耳光。我很奇怪，她被打成这个样子，为什么不反身跳起，一口咬住仇敌的咽喉把她咬死，弄到这步田地，死活有什么关系，我相信，她有野兽娘儿们两倍以上的气力，然而在无情的剪刀刺过来的时候，她只是消极的防御，却不积极的反攻。她一用力，连长太太便会滚在底下，可是她不肯干，在她身上，受压迫和侮辱的骨头仿佛是天生长结实了似的，现在呢，她只能颠扑在敌人的脚下呜呜的哭泣！

司务长摇动着青筋毕现的细脖子出现了，他像个妇人一样，用那温柔的声腔，曲折婉转的规劝太太：

"太太，您快回去歇歇吧，气坏了身子算谁的，连长在公馆等着太太回去呢！"

我看见司务长样子像小丑似的狡猾阴险的嘴脸，真想从后面一脚把他踢个倒栽葱，这场凶猛的打架我认为全是他用谋略的手段作弄出来的，他为了讨好上官，买连长的欢喜，把他领到这里来糟蹋父母的灵魂，为了更进一步买好太太，就把这个秘密用谎话去报告，又使母女受了这样凄惨的毒打，他从中装正人君子劝架。这种灰色的人物，我看得很明白，如果我现在有权，我会马上枪毙了他，或者把他活活的倒栽葱埋了。

连长太太临走的时候还在脚底下的俘虏腰上狠狠的踢了两脚，扯着嗓子咒骂：

"下次他要来，我要不打死你我就随着你姓，臭养汉丫头！"

司务长连连的鞠躬安慰她：

"太太，别生气了！"

又对着我吼过来：

"废物，什么用处也没有！"

街上有不少睁着异样的，讨厌的，呆滞的嘴脸。他们看见连长太太和司务长出来，赶紧胆怯的把道路闪开，我听见身后有些乱杂杂的议论和批评，我回头一望，他们都不约而同的把黑漆漆的口紧闭着，这些人，胆子太小了。

十三

女魔王一回到宫殿，就和寨主吵起来：

"你有小子骨头么，为什么跑呢？"

连长的气势也很大，厌恨的看她一眼：

"你管得着？"

接着又对我狂叫：

"你跟着去干嘛？"

"太太叫我去……"真倒霉，四面碰壁。

连长坐在床边，厨师把茶具轻轻的放在床边走去了，周连副在这时候进来，很笨拙的脱下军帽放在腰际，身体硬板板的往前倾了一下：

"报告连长，陈泽升逮住了？"

"在什么地方逮住的？"

"他跑出去十多里地，我们在路上碰见他，他举起枪来对我瞄准，我对他说：'不是来抓你，把枪留下让你走！'他想了一想，知道不行了，把枪放在地上，我们过去收了枪，然后抓住了他，这小子太不是人了，往回走的时候，他口口声声的咒骂：'姜连副，你不讲义气，算什么东西？'我气急了，收拾了他一顿才把他制服了。"

他觉着自己很有诗意，把军帽拿起来看看那里子又放下，用稍息的姿势立着。

连长气愤的把头低下看着地，自言自语的说：

"这小子，老偷东西，溜号，办他还不服，这回竟敢拿枪'开小差儿'，胆子真不小，把他报上去，现在呢？"

连长抬起青灰色还有点儿暗光的头皮看看连副瘦窄的眉头又担心的望望立在窗前还在生气的太太的背影。

"放在禁闭室。"连副客客气气的弯一下腰。

"叫上士做个呈文往上报。"

"上士又病了。"

"好，呆会儿我到连上再说。"

连副弯了一下两腿，去了。

我想陈泽升这回可完了，他为什么拿着武器潜逃呢？这罪过是很大的，一定会枪毙了他。

我记得张兴对我说过，有些老总拿着武器开小差去参加"匪贼"的团体，那么，陈泽升不消说大概也是去当"胡匪"，不然他决不会拿着枪械潜逃，把他枪毙了以后，那饥饿的老婆孩子怎样办呢？

他偷拿厨房里的剩饭被发现了挨军棍时的情景又浮现在我的脑际，那棍棒的节奏，哀嚎的悲歌，清楚的在我心里发出声音来，我想得呆了，被连长一声呵斥吓了一跳。

"为什么打人家？"

太太回过身来，摸摸自己铁青的脸腮，浑身摇动着，嘴里冒着唾沫，好像一只疯狗一样，她似乎省悟到刚才的打架是很没有意义的，是不会产生什么好的效果，两眼疲乏厌倦的看了一会儿连长的脸，紧皱着鼻尖反问：

"打她怎么的？我能无缘无故打她么？"

"你干嘛把人家打成那样，邻居会怎样说，你疯了怎么的？"

太太的脸孔罩上一层灰暗愁苦和愤怒的网。

"我打她你心痛么？我打得太轻，我应该把她打死才对，去一块病！你想把我怎样？你要休我。我没养汉，没做贼，我没做出丢脸的。对不起祖宗的事。那个养汉丫头，她想夺去我的男人，我就打她，我打伤了她，看着办吧，你把我整死吧！"

她把头发往四面摇散，嘴唇和牙齿厉害的颤抖着，好像得了重性感冒正在发热发冷，她说话的时候，眼睛时大时小，腰肢不停的旋转，屁股画着圈子，加上手指脚画，像跳舞一样。

连长听说他的玉娇娘被打伤了，显然是很心痛的模样，他振作起万夫不当的勇武坚决的跳起来，用拳头猛力的往桌子上打了一下，茶台茶碗全都跳起来，发一声骇人的声音：

"你这种野蛮的娘儿们，你不怕人家笑话，我怕人家笑话，叫大家伙讲究出去，以后我有什么脸儿见人，你不替我想想！"

太太的大腿上好像挨了一剪子，战兢兢的往前一跳，伸直了脖子大声呼喊：

"你怕人家见笑可做那种丑事，你是连长啊，弟兄以后能看的起你么？"

她这句嘲笑讥讽的言语连她自己也想不到会彻底的激怒了连长：

"你是故意叫我倒霉啊！"

太太为了在别人面前表现自己的尊严，幻想着维持战斗最后的胜利，便把她耀武扬威的作风坚持到底：

"你想叫我倒霉，我怎不叫你倒霉？"

我看出连长的眉目之间显出从来未有的愤怒和阴险的气色，杀气腾腾的，他一步就迈到夫人面前，指指她的鼻子：

"混蛋，你说什么？"

"你叫我倒霉，我就叫你倒霉！"

啪一声，连长的巴掌迅速的在她脸上用力的打了一下，司务长赶紧像灵敏的毛猴一样跳过去把连长拖开了。

太太用她散乱的脑袋往连长的怀里撞：

"你打死我吧，打死我吧，我给你打！"

连长从司务长的怀里挣扎出去又打了太太两个锅贴，还想用脚踢的时候，司务长用着全力把他拉到门口。

太太连哭带喊的，往司务长的背上碰，她低着头，松散的头发垂到前面遮着了视线，她弄错了人，在司务长背上乱抓乱捶，司务长受不住了，赶紧放开连长，回过身来扶起太太的肚子：

"太太，您别生气了！"

我已经吓昏了，不知道要怎么办才对，我忽然记起厨师的教导：在"老爷""太太"武力斗争的时候，当差的任务不在劝架，最要紧的是偷偷的把手枪或诸如此类容易致人死命的武器拿到别处藏起来，等战斗终止以后，综合各种状况，认为没有危险的时候再放回原处，这个政治觉悟是不愉快的，我觉着这些事于我毫无关系，死活也与我没有关系。我照旧立在门口不动。我希望连长能重重的打她，抓住她的头发，打她的耳光，顶好也是用剪子穿她的屁股和大腿，并且下口乱咬她的肚子，叫她自己也尝尝那样的打法是怎样的滋味儿。连长打了那么两下停了手，她碰了那么两下也停止了，实在没有劲！

太太坐在椅子上，把脸伏着椅背，肩头一动一动的哭着，哭声高低不齐，像胡琴的乱拉，夹杂着诉说和咒骂，多半是咒骂老卖婆和她的女儿怎样卑陋和下贱，罪过和无耻，应该千刀万剐，用火焚烧，枪毙，碎尸万段才解恨，并且叨叨念念的悔恨，口口声声的说先头应该怎样拿着枪去把那罪不容诛的娘俩打死才对！

连长把行李底下藏着的手枪插进自己腰后的皮套里，对我摇一下头，我明白他老先生的意思，随他到营里去。

老号兵正在连部门口立正，嘴巴高高的鼓起来端平了号筒，很费力的吹着收操号，麻子班长正在一排老总面前把大枪扛在肩上，抬起了左腿，用一只腿立着讲道：

"王八羔的，你们抬腿的时候不会这么抬平了么？奶奶个孙子，张兴，你好好看着，你那条狗腿老抬不起来，你再把大枪拿歪了我就打你个婊子儿！"

他低下身子拾了一块小石头，放在右腋的下面，用肘节夹紧了，做了一回正步行进给老总参观：

"日他娘，右臂要是这么夹着了，放一块石头也掉不下来，胳臂出点儿力，枪就不歪，王八草的你们记住了没有？"

大家取好立正姿势，目不转睛的看着他走来走去，手指脚画，好像公园的游客看着铁栏里的黑熊走来走去样。

连部办公室里，只剩下师爷一个人，他挺直了脖子坐在窗下写着什么，连长对他小声的商量了半天，商量那篇呈应该怎样写法。

张兴用一只黑手拖住我的胳臂，对我说：

"魏秉武昨天晚上溜号叫值星官查出来，今天准得挨打！"

十四

这些不断的惊扰和每天都要发生的事件我已经漠然的听惯不觉着稀奇了，张兴很了解我思想发展的历史，不过他认为我的进步快了一点儿，我的头脑似乎比别的新入伍的老总超越了一步，除了出操和服勤务以外，我又多了一份卑陋污浊的经验。张兴很希望从我嘴里得到一些新奇的、秘密的新闻，好当作谈笑的资料。我不能满足他这个欲望，因为在我亲眼看着那些丑剧表演的时候，已经受够了惊慌，厌恨极了，我不愿意搬出来重新咀嚼那些有毒性的刺激。可惜张兴不能体谅我这种精神上的弱点，说我有点儿渐渐自大的倾向，没有法，我只好不高兴的说明了胸中的苦痛，我愿意回连，和大家在一起生活。他理解我了，同情的吹吹鼻子，把帽盖往后一扬，露出发红的前额来。

"哎呀，你这顶军帽真不错，是连长给买的么？"

他从我头上把军帽摘下来戴在他自己的头上，对着兵舍昏沉沉的窗户照了一下，摸摸自己的后脑海，很欢乐的自言自语说：

"唉，我戴着正合适！"

把军帽还给我又羡慕的摸摸我屁股后的手枪：

"你会拆开上好么？"

我吹着大牛：

"用手上，五分钟就成了，分解以后结合，共十分钟，拆开叫分解，上好叫合体，这是专门名词，连长教给我的。"

"嘿，真了不得！"

"还有，装子弹用一只手，叫狗头用不着手扳，不信你看着！"

我把枪掏出来把"狗头"往大腿上一擦，举起来给他鉴赏：

"怎么样，有两手吧？"

他感叹的说：

"不容易！"

我为了显扬自己的技术，把子弹全部拿出来，重新装好。不久又一个一个退出来，我忘记了是七粒子弹俺还在枪膛里，退出六个来便以为完事了，右手的食指一勾引铁，轰然一声把整个兵营全震动了。

我吓得魂不附体，两手不禁哆嗦起来，张兴的上体往左一倾，我以为子弹打穿了他的脑门，他摸摸自己的头部，没有打坏，这时我记起刚才的轰声是玻璃窗的上角破了一个窟窿，出完教练正在兵舍休息的老总们，有些惊骇的跑出来看。他们以为是打伤了人，值星班长，一个小脑袋、宽肩膀，脾气温和对老总们很有情义的人过来问：

"谁的枪走火？"

看我呆若木鸡的手里提着枪，笑一笑，提醒我：

"快擦点儿油，把子弹装好。"

连长把我训斥了一顿，最后又嘱咐着说：

"以后无论谁要看枪，决不许拿出来给他看，如果把枪下走你有什么法子？"

我往肚子里抽了一口冷气。

兵舍里的氛围，在我眼光里显着死寂寞，萧条，老总们的颜脸都显明的流露出压制不住的哀愁，笑声是不自然的，说话不是那么喧吵，有精神了的，都像跋涉了几百里崎岖的长途，疲乏得不堪言状，又好像没有睡醒，脸上蒙着尘丝或蛛网，说话是小声，像在谈论着秘密的话，有的则是锁紧了眉头，默默的沉思，一言不发。

我听见两个前辈的老总坐在枪架下面无头无绪的讨论：

"答应叫他走，就不应该抓他。"

"弁军人，懂的什么义气不义气的，说话等于放屁！人马不通的东西，叫他带弟兄，怎么会带好，早晚不得带散？"

"日他娘的，决没有好，一分钱也不给，全都吃了，早晚有一天，知道老总厉害！"

"唉，你想想，往上一报准没有好，一定枪毙！"

他们这些只言片语，我是很了解的，好几个月不发饷了，老总们都穷得叮当乱响，回来的，溜号出去和那些无赖，没有正业的，缺吃缺穿的人们打成一体，设局抽头，用得来的钱再去赌博，拿出流氓的卑劣手段，赢了钱便兴高采烈的装着走，输了钱便动野蛮讲打讲骂不给钱，有的甚至下毒手，偷偷的随在赢钱人的后面，走到无人的地方便像吃人的野兽似的跳出来，一把抓住衣袖：

"舍不得命，赶紧把钱拿出来！"

拐械潜逃的老总被抓了回来，老总们都为他担心，为了这件事，老总们都觉着忧郁不痛快，大家都愤愤不平，一致痛恨姜连副不是军人出身。他连四把枪都不会，和弟兄们一点义气不讲，对待陈泽升的手段，老总们认为是不合理的，违背良心的，他既然把枪放下了，就应该放他走，对他这样的毒狠，那么以后对待别的弟兄不消说也是照样的无情，甚至于比这个更厉害！

魏秉武蹒跚的走过来，他不像往常那样的活泼了，端详一下我的眼睛，好像有什么事要告诉我，看看四周有许多的眼光和耳朵，又把裂皮的厚嘴唇闭紧了，他的面孔消瘦，精神不振作，好像还在病中，勉强的爬起来走动，我走近他。

"你不舒服么？"

他不回答我的话，对于我的关心和体贴一点儿不感激，淡淡薄薄的皱着眼眉，在那粗黑的、斩齐的眉下，一双锐利闪光的眼珠子好像往外放射着花针，有刺人的力量：

2584

"新军帽戴上了，新鞋也穿上了，不敢比！"

我真想不到，平素和他无仇无怨，会这样对我冷淡，而且把一些嘲笑的话，讽刺的话加在我身上，使我寒心。

我想骂他几句出出气，怕他打我，他的力气有我两倍大，即使我能打过他也不能和他打，连长知道了会深加申斥，他热心的指教过我不止一两次了：给连长当差，处处得做一个模范，无论如何不能在弟兄之间留下坏批评，这样的教训，对我很有益，我会绝对的服从，决不能阳奉阴违，其实就不教训，我也不愿意有人在背后说半个字的坏话。可惜我这个梦想是很难实现的，我本人虽然极力的决心往好处干，往往还是有些嘲讽往我身上乱射。

"小豆包美起来啦！"

有个在老兵油子的队里这是属于最老实的家伙，用一双轻蔑的眼光端详了一下我的头上脚下，紧紧他的裤腰，转身走去的时候，对着屋顶诵了这么句可恶的诗歌。

"小豆包……"这外号坏极了，好像抓了一把粪尿抹在我的脸上，又臭又难闻，又令人气愤，还有压迫人的力量，叫人不好意思马上反抗和宣战，倘若为了不满意这句诗歌和他争打，会造成更多的嘲笑和侮辱，我只好难受的忍耐，好像忍耐着喉咙里的一块骨头。时常帮助司务长发给养的一个老总，年纪过了四十岁，有时候像个小孩子，说笑，打闹，谁也赶不上他。他对我是比较慈悲的一个，圆圆的眼球，眼角往上吊着，嘴唇下垂，两腿很细，好像麻秆。他读过三国志，据他自己说，他读过四遍，时常津津有味儿的说那些故事，讲到精彩的地方还叫骂，顿脚，拍大腿，忧闷的喘粗气，睡在他旁边的，就是秦世新，看他讲故事的时候那样的动感情，时常插嘴提醒他：

"看三国，落眼泪，替古人担忧。我看你是多余，你不如想法赚几个钱寄给你妈！"

"王八蛋！"他生气的拍着膝盖叫道，"你的老婆你叫她妈妈么？这小子，没有出息。"

秦世新打好他的裹腿，低头深思，骂他好像没有听见，又好像忘记了一样，忽然抓住了我的皮带，把我推一个转身：

"杨广路，你是我们的好弟兄，和连长讲讲情，把陈泽升放了，不要往上报，往上一报就没有活命，怎样办也不要紧，你赶紧和连长去说，再不然和连长太太去说，在这以外你想个别的法子也行。"

《三国志》的研究家也热烈的提出这个问题。

"你和太太说，太太和连长商量一下就好办，这件事你可放在心上，讲好了情，大家都领你的恩。"

我诚实的告诉他们，连长和他的尊妇人打架还没有和好，他们本身的事情都不能解决，别人的事更不愿意管了，现在去乞求恐怕得不到好收获。

十五

在我周围，弟兄们的脸渐渐的增加，突出，明显了，我看他们每一个人的眼睛都放射着希望的光芒，他们把希望放在我身上，这时候，对我的轻蔑和嘲笑完全没有了。先头吟诵小豆包的诗歌的在老总头脸之间插上他四方形的头颅，对我也射出希望的光芒来，无数的鼻端往前挺直，一向不愿意多说话的嘴也喋喋不休的张起来了。

"你和连长好好说，放了他，重重的办他也不要紧。"

"你就说是我们大伙的意思啊！"

"和连长太太说……"

"直接和连长说吧，你告诉他陈泽升不是安心偷东西，他是没有法子呀，有老婆，有孩子，要吃要穿的。"

"操他个八辈祖宗，姜连副说他拿枪走，打算当胡匪，那是胡说。陈泽升这个人和我们不是处一天两天了，他决不会去当胡匪，他没有胆量，唉，真的，要不叫大家说，我看得很明白，他拿枪走，连自己也不知道要去做什么，把他打得太狠了，伤好以前他就时常起誓发愿，要开小差，这是逼的，要不叫大家说。"

"是呀！他自己也不知道为什么拿枪走。"

"和连长好好说吧，连长不知他的为人。"

"他不是故意的。"

"就说是我们大家伙请求的，要不然……"

一个老总在后尾加了句可怕的、不幸的话，所有的面孔都不约而同的转向了他，都把如刺的眼睛射着他的脸，这是一个有雀斑的脸，下巴底下有块明亮的伤痕，那是子弹的擦伤，是个破碎的子弹，弹片进了他的下巴不愿意出来，动手术割开以后又缝结实了，现在还留着那往事的记号，大家在这个熟识的嘴脸上看了半天，呼吸都忘记了。

午后的阳光从窗户射进来，照出一条像玻璃管似的细长的光线，那光线里飞散着无边无际的尘埃，都是碎细的，眼睛仅能看得出一点儿形体的小块，这些灰尘的小块，在阳光照不到的地方不消说也是多得无法计数的，正如我们老总，活跃在太阳的光线里也许有人好奇的看一眼，在阴影里的却从来不为人注意，我们便是不为人注意的一群。我在每一张脸上观看，这些脸在这时候所表现的都是诚恳的，坦直的，善良的，热烈的，他们都想发表自己的意见，意见尽管不同，目的全一样。不错，陈泽升是很可怜，他屡次的犯罪事件都深刻的刺激过我，他有家小，他不能眼看着可怜的亲人饿死，他所能做到的便只有偷拿一点儿厨房里残存的剩饭，因为这个他被打得两腿稀烂了，他养了好久的伤，伤好以后他就逃跑，拿着大枪去干什么呢，多半是像老总的观察，他自己也不知道，世界上不知道自己打算做什么而做了什么的人是很多的，他大概也是这样一个人。我们知道，他肚子里有怨恨，他被愤怒和痛苦燃烧得快要发疯了，于是他就无目的的跑，拿着大枪。

我应该怎样对连长申请这些事情呢，弟兄们的眼睛又调动过来对着我的脸：

"杨广路，无论怎么的，你得出力办哪！"

这是从一个人的嘴里说出来的，但是我在这时候耳朵的构造好像变了样子，我听着就像从所有的弟兄嘴里一起的喊出来的一样，一个人的柔弱无力的溪流变成伟大坚强悲壮的海洋了。这声音很感动我，我禁不住自己的感情了，我也用出像他们许多人合在一起那么大的声音尽量的喊出来：

"好，我一定去说，我要尽我所有的力量，我就说：报告连长，这是我们全连，弟兄大家伙的意思，无论怎样不要写呈文报到上面去，写他一大篇罪状。那么一来，上面很快的批准下来：枪毙了他！这么办我们全不愿意。第一是，他不是逃跑，他是精神不好，那叫……那叫什么呢？啊，是的，我想起来了，那叫精神失常，他的精神原来就不健全，偷东西挨了打，又受了很大的刺激，他自己也不知道为什么跑，他有老婆、孩子，挨着饿，没有法子，连长可怜他吧，这是我们大家伙的意思……"

"对，对，你说的不错！"

"杨广路，你就这么去说吧！"

我觉着很快乐，我自己也很惊奇我好像发了疯似的对大家演起讲来，我又好像觉着身后有个人推了我一掌，这时候我看见司务长的细脖子在窗户上一闪就消失了，我的心，很可怕的跳动起来。我觉着自己做了很大的错事，害怕得了不得，但是我推开弟兄温热的身体走出兵舍，在连部的门前看见了司务长，他对于我了解的露齿一笑，问道：

"讲究打架呀？"

"是呀！"

重重的一块大石头这才从我心里撒下去，明爽，轻快，舒服多了。

师爷把细长的手指从脖后拉到下巴，奇异的问我：

"你怎么没回公馆？"

"连长呢？"

"连长回公馆了！我以为你是一块儿回去的呢！"

我赶紧往回奔跑，一口气跑了三里路，跑到公馆还没有停步，厨师在门口碰见了我，立刻把我抓住：

"你死到哪里去了？各处找你。"

"什么事？"

"连长太太快死了！"

"什么？"

"她喝了大烟。"

"我去看看！"

十六

连长正坐在床边好像杀猪似的挽起袖子来用两手抱着太太的脖子，把她的两手压在腿底下，使她的面孔向着屋顶，扳开她的嘴，一个头发梳得很整齐，面孔搽得很白的不相识的妇人把一碗颜色浅黄的汤药往她嘴里灌。她挣扎着想爬起来，不住的哭泣叫喊，连长用吃奶的力气把她压住了。

"太太，你快点儿喝，多喝一点儿打出来就好啦！"

那个妇人好心好意的规劝她。

"不准动我，让我赶紧死了他好娶……"

连长烦躁的皱着眉头，灰暗的脸色发出烟灰的油光。

"我死，让我死，我的妈妈呀！我看不见你老人家了！你原谅我吧！"

太太不住的哭泣，一面发牢骚，一面叫喊。

那妇人把她的嘴巴一支，半碗汤药全部灌进去了，太太难受的颤动着，像一条大鱼被拉到岸上，因为不能呼吸，全身都摇摆起来，嘴里发出沉闷的声音。

"呜呜呜，我不活啦！呜呜，你们糟蹋人，让我死个清净吧！"

厨师找来一位邻家的老太太，满头的灰发，像盖着一层白霜，一脸的皱纹就像松树皮，没有门牙，一双小眼睛像豆粒，两只玉手粗糙得很，像鱼鳞一样，戴着一只银镯子，刚一进门就用伤风似的鼻音来发表感想：

"真想不到呀，太太这么心窄，两口子打架值得寻死觅活的，这真是从什么地方说起！"

她伸出那支鱼鳞的粗手在太太的额角摸摸，又握住她乱舞的手背试试脉管：

"灌下去多少啦？"

那妇人把碗放在地上，用公鸡似的啼声回答她：

"灌下这么一碗。"

"再来点儿！"

这时候太太已经开始呕吐了，地上堆了一大摊肮脏的东西，恶臭的气味儿刺鼻，像屎尿被太阳蒸出来的怪气味儿一样。

连长用脚底踢踢那放在地上的空碗，对我吩咐：

"快拿去，再弄点儿来！"

弄点儿什么来他也没有说明，我急的眼睛都冒出金花来，多亏厨子回来，指着外面告诉我：

"你来，我帮你弄！"

他把我领到房后的厕所，用木棍挑起一点儿恶臭的干屎在碗里，拿到厨房，对上多半碗凉水，搅一搅，小心翼翼的递给我：

"快拿去吧！"

我极力的压住满肚子的大笑，把这碗珍贵奇妙的汤药送到那个不识相的妇人的手里，她等连长太太吐完了，又往她的嘴里灌。

太太不愿意喝这种既省钱又省事的汤药，用力的摇头，咬紧了牙齿，从连长的腿下拿出手来，推了那妇人一把，汤药洒出了半碗，洒了他自己一脸和那妇人的手上，连长动气的下命令：

"给她灌下去！"

连长自己动手扳开了太太咬紧的牙关，把汤药往她肚子里头灌，可惜汤药都被打洒了，太太又开始呕吐，这回吐得比先前更多，直闹到晚上，这家庭才恢复平静了。

我想寻找一个为陈泽升求情的机会，总是失望，过了一天，连长的脸色稍微露出温和一点儿了，但是他的模样有了很大的改变，无论看着什么都不顺眼，对厨师无缘无故的发脾气，骂他厨房里没有收拾干净好像猪圈，一个班长到公馆来请假也被厉害的申斥了一通，看我立在墙角呆呆的晒着太阳出神也不愿意，指着我的鼻尖申斥：

"你立在这里呆想些什么？"

用灰冷的眼光测量了一下我的高低，把声调弄亲切了一点：

"说，你想什么？"

"我想陈泽升……"我心里很高兴，这正是请求的机会。

"拿枪开小差，这个混蛋可恶极了！"

在地上吐口痰，用脚搓了一下，接着对我说明：

"溜号，赌钱，玩女人，都不算什么，顶多打棒子，拿枪开小差，罪过比什么都大，和放火一样，那是叛变的行为，这种东西要不收拾他，早晚是祸害！"

我的肚子里的话太多，一时想不起从什么地方发表了，我焦急的看着他灰暗的脸皮：

"陈泽升，有老婆，孩子，没有饭吃，很可怜的……"

我的话，不知道因为什么好像有刺似的，把连长的耳朵刺伤了，他厌恨的对我瞥了一眼，往厨房里张望了一下，厨师正在厨房里不知把什么东西弄掉地下，发出震人的声音，连长咒骂了一句下流难听的话，用手搔一下耳后，对我施行精神和机会教育：

"可怜的人多着呢，为了他们什么也不用干了，你可怜他，他不可怜你，在军队里就是这样，不能讲慈悲，慈不带兵，你明白这个道理么？老总有几个知道恩情的，你待他太亲和，他说你是饭桶，没有权威，也不怕你，说什么话也不听，更讲不到服从。你要是厉害一点儿就方便多了。当连长的，要做什么事，不能和大家伙一个一个的去商量，没有那工夫，除了命令以外没有别的法子，我像你这么大的时候，当差已经有两年多了，我比你看的多，知道的多，你明白什么？"

"军队里就是这么样，不能讲慈悲，慈不带兵……"他这句话在我的记忆力生了根，无论如何也拔不出去了，我细心的思想了一下，他的话有许多事很合乎我目前生活法则的，我也明白最简单的乃是棍棒法律，那一头红一头黑的军棍是没有生命的，它自己不会举起来打人，但是我们都害怕，怕得入了骨髓。

连长的理论是很高超的，因为他是指挥和命令我们的，我的请愿在这种形式之下是没有多大希望的了，其实一开始我就知道碰了钉子。

连长太太的自杀企图，厨子是很感兴趣的，想起来就搬出来对我喋喋的讲个不休：

"纯粹是大姑娘生孩子，吓人！"

他笑了一个满脸，扯扯自己脏透了的袖子。

如果是在清闲的时候，他讲得更起劲：

"喝那么一点儿烟土，还不够过瘾的，怎么就会毒死人呢，真好笑，装着玩儿倒装得很像，连长也实在受了一惊，以后她再喝大烟，连长决不会理她。你看着吧，她自己也明白。"

摆在我面前的生活实在单调乏味儿而且干燥到了极点，厨师的话并激不起我多大兴趣，有时我附和他几句，他讲得更热心。

"连长也算可以，抓着了她的毛病，尽量的灌了她一阵臭屎，以后她大概再也不敢装模作样的了。"

他忽然想起另一件事：

"连长到老卖婆家里去么？"

"他不告诉我，我怎么知道！"

"邻家都知道他时常去，还讲过医生去看'伤兵'给她治得很不错，还拿出不少慰问金，我看太太是做错了，他要不打，也许扯一阵就完了，这么一来，人家越弄越亲近了，多管闲事……"

连长太太再也不问这件事了，只要有吃有喝有大烟抽，对于"世界大势"，一概不问，有时问我一声：

"连长在营里么？"

"没有。"

这样就完了，绝不追问别的。

我很奇怪她的性格，在喝了一碗臭屎尿后学会变得理智冷静，吃醋的火气好像是已经减低，在烟灯的光里慢慢的熄灭了。想不到有一次，大概是烟瘾没满足，发起脾气来：

"你没有和连长一块儿回来么？"

"没有。"我惊奇胆怯的答道。

"废物，要你有什么屁用处？"

她的怒气的火花放散得并不高速，仅仅是光芒黯淡的闪烁了一下，便零零碎碎显然的落下，代之而起的便是烟灯的光亮，她把头发在竖起来的枕头上一铺便默默的不语了。

厨师告诉我她性格变化的过程：

"从前，连长不许她尽量的抽烟，现在，从打架以后，许她随意的过瘾了，你想想，有烟抽，吃醋就差得多了，这法子比什么都简单，都高妙，连长早就应该用这法子治她。"

这些知识，对于我全是新的，用大烟可以治好女人吃醋的劲头，这大概是医学界新奇的大发明。还有，为什么厨子对于连长太太的事情这样的感到兴趣呢？甚至于连连长走路的姿势，太太吐痰的方法，他都注意、分析、批评。我的手枪背得太往后了一点儿，他也认真的指摘，说是危险，容易被人家下了去。无论怎样琐琐碎碎的事他全不放松，好像只有这样，他生活着才有意义似的。我真不明白一个男子汉大丈夫的度量会那样的狭小。

渐渐的，我觉着厌恶这个家伙，像厌恶苍蝇一样。

十七

我发现同连的弟兄李德海，时常趁机溜号到连长公馆附近的谁家消磨时间，我在街头碰见他的时候，他总是躲躲藏藏的，不愿意和我谈话。他的脸色很好，眼圈和颧骨的四周是红的，说话的时候眼睛睁得很圆，他是比我早几天入伍的，我们在一起下过小操，他也是时常挨打的家伙，他读过书，也会写字，可惜写不好。他以为我会把他溜号的把戏报告连长，忧虑的伸出宽厚的舌头来舔一舔干燥的嘴唇，闷闷的说：

"连长要知道我时常溜号出来啊，一定生气。"

"不要紧的，他决不会知道，没有人告诉他，你放心吧，值星官，你可不要叫他查出来。"

他的眼圈和颧骨更显着红了，显然是很快活的模样。

"你可千万不要告诉他！"

我觉着自己的人格受了很大的侮辱，在这一刻非常的厌恶他，想把他踢倒打一顿，我忍无可忍，激烈的教训了他一场：

"你以为我是那样的缺德么？当弟兄的，都知道我从来没有对连长讲过谁的坏话，你打听打听，也应该睁开眼睛，别看错了人。"

我能够像别人一样用自圆其说的言语来为自己辩护了，事后觉着很高兴。

李德海把歪在一边的军帽正一正，挺起胸脯，对我谦虚的弓腰，摇晃着两手对我道歉：

"我和你说着玩儿，别生气，你和我一块来呀？"

我回头望望连长公馆的街门，那是我成天到晚闷气和受苦的地狱。我猜想，在晚饭以后，正是连长过烟瘾的时间，决不会有什么事情找我，一向是如此的，满可以放心大胆的玩一会儿。

我高兴的拖着李德海的皮带，另一只手扶着他的肩膀。

好久没有"正式的玩儿"了，这个距城里还不到十里路的村镇，这时候在我的眼里一点儿不显着萧条。走出胡同口可以望得见相距不满三里路的兵营的房屋。在西下的阳光里，灰色的屋瓦涂上浅黄的颜料，我想象陈泽升这时候大概是正在禁闭室忧伤他倒霉的命运。张兴大概是在对谁发表着不幸的预言，老号兵拿着喇叭在兵营四周无精打采的慢步，号筒夹在腋下，每隔半点钟才把号筒举起来吹一下，吹出忧伤哀怨的声调。别的老总，有的高谈阔论，有的发着大愁，而像李德海这样溜号的人大概也不在少数的吧。

他认识一个人家，老头子在城里缝鞋，不常回来，儿子没有正职，他的妻子经营副业，有客人来的时候，他抱着一个不满三岁的儿子出去"散步"，留着妻子在家里当"招待"。那个汉子，我一进门的时候便看见他蹲在堆满了乱草的外屋烧饭，孩子坐在他身旁的草堆里玩一块木头，他的脸色灰黄，牙齿是黑的，小脑袋，圆眼睛，身材瘦细，看那模样一定是有亡国灭种的嗜好，看我们进来，连连的点头，把地下简单的收拾一下，抱起孩子，在嗓门里哼哼呀呀的唱着出去了。

女人的年纪有二十三四岁，肥圆的团脸像刚出锅的馒头，皮肤倒很白嫩，看人用会说话的眼角，李德海和她好像是还没有成熟，我在女人的面前，胆量很小，赶不上李德海来得勇敢，他一进门就和她开了一个玩笑：

"大嫂子，你在家里干什么呀？"

她是正在整理一个四方形的纸匣里一块零零碎碎的线头和布块，用手掌使力的按一按，盖上匣盖堆在一边，笑着和他说：

"我找一个扣子，没有找着，你这位朋友贵姓？"

他把我往前一推，让她仔细的视察一遍：

"和你们是一家子，也姓杨，我们连长的副官，太太的连副，公馆里的卫士长，老总们的律士，你放心，这是好人，不像李大蒜，咬着牙拼命，上去就是两个钟头！"

女人打了她一巴掌，不好意思的笑着说：

"闭上你的嘴，调皮捣蛋的，谁也赶不上你！"

我问他：

"李大蒜常来么？"

"嘿！那个家伙，真像臭虫，有窟窿就钻，没有他不知道的地方。头一次是他领我来的，和这位大嫂熟得很，你想想一上去少说两个钟头，怎么能不熟，大嫂，对不对？"

大嫂半闭着两眼，用眼角看他，抓过一个竹尺，举起来对着他的脑门：

"你再说屁话，说？"

"别打，别打，把那个……宝贝拿出来，让他也看一看，他大概从长这么大也没有见过，也许没有听说，唉，大嫂，快拿出来呀！"

"什么东西？"我好奇的问他。

"好极了！"

很快的我看见了几幅用绢布画的难看的画，一共六幅，六寸长，四寸宽，背面糊着粗布，这些画里全是画着男女性的行为，每一幅都是不同的姿态。

"这叫春宫图，你明白么？"李德海热心的对我说明，"这个有三百多年了，是名人画的，谁画的可不知道，很值钱，你好好看看！"

这样的画，在这时候的我是不会起多大作用的，我觉着画这种画的画家很无聊。是打算用画来激起男女性欲的冲动。我曾读过一本小册子，叫"世界文学家的故事"伟大的艺术家连单身裸体女人的画都不肯画，因为那样的画，本质上只是宣传色情，特别是在不明白艺术价值的人看来有坏印象。这样的画不消说更糟了！可是李德海的兴趣和我完全不同，他斩钉截铁地说：

"这种画最名贵，最难得，官家是不许可公开贩卖的，正因为如此，它才加倍的值钱。"

女主人把这六幅伟大的作品小心翼翼的包在一块白布里，放在木箱子底下，要不是熟人，是不肯拿出来给看的。

我们在这儿泡了一阵蘑菇，李德海恋恋不舍这间"神秘的茅屋"，我很担心连长有事找不到我，回去得接受申斥的奖赏，只好赶紧的往回跑了。

我走后，李德海在那里干些什么不知道，让我想，他决不会干出好事。

我学习了不少污秽有毒对于我这样年龄的人最不相宜的知识了，我所听到的，除了一些野蛮、愚蠢、丑恶、下流、低级不堪的东西以外，很难得到别的。我的眼睛所看见的也是一些贪婪、狡猾、压迫、欺骗、无耻、黑暗的图画。这些难以说尽的卑陋的锁链在我的四周包围得紧紧的，我的灵魂也弄得没有一点儿清洁的部分了。

张兴遇见我的时候，郁闷的问道：

"怎么样啦？"

"陈泽升么？没有希望！"

各方面的事我都觉着"没有希望"。我看不见好的事情，只接触了一些坏的现实，给连长当差，日子越多，我的眼光变得越狭窄，像蚯蚓一样，在土里蠕动，有时我又觉着自己像一只小毛驴，转着圈推磨，唯一的目的只是为了维持目前装肚子的草粮，此外我没有想到在这世界上还有别的事情可做，连长公馆里的事，我已经看出来，老爷和娘儿们之间的事情不断的发生着变动，大概在梦中也是互相的防备着，警戒着。他们的战争，有时也表现出来，可是表现的不多。

我时常听见娘们重重低低的说："你看中可不成，也得我看中，她呀，她够资格么？"

连长用愤怒的神气反抗她："那么你说了算，你给我弄一个来呀？""好，我找！"

"扯淡，我再也不信你那些鬼话了。"

接着便是愤激的争吵和紧张的沉默，最奇怪的事还有莫名其妙的笑声传出来，他们好像是吃饱了肚子没有事做，闲呆着难受在那里兴致很好的演练话剧一样。

过了几天，营长的太太那个装腔作势的女人出现了，和她一起坐着马车来的还有一个老头子，穿戴很整齐，像个烧锅的经理，一头的灰发，不住的用手指理着胡须，衣扣上还有铜链结着一把玲珑精巧的小梳，这是专为梳理胡子用的，连长太太对他很尊敬，说话全是敬语，招待得无微不至。

厨子明白他的身份：

"营长的老丈人，是旅长从前的老师，做过军长的秘书，当过军需处长，有的是钱！"

在这两位高贵的客人驾临不久，老卖婆也出现了，她是司处长特意去请来的，把她当成客人看待，她本人也穿起干净衣裳，不像当老妈子时那么的破烂了。

他们好像是在讨论一个什么待遇问题征求太太批准以后好实行。连长太太在客人面前流下了伤心伤意的泪水，我想进屋好好研究一下他们是在创作着什么艺术，连长不许可，对我摆摆手往外驱逐："有事的时候叫你，去！"

据我猜测，一定是营长太太要雇用老妈子，但是太太为什么在哭呢？这一层可真莫名其糊涂。

厨师老郑正忙得手脚不得闲，他为客人预备饭菜。他在灶火跟前劳动的情形简直是在和锅碗瓢盆努力的战斗。我寻不出请教他的机会，怕妨碍他的勤务，他一向有个脾气，忙碌的时候是拒绝谈话的，在清闲的时候才能聊天，这时候，他刚把一小堆葱花扔进油锅里，响声很大，连长叫了一声，我急忙张开两手飞去。

"倒茶！"

我听见营长夫人用温和亲密的小声对太太说："你放心，他不会错待你，要不然我也不答应他，娶来以后随便你支配，无论什么事，权力都在你手里，这不就结了么？"

连长太太从灰白的腮上用衣袖抹去泪水。

老头子在对着连长谈论另一个问题：

"你这一连，军风纪很不错，天天出教练就很难得，头些日子我和团长在一块儿吃饭，他也说起现在只有你这一连像个模范军队的样子，可是那个叫什么排长，抢了人家的金子，他是第几连的？"

"他们在城里驻防，第三连的。"

"对，对，第三连的，他们在城里闹得不像话，团长有意叫你这一连换到城里去。"

连长吹起大牛来，对得很圆满："我这连官兵，都很热心服务，没有请假的，对于弟兄，赏罚分明，弟兄外出都规定时间，没有溜号的，如果有欺负当地老百姓的，哪怕一草一木，知道了就不客气，这全是连副们的成绩，我什么也不干，实在是辜负团长的栽培。"

"军风纪好，全在连长统帅有方，以身作则。"

老头子又用手指摸着胡须，很怕……

我走到厨房，马上把得来的消息通知厨师：

"唉！我们快移防到城里去吧，和他们换防。"

"谁说的？"

"营长的老丈人。"

厨师冷淡的皱了一下鼻尖，从鼻孔里像马似的吐出一下粗气："说着玩儿呀。"

"他是认真说的。"

"谁说话不是认真说的，说的时候认真，做的时候可一点儿也不认真，你别看他说的好听，做出来的事坏得很，再说，当老总的，在什么地方驻防还不是一样，驻在城里穷得更厉害！"

连长又呼喊了，我又张扬着两手飞去。

老妈子也和贵宾在一起用饭，这件事我觉着是一个奇迹，但是老郑却一点儿也不认为这是个奇迹，他在客人都走干净以后，把秘密的消息对我说明了，连长没有后人，早想"说人"没有说成，这回有合适的对象，已经说妥了，娶的日子都有了一定。

"大概是在最近几天就要娶进来。"

"那么老妈子要把姑娘嫁给他，是没有指望了。"

"什么？你真糊涂，就是他的亲姑娘啊！"

"真的么？"

"谁和你说谎干嘛？你真是个傻子！"

我不相信这件事是真的，我以为这是在做梦，但是仔细综合各方面的情况来判断一下，一切的情况正都在象征这件事是有实现的可能的，我和那姑娘虽然并没有像太太以前所猜疑的那样发生什么关系，但是我觉着受了一下重大的刺激，好像谁把我打伤了似的。

连长太太的话，又在我的心里复活了。

"……你娶她也好，除一块病！"

拿我现在的身份和地位来说，哪有娶媳妇的可能，厨师的话果然证实了，他现在在我的眼光里就像一个聪明绝顶的圣人，他有测算各种事件发展的眼光，我却一点儿也没有。我活着，像瞎子一样，在黑暗里探索，看不出各种事件的真相，连我自己也是看不清的，我不知道自己将来的出路在什么地方，我只知道目前的地位是相当低贱的，可耻的。我很后悔不应该负担这个角色，不如在老总的队里鬼混，和他们一起，固然是污秽的，丑恶的，自己也会变成糟糕的角色，但是他们也有许多性格上的特长，而我现在的生活环境不可一时缺少那样的血统。

我在"公馆"的狭小的范围里，或随在连长的屁股后面，像一块湿泥沾在他的脚上一样，总是空虚，不安，时时都要谨慎。怕做了错事，没有伙伴，始终是孤独的。厨子另有他的生活道路，形式是完全不同的，我不能处处模仿他的样子，要和多数的老总在一起，总觉得有依有靠和许多许多值得学习的事务。我决心请求连长，准我回连出操、站岗，无论受怎样的苦也愿意，当差，这种波动恐慌的职务，可不愿意干了。

我把这种意思对张兴和另外几个老朋友讲了，奇怪，他们全不赞成：

"傻子！"张兴是第一个表示反对，"你疯了怎么的？回连下多受罪！你好好干下去也有希望，回连你能有什么希望呢，再说你跟连长，我们也可以沾点儿光。""沾什么光？"我不明白他的意思。

"少挨几下打，不就是沾光么？"

"那怎么能呢？"

"你和我们在一起，连副和班长们都知道，我们要讲坏话，先传给你，你再传给连长和连长太太，不是很方便么？就是这么回事。"

我相信他们的话都是从肺腑的深处发出来的，决不会设什么圈套来欺骗我，那些黑黝黝的、暗红的面孔，尖锐的、迟钝的眼光，都会给我一些温暖，只有和这些人在一起，我才不觉着我不是孤独的，不是容易毁灭的，如果是我一个人，谁要威吓着说："我毙了你！"我便会恐慌，发抖，激起死灭的悲哀，倘若是我在这一群里，谁要威吓着我说："我毙了你！"那就不同了，在权威的脚底下，也许是害怕，但是心里是鼓动的，生命在无边无望的老总的胸中不停地流动着，有什么可怕呢？

可惜我的思想和行为毫无系统，有时我爱弟兄们，觉着爱到心痛的地步，有时又厌恶那些愚蠢的、讨厌的痴呆的嘴脸，像讨厌可诅咒的臭虫或蚊子一样。

张兴和几个别的朋友的话，我听从了，我抱着混一天是一天的主见，像做梦一样稀里糊涂的活下去。

十八

在一天黄昏时分，我正无所事事的在街头散步，发现了一个弟兄在十字路口的墙角，一现就隐去了。好奇心驱使着我，从后面追过去，一看是魏秉武，他是溜号出来玩的，脸上有异常惊慌和烦闷的气。

"我不会报告连长，你放心吧！"

"我知道。"他四面看看回答我，"我在这等个人。"

"等谁，是等李德海么？我们俩在一块儿玩过。"

"不是等他，我是等……唉，你一定认识，他待你也不错呀！"

我想，他一定是在等张兴，他们是约好了溜号到这里聚会，不消说又是要到谁家去做些缺德的事。

"张兴也出来了么？"

"我不知道。"他胆怯的往四面展望，像小偷一样。这时候有个挑水的老头，扁担在肩膀上颤巍巍的，他的两腿也颤巍巍的，一步一步，很吃力的从我们旁边过去了。

"你不是等他么？"我看他的样子很不自然，慌慌张张的。

"我是等连长公馆的那个老妈子，她现在抖起来了。"他把嘴唇贴近了我的耳边这样的说。

"等她，做什么？"我焦急的问。

"过两天我告诉你。"

我不能多等，我觉着这件事似乎与我也有一点儿什么关系，我不敢松开他："什么事，快告诉我，我愿意帮助你一下。"

"真的么？"他快乐的把嘴张开，扯紧我的袖子，把我拖到墙角地方，有一棵粗大高壮的老槐树把这墙角遮得很暗，在这里谈话，不到跟前来是看不见的。

"说吧。"我急切的要求他。

魏秉武把嘴脸靠近了我，用两手亲密的扶着我的肩膀："连长要娶她你知道不知道？"

"唉。"

"老婆子，得了一千二百块钱，钱在昨天就到手了，她对老头子说，讲的是五百块钱，那么，她吞了七百块钱。"

"你怎么知道？"

"她姑娘对我说的。"

"啊，真想不到，你们俩也是好朋友！"

"杨广路，你可别生气呀，事到如今，我对你说了也不要紧，要在头些日子，我无论如何也不肯告诉你，你会生气的，也会想和我打架，可是你不能，你脾气好我知道。"

"快说！"

"我不是早对你说过，是啊，你到连长公馆的头一天，我送你的时候，不是在路上对你说：有个姑娘，我看真好，这就是她，你知道么，后来我听说她时常到连长公馆串门，我也眼见她有一次从连长公馆走出来，说实话，我很生气，我想，给你送上门了，你真有福。

"不，我知道你和别的弟兄不一样，你忠厚，也许看不起她，那么，我就往上追，真的，我没有一天不溜号，一到晚上我就到她门口偷着等她，后来她知道了，起初害怕，渐渐的也不害怕了，我们熟识以后，我就知道你对她很冷淡，她对你倒很有意，可惜你老端架子，神气十足的，她也对你冷了，这是她告诉我的，我不信她的话，我想她是撒谎，我们认识的第四天，就发生关系，她害怕，不干，我硬逼，她要是不干，我就要拿石头打死她，当时，我真抓起一块石头来，她怕极了，只好答应我，就在这里。"

他指指我们谈话的这地方："一共有四回，第一回有意思，以后就没有什么劲了。我是喜欢她，以后我们到老陈家去聚会，老陈家我认识，在这里面，老陈家的媳妇，专给老总拉线，他家里穷，这里可以得几个零花钱。不知怎么，她妈妈知道了，不准她到老陈家去，没有法我们就在这里会，冷点儿没有关系，心里头热，她妈知道了也没有办法，那老婆子也就是她嘴里说的硬，给她两个零花钱也就没事了，她现在把姑娘嫁给连长，你想这老婆子有没有手腕，可是我决不答应。我对她说：'好！刺刀见面！'这是吓唬她，她真害怕了，答应给我一百块钱，你也可以要钱，真的！"

我真想不到在我的身边会发生这样的事件，我想起老婆子为什么在她的女儿到连长公馆的时候，嘱咐着说"不准到老陈家去！"的原因了。魏秉武接着讲下去，一面往四下望望，用力的吞口唾沫：

"你这样对老婆子说：'你的姑娘早就坏了，野汉子是魏秉武，我全都知道，我要去报告连长，连长会马上变心的！'这么一来，她也会给你一百块钱，少说也得给你五十，给少了你别要，你说一定报告连长，你就这么干吧，我为你好，真的，现在，老婆子快要来了，你有钱花么？呆一会儿我先给你两个也行，你的钱到手再还我，要不然我替你要也行。"

十九

我闷闷的回到"公馆"，回到油盐酱醋摆满了一案的厨房，厨师正在灶上烧一块半截的剩馒头，看我无精打采的进来，闪动着深思的眼光，喘一口粗气，把一杯水一口饮尽了。

魏秉武这个现实主义的家伙究竟得到了钱没有我不知道，我是没有一点儿勇气来干那种强盗一样劫掠的行为的。强盗团体的丑恶的事实简直把我的头脑都弄混乱了，我也不想追究，也没有权力追究那些罪过。我认为那些事件全都与我不发生一丝一毫的关系，我不过是为了讨生活，像个乞丐一样苟且偷安的过着难堪的日子，这件事只是给了我一下刺激而已。

连长的太太我觉着奇怪，她那样顽强的脾气现在竟会完全改变得像前后两个人一样，她不和连长吵嘴，也不对别的人耀武扬威了，她成天沉默着不说话，好像天然的变成了哑巴。连长对她的态度也改变了，好像对待外来的宾客一样。

办喜事的头几天，凡是和连长有点儿关系的人们都忙起来，最忙的要算是厨师和另外从什么地方请来的三位光荣的助手了，他们为了替主人和客人准备可口的饭菜，天不亮就爬起和灶里的炭火接吻，一直到深更半夜，还汗流浃背的和锅碗搂抱紧紧的。

这些日子，我唯一的功课是练习实弹射击。连长认为我的射击的成绩太差，给了我二百粒子弹，叫我利用余暇的时间到野地练习。我在一张白纸上画一个人头，贴在床板上，用石块把他压着立在高岗的斜坡，然后我就从三十米以外一枪一枪的打去，一方面努力的学习用一只手拿着手枪的同时往里装子弹，叫"狗头"。很快的我就学会把手枪倒向后面压在肘腕上，用大拇指一推，露出药室来把子弹往里一压，大拇指一松，子弹就进去了。其次是练习把枪背往大腿上一擦狗头便立起来的动作，这个动作比较容易，在我觉得困难的是腕节的气力不够，瞄准射击的时候，子弹总是落了空，消耗了不少子弹，渐渐的我才体验出缺点，逐渐加以矫正，用新的要领试验着射出去。

我觉着这游戏倒十分有趣儿，可是在在微风中立着不动的纸糊的颜脸，被子弹穿贯了许多窟洞，眼睛打瞎了，嘴角破裂，脑顶开了花，他那沉默不语的分裂的神气总是好像对我询问：

"我们有什么仇恨你这样整我？"

我这门功课连长是很注意的，他亲自到野外视察我的成绩，认为可以，我觉得很快乐，好像一只狗受了主人温柔的一模一样，但是他在临去的时候嘱咐着说："摆弄枪加小心，可不要再弄走火呀！"

办喜事这天的早晨，厨房的窗外安置着一个大茶炉，从老早就开始呜呜的叫起来，壶嘴高高的喷出热气，正如连长一样高兴。他的嘴角叼着烟卷，在院子里散着步，来人的时候，便迎接和招待，请到上屋去，在这方面和他取着同一步骤的是司务长。上士也来帮忙，他担任礼金的登录，字写得很讲究，是写在一张红纸上，把几元几角的元字最后的一勾全都拉得长长的，拖着长长的尾巴。师爷也早早的到了，他的脑顶更显得凸起，脸孔也更加瘦细了，摇摆着两只细手，在厨房的门口碰见了我弯一弯腰：

"喂呀，你胖多了！"

老卖婆的丈夫是个满脸黑胡子，身材魁梧的老头子，做了连长的老丈人不消说十分得意，在从前是没有人肯看他一眼的，大家都称他为王八头，现在可威风了，人人见了他都恭敬地行礼作揖，笑个满脸，说些吉庆的话：

"大喜啊，大喜。"

"大家喜，大家喜。"他用粗哑难听，喉咙里好像含着一块石头似的咕噜咕噜的声音答礼。

连长对他很客气：

"您请到上屋喝茶吧。"

"行，行，您忙吧，我各处走走。"

连长太太见了他，远远的就把嘴脸转向旁处，假装看不见，理也不理。她紧闭着灰冷的嘴唇，扬着下巴，表现出很有权威的神气，好像对于世界上一切的人都看不起似的。

行完了礼，司务长指挥几个喽啰摆饭桌，连副和班长们全到齐了，他们尽量的大吃大喝，麻子班长喝得最高兴，散席的时候，两个兵士把他扶着回去。

连长太太差不多一天没有开口和谁讲话，到了天黑，各屋都点上了明亮辉煌的蜡烛。这时候，她突然的放开喉咙大声啼哭，大家惊得目瞪口呆，老郑好像了解她的心思，同情的感叹着说：

"唉，怎么能不哭呢，谁也是不好受！"

连长急得门里走到门外，他无论说什么好听的话也没有效果，那哭声异常的响亮和凄切，好像死了最亲近的人一样。

司务长的太太，一个紫红色的面孔、尖下巴，生了满脸的酒刺，眼睛很小，瘦肩膀，小腰，说话就像打架的女人，挪动着半大小脚到厨房和司务长商量着说：

"你和连长说，叫他服个软就好了。"

"连长对她说了不少好话。"

"单说好话不行啊，你们男人哪里懂得，她想叫连长在大家面前做个样看看。"

"做什么样？"

"你真糊涂！"

司务长太太把小嘴靠近了丈夫的耳根，低声的说了句什么话，司务长赶紧摇摇细脖子，摇着手强硬的反驳她：

"连长不能干，那怎么能行呢？"

"要不然她会哭一夜也不住声，你和连长说说看！"

商量的结果，连长踌躇的答应了，他给太太下了一个跪，起誓发愿的对她声明，娶小是为了"后人"，无论如何决不会亏对她，请她止住眼泪，大家都佩服连长毕竟是个能屈能伸的好汉子，在这种时候一跪，一切的难题都迎刃而解，太太果然不哭了，擦净了满脸纵横的泪水，深长的喘几口粗气就结束了。

蜡烛的火花活泼的跳跃着，人们的黑影子在墙上跳跃，各处都有明亮的眼珠，清楚的鼻尖和下巴，说话，笑声，耳语，哼哼呀呀的歌唱。

二十

我和张兴约好了在这天晚上要去拜访小苹果，他在街上等我，老远就不耐烦的跺脚，愤激的咒骂。

"什么东西，等了你多半天还不出来！"

小苹果的家里，从连长前任的当差被除队以后，便成为老总公共娱乐场了，差不多每天都有老总溜号去照顾她，她的生意当然是很丰盛的。

我们来的巧极了，她正好在家，可惜有四个老总早就在这里泡蘑菇。他们把小苹果团团的围在中心，好像一群饿狼围着一只小羊一样，李富贵也在内，他跳起来抱住了我，在我身上推一下："怎么，你不在公馆保镖，到这里干什么？"

"许你们来，不许我来？"打他一拳。

"是啊！"另外两个老总附和着我的声调，我很兴奋，抓住了小苹果，细细的端详她一下：这姑娘除了是个女的以外并没有值得疯狂的力量，她的模样是鹅蛋形的面孔，小嘴，一双辉煌的眼光呆涩，不灵活，和连长的新夫人比差远了，然而他在如饥如渴的老总们眼里却是人间最美丽的雕刻，他们看着她的形象，听着她的话声，便是无限的愉快和安慰。

老总们对我都很亲热，没有一点儿像对待张得发那样敬而远之的气概，他们认为我是"自己的人"没有一点儿隔膜，小苹果看我身旁背着手枪，也另眼相看，似乎格外亲近的模样，我把连长下跪的事实，添枝加叶的夸张了一番，他们哈哈大笑，拍手，叫喊，非常的开心。

门一开，又进来两个弟兄，在前头走的是绰号排头，他的身材高大，又有气力，排队的时候总是在头前，他一进来我们就知道一定是出了什么事，因为在他的脸上明白的刻着不吉的符号：

"陈泽声又跑了！"

"什么时候？"大家惊愕的问他。

"天黑的时候还在，我们给他送吃的去，他说肚子饿得很，想多要点吃的，我们又给他拿一些，他吃饱以后说是要到院子里散散心，他说：'我是快死的人了，各位老朋友答应我吧！'我们一想，官长全不在，让他出来走走没有关系，押了这么些日子，很可怜的，谁想到他出来以后，夺下卫兵的枪，拔腿就跑，卫兵追了一程没有追上，他跑得太快呀！天色黑下来，也看不清楚。"

"连长知道了没有？"我着急的问，怕的是连长找我。

"我们出来就是找陈泽升，姜连副的命令。刘班长到连长公馆报告去了，姜连副带着弟兄去追，也不知道能不能追上。"

我赶紧跑回"公馆"连长倒背着两手在屋子里来回散步，生气的突着下巴，眼睛闭得很细小，别的人，大部分散去了，只剩下几个他亲密的朋友，无可奈何的看着他的发愁。

"已经报上去了，到时候来要人可怎么办呢？"

司务长喝了不少的酒，还醉醺醺的，他有意无意的说：

"姜连副去追，一定要追回来，如果……"

他的话还没有说完，新娘的老父亲气喘的跑来了，没有进门就大声的叫喊，好像叫狼咬了一口似的：

"连长啊，不好了，你们老总把钱都抢去了，她妈妈叫老总把脑袋砍了，这可怎么好！"

屋子里好像起了火似的，连长急得抓着胸襟，新娘慌慌张张的提着衣襟跑出来：

"爸爸，你说什么？"

"你快回去看看，你妈妈怕是不行了！"

"谁打的？"

"两个弟兄，全不认识，他们进门就要钱，说是：'那一千块钱，快点儿拿出来，要不然就不客气！'他们拿着刺刀，我也不敢动他们……"

魏秉武的嘴脸在我的脑里摇动一下。

连长气极了，他和新娘一块儿往老丈人家奔跑，老头子一面气愤的咒骂，一面跟着走去，连长太太振作起精神来，对着满屋的蜡烛自言自语：

"这真是活该倒霉，没看准好日子。"

我也跑到连长的老丈人家里去，他的岳母，头上缠着帷布，满脸是血，气息奄奄的躺在床上，她的脑门挨了两刺刀，下巴还有青肿的伤痕，一只青筋毕露的老手，放在胸上微曲着，另一只手垂直的放在身旁，我很害怕这具死尸的凶相。

连长弯下身体去问受伤的老丈母娘：

"你知道是谁么？"

我以为新娘一进门便会扑在妈妈的怀里号啕大哭，没有想到，她像个蜡台似的立在床边一动不动，只是皱着眉头在幻想，没有眼泪。

老岳父指手画脚的报告这场惨案发生的经过：

"他们进来的时候，一张嘴就要钱，要一千块钱，她妈妈说钱早就还债务，给孩子买东西，花完了，现在没有钱。他们不信，一个弟兄把在门口，一个动手各处乱翻，她妈妈喊了两声，那个弟兄急了，举起刺刀就砍，钱放在窗户上面搁板的木箱子里，那里是五百块钱，一个还没有动，全都翻去了，她妈妈不顾命了，抓住那个弟兄，想把钱抢下来，那个弟兄又砍了两刺刀……"

老头子还没有压住惊慌，他有许多话要说，不知道怎样继续说下去好了，焦急的挤着眼睛，嘴唇在发颤，两条腿还有点抖擞。他的女儿，面孔好像白纸，眼圈里像露珠样明亮的泪水渐渐涨满，顺着眼角往嘴边急流，她好像不知道自己的眼里流出泪水来，连长问了又问：

"不知道是谁么？"

老妈子好像刚从梦中醒过来，从齿缝之间艰难的挤出了几个字：

"魏，魏，魏秉武，他拿刀砍的……"

连长回过身来对我下命令：

"快到营里去看住他，别叫他跑了，他要动手，马上毙了他，去！"

这时候，无边无际的黑夜已经彻底的统治了大地，是个阴天，空中没有一颗星光，房屋，街道，树木，墙垣，矮矮的小庙，石堆，都屈服在黑暗的威压之下，近处的狗对着我狂吠，远处也有狗的应声，我的心也被黑暗包围了，我觉得自己的呼吸很紧张，好像有什么不幸的惨祸在前面等着我，我是对着不可知的渊薮跑去的。

跑到营里，兵舍，马厩，炊事房，连部，卫兵所，仓房，空屋甚至于连厕所都找遍了，没有魏秉武连他的影子也看不见。其实我并不想看见他，不过是走走形式，魏秉武不是傻瓜，他决不会在干完这种事以后还老实的等着人家来抓他，老号兵笑嘻嘻的对我说：

"一天没有看见他，一定是溜号要钱去了，有什么事吗？"

我把抢案报告了周排长，他现在正是执星官，他那三角形的螳螂似的脑袋好像挨了一下重重的敲打，很快的往四面八方调动了几下，把军帽往脑袋上使劲一扣，把我推到门口：

"他们一定走远了，决不会回来的，真不像话，一天出了这么些事！"

他往兵舍急急忙忙走去，挥一下手，嘱咐我：

"我带几个弟兄出去找一找，你报告连长去吧！"

我又走在无边无际的黑暗的路上了，黑夜的流正流得浓厚，大地好像快要崩裂了一样，我觉着自己踏的每一个脚步都有奇怪的声音发出来，远处的狗吠在用不同的声音迎接我，三里路的距离这时候奇怪的每一个脚步都有奇怪的声音发出来，远处的狗吠在用不同的声音迎接我，三里路的距离这时候奇怪的拉长了，村庄与昏暗的灯光用遥远的诱惑招引着我，我恍惚听见有浮动的叫声，吵架似的闹声，妇女的嘤嘤的哭声，但是走了几步，那些声音好像被突然地切断，一点儿也听不见了，摸摸自己的耳朵，怕是出了毛病，但是再前进了一段，走到稀疏的小树林的边沿，那些声音又是音调不同的流过来，我觉着自己不是活在世上，而是活在昏暗的，渺茫的梦中，这梦又是一个黑沉沉的梦，没有边际的麻醉的梦……

第二部

春天真正来到的时候，我的光荣的职位照旧的保守着，我的军服换上了新的，这是一套在城里的一家军装店量好了尺寸做的，很合身，我穿着这套军装高兴得了不得，特别是在别人用羡慕的眼光鉴赏我的时候。

陈泽升是逃跑了，两个抢钱的弟兄也没有了踪影，连长的老丈母娘已经入了和平的坟墓，这些变动像冬天过去了的事实，很快被人们忘到九霄云外去了。

连长太太在家庭里的地位比从前更显得坚固和权威，新夫人好像是特意为她雇用的使女，呼唤她，指挥她，叫她做这个，干那个，这面跑来，那面跑去，呼唤的时候如果没有听见，便要严厉的申斥：

"你的耳朵聋了么？"

做错了什么事的时候更加动气：

"像你这样的笨虫真是少有，天生是庄稼佬，什么也不会！"

她呢，她好像是忘记了自己也是连长夫人，而是这家庭花钱买来的丫头了，无论连长太太说些怎样凶狠刻毒的话，她也不还一句嘴，悄悄的忍着。

这样一来，连长太太的胆子越来越大，千方百计的压迫她，侮辱她，把她踏在脚底下蹂躏她，伤害她，连长在家的时候，还比较好一点，不在的时候，她的不幸的灵魂便与黑暗的地域密切的连接在一起，连长太太简直是个活阎王，而她便是被抓来应该受刑的小冤鬼。

老郑为了这件事时常愤愤不平的在嗓门里尽量的咒骂。

"这个臭娘儿们真该死，她嫉妒，吃醋，拿人家出气，应该报告连长教训教训她，那样欺负人，太不像话了！"

骂完了便唉声叹气，自言自语：

"要嫁人，三条腿蛤蟆没有，两条腿的活人还不有的是，给当官儿的做小，得有个做小的资格，第一你得讲得到，做得出，处处不在人以下，像这样，简直不如给人家做丫头，做丫头要是聪明伶俐一点儿，也不至于天天受气呀，这种日子怎么过得下去！"

最后又无情的骂那个可怜的死者：

"那个老东西，哼，该死，想拿自己的姑娘发财，怎么样？发了棺材，给阎王爷打小旗去了，这也是报应！咳，叫人家踏在脚底下，一辈子不能翻身了。"

我的职务是很清闲的，一点儿不繁重，有足够的时间躺在乱七八糟的东西堆满了的床上读我那本已经翻得破了的小说，这本小说是用白话文作的，和我读过的一些旧东西不同，是亿兆民众最容易理解的活的语言。既是极通俗的语言，却有极高超的艺术手段和心得有力的技术和形式，故事也是新的，那些人物，在我的记忆里好像活泼的存在过，他们的言语动作和行为深刻的感动了我，我看见在这世界上，还有无边无望的人们生活在黑暗的角落，头扑在污泥里，他们的身体虽然是疲倦了，他们的精神与思想却还是有力量的，打算翻身跳起，在艰难的环境里不断的增进智慧，丰富经验，在最聪明的进步人物领导之下，用智慧和勇气和大银行家、大买办、反动分子以及他们的走狗与爪牙进行猛烈的竞争，排除和征服了恶劣的命运，打倒和消灭了一切的侮辱压迫与障碍，创造和开拓新的生命的大路……是这么一本好书。不仅是小说，也是哲学，像"圣经"一样，含着一种道理和坚定的信仰，这样宝贵难得的典籍，叫我这样一个当老总的得到了手，实在的，我觉得很幸运。

别的书，我也很注意，尽可能的极力收集，一有机会随着连长进城，就买几本书。在"闲书"以外我还买了一部二十八开的小本步兵操练草案，是红皮的，用粗糙的纸印刷的，里面有些缺页，四边全都破碎了，重要的节目画着不少的红圈。

很快的我就背会了这本操典纲领的每一条，研究这本书的要领，是师爷教给我的。

"你非得一条一条的背会了不可！"

他这样的教育我。

"为什么呢？"我觉得很有意思。

"那个，你看纲领是很要紧的呀！无论步兵操典，骑兵操典，炮兵操典，工兵操典，纲领总是一样的，总则，也是大同小异，所以你得背会，还得了解是什么意思。"

他的尖头顶在窗下温暖的阳光里放射着智慧的光，他的头是新剃的，剃得很彻底，细长的面孔拉的长长的，一张嘴说话，下巴往一边扭过去，很像马厩里的长面孔的军马在响动着牙齿啃干草。

他在我面前表现出得意的神气，把线装的公文呈式放下，用细长的手指把操典一页一页的翻过，咬文嚼字的给我解释：

"这个战争之道，在综合有形及无形上之各种战斗要素……你得注意，有形是什么，无形是什么。"

闭住了灰白的嘴唇看一看我的裤腿：

"我告诉你，有形就是兵力，装备，装备当然是兵器，弹药，各式各样的东西啦！那么无形呢？无形就是这个军人精神：军人上前线打仗的时候，顶要紧的便是精神。所说的这精神，唉，我告诉你，也有各种的说法，第一是爱国精神，爱国，当然说我们中国啦，中国人要不爱中国，那算个什么王八蛋呢？咳，杨广路，你不知道啊，有一些中国人真就不爱中国，不爱也不要紧，还要出卖中国，把中国卖给洋鬼子，你看我们现在这个国家弄成什么样子？好好的东三省叫人家占去了，成立这么一个不三不四的政府，说牛不是牛，说马不是马，当官的没有权，说了不算数，一举一动要看洋鬼子的脸色，完全是些活牌位。他们自己一点也不知道害羞，呸，这些混蛋王羔子，我将来有权那一天，绝不轻饶那些汉奸头子，这些，我们先不说。其次我们来研究这个攻击精神，有了爱国精神，攻击精神一定好啦，可是有了攻击精神，不一定是因为爱国精神好，你明白这意思不？你看，他是这样的：比方说打'胡子'大家都知道有些'胡子'有金子，有钱，大家都想发财，都想把那些'胡子'打死，把金银财宝打下来，那么攻击精神一定旺盛，这可不是爱国呀，像我们这一连弟兄说实在话，要说发财，用不着上讲堂去写在黑板上，从小一下生，从娘肚皮一爬出来就明白，要提起爱国，大家都不知道什么意思，当官儿的明白么？哼，也许会讲一套好听的，可不见得真爱什么。钱可都爱，老弟，我说的全是实话，不行你慢慢的总会明白。这些事不提，再说'综合'这两个字的意思，你别着急，慢慢的听我讲……"

他又细心的讲了很久，他的话有时很感动我，使我愤怒到伤心的程度，有时离题太远，说些无头无续的身边琐事，但是我一点儿也不觉得厌倦，我需要多知道一些各式各样的事。这时候，求知的欲望把我燃烧得又痛又痒，我渴望大批的书籍来救济我的愚蠢的病源，然而全失望，我没有机会好好受教育，我不是希望进什么学校，我对于学校没有热烈的情谊，我希望自己下一番苦功来教育自己，最低限度也得比周围的人有知识，有一种专门的特长，最好能比任何人都聪慧，有时我骄傲的思量着自己，我是比别人高超多了，无论谁都不如我深博？

师爷似乎看明白了我这个"幼稚"病的问题，在合上书本以后，便艳羡的拉着他的长脸笑嘻嘻的感叹：

"啊，老弟，你的脑筋好的很，要肯用功的话，前途不可限量啊！"

这样动人的赞美歌我听着很舒服。

这时，他那尖脑顶在我的眼里不显着难看了，那凸包，好像公鸡的美丽的冠，那细长的脸儿，好像伶俐的鹦鹉，歪斜的下巴像牡丹花的叶刚从花盆里伸出来，那一双眼睛像深夜空中明亮的星光，声音像黄莺在林中歌唱，瘦细的手指像窈窕淑女的玉手。可惜，他脸上的皱纹集得太多也太厚了，当我出去关好了门听见他咳嗽一声的时候，我总疑心他要改变了声调咒骂一通：

"这小子，决没有出息！"

二

我看不出人们的嘴脸和心里的思想是不是一致的，师爷在这方面给了我很深的启示，他在表面对你尊敬亲密，说些温柔甜蜜的语言，在背地却往往咒骂你，把你的短处一条一条仔细的分析，嘲笑，讽刺，夸张咒骂个不宜乐乎。

比较起来，还是弟兄们好的多了，连长和司务长秘密的商量着钱的问题的时候，我就躲出来和弟兄们在一起。我们时常愿意坐在马厩隔壁空屋后面的高坡上谈天，参加的全是志同道合的老朋友。张兴蹲坐着，两手抱紧了膝盖，歪着头，《三国志》专家摇摆着强壮魁梧的身体，咧着大嘴，像鸭子似的左摇右晃的走过来，背靠着砖墙，把脚底下的石头踢在一边，沉思着说：

"周排长叫我买鞋垫，买了一双草的来他不要，要布的，叫我拿去换，为一双鞋垫跑一趟城，老总的腿也太不值钱了，日他娘的逼的。"

秦世新，瞪着兔子似的眼珠，跳跳跃跃的走来，也不知是谁惹恼了他，满脸都是怒气：

"那个'王八操的婊子儿'认干亲了！"

张兴松开两手，指指身边：

"来，坐下，怎么回事？"

"喂，老婆子家我们以后不能去了，老婆子给麻脸做干娘，是麻子自己认的。"

张兴听到这样的消息，好像有针刺了他一下屁股似的，急速的跳起来，跳到我的对面又蹲下，重重的说：

"那么人家的媳妇，不用说也专属于他啦？"

我有很久没有看见那个灰白的头发、落去了不少门牙的可怜老太婆和她的儿媳妇，那个头发梳得光光，脸上的脂粉很厚的少妇了。听说在过旧历年前后，娘俩凭着那副保存得很好的牌九弄了不少的头钱，少妇没有认可的买卖也很发达，老婆子有好久都是睡在外屋。为了弄钱吃饭，忍着羞辱过着那低贱的生活。现在，麻子又做了他们娘俩幕后的政客，这在她们将来的事业上不知会发生怎样的影响。

秦世新所不放心的是怕那娘俩上了麻子的当。

"麻子这个婊子儿诡计多端，他想得点儿好处，你们明白么？"

我实在不明白，认老太婆做干娘能有什么屁好处。

晒得黑里透红的面孔，被风吹霜打的粗糙的嘴脸，痴涩的眼光，发紫的鼻尖，都静静的陈列在阳光找不到的树荫下。暂时的也不说话，都想着麻子脸上每一个麻粒里包藏着怎样的奸计。

秦世新似乎早就为了这件事留心的观察好了。

"换防的时候，他把人家的媳妇领着一走，剩下老婆子只好老老实实等着饿死！"

绰号叫吹鼓手的老总发怒的质问他：

"他领去养活不起怎么办？"

秦世新的兔子眼睛往四面转了一下，轻蔑的咧着蛤蟆嘴，皱起眼眉来把吹鼓手教训了一阵：

"我要说你是个笨驴，你又不承认，你想想，麻子把她领走，能过的时候，就和她过，不能过，往窑子里一卖，钱到手，这就得了，谁管他什么良心不良心的，这个年头，有良心的都倒霉，没有良心的才能发财！"

吹鼓手抓住了论敌的弱点，兴致很高的跳起来反驳：

"她不会跟麻子去呀！"

秦世新的下巴动了几下，举起两手在吹鼓手面前好像扇风似的摇摆了一下，把脸转到别处，很厌恶的吐了一口：

"跟着老婆子活受罪，无论什么样的女人也不乐意，如果早有人愿意领她走，她早就远走高飞了，哼！女人就是这种贱玩意儿……"

紧接着大家便热烈的讨论起这个问题来。有的说，她会自愿的随着麻子走，有的说她会有志气，目前不过是屈服在麻子的麻劳力之下，无可奈何。张兴的意见却与众不同：

"要叫我说，她以为麻子当班长，手里能有几个钱，打算把它贴出来，不为别的。"

老号兵夹着号筒，两条腿往外撇着溜溜达达的走过来，把眼眉一扬，张开黑洞似的大嘴，把大家的议会连根踢倒了：

"你们上厨房看看，团长赏的猪肉是怎么弄的？"

厨房里的事和我不发生一丝一毫的关系，因为我的给养金从到连长公馆那一天起就提出去了。老号兵的话他们都十分的关心，秦世新好像是个总司令，用威严的态度和庄重的口气询问老号兵：

"伙夫偷卖了么？"

老号兵愁眉苦脸的掀起破军帽抓抓头发，报告大家：

"五十斤猪肉就那么一点儿？你去看看桶里的菜。"

我们像一窝蜂似的飞进厨房。把两个刚从锅里盛出来还冒着热气的菜桶团团的围住了。伙夫头是个眼圈红肿，右眼角的下面有块疮疤，脾气暴躁的中年汉子。他斩钉截铁的说：团长赏的猪肉都炖在菜里，没有一个人私吞一斤半两的，要不信把猪肉拿出来称一称，这句话把大家激出了火，秦世新过去推了伙夫一拳：

"你怎么不说人话呢？"

"谁要调皮捣蛋，我去报告值星官，要管，有当官儿的，你们管不着！"

吹鼓手摩拳擦掌的，咬着黄黑的牙齿，用强壮的肩膀推开了人的壁，他那一双带刺的眼睛笔直的射在伙夫的脸上，他的鼻孔似乎有一种特别敏锐的嗅觉，从伙夫身上嗅出了难以隐瞒的劣迹。

"你用不着拿当官儿的来吓唬人，没有人害怕这一套，我告诉你，弟兄大家伙的肉，是应得的，少一两也不成，人都有眼睛，那么些肉，就这么几块，谁也不信，哼！你骗得了当官儿的可骗不了我们！"

伙夫用油污的袖头焦急的抹抹发红的眼角，两只手乱甩乱舞，好像不这样就说不出话来似的，他的筋肉胀肿的面孔气得青紫了，举起长柄的勺子，不耐烦的在菜桶里用力的搅动了一下，像牛一样大声的："好，你们这些人来打我一个，我把命交给你们，看你们能把我怎样！"

张兴趁着"动乱"的机会，用指甲捏出两块肥瘦均衡的肉块三口两口吞进肚子里吃了，对我满足的笑了笑，幸福的点点头。

吹鼓手和伙夫厮打了半天才爬起来，伙夫不服气的去报告执星官，现在是司务长代理执星官的任务，他一出现，大家不说话了，因为司务长一向是和自私自利的伙夫一鼻孔出气的，分辩的结果，无产阶级弟兄们这方面吃了亏：

"厨房的事，有我司务长掌管，你们当弟兄的管得着么，团长赏的肉，连长，连副全有份，不是单给士兵的，连长二十斤，每位连副五斤，司务长三斤，上士二斤，录师爷二斤，这就刨去三十七斤，司务长那三斤没有提出来，给你们一起合三十斤你们还不知足，试问，我当司务长的多要几斤，你们当弟兄的有好意思说个不字么？团长赏五十斤肉，给你们留二十斤这可以说够优待了，别不知道好歹，领头打架的是谁？"

大家面面相觑，吹鼓手害怕得后退，缩着肩膀，他的鼻梁被伙夫的指甲划破了一块皮，司务长一眼看见他，对他伸直了硬实的手指点了点：

"是你领头来打架，好，我报告连长再说。"

司务长怒气冲冲的跺着脚出去，蠢笨的摇晃着身体。伙夫很得意，把勺子拿到屋里头，叨叨念念的说：

"连长一个人就是三十斤，谁有本事要来给我看看！"

"公馆"里所有的地方我都偷着观察了，没有那三十斤肉，问老郑，他也不知道，而且奇怪的反问：

"司务长送来的十斤肉已经吃光了，你问这个干什么？"

我猜想，一定是司务长那个家伙搞的鬼，在中间做了手脚，我想把这件事报告连长，让他知道他部下最亲近的心腹人也在暗地里耍猴戏，但是我的忠诚的报告还没有呈上去，另一件惊人的事实把我的话打岔忘了！

三

这天下午，团长的小舅子姜连副从城里回来，带了许多东西，有一个皮箱，他自己非常谨慎的用两手提着，我想溜溜须帮拿一下，他赶紧摇头，抹抹脸上的汗水嘱咐我：

"你快把柳条包扛进来，别的东西先不着急。"

我从马车上好容易把那个笨重的柳条包扛到屋里。"连长很重视这个柳条包，连长太太也殷勤的过来帮助我把柳条包放在椅子上：

"轻轻地放下呀。"她这样的和我说，声调是异乎寻常的温和亲切。

连长很高兴的样子摸摸柳条包，又过去打开手提箱，弯下身体，他伸直脖子，用鼻子闻闻，往肚子里狠吸了两口气，对着床边说：

"东西不错呀！"

回过身去望着姜连副满脸的汗水笑了笑：

"团长怎么说的？"

姜连副很焦急的用力把上身军服脱下来扔在窗前的桌角上，点了点了头，摸摸自己的脸说：

"等一会儿再讲，给我打盆水！"

我刚要去打水，连长太太把我喊住：

"你过来把柳条包搬到里屋去，让她去打！"

"丫鬟"悄悄的拿着洗脸盆出去了。

我看得出，连长对待自己的二太太也不太满意，有时是和大夫人统一的拍奏命令她，指挥她，我实在不明白这是什么原因。

姜连副草率的洗完了脸，拿出一支烟卷来，太太给他热心的划火柴。

"你歇一歇，一会儿就吃饭。"

姜连副表现出自己是世界上最有本领而且是最得意的人那样，一副得意的嘴脸，悠闲自得的喷着缕缕的灰烟，一面烦躁的摇动着扇子，用得意和夸张的口气对连长说：

"价钱和上次一样，东西可比上次的好，不信你看看，待会儿尝尝吧。"

"哎哟，你办得好极了，得好好的请你，你在团长公馆住了三天还是四天？"

太太活泼的扭动着像木棍似的死板板的腰肢，她很诚意周到的招待着客人，同时很严格的指挥她部下的奴隶：

"你去告诉老郑，炒菜稍等一会儿，不着急。"

"丫鬟"把这份任务达成以后太太又下达新的口头命令：

"你再告诉老郑，叫他弄几个凉菜，黄瓜要拍扁以后再切，蒜要切碎一点儿，少来酱油，卤鸡蛋不要切成六瓣，告示他好几回也记不住，真是个糊涂虫！"

连长把手提箱打开了，里面用厚厚的油纸包了许多层。咖啡色，糖一样黏质的，很值价，弄到手后可以多卖好几倍价钱，这东西的名目我知道：亡国灭种的"大烟土"。

我只是听说我们"傀儡军队"，更有些军官军座或班长私运大烟土很发财，然而亲眼看见却是有生以来第一次。姜连副这批"黑货"好像是从团长那里运来的，他们必须把团长索要的价码交上去，有余剩的利益便归他们自己分配。

大家在暗中猜测连长手里有不少钱，我想，他的钱全都是从这方面获的利，还有就是从士兵身上榨取油水，不发薪饷，给养金。柴炭费，办公费的十分之九装进自己的腰包，穷苦和受罪的只是无能为力的弟兄们。

我给连长当差，并没有分赃的资格。来了高贵的客人赏的钱和打牌抽的红数目有限，还得和老郑分，不能全部归我自己所有。我得的钱，大部分买了"活的语言"做的书籍，他们打牌的时候全仗着老郑伺候，我是尽可能的偷出时间来醉心的翻翻书本，郑先生很不满意我，时常用热烈的口气规劝我：

"你太痴了，要好好的伺候他们打牌，能多给点儿钱，你一躲出来就不露面，像你这样年轻轻的人死在书本上，真是少见，再说，你看那些书，算什么呢，没有用处啊！"

他这样的话好像清风过耳，并不能给我些细微的影响，我觉着他很可怜，为了几个小钱把灵魂都廉价的出卖了。连长和太太们的收入虽然富足，但是也不能动摇我的兴趣。

我时常在无事的时候，一个人孤单的坐在门口树底下，在这里，温暖的阳光从枝叶间穿出来吻着我的头，凉风抚摸着我的脸，也把我的思想吹得兴奋了，我闭着眼睛幻想过许许多多的事，自己的和别人的，而想得最多的乃是自己现在的地位，我能这样的干一辈子么？

我觉着逃跑的魏秉武的情人现在所处的位子太可怜了！她的父亲，那个傻头傻脑的老东西有时来看她自己的女儿，所受的待遇也很苛薄，连长太太并不拿他当什么亲戚看待，有一次，我清清楚楚的听见，当老头子来的时候，她的女儿没有在屋，连长太太很粗野的问他：

"你的闺女，早不是什么处女啦，按理说应该打发她走。我们是为了后人，连长不是为了讨小老婆子玩乐的，要讨小玩的话，城里有的是好看的，怎样也不能讨到你们家里呀，什么？见了人，连句话都不会说。"

又有一次，老头子来和连长借钱，连长很费思索的拿出十块钱给他，他走后，连长太太大发雷霆指着姨太太的鼻尖，像野兽似的怒吼：

"不少你们的，不欠你们的，干嘛常来借钱？你告诉那个老头子，来就来，不许张嘴借钱闭嘴借钱的，多讨厌，没有事顶好少叫他来！"

"丫鬟"也忍受不住了，反驳她：

"不是我叫他来的呀！"

太太的怒气更大，两只瘦扁的脚一齐的跳起来：

"我知道不是你叫他来的，我是说，动不动就来借钱，叫人讨厌！噢，怎么的，你不准我说话么？"

"我几时不叫你说话？"

"放狗臭屁！"太太的眼睛变成三角形，用手掌敲击着桌角，"你不准我说话行么？你有权利不准我说话么？"

连长过意不去，把烟枪放下，欠下一点儿身体来摆摆手：

"得，得，为一句话也值得争吵！"

"我告诉你，以后说话不许你插嘴！"

姜连副来送钱，把这场未完成的打架交响乐扰乱了。

四

从头上稀疏的枝叶之间蔚蓝的天空，想起自己时常看到的和听到的这些人间污浊的事，实在觉得好笑，最后我感到：她应该远远的跑开，像书里所写的故事那样，拿出勇敢的信心和智慧来，可惜她不读书，连个大字也不识，没有这种解放的觉悟和革命的思想。

老郑把两手插在腰际出来找我：

"嘿，坐在这里真舒服，连长招呼你拉！"

连长叫我把那只装满黑货的手提包随着姜连副送到他的家里，他在头前走，脚步迈得很快，时时回头观察我，好像怕我逃跑了一样。

他的家是在这村镇的东头，一个小杂货铺邻壁的后院里，他的尊夫人，一个肥胖的身躯，满脸肥肉的女人出来迎接，说话的嗓门很响，嘎嘎的，像鸭子见了水，张扬着两手，又好像要过来搂抱我似的，表现得很热情。

"快放下给我！"

姜连副拿出十块钱一张的钞票放在我手里：

"拿去花吧，以后有钱多给你。"

十块钱的数目是不算少的，我把钞票紧握在手心里，行礼并且道谢，很快的辞别出来，走到杂货铺窗前，恍惚听见那里有推牌九的声音。一个奇怪的念头在脑里一闪，我不假思索的走了进去。

掌柜的，瘦弱的老人，误会了我的意思，以为我是来抓赌的，惊慌的往屋里奔跑，打算去报信。

我赶紧抓住他的袖子对他说：

"放心，我就看一看！"

他满脸赔笑的打开门邀请我进去。

烂眼边的伙夫正把两旁牌九用力的拉开往桌上一摔，发出一声震人的音响，接着用牛叫的高声叫道：

"对地妖，拿钱来吧伙计！"

他看见了我，好像看见了一条蛇一样，惊愕，厌恶，还有点儿胆怯。

另外有四个老乡，一个不知道是做什么职业的人，穿一件拖地的长衫，衣纽裂开，玩着袖头，帽子扣在脑角上，用力的一击，悲观的叹了一口长气：

"瞎！差一个点儿。"

我很羡慕赢钱的人，钱很快的增加，用不着出多大的力量，只要牌九比庄家多一个点儿，钱便照数的送过来，这种游戏，太刺激人，使人兴奋了。

庄家又把散乱的牌九很精巧的叠成一个长条，像一座城墙一样，大家把钱放进自己的面前等着这时候，我克服不住自己了，把刚才得来的十元钞票押在天门。

庄家害怕得了不得，拉长了面孔，伸出舌头来：

"哎呀，十元钱赔不起呀！"

伙夫变得和蔼与快乐了，他知道我不是特意来找他的别扭，很亲密的夹夹烂眼："三毛两毛的小玩意儿，押多了庄家没有钱赔。他一共有六块钱，您少押一点儿。"我服从了大家的意旨，把钞票叠一下：

"两块钱两道！"

"行！"

庄家很英勇的把牌九送过来，翻开一看，一张是大天，另一张是小六。

头一把便赢了两块钱。

接着我把四块钱分两道，又赢了，第三把又赢了，把庄家赢得干干净净，我快乐得几乎跳起来。把钱数一数，往袋里一塞就走。

这天黄昏时分，我在街头看见了麻子的情妇，她扛着一个空篮子，很快的走过来，我喊住她，悄悄的问：

"谁在你们家里？"

"有几个弟兄？"

"推牌九有没有干的？"

"他们正推着，你去么？"

我急急忙忙跑到这间狭窄和昏暗的小屋子里来，李大蒜坐在床边皱着眼眉，老太婆立在他的旁边，鼓励他，安慰他。

"输那么几个钱算什么呢？"

另外有几个弟兄干的正高兴，我的贪婪的欲望燃烧得很厉害，把别人挤开，占了一个地位，独霸一门。

想不到我的赌运在黑天是不行的，它随着白昼一块儿消失了！很快的，所有的钱全输光了，衣袋里剩下的只有空虚，麻子的情妇回来听说我输得精光，也不大高兴，扯扯我的衣角，暗示我，我跟她走到院里，

"这些钱给你。"

我拿着……

说不出来的悔恨，我把军服脱下来，当回赌本，最后再押他一回，寡妇忠告我说：

"别玩了，输死你我还心疼呢。"

这个少妇，天生一副好心肠，对我体贴周到，我很感激她，可惜她是卖淫的，谁有钱便有享受的权利，这一点我替她难过，又替全世界像她这

样的妇女难过！

老郑曾经对我说过：这样的妇女多得很，她们专门经营老总的买卖，什么地方有兵营便到什么地方去，兵营一移防，她们也另换盘踞的地点。她们明白军队的内务规定，熟悉当官儿的脾气，了解士兵的性格，对待老总有高妙的技术和手腕。

这类的妇女不一定专门注意生意，其中有许多是纯洁的，善良的，她们的眼光很不错，能够很正确的选中了心眼儿正直的老总做女婿，一生一世都跟着过那种缺吃缺烧，饥寒交迫的日子，一直到死也不变心，凡是信奉旧教的人们，把妇女的这种行为认作人间最高的美德。

也有些妇女眼光弄错的，把一个不怀好心的老总认为是正人君子，结果秘密的押进了窑子，一生一世离不开苦海，含着满腔的哀怨到老到死，那种丧心病狂的老总，在我们之间是极少的。那种畜生不会受到欢迎的，必须永远接受大家的怨恨，咒骂唾弃和憎恨。

在我们的连里曾经有过这样一个弟兄，他是一个医务兵，这小伙子模样很不错，加上一点儿也不痴的他，是很熟悉女人心理的，他在城里一家三等窑子里，和一个年轻美貌的妓女共同的创造了"伟大的爱情"，那个妓女有一千块现金的储蓄和两箱值钱的衣服，不久以后，人和钱以及衣物都嫁给了医务兵。

这小伙子是被认为世界上最幸福，命运最红的一个人，但是他有赌钱的嗜好，不到半年光景，把从良的妓女所有的金钱和衣物全部输光了，最后又把那个可怜的女人押回了窑子里。

这件事，把所有的老总弄恼了，大家都把他列入心中的败类，不仅伤害了自己的良心，也毁坏了当兵全体的名誉，性格暴躁的老总无缘无故的会和他打起来，也有许多弟兄联合在一起收拾他，甚至于有人提议把他弄死，他知道在这个兵营里没有法子再混下去了，偷着开了小差。

这个医务兵我曾看见过他，他是在我入营不久开小差的，年龄还不到二十岁，体格很强壮，有力气，能吃苦也能刻苦的劳动，有一双锐利明亮的眼睛，高鼻梁，整洁的牙齿，端庄而且美好，女人是容易爱上他的。

麻子的情妇，我可看不出她究竟是怎样一个女子，我觉着她不是所谓

"爱情专一"的女子，因为我不只一次留意到了，她在每一个来要钱和泡蘑菇的老总面前都尽可能的利用各种机会表示她的温柔、甜蜜和多情，我更似乎感觉到了这一点，老总们都收藏着秘密的快乐和满足，认为她是真正爱自己的人，因为环境的限制，不能在别的弟兄面前公开的表示出来罢了。

大概是春天的懒洋洋的风也把我吹得迷醉了吧，我也和别的兵油子一样，心窝里保存着秘密的快乐和满足。小寡妇偷着借钱给我押牌九，给我精神上以鼓励和安慰，这都是"爱的证据"，可惜春天的风还差点儿劲头，我迷了一下，但是马上清醒了，因为我的年龄和生理在这时候还不太积极的渴望异性的调剂，此外还有可怕的花柳病，一想起来就觉着头疼。

不久以前，在我们连里有个老兵油子，得了"鱼口"，走路的时候咬着牙，一瘸一拐的，连上床都不方便，先坐在床边，倒下半个身子，一点一点儿往里滚起，听说有的梅毒把鼻子烂掉了的，这真叫人不寒而栗，我一想起这些糟糕的情形，就觉着腿肚子不自然的往前旋转。

输了小寡妇的钱，我答应有了钱还她，她很客气，用含情的眼光看着我的脸，小声用力的说："我没叫你现在就还钱哪！"

我不是麻子，何必上这一套洋劲，我这样想，觉着她很可恨，同时又觉得她十分可怜。

五

过了一天，是在下午，我又愚蠢的坐在这间小屋子里，我决心要把输的钱全部捞回来，赌本是和老郑借来的，答应在还他的时候加一点儿利钱。

我把牌九洗好了叠起来，叠得很慢，也不整齐，因为推牌九的技术还不熟练，小寡妇在旁边周到迅速的帮着我分配。

我这时的态度是和最坏的流氓没有区别的，军帽扬在脑后，衣袖挽起来，眼睛瞪得很圆，在各处留神的观看，我用鼻子往四面嗅着气味儿，我的心跳动得很厉害，我最不放心的是弟兄们，有些品性恶劣的坏蛋，会趁着我不留心的时机在暗地里互相的换牌，那么一来我只有倒霉了，我特别注意李大蒜的动作，这小子时常来这一手缺德的行为。

"翻过来呀！"李大蒜焦急的命令我，他把自己的牌九捏得紧紧的在手心里轻意的敲着，两只眼睛像野兽在饥饿的时候寻找食物似的，他总是不肯先把自己的牌九痛快的打开。

小寡妇为我鸣不平，在李大蒜的腰上拧了一把：

"大蒜真滑头，你为什么老不放牌九呀？"

我仔细一摸两扇牌九，凹点都很粗，翻来一看，一个是虎头，一个是大五，糟透了，想不到李大蒜是二板靠长三，比十，把他的钱杀过来赔天门，末家是本，弄个不输不赢，大家都快乐，呼呼的喘着长气。只有大蒜不高兴的皱着眉头，粗黑的脸皮显着异样的阴暗，两只青筋隆起的大手交叉在胸前，叠着难看的下巴，生气的端详着牌九，我觉得他是不会赢钱的，因为时常卧在空屋的草堆里哼哼呀呀手淫，那双手一定脏得很，他的面颊深陷，嘴唇没有血色，好像是个死尸。

"快点儿呀！"大蒜又在叫喊。

我把牌九往前一扔，有一个碰在他的手背上，弄了一个翻身，露出一张细小面孔的地妖来。他把牌九原样不动的推给我：

"这么来，我可不干，赔我钱！"

我的怒气也很大，把牌九拉过来，把他的钱往后推了推，对他愤怒的摆摆手：

"不干快滚蛋，不缺少你！"

他伸出粗大的拳头在对我示威：

"那么赔我钱！"

"为什么你把牌九翻看送过来的？"

"庄家有翻牌九的权利！"我想一拳把他打出去。

"人家没看，就翻过来么？"

小寡妇又为我鸣不平，反驳他几句，最后又劝慰他：

"你真蠢，有一颗地妖还不干！"

"你管得着么？臭娘儿们！"

大蒜的粗脸皮因为怒气太大很可笑的打起皱纹，青白的嘴唇在颤抖，两手不规则的在自己身上搔抓，好像身上有虫子把他咬得很苦恼。他极力压制着满肚子的怒气，可是压不住，像火山似的爆发了，他把牌九抓起来往屋角一丢，转身打算溜走：

"去他妈的，老爷不干了！"

我们俩干起架来，他的气力比我大，因为手淫的兴趣太强烈，一开始他就上气不接下气。他抓着我的衣领，打算把我推倒了打，我搂住他的脖子，另一只手抓住他的皮带，极力的利用他的力气，我发现了一个机会，他往后倒退，脚步杂乱的一瞬，我把腿往他脚后一伸，用力往前一拥，他很重的跌倒了，我压在他的肚子上面，正要打他耳光，老总们把我拖开了，他拍拍屁股上的泥土，对我威吓着说：

"老爷不怕你，慢慢走着瞧！"

过了几分钟，他又伸出黑手来把钱放下，发狠的咬着牙，凶恶的说：

"赢光你再说！"

哈哈的笑声装满了一屋，牌九声，钱声，说话的声音很大，震得人耳聋，叫喊起来就像狗打架，钱的刺激人的魔力把老总的灵魂支配了，我沉醉在这兴奋的赌博里，好像一个嗜酒如命的亡命徒沉醉在酒罐子里一样，大众的老丈母娘，没有门牙的老太婆从我腋下伸出一双手的骨架，我还来不及阻止她，已经用疾风迅雷的动作抓去了几角钱：

"我不多拿，就这几角。"

他的儿媳把软嫩的胖手轻轻的放在我的肩头，靠近我的耳边悄悄地商量：

"呆会儿多给我一点儿，记住了没有啊？"

为了报答她各方面援助的恩，我本来决心多给她一些做酬谢，没想到，从和大蒜干了一架以后总是输钱，到最后，输得干干净净，只好垂头丧气的和小寡妇说了几句道歉的话，拖着疲乏厌倦的身体回到"公馆"。

回来得太不凑巧，"公馆"里不知因为什么又陷入煎熬的状态里了，连长从上屋踏着重重的脚步走出来到了院子，满脸都是怒气，紧握拳头，咬着牙齿，不知是对谁苛毒的咒骂：

"混蛋娘儿们，真可恶，爹妈怎么生出这种不讲理的东西！"

扬起灰白色的面孔，一眼看见了我，咳嗽一声，清清喉咙：

"杨广路，你死到哪里去了，这半天才回来？"

我觉得脑筋很混乱，眼睛睁不开，看不清道路，我希望安静的睡一觉养养神，连长的质问好像扔过来一个手榴弹在我面前炸开，炸弹的碎片打破了我的肚皮，流出肠子来，我觉着自己的生活过于干燥乏味儿，既单调又不得自由，赶不上一只狗来得舒服，绝不是一个人应该过的生活。

"聋子么？"连长又抛过来一个手榴弹，他的眼睛向外突出，惨白的嘴唇稍稍的张开，满脸的凶相，杀气腾腾的，我又害怕，又伤心，战战兢兢的回答他老人家：

"报告连长，我在后街散步……"

连长太太张扬着两手像受惊的母鸡一样飞出来，对她的丈夫噢噢的呐喊：

"你叫我滚回娘家，那么给我钱哪！"

她红肿的眼里含着明晶的泪水，发青的鼻子旁边还有一滴放光的泪珠，好像莲花瓣上有一滴露水在阳光里闪烁着一样。左手叉在瘦细的腰际，右手弯着伸出来向连长，后脚跟抬得高高的，邻家的黑猫正从墙头上跳下来，从地脚旁跑过去，把小娘们吓小一跳。

"我告诉你，愿意怎么的就怎么的，那些狗屁倒灶的事我一概不管！"

连长把身体在原地半面向右一转，徒手向前飞快的走了几步，指着我下口令：

"快去把司务长叫来！"

我赶紧答应一声，拔腿就走，很怕他老人家从后面追上来打我几巴掌。

司务长叫来了，他好像早就预料到要发生倒霉的事件似的，胆怯的往鼻孔里吸着气，小声的询问连长：

"报告连长，找司务长有什么事？"

连长现在他憔悴的脸上仔细的打量了一下，露出一点儿怒气：

"团长那五十斤肉是怎么回事？"

司务长毫不踌躇的报告他："那五十斤肉，去了连长十斤，连副各五斤，上士和师爷一共四斤，其余的都给了弟兄！"

"为什么他们说不够呢？"

司务长回头多疑的瞥了我一眼，我觉得浑身上下都不自在，我猜想，司务长一定疑心我在背地对连长讲了坏话，要不然他不会用那样奇怪的眼珠瞥了我一眼，真倒霉，我算认了，愿意怎样便怎样吧。

"菜做好了，有几个弟兄到厨房找伙夫，把他打了一顿，我说猪肉不够，伙夫报告我，那一天正是司务长替姜连副值日。"

司务长长篇大论的把那天弟兄们和伙夫打架的事件，叨叨念念的重述一遍，有些情节是他临时编造的，与事实完全不合，他把伙夫赞美得狠像一个循规蹈矩的处女，把老总们用夸张的技术形容得像一群无法无天的野兽，把一切的罪过用巧妙狡猾的嘴推在弟兄们身上，还嫌不够，又添油加醋的说些弟兄们的坏话，把他们当着连长面前苛毒无情的咒骂一通。

连长半信半疑的微张着嘴唇，用一双厌恨的眼光打量着司务长那副丑看的嘴脸，从齿缝里挤出：

"打伙夫的是谁？"

"崔固守。"

"为什么他们打架，不告诉我？"

"司务长以为一点儿小事，不值得报告连长。"

"不知是谁写了一封黑信给团长，说是团长给的猪肉，官长全都拿去吃了，只留十斤给士兵。"

我这才明白连长大人为什么发这么大的脾气，同时也放心司务长不至于误会我是一个幸灾乐祸的传舌精了。

关于猪肉事件，连长和司务长热烈的研究了半天，又低声耳语的商量了好久，结果，也不知有什么具体的结论没有，司务长无精打采的低着头，默默的看着自己的马裤，突然扬起清瘦的下巴，看着连长，客客气气的问道：

"报告连长没有别的事么？"

"明天说吧，你最好调查一下。"

很拙笨的举起右手，歪扭着难看的下巴，斜着眼珠行了一个怪礼节，走了。

司务长的独幕剧刚刚演完，连长太太的二簧又上台了，她在屋子里，像公鸡似得用尽嗓门里所有的力气对着外面的高叫：

"你说吧，到底怎么办？"

连长一声不吭，沉思的望着门外，那里有寂寞孤独的树，有风吹霜打始终忍耐着不发牢骚的垣墙，暮色苍茫的黄昏用大得无边的翅膀渐渐的罩下来，把这些风景遮蔽了，连长像一个黑色的木桩，竖在庭院里不动，我悄悄的进了屋，老郑开口便告诉我好消息：

"昨天晚上打牌，姜连副赢了四十块钱，给我们十块，你的份在这，拿去呀！"

我马上拿着这十块钱去押牌九，很走运，全部让人家赢去了，小寡妇喃喃的对我私语：

"你的性子也太急啦，不起点儿，得等一等，起点儿时候你不多押钱，点儿越背你越多押，好像和谁逗气似的，那怎么会赢钱哪！"

她的老婆婆对于我赌博的方法也不大满意，当然不说出来，在那干瘪的纹脸上很明显的表现出来了。

我不希望成为一个赌博专家，不愿意费心研究牌九的奥秘，我目前的精神生活太也贫困，缺少滋补，好像穷人的食物里缺少营养一样。在牌九的杂乱声中，在金钱的叮当声中，在许多手的乱挥乱打，在贪婪不厌的眼光之下，我的精神会暂时得到一点儿兴奋，或赢或输，都会使我忘记各种烦恼，在这刺激人的游戏里得到强烈的快感。在押牌九的过程中，我觉得金钱像生了翅膀一样，一会儿飞到这边，一转眼又跳到别人的手里，金钱的价值是失掉了，谁也不像平常那样把它好好的装在怀里，都很慷慨，绝不吝啬，任意的，随着自己奇妙的幻想来支配他，正如无知的儿童玩弄石块，多赢几块，弄个淡淡的欢笑，输光了也不伤心流泪，很快的就会忘记它们，像忘记了无足轻重的苍蝇一样。金钱握在手里，抛出去，捞回来，完全成了一种玩物，只有生性陋婪的人才于赌博的时候把金钱像自己的生命一样的看重，师爷对我讲过：

"这种人永远不会有大出息。"

可是他自己却特别看重金钱，认为金钱的存在是很重要的，活一天就不能缺钱，没有钱等于没有血脉。我当时曾经为了激怒他取乐自己和他这样的辩论过：

"军纪，为军队的命脉，这是操典上写的，你又说金钱是我们的命脉，到底是怎么回事呢？"

他很有自信的宣布他公文程式的学说：

"我说的是人生，你明白什么叫人生么？人生是我们很大的问题，所以所以，你不是说军队么？这个这个这个这个军队是在人生的下面，先有人生，后有军队，军队也缺不了钱，没有钱不能打仗，枪，炮，弹药，刺刀，汽油，手榴弹，皮带，办公品，给养，燃料……什么东西都得用钱去买，所以军队也不能缺钱，军纪呢，这个军队生活规定出来的法律，人太多了，你不规定出个办法怎么成啊？规定好了，叫大家伙遵守，谁不服从就打棒子，这就方便多了，国家也这样啊，你现在还不明白，所以我说人活着缺少不了金钱，军队，没有钱也不好办……"

他在演讲的菜汤里，"所以"和"我说"的咸盐加得太多，我喝了几口，觉着不是滋味儿，用咳嗽把他的话打断了。

老太婆和她的儿媳是非常看重一文小钱的，要照师爷的逻辑来说，这娘俩便是很看重人生的大问题的圣人，我想这话也正确，老太婆从当兵的手里讨得了零钱的时候，时常把脸孔向着墙壁很细心的用柴棍似的手指翻弄着计算，她的眼睛从黑洞里射出磷光，张着黑嘴，流露出无限幸福的笑意。

我把钱输光了，只好袖手旁观，醉心的欣赏着别人的疯狂。有个绰号叫狗熊的老总，他对于押牌九很有研究和实际的经验，他能够像小寡妇所指导我的那样，起点儿的时候尽量多押，点儿背的时候等一等，可是等一等，必须有爹娘的遗传的忍耐性，我的性质天生是急的，或赢或输，希望来一个痛快。

张兴趁着牌九和金钱的声音正杂乱无章的时候，把小寡妇拖到外屋按在靠墙的板床边，推开一堆零碎破片，逼着小寡妇把梳得整齐的头发安置在一个长方形那是老太婆用它装零碎东西的木匣上，用两条腿把小寡妇的两条腿夹住，小寡妇在下面挣扎，打他的头、扭他的屁股，他忍着痛，伸长了脖子把一嘴黄牙贴紧了小寡妇紧闭的嘴唇，哼哼呀呀的请愿：

"宝贝儿，来条鱼！"

他的另一只黑爪还在寡妇的胸部乱摸乱抓，眯缝着难看的眼睛。

屋子里，老婆子像饥饿的鸭子一样摇摇摆摆的这边走来那边走去的接续着要钱。

"赢了这些钱，快给我。"

一个歪戴着军帽的老总，用粗哑的像驴叫似的高声喊道：

"对金瓶！"

接着又起了别的喧吵：

"王八蛋！快点儿翻过来呀！"

"给钱！给钱！"

有工夫我便到这个吵闹的环境里来，这个时期，押牌九是我最好的消遣，我把那间阴暗狭窄的屋子看成是自己精神上的故乡，灵魂的乐园了。

六

连长夫人看我不顺眼，二太太对我也很冷淡，她自己是个鄙陋下贱的奴婢角色，却摆出"太太"的架子来傲慢无礼的对待我，我真想不到，她从前给我缝补破袜子的时候是多么温柔体贴，像亲密的小猫。在嫁给当官儿的做了小老婆，便认为了不得，好像比谁大几辈似的，真好笑！

可是她无论有什么事都是自己做，从来不对我发号司令。她的面孔肥胖多了，身体也肥胖多了，坐在那里像一堆豆腐。立着时候好像没有睡醒，半闭着水汪汪的大眼珠，嘴唇稍稍的张开。两只多肉的手相互交握，我看得出来，她时时都在考虑反抗太太的方法，她想反攻，想压倒消灭当前的敌人。可惜她的攻击精神差得太远，她虽然知道积极的攻击比消极的防御在战术上更有价值，容易生效，不知怎么总振作不起攻击的精神来，这一定是在"遭遇战"的当初，太太在没有开始战斗以前便有了充分的作战计划和周密的准备，战争一开始便支配了战势，把她击退了。她现在也许会根据每次失败经过的详情，分析出一个结论来。我也盼望她能够勇猛果敢的反击，最低限度，也要保持住太太的身份，不仅在形式上，在本质上也是。我盼望了一阵也不成，她只是在表皮上端起自命不凡的架子来，太太的威严一发，她又鞠躬尽瘁的服务。

显然的，老妈子给阎王爷去只小旗以后，她是补充了母亲的地位，做了小老妈了。

看吧，大太太又有工作吩咐她了：

"告诉厨房，晚饭早一点儿预备，有两个客人在这吃饭，你叫老郑有工夫好好洗洗他的手脸，脏得多吓人，客人看见了多笑话呀！"

她答应一声，悄悄的走了，脚步踏得很轻微，好像踏在薄冰上怕掉进去淹死一样。姜连副把卖大烟土赚的钱按照口头的契约分了一部分给连长，司务长又在什么地方发现了一桩秘密的生意，活泼的跑来报告大王，这些事情都使连长异常高兴，他那一双镶在窄鼻梁两侧的狡猾的眼光笑眯眯的，胡须刮得光光的，烟灰脸也分外的光泽和松动，说话的声音也是无限的和蔼与委婉动人了：

"我说司务长，你自己去干也行啊！"

司务长扬起稀疏的半截眉毛，裂一裂厚嘴唇，抚摸着大腿小声的说：

"连长做，我帮忙，什么事都得这样，我是报答长官，长官有好处，我司务长也错不了。"

他们所谈论的也是一桩私运鸦片烟的勾当，有个买卖人，从什么地方收买了一批大烟土，打算往城里运，城门有把守人，如果看出毛病来，不消说是要麻烦的，花几个钱托军队"保险"。既迅速又安全。他们讲妥了保险的价钱，运送的日期也决定了。

七

在一个天气晴朗的日期，一个粗黑的老总赶着一辆两个轮的大车，司务长用半面屁股坐在车上面，车后还跟着一个骑马的黄脸士兵，这是一匹驮载机关枪的老马，青色的脖子上有些白斑点，小耳朵，大嘴，大蹄子，尾巴剪去了多半截，走路的时候很蠢笨的样子，挪动着蹄子，时时从鼻孔喷出苦闷的气息。骑这匹马的老总正是张兴，他是我推荐出来当保镖的。我是骑着连长私有的马匹，随着到城里给马挂后掌。这是一匹走马，大脑袋，细腰，肥满的屁股，腰和屁股这两部分，很像连长的小老妈，马的眼睛是三角形的，很傲慢的样子望着各处，这很像连长的太太，她生气的时候，眼睛便是这种样子。可是这匹马并不因为争风吃醋而生气，她的眼光是天生的骄傲，有点儿什么奇异的动静，耳朵便耸动起来。

司务长舒服的坐在草地上，神气很得意，在他的屁股底下，用一个半新不旧的麻袋装着的谷草中间便是一包黑货，他好像忘记了自己的任务，一路上总是喋喋不休的讲说城里有几家窑子的故事：

"小凤姑娘洋劲足，对待客人不分高低，淑云那个姑娘别看脸子好，她妈的，架子太大，有钱的客人往眼里看，穷光蛋干脆不理，你们等着看，早晚还得有人给她抹一鼻子灰，香兰也不坏，唉！这个小东西还有一套功夫！嘻嘻！"

他用鞭子柄的后跟撞撞马屁股，又用手掌在马屁上拍一下，对着天空沉重的叫喊："呔！"

那匹粗壮有力的黄马把脚步加紧了。

道路、田垄、树木、坟丘、矮小的家屋，窄狭的庭院，在平场上游戏的小孩子和家禽，瞪着惊奇的眼光对着我们张望，司务长讲得太高兴，抬起屁股坐在车沿上。

"□娘个臭□，上月我进城办给养，晚上回不来，打算招呼淑云住个局，她说不方便，不接客，我知道她是不愿意伺候老总的，没有法，把她甩开了，另招呼红宝，这姑娘倒不错，会来，我多给她两块钱，住了一个局，把她弄得服服在地，你们别看司务长学术科没有研究，逛道可不外行，准叫她舒舒服服，一辈子不忘你。"

马夫又用皮鞭柄的后端，撞了一下马屁股：

"呔，这个王八蛋，不打它不走？"

司务长的身体颠得很厉害，车到平坦的地方他才接着往下讲：

"那天，我睡到半夜爬起来，越想越不是味儿，淑云这个臭窑子娘们，和老总端架子，非收拾她不可，叫她知道知道老总的厉害，伙计说，她屋子里有客，不好开门，我一想，有客人，正好，我抓住理了。伙计怎么对付呢？我对他撒谎，说那个客人是我的朋友，有要紧的事得告诉他，把门叫开了，我先给淑云两个锅贴，然后才问她：'你说来月经不接客，这是什么？'我一连打她十个耳光，我想把她拖到院子里狠狠的打她一顿，掌柜的出来讲情，好说歹说算了，以后我再去，掌柜对我很客气，淑云也老实了，她算不敢在我跟前摆臭架子了！司务长是好惹的么？"

这时候，司务长在我眼里变成了一个可恨的仇敌，侮辱和伤害别人的灵魂，他自己觉着开心解闷，他坐在车沿，笑容满脸，好像丰富的大地全属于他的了。

平安无事走进城里，把"东西"送到街尾的一家粮店的后院，这是一个很宽阔的大院，四周有不少瓦房，把"东西"往粮栈的库房一放，我们的任务便预完成了。

司务长预备好了十五块钱：

"你们拿去吃饭吧。"

一出这个大院我们就把金钱公平的分开，和马夫也分了手，张兴的马交给司务长，我把马匹交给铁匠们，张兴很快活的扯着我的袖头说：

"我今天得请你的客，先吃饭，随后就去看看淑云、红宝，都是什么样。"

我不反对他这种享乐的方法，吃饱了肚子便跑到窑子里。

我们两位来的不凑巧，淑云姑娘出了门，只有红宝过来当招待，这姑娘，年纪不过二十二三岁，瓜子脸，圆眼珠，大嘴，有一排个头不齐的大牙，摇摆着肥圆的腰身，头一句话就问：

"司务长没出来么？"

张兴把一副笑脸收藏起来，不高兴的拔她一个萝卜，把她的脸腮都扯肿了。

"什么鸡巴玩意儿，就认识当官儿的？"

她把胸脯压在张兴的怀里，对他温柔百倍的说：

"当官儿的，屁！我不过是问一问，他把淑云打的得四五天没有起床，无怨无仇，干吗下那样毒手？我们没有饭吃才干这缺德的买卖，祖先没有烧高香，给人家当泄精器，有钱人，哪有下窑子的？当官儿的，就随便打人么？男子汉大丈夫，有本事做点儿阔事，在女人身上出气算什么能为？哼！挨枪子儿的货，炮灰，得不着好死……"

张兴摸着她青黑的脖子警告她：

"告诉司务长他能打烂你的嘴！"

"我不怕他！"红宝姑娘勇敢的瞪圆眼珠，"他能一枪把我打死，我谢谢他，省着扛刀，少受罪，哼，谁早晚不是一死？"

摸摸张兴一高一低的肩膀，哧哧的笑了一声：

"你们那个司务长真缺八辈德，住了一个局还少给两块钱，一宿我伺候他九回，这个人，多没有出息，像狗一样……"

我记得司务长在路上告诉我们，他住红宝，多给了两块钱，想不到他在这种事情上也认真的撒谎，红宝姑娘说的话也不知真假，九回！

这种贪婪不厌的作风太使人吃惊了，红宝姑娘是很正经而且热心的对我们讲的，我觉着她的话不像是撒谎。

张兴的精神很振作，黑红的脸，荣光焕发的，他耸动着不平的肩膀，笑嘻嘻的追问：

"一回，你伺候多大工夫？"

红宝姑娘从他怀里离开，对着窗台上一面破碎昏暗的小镜子照了一下，笑一笑，把眼睛瞪得大大的说：

"咦，伺候他九回，还少给两块钱，我垫上的，倒不倒霉？他走后，我烧了两张纸，送送倒霉鬼，他来的时候我得要那两块钱，呸！没有男子骨头。决不是好人养的！"

她扭动了一下屁股，忽然张开大嘴，哼哼唧唧的唱起来：

"提起了宋老三，

两口子卖大烟……"

又突然一下打住，用力的推了张兴一掌：

"说实在的，司务长出来了没有？"

"找他干什么？"

"找他要那两块钱，柜上写我的账，他算哪种人下的，倒贴我不干！"

一个梳着粗粗的发辫，辫梢垂到屁股，像一条驴尾巴，年纪过了三十，廉价的脂粉搽得很厚，涂着红唇，像吃了死孩子，额角有个豆粒大的黑痣，下巴颏还有块伤痕的姑娘挪动着一双尊足蠢笨的走进来：

"哎哟，老总，今天放假么？"

红宝姑娘对她说明我们的来意：

"出来办公事的。"

她先看看张兴的嘴脸，又端详一下我的面孔：

"喂，你怎么不招呼个人儿，脸红、害羞怎么的呀？"

红宝姑娘用眼角瞥了我一下：

"哼，小白脸儿没有好心眼儿。"

不知叫什么名的姑娘扯住了我的手问道：

"你常到谁家玩儿，招呼谁？我好像见过你，你是不是招呼淑云，唉，你怎么不说话呀？"

像张兴那样和妇女交缠，我还有点不习惯，不是不敢，是觉得厌恶，面前这位三十多岁的姑娘，我真不相信会有人对她发生什么爱情。看着这些姑娘，一会儿长吁短叹，一会儿又快乐的歌唱，好像都有精神病似的，实在可怜，我在这里觉着我们这现实生活，是多么的黑暗与辛酸，这些可怜的姊妹们，仅仅为了吃饭，出卖自己清白的身体，这种罪恶是谁造成的呢？

我一面看着他们打闹，一面思索，好像坐在监狱里，哪有什么乐趣儿？

张兴和红宝姑娘打闹、说笑，滚成一团，兴致勃勃的，三十多岁的姑娘像没有看见，在嗓门里断断续续的哼着唱。

"正月里来正月正，白马银枪小罗成，一十二岁去打登州，打破了登州救秦琼……"

张兴和红宝姑娘胸贴胸的紧抱着，亲了又亲，吻了又吻。

"二月里来龙抬头，王三姐上楼打彩球，公子王侯全不打，一心单打花子头！"

院子里有伙计呼唤和嘈杂的声音，不知是谁在门口用刺耳难听的嗓门，奇腔怪调的咒骂：

"我日你姐姐和你妹子，吃得起糖，就还得起钱，干什么瞧不起人？"

张兴把红宝姑娘整个抱起来，一手托着她的脖子，一手从她屁股底下拿出来：

"让我好好摸一下，老实点儿！"

红宝姑娘把大腿笔直的往半空一伸：

"给你，摸吧，随便你怎样摸！"

这时我想起师爷对我说过的一句话：

"当兵的请假，窑子从良。"

这是把老总和妓女生活相互的联系在一起，用巧妙的语言技术表现出来了。

红宝姑娘大叫一声，打张兴一巴掌，跳到地上整理头发：

"该死的，你怎么好来这一手，哎哟，你快把手指往嘴里含一含吧！"

张兴把手指在裤子腿上擦一擦。

红宝姑娘很正经的告诉我们，不久以前有个当兵的来泡蘑菇，因为"姐妹们"全有客人，他看守了半天空屋子，生气了，临走的时候往床上拉一泡屎。

"胡说八道，哪有这种事情？"我以为她是编造的，用这话来嘲笑当兵的。

"我要说半句谎不是爹妈养的，不信你问问她！"

三十多岁的姑娘认真的点点头，把交叉在胸前的两只手放下来垂在身边：

"实在的，还有更坏的哩！"

红宝姑娘把背靠着泥块灰暗的墙壁，慢慢的讲：

"前些日子还有个老总来拉铺，干完了前面要干后面，那是小翠碰见的缺德鬼，小翠不干，他说不行，小翠气急了，大声问他：'我们卖的是前面，不是后面，你花的是前面的钱，不是后面的钱！'那个缺德的家伙你猜他怎么说：

"'老爷花钱玩儿的就是你，前面后面都得让玩儿，你们门口没写：玩前面不准玩后面，快过来，让老总玩儿完了好走，少说废话……'"

大家情不自禁的哈哈大笑，讲故事的女孩子笑得最厉害，她弯着腰，用两手捧着肚子，笑出眼泪来。

"小翠没有办法。"

红宝强硬的止住欢笑，伸张着两手往下讲：

"她抓着被子跑出来，一面跑一面紧裤腰带，说：

"'我不干，打官司告状随你去，妈个逼的，真不讲理！'

"那个老总追出来，抓着小翠，往屋子里用力的拖她，嚷嚷着说：'不干不行，不干不行，非干不可！'小翠好容易脱开他，一面哭一面往街上跑。你们那个老总到前面抓住了掌柜的问官司：

"'你们姑娘，干嘛干了半截就不许干了呢？'掌柜的把小翠叫回来问她：

"'怎么回事啊？'

"小翠擦擦眼泪对掌柜的说：

"'他要来后面，我不干！'

"老总无论怎样也不答应。掌柜的因为这些日子赔账，心里很不高兴，遇见这种事更上火了。他把小翠拖回屋子，打了她两巴掌：

"'哼，贱骨头，老总开开心怕什么，再大呼小叫的我弄死你个王八蛋！'

"结果还是你们老总打胜仗了，把小翠弄得不住的哭……你们当老总的，真缺德呀，真是和野兽一样，难道说不是爹娘养的么？是从地里钻出来的么？是从石缝里爬出来的么？是驴下的么？啊？啊？啊？"

红宝姑娘叹息了一下，激烈的讲：

"当兵的，假设家里年成不好，没有吃的，没有办法，自己的姐妹也免不了下窑子赚钱花，那么要叫人家那样玩弄，是不是也不好受？人心都是肉长的呀，有钱人，也不能辈辈世世都有钱，也许会有寒苦的一天，也许下窑子，大家全一样。去年春天我们这里就有一个姐妹，她叫四妹，心眼儿很不错，无论对谁都是很义气的，她爸爸从前当过连长，到前线打死了，她母亲得病死的，舅舅把她领去养活，舅母不是好东西，对她坏极了，时常骂她，也不给她饱饭吃，她实在过不下去了，就跟一个邻居，是个剃头的，一块儿跑了。这个剃头的真没有良心，将来一定得不着好死，他不好好养活她，吃喝嫖赌，没有一样坏事他不干，后来又抽上大烟，赚的不够吃饭了，就把四妹押进窑子来，还时常来和她要钱。

"那时候，我们姐妹四个，她排第四，所以叫四妹，她的娘家姓蔡，那个剃头的姓赵，他来过几回，我一看见他就有气，恨不能拿刀砍碎了他。过了一个夏天，有个姓刘的，这人是教书的先生，比四妹大六岁，人好极了，他头一次来招呼四妹，我们就看出来不错，逛窑子的，不全是坏人，也有好人，不过好人太少。那个姓刘的先生，和四妹来往了三个多月，四妹看中他了，一定要跟他从良，可是那个人很穷，拿不出一千二百块钱的押账来，再说那个没良心的剃头匠也不准她出去，没有法子，四妹只好三十六计走为上着，小两口来个远走高飞。"

　　她们所讲的这些故事太惊人了，我听得呆了，张兴却没有怎样的感应，他只是在讲故事的人讲到激烈的时候，张兴皱皱眉毛，把不平的肩膀往前倾了一下，一转眼就变得泰然自若了。我也想马上从记忆里把这些不愉快的故事抹得干干净净，可是不能够，它们在我记忆里一留下些微的影子便巩固的生下根了，三十多岁的姑娘叹息了几声又接着在嗓门里哼着歌唱：

　　"三月里来是清明，西天取经是唐僧，担担挎挎猪八戒，穿山越岭孙悟空。"

　　红宝姑娘用脚尖踢她一下大腿：

　　"什么猪八戒，孙悟空的，你应该去看看病啦，老挺着也不是事。"

　　张兴在红宝姑娘的屁股上打了一下，好像有什么话要对她讲，她用手掌厌恶的扫了一下自己的屁股，愤愤不平的噘着嘴唇说：

　　"唉，你干什么，打屁股不开张，我的事由本来就不好，成天老扛刀，你还打屁股，真可恶！"

　　我头一次听到窑子里还有这样的说道，打屁股会影响到一个姑娘的生意，客人要拿起笤帚来扫地，这个姑娘的前途也有不吉的预兆，三天接不着客人，她们还烧香祷告神佛开恩保佑，还有"扛刀"，也是新鲜名词，张兴知道不少这类专门的术语，他对我讲了不少，错误的地方红宝姑娘在旁边改正他，加以更详细正确的解说。她又出了几个更深难懂的术语叫我回答：

　　"老虎大尾穷，你知道是怎么回事？"

　　红宝姑娘笑着打他一拳：

"缺德鬼，研究这些干什么？"

张兴不理她，照旧考问我：

"还有柳树盘根，明白不？老汉推车顶简单，你一定知道这是什么样姿势，至于连毛胡子啃瓜子儿，这是很难的题目，知道的人很少，唉，红宝，窑子里的黑话你会说么？"

"什么黑话？"我插嘴问他。

红宝姑娘不愿意研究这些单调无聊和下流的知识，据她自己说，从十一岁的时候就进了窑子门，十五岁开始接客，已经不间断的经营了七年这种事业，这种生意还不一定要接续负担多少年，事由不好的时候，掌柜的骂大街，有些姑娘们还白眼相加。

"我真的活够了，还不如赶紧死。"

她这样感叹的说，还愁苦的喘喘粗气，眼皮垂下来看着地上，过了一会儿，又跳跳跃跃，唱着下流的小调。

三十多岁的姑娘出去不久，有个年轻貌美的姑娘往屋里探头看一看，赶紧缩回去，张兴迅速的跳出去把她拖了进来，抱住她的小腰：

"看见老总就跑，太不对了！"

她假装快乐的模样，和张兴分辩着说：

"我看错人啦，谁要躲避活不到天黑……"

红宝姑娘正经的问她：

"先头拉你铺的那个人姓什么？"

"苏。"

"做什么的？"

"买卖人。"

"给多少钱？"

她伸出一只手掌，很满足的摇摆了一下。

我仔细一看，这个所谓姑娘的人还不过是小孩子，顶多不过十五岁，粉红的面孔，小嘴，一双眼睛很有迷人的魅力，她极力装作是一个成年人的模样，我问了一句蠢话：

"唉，你今年多大？"

她并不看我的回答：

"十八。"

她大概是和我一样的，恐怕当兵不合格，多报了一点儿岁数。

这个小女孩，很老实，不像别的姑娘那么疯癫，谁不和她谈话，她是不愿意开口的，说话的时候用字也很简单，有时只是笑一下便算完事。

张兴搂着她的腰无论如何也不放。

"你绝没有十八岁，撒谎，据我看，啊，顶多不过十六岁，你说实话？"

红宝姑娘替她辩论着说：

"撒谎也不当钱花呀！"

张兴想出一个卑鄙的试验方法：

"来，让我摸摸就知道你今年多大啦。"

小姑娘生气的推他，哭不得笑不得的闭着眼睛哀求着说：

"你们当老总的，干嘛老是糟蹋人，松手，要不然……"

红宝姑娘帮着她把张兴推了一个仰面朝天，压着他的肚子，扭着他的脸腮：

"我妹妹小，不准欺负她！"

"你们当老总的，干嘛老是糟蹋人……"这句话给了我不愉快的印象，我过后也时常思索这个问题，当老总的，为什么老是糟蹋人呢？我们本身是受着别人糟蹋的，反过来又糟蹋别人，这真是不容易了解的事。

小姑娘溜出去的时候还生气的叨叨念念的说：

"老总真惹不起，没有一个好东西！"

一个嗓门粗哑的姑娘在院子里战战兢兢的唱：

"未从开言大吃了一惊，好亦似凉水浇头怀里抱着冰……"

张兴和红宝姑娘商量着说：

"我拉个铺，少算几个钱行不行？"

"朋友，用不着花钱，老总来玩儿，我们陪一陪是应该的，花钱做什么？真不知足，我这么陪着你玩儿不是一样？拉铺有什么意思？"

"放放色！"

"去你的，不要脸，你不看看人家坐在这里多老实，你的手不得闲，胸也不得闲，像个疯子似的。"

小姑娘又从门口望一望，好像在动物园里，从栅栏外面看豺狼一样。

"来，我摸摸！"

小姑娘转身就跑，好像身后有狼追赶似的，张兴这个色迷鬼，真要拉红宝的铺，他说司务长来混了，他也应该来一下试试，他也很看中那个逃走的小姑娘，他有滋有味儿的发表着跟别的老兵油子学习来的最卑陋下贱的学说：

"老的败火，少的香。"

"呸！"红宝姑娘往他脸上吐了一口。

三十多岁的姑娘又扭动着两只难看的尊足出现在这屋子里，她很留心我的行动：

"当老总的，这么老实的可很少！"

我坚决的告诉她：

"当老总的也不一样啊！"

张兴用足尖勾了一下她的大腿，好像对她下警告：

"你别看他外面老实，心里可不老实，要是给他个大姑娘，一样的整出孩子来！"

张兴这个不要脸的东西，也和别的老总一样，无论怎样下流难听的调子，都能毫不踌躇的唱出来，肚子里存不住半句话，关于男女性的行为，就像谈论家常便饭一样，一点儿不觉得奇怪和害羞，这些妓女，也一样，除了一些性的行为，用夸大和咒骂加以形容以外，好像再也想不出在这世界上还有别的事，有的便是关于恶劣的命运的苦痛，谈到一些少数的能够果敢和环境斗争的妓女像潜逃之类的事实，也只是羡慕和赞美，可是多半含着悲观的见解，而自己却守着老规矩，苟延残喘的等着灭亡。

我看到了，我们老总和妓女之间有一条共同的命运的锁链，天天都在盼望能够过得着较好的日子，然而天天都在直接间接帮助着苛毒无情的恶魔来糟蹋并毁灭自己和别人宝贵的生命，把人民的灵魂用枪口、刺刀、炮火、狼牙和棍棒的规律打发到火烧和油煎的地狱的深层。

张兴这个可怜亦可笑的家伙，还有别的我认识的不认识的千千万万的黑红的嘴脸，可怜他们完全是因为愚蠢的缘故，很少看到这一点，我本人，是看出了这些罪恶的。可是我还不知道，这些罪恶的根源，用什么法子能够彻底的改换，我也直觉感到了社会经济制度太坏。可是我不知道新的道路在什么地方，我们这些灰色的人物，也希望人类的生活快好起来，只是不知道，怎样才能够好起来，在这世界上，一定有比较好的地方，可是那好的地方遮盖着雾，封锁了，不叫我们看见，于是就有人失望、堕落，张兴便是这样一个人，他绝不是一个没有良心的人，所不好的就是没有权利接受教育，没有什么智慧，在形式上成了一个坏鬼，只要有快乐，不怕是一刻钟，一瞬间的，一刹那的，只要可能的话，便努力的去追寻，他总像是活了今天就没有明天似的。

我们出了这家卖淫的店铺，他又顽强执拗的拖着我要到另一家去泡蘑菇：

"好容易进一回城，着什么急回去呀？"

第二家是在第一家的后院，门前有一条阴沟，残砖碎瓦和抛弃的乱七八糟的废物堆集在这阴沟里，屎尿的臭味很大，令人作呕。

我们一进门就听见靠着小小的庭院的角落的矮小的房屋里，从打开的破碎的板门，传出难以压抑的呜咽的哭声，是女人的哭声，一面哭还一面低声的诉念着一些听不清的话语。一个形容憔悴的半老的妓女在小院里散步，嘴角衔着烟卷头，闭着一只眼，嘴角下垂，拖着一只露出脚趾的破鞋。

张兴走到这种地方和在操场完全不同，神气很足，肩膀虽然一高一低，也显着威风凛凛的，不可侵犯。

高个的伙计把帘子打了起来：

"二位屋里请坐，这屋子可不干净，包涵点儿……"

他转身退出，端着肩膀，跳跳跃跃的好像个松鼠：

"看朋友！"

他的嗓门响亮异常，好像老总出操下口令。

我们正等着"看朋友"，从遮掩的门帘的下方看见了两条打着灰裹腿的很熟悉的细腿很慢的从外面走进来了。那个高个的伙计用更响亮的嗓子喊道：

"哦，司务长，少见，少见，你今天怎么有工夫，快请到屋里坐，老李，快去买包好茶叶来！"

司务长咳嗽着，用马鞭子敲着自己的大腿，有意无意的打听：

"我们老总有没有来的？"

我惊骇的把脖子往里缩一缩伸出舌头来。

那个大个子豪爽回答他：

"没有来的，一个也没有……"

张兴高傲的挺着胸脯，满不在乎。

门帘轻轻的一扬，好像有一阵微风吹开了一样，悄悄的走进来一个窈窕的姑娘，这个女孩子，年纪不过二十岁，脸上一点脂粉也没有，不长不短的头发，有一双乌黑明亮的眼珠，我很奇怪，这么美好的女子却是个窑娼，我的慈悲心又发出来，替她感到可惜！

她婷婷的立在门口，用和平的目光瞥一下张兴，又上下仔细亲密的把我打量打量，迈着轻盈的步伐，走过来靠近我这一面，小声的问：

"从什么地方来？"

我想不起怎么回答她才合适，她的端庄模样很美好，竟把我弄迷糊了，有点儿心跳，害羞，脸上发烧，手足失去了平衡，嘴唇很干燥，嗓子里会痒。

张兴是很自然的，他到这种地方，是很习惯而且熟练的，一点儿没有拘束。

"你怎么不说话，干什么装老实呢？"

她的声音很温柔婉转，呢喃婉转的声音。张兴表示出很不满意的样子，他曾经告诉过我一两次，到这种地方来，总得拿出军人勇往迈进的气概，不然的话大家看不起的，他的训教虽然记得深刻，实践的时候却缺少点儿勇气。

我呆若木鸡的看着她把一只嫩白的小手搭在我的肩上，弯下身体，歪着脸孔看定了我的眼睛微笑，如果张兴不在跟前，我会振起不怕死的勇气抓抱她亲吻，这时候，张兴是我快乐与幸福的艳遇中可恶的障碍物，我实在恨透了他！

伙计忽然在门口喊叫：

"香玲，司务长叫你，快过去！"

她在我的脖子上摸了一下，道歉的说：

"等会儿过来。"

这间糊着白纸的墙壁上布满了臭虫血迹的小屋只剩下我们两个的时候，空气就变成窒闷和恶臭的了，门外阴沟里的臭气，时时的飘过来，卖花生烟卷的小贩在门口懒洋洋的呼喊。

张兴把红紫的鼻头靠过来：

"看你是红姑娘，她看你不错，你再壮起点儿胆子来，和你一块儿玩真闷气，傻瓜！"

我脾气也上来了：

"以后有什么事，绝不鼓吹叫你出来！"

他赶紧摇摇手，笑个满脸，极愁苦的锁紧了眉头，吹吹鼻子，露出满嘴的黄牙，好像要哭似的，用颤巍巍和追急的声调哀求我：

"你看，我是为你好，万一她看中了你，那就抖起来啦，你得用点儿手腕，太老实不行，你不知道，她手里攒了不少的钱，有一只金镯子，还有两个戒指，到这种地方你端的是什么架子？"

"谁端架子……"我只好投降了。

"是呀，你端架子，自己不知道，你几时都是那么冷淡的样子，也不知道谁欠你钱没有还？"

"谁也不欠我的，我欠老郑的还没有给人家呢！"

"我不是说这个，你好好听着，记住我的话，你的脸上老是冷冰冰的，弟兄们知道你的脾气，那没有什么，要是不认识你的人，容易看错你，以为你是吹牛，装神气，香玲要看上你，嘿，我告诉你，那就抖起来啦！"

他的话好像一瓶浆糊似的把我的嘴唇粘住了。

哭泣的声音已经停止，大茶壶端进一壶水来，捏着一小盘瓜子儿，司务长在我们斜对门的小屋子里说笑和打闹，我屡次从门帘的缝口偷着展望，望不见他一点儿影子，香玲的说话，是可以听得清清楚楚的，她好像用大声说话叫我们也领教领教：

"司务长您太小气，去年住局的钱到现在还不给，一宿伺候到天亮，辛辛苦苦不容易呀！你倒舒服，一点儿不替人家想一想，实在的，我有债务得还，快给我钱，要不然让我翻翻衣袋？"

司务长的话声也大起来了：

"这话说的太不近情理呀，我舒服，那么你不舒服么？"

"天天舒服，早就舒服死啦，快点儿还账，再不给柜上不答应，司务长，你的官当得不小，要无赖多不体面，叫弟兄知道，看不起你！"

"我这个官儿算什么，兵头将尾，两下都够不上，你放心，香玲，今天晚上住个局，下回来准给钱，一个铜板不少你的。"

"不，不给钱我可不干！"

"下回一定给钱，今天晚上住局。"

"今天晚上有客，是你们老总。"

"什么，谁？"

"我也不知道他姓什么，很漂亮一个小伙儿，他住局我一定不要钱，他要看我好我就跟他过日子去，这个倒运的买卖，早就干够了，你快给钱，别装硬把蒜。"

"你告诉我，是不是我们连长当差的？他什么时候来的？常来么？"

"就是他，你不用管，逛窑子不分阶级大小，当兵的规矩，我全都明白，你快拿钱，不然我要翻啦！"

我的心跳得很厉害，真想过去质问她：为什么要造这样的谣言来毁坏人家的"名誉"，张兴把我拖住，用力的小声说：

"你呀，真是少有的怪物，你别急，老实听着。"

司务长用嘲笑的口气说道：

"杨广路这小伙子，割我靴腰子啦！"

"割靴腰子"，可不知是什么意思，我等不得的请教张兴，他刚要对我解说，香玲的话传进来，把他岔开了。

"我喜欢他，是我找他来的，我看他好！"

奇怪，我很快乐，仿佛像在"茫茫的人海"遇见了知音的人，我看着自己是一个落难的英雄，她是一个苦命的佳人，我们在不可知的渊薮里相识，一见倾心，我愿意领着她跑到天涯海角，跑到什么地方去可说不上，在我的幻想里，那是个理想的安乐乡，像童话里所写那样美妙的佳境，在那里有伟大的山，高尚的树，自由的河川，理智的树林，美丽的房屋，有聪明的人群，千奇百怪的兽禽和几十万字描写不尽的鲜艳无比的花朵……我曾经时时这样的想象过，后来我才知道，我所以能够在污秽的环境里活得很有劲，完全是因为在黑暗中有一盏幻想的灯光引诱着我，这时候我正在重温着这种幻想中的润香与甜蜜，坐在妓院犹如坐在神妙的"月宫"里一样。

司务长沉默了老半天没有发言，我以为他是在那里绞心熬血的研究对策，打算用毒辣的手段破坏我的地位，甚至于伤害我的性命，恐惧的感情把我包围了，我后悔不应该盲目的追随张兴这个坏蛋，到这种憋气的窝巢里来。

一刻钟以后，司务长摇动着马鞭子，欢欢喜喜的去了，香玲很高兴的跑进来。

"你为什么说我……"我的话还没有说完，她用急快的辩论把我征服了：

"怕什么呢？他不会把你怎样的，连长当差司务长不敢惹呀！我撒个谎，与你没什么，我实在不愿意留那个缺德鬼，他在谁家住局也不给钱，有名的无赖！上回把前院淑云好一顿打，因为人家不留他，真缺德死了，可是他不敢打我，我有法子对付他，他到别的家去，总会有人留他住，你放心，他绝不回来，你怎么生气呢？唉，奇怪呀！我从来没有看见过这样当差的，真老实，啊，你叫杨广路么，我听说过，李富贵告诉我的。他说你心眼儿好，对上官不拍马，对弟兄有义气，读书认字……

这个香玲，我认为很"了不得"，只有一点儿不满意，是个碎嘴，但是不说话的时候，沉默着像个哑巴，话匣子一打开便长篇大论的讲起来，她说得那样的流畅，像飞快的水流从山上冲下来，有时说得太用力，交叉着两手休息一下，接着就滔滔不绝的讲下去，张兴在她讲得热烈，不注意的时候，把手伸进她的衣服里，摸摸她的乳部，有时把黑漆漆的下巴颏在她的肩膀上把面孔贴着她的面额，一张面孔是黑的，一张面孔是白的，排在一起，好像一泡牛粪和一朵鲜花。

"你们司务长，有淋病，去年冬天来住局，把我传上了，真倒霉，花了不少钱才治好，受了不少苦，他还不给钱，从那以后，我要命也不接他，他对伙计吹大牛，说是要带几个弟兄来砸窑子，那算什么本事？有一回他说非住我不可，不然就打我，我撒个谎，对他说，你们连长招呼我，你割他靴腰子，叫他知道了多不好，他有点儿害怕了，住些日子又来了，真是耗子舔猫逼，贪色不顾命！"

她的粗野真使我吃惊，听她那些赤裸裸坦白的话，我无论如何也压不住笑，香玲却不怎样的笑，她叫张兴摸够了，又仰着脸倒在我怀里，像生气似的用眼角斜视着我。

"什么叫割靴腰子？"

我忽然想起这个谜语来。

"不明白？"香玲小姐抓住我的手，用力的往她怀里拉，张兴不住的对我偷着丢眼色，意思是叫我好好和她亲近，可是我和她亲了一个嘴，她的嘴里有使人难堪的纸烟的臭味儿，她还用力的咬住我的舌头不放，我疼得差一点儿哭起来，我厌恶的把她推开，决心不理这个卑贱的淫荡女人，她和小说里所写的那种温文尔雅的女主人翁差得太远了！她吃惊的坐起来，好像担心我要拿手枪把她打死似的，我看透了，这个不知害羞的女人是接近不得的。

外壳是美好的，内部却是有毒的，张兴羡慕她攒了几个钱，那更是下贱的思想，张兴这时候在我的眼里简直就不值一文小钱，面前的女人，连半文小钱也值不了。

我在书里读过的一些浪漫的故事全都不是这种"作风"，女主人翁，应该是害羞的，说话的时候面孔红扑扑的，像初开的桃花，摸摸她的手，就急忙躲开了，必须表现着又惊又喜又怕又爱的情态，顶好是羞得抬不起头开，可是面前的这位密斯，咬住了人家的舌头就不放，嘴里有纸烟的臭味儿，还哼哼呀呀的说梦话，一点儿不知道害羞，和书本里所写的公主相差十万八千里！

我不耐烦的推了张兴一把：

"走不走？"

八

我们走出灰色封建的城墙，微笑着的太阳已经下了山，连长的马牵在我的手里，它的蹄掌虽然钉好了，精神却是无精打采的，也难为它老人家，一天没有吃一点草料了。它随在我的身后，很懒的挪动着四只蹄子，鼻孔里时时的发响，好像愤愤不平的咒骂：

"你们这些东西，只顾自己玩乐，把我抛在一边，太缺德了！"

张兴还是兴高采烈的，喋喋不休的讲究这一天难得的盛会，最后是对我表示不满意，说我不会用手腕，没有按照他的话做出好成绩来。

我想起一句很深难懂的哲学的字眼儿：

"连毛胡子啃瓜子是什么意思！"

他伸出左手，用拇指和食指构成一个圆圈，然后又伸出右手的食指，用力在左手圆圈的边沿敲一下，赶紧缩回去再伸出来，对我点着说：

"就这么样，敲一下拿回去，不许伸进去，便是连毛胡子啃瓜子儿，哎，你要是明白这一手，得花钱学。"

我左思右想，总不明白是什么意思。

几天以后，在初次教练的时候，他做错了一个动作，麻子在他的门面上狠狠的劈了下来：

"打死你个婊子儿。"

过后我就有趣的问他：

"这就是连毛胡子啃瓜子儿吧？"

他难堪的皱着眉头把眼珠往半空深思的翻了一下，停住了呼吸，生气的举起拳头要打我，我跑得快，没有给他打到。

老郑发现了我是渐渐走到荒唐的路上，表现得很不高兴，好心好意的规劝我：

"杨广路，你年纪轻轻，和别的兄弟不一样，知道用功，我看你是好样的，将来总会有出息，要是和别人一样可就危险了，哎，年轻人入伍，不容易学好，十个有九个越学越坏，我当初要是走正道，决不至于到这步田地，成天到晚给人家做饭，小钱一个没剩下，将来老了，有什么法子呢？哎，只好要饭了。"

老郑的话像刺刀一样，深刻有力的刺透了我的心，很难拔出来。可是痛苦的摇动了几下，无论如何也拔不出去，刺刀的锋芒割得我胸口流出鲜血，难受得几乎流下眼泪。

我决心改邪归正，把赌和嫖那两条死路极力躲开，有工夫努力读书。我手里有一本关于修养的理论的书，每一句的铅字都拉得长长的，把我的头弄得迷迷糊糊的，有些专门名词，简直是莫名其妙，最使我不高兴的是后半部，论到身体的修养，要照书里的意旨，两个人睡在一间屋子里是不合卫生原则的，饭后顶好是吃一点儿富于营养的水果。

像我们这些当奴隶、当炮灰的角色，三十五十个人在一间屋子里是不一定的，每一个老总都要睡一间房，没有那样讲究的设备，饭后想喝一点点儿白开水都是不容易的。厨房里有一口生锈的开锅，半凉不热的水面上漂浮着厚厚的油腻的尘垢，老总喝的便是这口铁锅里的生水，这样的水有时候还是缺乏的，渴的时候也只好闭着两眼。我和老郑睡在一间屋子里，这还是因为给连长太太当小使，受到了优厚的待遇，至于吃的，顿顿都是剩饭，饭后没有鲜果，常常不能缺少的仍是咒骂和怄气，连长冷冰的面孔，大夫人的无理的发号施令，二太太的骄傲沉默的神气，对于我，可以说是唯一的富于营养的食物了。我每天嚼着这些东西，肚子里涨满了维他命的各种成分。

当官儿的，特别是当大官儿的，当然是好得多了，他们有好吃的，有好穿的，有姨太太，生活得异常舒服满意，"上下同甘共苦"，这类话完全是骗人，当官儿的吃好的，我们吃坏的，当官儿的有好几个太太，我们连太太的味儿都闻不着，还要挨骂挨打，这便是同甘共苦么？

骗人的把戏！

村子里发生了一桩不幸的事件，差一点把我连累上了。

有几个本村上的绅士在春宫收藏家的两口子的家里赌钱，赌到深夜，去了一个老总，跟定了一个赢钱最多的土财主，在半路把他打了一枪，子弹打在胸脯上，所有的钱全都抢走，一只怀表和一只手表也拿去了，抬到家里不到两个钟头他就呜呼哀哉了。

带手枪的老总只有我一个人，这天晚上我偷着出了门，事件发生的时间和我出门的时间正一样，这件事弄得连长也没有把握了，他怀疑的看定了我的脸，审查我的气色，翻来覆去的审问：

"深更半夜的，你跑到什么地方去了？"

"出去玩儿……"

"在谁家？"

我没有勇气告诉他在谁家，我怕他生起气来给我几巴掌，那太使人难堪了，他虽然时常对我发脾气，还一次没有打过我呢，我思量这回可逃不出去了。

"在谁家，你怎不说呀？"

"我没有在谁家……"

"那么你昨天晚上半夜里怎不在家里呢？是不是你干的？"

"报告连长，什么事？"

"抢了人家的东西和钱，把人打死了，要是你，你得给人家偿命！"

"我不知道……"

"把枪拿出来给我看看！"

他把我带的长筒匣子接过去，把子弹一个一个的倒出去，用小手指探探药室，举起来用一只眼睛从枪口望进弹膛里面，又用鼻子闻闻有没有子弹的药味儿，检查结果，找不出一点儿可疑的部分，枪膛是两个星期以前擦过的，这些日子没有擦，连一点儿枪油的气味都闻不见，要是射击过了，枪膛至少也是明光光的。

我心里有底儿，绝不是我干的。

"那么，你昨天晚上在什么地方？老实告诉我，不要紧。"

"我怕连长打……"

"说实话，不打你，一定的，快说！"

我诚实坦白的告诉他，我偷跑到营里，叫马夫备好了马，披星戴月的骑着跑到城里去，和香玲姑娘见一面，我的目的只是跑去看看她，她叫我多玩一会儿，我便多泡一会儿蘑菇，这是实在的，老天在上，脚底下是地，我撒半个字的谎，下雨打雷把我劈个粉碎……

连长太太在旁边，起先是静静的听我详细的报告，板着严肃的面孔，接着便是哈哈的大笑，把她的大发现嘲笑的告诉她的丈夫：

"嘿，这小子，你说他老实，看看吧，和窑子娘儿们干热啦，深更半夜的还往那里跑，劲头儿有多大！"

咳！这件事干得太愚蠢了，连我自己也很吃惊。那天晚上，理论的字眼儿，把我弄得头昏眼花，我觉着把时间浪费在这本怎样吃饭或怎样睡觉的书上颇不值得，便异想天开，想干点儿有趣的事消遣一下，第一条便想到香玲，她的面孔是很美丽的呢，引力比什么都大，她的嘴里有点儿烟味儿怕什么呢？骑马去一趟，放开缰绳快点儿跑，有二十分钟足够跑到了。马在夜里眼睛也是有用的，绝不至于跌倒，一口气就跑到了。

在夜里，半明半暗的灯光之下，香玲的脸上抹着一层薄薄的脂粉，比第一次见面的时候美得多了，对我很欢迎，说了不少温柔甜蜜和拨动老总心魂的言语，热烈的拥抱，疯狂的亲吻，说笑和唱歌，伴着黑暗的喧吵，小贩拖长声音的叫喊，伙计们响亮的嗓门，这些都是兴奋的音乐，我高兴得忘记了忧愁烦恼，回来的时候已经是深夜，马夫早就进入了梦乡，很憎厌的穿好衣服起来把马接过去，张开朦胧的眼睛一看马身上奔流的泡沫，吃惊的问我：

"哎呀，你怎么把马跑成这个样子！"

"有紧急的公事！"

谁想到就在这一晚出事了，杀人的惨案。而杀人的凶手便疑心在我的身上！

连长把枪交给我，拿出一支纸烟含在嘴里。我的衣袋里无论几时都装着火柴，这是一个当差的，不论何时何地，都要准备着的讨好的武器。我赶紧把火柴拿出来，替连长点好烟卷，退后几步，听着连长接着问：

"你晚上时常骑马逛窑子去么？"

"没有，这是第一次……"

连长不相信，疑心我每天夜里偷着往城里去，把老郑叫来一证明，他的猜想完全是错误的，连长太太似乎很失望，我明白她的小心眼儿，她不是希望我成为一个好男儿，她盼望我荒唐，堕落，不可救济，这是很明白的事实，自从连长娶了小老婆以后，她越发都在盼望我荒唐堕落，曾经有一天早晨，连长很早的到营里去看出操，二娘儿们回家看她生病的爸爸，家里只剩大娘儿们，她躺在被窝里，露出半面身子来，我进屋送暖壶，她摆摆手叫我：

"你过来！"

我害羞的走到床边。

"给我推推肚子，我肚子不好受！"

我胆怯的向外面望望，怕连长这时候进来，踌躇了好久，才战战兢兢的把手伸进被窝里，给她轻轻的推了两下，赶紧把手拿出来。

"笨蛋，你什么也不能干！"

我想出去，怕惹出乱子，这可不是闹着玩儿的。

"等会儿，替我找找袜子！"

这个寄生虫的女人，袜子就在脚底下堆着都懒得拿，懒得也不像话了，我把袜子拿到她的身旁放好，她奇怪的笑了一下：

"来呀，给我穿上，怕什么，连长一半会儿回不来，你怎么，好像没有男子骨头似的！小鬼，谁也没有你坏，装得很老实……"

她的脚有一股酸溜溜的臭味儿，我很费力的为她穿上了一只，在抓起另一只袜子来的时候，我忽然想起来，她叫我做这些下贱的工作，一定是安心来侮辱我的人格，我把袜子丢在一边，转身就走，没有听清楚她在后面说了一些什么话。

从这以后，她算恨透了我，看我的时候总是用眼角，眼珠往上翻看，恨不能要一口把我咬死似的，我怕她怕得厉害，想尽一切办法躲避这只雌性动物，总是逃不出她管辖的区域，她现在看我要倒运了，一定是很高兴的。

连长很认真的把我审判了好久，终于不能水落石出，最后想起一个办法：

"我领你去，让他们认一认，是不是你这小子干的！"

他把我带到春宫收藏家的家里，那个满脸大烟灰的汉子蹲在门口劈柴，他那把斧头掉了不少的牙，举得很高，劈下去的时候，成绩却很坏，他把斧头扔在木柴堆里，拍拍手立起来，嘴唇发颤却说不出话：

"他昨天晚上到你们这里来过没有！"

他的妻子，那个矮胖的女人，抱着孩子走出来：

"谁呀？"

阳光热烘烘的照着脸，我把军帽的前檐往前拉一拉遮住了眼睛，可是阳光又烤起我的后颈来。一点儿风也没有，房檐上有几只小鸟懒洋洋的互相谈话，听不出它们是在说些什么，好像在叽叽呀呀的纷纷议论杀人和抢案与我毫无关系，嫌疑犯的我太冤枉了。我觉着眼前的人和物很滑稽，连长没有绑武装带，下面有两个衣纽是散开的，裤纽全没有扣，好像领着我出来游玩一样，我想告诉他：在这屋里，有宝贵难得的春宫可看，人物都涂着颜色，每一幅的背景都很富丽堂皇。

"他昨天晚上没有来么？"连长又在审问。

烟灰的脸和肥胖的脸互相打着疑问的符号，在他们的眼光里都显然的流露出恐惧的意义，我觉着身边一切的景物都变成混乱和昏暗了，心乱如麻，又很害怕。

灰白的脸孔下侧那张没有血色的嘴唇张开了：

"他，没来，有很多日子没来。"

连长从肩膀用憎恨的眼光瞪我一下：

"从前，你时常到这里来么，你来干什么？"

我结结巴巴的对他老人家报告：

"只来过一回，跟别人来的……"

我真后悔为什么深更半夜的还跑进城里和那个害人不浅的姑娘去幽会，这都怨我自己不好，也怨张兴那个崽子把我领进这堕落的深窟，要不和香玲认识，我在"用功"的期间，她的嘴脸是绝不会在我的记忆里神出鬼没的，张兴害我不浅，她也把我害苦了，现在我做了杀人和强盗的嫌疑犯，倘若这件事不能水落石出，真正的凶手逃之大吉，把我做了那个坏水的代身，我是不是得变成一个有冤无处哭诉的冤鬼了！要按照军法处置，不是判死刑就是无期徒刑，在看不见阳光，阴暗潮湿，寒冷狭窄的监狱里，艰苦的过着悠长的岁月，一直到凄惨的死了为止，我一想到这些可怕的情况，浑身上下都觉着发冷！

女人啊！女人，把我害苦了！

这时候我死了心一屁股坐在椅子里捧着脸放声大哭，我也有心抓那把破旧的斧头，先把我最憎恶和痛恨的人们一个一个砍死，然后我再自杀。

房檐上的麻雀还在议论，我希望这些小鸟能够在这时候，像神话中所说的那样，突然变成会说话的神仙那样，正确的告诉我们，那个凶恶的杀人犯到底是谁。

肥胖的小娘儿们把怀里的孩子换一只手抱，用非常认真的口气对连长分辩着说：

"连长，他昨天晚上没到我们这儿来，那个弟兄是大个子，没戴帽子，光着头，我们不认识，他是头一次，手里没有拿枪，枪放在什么地方可不知道，后来他出去的时候，听见在街门口和谁说话，大概在外面还有一个人等着，他……"

烟灰的脸补充着下文：

"老总出去不久，我们就听见不远的地方有枪响，大家都说，一定是老总的枪走了火，他们大家照旧推牌九，散场以后，他们回去的时候才知道出了事……"

我这时候稍稍的放下一点儿心，这两口子已经坚决的证明不是我了，连长也不相信是我干的，他只是疑心，没有把握。

杀人和抢案的新闻，用不着写出文句来印刷宣传，男女老少的嘴很快的在整个村庄普遍的传播开了，村子的人又把这惊人的消息带到了别的村里去，连城里的人们都很快的接到了这个传说。

兵营里为了这事件很骚动，值星官周排长负责的调查着夜间溜号的兵士，连长在晚上把连副们召集到公馆开了一个秘密的会议，我不知道他们商量了一些什么，我自己已经有了把握，他们是不疑心我了，好像把我忘记了。

连长和连副们会议的成果很不错，第二天下午就捉住真正的凶手了。这是一个时常从别村来乞讨年轻的乞丐，他的个子很高，也很魁梧，司务长在随时随地宣传着说，这个人是化装乞丐的，他本是"胡匪"团体里的一个优秀的分子，时常化装到各处侦察一切的消息，他已经承认是杀死了人把钱抢去了，至于那手枪是交给了他的另一个伙伴，早就逃跑了，还没有把他捆结实的时候，这个人知道以后必须受许许多多的折磨和痛苦，便一头碰在石台上把脑袋碰破，流出脑浆死了！

连长把我叫到跟前：

"你以后要偷着到城里逛窑子，叫我知道打断你的腿，哼，我绝不客气！"

"听见了……"

"司务长招呼香玲，你也招呼香玲，你是不是和他过意不去，有意割他靴腰子？"

连长太太在旁边咧着嘴笑，大烟瘾过足了，精神很振作，我在连长不注意的时候瞪了她一眼，我想骂她几句：不害羞的玩意儿，叫人家给你推肚子！她看我瞥她，似乎觉着奇怪，对我缩了一下鼻孔，表示憎恶的意思。

"你说，你是不是和司务长过不去？"

这种问题实在没法回答，我只好低头，悄悄的不说话，我以为他老人家把那桩案子用疾风迅雷的手段解决了，保持住我们全连的名誉，心里很高兴，要拿我开开心："你现在学坏了！"

连长的脸色改变了，表现得很严肃，往地上吐口痰，又扭扭鼻涕，把弄鼻涕的手指在鞋底上抹一抹，开始教训我：

"你这么大年纪就学坏，将来还能有什么好出息？逛窑子花钱，得了病花钱，还得活受罪，你没听说：进去美，出来悔，摸摸腰包撇撇嘴么！逛窑子，你学会了，赌钱，你也学会了，你还想学点什么？还有偷，抢，吊膀子，强奸，杀人放火，你也去好好把它学会吧！"

休息了一下嗓子，清清喉舌：

"你再荒唐，我就收拾收拾你，然后打发你滚蛋。你记住了没有？真可恶，这么大年纪学会了逛窑子……"

太太看我挨骂，觉着出了气，她非常得意的吸着纸烟，半闭着好像还没有睡醒的眼睛，把眼珠调到眼角，在我身上恶意的打量着，我看得出，她是希望我顶好挨一顿打，才觉着出气。

过了一刻钟以后，连长的怒气渐渐的消失了，用比较温和的声音命令我：

"倒水！"

接着又小声的讯问：

"司务长当着弟兄的面，讲究过我什么没有？"

我说没听见。

"废料！"

最后是详细的指示：

"你留点儿心，他当着弟兄的面讲我什么，跟我说，不必到跟前去听，打听打听也会明白，他看你在跟前是不会说的，你真是个傻瓜，人情世故一点儿也不懂！"

其实，我早就知道，司务长是时常当着弟兄的面讲他坏话的，本月的给养金他捞去了多少，柴炭费整去了多少，办公费一个铜板儿也没往外拿，敲了别人一笔大竹杠，倒动大烟土剩下多少钱，怎样和太太吵架，太太怎样吃醋……这些事都是他时常对弟兄津津有味谈论的题材，在谈论的时候也有一定的法则，凡是弟兄们应该享受的一切待遇，都是连长从中剥削了去，上个月发下来的薪饷，连长全部装进自己的口袋里，三个月发一次饷，弟兄们所得的数目，还不足应得的百分之一，那百分之九十九，都算是给连长拿了税金，给养和柴米时常从当地的老百姓，从无辜的劳苦大众身上苛刻无情的征收，一分钱的报酬也不给他们，有时只是赏赐他们一顿臭骂和饱拳，这么一来，给养和柴炭的经费不消说也全数进了连长的私囊，这些事情与司务长是没有关系的，他只是扮演一个低等奴隶的角色。

他是这样头头是道，对弟兄们讲个天花乱坠。他绝不肯公开的发表，他从中也得到几分之几的奖励。但是弟兄们并不像他所想象的那样无知和愚蠢，他从弟兄身上榨取的油水，弟兄们是很熟悉的，可是肚子里生气，外面却不敢表现出来，弟兄们都知道，得罪了司务长对自己绝不会有一丝一毫的好处，是会招来不意的灾祸的！

像这些事，叫我怎样对连长说呢？别看我这时候年纪不小，我很知道，连长和司务长是一鼻孔出气的，一个强盗，一个骗子，他们在一起共同的经营着贼赃的买卖!

为了维持全连的名誉，那个倒霉的乞丐在被打破了脑浆死去以后，很幸运的享受到英雄好汉的名声，这在死鬼也可以算是无上的光荣了!

在我转身退出法庭的时候，连长又嘱咐一句:

"这几天，什么地方也不准去!"

他的命令我很快的就忘记了，第二天晚上他到姜连副家里去打牌，我跑到寡妇家里看溜号出来的弟兄们玩牌九。庄家是不久就要晋级当班长的弟兄，他的身材很高，肩膀宽宽的，有一双阴险的三角眼，当他看人的时候，眼睛异样的瞪着，好像容易受惊的马眼。他有不少钱堆在面前，很快的输光了又从里衣的袋里拿出几十块钞票，老太婆和小寡妇对他格外的殷勤和热烈，麻子要在当场看见这个情景，也许会因为嫉妒吃醋干起架来的。

李大蒜按住了我的肩膀:

"唉! 香玲呢?"

想不到，他也知道我和那个害人的妖精认识了，这一定是缺少教养的张兴为我宣传出去的。

推牌九的老总，我总觉得他便是那个杀人和抢钱的光棍，指挥他的大概就是司务长，借枪给他，告诉他抢劫的地方，在暗地里帮助他完成那种残毒的任务，得了钱他俩平分，他俩平常的感情是最密切不过的，他所以有晋级班长的希望，也全是司务长在各方面用的力。这件事，我越想越觉得可能，他正在推牌九的那两只大手，现在也许还保存着血腥的气味儿呢!

离开这帮人的时候，我的感情很兴奋，而且燃烧着强烈的愤怒的火焰，我有心坚决的对着全村的人们和兵营里的弟兄大声呐喊:

"杀人和抢钱的阴谋家是司务长，还有一个凶手就在这屋子里!"

如果我真的这样喊出来的时候，会发生怎样的事呢? 我想，一定会有人相信我，同情我，还有些人认为我是神经错乱，把我当成疯子!

过了一段时间，我的兴奋的感情和愤怒的火焰才平息下去了，我自己也不知道是怎么回事，这桩凶险的事件给我这么大的刺激，如果他们不疑心是我干的，也许好一点儿，把我当作嫌疑犯，这对于我，真是莫大的侮辱，好像无缘无故把我剥得精光，把我打伤一样！

连长太太发现我偷着出去刚回来，又像雄鸡似的伸长了稍微发红的细嗓子尖叫起来：

"哎哟！连长告诉不许你出去，你怎么还出去呀？"

她把烟头扔进痰桶，拍一下衣襟上的烟灰。厌恨的看我一眼，思索了一下，接着申斥：

"不叫你出去，偏出去，小鬼，告诉连长打死你！"

对着我吐了一口烟，摇动着脑袋，像家雀似的叽叽的叫唤了半天：

"真不要脸，偷着进城逛窑子，和香玲玩热啦，香玲怎么那么好呢？我告诉你，倒霉的日子在后头，生大疮，长杨梅，杨梅升天，鼻子烂掉，叫你一辈子悔也悔不来，你这个小鬼，我看比谁都坏，连长还夸奖你，说你有出息，哼，有什么出息，真是瞎眼，看错了人，依我的意思，早叫你滚蛋了！没有羞的东西！呸！"

我悄悄的退出来，回到寂寞的小屋，老郑不知道哪里去了，床上堆着他的破裤衩，正好压在我枕头旁边的书上，我把他的脏裤衩生气的抛在外屋，一屁股坐在凳上，不知怎样才能发散出满肚子的烦恼和悲酸，实在忍耐不住，泪水涌到眼边，赶紧擦干净，把没有涌出来的酸泪吞进肚子里。

忽然在墙上出现了巨大晃动的鬼影，把我吓得几乎破喉咙喊出来，还没有回头，连长太太的两只手搂住了我的脖子，把她的瘦脸贴在我的肩膀上：

"小鬼，生气了么？"

我赶紧跳起来躲开这讨厌的女人，除非世界上女人都死尽了，要不然绝没有人会爱她。

试了一下：

"我打你吧？"

地球上还有□□□□样无聊的女人□。

九

连长柜上的大烟灰一天比一天浓厚了，他的眼光是狡猾的，也是迟钝的，眼球里好像生满铁锈，看人的时候似乎看不清，仔细的看半天才收回眼光，他的窄鼻梁和微钩的鼻尖，颜色是灰白的，还有暗黄的油光，前额和下巴没有一点儿新鲜和强寿的气色，总像一个大病好久的人，还没有恢复健康，脾气还是照旧，一点儿也没有减退，动不动就发作起来，好像是必须这样才能十足的表现出他是一个有权威的人。有时候他用空虚和惊慌的眼光观察周围所有的人们，这种时候，在他的眉目之间很显然的透露出不相信一切的人们，以反对于目前的环境，怀抱着波动的不安，和预觉着不幸的遭遇必然会到来的模样，在他背后似乎拖着一条愁惨的或死的阴影，他一看见这条可恶的影子在他生活当中出现，他的灵魂便紧张起来，而且可笑的缩小了。他时常在满足自己现在所有的小小的地位的时候，会表现出愁苦和厌恶的奇怪的感情，他这种心理我是看得出来的，可是我不明白他的思想起起伏伏不断的在变化和矛盾冲突的原因。

他从睡眠中一醒，便把放在枕头旁边的烟盘子往下巴跟前拖一拖，用一条无论几时都压在烟盘子下面四方块的灰布很细心的把钢盘子从中央到周围的边沿擦得干干净净，其次是极谨慎小心的抹擦玲珑放光的烟灯，灯里有油，他端在手里是聚精会神的，右手边的布先在灯盒的下层绕一个圈，接着就涂抹玻璃的周围，擦好烟灯，擦烟枪，擦拭这个家伙的时候，是很粗率的，他好像和烟枪有什么仇恨，有时会无缘无故的把烟枪当作是一具有生命的对象怒气冲冲的咒骂起来：

"这个要命的家伙，我总想抛开它，总是抛不了，唉！"

把烟灯点好，开始烧烟，一面皱着眉头猛力的吸着烟卷，这时候，我最要紧的任务是在厨房里兑一杯不凉不热的水端给他，他漱漱口，吐在痰桶里，有意无意的询问：

"老郑起来了没有？"

他的太太是睡在他的身后，用被头盖着下巴，头发散乱的堆在枕头上，面孔白惨的，闭紧了眼皮，好像一条煮熟的白鱼。

小老婆早就起来洗好了脸，对着镜子往脸上涂粉，她是每星期只有一次睡在连长的旁边，这是大老婆严格规定的章程，睡的时候不许她发出一点儿声音，曾经有那么一夜，老郑和我都听见了，不知为什么她突然压制不下的爆发出尖锐的笑声，大老婆用刺耳难听的声音谩骂：

"不要脸的东西，天生的贱骨头，淫荡货，养汉的婆子生不出好闺女来，你高兴在肚子里，悄悄的，用不着吵别人，臭养汉的，该死……"

"这像什么话！"

这时候家庭里一切的权力，甚至于在睡眠中每一下呼吸，都由大老婆来支配，连长是没有统治权的，他只有一件事情有权力，这就是喷云吐雾的功课，他在上半天烧烟的时候，讨厌和别人谈话，总是沉思默想的，眼睛笔直的看着烟泡在细杆的前端翻滚，发出油烟，传播着气味儿，一口一口的过足了瘾，必须很长的时间，抽完一个烟泡便闭目养神。咀嚼着滋味儿，接着再吸，吸够了精神便振作起来，好像一条鱼从陆地跳进水里去一样。

他在晚上抽烟的时候，和在早晨是不同的，不沉思默想，也不闭目养神和细嚼滋味儿，好像饥寒的人得到了温暖的衣物，狼吞虎咽，还喜欢喋喋不休的谈话，谈连副的学术能力，司务长办理给养的缺点，上士的病怎样的治疗，班长之中有没有有资格晋级的，谁家的姑娘愿意嫁给老总，而谈的最多的是他自己从前在当兵的时候，是怎样辛苦，打仗的时候他是如何勇敢，长官怎样的爱他，提拔他，有时他嘲笑他当兵时代那些官长和太太们之间的污秽和丑恶，可笑的故事，一切黑暗愚蠢到极点的情形。讲到自己的时候，总是夸口和自称自赞，好像古往今来，世界各国的军队里，只有他才够得上当连长的资格，别的人全是滥竽充数，根本不配！

从他屡次谈论自己的身世和发达的根源，我对于他的生活史有了一点儿认识。

他的祖父是个吹鼓手，谁家办喜事丧事的时候担任司乐的职分，曾经是个村镇里出名的音乐家，擅长吹小喇叭，能用小喇叭奏出老生花旦歌唱的声调。这音乐家的儿子不务正业，游手好闲，和一个年轻的寡妇勾搭上了，寡妇的本家反对，下来逐客令，不承认她是家族里的一份子，没有法子，她只好离婚，和情人在一起过日子，他们第一次合作的时候，是在菜园的一角，一处有深草的理想的住境，真是巧极了，他们第一次合作的成绩便是连长这块肥料。

父亲不务正业，母亲又不能像那些贤贞的女子，能忍耐着物质缺乏的痛苦，在连长以一个通红的小人类的身份呱呱诞生以后，两口子的生活便不堪言状了，夏天缺少粮食，冬天缺少柴火，连长很艰难的在这恶劣的环境长到十二岁，学会了一点儿写读。到十四岁的时候，便偷偷的离开父母，不辞而别的往城市里跑去。

他起初在街头流浪，不久以后，在铁厂里寻到赚饭吃的职位，一直干到十九岁，手里有了一些储蓄，打算回故乡看看父母，可是故乡连年发生天灾，又加上帝国主义的侵略政策疯狂似的一天比一天加紧，农村是整个的破败了，大多数人变成战俘，紧接着又受到炮火的洗礼，把无辜的百姓逼得死在逃亡的路上，他回家的梦也粉碎了，以后又回到铁厂接着劳动，到二十岁那年在街头看到招兵，于是他就入伍当兵。

他在这方面的发展比较顺利，他用筋骨和身体打土匪，用性命与勇气和命运作斗争，用鲜红红的血花换取没有意义的职位。长官认为他是个可造就的人才，极力的提拔，他一点儿，一点儿的往上高升，终于升上了现在这样的地位，这是容易的么？

"我从前受的那些苦，你们能受得了么，像你们现在这样，太舒服了，从前当兵不是现在这样的……"

他不大满意似的看着我的脸，把烟斗敲一敲，倒出烟灰来。

连长的身世和在军队里千辛万苦发展起来的历史是很动人的，我很佩服他的才能，并且羡慕他的好运道，可是他这口大烟浆我可不敢恭维，关于大烟，他这样自圆其说的为自己辩护：

"当排长，应酬的时候抽着玩儿，实在想不到，这玩意儿弄得我离不开它了！"

他曾经有过两次打算把这口亡国灭种的烟瘾根本的戒除，一连几天不到兵营里去，也不出门，像得了什么重病似的忍受着折磨，他的尊夫人眼看着他痛苦的模样，似乎于心不忍，便体贴的规劝他：

"何必受这样的罪，想忌烟，以后再说吧，应该去营里看一看，上士有病，师爷不好好的干，司务长到日子不算账，我看这个月的柴炭费都叫他捞去了！"

连长的意志在这样温柔甜蜜的诗歌声中又动摇了，忌大烟的哲学弄得半途而废。

太太是个"三等妓女"出身，连长在当班长的时候就和她打得火热，后来她便跟着连长从良，这段姻缘是老郑告诉我的。她现在的一举一动还有意无意的表现出妓女的作风，可是她过日子倒是个能手，除了抽大烟消耗的金钱不计较，别的家用都是算计又算计的，买菜算错了一分钱也认真的追究个没有完，有时走到厨房聚精会神的看着老郑工作，认为不满意的地方马上指摘出来：

"炒一盘菜你用那么些香油做什么呀？油多了反倒不好吃，再说，咸菜你应该再切细一点儿，葱蒜块儿也大呀！真奇怪，我告诉过你多少回，酱油罐子别放在灶后面，落进了土多脏，你怎么不盖呢？"

紧接着便回到上屋教训她的徒弟：

"你上厨房看看，老郑那个傻驴，又不盖酱油盖子！"

她时常千方百计的把小老婆打发开去，用尽一切虚伪和欺骗的手段减低她在这家庭里生活的地位，有时在背后对连长煽动：

"说这人儿，还是混水货，连头一口都没有吃到嘴，呸！花了那么些大头钱，真冤枉！"

认为这样的离间宣传还不足，又重重的加上一句：

"都叫你们老总先玩足了，你又刷锅！"

她忘记了自己是怎样的来历，好像嫁过来的时候是个从来没有人动过一下的"神圣的处女"，她的谋略效果很不小，连长对小老婆的"爱情"确实是减低了，可是比较起来，还是爱"小"的心比爱"大"的热烈一点儿。

十

姜连副的胖太太是连长大老婆的干姊妹，她时常来串门，一进门就像鸭子似的嘎嘎的叫喊：

"姐姐呀，你在家做什么？有什么好吃的给我留着没有？"

大老婆从屋里眉开眼笑的迎出来：

"我给你留着一块白薯，个头又粗又大又硬实，管保合你的口！"

这两个放荡不羁的娘儿们，到了一起便说笑打闹，她们的谈笑总是离不开性行为丑恶的范围，再一面夸张的研究出意义来，我记得有一次听见她们讲到这样下流难听的话：

"前天晚上我叫小养汉精过来睡，真该死，他们玩儿起来就没有个完，小养汉精还哼哼起来。我气坏了，把连长拖下来，踢了小养汉精两脚，我骂她：'不要脸的，你哼哼什么'她一声不响。"

胖娘们咯咯大笑，笑得上气不接下气。

"连长怎么样？"

"他说：'你别打扰，就这一回，下回随你的意还不行么？'我限制他们五分钟，不完我就用枕头往他们身上扔，有一回我骑在他们身上，把小养汉精压得哭起来，哈哈哈哈，真能把人笑死！"

姜连副的胖娘儿们也有许多这类人间丑恶可笑的散文：

"司务长有天晚上对他太太说：'你真没有意思太死了！'后来司务长家不知跟谁学会了一套戏法，司务长夸奖她：

'哎，奇怪，你还有这样一套内功！'这是司务太太亲口对我说的，不信你问她呀！"

屋子里的笑声从门和窗户穿出到外面，让我也传染了压制不住的大笑，屋子里的笑声突然间断。连长太太用尖锐的声音叫喊：

"啊呀，杨广路，你在窗外偷着听！"

她像一只鹅似的伸直了脖跑出来，抓住我的肩膀，握紧了拳头打我的背，又在我的大腿上用力的扭……

"我叫你偷着听，我叫你偷着听，缺德小子，你也想找个人儿试一试啊？"

她的拳头没有力气，打得一点儿都不痛，好像搔痒一样，把我收拾了一番，哈哈的笑着走回屋里，又和胖娘儿们说笑打闹了一阵。有一次她们在谈笑的时候把我喊进屋子里，小声和我说：

"杨广路，连长不行了，他不会做出孩子来，白出力气，你替他帮帮忙吧，把小养汉精交给你睡几夜，你看怎么样？"

我真想不到连长太太会在客人面前说出这样下流的话，过后她又说了

2663

不少叫人难为情和难堪的笑话，可是我已经有点儿习惯成自然，不觉着怎样惊魂动魄的了。

"小养汉精"从外面进来才打断了她们的笑谈，但是沉默了一会儿又开始议论起金钱的问题来。

"人家营长弄了两回烟土一卖就是四五千元！"

胖娘儿们羡慕的接着说：

"营长太太可真了不起，无论赚多少钱都得交给她，少一分钱都不行。"

"嫁不着好汉子真是倒霉，我们连长，你别看他老实，耍起臭脾气来什么人都治不了他，亡命徒！"

肥胖多肉的客人咯咯的笑着走了以后，大老婆和小老婆进行着争吵：

"谁告诉你的，我什么时候讲过你那样的话，真金不怕火炼，你自己坐得正，行得好，谁说什么也不怕，不做亏心事，半夜不怕鬼敲门，你常到司务长家里去串门我全都知道，你说，是不是司务长太太说的？"

我听见大老婆用焦躁的嗓门呼喊我的尊姓大名，走进一看，她正生气的把眼睛眯成一条线，用眼角看着小老婆：

"你快去把司务长家请过来，叫她就来，有要紧的事！"

司务长太太一进门，大老婆马上跳起来，叉着腰，满脸都是怒气：

"你，一面吃猪头，一面吃羊头，在中间装好人，司务长家，我问你句话：我什么时候对别人讲过这个小养汉精和老总干出孩子来，哪个不要脸的讲过那样难听的话。"

司务长家好好地吃了一惊，为难的张着僵的嘴唇，眼眉皱在一起，眼睛里射出了忧愁和恐惧的光来。

大老婆接续着狂吼：

"再说，没有那种事，也没有人讲究，怎么没有人说我和老总勾搭上了呢？你大概是干过，不然不能怕人说，把孩子弄死了，真是伤天害理！别看小，那也是一条人命！"

小老婆的勇气还真不小，不知这种勇气是在什么地方得来的，实在不容易想像，她从来没有这样果敢的和压迫她的仇敌抵抗过：

"是你造的孽，我全都知道，司务长太太没讲，你用不着疑心她，叫她来也是没用！"

司务长家瞪着一双老鼠从黑暗的洞中望着外面猫干架那样胆怯和慌张的眼光，嘴唇不停的发抖，两只手一屈一伸，两条腿也有点儿像风中的草叶，战战兢兢似的。

"太太，什么事？我真不明白呀！"

"不明白就算我错怪了你！"

转过身子对着小老婆，张牙舞爪的表示威风，助长声势：

"就算我说的，你和老总扯个乱七八糟，生过孩子，弄死抛给狗吃，你那个丧良心的妈妈，因为卖你，老总吃醋，把她砍死了，这不都是实在的么？就算我说的，你能把我怎样？"

小老婆现在的模样一点儿也不像从前没有嫁人的时候那样的窈窕和美好了，她的面孔肥胖了不久又消瘦下去，眼睛并不像什么月夜里的湖水了，只是像一弯死寂的混坑，我真奇怪她的模样竟会改变得这样的夸张，姑娘时候表现得很野蛮，像一只野兽在垂死相挣之前，耸动着身体，发狠的咬着牙！

"你不应该说那样的话。"

"你说什么？什么叫不应该？"

司务长家弄得进退两难，她往前走了两步，挤挤眼睛又站立着不动了。

大老婆走了过去，骂了两句，打小老婆一个嘴巴，小老婆推了她一拳，这一拳正推在她的乳房，她皱了一下眉头，摸着自己的胸部，往四面瞧，看没有棍子，举起巴掌来，但是她这一巴掌还没有打下去，小老婆眼疾手快，急忙往左一闪，敏捷的跳到她的左侧等她转过身来的时候，小老婆已经急忙的一个箭步跑到门口。小老婆这时的心里一定混乱到了极点，她一时不能决定为了这件事应不应该武力解决，大老婆没想到她会这么快，好像火上加油，怒火燃烧得异常的可怕，举起的巴掌又打空了，这让她更是受了莫大的耻辱，她一步不让的攻击前进，小老婆步步退却，一面防御，处处倍加小心，怕脚底下绊倒，她退到墙角的地方，立住了脚步，张扬着两手取着迎击的姿势。

大老婆勇往前进展开攻势，她以为小老婆以墙角作为阵地，正是包围战斗的好机会，一点儿也没有想到小老婆是利用墙壁的助力，当敌人从正面展开了主力实行冲锋的时候，她用肥圆屁股支撑着墙壁，伸出双手往敌人的腹部努力的反击了一下，就把正面的敌人打退了。

连长夫人受了这一下不意的奇袭，作战的精神受了很大的挫折，司务长家趁着这一瞬间胆怯的过去劝慰：

"太太，别生气了！"

太太以为小老婆应该绝对服从她的命令，处处听她指挥驱使，骂，打，都必须忍受着，现在小老婆竟明明白白的表示出叛逆和倒戈的态度了，而且有和她拼死拼活的神气，她自知气力不济，要动武力，不是敌人的对手。

她却不管这些，完全仰仗着地位和势力，以为这样就可以把敌人给征服，她这种信念是很坚决的，不屈不挠的，她不理司务长家的劝解，扬起脖子来把头发往脑后一丢，整顿一下攻势，不管头脸，在小老婆身上用小巴掌乱抓乱打，还信口胡骂：

"好，养汉精，我说说你就动手打我，我和你拼了！"

司务长家急的像热锅里的蚂蚁，叫了两声，没有人理她，在太太身后踩着碎步跟着乱转，一面使眼色给小老婆，那意思是鼓励她应该拿出勇敢和气力和敌人奋斗。

大老婆想伸手抓住敌人的头发，把她按倒在地上。

像那次到她家那样打个痛快。小老婆也清楚地看出她肚子里藏着这种毒辣的企图，她极力的防卫，把脖子直起来，扬着下巴，不使头发垂到前面挡住视线，一面打开来攻的手势，当大老婆因为用力太多累得上气不接下气，张嘴喘气，手脚停顿来的时候，她又乘机把屁股往墙上一支，两手一推，大老婆抵挡不住，狼狈的退却了。

小老婆顽强的占领着有利的阵地不动。

大太太坐在椅边休息了一下，喘喘气，想出一条攻击的方案，她骂了两句，走到里边，从行李底下摸出一把剪子来，在半空扬一扬，吐口唾沫：

"养汉精，我拿剪子穿死你，要不穿死你我跟着你姓！"

小老婆一看见这把剪刀，惊慌得了不得，上次的仇恨从剪刀的闪光里把她的心刺激了一下，她焦急的往各处观望，想抓起一种合适的防身武器，同时又看了看门窗，打算选一条安全的道路逃出去。

"我要不穿死你跟着你姓！"她又凶恶的重复了一句。

司务长家这时候上来一股见义勇为的决心，抱住了太太的两手，哀求：

"太太，别生气了，饶了她这回吧！"

二太太推倒了椅子，又和门框撞了一下，很快的逃到外面去。

大太太用力的挣扎，好歹把司务长家推在一边，毫不踌躇的追出去，奔跑的时候，浑身上下摇动着像疯狗一样。

小老婆是溜进了厨房，把老郑在切肉的时候才用的那把明光光的大菜刀操出来等着敌人。

"养汉老婆我看你往哪儿跑？"

她一眼看见了敌人手里可怕的大刀，目瞪口呆的立定了，在这一瞬间，她突然又想起床上毛毡下面的手枪，可是掀起毛毡来一看，手枪没有了，焦急烦躁的质问我：

"手枪呢？"

我爽快的告诉她：

"连长带走了，要不然，我去给太太要回来！"

我很快的跑出去，直对着兵营。

那把手枪，在他们一动手打架的时候我就偷着拿出来藏在马裤的屁股兜里，如果我不撒谎去和连长要手枪，借这机会跑出来，她会借我背后的手枪使用的，我现在后悔没有把那把剪刀偷着拿出来，幸亏司务长家正在千钧一发的时候来了那么一手，要不然她也许真会吃眼前亏。

连长正在周排长的屋子里悠闲自得的把背靠着床边吸纸烟，周排长坐在他的对面，手里抱着一小本操典，翻弄着，高兴的说：

"接差的队形，我说的没错，大官来的时候，我们在右边排成二列横队……"

看我进来，他住口不说了，姜连副歪着脑袋伏在桌上，用怀疑和憎恶的眼角端详我，好像不认识我似的。

"什么事？"

我说："有要紧的事，请连长赶紧回'公馆'一趟。"

"什么事？"他闷闷的走到外面又问一句。

我诚实的把家庭间不幸的事情报告这位小喇叭专家的儿子和铁厂职工出息起来的老爷，我的话好像有刺一样刺到一下他的耳朵。

"你说什么，抓起菜刀来？"

他拿出吃奶的力气走得很快，好像赶火车怕误了时间。

我们回来的时候，事件并没有很大的变化，大太太坐在床边眯缝着眼睛在生气，二太太出去躲起来了，司务长家在温柔婉转的讲着动听的话，太太不大理会，她一看连长回来，就如一个小孩子受了别人欺负，看见了自己的爸爸，突然放开了喉咙，嗷的大哭起来。

"你叫她回来，用菜刀把我砍死吧！我的妈呀，你们合合，合，合，合计，合计好来欺负我……"

连长的神气很凶恶，锁紧眉头，咬着牙，把帽子摘下来扔在桌上，对我挥挥手：

"你去把她叫回来！"

我走到外面又听见连长大声的申斥：

"谁合计好欺负你？都是你无事找事，拿着打架当饭吃，真倒运，成天到晚得不着静心！"

我在门口看见了小老婆，她正无精打采的走进来，闭紧了惨白的嘴唇，脸上的血色全失去了，头发弄得稀乱，腋下的纽扣撕掉了，衣襟散开，脸腮上有指甲抠的痕迹，下巴颏破了一点皮儿，流出来的鲜血用手抹在一边，脾气是颓废不振的，走路的时候，两腿狼狈无力，东倒西歪的，好像喝得酩酊大醉一样。

连长太太一面嗷嗷的像驴叫似的哭喊，一面气愤的咒骂：

"是我无事找事么？她无缘无故的说我在背后□□□□□，下黑手弄死我说了几句，她就拿起菜刀要把我砍死，啊，这是你教唆她的呀！你叫她把我砍死！快把我砍死！"

我真替她害羞，这么大的人还像小孩子打架似的说谎话，小老婆在进门的时候，听到这样的谎话也很吃惊，她想了一下，理理头发走进房里，立在连长的后面。

"你要拿菜刀砍死她么？"

她还没有张嘴从事分辩，大老婆已经急快的钻过来，抓住她的头发用力的摇撼，一面拳打脚踢，一面咬牙切齿的咒骂：

"你要拿菜刀砍我？我让你砍！我让你砍！"

司务长家歪扭着身体，屁股安得高高的抱住了大太太的肩膀往后拖，进退维谷的连长难受的往外拖他的小老婆，两方面一挣，小老婆的头发被扯掉了一大把，连长太太顺手在她脸上狠狠的抓了一把，他的鼻孔立刻流出鲜血来。

大太太这么的残忍和毒辣，连长也看不过了，他推了大太太一把，司务长家刚松开手，大太太没有立住，一屁股坐在地上，她瞪圆充血的眼睛望了一下连长愤怒的脸，好像一只野兽和野兽拼死相争，从旁边跳过来一只更凶猛的野兽用牙齿和肩膀把她击败一样，她惊慌的后退，失望的看着酸楚的眼光，把身体往后一仰，头发铺在泥地里，号啕大哭，无论如何也不起来。

"叫她哭去！"连长咬定了牙关。

太太一听这话，哭得更响，她抓着头发，拍着胸膛，两只手在地下摸着，好像丢失了什么微小的物件在地下，司务长家拿出九牛二虎之力也没有把坐在地上一百多斤的肉块搬起来，她好容易搬起太太脑袋，把那副鼻涕交流的难看的模样给大家欣赏一下，大太太又抢起拳头来在她的脚面打击了一下，她忍着痛又从侧面搬动太太挺得很直的腰板。

"太太，快起来，弄一身泥土多脏！"

连长厌恶的吹了一下鼻子，挥挥手，发表宣言：

"扰家精，谁也别理她！"

司务长家偷偷的大有深意的扯了一下我的袖子，我悄悄的随她走到外面。

"你快去把姜太太叫来！"

胖娘儿们来了，她的劲头很不小，很费事的蹲下，两只手在她干姐姐背上一掀就把这一百多斤掀起来：

"姐姐，你这是做什么呀？有话坐起来讲，何必这样？"

她从干妹妹怀里，摇头摆尾的打一下晃，就像一条大鱼从网空钻出来，因为上了陆地太久还没有清醒，睁开一点儿眼睛又僵卧在地上了。

"不要理她，看她死不死！"

谁也想不到，连长这句警告发生了奇异的效果，太太自动的用两手扶着地，头发往后一摇，敏捷的坐起来，抹抹鼻涕：

"什么？你盼我死？"

她摇身立起，推开干妹妹，一屁股坐在床边：

"哼！你盼我死？我偏不死，我要活着，我看你能把我怎么样，我要能叫你过舒服了才怪！我死了变鬼也来把你们扼死！"

胖娘们满脸的筋肉不自然的抽搐着，眼角的皱纹很深，堆集着粉渣，用阴险的眼珠偷着看小老婆出血的脸，一面安慰伤心的干姐姐，又过去虚伪的劝解连长，和蔼的摸着司务长家的手，笑着问她：

"你什么时候来的呀？"

又用肥胖的手指点了我一下：

"快来，打盆水来给大太太擦脸！"

司务长家随在我的后面悄悄的溜走了。

十一

像这样的滑稽剧是时常表演的，不分昼夜，有时候突然的为了一点儿不同的小意见，为了简简单单一句话，起先是争嘴，继之以咒骂，最后便是武力解决，其实武力是解决不了的，战斗了几回合以后并得不着什么新的改革，照常保守着陈腐不堪的制度，忍耐着生活下去。据我看，两个娘儿们都取着长期战斗的性质，她们时时刻刻都在周密的准备着打击敌人，消灭敌人。

大太太的武力因为在大烟那方面消耗的太多，和对手冲突的时候显着逊色，她只好用阴险的谋略手段在暗地里进攻；利用一切的机会对连长宣传敌人的坏话，并且和她的干姐妹姜连副的胖太太立好同盟，连成一条阵线和敌人秘密的战斗，姜连副也有娶小的倾向，胖娘儿们为了这件事正在忧愁着，时常和干姐姐讨论对策，讨论得十分热心而且激烈，然而讨论的结果往往是恶毒的，得不着结论，作为结论的也只有发狠和咒骂，很有自信似的夸说自己有怎样的好计策，不□打□那些难局——这些事，我一点儿不发生兴趣，只是觉着污秽和无聊。可是这些事件是时常用鲜艳的颜色和新奇的形式在我身边出现的，又不能不使我分出一部分精神去注意。

这个时期，我的生活好像是离开了军队，和琐碎难堪的家庭戏剧的舞台打成一片了，可惜这些戏剧尽管在舞台的后面用各样的技巧在演进，并不为前台的观众所注意。事实上它有很大的力量决定前台的成绩的。军队里最重要的人事问题，便往往是在后台不出头不露脸的角色们决定的，这个事实，我也并不怎样的大惊小怪，因为我对于"人情世故"也稍微认清了一部分，还有我的骨架在不断的惊扰和喧闹的环境里也长得结实了。

在刚刚入伍的时候，听一句含着申斥点儿的语言，都觉着难堪和痛苦，现在却异常的进步了，不论怎样的臭骂也不在乎，我明白了骂人乃是周围的人们口舌的习惯，他们骂完就忘记了，自然我是用不着多记忆的。还有撒谎的成绩，我在连长、连副以及太太们直接的间接教育和监督之下，都有显著的发展。诚实，往往得不到欢迎，撒谎却容易获得意想不到的报酬。

我周围的男女都不喜欢诚实的感情，他们在口头上虽然赞美诚实乃是人类优秀的美德，认为直率和豪爽本是宝贵难得的作风。

可是在实际的生活当中，他们最讨厌而且害怕诚实，以及直率豪爽的性格，不仅躲避，也设法破坏、嘲笑和诅咒，他们所一致爱好和拥让的长官和部下全是会虚伪，擅长狡猾的一类，对于手腕高超的，能够利用别人的才智给自己发挥事业的人们，作为行为的模范，一生的榜样。

大老婆的擅长欺压和奴使小老婆的事实，大部分当官儿的太太以及邻居们是赞美的，夸奖的，说她是天下少有的奇货，一般做"大"的人都是衰弱无能的，落伍的，在后进的压迫之下的，而她却异乎寻常，造出珍奇的成绩。小老婆像弱小民族似的受着欺凌和迫害，很少唤起别人的同情，大家看不起她，说她是饭桶，只有司务长家是少有的偏向她的人，因为她们从很早以前就有过交情，现在她转弱为强，拿出勇气来和敌人战争，"中外"的人士都很惊奇，用另眼看待她。

幸灾乐祸的老郑盼望她们时常打架：

"成天到晚老这么过，没有意思，她们打架，可以看热闹！"

他这样谈的时候，就像长了马一样的面孔做个怪脸。

太太们打架，他的确是在那里开心的看着热闹，好像看着两只狗疯狂的斗争，爪牙锋利的狗，咬胜的狗，他认为很有本领，身体不灵的狗，被咬伤的狗，他认为无能和无用，想过去踢她几脚！

胖太太在打架的第二天，来看她干姐姐的时候，我刚抓了一把茶叶放进壶里，还没有提起灶上正在沸腾的铁壶，老郑扯住了我的胳臂，眼睛笑眯眯的，露着大牙，指指上屋，小声的告诉我：

"胖娘儿们不是个好东西，应该整她一下！"

我不反对他的意见，至于怎样"击"我却说不好。

他把茶壶拿到屋里，很快的往壶里放了一点儿尿，对我摆摆手，咧着大嘴笑一笑，弓着上体，一跳一跃的走到热烘烘的灶前，把这壶增加作料的茶叶沏好了，拍拍我的肩膀：

"快点儿送去。"

胖娘儿们有滋有味的喝着茶，认真的和干姐姐接续讨论：

"刘下士那个人，你别看能说能道的，没有本事，狭气，胆小，这回不应该给他晋级呀！"

"是啊，我也说过，连长不信，他说刘下士口令喊得好，也会管兵器。"

"张班长早就该升了，大家不都说他的四把枪抓的好么？"

"刘下士喊口令，人家说不得窍门，我可不明白，他们说向后转走，动令是什么令的得喊合适，他可不行，只是嗓门高，要叫我说，嗓门高的有的是，都升起来可就没有完啦，再说，升级不升级的，也得有个先来后到呀，我们姜连副不大满意，他有心跟连长说不知怎么没说。"

我把茶壶摇动了一下，给她再敬一杯茶。

连长太太高兴极了！因为她早晨抓住了小老婆的错误，她没有看见把连长放在床前的鞋子踹了一脚，也没有拿起来拍拍泥土，理也不理的往外走，太太叫住了她，当着连长的面用科学的美学的眼光严厉的批评她这种缺点，连长也认为她批评得正确，她得到了这种功绩，这时候还觉着快乐，把茶杯端起来，大大的饮了一口，满意的点点头斩钉截铁的说：

"你放心，等连长回来我对他说，刘下士，决不能叫他晋级，他上回请假，说是回家，司务长在城里碰见他，这才知道他是撒谎，像这种人，叫他升级？"

"姐姐，你慢慢会知道，张班长这个人，为人诚实，有一句说一句，绝不是滑头滑脑的人，这个人要把他提拔起来，将来总会有用处，不信你等着看。上回我叫他带点儿烟，一点儿也没有出差，回来的时候，想给他几个辛苦钱，他无论怎样也不要，可见这个人是不错了！"

"叫他们带东西，可得加点儿小心哪！把好东西换给别人，得一笔钱，以后我们失去信用不好办事。"

胖娘儿们把圆圆的像猪似的肚皮往前一挺，放下茶杯，用手掌堵着下垂的厚嘴唇赶紧辩论着说：

"张班长那个人可不会，嘻！这个人诚实着呢，只有一个短处，不会买好，刘下士，当官儿的得意什么他说什么，叫他升级，真不公平，谁也不赞成！"

两个娘儿们这么一讨论把班长晋级的问题给决定了，连长回来的时候，大老婆又提出来研究一番，连长正上来烟瘾，没有工夫和她辩论，她讲了又讲，把连长弄得厌烦了，躺在床里，闭着眼皮，懒洋洋的说：

"这算什么大不了的，谁升还不是一样！"

大太太替他烧大烟，握住了烟签子，摇一摇身体，娇声娇气的哼唧：

"刘下士，是个什么东西？撒谎请假，跑到城里去荒唐，看见人家姑娘媳妇就调戏，不依他的就打骂，提拔他，就等于是提拔狼，长肥了好来咬你，谁都知道他不是个好东西，就你糊涂，哼！大家伙赶不上你呀！俗话说得好，人多出圣人，你也得采纳大家伙的意思……"

"咳，咳，我知道刘下士坏，用不着你们说，快点吧！"

刘下士，是个团圆的面孔，红脸，体格健壮，像一个忠实纯朴的青年农夫，无论几时都是刻苦的忍耐着负担一切不公平的分配给他的勤务，操典看得很熟，学术科比连副们还要优秀百倍，在班长之中可以说是最好的一个，但是娘儿们与娘儿们开了一个小会议，便把他的命运决定在没有发光的黑暗的洞里！

录师爷曾经对我讲过这么一段故事，他说四十年前的日俄战争，日本所以毅然决然的和俄国宣战，完全是因为一个女人。那时候，俄国帝政时代有一个武官，一个日本说了算数的大将的太太，看中了那位鼻子高大的武官，千方百计的引诱，和他成了莫逆之交，大将知道自己当了王八，自然是生气，于是在他讨论对俄国打还是不打的会议席上，捶胸顿足的喊道：

"打！打！一定和他们打！"

他的王八气可以说泄尽了，但是那些无辜的日本青年死了无数，他们决不知道所谓"为国捐躯"的死，实质上是为了给人家争取一口吃醋的气而已，这样无谓的死，真不算什么光荣，太没有意思了！

录师爷的这段故事，太使我吃惊了。他恐怕我不相信，又重重的加上几句：

"这样的故事，多得很呢！老弟，没有什么奇怪。"

于是，我对于连长太太和姜连副床头玩物所决定的"人事"也不觉着奇怪了，可是我讨厌张班长这个家伙，他是个馋嘴，看见弟兄嘴里嚼一点儿什么，便厚着脸皮把手伸过去：

"吃什么，给我一点儿！"

他的相貌很难看，窄狭的额角，宽腮骨，紫红色粗大高凸的鼻尖，下面挂着一个扁扁的下巴，说话的时候，满脸皱纹，流露粗野、蛮横、贪婪、狡猾。对上官很会溜须拍马，千方百计的买好，而买得最好的是姜连副，他和姜连副似乎不期而然的保有一种令人费解的特殊的秘密关系，有的弟兄说，收买和贩卖烟土他有极宽的路线，能够万无一失的把"东西"送到远处。满身的贱骨头，一双疑惑和不信任的眼光总是发狠的样子往各处看着，就像时时刻刻都在提防着，怕有仇人在暗地里要谋害他一样，他的鼻子有惊人的天才，远距离的怪气味都能嗅出来，有时正和人家谈着话，忽然皱皱眼眉，缩着鼻子，厌气的问：

"啊！谁放的屁？"

他的耳朵却一点儿都不灵敏，耳孔里好像塞驴毛，对他说话的时候不用大声是听不清的，最有趣的是有一次，正在出操的时候，周排长在远处对他喊道：

"你们那班，集合和解散的动作不行，做做集合和解散！"

他只是听见了排长最后的那两个字，马上命令弟兄：

"解散！"

他那一班弟兄赶紧取好立正站姿，大家把上体往前一倾，像一群绑着钉子突然被释放的鸡一样，都非常高兴，发出叽叽咯咯的笑声，迅速的逃回兵舍休息去了。

周排长误会了他的意思，以为他是故意违背命令，气势很大，摇动着三角形的脑袋，前进了几步，很庄严的背着双手，用震人的嗓音吼道："张班长！"

骨头害怕的靠拢足跟，大声回答：

"有！"

他把这个有字提得很高，好像对着半空放了一枪。

"你打算怎么样？"

张班长的鹰眼迟疑不定的旋转了一下，吞口唾沫：

"排长，什么事？"

"命令你不服从么？"

张班长的鹰眼睛又迟疑不定和慌恐的旋转了一下，很费思索的样子，吞吞吐吐的请教排长：

"报告排长，什么事？"

"你为什么叫他们解散？"排长把胸脯用力的挺起来，背在身后的两只手很紧的握着拳头，在他眼里，闪烁着世界上少了的威严的光芒。

"报告排长，刚才不是叫解散么？"

"混蛋，谁叫你解散？"

"我听错了……"

"放屁，我看你是故意捣乱，你仰仗谁的势力？我告诉你，你得睁开眼睛看清楚，下回要来这一套，我可不客气！"

"报告排长，我实在听错了！"

"你还嘴硬！"

排长咬紧了牙齿，脚步走得很用力，笔直的对着他走去，胸脯挺得更直，拳头也握得更紧。大家认为排长走过去打他，没有想到对他申斥一阵，好像独风暴雨，发作了一阵又停住，雨消云散了。

张班长重新把全班弟兄集合在操场，接续演练集合和解散的动作，那班弟兄都是无精打采的，好像丢了魂一样，没有一个表现热心和努力，都是勉强的奔跑着，互相的碰撞，枪把碰着枪把，乒乓乱响，有的弟兄落在后面，像一只蛇的尾巴，把蠕动的身体拖得很长。

胖娘儿们和连长尊夫人所一致提倡应该优先高升的便是这么一个拙笨可笑粗率和腐败的家伙！

十二

在连长公馆，像强盗分赃似的买卖也时常在秘密的进行着，时常在月末的前几天，司务长先生用不着撒去请帖，会殷勤自动的沉思着走了来，进门的时候，很轻快的迈着步，小声的咳嗽着，看见厨子，露齿一笑，看见连长，赶忙鞠躬，对女人也很讲礼节，坐下的时候坐在椅边，和连长谈话欠起一点屁股来，连长无论说什么，总是千篇一律的回答：

"是！"

连长倘若有时生气了，忍耐不住的咒骂：

"混蛋，你是爹妈养的么？"

无疑的，仍是客客气气的这一个字：

"是！"

连长在这个时候是不大生气的，他叼着烟卷安静的坐在床边，从司务长手里接过一张用呈文纸写得很清楚的账单，金钱的数目字排得很整齐，那字体不像是上士和师爷写的，谁写的可不知道，据我猜想，司务长也许有一位不出头露面的秘书，专门担任给他写这种秘密的文件。

连长在检查这页账单的时候，是惊人的细心，把稿纸靠近鼻子，有时是瞪圆了眼珠，有时眯缝着，有时皱着眼眉，从头到尾，一条一条的看了一遍又一遍，司务长的眼睛便挂心在连长表情没有系统的脸上聚精会神的观察，连长不满意的突起嘴唇的时候，他的眼光显着昏暗，好像盖着一层灰网，连长快活的微张着大嘴的时候，他的眼光便突然变得明亮，那一层灰网仿佛像摘下去了，但是连长的嘴脸很少表现着高兴的，那种呈文纸里散发着恶臭的气味儿在不断的往他鼻孔里喷散，他皱紧眉毛，有时把牙齿一开，这便是有问题要发表了：

"怎么，上个月的盐钱还没有清么？"

司务长回答这些问题的时候，像一个特别用功的学生，能够毫不费力的回答出来：

"上月给了一半，连长不是说先给一半，以后再说么？这月不给也行，反正是有限几个钱。"

连长摇摇头，表示不赞成他的主张：

"城里那几家买卖部和连长有来往，我们以后顶好是不去买他们的东西，在别处买，少少见贵一点儿也不要紧，总会给点儿方便……"

司务长领会的点点头。

"铅笔不是买了两支，怎么又买铅笔？"

"发的那个铅笔，一削就断，那两支铅笔用了不到一个星期就全削完了，再请求，说什么也不给了！"

"连副用东西，不能从办公室里拿，叫他们自己买。"

"姜连副说过不止一次两次了，请下来的办公品，要多少分一点儿给他们，我说连部办公室不够用，他不信，说我撒谎，顶好是连长对他告诉一声……"

"这些事也用我费唇舌？办公用品不是你保管么，那么你就有权利，你就说连长有命令，不够用不给！"

"是，是……"

"我差一点儿忘记了，团长的份子钱还没有齐，你快点儿齐上来，过几天进城好带去，这个月的柴炭我告诉你，这么办吧……"

连长把纸张细心的叠起来放在床边的毡子下面，在上面拍一拍，打量一下我的模样，好像有什么话不好意思说出来似的，我明白他的意思，赶紧离开这个可笑的房间，让他们痛快的畅谈一个月给养和柴炭的计划，用什么方法可以不花一文钱，把粮食成堆成山的弄进来，怎样采购柴炭才不至于和那些贫苦的农民费周折，伙饷扣留了两个月没有发，用什么手段叫老总们少说闲话，不发牢骚，溜号的惩罚应该减轻一点儿，赌钱可以找点儿外块，在可能范围内是保障弟兄们在这一方面的收入，有倒腾烟土资本手腕的弟兄必须沉默的许可几个，这样在连里也能够使停止状态的金融流通一点儿……他们研究的问题范围是很广的，凡是经济，财政，征税，秘密的商业，运输的保险，教育，兵员的补充，赌博，暗娼，结婚的问题，各国军队的比较，舒服的心理学，轻松的个人主义。原始的恋爱，调皮捣蛋的弟兄矫正，流氓无赖的掌握等等的问题，都是他们的工作发生关联。

要发财，单是闭着眼睛，用幻想支配自己去刮地皮是不行的，必须留心周围各种事态是怎样不停的变动，要打算从无辜的老百姓空洞的粮仓里捐出最后的一升米来，做强盗那样强硬的劫掠是不行的，因为我们毕竟是"官兵"，和小偷是不同的，还有，强抢也办不到，老百姓会拿起锄头铁锹和你拼命，所以得讲究点儿手腕，他们讨论的这些事与我没有多大关系。

我给连长当差，处处都比一般弟兄受优待，站岗用不着我，各种辛苦的勤务都没有我的份，每月给养金提出来交给我，在连长公馆吃饭不掏伙食费，吃的是剩饭，也比兵营的伙食丰富，弟兄们是得不到薪饷的而我却时常很幸运的分到打牌抽的头钱，赏钱，穿的也比别的弟兄干净，不是这世界上最特殊优美的差事么？

还有，要好好的干，把老爷太太们伺候舒服、满意了，将来有机会不忘提拔，前途是很光明的呢！一想到这里，我的精神便稍微的振作起来。有时，录师爷对我讲话，起了作用，当官儿算不上什么光荣，因为政府是洋鬼子成立的，上自主席、大臣，环绕着各自的长官以至最小的职员，全是架设的牌位，用这些戏来骗人，像张着一面蛛网一样，可怜虫们一飞过，便整个陷落了！想起他这些话，我对于周围的事物便怀疑，厌恶，又不打算好好干。等待着外来的助力提拔我高升了。

录师爷有工夫便教育我，他很希望把我教育成一个健全的人，可惜我的理解力太浅了，他有许多话，我简直就不懂，我只是知道，那是些好话，但是他不告诉我，应该怎样做才对，我最需要的乃是怎样干这种指教，可是他不告诉我，问他的时候，也说不出所以然来，这样我就越来越苦闷、矛盾，一方面想向上苦斗，不知道怎样斗法，一方面又想向下追求平庸的享乐，往这方面来是很方便的，我的朋友们都可以做我的导师，我自己也很有勇气开辟这条堕落和灭亡的战线。

在兵营附近有个"大甜枣"也是老总们常去光顾的俱乐部，这是个二十五六岁的妇人，丈夫死去以后，便与饥饿成了亲密的朋友，公公有五十多岁了，是个衰弱无力的老头子，他不能工作，也没有赚钱吃饭的本领，他最怕的是老总们腰上的皮带，握紧的拳头，伸开的巴掌，以及说话的嗓门，只好在老总进攻的时候把管理家庭的地位让开了，据说大甜枣也极愿意对进攻的老总大开方便之门，不这样她从什么地方可以赚到钱呢？没有工厂和供她可以工作的地方，她又是个女人，在饥饿的逼迫之下也只好忍耐着接待老总们。

第一个和她要好的是三国志研究家，他最初是对老头子讲说刘备关公张飞的故事，老头子几乎听入了迷，第二是和女人眉来眼去紧接着第三步便是实弹射击了。他的射击术在弟兄中间本是个能手，时常得到惊人的点数，从这以后他时常偷着溜去下小操，别的弟兄发现他的秘密，也毫不客气的入了伍。那个女人，因为饥饿和钱，每一个老总都在热烈欢迎之列，于是光荣的得到"大甜枣"这个可笑而且可怜的名称。

大甜枣的年纪虽然将近四十了，面孔却总是洗得干干净净的，涂着二分钱一大包的脂粉，头上的油有一股难闻的气味儿，说话的时候不闲着的做着手势，最高兴批评当官儿太太们的模样、穿戴和举动行为。

"连长太太穿绿袍一点儿不陪衬，她不如穿一件青的会显着好看，姜连副太太那么胖决不会有孩子，姜连副早晚得娶小，连长二太太无能抓不住一点儿权利，要叫我，哼，那个窑子娘儿们，我会撕碎她的嘴，敢在背后胡说八道的，司务长太太也不大正派，看得出来呀！"

司务长太太的确是不大正派，在老兵油子里有个年纪较轻的小伙子，曾经给姜连副当过私人的听差，因为偷了公馆的东西打回连里去，也在司务长进城办公事到别的村庄找外快的时候，时常跑去见司务长太太，他公关的说：司务长临走的时候吩咐过他，叫他到家里帮忙做点儿事，大家都知道他帮的什么忙，没有人反对他也没有人去和他竞争。

姜连副的公馆他有时也去，自动的帮忙打扫庭院或收拾屋子，胖娘儿们不拒绝他，还偷着赏他一点零花钱，姜连副不知道这些事，老总们都是知道的，大家都佩服这个小伙子，认为他将来能够有出息的，录师爷对我说过，有许多"英雄好汉"便是这样出息起来了的，我觉着"成功"原来是很无聊的事。

在老总之间，一般的消息传播得惊人的迅速，连长和太太打了架，不过半点钟，全知道得很详细，这个秘密的宣传者多半是司务长，他为了获得弟兄的欢喜，在没有什么新闻的时候，就编这一套假的，用来欺骗别人，他自己似乎也很觉着有趣儿，有一次我听到他编造了一个故事，编得太惊人了，他说连长的二太太因为打架上了吊，把她救下来没有死，张兴很惊奇的抓住了我询问这件消息。

"没有的事，完全是司务长那个王八蛋编造的！"

司务长这灰色的人，他的骨子里好像藏着一桶多事的虫子，他要不在人群之中扔一些波澜和骚动，虫子便在他的身体里咬得他难受，别的老总也有这类性格的，对于他们，我真莫名其妙，讨厌极了！我想把他这类造谣言的事实报告连长讨个好，过后忘记了，也觉着很无聊，给连长压马比较有趣儿的工作，马夫把鞍子预备好了，把马嘴戴上嚼子，紧紧肚带交给我，我就骑上往营外的野地里跑去，

最初得把牲口勒紧了慢慢的走，马到野外是很高兴的，它挺直了硬实的脖子，把下巴扬得高高的，活泼的摇着背，轻快的迈着蹄子，有时很快乐的对着苍空呼喊：

"呜啊啊啊啊啊……"

嫩绿的树林，金黄色的草原，远山的模糊的轮廓，沐浴在阳光里的村庄，弯曲曲的小路，银光闪闪的溪流，都在我面前呈现着舒畅自由的调子，草原里有迷人的香气，有使人沉醉的魔力，立刻打算走进旷野的深处走到地平线的极端，在绝无人际的境地去做梦的欲望。

把缰绳松开，踢踢马肚子，迅速的跑起来。

风在耳边呼呼的响，像有一只大手似的很急的把草地拖到后面，前面的沙岗还没有显出清楚的形样，快乐的马已经飞出去，跳过污潮的墓穴，冲过一堆灰黑色的乱石，由稀疏树林的旁边擦过，许多鸟雀惊奇的飞散了，

我像疯子似的对着太阳的方向跑去。

远远的山看着好像是在前面移动着，但是眼睛一闪，很快就后退了，只有前面的坟地很快的和我接近，马跑到坟地的边缘，突然停住，竖起耳朵来惊奇的看着前面，好像有什么可怕的东西把他吓住了一样，我探着身子仔细一望，在一个坍塌坟墓的旁边，有一堆污烂的布片，几块不知是什么人的枯骨陈列在那旁边，还有一只没有底的女人的破鞋，一个生锈的洋铁盒，还有一只死去不久的猫的尸体，一只眼睛没有了，露着一个窟窿。

天性容易受惊的马匹倒退几步，扭转了脖子。往回奔跑，我抓紧了缰绳，又把它的头扯回来，跳过坍塌的坟丘，强逼着它在布片和死猫的上面迈过去，马不满意的奔跑着，我夹住他的肚子，拼命的跑。为什么要这样的跑，我自己也不知道，我这时只有一个意识模糊的观点，驱使着马匹奔跑似乎能减少我满肚子的苦闷，在旷野上我才真正的觉着自己是一个自由的人，是活在梦一般朦胧的光与影里，活在舒服和畅快的世界，没有人对我发号司令，也听不见讨厌的声音，看不见痴呆的嘴脸。

马跑得全身都构成了汗水和白沫的溪流，热气腾腾的，像从热锅里捞上来的一样，它的耳边缠着汗水的条纹，鼻端的汗水，好像雨后的小河，满嘴里都是唾液，难受的嚼着铁链，好像是愤愤不平的说：

"你使我跑得太累了，伙计！"

所有的马都是很聪明的，我觉着有的马比人还要聪明，可惜它们不能独立的生活，情愿给狡猾愚笨的人们做奴隶，忍受着繁重的工作，安分守己的劳动，从来很少有反抗的表示，一不驯服，鞭子便在空中居高临下的发出清脆的声响，人类全靠着鞭子或棍棒以及木桩和绳索统治着牲畜以及牲畜的子孙。

我摸摸自己的额角也出了不少汗水，我知道，把压马的工作弄错了，我不是给连长压马，是为自己寻求快乐，马夫接去了马，弯腰曲背的望一下马肚子，又摸摸马脸，用厌弃和恐惧的神气看了我一眼：

"像这种骑法，使不上两天就把马糟蹋了！"

实在的，我觉着很对不起马，当马夫把它锁住，我只能看它的尾巴左右摇摆的时候，更觉着对不起它。

马夫忽然停住了不走，仔细的观察马腿，很忧虑的样子皱着眉毛，又厌弃的瞥我一眼：

"看看，马掌掉了，还不赶紧找回来！"

他板起马的左前蹄看一看放下，愤愤不平的说，不怪我：

"连长不愿意，你可得承认！"

我恨透了这个马夫，他看不起我，以为我不会骑马，认为我没有骑马的资格，时常指着鸡骂狗的说些不三不四的话，我听见他叨叨念念的说了这一句：

"给女人提鞋的货，还会压马！"

我是连长的当差，大家都是知道的，无论什么人，除了这些比连长官儿大的人，一向都是用尊敬，惧怕和亲密的眼光看着我，我觉着自己的身份和地位，是比一般人高超的，像云雀一样高高的飞在天上，马夫之类渺小的人物是望尘莫及的，他们像青蛙一些，怎样跳跃也跳不到云彩的上层，有时我觉着有些人是把我当连长的代理者看待，我有监督他们的大权，他们做了什么缺德的勾当，是瞒不住我的。如果说我是全连官长和士兵的稽查官也不算过火，连长不是时常问我，"有没有人讲究我！"我添枝加叶的在他头上捏点儿咸盐，他吃不了便兜着走。我是有相当权威的人物，我以为自己目前是事业的主人，是很了不得的，他不过是事业的奴隶，是我管辖之下一粒不足轻重的尘埃而已，现在，这个污秽、褴褛、骄傲的马夫，竟敢轻视我，而且说些不三不四的话，真是太岂有此理。

"你说什么？"我大踏步的走近他，马鞭在半空摇动得呼呼的发响。

"把马骑成这个样子，不许我张嘴么？"他的气势也不在我之下。

"我愿意怎么样便怎么样，骑死它，有我负责任，用不着你废话，你算什么东西？"

我想用马鞭子在他脸上猛力的抽几下，把他的面孔抽破几条口子，多出一点儿血。

满身的汗水混着白沫的马匹从中间把我们隔开，马鞍压在它的背上还没有拿下来，脚镫互相交叠着放在鞍部，肚带松开几环扣。嚼子已经摘下来，搭在马夫的背上，只扯着缰绳的尾端，马是稍稍把身体靠近他立着，闪动着厌恨的眼光，好像帮着马夫骂我。

"你并不是什么事业的主人，也不过是个四五等的奴隶而已，比起马夫来，他昼夜喂我草料，照顾我，爱护我，像慈悲的母亲一样，是个可敬可爱的人，你拿着我开心解闷，骑死了都不心痛，我累得这样子，你还不满意，你算个什么动物呢？"

我知道自己是错误了，也感觉到自己的罪恶，并且非常的害羞，可是要叫我在一个马夫的面前诚恳的道歉是办不到的，我宁肯在背地里挨一顿痛打，却不愿意受谁的嘲弄，杀死我是行的，侮辱我可不成，我拿定了主意，要和马夫干个彻底，我想征服他，让他一时一刻也不要忘记我是连长神圣的当差，毕竟是有点儿主人的气味儿，是有权威的。我斩钉截铁的对他声明：

"那么，你想怎么样啊？"

这个马夫还不肯示弱，他的光秃的脑顶放着光亮，显着很坚硬，风吹日晒的脸皮，又黑又粗糙，一双锐利的小眼球像鬼火，说话的口气向来是强硬的，好像机关枪一样，他上上下下看了我好一会儿，扯扯缰绳，默默的把马牵走了。

我以为他是害怕我大发雷霆的气概和紧握的马鞭，我充满胜利的血液在我体内愉快的环行，可是过后越想越觉着滋味儿不对，可恶的马夫是用恶意的沉默当场把我击倒在地，还有他的阴谋也使我难堪。原来他把我的恶作剧，不知在什么时候，我想大概是在连长到马厩看马的时候，他用口头报上了一条恰到好处的呈文，很快我就接受了一顿狠狠的申斥。

"叫你有工夫压马，你把马骑蹶了，马不是机器，骑的时候得留心，你像个亡命徒一样骑着它瞎跑，什么时候跑不动了你才罢休，你不是故意糟蹋马么？混账东西，以后不准你骑！混蛋！"

老郑告诉我连长生了这么大气的逻辑：

"好枪，快马，美人儿，你怎么连这种事都不懂？"

怕我不懂，又加上一句：

"美人儿，偷着弄坏一点儿不要紧，你要能弄到好处，将来还会有大出息呢！"

老郑这位先生，总是把一切的事情往歪曲的方面解释。在他的眼光里，世界上就没有一个好人，无论什么人都有罪。我的见解和他完全不同，我总觉着世界上有许多的好人，像书本里所写的一样，他们用慈悲的心肠和感化的手腕，使作恶做歹的人改邪归正，有许多贫苦的人，在真理的光芒普照之下，变成可爱的英雄。可是，连长太太是不容易感化的，自从和二的冲锋以后，变得越发的坏了，一肚子的怨气，都尽量的往我身上发泄，连做一点儿茶水的小事也叫我过去收拾，不能入她的意的时候，便指着我的鼻子咒念：

"要你这个废物有什么屁用呢？"

一个连长太太和一个马夫，是我最痛恨的仇敌，我把手里所有的几本书都翻遍了，寻找不出有描写连长太太和马夫这类的人物，我总是试着把这两个仇人描写出来，痛骂一下解解恨，但是我拿起笔来尽管闷闷的呆想，一个字也写不出来。

"你写什么呀？"

我只好对老郑这样的回答：

"写信。"

连长太太也是时常妨碍我写作的讨厌鬼，我还没有写出一页的字数，她从上屋一喊，我只好乏味的把笔扔开了。

十三

有一回，我的作品眼看就要完成了，连长太太突然走到下屋，把我的作品抢过去，我怕极了，赶紧把作品抢回来，她如果读了我的作品，知道我是骂她，会用菜刀把我砍碎了，老郑出去了，没有人讲情，这事情便更加危险，可是我抢回作品来忽然想起她是目不识丁的睁眼瞎子。

她生气的打我一掌，又推我一拳，眼睛很凶恶的瞪着我：

"写什么东西这样怕人？"

把刚洗完，搽着浓厚雪花膏的手指在我脸上划了一下，嘲笑的说：

"缺德，你一定是给香玲那个养汉精写信，她看中你，要跟你从良是不是？"

又在我的脸腮用力的扭了一把：

"告诉我，是不是给香玲写信？"

我想她是打算把我的作品抢去留着给连长回来看，那对我是尤其不利，我在背后把信握紧了无论怎样也不能给她，她用胸脯压着我，把我逼到了床边，我没有地方后退了，想打她又不能，只好对她说：

"等会儿我给你看……"

她脸上有一股强烈的脂粉气味儿，下巴已经贴上我的额角，把眼睛对准我的鼻尖，好像饥饿中疯的人的眼光，默默的看了一会儿，我赶紧挣扎着逃开了，心跳得很厉害，我知道自己惹了乱子了。

"老郑上哪儿去了？"

我看这个女人，好像有一种什么饥渴的需求没有得到满足，打算从我身上满足她的欲望，她表现得很激烈又很可怕，我告诉她，老郑很快就要回来的，她不信。

"你快去把门关上！"

连长的粗黑的眉毛和微勾的鼻尖，刮光的胡子，大烟灰的脸，腰后的手枪，陈泽升逃跑抓回来，当他和姜连副秘密的商量：

"毙了他！"那时的凶恶的眼光，很具体象形的在我的记忆里清楚的出现了，好像狂风暴雨将至以前那强烈的电光的一闪，我觉着心忙意乱不知怎样安排自己，写出来的五百字作品已经扯得粉碎了，连长像发疯的野兽，我实在怕极了，盼望老郑快点回来救我。

这时候，街上有点儿什么声音，我赶紧告诉她：

"你听，老郑回来啦！"

她把发青的颜脸往下一沉，生气的闭了一下眼皮，张着嘴唇喘了口粗气，失望的皱一下眼眉，厌恨的露出牙齿来又用手指在我脸上扭了一下，赶紧走出去，念念叨叨的说：

"小色迷鬼装好人！"

她去了一会儿又轻轻的跑回来，可是刚进厨房，老郑的嘴脸出现了，她装作正经的模样，在各处看了一看，指示老郑：

"你过来看看，水缸底下是些什么，应该刷干净点呀，今天晚上你早点儿睡，明天进城办点儿吃的东西。"

老郑点点头回答她，她出去的时候用黑亮的眼角瞥了我一下。

从这以后，连长太太对我的态度大大的改变了，不处处像驱使小丫环那样的指使我了，说话的声音也很温柔，咒骂还接续着，咒骂的词句却是另一种风格："缺德的！""小色迷鬼！""不害羞！"我时常听见这样的骂，骂完以后用苦恼和欢喜以及忧虑的眼光含着异样的神气望着我，很明显的。这个不缺吃穿的女人，生命里是少一种元素的，她发脾气，骂人，全是因为精神和肉体没有得到调剂。这时候，只要是一个男子，凡是强健的，不论年纪大小，丑陋和美貌，都可以满足她的要求，充足她的饥饿。

她在我面前所表现的疯狂的动作，太丑陋惊人，也太使人难于置信了，我真做梦也没有想到，世界上还有这样的女人，焦急热烈的对一个男子要求：

"快点儿把门关上！"

可是奇怪，我不觉着她可恨，我只觉着她很滑稽。可笑亦可怜。

另一回，连长正躺在床上过着烟瘾，她躺在那对面有滋有味儿的看着，觉着无聊，和我开起玩笑来：

"杨广路，你想不想媳妇呀？"

连长笑一笑，自言自语的发表：

"还不到岁数。"

这一男一女为了这件事辩论起来。

"不到岁数？他什么都明白！"

"明白是明白，可是不想……"

"哼，不想看他没有一天不想，就像他这么大的年纪才坏呢！"

"我像他这么大的时候，男女的事一点也不懂。"

"哼，你自己忘记了，不信，你问他，想不想，心里想嘴里不说吧，你看杨广路比谁都坏！"

"你别糟蹋人。"

"哼！我一点儿不糟蹋人，杨广路的年纪不是小孩子，他是外表装老实，这样人才坏呢。"

这个女人，无论怎样不知害羞的话都说得出口，连长虽然是大老粗也比她正派一点儿，她口口声声说我已经"坏了"不知是安的什么心理，我觉着她一定是因为我没有快去把门关上，于是就记恨，我害怕，那是没有办法的，还有一个最主要的原因，她的年纪比我大得太多，我一点也不发生兴趣儿，而且厌恶得了不得。

过了两天，我又利用闲暇开始写作，先写她的出身，可是写来写去，自己也不知道是写了一些什么，写了不到一千字，从头到尾一看，和我的本意完全不同，我本来是决心骂她，写出来的却是一个环境恶劣的女子，命运驱使着她下了窑娼，后来跟着连长从良，最奇怪的是我把她写成一个性格温柔，美貌多情的女性，还读过书，会写字，写了一封情书给我，要求我爱她，她的年纪和我一般大小的，看看这篇未完的作品，我自己很是吃惊，内容的不忠实不用说，技术也差得太远，我用流水记账的方法，越看越不像样，没有法修改，只好撕碎扔进灶里烧了。

我也想写一封信给香玲，告诉她妓女的生活是怎样的黑暗和下贱。顶好是抛弃了这种低等的营业远走高飞，至于飞到什么地方去做什么我可不知道，我时常睁着眼睛做梦，认为远走高飞便会好起来，便会过着"理想生活"。

连长太太好像个冷酷无情的暗探，时时调查我的行动，到街上走了一圈回来也过过堂：

"杨广路，你上哪儿去了？"

老郑在厨房的时候她也到下屋来，先巡视一下老郑的服务成绩，特别注意厨房的内务整顿状况，简单的讲评一下便随便走进屋里。用一双怀疑和不安分的眼光打量我一下。摸摸她自己的头发问：

"你看的是什么书？"

"阵中勤务令。"

其实我看的是一本章回体的性爱至上主义的小说，她不识字，是容易欺骗的，可是这本书的封面画着一个女子坐在湖边，身后有个男性呆呆的立看。把一只手放在女人的肩膀上，另一只手插在裤袋里，女人的旗袍是红的颜色很鲜艳，连长太太一眼就看清了这动人的封面，把书夺去，仔细的观察一下，翻弄翻弄，不相信的从鼻孔里喷出响声，用眼角瞥着我：

"你说这是什么？勤务令？什么勤务令？"

她把这本小说拿去给连长施行检阅的结果，我受了一顿申斥，连长对我很详细的说明这种书对于青年的毒害，最后是严格的下警告：

"以后不准看这样书。"

除了军事学以外，他以为在这世界上决没有值得研究的书籍。

"军事学什么都包含了，唉，你慢慢研究看吧，天文，地理，历史，数学，化学，什么都有，你要把典范令看熟了，世界上无论什么都明白，也知道怎样处人处事，操典的总则里有：干部应该时常端正服装，以身作则，率先躬行……这便是做人的法子呀！服从命令，上下抱住团结，这是处事的原则。还有，你看吧，典范令里什么都写得明明白白，你要把操典的纲领研究透了，比上十年学还有用！"

可是我把操典的前半部翻读了一遍，除了一些立正，稍息，托枪，齐步走动作的要领说明以外什么也没有，阵中勤务令那本书给我留下印象最深刻的只有一句话："因天候气象明暗之度等而有异……"

我想这大概就是连长所说的天文地理和化学的意义，至于明暗之度是怎样程度，书里并没有一个字的解释，连长从典范令里得到的教训却又是这些，他笑嘻嘻的说："操典里有，夜间攻击的队要密结，这和两口子睡觉是一样的，队形不密，攻击的时候不方便，队形，接着春夏秋冬各不一样，热天松一点儿，冷天当然要紧一点儿，还得看心里高兴不高兴……"

他的尊夫人津津有味儿的听到这里，在他屁股上打一巴掌，好像他屁股上有蚊子似的：

"唉，你高兴不高兴？真缺德，你们一上一下还嫌队形不合适，哼哼唧唧的，呸！真不要脸，应该把刘下士叫来给你们喊口令！像下小操那样喊：'一二三四'缺德货，看怎么样啊？呸！"

二太太好像并没有听见这些话，她坐在窗前的阴影里为自己缝补袜底，眼睛闭一闭，把嘴唇往高处突一突就算完事，大太太的嘲笑和有意宣战是不理会的。

我很奇怪，这些人物的性情变幻得太快也太没有系统了，她们像疯狗似的凶恶的干了一场架，很快的就和好如初，好像从来没有打过架一样，大娘儿们照常的讲话，走动，抽大烟，二娘儿们对她说话的时候还是用着尊称：

"姐姐，你什么时候洗脸哪？"

大娘儿们对于小娘儿们都不称妹妹，招呼她的时候仅仅用一个字：

"嗳。"

在背后称呼她的时候是用"小养汉精"这个高妙的形容词，对我的称呼，因时因地而不同，连长在的时候，叫我名字，不在的时候，叫我坏小子，这是她的新发明，我真不明白，为什么要叫我坏小子，实在坏的话，她应该担负全部的责任，因为她时常立在领导的地位，拿出统治阶级的权威用压迫和麻醉的手段把我驱到堕落的山谷和灭亡的地狱去。

小娘儿们近来对我也有点儿异样，她好像是误会我受了大娘儿们的收买，直接间接的做了她仇敌的援队，并且有侦察她在外面行为的任务，有一天她到司务长家里去串门回来，在门口遇见了我，有点儿害怕的样子问我：

"她问我上哪里去了没有？"

我奇怪的摇摇头，看着她有点儿惊慌的神气。

"要问我，你千万不要说我上司务长家……"

我觉着胸中有一块重铅，压得喘不出气，这些人们的生活是由怎样的系统弄到这种可怜也很好笑，好像疯狂者的地步了呢？为了享乐的话，她们的生活里依我看没有一丝一毫愉快的成分，为了羡慕虚荣，她们都用吵架打架降低了自己的灵魂，使远近的熟人嘲笑和谩骂，看不起，她们成天到晚虽然是在平安无事的过下去，心理上却是不断的猜忌，嫉妒，怨恨，愤怒，勾心斗角的，好像有鬼在暗中指使她们，睡觉时候大概也做不着好梦。

我还看到了这种无聊的事实，她们互相秘密的进行着收集彼此言语和行为的错误，连一星一点琐碎不值得注意的一举一动都特别的注意，收集起来当作谋略宣传和破坏告发的资料，出去的时候忘记关门，进来的时候脚步太响，都可以成为轻视或攻击的证据，她们是在煎熬的心理状态里呼吸着室闷的空气，可是在表面上都极其努力的装作宽宏大量，泰然自若的风度。

有时她们从眉目之间，显然的流露出对于目前的生活都感到厌倦和企图彼此真实的谅解，并且协力的取齐了步调，踏上快乐生活的大路，都倾吐着生命中最值得宝贵的善良的理性，可是，这只是一瞬间的事，善良的火光一消灭，恶意的黑暗的云雾又马上把心灵包围了，继之而起的乃是希望对方能在激烈的心理斗争的刺激之下受伤疲乏而倒地，一蹶不起，永远踏在自己的脚底下，好像踏死一只虫，事实上两下都不让步，都苟延残喘的挺起腰杆表示自己是不屈不挠，百折不回的战士。

大娘们在决定长期战争，觉着单调和乏味儿的时候，便轻手轻脚的走进厢房来，借着监督指导的名义。实际上是寻找一些开心，老郑很清楚看出这一点，一点儿也不傻的他，抓住了这个机会，发挥他一肚子的才能来。

"太太，您真是好脾气。"这是老郑的试金石，他想出这句话试探大娘儿们的心理状态。

"谁说我是好脾气？"

老郑想不到受了一下反击。可是大娘儿们接着又笑起来，交叉着双手望着闪烁的炉火出神，回头望望我，我用眼角瞪视了一下，好像在心理打了一个电报：

"你这个小家伙，一点儿不体谅我的意思！"

我想明白的对她发表：你的年纪大，实在提不起我的兴趣儿，还有，我害怕连长回来碰见，老鼠进攻猫的胆量我是缺乏的，这一点太抱歉之至了。

大娘们似乎改变了心情，把我甩开，开始进攻老郑。

"老郑，你怎么说我是好脾气？"

老郑把碗碟刷洗完毕，全部有条不紊的陈列在木箱里面，很快的洗好手脸，像得了头彩似的，笑了一个满脸，活泼天真的样子，显着年轻了十倍。他不用言语来回答，仅仅是用快活的微笑对付连长太太。他的快活微笑比千言万语有更好的效果。太太满意的看着他，也有压抑不住的笑意，这时候，我如果聪明，是应该出去给他们一些方便，我想看看他们要玩儿怎样的把戏。执拗的不走开，把肩背舒服的靠着墙壁，太太走后，老郑对我表示不满意，借题发挥，攻击我的短处：

"看你又把袜子放在人家枕头上！"

我有点儿嫉妒，想打他几拳：

"碍了你的事对不对？你想法叫我搬出去多好！"

他知道用强硬的手段对付我是不容易成功的，改变了政策，用温柔的战术征服我：

"杨广路，我待你没有错处，干嘛动不动对我瞪眼珠，没有钱押牌九我借给你，大哥有钱哪，你看！"

他掀起油污沾满的灰黑色的帷布，很费事的从里衣的袋里掏出钞票和银币，摆在床边，用手指小心的翻弄着数数，数完了扬扬下巴。

"用不用？"

"借我五元钱！"

"拿去呀！"

我老实不客气的拿着五元钱，到老太婆和小寡妇家里去，很快的赢了一倍半金钱，当天晚上偷着跑到小苹果家里，这里也时常设着兴隆的赌局，多半是老总，也有地方上的流氓坏蛋，其中有把赌博作为专门职业的，他们有个巩固的团体，可是对于老总却不敢用巧计下手收拾，和老总很讲义气，因为我们连内有几个老总也是他们团体中重要的分子，我在他们的队伍里，很受优待，输光了能够多少通融通融。

很走运气，我又赢了钱，把赌本还给老总，还剩下一部分，我想用这些钱买两本书，我决心把所有的闲暇时间，都尽可能的运用在书籍的页里，从乌黑的铅字之间寻求真理"光与明"。现实生活所给我的都是一些滑稽可笑，丑恶不堪。卑陋和无聊的印象。周围的人和物都使我厌倦，还十分憎恨，好像所有的人都是我生活的仇敌，因为有他们在世界上存在，我的生活地位便弄得糟透了，我觉着所认识的人们，全是人格卑贱的畜生，都有很深的罪恶，只有我，是比较圣洁些，善良些的，而且觉着将来似乎很有大希望。

可惜，我刚要埋头用功，有一出丑恶的戏剧几乎把我骇昏。

十四

有一天我随着连长到兵营，他预订检查库房里的弹药数，决定晚上回公馆，但是干到午间，他说太乏了，又要回公馆休息一下，我想他是上来了烟瘾，这场惊人的、有趣儿的戏剧，便是在这时候发生的。

连长一进街门，就闻到了什么气味儿，伸着脖子往厨房里侦探一下，他皱着眉毛，缩缩鼻子，把面孔往屋顶扬起来：

"有什么煳味儿！"

炉灶上的水壶里的水烧干了，壶底烧得通红，那旁边有条黑手巾烧坏了，连长叫我快把茶壶拿下来，生气的骂了几句，喊道：

"老郑！"

我想老郑这时候大概是睡熟了，连长走出厨房，又退回去，推推里屋的房门，门是关紧的，他推了两下，又用脚踢踢门：

"老郑睡死了怎的，壶都烧坏了，混东西！"

里面一点儿声音也没有，这时候我猜想老郑一定是因为害怕不敢起来开门，假装没有醒。连长叫不起他，觉得受了侮辱，用脚踢了又踢，那门是不结实的，在他的脚下战战兢兢：

"这个混东西，睡死啦？"

几乎把门踢倒了，老郑还是一声不响。

"大概是出去了？"我这样说。

"出去了，里面怎么会闩着呢？"

连长对我瞪圆了眼睛，举起巴掌来，好像要打我似的，我吃惊的后退，他的巴掌是打在门上，我也焦急了，怕连长的怒气越来越大，那么就得挨打，我也呼喊起来：

"老郑，连长叫你！"

连长休息了一下，对我闪一下忧虑的眼光，疑惑的摇摇头，猜测着说：

"我看老郑这几天气色太不好，不是得急病死啦？"

老郑的气色不好是实在的，突然的暴死在房里，我想绝不至于，他还是很强健的，一早晨起来点炉火，精神很振作，兴高采烈的对我说：

"人，真是没处看，不定什么时刻就会走运气！"

好像在什么地方拾到了几百元钞票似的，满脸的喜气四射，对我说话也很客气，讲礼貌，他近来还有一个特色，是时常的漱洗，他自己有一把剃刀，细条的刀刃，弯曲的长柄，用这柄剃刀三天两天刮一回脸，对着一块三角形昏暗的镜碴，刮得很细心，刮几下，用手指摸摸，觉着很满意。这样的人，要说突然的死去了谁也不信——可是他在不久以前，因为饭菜没有做好，受了连长一顿申斥，过后对我讲过死，他说活着没有意思，不如上吊了痛快，省得活受罪，莫非说他真的上吊死了？

我用右眼对准门缝用力的往里屋望，看见连长太太头的影子很清楚的照在墙上，床在里面，是看不见的，也看不见老郑在什么地方，我心里噗噗的跳起来，连长要发现了这件事，非立马拿枪打死他不可，连长太太也很危险啦！

连长不耐烦的把我推在一边，又用巴掌打门，他想试着用脚尖从门底下把门往上一抬，再用力一推，便可以把门推开，可是他的气力已经用尽了，敲了半天，里面还是一声不响，连长往地上吐了一口，厌恶的走出去：

"那就死吧，不管他！"

我用脚背把门抬开了，太太正在屋里，躺在床上，头发散乱的靠着窗户，肘节放在窗台上，用手腕支着脸腮，衣纽还没有扣整，光着脚，吃惊的坐起来，理理头发下地穿鞋，打我一巴掌：

"小鬼，差一点把我吓死了！"

她悄悄的像老鼠一样溜走了。

老郑在地下靠着墙角，惊愕的一张嘴，脸上没有一点儿血色，好像头上挨了一棒一样，他踌躇的摸摸脸，胆怯的说：

"好危险！"

我威吓他：

"好，青天白日干这种事，报告连长，马上枪毙你！"

他赶紧抓住我的肩膀，摇一下，好像要哭似的向我哀告：

"我这辈子忘不了你的恩，千万别叫连长知道，太太愿意，她说连长娶小快乐，她也快乐快乐，你说，我有什么法子？得罪她以后就没有办法了！"

做梦也想不到，老郑这家伙走上了桃花运。

连长太太以后对我的态度彻底的改变了，不奴使我，也不发号施令，好像还有点儿怕我似的，其实她是多余神经过敏，不论她怎样和人去私通，与我毫无关系，我只求这家宅里每天能过着舒服日子，便心满意足了，此外什么野心也没有。

我觉着连长很可怜，当王八却一点儿也不知道！

连长太太有一傍晚，当连长到姜连副家去打牌以后，迈着轻盈的步伐走到厨房，看见我坐在门槛上翻书，觉着很有趣儿似的，对老郑咧咧嘴角，淫荡的笑了一下，接着就走近我的身边，把一只柔软无力的小巴掌放在我头上：

"这是个书呆子，心眼儿倒不坏，要不摆架子，装神气，谁都会看上你，营长太太有心叫你去当差，就因为你性子太耿直，没有叫你。"

她的歌曲很像春日的小鸟，异常的婉转动人，温暖了我寂寞的心，我情不自禁的对她投降了，把轻视和厌恶的洪流挡住，拿出感激的亲爱的感情，看着她没有穿袜子的脚。

"杨广路，好好用功吧，连长看中了你，说你有出息，愿意看书，我给你一点儿钱去买，不要买淫书看，你的年纪不到，看坏书没有好处，连长不是说过么，等你当上排长的时候，他把干妹妹给你做太太。"

我想，所谓淫书一定是指性爱题材的著作，那样的书我读过不止一本了，并没有把我害死，体格还是很强健的，至于她所说的连长的干妹妹，我还是头一次听说，不知她这位干妹妹是什么样子。在我的想象中，那一定是像书里所写的好女子，会读书，写字，温柔多情，像天仙一样的美貌，对我很"忠实"，一定是处女，决不会偷着和厨子做战斗教练。一想起这件事，我对于连长太太感激和亲近的情绪就冷淡了，我觉着立在我面前的和街上的母狗是一样的，卑陋下贱，没有羞耻！

"你说怎么样？连长把干妹妹给你做太太！"

我想对她叫喊：

"你毕竟是个妓女出身，没有羞耻，自己的身体，什么人都肯就！"

可是从我嘴里说出来的却是太太可亲的语言。

无论如何，连长太太是占着主人的席位，因为怕她，自然会造成服从的现象，我的论题极力的拉到书籍这一方面。

"好吧，除了书，你什么也不喜欢是不是，香玲呢，你这么快就把她忘了么？你这个小伙子，太薄情了，司务长说，香玲想你想得要命，饭也吃不下，觉也睡不好，一定要跟你从良，这是实在的，杨广路，你应该去看看她呀！"

老郑也千方百计的对我宣传，香玲对我不是虚情假意的，连长太太的话是如何的确实，他和太太完全附和着同样的拍奏，想使我堕落到不可救药的深渊，最低限度也必须和他们取着仿佛的路线，在这强盗团体里，如果出现了一个有良心的人，打算洗手不当强盗，那么别的强盗会认为他是危险的叛逆分子，把他杀死抛进海里去的，我觉着我目前所处的便是这种危险的地位，要不知道他们在私通还好一点儿，知道了他们便会认为大不利，认为我是一个危险的分子，我害怕的想，不定早晚，他们会下毒药把我害死！

这个念头实在不是愉快，我不能安安静静的利用余暇的时间读书了，老郑似乎看出我的心里不高兴，关心的问我：

"杨广路，你是怎么回事，坐不安立不稳的，想起香玲姑娘了是不是，你为什么不到小苹果家里去呢？小苹果也很不错呀！"

我突然高兴得跳起来，抓住他的大手，悄悄的和他商量：

"你和太太说，时常派我到城里去办事，那样我就可以常去看看香玲！"

"怎么样？"他把下巴拉开了，"我看得不错吧！你呀，硬装好人！"

我的计划很快的实现了，连长在家的时候，连长太太对他巧妙的商量：

"以后有什么事进城，叫杨广路去也行，你什么事都交给司务长去办，我看他滑头滑脑的，你知道他进城都干些什么，人家都说他在城里借着别人的资本做买卖，压迫人家，硬逼人家给他劈钱花，住窑子不给钱，还打人家，天长地久的，你的名誉也好不了……"

她用这套浓重的迷雾把连长弄得失去前进的方向了，我看出连长太太，也并不是有意破坏丈夫的事业，他认为司务长及其太太乃是她生活中的仇敌，娶小娘儿们，是司务长一手包办的，小娘儿们的妈妈死，司务长跑得比谁都勤快，买棺材他多报了一百五十元，杂项费用私吞了不少，连长办小的时候，他剩了一笔钱，死人的时候他又发了一笔财，屡次的打架，特别是小娘儿们的反抗，连长太太认为这一切的灾祸全是司务长和他的太太在暗中布置的，现在她是决心和司务长为难，正好在我间接的提出志愿进城办事的时候，她便抓住这个机会开始破坏司务长的前途。

连长把里衣脱下来放在椅子上，换上新洗好熨平的衬衫，皱着眉毛套上军服，不高兴的看了我一眼。

"杨广路总是像个小孩子，进城办点儿零碎事倒可以，恐怕也不成……"

连长太太眯缝眼睛为我辩护：

"杨广路，你别看小，办事很精明的！"

"我知道。"

连长又仔细的端详一下我的嘴脸，熟练的抽出烟枪来，大娘儿们高兴的照着镜子，抚摸着自己的头发怕散开，小娘儿们从外面悄悄的进来，咳嗽着，揉揉脚。

十五

我第一次受命进城负担的任务是把连长的马裤送到成衣局缝补一下破边的裤脚，给大娘儿们买袜子、头油和雪花膏，给小娘儿们买弯曲的，上面镶着玻璃珠的发针。还买一大包鸡蛋糕和鲜果，连长时常说，肠胃衰弱，消化不良，大便干燥，吃鲜果便会好得多，白梨称好了我先尝一个，苹果抽一个头，瓜子儿拿出一些装在裤袋里作为捐税。

我预备了几张纸，连长以及他的尊夫人命令的任务都一条一条写下来，把所有的事情办完以后，到一家书店看看有没有我喜欢的书籍，我觉着只有书可以救济我的寂寞与苦恼，和对于现实生活的胆怯与憎恨。幸运得很，我从书架的黑暗的角落发现了四本破旧的《世界文学读本》，掌柜的想不到还有人购买这样破旧的书呢！

从书店里很兴奋的出来的时候，有零星的雨点落在我的脸上，刚走出肮脏狭窄的街道，我觉着身后有个人跟随着我，吃惊的回头一看，是个乞丐，破破烂烂，一脸的乌黑，这个乞丐是很年轻的，还有点面熟，我忽然想起来，他是我的前任，给连长当过差的张德发，他的形状太惊人了！

"你怎么弄得这样子？"

他踌躇的想了一下，用一副愁苦的眼光看看我的脸，断断续续的告诉我：

他被连长开除以后，本来打算回家，到车站的时候，所有的钱都被小偷偷去了，回到城里，把两件衣服典当了做赌本，赢了几个钱全花在一个妓女名叫小桃的身上，小桃和他的交情是很深的，起誓发愿要跟他从良，可是差事打了，钱花光了以后，小桃变了心不理他，他气的没有办法就思念着报复，于是偷了小桃很多的衣物，不走运，人家当场把贼抓住了，于是他进了牢狱，在黑暗的铁窗里蹲了四十天，趁着一个机会跑出来，没有路走，只好要饭吃。

"你带着零钱，借几个帮帮我！"

雨点越下越密，干燥的地面上好像用圆锥穿了无边无缘的小窟窿，凉风在摇摆着街边小树的枝梢，走路的人都是忙忙碌碌的，好像洪水将要来到了一样，张德发的模样使我害怕万分，我觉着自己也似乎在走着他走过的路线，这种预感着不幸的思想实在不痛快。

天空密布着阴云，雨滴拉着长长的丝条，地面的小窟窿失去了，各处全变成了潮湿，阴沟里死寂的水湾，波纹构成了美丽奇妙的花样。

张德发所讲的遭遇不见得全是真实的，可是我又不能不相信他的话，想起他从前不断的无缘无故的对我嫉妒，轻视，骄傲和仇恨的事实，帮助他的决心发生动摇了，我很吝啬的给了他几个钱，胸头沉闷的看着他喜欢的把钱紧握在手里，露齿的微笑，我觉着自己似乎做错了事，不应该给他钱，在他肮脏的颜脸之间，好像表现出这种可恶的观念：你给我钱是应该的，怎么样，你到底是给我了。

我有满肚子的怒气无从爆发，不知怎么和他讲起废话来：

"你为什么不去找连长想法子呢？"

"连长？"他愤怒的说，"哼，他怎么会理我，我也不想找他，饿死就饿死，早晚都是一死，怕什么？"

这时候我更后悔不应该给他钱，给钱惹气，又寻了一肚子烦恼。可是他像幽灵似的突然的出现对于我也不无利益，我为了个人主义打算，决心好好用功，不再往荒唐的路上走去，无论如何不要做坏事，不犯罪，安分守己的遵守资产阶级规定的法律和对于有钱的人们有益的秩序，像阴暗中的老鼠似的，胆怯知足的生活着，一方面谨慎的循规蹈矩的用虚伪和狡猾探讨将来发展的门径。我相信，连长会给我很大的帮助，他会认真地管教我，成一个优秀的奴隶，并且利用机会提拔我，他曾再三的说过：我早晚必能当官儿。

我一面骑着马在泥泞的路上奔跑，一面为自己的将来打好周到的草案，幻想到未来，总觉得是美好的。

光明的世界上一切的物质，都预备得妥妥当当给我去享受，一切的人都欢欣鼓舞的拍着巴掌对我表示热烈的欢迎。

纵横的雨水在半空交织成一面放光的大网，我的军服湿透了，脸上充满雨水，从正面打来的雨水使我很难好好的睁开眼睛认清道路快跑，我的右手握紧了缰绳，左手小心的提着一包东西，当马匹跑过一道弯曲的泥桥，快要转过一处水湾往斜坡爬上去的时候，马的前蹄一滑，马身急速的向后一退，我以为它是滑倒了，全身往前一扑，左手的包袱松开了落在泥泞的斜坡，两滚三滚，进了水湾。

连长把我申斥了一顿，愤愤不平的埋怨女司令：

"看看怎么样，我说他做事冒冒失失的，买这点东西去了一天，还掉进水里！"

女司令的洋袜子沾上了泥水，确实有点儿不高兴，把袜子对着明亮的窗户抖搂两下，生气的噘着嘴唇，瞥我一眼，用袜子往我头上打了一下：

"你看把袜子弄成这个样子！"

还有，雪花膏少了一瓶，小娘儿们的发针也不见了，那一定是滚进水湾里我没有看见，我看得出，大娘儿们对我极力的压制着满肚子的怒气。要在从前，她一定会举起巴掌和拳头往我背上敲了，因为有短处抓在我手里，只好忍着气不爆发，小娘儿们现在却不同了，她的脾气像生在水里的豆芽一样，很快的长高了，先问我：

"你到底买了没有？"

接着又怨恨的翻弄一下眼珠，叨叨念念的鸣不平："买这么点儿东西还弄丢了，真可以！"

只有厨子老郑对我说了两句安慰的话：

"谁做事能一点儿不出错，这些臭娘儿们，可杀不可留……"

"唉，你为什么骂她？"

弯着身体小声告诉我：

"我和她要几个零用钱，她娘的，不给。"

在一个女人身上讨便宜，一定是理智混乱了，也许是在说梦话。

"没有的事，来找我们，是她们愿意，她们为了舒服，开心，当然啦，得给我们钱，杨广路，你心眼儿不错，可惜有点儿傻气，看不开世界上的事，你要是依她的心，和她开两次火，等着看吧，她会拿出钱来给你花，用不着你张嘴，可是你不要，把脸转在一边，真晦气！"

我想打这个无赖汉，他把我看得太不值钱了，好像个要饭花子一样的和一个女人要钱，我觉着自己是很纯洁高尚的，决不能做出那样卑陋下贱的事。我把湿透的衣服换下来，坐在床边休息不理他。

厨子以为自己的理论战胜了，得意洋洋的，发光的下巴和紫红色高高的鼻尖尽力的往前突出，丑丑的笑了一个满脸：

"杨广路，干嘛老摆神气，谁欠你的债没有还是怎么的，论年纪，我是大哥，按身份，我是先辈，你对我，有的地方过火呀，连长对你好，对我也不错，我们是一家人，用不着那样子！"

我不明白他这一套是什么意思。

"我什么地方对你过火啦？"

"你看，你现在对我就有点儿过火！"

他想叫我处处服从他，好好听他的话，这是办不到的，我早就明白，人间有欺软怕硬的哲学，张兴曾经热烈的指教过我怎样运用强硬的手腕可以打倒各种障碍的道理，我觉着现在正是"开用之妙，存乎其人"的时候，老实不客气的和他干。

"你等着，我要报告连长。"

好像有刺刀往他大腿上刺了一下似的，他惊愕的跳一下，对我好好的观察一下，两只手往半空一挥，掀起褥子来，露出几块花纸包装的糖果：

"唉，你看，给你留糖忘记了！"

吃了两块糖，才觉着舒服一点儿。

十六

我随着连长进城见营长，回来的时候，连长这样细心的吩咐：

"上马号，看看鞍囊，有坏的地方快叫马夫补好，擦擦枪，把子弹也预备好，你自己的衣服也收拾收拾，出门的时候不像在家里，处处得留点儿神，做什么事，不要慌慌张张的，要稳住精神……"

把鞋脱下来放在床边，两手抹一把脸补充着说：

"当然啦，得看什么事情，在平时，处人处事要谨慎，别骄傲，客客气气的，要是出发打仗，那就两样啦。比方说有时讲客气什么事也办不好，就拿遛马来说吧，自己太忙没有工夫，也可以找个人干，到那种时候，你要客气就糟了，假设有个挑水的伙计走过，你打算叫他遛马，唉，我问你怎么办？"

我以为正在挑一担水是没有法遛马的，总得叫他把水送回去，然后空着手出来才能够替老总尽义务。

"傻子！"连长把手掌在床上一拍，"你叫他把水送回去，他要不是个糊涂虫，他不会再出来了，你也找不着他，去找他，没有那些工夫，我告诉你：出发的时候不能讲什么慈悲，要慈悲不干这一行，第一是，你要把他喊住，假设他对你说：'老总，等我把水送去回来！'那么你什么也不要说，从后面先过去擂他两鞭子，他会赶快把水放下，先给你好好遛马，以后无论有什么事叫他干，决不会推三推四的，这不过是个例子，什么事都是这样，你明白么？"

大娘儿们在旁边帮着他宣传豺狼的道德：

"当老总的，不厉害点儿怎么成啊！"

这种野蛮无理的教育我并不觉着吃惊，我听弟兄们讲过不少，用怎样无理的手段才能把无辜的老百姓征服得五体投地，即使劳动到断了最后一口气，也不敢说半个字的怨言。

他们认为这是一种本领。我想了又想，这是残酷的，不合理的，老百姓在表面服从，心里却恨透了你，这种心理上的反抗是很大的潜势力，早早晚晚会推翻我们这些魔鬼，但是我没有勇气对任何人说出自己的思想，只有张兴，可以对他讲一讲，他赞成我的思想，可是不起作用。

我更觉着不舒服的是出发打仗，我还一次没有体验过那样的生活，一想子弹在头上穿来穿去，枪口的火花在各处闪烁，负伤，呻吟，战死，劫掠，强奸，打骂，杀人，强抢，放火……这些不幸的灾祸，便害怕得了不得，我想开小差，躲避这场罪大恶极的噩梦，又怕抓回来按着军法枪毙处死刑。

我愁得连抬头的勇气都失去了，可是厨子老郑听说出发打仗的消息，乐得像一个轻快的风车，活泼的旋转出畅快的声音：

"我告诉你杨广路，出发打仗便是发财的好机会，要姑娘媳妇什么好看的都有，一分钱也不用花，那就用不着说啦。再说，像我们这种年纪，要发一笔财，后半辈子就用不着愁吃愁穿，喂，你干嘛不高兴，连长生气了吗？没有关系，咳，好极了，出发……"

营里的弟兄有许多和老郑是一样的，听说出发打仗，兴高采烈的，我想他们大概都是幻想着像童话中所说的那样轻而易举便可以发财，成一个富翁。

还有一个高兴的原因是用不着循规蹈矩的遵守着军队内务规定的棍棒法律来生活了，有胆量，可以任意去干：金钱，贵重的东西，女人和吃喝。

在兵舍门口，张兴很快活的抓住我的皮带：

"唉，出发啦！"

"不去行么？"我认真的问他，我想，如果去不去可以自由选择的话，我一定是不去的，我害怕负伤和死，至于金钱和异性，在负伤和死面前没有多大的力量感动我。

张兴一点儿不了解我的意图，疑惑的端详了我半天。

"我不愿意去。"

"唉，你不知道，出发可好极了，每天像坐监狱一样，太没有意思，连长太太要留你在公馆，那么你不去也好，连长走后你就做她的代理。叫我说，你还是去的好，出发到各地方去，多见一些世面，要玩娘儿们还不有的是！"

多见一些世面……这句话很甜蜜，有感动我的力量，我好久以前就幻想着有机会在这世界上多走一些地方，多看见一些人和事，那是很有趣儿的，不过那炮火的震撼总是威胁着我，伤和死的影像也太可怕了。

可是弟兄们所想象的好像并不是激烈的战斗，伤和死，在他们的思想里只有财富的图画，幸福的彩光，美丽和成功的希望。我所想象的只是一些不幸的悲惨的结局。

"出发打仗，你是连长的当差，有好的地方住，又有好吃的，又累不着，你要是不去可真是太愚蠢！"

他的宣传简单有力，我起了很大的感应力，决心去！

晚上在辉煌的灯光下，我把手枪的零件，一样一样的打开摆在床边铺着的一块白布上，热心的、聚精会神的擦拭，特别注意枪膛里的油污，把子弹又都一粒一粒的涂上了油，在手掌的白布里揉搓得又光又亮，厨子老郑坐在旁边叠着纸牌，他用纸牌测验自己的命运，对于我这样热心的擦枪，有点儿反对的意味儿，他忍耐不住了，直率的告诉我：

"出发打仗，你要注意，怎样携带吃喝，唉，我是经历过的人，所以我知道，吃喝比什么都要紧，至于枪和子弹，那怎——怎样都行啊。"

想了一想，小声的和我商量：

"你们出发，有的是钱花，连长叫我在家里，不准我去，实在没有法子，你手里充裕，借几个给我，我现在太困难，一个小钱也没有啦！"

他知道眼看就要和我分别了，我出发死活是没有一定的，能不能回来当然也没有一定，我欠他的钱，现在要不往回要，以后怕没有指望了，他似乎看出来我一出发就非死不可。奇怪，我也觉着我这一去便永远没有回来的日子了，这个厨子，我出发以后也怕永远看不见他了，连长的大小二位夫人也怕永远看不见了，我嫉妒厨子的运气，同时悲哀自己的不幸的命运，我觉着手里擦拭着枪，在灯光下闪着灰暗的冷光，恰好象征着我的前途，也会死灰暗的，冰冷的，有光亮，乃是炮火闪烁的光亮，枪口喷吐的光亮，也就是死的，灭亡的光亮。

"唉，你手里充不充裕？"厨子认真的追问。

我把欠的钱，一分一毫也不差的还给他，对他谢谢，他异常高兴的把钱收起来，把洗好的纸牌一张一张的翻过来，热烈的嘱咐我：

"杨广路，你要发了财，回来的时候得多分点儿给我，我们先约好，用不着再说了。"

我不理他这些骗人的无稽之谈，一心一意的擦拭手枪。

老郑又认真的嘱咐我：

"连长的烟枪和烟灯，你可得好好的带着，烟枪比手枪要紧，跌断了可不是玩儿的，那个烟灯很值钱，打碎了也不成，哎呀，你千万加小心！"

我以为他是有意开玩笑：

"出发打仗怎么好带烟枪烟灯呢？"

他把几个纸牌用力的摔在脚边，舔舔嘴唇，瞪大了眼珠，激烈的教训我：

"有烟瘾，不带着烟枪怎么办，你是个聪明人，老说糊涂话，真奇怪！"

我躺在床上，翻来覆去，无论怎么也睡不着，思想的烟雾滚滚腾腾的升起来。

为什么要打仗，和谁打仗呢？敌人都是怎样一些人呢？录师爷对我讲过：所谓敌人，被称谓"胡匪"的团体里，都是很好很好的人，他们的干部，都是有知识，有学问，有本领的人，决不像我们的上司，一脑子升官发财的思想，满肚子官僚主义和自私自利、寡廉鲜耻的观念。这样无耻的家伙，全是独裁的政治家，大银行家，大买办，特殊阶级和反动分子们的傀儡。"敌人"队伍里的弟兄，都是勇敢的小伙子，比我们忍苦耐劳，对待老百姓，秋毫不犯，他们看待农民和工人，像看待自己的亲人一样，而且他们都是从人民群众里走出来的壮丁，是真正的人民的队伍。这样好的人们，我们为什么要打他们呢？他们也是中国人，被日本帝国主义、法西斯强盗所压迫和伤害的中国人，我们也是中国人，是被日本军阀和他们的走狗所奴役的中国人，他们不甘心做亡国奴，他们要反抗，要斗争，要把中国从水深火热的地狱里救出来，他们是有力量做这种伟大的事业的，这不是很好的事情么？那么我们为什么要打他们呢？

录师爷说，我们的"敌人"，听说多半是穷人，我们这些当弟兄的也都是穷人，他们虽然穷，可是不忘救国，我们穷，却把救国忘记了，只图暂时的吃一碗饭，将来有没有饭吃却不管，而且还要"讨伐"和我们同一阶级的同胞，他们是要救我们的，我们要打他们，这是人类的历史上多么愚蠢和耻辱的事实啊！

录师爷的话在我的思想里复活起来，我一句一句的嚼着它，觉着很痛苦而且生气，快要睡熟的时候，又想起一桩我自己的要紧的事，那几本宝贵的心爱的书应该怎样的携带呢？

我无论如何也想不明白这些问题。

十七

当兵营的喇叭用颤动和威吓的声音，在早晨寂静凉爽的空气里，从薄雾笼罩的原野，含着烦恼的调子，微弱的传进我耳鼓的时候，我正孤单的，寂寞愁苦的走着露水浓厚的草径。

初出的太阳刚从东方阴暗的山脊，排除厚云的重压，露出赤红的面孔，讥笑的展望着大地，树梢紧紧的睡着还没有醒，淘气的小鸟在枝头叽叽呀呀的乱叫，露珠在草叶上放射着像玻璃球一样动人刺眼的亮光，受了惊动的小蚂蚱跳得高高的移到安全的草叶内，年轻的蟑螂，蠢笨的在路边安闲的散布。我跺跺脚，她害羞的躲进草叶里，一条有小手指粗的灰蛇把我吓了一跳，他盘踞在一块石板旁边对我瞪瞪眼，蠕动着柔软的身躯溜去了。这时候如果有一只白兔跳出来，我会盲目的追出二里路，我觉着身体像发条一样绷紧了，有使用不尽的精力，还有原始动物的战斗和捕杀的愤怒的欲火，一块碎砖头挡在路上，我抬起来用全身的气力往远处投去，石头正好落在一处死寂的水坑里，发出一声沉闷的声音，在那里一定有不少可怜的生物吃了一惊和惨死了。

我加快脚步，活泼的摆动着胳臂飞走，把手枪拿出来，对着半空瞄准了一下，想放一枪解解闷，又怕震动了渐渐接近的兵营，极力的压制住满身跳动的筋肉，把枪装好，这时候我自己也不知道是怎么回事，心里总像藏着一个上得太紧的发条，因为受的压迫太多，眼看要得到一个松开的高跳的机会，又仿佛像在前面兵营里，有值得格外高兴的事物吸引着我，其实我仅仅不过是为了早一点儿去看看连长的马匹准备得怎样，如果弄得不好，受一顿申斥，我还有一个愿望是看看弟兄们在做些什么事。

这突然的生活的变化使我很激动，我这时候，没有恐惧的心理了，也没有欢喜的感情，只是觉着身心有难以抑制的浮躁，不安定，像一个鸭蛋形的皮球被用力的拍在石上，高高的蹦起来一样，跳得很不规则，往东跳了一下，又很快往西跑去了，我不知道即将摆在我面前的命运是怎样一个形式。

在我的意识里，一切的事务都是模模糊糊的，好像盖在浓雾里未曾见过的图景，是清幽，是繁杂，是美丽，是空虚，是怎样的色彩和调子，全然不知，我只有一个观点不清的希望，希望出发以后，一直到结束，不知是怎样一番情景的生活告一段落为止，我的头发还是照旧的结实，我的两腿还是能够走路，能够飞跑和随意的跳跃，在多走一些新奇的地方和多增进一些丰富的经验以后，我的环境，地位，能比现在的好几倍，我是很矛盾的家伙！

真的，从得到出发的正确的消息以后的几天来，我天天都是在蒸煮状态里喘着气，几乎有点儿精神失常的样子。

我的感情是起起伏伏的，没有系统的，既矛盾，又没有边际，然而这时的我，快乐与愁闷的情绪，又都失去地位了，清晨的阳光像一团大火球，露水耀人眼目，脚底的小生物都活泼有生气，小鸟唱着生的欢喜的歌，诉说生物界无尽无休的宝贵的生命，我的心里也自然而然的，随着阳光的高升，像蚂蚱似的高高的跳起来了。

兵营里似乎有和往日不同的景象，点名号已经吹过，兵舍的前面却没有为了点名而排好的队伍，弟兄们在各处忙乱的奔走，军帽扬在脑后，衣领裂开，皮带却扎得紧紧的，子弹交叉的挂在肩上，背着一条卷成细筒的毡子，都很活泼轻快，脚像绑着轮子，熟识的兄弟，对我点头微笑，露出牙齿，有的在远处大声叫喊：

"出发呀！"

到处是轻松的笑声，浮动的闹声，震耳的喊声，愤愤不平的骂声，夹杂着铁的有力的声响，还有沉闷的奔跑的脚步声。

在卫兵所的后身，两个老总抬着一箱沉重的子弹，像蟹子似的横着迈步，背着脸的一个好像唱歌似的念道：

"小苹果，我的小宝贝，叫我怎么舍得离开你呀！"

他对面的那个老总，脸上画着诙谐的欢笑，附和着唱：

"小宝贝啊！小宝贝啊！老总脸儿黑，心眼儿好啊！干完了要钱开步走啊！"

从兵舍里走出一个最老的老兵油子来，摇扭着臀部接着唱：

"奴——把门儿关，为什么拉铺不给钱？"

这是《满江红》："怒发冲冠，凭栏处，潇潇雨歇……"改作的歌，歌词的编写者不知是谁，像这样创作的歌在我们老总之间，是出现得很多的，改作的内容全是近于猥琐的，下流的，没有羞耻的，叫人听着好笑又好气！

马厩里，仅有几匹驮机关枪的马匹都牵走了，连长的马已经备好，绑在桩子上，一匹清瘦的，有病不久的马归我骑，我拍拍它的脖子，诚恳的祷告它：

"马呀，无论如何你可不要在路上生病，要不然可把我坑了！"

这匹马似乎已经明白我的意思。默默的点点头。

兵舍的前面，一个弟兄静静不动的牵着马匹，另外三个弟兄把机关枪抬在马背上，紧着皮带，张班长立在马屁股后面，指手画脚的发号施令：

"妈个逼的，你这是怎么紧的肚带？躲开！让我看看皮带够不够长。"

他把皮带的尖端往腋下拉一拉，生气的放开，把躲在一边的弟兄拖过来，打他一巴掌，笑一笑说：

"你把皮带弄错了，傻子，看看，是不是后肚带和前肚带弄反啦？"

出发以前他们是应该仔细的把那些重要的装具检查一遍，并且要试着驮载一下看看的，连长在事前已经嘱咐过了，可是看他们现在操作的情形，鞍具的肚带前后弄颠倒了都不知道，动作起来，全是懒洋洋的，毫不认真，好像闹着玩儿，班长的态度并不庄严，下命令含着不得已和无论如何都可以的意味儿，他凶狠的诅咒，声音里带着十分之九的滑稽，似乎在对着弟兄们说明：出发的时候，这些沉重的武器是累赘的，多余的东西，要不要都行。

在他们眉目之间都不约而同的流露出厌弃兵器和不高兴携带这些东西的感情，他们把鞍具下面前后的肚带费了很久的时间，才慢慢的换过来，担任驮载的是匹年轻力壮的黑马，有点儿不耐烦了，摇摇脑袋，从鼻孔里往外用足了气力喷吐几声，顽强的挺着肚子，抬起前腿，用蹄子在地下捣来捣去，牵马的老总举起缰绳的一端，当做鞭子往马的脖颈乱抽乱打，一面用脚乱踢马腹，马匹不平的发起脾气来，摇摆着背脊，把屁股往四面调转，想把背上的重载扔下去。

张班长的陋狭的额角和宽腮骨联合起来松动着，脸上涨满了皱纹，抓住马缰，用力的往后一推，把乱跳的马匹征服了：

"你这个兔羔子，不要命怎么的？快绑！"

一个长方形的子弹箱竖立在兵舍的门口，下半截斜斜的横着。在那旁边还堆着几条麻绳，一个弟兄背着枪支，从兵舍里跑出来，为了躲避身后有个弟兄追着打他，一面退，一面回头看，没有看见门口横斜的子弹箱，脚底下一绊，一百多斤整个的跌倒了，背后的枪支压在身上，枪口撞在地下，没有枪口帽的枪口进去了一些泥土，他还没有爬起来，后面的弟兄骑在他的屁股上，用小肚子往前推动了几下才转身跳起逃回兵舍，张班长似乎很艳羡这种游戏，跳起两足来鼓励和煽动：

"干，干，不干不是好小子！"

缮写上士多愁多病的身段，还没有十分的恢复健康，按理说是应该静养的，可是他愿意随着连部出发，他自己说：随着行李走，是不会出力的，到各处看一看身体也会很快的好起来，他好像怕出发的部队到了优美的地方，永远不回来，要把他遗弃了一样，又好像认为出发有莫大的利益，不去便要损失了什么宝贵的东西似的。几天以来他就勉强的支持着衰弱的身躯，笨手笨脚的整顿连部里的办公品，出发用不着携带的东西，都有条不紊的装在木箱里，钉结实保存在连长家里，只携带少数必要的文具和纸张，他把这些东西全捆在他的小行李卷里，他有一张长毛的狗皮褥子，这是他生命中最宝贵不过的一件东西。

据他自己说，他携带这张狗皮褥子，到过数不胜数的地方，少说也有三十多年悠长的历史了。这回出发，狗皮褥子是捆在小行李卷的最里层，外面用的绳子很粗，行李的一头结着一条灰白的布块，很整齐的写着他自己的尊姓大名，他这时正在连部里，坐在行李卷上，静静的等着出发，录师爷骑着桌角劝导他：

"我看你还是把行李留着不带好，热天用不着行李，你要怕丢了，就存在连长公馆，要不然，唉，太累赘了。"

他一面讲话，一面用一块破纸匣的硬盖扇着脖子，打着裹腿，穿一双露出漆黑的脚跟的鞋，两脚前后摆动着，他的傻鞋，前尖向上撅起，好像破了底要沉水的船舶一样。

缮写上士执拗的保守着自己不屈不挠的主意：

"热天也不行，着一点儿凉我的腰就痛起来，你不知道，我也不愿意拿它，放在行李车上也累不着我！"

录师爷有说服人的顽强脾气，他觉着自己大好的意思没有受采纳，认为是桩侮辱似的，闷闷的闪动着憎恨的眼光，把鼻子对着立在窗外的我：

"喂，你来得真早啊！"

这时候已经不早了，太阳高高的升起来，对着人间喷吐出热烘烘的火焰。机关枪驮载的手续都完结了，马匹拴在厕所门口一棵小树身上，那匹马很急躁的刨着前腿，用强硬的牙齿啃树皮。

麻子班长临时代理周排长的职务，在兵营的里外巡视，矫正老总们弄错的服装，特别注意卷细的毡子，他的模样和平常是不同的，不那么威严，不动不动就伸手打人，脸上每一颗麻粒，都表现出亲切和蔼的颜色，但是骂人的诗歌，还遵守着老习惯。

"王八操的，你这毡子是怎么弄的呀？"

司务长忙碌得像一只热锅里的蚂蚁，他在厨房门口伸长了细脖子，指着屋里的地上，像起了火似的大声叫喊：

"用不着的东西不准拿，要铁勺子干嘛？筷子用不着往麻袋里装，存起来没有人偷，我怎样告诉你们的？混蛋！要出发了，还没有弄完，弄得乱七八糟的！"

他对半空扬一下下巴，擦去脑门的汗水，走进厨房，接着叫喊：

"这里还有两个碗，为什么不一块儿存起来？留着卖钱么？你们不要以为出发就不回来，几天就完事了，老婆孩子扔几天不要紧，饿不死，唉，老刘怎么还不回来？"

伙夫用沉闷疲乏的声调重重的回答他：

"老刘走了三天，不能回来了！"

"开小差，抓住了枪毙，老刘这个王八蛋，临阵脱逃，不是男子汉大丈夫干的事！"

司务长走出厨房，回头对着伙夫们声明：

"车装好了，快点儿走，谁要落后当开小差办他。"

右手在半空杂乱的摇摆了几下，往地上吐了一口，抓抓头发，一跳一跳的走到兵舍的窗前，把上半个身子探了进去：

"连长有命令，毡子都放在车上，子弹自己带，不许交给别人，随时检查，有了错可别埋怨我，毡子放在车上是连长体恤大众，怕诸位热着，累着，放在哪个车上，可得自己托付明白！"

在兵舍的角落，靠着枪架，正把裹腿解开卷好了要重新打好的一个老兵自言自语的唱着不平：

"怕老总开小差拐走毡子，什么体恤，谁信那套鬼话！"

老号兵一歪一斜的走近司务长，愁眉苦脸的请求着：

"报告司务长，给我换一双傻鞋行不行？我这双鞋，后跟太深，鞋帮往里倒，磨脚跟，您看！"

司务长不耐烦的对他瞪了一眼，吹吹鼻子教训了他一顿：

"鞋不合适，为什么早不说话？仓房里的东西都搬走存起来，谁能为你一个人多预备出几双鞋来了，找块石头打一打，得将就一点儿，不是订做的，哪能处处合适，对付穿几天吧！"

老号兵在自私自利的官长们的压迫之下过惯了忍气吞声的奴隶生活，除了吹号，也帮着伙夫做饭，帮着司务长办给养，连副们时常呼唤着他的名字，把辛苦的工作分配给他，他很忠实的，像牛马一样努力顽强的献出全部的劳力，筋疲力尽的劳动，从来不说半句不平的话，要求别人对他慈悲和怜悯，在他好像是一种耻辱，他的年龄大了，性格坚强得异乎寻常，现在他是梦想不到的在这小小的要求之前碰了一个大钉子，他的心里一定是烦恼的，我在旁边看着他，满脸愁苦的纹路，很想帮助他一下，我想喊住司务长讲讲情，他看出了我的意思，赶紧扭住了我，无力的摇一摇头：

"算了，用不着换！"

我有一双领到的傻鞋用不着穿，想给他，他很高兴，不知道应该怎样表示的感激才好，两只眼睛从深洞里闪着明亮的微光，咧着大嘴笑了一下，不知怎么又突然发起大愁，沉思的把脚放在我的脚边比一比长短：

"哎呀，不成，我的脚大，你的脚小，穿不上，用不着试了，一定的，我把这一双鞋收拾一下就得啦！"

我觉着老号兵是个值得帮助的人，他对人不像别人那样嫉妒，他不嘲笑和谩骂，他细心的考究，并且时常很高兴的讲说人们的好处，至于那些缺点，野兽似的罪恶的行为，却不大愿意提起，他的眼光好像只是对着善良的方面展望，坏的那一面却不大注意，他有时像个教师一样，对弟兄们热烈的讲说人们应该怎样的利用各种机会多做一些善事，顶好是大家有错处，时常反省自思，渐渐的改变，要相互的原谅，彼此援助。有人讲到谁的坏处，他时常从中打岔，为那人辩护，他的思想是很容易明白的，希望全连的弟兄，上自连长，下至士兵伙夫，都和和气气的生活着，讲话的时候，欢喜引用操典里的句法：

"上下一致，脉络一贯，团结起来，我们这种人，一定会好起来！"

弟兄之中有和他反对的，公开的立在敌对的地位和他辩论：

"什么团结，狗屁！全是撒谎，个人顾个人，谁也不管谁。你等着上下一致吧，哼，一辈子也一致不起来！当官儿的，有好吃，有好穿，有钱花，有酒喝，一个人娶好几个太太，我们当兵的呢？挨打，挨骂，吃不饱，穿不暖，死了还赶不上狗，没有人埋你。说句实话，像我们这种军队绝好不了，不信你就等着的吧，要命也一致不起来，有上，有下，根本就不能一致，全是上一致，全是下也会一致，你吹了一辈子号，现在怎么样，还不是吹号么？"

在我们老总之间，虽然不研究什么哲学，也不知道世上有哲学这两个字，可是大家你一言，我一语，乱七八糟的辩论着的时候，也会有意无意的，凭着直觉，说出很有系统的有意思的话来，对于人生问题，往往发出动听

2710

的见解，可惜的是，说的话是不假思索的，说完就忘了，对听的人也不大起作用，过后便忘得干干净净，好像忘记了一阵风从身边吹过一样。

老号兵对于敌人的攻击是决不仇怨的，总是微笑着对付他们：

"我吹一辈子号，是没有别的能力呀，你们谁要好起来，我也沾一点儿光。"

他那副无论什么时候都是和蔼可亲微笑的揉皱的面孔，很容易把敌人征服，使反对者投降，倾向他这一面。

我还觉着老号兵有种性格上的怪癖，是不十分看重自己的生活，认为自己的生活，无论怎样都可以似的，他似乎很满足自己的阶级、地位、职务，我不知道他对于奖励啊有点儿什么希望和梦想没有。总之，老号兵是有资格列入所谓"好人"的队里的，忍耐的，安分守己的生活着，一直生活到进入了坟墓算是最终的和平的结局。

我很奇怪而且不赞成这种忍耐性很强的人，不论怎样压迫他，从来不反抗，后来我才知道老号兵以及和他相似的弟兄都是因为受了深刻"愚兵政策"的毒，他们的脑筋几乎和石头一样，是很不容易改变的，这种被欺骗和愚弄的人真是可怜。

他企图换一双傻鞋的希望是成为泡影了，嘴脸难受的皱了一会儿，很快的改变常态，刚才的碰钉子，好像连根拔去了，他理理自己肥大的军服，对我笑个满脸，走向厕所门口那不住的刨着前腿的马匹，扬扬手掌，和善的斥责：

"老实点儿……"

姜连副背着匣枪，挺着胸膛，装模作样的在兵舍门前出现了，对麻子招呼：

"都预备好了没有？快集合！"

呼声，骂声，口令，奔跑，装具的音响。

排头的是个细高的身材，像电线杆子一样，他一站好，便有黑红的嘴脸一个一个像锁链似的越挂越长。

十八

我兴奋的跑到马厩的前面，解开缰绳，骑上自己的马匹，连长的马牵在手里，它很不高兴随着我，扬着脸，伸直了脖子，嘴唇时时的舔着我的屁股。

已经过了出发的时间，连长不慌不忙躺在床上抽大烟，连长太太坐在他旁边，抚弄着自己的手背，寻思着说：

"过两个月不回来我就去！"

她的模样很是诚意的，在她的心眼儿里，却不知道是不是诚恳，小娘儿们立在窗边，用轻视和厌恨的眼光瞥着她，扯扯绿绸布的窗帘，深深的喘出一口气，痴痴注视着烟灯的光亮。

连长把烟枪放下，闭着眼皮休息，好像煮熟了的黄花鱼一样，懒洋洋的不愿意动弹。

"怎么的呀？！"大娘儿们在他的腿上拍了一下。

连长把眼睛睁开，抓起烟枪看看枪杆，抚摸着烟嘴，突起皱紧的嘴唇吹一吹，看看大娘儿们，又看看小娘儿们，我想他一定是不放心，把这一对母老虎放在家里，吵嘴，打架，是他想象中不可避免的事，他为了这件事，讨论了好几天，他用精神教育讲话，对大小两号娘儿们，发挥了不少温柔婉转娓娓动人的理论。

他讲到家庭生活和睦的可贵，吵嘴打架乃是不道德的行为，既不能解决彼此的要求和实现自己的希望，在名誉上又是一种损伤，给人家增加了许多说笑的资料，他的目的是打算用三言两语的"愚妻政策"说服二位夫人，其实他是多余费了那些唇舌。

据我看，他那些言语的没有系统，杂乱无章，前句不对后句，想起一件事便胡乱的说下去的演讲技术，决没有打动听众的力量。所得到的只是相反的感应，大娘儿们好像并没有一点儿兴趣听他绝对不自由的言论，小娘儿们在眉目之间，隐隐流露出反对和不管三七二十一，要拿出最大的力量斗争下去的神色，要不得到完全的优胜和立在永远是一个家庭的统治者的地位，是不肯停止革命运动和流血的。

可怜的连长，他不知道自己实施的精神教育没有发生一点儿预期的效果，他那些杂乱的说话，立在客观地位的我，倒是多少有一点儿感动，大小二夫人却当作耳旁风，他现在以为家庭的风云是会永远的平定了，于是一心一意的过着烟瘾，一点儿也没有看出大娘儿们的假情假意，小娘儿们决心在他走后有动手报仇和厮杀的决意。

我想，在我们出发以后，这家务的戏剧必然会演得很有意思，大太太有厨子给她鼓励安慰和加油，还有姜连副的太太，那个满身肥肉的胖娘儿们做她的同盟军，联合成一条阵线，实行作战，不消说一定容易占上风，二太太有司务长家这个亲密的联合国，作战的时候，会在暗中用谋略的手腕援助她，综合上次打架，司务长家所发挥的巧妙的手腕，战斗的势力决不在敌人以下，而且她们是比较年轻，有气力的，很容易打胜仗。

我想忠告连长，在我们出发以后，这家宅里潜伏的危机，应该在大战没有爆发以前想出一个对症下药的计策，可是我又觉着这话没法说出口，连长时常说我是个小孩子，不懂事，我坦白的报告他也怕他不会相信我，也许误会我的宗旨，认为我有意破坏他们的生活。我仔细的想过了，最好是闭着嘴当傻瓜，他们或胜或灭亡，与我一个当差的是没有多大关系的。在我面前的这些男人和女人，喜欢的是虚伪和欺骗，决不是什么真理。

想起营里已经排好了队伍，我有点儿焦急：

"报告连长，马备来了。"

大娘儿们不高兴的瞥我一眼：

"着什么急呀？"

"养汉精！"我在心里咒骂她，摸摸身后的匣枪，连长如果对我下个命令："毙了她！"我会马上拿出枪来，毫不踌躇的对准她的脑门，叫她吃一粒子弹。奇怪，我这时候竟然恨她到了这步田地，至于二娘儿们，我对她也没有好感。

连长好像刚从深深的睡眠中醒过来似的，伸个懒腰，慢慢的坐起来，连长太太把烟灯吹灭了，那里面的油全都倒出来，擦一擦，用一块很大的布缠了又缠，烟枪也很细心的包裹起来，好像处理金银和珍宝一样的细心，归拢好了，推给连长请求检查：

"你看包得怎样？"

连长先摸摸烟灯的包里，这里面好像包着一个砍掉的人头一样，他又把烟枪的包皮紧一紧，这里面好像包着一只砍断的人腿。当他命令我拿开的时候，我实在害怕，两手还有点儿发抖。

"装在鞍囊里，加小心！"

连长对我嘱咐着，很敏捷的跳下了地，伸伸胳膊。

"给我衣服！"

厨子老郑送到街口，对我笑嘻嘻的说：

"回防的时候，发了财可别忘记我！"

大夫人都对连长说了些什么话我一个字也没有听见，二娘儿们只有沉默，眼圈里挂着一点儿勉强挤出来的泪水。

连长不慌不忙的上了马，用力的踩着两面的马镫，抬抬屁股又坐下，回头望我一眼：

"走！"

第三部

一

无尽无休的道路在我们面前蜿蜿蜒蜒的展开了。山角下转弯的地方，道路好像被切断了似的，但是爬过乱石堆积的高冈，穿出睡眠的坟地和一带稀疏的树林，长蛇形的道路仍然弯弯曲曲的陈列在前面。骄傲的太阳似乎缩小了，它用执拗的，令人头晕眼花的热力蒸晒着大地。山角下崩裂的岩石，滚碎的石片，靠近路边的田垄，都在毒热的阳光恶意的爱抚之下，冒出难受的火星来，树木静静的垂着头不动，草叶软绵绵的没有一点儿活气。

我们的队伍是不整齐的，排头的向导走在道路的左侧，他右侧的邻兵和他分开，取出五六步的间隔，占据着道路的中央，第二队伍的老总紧一步慢一步的，像是在散步，又像在赶集，所有的弟兄都把枪支像扁担似的斜斜的扛在肩上，枪把左摇右晃，枪口也随着上下摆动，歪着脑袋，懒懒的甩着胳膊，脚底下践踏着相互的影子，身后腾起滚滚的尘烟。

驮载机关枪的马匹无精打采的低垂着疲乏的脖颈，背上重压的枪体不停的颤动着，装具的音响也是不间断的，马的蹄踏在松软的泥地里，踢起的尘土飞在御手的嘴里，马的腹边跟随着几只苍蝇，它用尾巴把他们赶散，可是顽固的苍蝇飞了一圈又落在老地方吸引毛发的汗沫，有的苍蝇特别大胆，咀嚼着马的卵丸，马忍耐不住了，用蹄子反抗，这时候，牵马的老总用缰绳的一端对着马脸猛抽，有时叱咤一声：

"驾！"

行李车上，坐着年老的缮写上士，他把背脊靠着自己安排好的行李卷上，破旧的军帽摘下来坐在受损的屁股底下，头上顶着一条破了窟窿的湿毛巾。老号兵散着衣襟跟随在这辆行李车的后面，车的轮子碾在石头上，发出激烈沉闷的声音。师爷在行李车的旁边，迈着碎步奔走，对着上士和老号兵吹着牛：

"从前行军的时候，一天步过三百里路，一下也不休息，啊呀，那真要命！"

行李车后面有几个担任后卫的老总，不排队伍，随着自己的意思前进，有的把枪挂在肩膀，像打猎一样，有的拿着枪像拿着棍子，谁也不说话，只有装具的声音伴着沉闷的步声，如刺的太阳晒着他们沉默的脸，他们的脸黑得像钢铁，又像烧红了一般。

从头上流下的汗水流进眼角，从两边和鼻子流下的汗水像集合在一起的溪流，经过嘴唇和脖子，衣服湿透了沾在脖子上，沐浴在汗流里。大家热烈的渴望着一块乌云或者阴凉的影，走过树荫底下好像鸭子见了水，高兴的停一会儿，之后又恋恋不舍的前进，愁眉苦脸好像扔在陆上的鱼，呼吸都觉得困难。

连长走在队伍的末尾，马缰扯得很松，上体稍稍弯曲，屁股随着马鞍摇晃。歪戴的帽子遮着眼睛，避免阳光，吸烟卷的时候，把火柴在马鞍上划一下，吐出一口烟之后，往各处展望一下，好像四周有敌人潜伏着要在不在意的时候袭击一样。可是他是泰然自若，放心大胆的模样，这使我安心，我不知道要到什么地方去，和谁打仗更是不知道了。

我不希望打仗，我不希望看见伤和死，厮杀和流血是再可怕不过的梦境。我目前的唯一志愿不过是混口饭吃，没有野心，我一天一天的活下来是没有目的的，出发倒是一个新的环境的展开，我可以看到一些新的物、景了，我欢喜的便是这件事，没有别的。

有一块灰白的云把太阳遮住了，老总们发出快活的叹息来，疲乏的笑声，震耳的语言，在队伍之间的活泼的流着。落后的人加快了步伐追赶，马匹也抖擞出精神来，努力的跳着蹄子前进。

走到一处蹲在树林的后面，紧接着一条小河，显着孤独寂寞的小村落。连长命令队伍停下休息。周排长赶紧往前快跑几步，把这意旨传给排头，在村落的中间，排头用不着长官下令，自动的停住了。

姜连副打算在这个时候发挥他的聪明，用一种对待好像不愿意听从命令小孩子说话的口气对老总说"把枪架起来"。周排长立在一堆坍倒的墙边茂密的树下，用轻蔑和嘲笑的眼光看他。现在直接指挥队伍的是周排长，在行军时连长有什么话对弟兄说的还要告诉周排长叫他下指令，要不然是会破坏指挥系统的，姜连副学习虽然很优秀，但是缺乏军事学知识，他的话只有排尾的几个老兵眨动着莫名其妙的眼皮看一看，其余的老兵已经随意的解散，寻找凉快的树荫，有的进了家屋。我们一伙的秦世新立在远处，厌恨的对着姜连副的后脑皱皱鼻，小声的诅咒："操你娘，不投降，不缴械，架枪干嘛。"

我们把马拴在树上，让他们随便休息。

连长坐在一块平滑的石头上，向司务长摆摆手。司务长正对着阴沟躬着肩膀，挺着肚子小便，越是着急，那小便的洪流越是雄壮，他闭住了呼吸，把脸孔涨得青紫，咬着牙埋头苦干，还没等最后的喷泉流完便着急把又粗又大的老二塞进裤子里。拖着两条笨重的大腿往连长面前奔跑。

"你看看，谁家干净，找个地方歇下。"司务长领会的点点头，摇摇摆摆像一只愚笨的鸭子似的走去。

李富贵坐在我旁边的草地上，和一个光着上身的孩子聊会儿天，敲敲我的膝盖，指指前面一个人家，那里，正有一个老总走出来。

我们悄悄走进那个人家。

院子里堆着乱草、潮湿的木片、没有柄的镰刀和扫帚，一条卧在墙阴下吐出舌头来苦闷的喘着气的黑狗，懦怯的对着我们哼了一声，李富贵跺了跺脚把它吓跑了。接着从屋里有一个四十多岁、衣襟破烂、散着裤脚、头发如草、面容憔悴的妇人迎了出来。

"有水没有？给一碗。"李大蒜用软硬参半的口气问她。

"有啊。"

李大蒜笔直的走进屋子里，好像到了自己温暖的家庭，有个十三四岁的女孩子，梳着很粗的头辫，面孔很美，刚要走出去，李大蒜把她堵住，摸摸她的脸腮，搂搂她的细腰，她害怕得不得了，像老鼠见了猫一样，急忙的后退，用手扶着泥墙，睁着圆圆的明亮的像小鸟似的眼珠，张着小嘴，想说什么又说不出来　，只吐出几个模糊不清的字眼：

"啊，啊，妈……"

妇人从后面走进来，睁着忧患恐惧的眼睛，扭动着小脚告诉我们：

"她是个哑巴啊，不会说话。"

"嗨，真可惜。"李大蒜惋惜的叹道。

妇人到外屋给我们弄水的时候，李大蒜把哑巴姑娘拖在自己的身前，搂住她的脖颈，摸摸她的乳部和屁股，像个馋猫一样张着黑魆魆的口腔，打算和她亲嘴，可怜的哑巴姑娘以为要带着她走或者是杀她，吓得喊起来，我实在忍耐不下去，在李大蒜的腿上踢了一脚：

"别吓唬她，你真缺德！"

他不理我，强硬的在哑巴姑娘脸上啃了一口才放开两只青筋暴露的黑手，还不知足的用贪婪无厌和野兽一样的凶恶的嘴脸端详着受了惊的可怜的女孩儿，说了好几回这句话：

"小姑娘真不坏，哑巴不哑巴不要紧，一定是处女。"

他指着立在壁角，不知走好还是立在屋子里安全的美貌的小女孩对我解释：

"这姑娘嘴小，那地方一定小，再过二年，长大一点儿，一定更好看。可是操他妈的那个时候怕早就保不住了，现在正是好时候……"

他还要抓住哑巴姑娘开开心，中年妇女走进来，胆怯的看着我们，又担心看了哑巴姑娘一眼，掀开破布袋，拿出几根火柴，一面往外走，一面打听：

"队伍往什么地方开啊？"

李大蒜慢吞吞的回答：

"在这路过。"

妇人一出去，李大蒜从裤袋里摸出几个铜板摆在手心里摇晃着引诱哑巴姑娘。她仔细的看一下，咧着小嘴笑起来，跑出去和中年妇女说了几句什么话，赶紧跑回来摇摇手，表示不要的意思。李大蒜又拿出几个铜板加在一起送给她，抓起她的手来，把钱放在她的手里，把她拉紧了往肚子上贴一贴，哑巴姑娘在他的怀里挣扎，把钱扔在地上，举起巴掌打他的脸，嘴里发出让人难以理解的语音。

中年妇人跑进来，生气的，忍耐的，勉强的笑着求李大蒜：

"老总，你别总欺负这个哑巴，她不会说话啊！"

我仿佛听见有人在街上大声喊我的名字，出去一看，司务长很焦急的从胡同走过来，看见了我立住对我翻翻三角眼：

"连长找你啦。"

他指指街角一处高大的房屋，门口立着石砌的影壁，有两个青年农民赤脚立在树下。

"在上屋，去吧！"我看见他在后面生气的念着：

"像你这样当差的，还真是少有。"

趑走进树荫洒满的胡同，张兴咧着大嘴从正面走过来，好像在什么地方拾得了金钱似的，笑嘻嘻的露出大牙，一下抓着了我的肩膀，摇动几下：

"我在东头菜园的外面，看见一个小媳妇钻进草堆里，我想，一定是从家里跑出来，躲避我们老总，她一点儿也没有看见我立在那园墙的外面，我看迎面没有人，就进了园子，把草堆踢开，她刚用草压住自己，一条腿还露在外面，我一下就抱住了她，我说：'你别害怕，我不干，亲一亲就走……'她没有法子逃跑，只好让我亲了一顿，还让我摸一摸，嘻，真好极了，我领你去呀？她还在那里，对我说：'大哥，你别告诉别人！'你看，朋友交的多快，叫我大哥，你去不要紧，她也是看人做事……"

"胡说八道！"

"你这个人，真古怪，人家好心，好意的告诉你，还不信，走，我领你去看看，她要不在那里，我把脑袋输给你，走啊！"

我推开他汗湿的衣袖，打他一拳：

"不行，连长找我，得快点儿去……"

他嘲笑，说我胆小无能，像耗子一样，可是我没有工夫和他打。立在影壁跟前的两个青年农民总像在讥骂我们似的，用恶意的沉默的眼光望着我。

二

连长，姜连副，周排长，还有一个嗅觉锐敏的张班长，他们都在一间屋子里。连长躺在床上，这床上铺着洁白的带花的褥单，枕布好像是新换的，那旁边坐着一位道貌岸然的土绅士，悠然自得的吸着烟卷。姜连副和周排长对坐着喝茶，张班长帮着一个年轻的妇人忙忙碌碌的伺候上官，我听见连长这样的称呼哪那位土绅士：

"所长，你搬到城里住多好？"

看见我进来，愤怒的……眼，又亲密的笑了一下：

"这小子，脑筋不错，可是不好好干！"

我不知道他这话是说谁。

使我很惊奇的是，在这样寂寞的村庄里会有这样豪华的富贵人家，他们也有擦得光亮的烟枪和烟灯。在院子里，我悄声的请教额角窄的张班长：

"那个老东西，是什么所长？"

"他从前当过警察所长，现在人家还叫他张所长。"

"原来是你的一家子呀！"我这样想，压住了一肚子笑。

所长先生对我很客气：

"你不喝茶吗？"

他不像连长那样，把我看成是一个孩子，这使我觉着公平而且高兴，我对他一番连我自己也不知道是由于怎样心理所决定的轻视和仇恨无形中减轻了不少。我担心那个哑巴女孩，那班长对我疑惑的观察了一下，表现出很关心的样子劝导我：

"你不应该跑得太远，连长找你的时候不容易找着，连长对你不错，时常夸你，好好干，有的是好的机会，我们连长和营长交情深厚，说句话是算数的。"

连长在屋里吸烟，对着排长吩咐说：

"你歇一会儿去看看，不准弟兄们讨厌，我们休息一会儿就走，不能给所长添心思，这已经够麻烦的了。"

所长先生说了这么几句台词："连长，您太客气了，我盼望您赏光，在这里住一宿，休息休息，明天再走，当弟兄的到谁家里玩也不要紧，连长你放心，有我在，没什么……"

"啊呀，这回出发，上面有日期限制。"

这小小的一场休息，给了我不少的教训，老总们都是最现实不过的机会主义者，在每一小时甚至是每一分钟之内，都极力的抓住不肯放松，尽可能的在眼前的境遇里寻找一些自己生活中缺乏的东西，他们是有力量并且很机敏的能发现那些东西的，在操场上，典范令所里一切，不合原则，违背要领，但是离开兵营，接近人民，就像鸭子入了水一样，是最适应环境不过的生物，我们这些当老总的，不论脑筋，聪明点的，蠢点的，都会利用自己已经有的阶级地位按照幻想去活动。

可惜我在这方面经验太少了，我是看到一些外部，深刻的内部还是看不见的，两句好话就买动了我的心，可见我是一个很糟糕的家伙，我仔细的观察了一下所长，他的年纪虽然过了四十，但是模样还是年轻活泼，瘦长的面孔，细小的眼睛，笑的时候眼角有一堆深厚的皱纹，鼻梁上部平扁，下部突起，又高又宽，颜色是黑黄的，还有幽暗的光亮，嘴角的两边下平垂，嘴唇很厚，说话的声音响亮，指手画脚，摇头摆尾，好像旧式舞台上的小丑唱戏，可是这个人不是可厌的，他招待客人周到圆满，处处令人爱和他接近，并且生出祖护他的情谊。

周排长出去巡查，姜连副接着占领连长的地盘，他鼓捣大烟的技术也很纯熟，所长在大肆宣传从前当所长时的光荣，并且悲观的诉说自己的无能和落伍以及糟透的命运，连长用种种动听的语言鼓励他，年轻的媳妇进来送一些点心，所长先生站起来伸出两只胳臂。

"连长，您请用两块粗点心，我们这交通偏僻，好东西不容易到手，您可别见笑啊！"

看着别人吃好东西在我是不容易忍受的诱惑，我走到外面，立在房屋底下，看着一个强壮的伙计把庭院一角的黄土，挑到外面去。

年轻的媳妇出来看看我，扯着衣角踌躇的说："所长请您……"

所长这个人可爱极了，吃东西的时候也不忘记我，也给我几块点心吃，半点钟以后，周排长在街上使出吃奶的劲大声喊：

"集合。"

我打算把连长和自己的马肚带紧一紧，跑到拴马的地方一看，连长的马像有大烟瘾似的，拉着长长的面孔，闭着眼皮在打盹，我的马不见了，只剩下笼头堆叠在树下，我想一定有人把它偷跑了，我跑到村落的东头，那里有一座用砖石建筑的小庙，静静的蹲在高冈上一声不吭，树荫下睡着一个年老的农夫，枕着一只破鞋，马的影子一点儿也没有，又跑到村落的西端，几个弟兄从一个破落的人家走出来，他们并没有看到我的马，都是好不开心的模样，我正焦虑的在各处奔走、徘徊、展望，司务长领着一匹马在我身边出现了：

"你怎么不好好的拴住它。"

我吐出一口闷闷的长气。

李大蒜把枪支挂在膀子上，两只脚踢着泥土走过来，对我冷冷的看了一眼，一言不发，好像赌输了钱一样，在他的脸上有手指抓伤的痕迹，我猜想，他在哑巴身上下的苦心一定是徒劳了，缮写上士好像在谁家里一毛不拔的吃了土鸡蛋，没有吃完的三个鸡蛋装在衣袋里，拿出一个顶小的在我面前问：

"你吃一个？"

"一个不够吃！"我想试试这个老头子对我有点义气没有。

他把鸡蛋装起来，耸耸肩膀，爬上了行李车，什么话也说，把我忘得一点儿也不剩。老号兵问他要，他计算了半天，才摸出一个送人，坚决发表宣言：

"还有两个，留着晚上吃！"

张兴立在队伍的后排，对我扬扬下巴，很神秘的笑了一下，他脸皮晒黑的成绩比谁都高超，表情是异常欢喜的，一定是和草堆里的那位少妇种下了高深莫测的爱情，队伍走以后，张兴还留恋的回头窥视菜园的方向，那里有种神秘的东西拖住了他的灵魂。

张兴这个家伙，他时常在人不知不觉之间像在梦中一样用灵敏的手腕捕捉幸福的鸟雀，这鸟雀的翅膀有时常在他面前带着美丽的光亮闪动着，他的眼光很准确，能够不失时机的看到它，有追求的勇气，我记得他对我这样坦白他的人生哲学：

"快乐一天是一天，管他娘的腿。"

他为了捕捉那美丽闪光的幸福的翅子，牺牲了性命也是不可惜的。

太阳又在我们的头上放射着毒热的火针，队伍踏过的泥土像在锅里蒸过一般，石头吐出难耐的火星，草木也喷射着难以忍耐的热气，天和地都在烈火里蒸着，煮着。

一个并不峻斜的高冈拖长棱线在我们面前显出可怕的姿势渐渐的接近，那背面有一个山峰，好像要倒下来把我们压得粉碎，看着是非常临近，三步两步就能走到那下面似的，队伍像一个灰色的大爬虫，一点儿一点儿的，在闷热的热气里好不容易爬上难以征服的高冈，那山又摇摇晃晃的后退，退得非常遥远，烧得滚热的天空也随着后退的山峰拉得更宽更阔。

排头的老总甩开了胳臂奔走，有的老总像喝醉了酒一样，不顺着路线照直的前进，好像在云彩中有魔鬼从右面推着他们似的，往左面奔走几步，又向右面奔走几步，身体摇晃着，枪支也随着身体摇摆，排尾的几个老总稍稍的落伍了，他们用着全力在追赶，有的极力把上体向前倾着，脑袋几乎弯曲到了地上，好像滑冰竞走一样。老总们的步伐是不整齐的，有的走着大步，有的走着小步，有的快走，很怕落得队伍太远，从山上滚下的碎石片在他们的脚底下踏出发狠咬牙的声音，稍微大一点儿的石头躺在路上，谁也不愿意跨过去，都无论如何从旁边绕过。

我很奇怪，老总们的眼睛一点儿也不留心，行进路周围的风景，不论是怎样出奇的山峰，稀有的树林，怪状的岩石，都激不起他们一些兴趣，好像是看惯了，又好像根本没有看见，所有的眼珠对着一个方向，对着前面，渐渐接近缩短的道路。也有的连前面也不看，只是低头留心脚下的障碍，自己不摔倒，别的不管了。

三

傍晚，队伍进了一个人烟稠密的村庄，戴着宽边草帽的村长把连长很小心的，像供奉佛像一样安置在一个老寡妇家里，老寡妇已经过了六十岁，灰白的头发，掉了不少的牙，牙床高高的向外突出，好像肿胀起来一样，脸上有些看不清楚的麻粒，隐藏在深纹里，好像海边的浪花打起的泡沫，走的时候挂着棍子，她明显表现出欢迎我们的模样。

麻子班长和他的部下将被安置在一个好久没有住过的院落里，院里生满了杂草，堆着乱瓦，墙壁断裂，门后陈列着气味刺人的狗屎，还有浓重的潮湿味儿。

麻子气得咬牙咧嘴，把枪的托底往地下一碰，指着张兴下命令："你去把村长那个王八蛋叫来，这屋子是人住的吗，把我们当狗看待，婊子养的，钉他！"张兴找了半天也没有找到村长，麻子把忙着奔走的司务长截住了："报告司务长，我们那屋子不能住……"

"我没有工夫。呆一会儿。"

麻子失望的回了他的公寓，这样指挥他的部下："日他娘的，用不了村长那王八蛋的，我们自己搬，谁家合适住谁家。"老总们已经筋疲力尽的卸下枪支，卸下装备，懒懒的坐在各处休息，有几个老总自告奋勇，把军帽扣在脑角，殷勤的往各处寻找理想的家屋。

连长不大满意老寡妇，说她架子大，瞧不起老总，不过这个老婆子的脾气确实有些古怪。她指挥着儿媳，一个面黄肌瘦的妇人，把门外堆着的一堆劈柴抱进了屋里，几只肥胖的母鸡抓起来用绳子绑住腿放在院子里，一看见老总进院子就闪着怨恨的眼光，我把马匹拴在院角的树上，她也不同意，用棍子指着树皮叫我看："马拴在树上不行啊，把树皮啃光树就死了，你看看！"树身有几处陈旧啃破的痕迹，她把这个当作攻击的重点，我实在气愤不过，对她解释：

"这不是我们的马啃的呀！"

她那副吃惊的脸孔用力的皱了一下，动动嘴唇，很费力的吞口唾沫，指手画脚大声喊：

"不是马啃的是什么啃的，你看看，这上面还有缰绳的痕迹，再说，马在院子里，拉屎也脏啊！"

"那不是我们的马啃的。"

我加倍大声的告诉她。

"哎哎，是你们的马，上回你们住在这里，把劈柴烧光了，还杀吃了两只鸡，那两只鸡下蛋，每天下蛋，我说要杀吃，杀别的吧，你们老总偏不，说那两只鸡肥实。我这么大年纪，寡妇失业的儿子跑出去多少年都回不来，亲戚朋友都躲远了，有钱的时候都靠着我，穷了，谁也不来，我那个儿子，是遭天杀的货，他偷着把地卖了，钱我一个也没见着，一点儿地租吃了两季都光了，什么呢？养两只鸡下蛋都养不住！"

"那是别的队伍，我们没有杀鸡。"我想打断他的话，可毫无效果。

"你们老总把那只鸡杀吃了，还要杀别的，打算全杀吃了，一个也不给我留，媳妇出去求他们，他们骂她，还差一点把她打一顿，我出去把她抱回来，和老总说：

"要打就打我这个老婆子，把我枪毙了也好，我是活够了。我这么大年纪，快进棺材了，还怕什么，死活我全不怕，把我枪毙了。我到阴间去打官司，神佛有眼睛，看得清楚，咳，我这么大年纪，寡妇失业的，领着儿媳妇过日子，容易吗？村长那个该死的，他没有后人，我看他缺八辈子德的，他不会有后人，有后人也好不起来，他看我寡妇好欺负，有队伍来就往我院子里带，他为什么不带到他自己家里去，他家大房子有的是，他的儿媳妇是个养汉精，过门不到两个月就生下一个丫头，像他那样的后人能有个好吗？不是媳妇拉着我，我想和他拼了，为什么有队伍就要住我家里？"

"连长住，弟兄都住在别处。"我气急了，对她吼叫。

"上回你们老总要把鸡都杀吃了，我非和他们拼命不可，我坐在他们跟前，我说：'要杀，把我也杀了吧'你们杀吃了两只，那是下蛋的鸡，别的鸡不许杀，他们没有法，把鸡留下了。人心都是肉长的啊，谁不是爹妈养的，能是从地里蹦出来的吗？没有良心能算是什么人。"

她把棍子前端放在脚前，用力弄着石头，浑身摇动着，好像发冷发热打颤一样，看着她干巴的皱脸，我觉得她很可怜，决定不理她，随她的意。

"你把马拴在别处去吧。"她那沉闷的声音又响起来。

我真是忍无可忍，跳着脚质问她：

"那么你说拴在什么地方合适。"

"杀鸡吃？"

她空洞的双眼发出刺眼的光芒，凶猛的咬着牙，在我浑身上下打量，好像我要拿枪打她似的，惊骇的后退又立稳了想一下，前进几步，恢复原来的姿势，举起棍子来，好像要拿着个棍子打我的头，我知道她是听错了我的话，一时之间又不知道怎么和她辩论，她张开像山洞缺少牙齿的嘴，用特别难听沙哑的声音问我："你们又要杀吃我的鸡呀？"

我不耐烦的喊："我说马。"

"哼，马怎么的？"

"你不准拴在树上，那请您老人家告诉我，拴在什么地方？别处也没有合适的地方啊！"

她的眼珠迟钝的往各处扫射着，她的儿媳在腋下夹着一件衣服走出来，两手湿淋淋的，我把谈话的对象转换了，向着儿媳：

"老太太不许我把马拴在树上，那拴在什么地方她也不说。"

"她耳朵聋，听不见。"

儿媳又重复了一句，接着对她的婆婆伸出手掌，指指树，又指指马，摆摆手，把嘴唇靠近婆婆耳边，大声的，一个字一个字报告：

"他们不是上回住在这里的队伍，住在这里的是连长，马吃饱了，不啃树，不杀鸡，您放心吧。"

老太婆理解的点一点头，不知道是对谁说："哦，当官儿的在这住啊！"

她对我射出比较和蔼的眼光，可是还是不相信我，看着我就像看着一只狼一样，明知我不能把她撕碎了当饭吃，却不敢靠近我，还抱着敌意，对我实行戒备。

我们连里的老总在街头抓住了一个卖青菜的小贩，那是一个强壮的，上身衣衫破碎不堪，露出红紫反光的肩膀，光着脚的小伙子，戴一顶农民的像尖塔形的草帽，担子倒在路边，好像被踢倒一样，那个老兵从后面打他一巴掌，用脚踢他的腿，把他一绊，摔倒在地下，把扁担抽出来，在他的头上，背上乱打了几下：

"操你祖宗，你跑什么？"

"老总，你不要打我，您有什么事尽管吩咐，我去帮你做。"

"那你跑什么，混蛋！"

举起的扁担又在半空画着弧线，落在身体上发出沉闷的声音，可怜的小贩用胳臂防御，扁担打在他的胳臂上，有很多人开始从四处走来，害怕的立在远处的地方观看，谁也不敢往前走进，也不敢打架。

那个老总打累了，把扁担扔在墙角，踢了一脚，搓着手吼道："快起来，走！"小贩赶紧爬起来，把筐子整理好，走了，他的腰一定被打伤了，用手护着。

老总在他身后愤愤的诅咒，"叫你帮着烧点水，能累死不能，还要跑，抓住打死你。"姜连副出现了，他把帽子扣在前额，没有穿上衣，说那个老总："不听话就打，用不着客气，这些东西要给他们下马威，不知道厉害。"

张班长一班人住在前街，紧靠着西头第二家，门口有一辆铁轮车的院里，他们休息了一下，便动手。吹号手是被班长派出来的大使，专门担任劳动的召集，又老练又有经验的他很快就动员了这条街上忠厚淳朴的农民，他请来一个老年人劈柴烧火，请来一个做过厨师助理的中年人担任指挥，院里的女人，年轻的都逃走了，只剩下中年以上的女人，大家一起动手给老总包饺子吃。一个粗脖子，大脚，从来不说笑的老总担任好吃好喝的原料搜集，他在谁家弄来两只雄壮的公鸡，倒提在手里，先把一只踩在脚底下，用斧头砍断公鸡的脖子，撒开以后，又迅速砍了脚底下的另一只。

张班长插着两手立在房檐底下，两只眼睛笑眯眯夸奖着说："还是我们老总干得痛快。"

歪着脖子看了我一眼，亲切的嘱咐着说：

"等会儿来吃饺子，还有酒茶。"

先头被砍断脖子的鸡在院子里用着全力飞跳、滚爬，扇动的翅膀弄起许多泥土，它的脖子扭转到肚子下面，翅膀和泥土沾着血水，后砍的鸡转了几圈后停在了原地，难受的打着转，苦闷挣扎，痛苦的在泥地里乱滚乱爬，这两只鸡无缘无故被处死刑，飞滚半天才断气。

张班长嘻嘻的笑着，指挥着厨子："快弄开水，把鸡毛煺下去。"

粗脖子把斧子丢开，又出去猎取其他东西。

劈柴的老头手脚太慢了，他的眼睛似乎看不清，一块木柴必须拿在手里观察半天才能辨别出直丝是横丝，劈下去的时候，手腕又没有力气，斧头又不结实，时时掉落，有个老总在旁边看着，发起脾气来，在他屁股上踢了一脚，夺下斧头，在石头上，把斧头的柄往下捣了几下，教育他：

"你这个老笨虫，你不会……看看！"

动员了的妇女，工作起来都是很顽强的，很显然的，他们对于老总的一举一动都觉着惊奇，害怕，在他们的印象里，老总全是杀人放火的凶手，奸淫掠夺的盗贼，像些恶魔一样，和这种人接近，不消说是危险的。

我很愿意知道各班的老总都是住在怎样的地方，都做些什么事，便各处打听他们临时的宿舍的所在地，连长已经睡熟了，是不会找我的。

有个老总爬在房脊上，往各处展望，房底下有个老总焦急的问他：

"什么地方有风水？"

风水是什么意思我不明白，我以为是说风景，录师爷告诉我：什么地方有风水，便是什么地方有姑娘媳妇。这村庄里，人口倒是不少，可是老总们所热烈的盼望的年轻姑娘媳妇一个也没有看见呢？

"都藏起来了。"录师爷对我说明白，赶走身边的几只苍蝇，他这时正坐在门口阴凉的影里喝着茶，缮写上士把两只没有血色，瘦弱得像柴棍的臭脚放在水盆里泡，两只手不停的捏着脚趾。几个细腰光屁股的蝼蚁爬在他的腿上。

缮写上士和录师爷的住处是随着自己的意选择的，他们认为哪一班合适，便高兴的参加在哪一班里，老总们对于这两个人物表示欢迎，也不显着反对，录师爷坐了一天颠簸的行李车并没有一点儿疲乏的样子，津津有味的告诉我：

"大姑娘，你不容易看见，她们把辫子绾起来，像媳妇一样打着髻。"

"那为什么呢？"我实在不明白这种意向。

"老总不会看着眼馋呗！"

对我诙谐的笑着，摸摸自己晒黑的下巴，接着对我解释：

"你想想，小伙子，姑娘，没有人动过，老总哪有不眼馋的道理呢？她们把辫子绾起来，这叫伪装，军队里也讲究伪装，警方在阵地里，弄些树木草叶盖着，为的是使敌人不容易看见，姑娘们把辫子绾起来也是这个意思，有的在脸上摸些灰土，显着很难看，可是她们自己以为可以安全了，老总们却能看出来，媳妇什么样，姑娘什么样，不一样啊！我告诉你……"

关于处女和不是处女在外形的区别，老郑已经详细的教育过我，于是我表示自己也是颇有见解的样子对他摆摆手：

"你不用说，我明白！"

师爷的脖子伸长了两倍，咧着大嘴，害怕似的伸出舌头来：

"什么，你明白！哎呀，杨广路，原来你是个坏孩子！"

爬在房脊上的老总已经顺着烟囱的垛口，从墙头上，经过厕所跳下了地，和立在地上等着他的老总一块儿走出去，我甩开师爷，尾随着这两个老总。

上房的老总有一脸雀斑，他看看我的模样，笑一笑：

"你也去？"

我惊喜的点点头。

雀斑表现出很欢迎我参加的样子，小声的对我指示入团的章程：

"不要叫连长知道，也别告诉别人。"

下了一上午的跪，他走路好像射箭，脚步快得很。

雀斑脸很兴奋的立在墙角，回过头来闪动着厚实的眼皮：

"我们先到庙后那片小树林去看一看！"

快腿推了他一把，又扯扯我的肘节：

"赶快走！"

走了几步。他又性急的打听：

"你看准了么？"

"真的，有三四个往那里面跑，从墙上爬进去，有一个爬不上，把石头搬掉了一大块，差一点儿打在脚上。"

奇怪，我受了他俩的传染，像注射了一针兴奋剂一样，我也觉着有一幅生物的原始的丑态的图画将在我面前张开了，我兴奋得全身的血脉在燃烧的状态里蒸煮起来。

我们像兔子赛跑一样，很快到了一座高高的，破败的，褪了色的红墙的外面，这是一个庙宇的侧面，从这里爬，要没有"飞檐走壁"的绝技是爬不进去的。雀斑脸在头前做向导，从乱石堆满的狭道处绕了一个大弯，快腿在草地上踏了一脚狗屎，他咒骂着，把鞋底用力的在草上摩擦，雀斑脸不满意他，生气的在前面摆手，催促：

"不要紧，快走！"

庙宇的后方是一片墓地，在那里埋葬着的一定是无知无识，稀里糊涂过了一生的男女的枯骨，紧靠着这墓场是长得高大、浓密的玉蜀黍的良田。立在墓地，周围什么也看不见，人到了这种地方，很容易复活原始生物的性格，犯罪的心理也会油然而生，可是我这时候的兴趣，是倾向在坟地之间一片丰肥柔软的土地上，如果在那上面打几个滚，滚乏了躺着唱歌，一定是很好玩儿的。

雀斑脸指着坍塌的墙口命令我：

"你先进去，小心枪，不要乒乓啪的响。"

我很后悔，不应该把枪背出来，当我兴高采烈的爬上墙头，正要往里面跳下去的时候，忽然看见两个妇女在树林的边沿露了一下嘴脸，又赶紧往里面逃走了，雀斑脸也看见了，他勇敢的一跃而下，像一只敏捷的野兽一样，迅速的追了去，快腿随着他，我落在后面，有点儿踌躇，又觉着害怕，如果这树林里藏着敌人怎么办呢？他们用美人计引诱老总入他们的圈套，一个一个抓住打死，在这种少有人迹的地方是可能的，打死几个人扔进河里，一直到烂尽了皮肉，剩下一把骨头，也没有人知道，我心惊胆战的往里走了几步，一只死狗把我吓出了满头冷汗，几只飞鸟扇动翅膀的声音，也使我毛骨悚然，不成，我不敢进去，赶紧退出来。

突然有两个女鬼出现了，她的头发散乱，脸是黑的，眼睛却很明亮，看见我，很吃惊的样子张扬两手。我的惊慌不在她以下，我自己也不知道从什么地方来了一股很大的勇气，赶紧把枪掏出来往前迈几步，我把子弹装好了，她如果过来扼我，我就对她开枪。

在树林的里边又突然的发出女人的惊叫，我面前的这个女鬼退到墙根前，害怕的跪下了：

"老总，别放枪……"

我仔细一看，这是个女孩子，并不是什么鬼。

"老总，放我走吧！"她哀求着说，声音发颤，眼睛里含满泪水。

我奇怪的对她说：

"我是来玩儿的，不打算打你呀！"

她不相信我，用手背摸摸眼角和鼻梁的泪水，还不敢立起来，这时我听见雀斑大声的叫了一声：

"嗳，找着了没有？"

快腿用沉闷的声音在别处重重的答应：

"没有呀！"

女孩子又哀求我：

"老总，放我走吧！"

我生气的把枪装进匣里，指着墙的缺口对她表示：

"谁不让你走啦？关我什么事！"

她一面顺着墙根焦急忙乱的奔走，一面回头对我警戒，脚下绊着了石头，摔了一下，她往墙上爬的时候是费力的，一只手抓住了墙，另一支手提着衣襟，脚底下踏得不合适，无论如何也爬不上去，我托着她的屁股往上一送她才上了墙，下去的时候又摔倒了，跌坏了什么地方，我听见她在外面呻吟。

我跳上墙头一看，她坐在一堆石头上，用两手抚摸着腰部，想立起来，提不起气力，我跳下去把他拉起来，扶着她穿过坟地，她误会我，以为我要杀死她，时时用惊愕的眼光看着我，我想起读过的小说里的人物，当一个侠义的男子决心救助一个无能为力的女主人公的时候，应该把她横着抱起来跑一段很长的路，可是这个女主人公的模样一点儿也不美丽，头发没有绾结实松开了，长而且粗糙的脸皮，左眼角有块很大的伤痕，从头发里蒸发出来的气味儿像狗屎，难闻得要命，脖后的灰很厚，腰很粗，穿着一双破袜子，鞋已经开了花，说话的嗓门像男人，又粗又难听，我越看，越觉着她和书里描写的女主人公差得太远，我把她扶到玉蜀黍的田里，累了一身臭汗，看她颓然的坐在垄沟那种讨厌的神气，心里实在不高兴，我觉着自己是白出力气，没有一点儿快活的滋味儿。

我休息了一下问她：

"你跑到这里干什么？"

她的话断断续续的，杂乱无章的，她说的大意是：我们老总到了她的家里，这时和她家里有仇的邻居对老总讲了她们的坏话，又给老总做向导，鼓励老总去收拾她的嫂子和姑姑，当老总还没有进院的时候，她们从后窗逃出去，跑到这里来躲避。

从离开我们不远的庙宇的后院好像有雀斑叫喊的声音，接着又有女人的叫声，这些声音从树林里发出来，穿过坟地，在这暑热已经消失的寂静的傍晚，在凉爽的荒野里，显得异样的难听。

丑看的女孩子伸手指指发声的方向，哀愁的说：

"我嫂子……"

"你嫂子还在那里面么？"

"嗯，还有我姑姑……"

我想，雀斑和快腿一定是抓住了他们理想的目标，开始发挥他们的兽性了，那声音也许是由于威吓和惊骇而发出来的，可怜的女孩子又对我哀怨的祈求：

"你费心，给讲讲情，放开她们吧！"

她这时的样子显得刺人心痛的可怜，好像戏台上的小坤角为了表演一出人间悲剧把自己装束得非常狼狈和可怜似的，我觉着很感动。我决心救助这三个可怜的"弱女"像世界著名的武士堂吉诃德一样，抱着侠义的心肠，用渺小的力量。我急急的跑回庙宇的后院，在树林里苦闷的奔走了好久，尽可能的在每一棵凉快的树荫里搜着，累得上气不接下气。这庙宇的后院范围太广了，我汗流浃背的跑了半天，什么地方也找不到她的嫂子和姑姑，雀斑和快腿的踪影也一点儿看不见，连一点儿什么声音也听不到，只有吃惊的飞鸟扇动翅膀的阴森森的声音，后来我在几棵密集的大树下面的草地里发现了雀斑，他舒舒服服的躺在那里面闭着眼珠，张开嘴唇，衣扣放开，露出紫青的胸膛来，使我吃惊的是，他裤子在膝盖以下，小便垂在一边，动也不动。

"你在这干什么？"

我想起李大蒜在兵营的空屋，躺在草堆里手淫的丑恶的光景，以为这个家伙也是在表演那种污秽卑劣的勾当，我笑着走进坑里，踢他一脚，可是他照旧躺着不动。

"真缺德，快起来，这样子多难看啊！"

他还是动也不动，像块木头似的。

我聚精会神一看他的脸孔，没有一点儿血色，嘴唇发紫，牙缝里流出黑色的血块，两只手抓断了一把青草，他身底下草叶蹂躏得乱七八糟，摸摸他的胸口，一点儿气也没有，我惊骇得几乎放开了喉咙高声大呼，赶紧跳开，闭住了呼吸，跑得远远的，情不自禁的叫了一声，这个家伙，原来是死了！

可是他的死却使我莫名其妙，打死的，却没有一点儿伤痕，发大昏死过去的，太阳早就下了山，没有暑气，那他是怎样死的呢？

我一面慌张的，毫无目的的在树林内乱跑，一面像疯子似的狂喊，快腿的动静一点儿也没有，跑到庙的前面一看，这庙是坍塌了的，房屋的栋梁乱七八糟的堆着，泥塑的神像压在泥土下面。

一个生物也看不见。

在庙堂的前面，在石台下旁边，我发现了一顶军帽，不知是雀斑的，还是快腿的，在房屋的门窗全都失去了的空洞荒芜的前院，在竖立着不动的石碑的旁边看见了快腿，他侧着身子躺在石铺的地面上，脑袋打碎了，鲜血流了一地，看不清嘴脸，一只胳膊压在胸脯下面，一只手的手指弯曲的抓住地。

我觉着全身都麻木了，我起初以为是自己的眼睛出了毛病，不相信这是真的，又觉着自己是在可怕的梦里，他俩是多么强壮有力的小伙子，在前一刻还是活活泼泼的，奔跑，跳跃，像野兽一样，而这一刻却不明不白的死在这奇怪的境地里，我猜想，这庙里一定埋伏着敌人，我目前的地位死极危险不过的，死的恐怖紧紧的把我包围了。我觉着浑身上下打起战来，两手麻木无力，两腿瘫软，四面观望了一下，什么动静也听不见，我把枪掏出来，装好子弹，胆怯的防护自己，留心的往四面观察，用鼻子努力的嗅着气味儿，我不知道应该怎么处理才好，这惊人的惨像把我吓昏了头，我慌慌张张的奔跑，跑出破碎的、没有关闭也没有遮掩的前门，加快了脚力顺着一条直通村落的道路，拼命的往住处奔跑，一进门，老寡妇用厌恨的眼光迎接我，埋怨着说：

"扇子用完了得给拿回来呀！"

"什么？"

"谁拿去的？"

"你们老总！"

"我不知道！"

我生气的对她扬扬下巴，张开了两手，一头闯进连长房里，不凑巧，连长不在，那么我应该报告谁呢？

正在踟蹰，烦躁，忧虑，害怕的时候，忽然受了另一个可怕的思想的袭击，几乎把我轰到了，我想起自己曾经不幸负担过抢钱和杀人嫌疑的重压，如果把这件奇怪的惨案报告连长，也许又会疑心我是那杀人的凶手，接受不白的冤枉，是很难洗清自己被弄脏的灵魂的。上次我在精神上打击的伤痕还没有彻底的痊愈，这回我必须躲避嫌疑了，我抱定主意，无论如何不报告，又想好一个撒谎的方法，缮写上士和师爷亲眼看见我尾随着雀斑和快腿出了门，如果他们问我的时候，这样回答：出门以后分开了，我没有跟着他们去呀！

我坐在门槛休息，擦去满脸的汗水，按着剧烈跳动的胸膛。

四

熟悉的脚步很快由远而近，我的心跳也随着渐近的脚步声越发的加强，不知怎么我想着躲避起来或逃亡。刚立起身子，连长冒着一头汗珠忙忙碌碌的进来，看见我，好像发现了强盗，似乎吓了一跳：

"混东西，你死到什么地方去了，快去找司务长来！"

我在暮色苍茫的街头看见了吹号手，他用粗哑烦闷的声音告诉我：司务长是在一个特别神秘的安乐窝，除了和司务长最亲近的张班长谁也不知道安乐窝的所在地。我只好焦急的跑去请教张班长，这个狭窄的额角，宽腮骨，马下巴，生性狐疑的家伙正洋洋自得的坐在屋外喝烧酒，把一个蓝瓷的小酒杯放下，对我仰着黑脸笑嘻嘻的欢迎：

"来，来，请坐，喝几盅！"

我慌张的问他司务长的盘踞地，他先纳闷的反问一句：

"找他干什么？"

"连长找他有急事！"

他把眼珠往半空翻一翻，把身旁正低着三角脸屁股坐在泥地狼吞虎咽吃饺子的弟兄手里的筷子敏捷的夺下来，又在他肩头上打了一拳，命令他：

"快去叫司务长，回来吃，给你留着！"

司务长找到了，连长还没有等到他进屋就高声大骂：

"谁叫麻子这个混蛋住在孙家？"

司务长的头上好像挨了一枪，翻了半天眼珠却答不出一句话。

"这简直是给我惹乱子么？"

我闷闷的垂着两手，规矩的立在门口猜想，又出了什么事情么，莫非说连长这么快就知道了那件事？但是他提出来的问题和那件事好像无关。

"村长这个混蛋，他也许是故意的！"连长又在吼叫，脸上的青筋一条一条的突出来，我从来没有见过他这样认真的动气，太太打架的时候，他也没有这种烦躁和愤怒的神气，他握着拳头，跺着脚，好像要打人，司务长表现出从来没有吃过这么大惊的模样，下垂的眼角也放大了，慌张的眼珠笔直的射着连长，放出疑问的符号，好容易把干燥发紧的嗓门费力的拉开：

"报告连长，他们住的那家不姓孙！"

连长的牙齿用力的一张，胳臂和腿同时抬起来又往地下一跺，手在大腿上拍一下，脚在地下跺得砰的一声响，好像抛了一个炸弹一样。

"你去看看他们在什么地方，你是睡昏了还没有醒是怎么的？我对你们说了多少回，这地方不同别处，我们在这里住得加小心，有点儿毛病就容易传到上面，我告诉周排长，叫他特别的注意，不告诉倒好一点儿，这一告诉反而坏了，给我惹出这么大的乱子，怎么办？"

我又想，雀斑脸和快腿暴毙的事件连长一定是知道了。

司务长垂头丧气的看着渐渐昏暗起来的窗户，好像经了一场狂风暴雨摧残的小鸟一样，可是他的模样不像小鸟，像什么呢？——骡。

连长的唇边喷着白沫，不安的坐在床边歇了一下，又烦躁的跳起来握着手，喋喋不休的讲了一阵我不了解他难懂的哲学，马在外面用蹄子刨了几下地，老寡妇在门口和她儿媳小声的讲着什么秘密的话，连长正要吩咐我什么，周排长和麻子进来了，连长跳起来，郁闷的皱皱眉头，愤怒的瞪起眼珠，咬着牙，伸开了用力的手掌在麻子面前比试：

"你疯了怎么的？"

"报告连长，我不知道……"

"村长给找的地方你们为什么不住？"

"那屋子没有人住，是闲屋，潮湿……"

"不能住你怎么不报告，好想法子呀？"

麻子嘴角动弹着，两只手摸索着裤子。

"你们特意到孙家给我惹乱子是不是？"连长前进了一步，几乎和麻子贴上了胸脯。

"报告连长，我实在不知道！"

连长退后了几步，愁苦的低着头，背着两手沉思，好像头痛似的，不停的摇动着脖子，周排长板着痴呆的嘴脸，和司务长相互冷淡的观望了一下，他好像有什么好意见要发表又难于措词似的，为难的挤着眼皮。

这屋子里的空气很室闷，紧张，马匹在院子里又不耐烦的刨蹄子，我觉着房屋的周围，不吉的黑影埋伏得太多，死的手在暗地里悄悄的对着我们伸展，要把我们拖到可怕的渊数里去，雀斑脸僵卧在草坑里难看的姿态和快腿的脑袋和满脸鲜血的惨状，不住的在我思想里浮现，我的意识模糊，恍惚像看见了雀斑脸和快腿从黑暗的屋角里爬起来对我摇摇不定的走过来一样，我怕极了，把背肩靠紧了门框。

"你还站在这里干什么？"连长大叫了一声把我骇得一颤，我以为是对着我来的，原来是向着麻子：

"快去搬走，用了人家什么东西，回来报告！"

麻子班长好像挨了一石头的狗一样难堪的夹着尾巴跑去了，连长的神气变得温和了一些，用小声和周排长商量：

"孙老先生要给旅长去信，这可怎么办？"

接着又用担心的声调问道：

"他们在孙家惹了些什么乱子你知道不知道？"

周排长把三角形螳螂似的脑颅抬起来，清清喉咙：

"孙老先生起初倒很愿意叫弟兄在他们前院住，因为弟兄到后院去乱窜，把孙老先生弄烦了，他说了几句，弟兄不听，孙老先生生起气来，叫他们搬走，弟兄实在不知道孙家是旅长的亲戚，把孙老先生骂了一顿，这么一来就把事情弄糟了，孙老先生要打发人到旅长那里去报告，我看，最好是，连长现在去一趟……"

"我刚才已经去过了，那个老东西架子大得很，他不见！"

"应该找村长给说和说和……"

连长左思右想了半天，命令司务长去请村长。

我这时才明白，连长所吵闹的是为了另一件事，雀斑脸和快腿暴死的事件一定是还不知道。

半点钟以后，连长和村长一块儿到孙老先生家里去了，周排长和司务长热心的讨论着这个难问题。我把张兴寻到了，打听他这件事情的原委，他很快的告诉我，麻子班长的命令，谁家好住在谁家，弟兄们当然是要寻找漂亮人家的，于是选中了孙家，马上搬去了，让他们住前院，他们偏要住后院，因为后院有几个体面的女人，那个没有一点儿恐惧样的孙老头不答应，并且要驱赶弟兄们，还吹牛的声明着说：要把全连逐出这个村庄，弟兄们以为这个老头子太自大狂妄了，有的骂他，有的想捶他，那个骄傲的老头子却满不在乎，他大胆的说："你们要敢把手指在我身上碰一下，我报告旅长，要你们连长的狗脑袋，试试看！"大家一听说旅长，都有点儿害怕，一打听，这个老头子原来是我们高级指挥官旅长大人的舅父，这真是太岁爷头上动土，乱子惹得太大啦！

张兴认为这件事很有意思，他希望连长出一回丑，顶好是麻子也会受一下重重的惩罚。

"那老头子要真的把这事报告旅长，再多说几句连长的坏话，你说怎么样？"

他把这个问题说出来叫我解答，他知道我解答不出来，对我解释着说：

"连长非掉脑袋不可！"

"不能够！"我不相信这倒霉的预言的喇叭。

"你不信等着看！"他冷淡的说了一句又改变口气告诉我：

"如果连长有手腕，把那个老王八蛋弄舒服就没有什么了！"

奇怪，我并不希望连长能有手腕把那个老王八蛋弄舒服，我也不盼望这件事的结局会弄得特别的糟糕，我认为一切的事情对于我没有关系，我觉着自己好像是另一个世界里的人一样，现实的环境好像盖着一层厚厚的尘土，我看不清那些事物，也不希望多研究那些污秽的事件，只要不是和我直接发生利害关系的问题，我全不注意，我不断的忧愁和猜想的是雀斑脸和快腿的惨死，还时时的惦记那个可怜的女孩子，也不知能不能自己拖着跌伤的身体走回家里，我有点儿后悔，为什么没有把她扶着送回家去，连长很晚的回来的时候，我还没有一点儿睡意，总是想着那两个死尸和姑娘。

连长回来的时候，脸色很青，嘴唇发紫，喷出难闻的酒气来，他的模样，好像和小娘们拜天地的那天幸福的夜晚，有难以尽说的愁闷，也有压抑不住的高兴，我想，麻子惹的乱子一定是解决了。

第二天一早，他像猪似的呼呼的打着鼾声甜睡着，没有醒，姜连副和刘下士慌慌张张的跑进来报告，说是雀斑脸和快腿开了小差。

"什么时候？"连长困倦的打着哈欠，揉揉眼皮坐起来。

刘下士沉着愁闷的嘴脸报告经过：

"昨天晚上出去，一直没有回来。"

"枪呢？"

"没拿。"

"他俩一块儿出去的么？"

"是。"

我很想告诉他们那两个弟兄惨死的事实，可是我怕嫌疑的罪名，把嘴闭紧了，并且胆怯的躲远一点儿，很怕人家看出我有恐惧的气色。

谣言很快的在弟兄之间像传染病似的散布开了，有人说：雀斑脸和快腿是藏在谁的家里，并没有往远处开，有的说他俩也许和谁家的"野娘们"干热了，舍不得离开，等队伍走以后再出来。有个谣言我觉得很可疑，据说，后街上有个人家，两个女人失了踪，这一定是雀斑脸和快腿领跑了的。司务长很快的得到了惊人的情报，不知是当地的什么人报告他，女人失踪的人家，曾经去过两个老总，他们吵架并且动起武来，以后没有看见那两个老总出来，司务长疑惑的说：雀斑脸和快腿也许是被那个人家谋害了。

连长生气的下命令：

"到他们家里搜一搜看，真倒霉，在这里住了一宿出了这么些麻烦！"

姜连副和刘下士决心带几个弟兄到那个可疑的人家去搜查，我闷闷的想了又想，雀斑脸和快腿并没有到那个人家去，去的一定是别人，至于雀斑脸和快腿在庙里的死因，我猜想，也许是他俩抓住了那两个女人，正在丑恶的努力着的时候，被那两个女人用毒辣的计策害死了，我曾经听厨子老郑说过，从前和他在一起有个老总强奸一个妇人，那妇人假装服从他的兽行，正在他勇敢冲锋的时候，那个妇人用力的抓住他的卵丸，狠狠的把他掐死了，我想雀斑脸和快腿也许是这样英勇的战死的。

姜连副和刘下士带着弟兄去搜查的结果并没有得到一点儿证据，连长又对他们下命令：

"他们家里有可疑的人，抓一个来问一问！"

刘下士和两个弟兄去带来一个中年的农民，四方脸，圆小的下巴，眼睛似乎看不清，赤裸着上体，穿一条破碎的短裤，鞋底很厚，鞋面补了好几层破布，害怕的看着连长，两只脏手抓着双腿。

"昨天晚上有两个弟兄到你们家里去，以后怎么就不出来了呢？"

中年农民回答得很爽快：

"去坐了一会儿就走啦。"

"胡说八道！"连长大声的叫喊，跺一跺脚。

姜连副从他身后推一下：

"说实话，不要紧……"

连长又跺跺脚，并且把手掌在大腿上拍了一下：

"要不说实话就毙了你，那两个弟兄明明到你们家里就没有出来，你还敢撒谎，可恶！"

"我不撒谎，那两个弟兄去坐了一会儿，临走的时候还说，晚上去，告诉开门……"

"你还说谎话！"

连长用足尖往他的腿上踢了一下，转过脸来对姜连副使个眼色：

"把他领到后院问一问，不说实话就收拾他！"

中年农民惊骇的跪下，他的膝盖刚刚着地，姜连副把他拖起来往外一推，两个弟兄把他接过去往外拉，像拖死狗一样。

"连长啊！我不说谎……"

连长理也不理，厌恨的瞥了他一眼，姜连副在他的后腰踢了两脚，那两个弟兄的气力很大，几下就把他拖出去，一面拳打脚踢把他推到后院，找了一个绳子把他的两手在身后捆结实，用一块肮脏的布塞进他的嘴里，为的是不使他大声的叫喊，然后把他按倒了，一个弟兄用拳粗的木棒在他的屁股上猛抽了几十下，每一下都发出沉闷的、柔软的声音，他的胸脯伏在地面，棒子打击一下，他的胸脯往侧面一滚，屁股随着跳动一下，面孔沾了不少泥土。

把他扶起来的时候，几乎不能动了，皱着眉头，咬着牙，汗水混着泥土的脸，颜色完全改变了，姜连副把他嘴里的破布扯出来扔在地下，拍拍弄脏的手，审问他：

"快说实话，要不然还打你！"

他用力的喘着气，宽大的胸膛一伸一缩，晒黑的肩膀射出暗紫的光，眼睛里有愤怒、哀愁、痛苦的火焰，两条腿发颤，好像骨架被打断了，有点儿立不住，勉强的支持着身体不倒下去。

"快说呀！"姜连副握紧了拳头在他的脸上打了一下，他的牙床破了，流出血水来。

"我真不知道……"

姜连副用脚往他肚子上踹了一下。

"连副，您饶了我吧，行行好吧，我冤枉啊！"

姜连副打了他几个嘴巴，吼着说：

"明明在你们家里，你说不知道？"

他跪下两腿，给姜连副一阵叩了好几个头，头碰在地上，砰砰的响，弄了一脑袋泥土，用两手和两腿支着地往前爬了一下，流出眼泪，哀哭着央告：

"连副，您再查一查，我什么也不知道，把我打死也不知道，我怎么能撒谎，弟兄去串门是真的，坐一会儿就走啦，咳！到什么地方去，我真不知道……"

姜连副生气的咬着下嘴唇，眼睛发狠的半闭着，把面前跪着的犯人一巴掌打倒，凶凶的咒骂：

"把弟兄害了，尸首藏起来，还说不知道？要不狠狠的收拾你，决不说实话，混蛋！打死你再说！"

"连副，连副，哎哟，我冤枉啊！我真冤枉啊！哎哟，哎哟……"

连副用力的打他耳光，握紧了拳头打。

"连副，饶了我吧，把我打死也不知道啊！我真冤枉啊！"

他爬起来不停的叩头，不管拳头和脚怎样在他的头上，脸上乱暴的打下来，他用手抚摸着，躲避着，一面叩头，一面哀哭着求饶。

姜连副自己的拳头打痛了，拾起一根棍子来：

"混蛋，你说不说实话？"

可怜的农民满脸青肿，牙齿的鲜血把嘴唇和下巴模糊了一大片，他的右眼皮肿得很高，把眼角压住了，两只手在伏着叩头的时候，被连副用脚

2740

踢破了皮，出了不少的血沾着泥土。

"你说不说？"

姜连副跺着脚呼喊。

他把脸伏在地下，把两手压在脸下面，胸膛好像破裂了似的哀哭，他似乎想把满肚子的悲哀和愤怒用眼泪洗清，可是姜连副毫不感动。

"混蛋，不收拾你决不说实话！"

这个无辜的农民又挨了一顿毒打，比先头打得凶猛许多倍，结果他还是什么"实话"也说不出来。两个弟兄把他吊在树上，使他的足尖刚刚能够勉强的着地，身体的中心完全失去了，从远处看，好像上吊死了一样。

连长也没有主意，姜连副的意见是再重重的打他，顶好是用凉水灌他，把他灌个半死不活之后就会说实话，周排长的计划是派遣弟兄到各处搜索，司务长也有个高明的计策，把他家里的人都抓来一个一个的审问。

"好，这么办吧，周排长，你带几个弟兄到各处搜一搜看，刘下士，你去把他们家里的人都找来！"

只剩下姜连副的法西斯的手段没有采取，他有点儿不高兴的样子，一个人鬼鬼祟祟的走到后院，坚决的把犯人从树上轻轻的放下来，让他坐在凉快的树底下，和颜悦色的盘问：

"你知不知道那两个弟兄到什么地方去了呢？"

"咳，连副，我不知道啊！"

"那么你们家里那两个女人呢？"

"老总去的时候，她们害怕，出去躲避，一晚上没有回家，家里的人也很担心，寻找了半夜也没有……"

"她们到什么地方去，怎么会不知道呢？"

"走的时候没说……"

姜连副煞费苦心，很想在这种事件上表现出自己的聪明，有本领，有手腕，结果并没有立成一点儿功绩，唯一的代价是激起那位农民更大的憎恨与愤怒，自己惹了一肚子闷气，急了一身臭汗。他焦急烦躁的跳起来，从树上折断一根枝条，在犯人的身上猛抽：

"你要不说实话就打死你！"

这个农民的身体很结实，像铜皮铁骨一样，颤动的树条在他耳后，眉窝，胸脯上画着纵横的伤痕，他咬紧了牙齿忍耐，一声不响，他似乎抱定了主意，宁愿牺牲在野兽的毒打之下，绝不屈服。

姜连副越打越上火，他的气力不够，把全身的气力都搬出来，枝条举得高高的，发出尖锐难听的叫声，枝条抽在那黑紫发光的肩膀折断了，又折了一根更粗的，不管头上，脸上，任意的毒打，挨打的人忍受不住了，张开有土的厚嘴，露出不齐的黄牙，从胸腔里发出痛苦的呻吟，但是粗硬的枝条是无情的，一个枝条仿佛变成几十对枝条了，他还来不及躲避，第二下、第三下又迅速的打下来，他侧卧着身体，把头脸压在肩膀底下，滚转了身体，用后肩接受那呼啸着的枝条，他的意思好像是希望打他的屁股，可是叫喊的枝条偏落在精光的肩膀那一带，姜连副打得疲乏了，闷热的喘着休息：

"混蛋，你还不说实话！"

被打得皮开肉绽的农民连喘气的力量都不够了，哪有余力好好的回答，姜连副认为他的沉默是一种恶意的反抗，是侮辱他的，于是枝条又高高的举起，在半空迅速的划着曲线，发出沉闷尖锐的音响，活泼的在皮破血流的肉身上跳动。

五

这个可怜的农民被毒打，我应该担负大部分责任，如果诚实的报告了连长，也许会在其他的方面调查出那惨案的原因，那么这个无辜的农民是不会活活受压迫和摧残的，心里很不好受，好像有一块重物压住，又燃烧着难以克服的愤怒的火，自己也不知道要做什么，转身往外面奔跑，在街上看见了弟兄，赶紧抓住他：

"看见周排长没有？"

"往西去了！"

拔腿往西奔跑，很快的遇见了周排长和另外四个弟兄，我慌慌张张的报告他：雀斑和快腿在这前面不远的破庙里。

"怎么知道？"

"有个老头说的……"我这个谎撒很圆满。眼看着周排长和他的喽啰往破庙的方向走去了，急急忙忙跑回来，姜连副停止了发挥他的愚蠢和野蛮的天才。

"是真的么？"

他一点儿也没有表现出自己做错了事而羞愧后悔的模样，打人的罪恶好像马上连根忘记了一样。把树枝不在意的抛在地上，搓搓手，抹一把额角的汗水，冷淡的，咒骂着走出去，一个追问我：

"怎么知道他们在庙里？"

"周排长搜索出来的……"

这份功绩让周排长夺去了，他的嘴脸流露出很不高兴，有意无意的说了一句：

"他俩是藏在庙里的呀！"

"大概是……"

接着我又赶紧报告连长，他在这一刻对于这个事件已经不像先头那么开心了，好像怎样都可以似的，并且有厌恶和感到了干燥乏味儿的情调，打一个哈欠，摇摇头，自言自语的说：

"这两个混蛋，抓回来重重的办，临阵脱逃，枪毙！"

他还不知道，尸身或许发出腐臭，还用得着再费子弹。

我觉着后悔得了不得，在我周围，各样的事件，不论是轻松的，严重的，从外面看着好像很杂乱，很可怕，尤其都是极简单的，平静的，假设我早点儿报告，决不会生出这许多枝节，那个农民被打成那样，罪过都是在我身上，可是我又觉着这种神经过敏的思想不对，我并没有去做什么坏事，不过是好奇的追随着别人，盼望看个新奇的人生的故事：即使明知道弟兄要去作恶，想阻止也不会有一点儿效果，不然在这种环境里会被认为异己而受无情的排斥，那么我的地位便很危险了，我是像世界上千千万万无聊的小人物一样，是很挂心自己的地位和饭碗呢。

还有，我总是觉着自己是纯洁的，没有罪恶的，别人做坏事与我没有关系。我只是希望自己有出息，将来能做"轰轰烈烈"的大事业。

连长对于这些事件变得司空见惯，毫不关心的态度，给了我很深的刺激，他躺下自己的身体，把烟具掏出来，好像一个作家摆好了笔和稿纸一样，全部的理智与感情都集中在面前的工具上，身边的琐事都减低了色彩和声调，拉到远远的距离，认为和自己没有关系了。绑在后院的农民还没有释放，他的家里，只剩一个头发稀少的老太婆和两个不懂事的肮脏的孩子，别的人跟老总说都害怕的逃跑了。

老寡妇和这个老太婆悄悄的谈起来：

"是怎么回事啊？"

头发稀少的老太婆用一只干枯的手指在老寡妇的脸上点了一下：

"我也说不上啊。"

周排长回来的报告使连长大大的吃了一惊，他把烟枪放下，喝一口茶，坐正身子，把眼珠瞪得很大：

"这真奇怪，怎么会在庙里叫人家打死呢！"

吐一口痰，吩咐姜连副：

"我看这件事，多半是那小子干的，到后院看看，绑结实，别让他跑了。"

在这天下午，雀斑脸和快腿的尸身埋起来了，埋在庙后坟地的一角，坟丘不高，两个并排在一起，好像头一天，在房顶上发现了美丽的目标，两个人并肩立在一起和气的商量着追击的方法一样，可是那时候乱跑乱跳，表现得敏捷而活泼，现在是默默不语，老老实实的睡在泥土里，和他俩的交情不坏的几个老总买了一些纸来在坟前焚烧，哀悼他俩一生的功业。

坟头埋得很深的木桩上的阶级士名是缮写上士非常努力创作的出品，字写得规整，有力，像过年写的对联一样的好看，可惜的是没有一个人为这两个未成名的英雄掉一滴眼泪，只有树上的老鸦感慨的叫了几声之后，受了烟火的威吓，振翅飞去，毒热的太阳很快的晒干了坟墓的湿土。凉快的南风吹着坟墓周围的草叶。

连长把这桩案件推定了：

"一定是那两个娘儿们下的毒手，要不然，决不会逃跑。"

姜连副在旁边帮腔，他以为这是千真万确的理由，愿意用性命来打赌，把村长请来商量一阵，村长也没有主意：

"请连长看着发落吧！"

连长又去请教在这村庄里最有权威的主宰孙老先生，照这位年高有德的绅士的意见，旅长直辖的部下是神圣不可侵犯的，杀害了弟兄的犯人，应该把他灭门九族，最低限度，正犯逃亡了，也得抓住有关系的嫌疑偿命，决不能饶恕这么大的罪人。

于是破落的庙宇的后身，在阴凉的阴里，弟兄们动手挖掘墓穴，许多的铁铲被有力的脚踏进泥地里，新鲜的土块被翻上来，坚强的十字镐钉在石头上发出震人的破碎的响声，堆积的泥土和石块渐渐的增大了面积，土坑很快的显着深了。

可怜的农民和他的大儿子，一个十二三岁的男孩子，剃光的头发，四方脸，吃惊的眼睛塌在深洞里，光着黑黄瘦弱的上体，胸前的筋骨一条一条很清楚的露出来，像吃完的鱼刺挂在上面，这两个可怜的人被结结实实的捆住了胳臂拖来了。

父亲不住的恐慌和悲哀的叫喊："连长，饶命吧，冤枉啊！"

连长把一只手叉在腰际，厌恨的咬着牙，对姜连副挥一下胳臂，声音很低的说：

"不捆结实了，怎么行？"

儿子用力的挣扎，从两个监视他的老总手里脱出身体来往父亲那面跑：

"爸爸呀！爸爸……"

一个老总急快的跑过去抓住他，像抓鹅似的抓住他的儿子，把他拖回去，用力的扯住他倒绑在身后的胳臂，他的父亲脸色很难看，惊骇，负伤，饥饿，疲乏，死的恐怖把他的灵魂折磨得粉碎了，他似乎希望在这一刻能得到连长的同情和怜悯，把他释放，他更希望释放了无罪的而且什么也不懂的儿子，这个可怜的孩子，他以为是把他弄到这里来打他，还不知道是要处死刑呢！

农民的母亲，那个头发稀少和缺乏牙齿的老婆婆，是被禁在家里不许到法场来的，她不知道怎样会逃脱出来，从吃惊的老总的身旁擦过，闯到连长的身前，跪下就是连连几个响头，一面哀哭一面呼喊：

"连长，你行行好吧，放了我的儿子和孙子，我就那么一个儿子，你毙了他，我怎么活呀！一家人都要靠他养活，连长，积善积德吧，可怜我这么大年纪，放了他吧，天哪！真冤枉啊！"

连长像看见了一只猛兽似的，吃惊的后退，对周排长申斥：

"干嘛叫她跑到这里来？谁……"

周排长命令一个老总把她拖到别处去，她不等过来拖就像疯子似的一面哭喊一面伸张着两手飞奔到儿子的面前抱住了儿子的两腿，给老总叩着头，哀告：

"当弟兄的呀！可怜可怜，他没有害人，太冤枉啦！"

她的孙子跳着两脚哭喊：

"奶奶，奶奶！快点儿来呀！"

姜连副皱着眉毛，命令身后的两个弟兄：

"快把这老东西拉一边去！"

老太婆头顶上几根稀散的头发披在脸上，干枯瘦削的鼻子两边挂着哀痛的泪水，她的身体是很衰弱的，同时在这一刻却非常的有力，敏捷，跑到坑边，不管老总怎样强硬的拖拉，跳进了坑里，屈着两腿躺下，麻子班长没有拖住她，也随着滚进去了，他拍拍大腿上的湿泥，生气的咒骂。

老太婆抱着头哭：

"快把我打死埋起来吧，不许动我的孩子！"

连长闪着为难的眼珠，不知应该怎样处置这件事，他似乎有点儿后悔的模样，可是这很难说，我看不出他的思想，我只是从他迟疑不定的目光里看出他有点儿踌躇，太太们打架的时候，他也是时常这样踌躇着的，不过在那种时候他是表现着一个丈夫在喧吵的家庭间时常有的烦恼，并不认为是惊天动地的大事，现在从他的眉目之间多少流出一点儿良心上忧虑的暗影，这影子随着老妈妈的坚决和儿子以及小孩子的哀哭渐渐的扩大，并且在无形中很迅速的传染了许多立在当场的弟兄，只有姜连副，这家伙的模样没有怎样的改变，他似乎觉着自己在这种场面有不屈不挠、坚定不拔的态度便算是一个英勇果敢的武士的作风，认为大光荣，他走到坑边，推开一个发呆的弟兄，用威严的口气对麻子下命令：

"废物，你等什么，快把她拖出来！"

老妈子抹抹眼泪，头不抬，眼不睁的举起一只瘦细的胳臂来，用哭哑的嗓子说道：

"把我打死也不出来，不许动我的孩子！"

连长的眼眉渐渐的锁紧，咬紧灰冷的嘴唇，我看见他的眼光很阴沉，痴视着太阳强烈的光线从枝叶之间传下来照着草地看着爽快的阴影，他的神气有很大的激烈的变化，这变化是极明显的，可是我想不透他是往怎样的方向变化。

儿子在放开了喉咙嘶喊：

"妈，妈呀！快上来，毙了我不怕！"

失去魂魄的孩子也凄惨的高叫：

"奶奶！奶奶！要打你啦！快上来呀！上来……"

这孩子的尖锐响亮的嗓门，像喇叭一样刺激了荒芜的坟地的上空。很有力的穿出树林，在庙宇的后面发出同样有力和沉闷的回声。奇怪的是在庙宇的前面，在那破败寂静的院落里也传播着孩童阴惨森严的反响，从那里好像也有个孩子在取着同一的声调呼喊：

"奶奶呀！奶奶……"

好像有鬼哭狼嚎那样难听的声音一样，叫人浑身很不舒服，我觉着神经系统似乎有些变化，头上脚下全不自然，我看见连长灰冷的嘴唇在动，他的手从腰际放下来，又一点儿抬起了，抬平了便指着姜连副，我心里想，他一定是要这样，斩钉截铁的发表宣言：

"把他们都放了吧，他们没有罪，罪是在我们身上的！"

可是从他嘴里说出来的却是：

"好，让这个老婆子偿命！"

儿子加倍的大声呐喊：

"妈妈，快上来，快点儿……"

他急得浑身摇动着，眼睛向外突出，想脱开老总的把持，可是挣扎的结果，全然无效。

连长又发了一个坚决的命令：

"把他俩拉到别处！快点……"

农民和他的儿子被强有力的手腕拖出空地，哭喊，全都无用。

老婆子的手脚被绑起来了，她一声不吭，好像已经断了气，失去了知觉一样。

连长摇着头，眼睛瞪得很大，催促着说：

"赶紧的！干嘛等着……"

许多的手脚像机械似的迅速的动作起来，把堆集在坑边的泥和石块压在躺倒了不动，静等着埋葬的老妈妈的身上，坟土和石块很快的把墓穴塞满了，姜连副似乎怕出毛病，又活泼的指挥弟兄到附近搬来许多大块的石头压结实，在那上面又拍着泥土，一转眼的工夫，这可怕活埋的死刑处理完了，姜连副又指手画脚的矫正弟兄的勤务：

"在上面踏结实！"

半点钟以后才释放了农民和他的儿子，这个可怜的农民，据我看，一定是疯狂了，他趴在母亲的坟上，拼命的用两手搔抓泥土，用牙齿啃着石块，恨不能在一分钟之内把他的母亲挖出来，还一面放开了喉咙大呼：

"妈呀！妈呀！"

他的儿子坐在旁边像块木头，用两只小手捧着颜面嗷嗷的哭泣。

这残酷的、罪恶的刽子手们，对于善良的人民所实践的苦毒的刑罚的全部，我是亲眼看着的，几乎不相信这是世间所发生过的事，觉着自己像活在愚蠢可怕和耻辱到了极点的噩梦里。一直到黑夜来临，大地完全被统治在黑暗下面，当我把疲乏的身体躺倒在闷热的屋檐下，身体还十分的麻木瘫软，振作不起一点儿精神来，好像被无情的狼牙棒把身体打得零零碎碎了一样！

六

我心里似乎有一个幼稚浅薄的愿望，想对世人说明，那个老妈妈不是杀人的凶手，活埋了是不公平的，那父子所受的苦毒的待遇也是冤枉的，因为他俩并没有犯什么错过。首先到人家里的两个老总，绝不肯出头承认自己是造成这场不幸的灾祸的恶魔，他们逼得人家走投无路，跑到庙里去躲避，雀斑脸和快腿又紧接着去压迫、侮辱和蹂躏，那两个妇人即便亲手把他俩弄死，也是出于不得已，她们不是自动的，是站在被动的地位，防卫和反抗，这是合乎逻辑的行为。

可是这个愿望像硬实的骨头一样横在我的嗓门里是很难倾吐出来的，连长不会听从我，连副和班长老爷们也不高兴别人对他们讲道理，他们的理智都是不清醒的，混乱的，感情也很稀淡模糊，人格和灵魂都遮盖着一层愚蠢和作恶的习惯厚实的网，良心的周围建筑着高大灰暗的墙壁，不容易推动，假如我很勇敢的对连长宣战：

"你太蒙昧愚蠢，像原始时代的野蛮民族一样的无知，而且比他们更可恶有罪！"

接着就会发生不堪设想的反应。

我又想到这场灾祸和我是有关系的，如果我从中阻止他们去进行那种寡廉少耻的行为，多少总会有些可能，那个丑陋的姑娘的下落也使我很挂心，她既然没有回家，那么走到什么地方去了呢？

这些起起伏伏没有间断的杂乱思想把我烧得很难受，最后我又用一个自私的意念和模糊的观点安慰自己，这些愚笨的，蛮横无理的，贪婪自喜的，柔软无力的，服从命令指挥的和各式各样大蠢人，作恶作歹，被残踏毁灭都是必然的现象，他们活着，对于地球没有什么好处，死了对于世界也不至于有什么损伤，横竖全一样。至于我自己，只要好好的活着就行！只有我自己在这世上是最重要的一员。

老寡妇到了深夜还不睡，坐在院子里望着满天的星光，不知为什么事愁闷的喘粗气，回屋的时候，用力的关了门，发一声巨响，都叨叨念念的骂了几句。

司务长小声的，轻手轻脚，像小偷似的走进来。他以为我是睡熟了，从鼻孔里喷出一声浅笑，我半闭着眼睛，看得很清楚，他身后尾随着一个女人的黑影，这个黑影像幽灵似的摇晃着，两只胳臂像木棍似的垂得很直，走路的脚步很奇怪的没有一点儿声音，我以为她是光着脚没有穿鞋，悄悄的欠起上体看着他们慢慢的进了连长的屋子，连长还没有睡，噗呲的笑起来，小声，重重的说：

"嘿嘿，司务长，你真领来了！"

"连长，您看看漂亮不漂亮？"

我从门缝里往里聚精会神的一探，是个年纪不大的女人，雪白的面孔，搽着薄薄的脂粉，眉毛很细，有一张扁形稍稍突起的小嘴。圆圆的，眼窝很深的眼睛害羞的看着地上，一只手扯住衣襟，不住的看着窗户，似乎害怕有别人进来，又打算逃跑似的。司务长轻轻的推一下她柔软的后腰，笑眯眯的对她指教：

"连长是个老实人，不怕，坐下呀！"

老实人过足了烟瘾，精神百倍的咧着大嘴，把一只熊掌似的大手放在女人圆形的肩膀上，抓着抚摸了几下，又把她拉进自己的怀里，给她相面，结论着说：

"嗯，相貌不错！"

抬起油光光的灰色面孔打量一下司务长，嘴张得很大，对司务长唱着赞美歌说：

"司务长啊，你真可以，我佩服你有手腕！"

司务长得意洋洋的坐在床边，拍拍大腿，开始吹大牛：

"男子汉，说到就能办到，多花几个钱没有关系，连长您尽管放心，我保险！"

连长摸进了她的腰际，摸摸乳房，快乐的歪着下巴：

"哎哟，奶子这么大，可了不得！"

女人越发害羞的低垂了头，昏暗的灯光正照着她难为的下巴，推开连长的手掌，用难以听清的声音拒绝：

"不要……"

司务长把眼睛都笑歪了，一只手按住了女人的腿，一只手把她的鞋脱下来，抬起她的屁股来往里推一推：

"往里点儿，怕什么，连长多赏钱，来吧！"

司务长真是个卑陋下贱的东西——我在心里骂他。

这个女人也不是好东西，她明明表现出厌恶的模样，还温驯得像一只柔软的小羊，服从老虎的玩弄。我想，这个女人，一定是个打野鸡的。

连长把烟具推给司务长：

"你来一口！"

我懒洋洋的离开门缝，在比较凉爽一点儿的屋檐底下重新卧倒，铺好的席子不知怎么出了毛病，总是不合适，好像里面有针一样，翻来覆去，无论如何也睡不着觉，心里起了很激烈的斗争，似乎有一只孤独和寂寞的大虫狠狠的咬着我的心，咬得流血。

我觉着刚刚的入了朦胧的睡意，听见那个女子好像得了重病似的痛苦的呻吟了几声，连长用力的喘气，小声的安慰他如意的夫人：

"不要紧的……"

司务长是什么时候走的我一点儿也不知道，临时的太太在大亮之前离开了连长，我听见她轻轻的开门的声音，和来时一样，悄声的，偷偷的溜走了。

连长起得很晚，他的样子是很快活的，看着我，不端架子，也不厉声厉气的讲话了，我很奇怪他会突然变得这样和蔼，洗完了脸，把手巾往盆里一放，笑着问我：

"你为什么咬着嘴呢？"

真是狗拿耗子多管闲事，人家咬着嘴唇他也不同意，我想质问他，有了两个太太为什么还要睡别的女人，可是这个质问压在我的心理很快的烧化了。

连长还要到门口散步，旅长的舅舅来访问他，一见面就像一只疯狗似的很厉害的摇动着身子，把手掌弯曲着在连长面前摇晃，吹起胡子来，高声的询问：

"连长，弟兄怎么又到我那里捣乱？"

连长吃惊的看着这个老头子愤怒的脸，这张面孔是圆形的，好像一个足球，脑顶平秃，脑后很扁，鼻尖紫红，面皮上有点红粒，下巴的皱纹堆得很厚，说话的时候，一双炯炯闪光的小眼珠笔直的盯着仇人的脸，他的样子很凶猛，好像要抓住连长打一顿出气似的。连长的嗓子里好像堵住了石头，嘴唇颤动了半天说不出半句话，好容易说出来，又说得离题太远：

"您，您请坐，我正要到府上去！"

老头子把两手往高处一举，又迅速的落下来放在胸前，顿一顿脚，挤着眼睛责问：

"你们这些当弟兄的，太不讲理，太野蛮，太可恶了！跑到我那里去借酒喝，这成什么话，旅长的队伍在这里住，见了我都行礼，到底是人家上级官教育的好，你这一连弟兄，我看和土匪一样，下等的土匪，真正的土匪不扰乱百姓，讲义气得很，你们这些弟兄，一点儿教育也没有，到我那里去借酒，这不是明明找别扭么？没有叫你们在我那里住，这就是仇，有仇不要紧，我们有地方打官司去……"

连长的腮部好像断了弦一样，不住的往前倾倒，脸上的表情是又痛苦又害怕，好像一个淘气的儿童闯下乱子被父亲抓住了要狠打，不得已的，只好用诚恳的，后悔的，用带哭的嘴脸企图讨饶一样。我从来没有看见他表现过这样像小狗摇尾乞怜的模样。我替他害羞，而且觉着难堪和愤怒，在一个自高自傲的老头子面前，竟像一个柔软的小鸟在老鹰的爪下，没有一点儿反抗的能力，我希望他振作起来，顶好是把这个可恶的老头子暴打一顿，可是我的希望完全成了泡影，连长从一开始，就表现出投降，很轻易的做了人家的俘虏，他连续不断的鞠了无数的大躬，口齿不清，胆怯的请示：

"我真糊涂！这些弟兄，实在少教，他们，他们又去讨厌？咳，咳，这简直是该死，该死……"

老头子把手掌往门框上不耐烦拍一拍：

"要故意找我别扭，痛快说出来，欺负别人，我装瞎子，我也没有权力管你们，可是也得看看是怎么回事。弄得太不像话，也得找个地方评评理，要直接闹到我的门上，我不答应！连长，你知道，别说你这个队伍，团长在这里住，他也不敢动我一个草枝，我骂他，他不敢说半个不字，你当连长的，有什么了不得？我谁也不怕，难道怕你们这些山猫野兽么？"

连长的嘴脸皱缩得很紧，像一块湿面被揉搓得乱七八糟一样，他的眼睛，惭愧的看着地下，伸出舌头来舔干燥的嘴唇，结结巴巴的表示悔过：

"咳，咳，这都是我管的不好，我对他们说了又说，这些混蛋，没有记性，他们一定是弄错了，他们还在府上么？让我去看看……"

连长很恭敬的对着这位自命不凡的老爷行了几个礼，小心的从旁边擦过去，急急忙忙的往向北一条宽宽的街道奔去，我回头望望，那个老头子从后面走来，嘴唇动着，可是听不清他说些什么鬼话。

在旅长舅父大人的公馆门口，连长很巧的堵住了两个刚从里面出来的吹号手和张兴：

"你们到这来干什么？"

吹号手还没有回答就挨了一个很响亮的大嘴巴，把他打得往右跟跄了几步，用手抚摸着脸腮，刚要说话，连长又举起拳头来在他的耳旁打下去，这一下把他打昏了头，什么话也说不出，张兴吃惊的立正，两条腿不住的发抖。

连长抓住吹号手的领襟往前拖近两步，在他腿上踢了一脚，大声的命令：

"混蛋！给我跪下……"

回过身来指指我的鼻子：

"把我的马鞭子拿来，快去！"

我一害怕就有点儿糊涂，头脑不灵，身体麻木，好像刚刚睡醒一样。

"去呀！"连长又对我吼了一声。

马鞭子拿来，吹号手的眼睛已经肿得高高的了，可怜的张兴正昏头昏脑的挨着耳光，他咬紧了牙齿忍耐着这重重的刑罚，有个年纪在五十上下的老太婆扭动着很小的金莲出来拦阻连长：

"哎哎，快住手，弟兄不知好歹，说两句算了，别打……"

这个老太婆的腰部肥粗，屁股滚圆，面孔白胖，手指戴着金环，像一只肥胖的鹅一样，连长从我手里接过鞭子，对老太婆谦恭有礼的弯弯身体，客客气气的：

"这些东西，怎么说也记不住，非打不可！"

老太婆摇摇肥圆的手掌，推开连长的攻势，用温柔婉转的声调开解道：

"得啦，得啦，到屋里歇息吧！"

把吹号手拖起来，推推他的胸脯：

"快走吧，不要紧，我给讲讲，以后小心点儿，别闭着眼睛瞎闯！"

又推推张兴的肩膀：

"起来，走吧，以后听话，别惹连长生气！"

我觉着这个老太婆的言语和行为不是出于本意，她盼望弟兄挨打又戴着正人君子的假脸，虚伪的摆出道德的作风，连长对她的态度和对那个骄傲的老头子一样，又尊敬，又害怕，还有点儿手足无措。

老头子正半闭着眼珠，两手背在身后，立在庭院当中的廊下，连长为难地对着这位活爷爷说了不少道歉的话，老头子毫不理会，直率的发表他将要实行的政策：

"我得进城请示旅长，自己的人糟蹋自己，连土匪都赶不上！这简直是要造反……"

他这番话好像刺刀一样凶猛无比的刺进了连长的肚子。

连长的脸色，由于夜间刻苦的战斗的辛劳，这时显得很不好看，又加上这稀奇的打，一屈一伸两条腿也显得不自然，他不知道在这位厉害的老头子面前应该用立正姿势改为稍息姿势好了。老太婆有点儿过不去，用鹅叫的声音劝老头子：

"弟兄已经打了，这不得了么？连长，您屋里请坐吧！"

到了一间布置得很雅致，宽大，墙上挂着几幅字画的屋里，老头子还没有消气，连长又千方百计，煞费苦心的说了无边无际的好话，结果还是徒劳无功，老头子把拳头在桌角上拍的砰砰的响，眼珠瞪得很圆：

"这不是打我的脸么？我活了这么大年纪，受过谁的？你们在这里住了两天，看看，闹成什么样子，连长的队伍，一向讲究军风纪，人人说好，谁都佩服，可是叫你们这一弄，把名声弄糟了，你当连长的，难道说只顾着吃喝玩乐，弟兄的事，一点儿不管了么？再说……"

老婆子扭动着肥圆的臀部和没有解放的扁脚打断了他的话：

"得啦，别说了，连长不是糊涂人……"

老头子怒火更大，一只脚用力的一踏，把眼光对准了老婆子多肉的脸：

"那么，我糊涂？"

老婆子为了不肯示弱，表示她的善意起见，嘴唇张动得很快，不断气的说了许许多多离题太远的废话，嗓门很尖锐，指手画脚，好像和谁打架，她这么一来，真是火上加油，把老头子骨髓里的火气都激动了：

"什么事情用得着你们娘儿们管？你们懂得什么？"

一个二十五六岁的女子，体格强壮的像一匹骡一样，她拿着针线从里屋摇动着长长的头发跑出来帮助老婆子和老头子抗战：

"爸爸，您又说什么事情用不着女人管，那天，当弟兄的要来住，妈妈出主意您不信，要不然他们能搬来么？"

扯扯她妈妈的衣袖：

"妈，不用管！"

这个女人长得很惊人，脑瓜是扁的，大嘴，厚嘴唇，满嘴不整齐的牙齿，她的意思是帮助妈妈说服老头子，可是完全无效，把事情弄糟了。老头子跳起来，把一个扣在盘里的茶碗抓起来往桌上一拍，好像要拿这茶碗打他的女儿似的：

"混账，你又多嘴多舌的！"

老婆子回头看看我，推开她的女儿。

"用不着你说话，进去。"

她不高兴的走进里屋掀开门帘的时候还顺便回过头来瞧一眼，那张大嘴我觉着很奇特，可是我不怕她，用力的瞪了她一眼。

老头子声色俱厉的发表宣言：

"好，碰碰看，我的老头子是不是好惹的！"

我在心里暗想，事情弄到这步糟糕的田地，是没有法设想的了，除了听其自然，也没有别的办法。但是一观察连长的神气，似乎有异样的转变，他不像先前那样惊慌了，表现得很镇定，这是我很奇怪，紧接着，更奇怪的事情发生了，连长靠近了老头子，把两条膝盖跪在地下，低着头，悄悄的祷告：

"所有的错都在我一个人身上，实在是罪有应得，你怎么惩罚我也领受……"

我起初以为是自己的眼睛看错了，不大相信，我觉着自己的身份也随着降低了两千多尺。老头子像个伟大的巨人，高高的骑在上面，我在他的面前，等于一个蚂蚁在牛的蹄前，渺小的实在可怜，这种压迫和侮辱不是容易忍受的，还不如给一阵狠毒的棒打！

老头子和老婆子都为难的板着难看的嘴脸，老婆子起头，老头子也随着，把连长扶起来，这场没有头绪的案子，就在连长这么简单的一跪之下，完全解决了！

老头子无可奈何的喘着长气，用粗笨的手指捋着胡须，感叹的说：

"可不是怎么的，带兵，实在不容易呀！"

她的宝贝女儿从门的裂缝偷着往外面张望，咧着蛤蟆嘴。

老头子把连长留下，对他讲了半天奴婢哲学和当死灰的真理。我看看，在这里没有我的任务了，悄悄的溜出来，正好在门口看见了那个大嘴丫头，她不知因为什么，扑哧的笑了一声，我的胆子大起来，悄悄的问她：

"我们那两个弟兄到底来干什么？"

她收敛了笑容，换一副厉害的嘴脸，生气的瞥我一眼：

"什么？"

我觉着受了她的侮辱和践踏，怒气很大，情不自禁的骂她一句：

"不害羞！"

她吃惊的立住，张着大嘴，好像要咬我似的，我以为她会在后面骂起来，可是完全出我的意料一声不响。

吹号手被打掉了一个门牙，他在房间地下阴凉地方用一大碗凉水漱口，张兴垂头丧气的咬着牙发狠，似乎在那里思念着报仇的方法，他告诉我，并不是为了借什么酒喝，是因为那个老头子从外面进来把他堵住了盘问没有法回答，只好撒谎。事实上，他俩是为了那个大嘴姑娘而去探险的，大嘴曾经对张兴表现过含情的微笑，谁想到虎子没有得到，老虎却大踏步的回来了呢？这是老总的运气不吉，活该倒霉。

七

这天晚上，连长的临时夫人又趁着黑暗的夜色像小偷一样悄悄的光临了。

我觉着那条寂寞的大虫又在无形中凶猛的啃着我的心，没有办法，只好盲目的串着胡同散心。当我在一条狭窄和格外闷热的胡同里，在一个墙角停步休息的时候，看见一个人的黑影从门口有一块大石头的人家，从半开的门楼里侧着身子移出来，手里提着什么重重的东西，他在门口立定，很慌张的样子往四面展望了一下，往西走了几步，赶紧打住，想一想，又往东去了，我已经看出来，是司务长，他提着的东西显然是很沉重的，不时的，小心的放在地上休息一下，换一只手拿。

我忍耐不住了，从后面追上他，他大大的吃了一惊。

"谁？"他害怕的站住，用不自然的声调询问。

我敲敲他手里提着的东西，原来是个铁桶，装着什么满满的东西。

"这是什么？"

他生气的推我一下，把铁桶换一只手，小声用力的嘱咐：

"慢慢的，待会儿我告诉你！"

我好奇的随着他到了这村庄里一家有名的小酒店兼杂货铺，掌柜的是矮短粗小的胖子，已经关好了闸板要睡觉，慢慢地开了门，用一双疑虑的眼光迎接着司务长，接过他手里的货物，仔细的看了一下，小声问他：

"司务长，这汽油是随部队带来的么？"

司务长用撒谎来回答他。

"我自己存的，你看看卖吧，先给我拿几个钱，过两天，部队要不走，我再给你拿一桶来。"

掌柜的似乎不大欢迎这种来路不明的东西，他想拒绝，又怕得罪司务长，稀疏的眉毛为难的皱在一起，踌躇的咬着下嘴唇，一只没有穿袜子的黑脚焦急的打着拍子，那一只看不清楚似的发红的两眼不断的盯着油桶，桶盖的尘土厚厚的，像在什么地方收藏过几年一样，上面印着一些清楚的指印。

"这几天，柜上没有钱哪！"掌柜愁苦的申诉。

"得啦，别客气，掌柜的没有钱谁有钱，你放心，这桶油，要出了什么毛病算我的，由我一个人担保，与掌柜的没有关系……"

掌柜的父亲，一个矮小瘦弱的老头，打着哈欠走出来，从肩头黑黄的皮肤上搓下一卷尘灰扔在地下，吃惊的看着大家，小眼睛一挤一挤的，好像有点儿害怕，担心的看着油桶，警告他的儿子：

"本钱大，我们要不起呀！"

在这乱七八糟的东西堆满了一屋的庭院好像是住着许多人家，有低低的如泣如诉的女人的哭声，断断续续的传出来，夹杂着小孩子的闹声，还有棍棒敲出来的响声，笑声，碗碟相触的声音和病人似的呻吟声。我觉着掌柜的对于我有些怀疑的气色，他好像认为我是与这桶油有关系似的，我想对他说明，我完全是一个局外人，也不会妨碍他们私买私卖的事业。可是后院那些杂牌的音乐把我的思想扰乱着，司务长和掌柜的低声耳语了一些什么全没有听见，后来我被司务长一声有力的咳嗽惊醒，他结论了说：

"好吧，就这么样，明天早晨见！"

这样，我们就离开了这间奇怪的房子。

走在小街上，司务长和我并齐了肩膀，像一个最亲密的人在一起似的对我开诚布公的说话：

"这个掌柜的，你别看个子小，做买卖可是好手，他在这地方是个有名的人，打官司，告状，都求他写点字，从前有个过路的商人，是卖布的，还卖首饰，在他家里寄住了一些日子，他说那个商人勾引了他的老婆，要写呈子告状，那个商人害怕坐监狱，把东西全都给了他，好说歹说算是完事了，人家说：他是用计，那个商人冤枉，可是，没有证据呀，他一口咬定了有什么办法，结局他得了不少东西，发了一笔财。"

沉思了一下，羡慕的补充着说：

"有本事，有手腕！"

关于那桶汽油，一个字不提，而我这时候所不断的猜想的主要问题便是那桶汽油，我抓住了这问题不放，质问他：

"汽油是怎样弄来的？"

他爽直的告诉我：

"那桶汽油是偷来的，你可别告诉别人，不然人家会说闲话，卖了钱，当然是……哎，你放心，分一半给你！他答应明天给钱，要不叫那个老头打岔，今天晚上就给钱，我昨天对他说好的，可是，你怎么会知道我那时候去拿汽油？"

实在可笑，司务长竟误会了我，以为我是在暗地里侦察他的行动，但是，我越是辩护，他越不相信我，一口咬定了我是知道汽油的来源，我知道再多辩护是不中用了，只好默默的闭着嘴不说话，他为了表现自己的诚实和坦白，口若悬河的对我解释：

"杨广路，你是明白人。你想想，我们给人家当差，跑腿了，刮风也得来，下雨也得去的，多不容易。为的什么呢？——几个钱，当差的时候有钱花，不当差的时候呢，没有钱不成啊，现在要不抓住机会赚点钱，将来没有机会呀，弄钱，就顾不得什么体面不体面，有钱就有体面，没有钱哪有体面？再说，弄钱的道多得很，像我你当老总的，顶好是抓孤钉……"

"什么叫抓孤钉？"我插嘴问他。

"抢啊！"他小声的，用老了气力说，"你不是有枪么？有机会就别客气，客气吃不饱饭。你是知道，现在这种年头，能吃饱饭的，全是骗子、强盗，各式各样的坏蛋，不过是外表装得像个人样罢了，什么样人，我一看就知道，装也没有用，瞒不住我，姜连副有钱，谁都知道，那些钱是怎样来的呢？一句话，决不是从好道来的，可是要打算发财，走好道可不成功，杨广路，你是另一路人，哎，你也许不信我的话。"

另一路人，这句话我实在不高兴，我觉着司务长似乎有嘲笑我的意味儿，我想讽刺他几句，一时想不起适当的言语，想了再三，又把那桶汽油事件提出来，司务长有声有色的对我讲解，那桶汽油，是别人告诉他的，说是有个姓赵的家里，在牛圈里藏着几桶汽油，于是他就想法和人家认识之后，趁着去串串门的机会，把汽油偷着拿出来。

他的话我觉着不合逻辑，我知道，说谎话本来就是司务长的拿手好戏，他说谎已经成了不可救药的习惯，对我也决不会诚实。他的豪爽和坦白，必须打上二八的扣头。

那桶汽油的来源，我已经失去研究的兴趣了，我又提出一个新颖的题目来和他讨论：

"你给连长找来的野鸡，是住在哪一家？"

司务长热烈的说明：

"什么，她不是野鸡，你看错了，我告诉你，那是好人，这种地方哪有什么野鸡，胡说，人家是好人，实在的……"

"那么，你怎么找来的呢？"

"这容易得很，你要么，我给你找一个？"

"我可不要！"

司务长简单的告诉我，要找"好人"并用不着多大的手腕，无论在什么地方，特别是在人民受着贫困和饥饿的压迫的时候，"好人"更容易"到手"。当官儿的，在一般人的心目中是金钱和救济的象征。

找一个"拉牵"的一说。这件喜事就容易成功，如果说是连长没有后人，要办一个"小"带回防地，那就更加方便，志愿的女人决不再少数。结合之前，给点儿好处，玩够了以后，怎样都行，如果是不十分容易对付的主，就说：到前方，领着不合适，回来的时候一定领着走。这就成了。至于那些"幸福的女人"渴望的期待了一生，被嘲笑，被咒骂和唾弃，又不敢嫁人，把生命在黑暗与苦重的压迫之下葬送了。

这些话，从司务长的嘴里十分流畅的讲出来，他认为这全是平平常常，没有一丝一毫奇怪的事情。少见多怪的我，实在被这些惊人听闻的事情骇倒了，我觉着现实的卑陋下贱和愚蠢罪恶的生活太黑暗痛苦了，法西斯政府创造的军队更是罪恶的传播者，像我们这些豺狼的团体是可杀不可留的。我这样想，一面默默的走路。

司务长绊在一块石头上，骂了一声，清清喉咙，又搬出原来的话题：

"杨广路，我说的实话，不想法弄几个钱不成啊！"

"一桶汽油能发财么？"

他站住了不走，弯一下上体和我比一比齐，摇动着看不清的黑手热烈的辩论着说：

"要想发财，一分钱也是好的，俗语说得好，滴水成海，没有零钱，就凑不上整钱，有了九十元，钱就不愁有一百元，可是你要没有那十元，这个整数便凑不上。人要不会理财是不行的，一辈子不会发财，有许多当差的，干了一辈子，穷了一辈子，像周排长，我看他一辈子也不会发财，你别看他手紧，不花钱，可是有了钱死死的放着，不叫它钱生钱，放来放去，越放越少，当营长，当团长，单是要几个空壳能发大财么？哼，决发不了大财，必须从别的路上弄钱，可是发财的路不在大小，有路就钻才行啊。"

这种思想太卑陋和可笑了，激不起我的一点儿兴味儿，我的骨髓里天生就没有这种无聊的嗜好，他也觉悟到了这些，默默的走出胡同，在一处堆倒的墙角分了手，他被黑暗的大流冲走了，我也随着沉进黑暗的雾里，闷闷的滚回老寡妇的住宅。

八

从连长的安乐窝里，传出温柔的笑语，姜连副的嗓门在里面和着音声，我听见连长像一个的话剧演员念台词一样发音不清的低声说：

"司务长这家伙，真滑头，他先尝够了给我送来！"

继之而起的是女人的辩论：

"谁告诉你的，满嘴胡说。"

连长听见我的脚步声，用力的喊我，进去一看，他正把脑袋安置在竖起来的枕头上打着大烟，姜连副把背靠着墙，懒洋洋的曲着一条腿，伸出一条腿，那个女人的头发很杂乱，好像被谁抓住打了一顿，她欠着屁股坐在连长的身前，用一双稀奇的，还有点儿惊慌的眼光迎接我。

连长的姿势和动作毫不改变的问我一句：

"杨广路。你看她怎么样？"

"谁？"

他用烟枪的柄巧妙地指指他的临时夫人：

"你看她怎么样？你要看中了就给你保媒，她愿意嫁给当差的人，过日子一点儿不外行，还没有怎样的坏，很好！"

姜连副吃吃的笑，用两手支着把身体往上提一提，临时夫人在连长腿上敲一拳，低着头，用乌黑明亮的眼角观察我的鼻子，我在这一刻，有奇怪的怒气要爆发，我觉着连长是侮辱我的人格，拿我的灵魂开玩笑。但是我不敢发作，忍着一肚子怒气，悄悄的走出来，连长在后面呼喊：

"哎哎，别走啊！"

我没有服从他的命令使他很生气，像打架似的大声喊叫：

"杨广路，回来！"

我只好回来，忍耐着一肚子愤怒的气焰。

姜连副指着我背后的枪匣，闭着一只眼睛告诉我：

"盒子套弄脏了！"

他把手枪要过去，子弹一个一个抽出来，放在手心里细心的观察，又把枪身分解开，拿起枪膛，对着灯光看一下，还给我，指指枪筒里面：

"你看，枪膛里不干净。"

关于兵器，只有手枪他是明白的，别的全不懂，我看得出来，他这时是为了表示自己的聪明，吹毛求疵，找出我的小毛病。但是连长并不注意这些，照旧的审问：

"哎，怎么样，你到底看中了没有啊！她和你同岁，不大不小正合适，叫哥哥也行，叫弟弟也行，好极了！你说呀，怎么样，你看……"

我从自己的杂囊袋里找出一块擦枪布，扭成细条，伸进枪膛里，仔细的拭擦，假装没有听见他的话。

"用钱，我给你拿，也用不着多少钱，给她妈妈几个钱，给她做两件衣服，现在定好，回防的时候领回去，你看怎么样？"

临时太太低着脸，她生气的微笑着，得意的望着眼眉，用含情的眼光频频的给连长送去一堆感激和安慰，看我的时候，有点儿骄傲和惊慌的模样：我不明白自己有什么地方骇了她。姜连副的手背在弹子槽的铁片上划了一下，用手掌揉着，往床边一摔：

"他妈个逼的，把手背划了一道口子！"

我觉着很高兴，可惜，他的手背没有划出血来。

连长高兴得了不得，觉着自己是在执行什么伟大的事业似的，满脸欢笑的皱起像蜘蛛网那么线条繁多的纹路，吸了几口烟，继续和我商量：

"杨广路，你说吧，她怎么样，看中了没有，不识字不要紧，可以慢慢教给她呀！哎，谁进来啦？"

房门非常响亮的被强暴的力量推开了，把我吓了一跳，头发几乎竖起来，进来的是那个老娘活埋了，亲人逃走了，自己挨了毒打的农民。他的形状很难看，不像好人样，头发上沾着一些尘土，面孔青肿，有不少伤痕，眼角的伤痕特别明显，高高的凸着，还沾着泥血，最使人吃惊的是手里握着一把长方形的，农村的家庭所用的菜刀，我想，他一定是有什么苦衷来请求，也许是精神错乱，再不然是喝醉了酒，稀里糊涂的走错了地方。可是他一进来看见姜连副，似乎没有看见连长，抓住姜连副的衣襟就吵闹：

"姜连副，你将我打的冤枉啊！我来找你拼命，报仇……"

连长把烟枪抛开，惊愕的坐起来，姜连副的鞋是脱着放在地说，他想下地穿鞋，又害怕疯狂的农民手里的菜刀，不幸的预感包围着我，弄得手忙脚乱，赶紧把姜连副碰掉地上的手枪零件拾起来，可是缺少了发条，无论什么地方也找不到。姜连副赤着脚下了地，打开农民的手，连长掀起褥角焦急的寻找他的手枪，临时夫人像被抓住的老鼠一样害怕的缩成了一团，龇着牙。

疯癫的农民一定是喝醉了，他的眼睛看不清，拿着菜刀的手很厉害的哆嗦，两条腿麻木的东倒西歪，姜连副抓起一条板凳打在他的脸上，一面咒骂：

"王八蛋操的，你要报仇？"

发疯的农民跌倒在墙角，姜连副想过去夺下他手里的菜刀，他的脑袋往墙上一支，迅速的扭回前腿，一下子立起来，举起的菜刀在姜连副的胳臂上混乱的砍了两下。

我手枪里的发条不知滚在什么地方，这时候我真急得像热锅上的蚂蚁，连长对我指手画脚的下命令：

"抓住他，你！……"

一个面孔很熟的女人像猫一样灵敏的飞跑着钻进来，抱住疯狂的农民的后腰，用嘶哑难听的强调叫喊：

"哥哥！哥哥！哥哥呀！……"

又对着发怒的姜连副哭泣请求：

"他喝醉了，你别理他！"

这个女人，是我帮着她逃出坟地，扶到玉蜀黍田里的那个丑陋的姑娘。疯狂的农民像凶猛的野兽一样，一下就推开妹妹的拥抱，但是他没有看见姜连副已经退到连长的眼前，把手枪抓在手里，连长在床上立起，指挥姜连副：

"别着急，收拾他，这个混蛋！"

农民举着菜刀刚要往前面去的一瞬间，姜连副手里的枪口喷出火焰，一声震动房屋的巨响过以后，发狂的农民菜刀从手里扔开了，他的妹妹发出一声难听的尖叫，扑在眼前的哥哥怀里，摇动着他的肩膀大声的哭喊。

连长指着我的鼻尖说：

你这个饭桶，什么用也没有！"

他的临时太太，嘴角发抖，把脑袋歪扭着。

"把他拖出去，他妈个臭逼的，这屋子不能住了！"

老寡妇和她儿媳的受惊的面孔出现在门口，老寡妇嘟囔着问：

"怎么的哦？"

子弹是打在农民的嘴里，从牙齿间穿过去，从脸腮蹦出去了，牙齿落掉了一排，满嘴奔流着鲜血，脸腮的鲜血模糊了一大片，像有一个红的色水瓶摔碎在他的脸上一样，他的眼睛向外突出，爬起来坐着，用两手抓着下巴，他的妹妹想扶他起来，气力不够，慌张的摇着他的身体。

连长气愤的发表：

"这是个祸害，得收拾他，姜连副把他拖出去吧，杨广路，你傻呆呆的立着干什么？混蛋！废物，一点儿不中用！"

我帮着姜连副把负伤的沉重的农民拖死狗一样弄到院子，他的妹妹从身后抓住我的胳臂，哭着哀求：

"你心好，救救他吧！救救他吧！"

姜连副的胳臂这时候才起始疼痛，他用手抓着胳臂。咬牙切齿的痛骂：

"操他祖宗，这个混蛋，不能留他的狗命！"

连长担心的摸摸他的伤处：

"怎么样，伤了骨头么？"

连长几乎和打我一样，把我推了一个转身：

"去找医兵来，快点儿！"

"发条没有找着……"我愁苦的报告他，一只手放在衣袋里，摸索着手枪的零件。老寡妇和她的儿媳都疑心农民是我打伤的，用仇恨的眼光望我，连长不耐烦的唠叨：

"要你有什么用，快点儿去，回来再说吧，废物鸡！"

当我惊讶和愁闷的走去胡同的时候，尖锐的枪声带着不吉的子弹从黑暗的空气里传过来，我惊跳了一下，立住脚步静听一会儿老寡妇住宅区域的喧吵和哭声，两条腿瘫软无力，迈步的时候艰难，那个可怜的妹妹的央告似乎还在我的耳边回旋：

"你心好，救救他吧！救救他吧！"

脑袋像酸枣一样的圆小，脸孔像烧红的砖一样，说话口齿不清的医兵和许多老总放在司务长卖汽油的那家杂货铺里押宝，我好容易把他找到了，他懒懒的不愿意动弹，因为他的点正红，赢了不少钱，在我前面不高兴的迈着步，埋怨着说：

"扯鸡巴淡，玩一回儿也不舒服，你先去吧，我去拿药，一会儿就到！"

疯狂的农民僵卧在老寡妇的前院，我在黑暗中还能看得真切他的面孔是向着地上，张开的嘴唇用力的吻着泥土，一只手压在肚子下面，一只手抓着石板，曲着一只膝盖，好像打算爬起来，因为气力不够没有成功，他的妹妹把嫂子和姑姑领来，没有进院就号啕大哭，连长厌恶的声明：

"不准叫她们进来，讨厌！"

又吩咐姜连副，在附近找了几个农民，很快的把尸身运走了。老寡妇认为这件事做得不对，大胆的，嘟念着说：

"活埋了不够，还打死一个，这回可出气了，等着看吧，你们能得着什么好处，天老爷保佑……"

接着她便在没有点灯的黑屋子里点了香火，还烧了几张黄纸，这可不知是什么意义，她的儿媳小声胆怯的规劝她：

"您快点儿歇息吧，少管闲事。什么地方不死人。"

"怕什么的？我不怕！"

附近有女人的哭声，那声音异常的凄凉与悲惨。

我在床底下，堆着的破布烂纸中间，意想不到发现了枪上的发条，急了一身的臭汗。

医兵来得很慢，连长把他臭骂了一顿，姜连副胳臂的伤口很重，痛得咬着牙，医兵小心翼翼的涂上药膏，把他扶着去了，连长把受了惊、还没有恢复精神的临时太太搂在怀里，用一只手环抱着她的腰部，温柔的安慰她：

"害怕了么？"

她的脸孔整个的埋藏在情人的怀里，像吃奶的小孩子一样弯曲着身体、连长摸着了她的痒处。她颤动着：

"啊，啊，啊，咦，咦……"

我的手枪结合好了，急快的走出这间"要命的屋子"，但是到了院子，在疲倦的星光照耀之下，还是不舒服，我仿佛看见了那个农民的尸身还僵卧在黑暗的地上，附近的哭声还在半空中飘过。胸头窒闷的厉害，一口气跑到杂货铺，从闸板的裂缝透露出来的光亮和喧吵的声浪对于我这时的情绪好像是一种救济，很引诱人，我活泼的蹦着跳着，推开了小门钻进去，张兴瞪着青肿的眸子，对我亲密的招招手：

"来，来，你押不押？"

我小声的告诉他：那个可怜的农民结果还是被打死了！

他对于这桩事，只是奇异的挤挤眼睛，把眼眉往上扬了一下，并没有显出多大的惊讶，好像是早就预料到了这不幸的事件必然会发生一样。

没有间断的喧吵和金钱的叮当之声把每一个参加赌博的老总都激动了，他们与我的争执，认真的查着钱数，故意把钱往桌上摔的震人的响，用大声的说话来互相的压迫。掌柜的，很高兴的立在一边人的身后看光景。缮写上士在屋里，一间供奉着文武财神的桌边，自酌自饮，有时和走过去的掌柜有意无意的谈几句没有边际的闲话，掌柜的老父亲，那个矮小的老头子，蹲在柜台的后面用一把断头的锤子敲打破鞋底，用手仔细的摸摸，吐一口痰，生气的唠叨：

"他妈的，有个钉尖，怎么打也打不进去！"

我在这间喧闹的屋里，一起头还觉着有点儿热闹，但是过了这一刻，心里又起起伏伏不安定了，菜刀的闪光，手枪的瞬息烟火，震动房屋和灵魂的巨响，连长坚定的指挥，姜连副狰狞的面孔，农民嘴里的血泉和最后僵卧的姿态，他的妹妹的哭声……这些可怕的情景，又在我的记忆里朦胧的出出现现，扰乱了我的意识，我在这杂乱的，烦躁的屋里，无论如何也待不下去了，悄悄的溜出来。

一看见满天闪烁着疲乏的星光，我又后悔不应该出来，自己也不知道是由于怎样心理的驱使，对着附近有哭声的方向走去了。

哭声渐渐的响亮，我的多愁善感的心也越发的觉着沉重，在一家街门没有关闭的人家门口，我在黑暗的墙根寂寞的立定了。

哭声便是从这个人家发出来的，在堂屋地靠北墙的桌上笔直的立着跳动的蜡烛，刺眼与昏暗的光亮照出模糊不清的门板，那上面安静的睡眠者一定是惨死的农民，他的尸身上盖着一床褥子，头的部分好像压着几张白纸，有一盏用细绳做的小油灯放在他的脚前细绳的尾端躺在小盘里，着火的一端向下无力的弯曲着。

哭声最高的大概是他的妻子，坐在尸身的头前，用两手抓住衣襟紧紧的盖着脸，身体不住的前仰后合，一面哭，一面诉念：

"我的天哪……你死得冤枉！遭天杀的呀！得不着好死的呀！你到阴间不要放他们，叫阎王抓他们打官司吧！我的天哪！我的命好苦啊……"

另外还有三个妇女和两个儿童，我看不见农民的妹妹坐在什么地方，因为半掩的房门和黑暗的影把那哭泣的人堆遮蔽了，蹲在小油灯下面的儿童，很鲜明的突着清瘦苍红的鼻端和下巴，一个中年人，把一条什么布绑在脖子上，从屋里很忙碌的走出来，在院子里寻一根棍子当拐杖，很快的出了街门，往西面黑暗的大洞里钻进去了。

我闷闷的回到住宿的地方，呆呆的躺着，很乏，很困，可是无论如何也睡不着觉，在我的脑后，总是浮现出农民的肿脸，菜刀的闪光，姜连副的狰狞的面孔，板凳的乱舞，手枪的烟火，震人的巨响，血花的飞溅，咒骂和哭喊。

我又似乎听见了远远的，在什么地方有女孩惊愕的喊声：

"你心好，救救他吧！救救他吧！"

转眼之间我又恍惚看见了僵卧在暗地里的尸身，听见伤心伤意的哭声，张开的嘴唇吻着血地，手指抓着石板……

和那永远忘记不了哀求：

"你心好，救救他吧！救救他吧！"

九

我们在老寡妇的院里驻扎了将近半个月时光，我觉着住服了，不愿离开这个太平无事的村庄，可是老寡妇盼望着我们这些扰乱她生活的安静的仇人赶紧滚蛋，时常用勉强和凑合装作留恋的模样，沉重低哑的嗓门和我打听：

"唉，你们有日子走么？"

"快啦！"我只好这样糊里糊涂的回答她老人家。

但是她弄不正确是不肯放松的，一步紧似一步的追着问：

"再住几天走？"

"住不上几天就走……"

"日子定了么？"

"还没有定。"

"哎，你们是长驻防么？"

"不是长期。"

"噗，我说的，要是长期，得有办公处，那么你们几号走？"

"几号走，我也说不上来！"我不耐烦的把声音提高了。

他的儿媳，好像镶在门框里似的，拙笨的曲着一条腿，对老寡妇呼喊：

"妈妈，水开啦，你快喝吧！"

老寡妇上上下下的打量了我一下，很不放心似的喘口气，用干瘪的瘦手抓抓白色的鬓角，慢慢的回屋去了，一面咳嗽着吩咐：

"你给我酌一碗晾着！"

在连长显着高兴的时候，我问他为什么老住在这里不走的原因，他回答的很简单，命令在这里待着，当然是，在没有别的命令以前不能随便走动的。

什么叫待机，我不明白，想问他，又失掉了问的机会，我想，待机，大概是等着机会的意思，至于等待什么样的机会我可想不出。

在一个阴沉的早晨我们要等待的机会到了，是一个骑马的命令兵，有苍黄的细长面孔，脖筋挺得很直的老总送来的。他临去的时候，醉心的各处观望，把肚子贴紧了马背，扶着生锈的马镫感叹的说：

"这地方真好！"

把一只穿着用细绳绑在脚背上的破布鞋摸索着伸进了马镫，扳着鞍头，屁股向上一抬，跨上马，踢着马肚子，用肚脐子下部的力量推推马背，好像和人商量似的对着出汗的马匹说：

"妈个逼的，走！"

他的目标是村庄当腰杂货铺门口垂着不动的长方形的下端拴着褪色的红布条的幌子。

两个钟头以后，我们在黑云的重压之下不高兴的离开了这个村庄。

全连弟兄站好了队伍点名的时候，老寡妇颤巍巍的挂着拐杖，一只手扶着黑色掉漆的门框向每一个老总的脸上张望，好像要在这一百来个里面寻找她那永远不回来的儿子一样。我看得很清楚，我们一走，她立刻表现出了轻快和舒服的嘴脸，好像从身上割去了一大块流脓带血的毒瘤！

这回行军是很不幸的，在路上遇见了无情的雨水的光顾，老总们湿得像可怜的落汤鸡，人的脸流着活泼的溪水，马的尾巴滴着迟缓的清泉，蹄子陷进泥潭里，拔出来的时候甩了老总一腿的泥水，老总咒骂着躲开，在较干的路上跺一跺脚。

在村庄里用"武力"抓来替官长挑行装的伙计们，在路上时常接受打骂，从张班长部下选出来一个扁脑袋，尖下巴，眼睛像豆粒似的老总专门担任管理他们的行动，谁要落伍了便握紧了拳头打脑壳：

"混球们，快走！"

有时踢腿，错误太大的便举起枪柄痛击屁股：

"你再往地上放，我要用刺刀砍你啦！混蛋，你看看把毡子弄得多脏！操你妈的……"

这个老总不愧是张班长直接教育的部下，一举一动都表现出张班长的作风，只是骂人的句法，除同样的结构之外独创了一个"混蛋"，这新颖的词是宝贵难得，不常听见的，他还喜欢先行后骂的程序，那几个走运气的农民，在他的敲打和咒骂之下，表现得很温顺和服从，连哼一声都不敢。

有个年纪过了四十，赤光着瘦嶙嶙的上体，穿一条百孔千疮的裤子的农民，他的鞋破得不堪，前面露出脚趾，后面突出像马蹄子一样的脚跟来，一举腿，烂泥便拔掉了破鞋，看管的老总气急了，用枪柄敲打他筋骨毕现的细脖子，喧吟的咒骂他：

"混球，你不会把鞋脱下来拿着么？"

他胆怯的弯着腰，从乱泥里拾起不中用的破鞋，用哭泣的眼光胆怯的望着身后面。

"石头垫脚啊！"

监视他们的老总认为下连的命令没有运行是值得生气的，于是又举起枪柄重重的惩罚，但是这个愚笨的汉子把破鞋勉强的脱下来连泥带水的在腋下夹着没有多久，又把鞋很卖力的套在脏脚上，不久，那顽强的泥水又和他开玩笑，套下他的破鞋，于是，重演前文，他又换了一顿臭揍。

满天的阴云压得很厚，空中是一片浓重的雾气，斜斜的雨丝用散乱的线条在头上构成了一面闪闪发光的大网，雨水打在老总们的脸上，浇在身上，和汗水混在一起，脚底下沾着湿泥，厚厚的一块，散开了不久又积多了，走路很不方便，马的蹄子有时往路边滑一下，好像走在冰上一样。

连长板着不高兴的黑脸，他大概是因为接到上面移动的命令内容是不吉的，再加上和打得一片火热的临时夫人的忽然别离也使他很烦恼。还有一种很难猜测明白的愁苦的符号挂在他的脸上。

雨水突然的凶猛起来了，雨丝变得很粗，很密，很迅速，满天都昏暗起来，好像要压倒了似的，各处弥漫着滚滚腾腾的烟雾，大地发出不能忍耐的哗哗的叫声，道路上的积水胡乱的奔流，草叶被淹在水里，仅仅露出头来，老总都屈服的低着头，前进的脚步迟缓多了，马正垂着耳朵，鼻孔里时时的喷出窒闷的气息。

黑漆漆的满天，发光的雨网。大地的叫声，这自然界雄壮的歌唱很惊人，天和地都有点儿震动和摇晃，好像山崩地裂，看不见的恶魔正张着大口要把我们这些老总抓进难以测量的深渊里去一样，我们的眼前正摆着可怕的悲哀的命运。

觉着时间是无限的延缓下去了，其实这倾盆的大雨并没有继续多久，雨水一停，黑黝黝的雾霭被抓得零零碎碎，四下扔开，远天的一角露出可爱的蔚蓝，紧接着遥远的天边，浓重的黑云被撕开一大块，像道路似的蓝天陈列出宽宽的一条，山丘的模糊的轮廓在地平线的一端骄傲的显现出来，太阳推来了拥挤的云朵，吐出璀璨夺目的光彩。过了一刻，山头的云彩变成赤红的一圈，镶着金黄色特别鲜艳的边沿，变幻是很快的，不久，那一片赤红的云彩竖着立起来了，像铁匠用强硬的风匣吹起的猛烈的火焰，还喷散着迷乱动人的火星。

太阳落下以前，暂时坐在锯齿状的山头，红着脸气喘喘的休息，远远的望见了预定宿营的村庄。

老总们情不自禁的发出快活的笑声，疲乏的气喘，轻快的话声在队伍之间流动起来。马匹也格外的振起精神，活泼的迈着蹄子。屁股扭动得十分轻快。

我们这回宿营的村庄，空气完全是两样的了，还没有进村就看见了不知是从什么地方开来的队伍的骑兵，在村庄前端的井边饮水，几个和我们的服装颜色一样但是面孔都很陌生的老总，在那里用大声说话，叫喊，咒骂，有的用低声哼着小曲，吹着尖锐的口笛，一个歪戴着军帽，衣纽完全散开，牵着一匹鼻端白毛的黄马，像唱秧歌似的，浑身扭动着，他那肥圆的屁股像妇人，一副尖小的嘴脸很滑稽，把脖子对着泥水四溢的井边唱道：

"我的小宝贝，水真多呀！"

看见我们的队伍，那伸直了脖子观看，那些马匹也好奇的耸着耳朵，瞪圆了明亮的眼珠望着我们这一面。

先到的司务长，奔跑着迎过来，他的头上横一条灰手巾，跑到连长跟前，把手巾拿下来擦擦鼻子：

"联络好了么？"连长首先问他。

"联络好了。"

这地方像个村庄，又不像个村庄，房屋稀少，十有九是破旧不堪的茅舍。有一道河水把村庄包围了一个半圆，它的一端是从光秃秃的，发紫色的，斑斑点点的山脚下平静无声的流出来，另一端流进像刀削平的生着苍翠树木的，高高的岩石背面。在那里，河水经过乱石堆积的道路，激起高高的，像滔滔不绝的讲着话的响声，在河水打着弯的方向，蹲在山谷里，显得十分孤独可怜的，是个小村落。河边躺着一只烂底向上的舢舨，那多半是村落里的居民的交通利器，我幻想着，把这舢舨修补一下，多预备一点儿吃的东西，在夜里偷偷的坐上去，顺着河流，航行到远远的地方，顶好是遇见一个"理想的城市"在那里，有吃住，有美丽的异性用热烈的情爱迎接着我，那么，我就永远永远住在哪里，到死也不离开。可是马的寂寞的嗅声和麻子班长立在高坡上的呼喊把我的梦击碎了。

我把连长的马和自己的，用力的牵进一个荒凉的大院子里，这院子不知是什么用的，大得使人吃惊，好像一个运动场，可惜不平，又太肮脏，各处堆集着马粪，马尿，马蹄子踏过的痕迹很深，有几辆卸下来的空车没有秩序的扔在角落，两个老总在那附近悄悄的商量着什么，一个披着风斗式雨衣的，别的部队里的军官从西面的一间屋子走出来，随后又跑出一个戴着少尉肩牌的黑小子，对前面走着的人喊叫：

"刘副官，我们这屋子再不能加三十人，要不然……"

副官往四面展望一下，喘一口气，咧着大嘴，皱着眉头自言自语的说：

"住不下可怎么办？你看看，能挤就挤一挤，不然没有办法，帐篷不够，团长命令，不许分到别处住，先安排一下试试，等会儿给我送信……"

副官沉思的低着脸，一转身看见我，好像认识我似的，对我扬扬光秃的尖下巴：

"哎，你……你们连长呢？"

我害怕的取好立正的姿势，伸直了胳臂指指南面一排比较整齐些的房屋：

"在那屋里！"

他们转头，爽快的说：

"啊，在团长那里，等会儿你告诉司务长，把官士兵名册给我拿去，叫他带着图章，还有……啊……是，你们上士到了么？"

"到了！"

"你叫什么名字？"

我清晰的告诉了他，他很满意似的挥了一下手，他的手里拿着一卷什么纸张，接着对那位少尉用温和的声调嘱咐着说：

"挤一挤吧，实在没有办法。拜托你老弟，看着办！"

副官轻松的笑了一下，往南门走去了。

这个副官很客气，大概是个好人——我在心里这样的评价他。

我们连下的老总分了三个地方宿营，连长是和团副官另外还有一个团部的上士住在一间屋子里，我住在这外屋，和许多完全不认识的老总们住在一条长长的、潮湿的铺上，紧靠着我的，是团副官的当差，宽肩，四方形的面孔，脑袋很大，扁平的鼻子，大牙，有一对黑得出奇的眼珠，把一只黑绒的，放在马背上的布囊往铺上一扔很亲热的和我说起话来：

"你们怎么今天才到？"

他看我回答不出这个问题，又换了一个谈话的题材：

"你和连长是什么亲戚？"

"没有亲戚。"

这时候我看出他的面孔似乎和那位副官有相像的地方，我猜想，他也许是副官的小舅子。

"我们来的那天晚上很不安静。"他从裤袋里掏出一张软纸，用力的捏了一下手背蚊虫咬肿的皮肤，捏得出了血才放手，龇着牙：

"哎呀，好痛！这地方蚊子才多呢，个头也大，咬起人来真狠，你睡觉的时候，得用衣服盖着头。"

"你们来的那天晚上怎么不安静？"我好奇的问他。

"怎么，你不知道？"他欠起一点儿屁股，热心的告诉我，"我们睡到半夜，听见枪声，队伍出去打了一点多钟。有三个弟兄贴金，五连的孙排长叫人家活抓去了，还丢了两匹马，那晚上，好危险啦！"

"有多久了？"

"什么？"

"是几时发生的事？"

"就是大前天晚上啊！"

我觉着脑袋奇怪的膨胀起来，像突然的，有如气球被吹大了一样，浑身冰冷，说不出半句话。

"咳，以后，天天夜里得加小心！"

几个陌生的老总推挤着从外面进来，打头的一个，进门就骂。

"操他个活奶奶的，今天晚上又得站岗！"

有个老总躺在铺上，肚子向上，脸孔压在弯曲的肘节上，半闭着眼睛吸烟头，深蓝色的烟雾在他面前慢慢的散开，咒骂的老总，轻手轻脚走到他的身后，敏捷的爬在他的背上，两手抱紧了他的肚子，用力往下压着对方的屁股，并且颤动着，哼哼呀呀的呻吟着：

"哎哟我的妹儿，你要什么哥给你买，买，买，买。"

在下面挣扎着打算爬起来的老总把烟头往发疯的人的颜面一按，那个伙计赶紧停止了丑恶的努力的动作，用粗黑的巴掌摸着伤处大叫：

"哎呀我操，好痛！你这个王八下的！"

他接着又颤动屁股来，好像报仇似的，龇着牙，咧着嘴，加倍的用力，一面呻吟的唱着下流难听的歌。

从四面围上不少黑得像锅贴，红得像煮熟的螃蟹，有的青紫，有的土黄以及各式各样粗暴的面孔，大家拍手，喊号，蹲脚，煽动，鼓吹，有的蹦着跳着大声宣传：

"唉唉唉，看哪，操屁股的！"

我觉着害羞而且惧怕，这样的开玩笑，太卑陋和惊人了！副官的当差却一点儿也不觉着奇怪，他认为很有趣的微笑着，也随着拍手和呼喊。

有的老总这样鼓吹：

"把裤子脱下来，好好干，来真的！"

我忽然想起来，忘记了告诉司务长，团副官找他有事，于是我急急忙忙往外奔跑，没有看见，和一个从外面进来的陌生老总碰了个满怀，他手里抱着的枪支，枪口差一点儿撞进我的眼里，我急忙一闪，枪口撞在我的肩上，肩骨痛了半天，我极力的忍耐着，差一点儿痛出眼泪来，面前的老总笑着，向我摇动着：

"这可不怨我呀，是你跑的！"

报告了司务长以后，我立在屋外。望着西面，被傍晚西天彩色的云霞照得发黄的山坡呆想了半天，连我自己也不知是在想些什么，思想是没有系统的，十分的杂乱，无边无际，又很空虚，仿佛有负伤和死的暗影遮住了我的心灵，我觉着目前所处的地位很危险。团长当差的话，每一句像有针一样，把我刺痛了。

我不好意思问他，部队是和谁打仗，为什么打仗，伤和死的意义在哪里，无异的，问这些话，他会看不起我，认为我是个傻瓜，我也只好用猜疑和光明的幻想安慰自己，让空洞的灵魂继续糊涂下去。

我观察了好久才有点明白了，我们现在所住的房屋，从形式上看，一定是个兵营，因为房屋是循规蹈矩的排列着的，南面，最后排的房屋是团部的位置，其他的全是各连的兵舍，兵舍的里面，用席子围建起来的乃是马匹的俱乐部，这兵营的所在地离开荒凉的村庄有半里远，好像做了坏事羞于和村庄靠在一起似的。

我看不出兵营前面的空地，起起伏伏的地形是不是坟墓，西面的山冈距兵营太近，如果敌人的队伍占据了山冈，往兵营里射击是极方便的，那么一来，除了等着人家把我们的尸体运到前面的空地里藏起来以外，决没有别的路了。

太阳下山以后，西天的云霞变得很暗，失去辉煌的光彩了，横斜的云彩像用单薄的毛笔胡乱的涂着几块一样，天空显得很低，使人烦闷得发慌，河边起了喧吵的青蛙的叫声，兵舍里，老总的喊闹还在继续着，马在啃草的齿声传得很远，有时，马夫的鞭子突然的挥起来，刺破了寂静的天空和野地，马匹踏着，跳着，互相的碰撞，嘶喊。

这一夜，很安静的度过了，我可是不安静的，时时的醒来，听听河边的蛙声和不休不息的流水的闹声，屋里有一股浓重的，令人窒息的臭味儿。臭脚味儿来得格外的剧烈，会叫人呕吐。

平安无事的过了两天，在第三天上午，如刺的太阳吐着猛火，一排骑兵在营庭里集合，骑兵老总是临时召集到的，有的是表现出聪明和得意的嘴脸。弯曲着肩膀坐在鞍上，有的还没有弄好马鞍，手忙脚乱的紧着肚带，有个军帽快要掉落似的扣在后脑勺的老总，他要给马戴嚼子，可是那匹顽强固执的白马，摇动着短尾巴，执拗的往后倒退，无论如何也不肯张开牙齿，老总急得乱跳，抓紧了缰绳用脚尖跟马的肚子，挥着拳头打马脸，马的性子越发的古怪了，它扬着长脸，把宽大的下巴转向一边，屁股调向老总，四只蹄子不规则的扬着地。

　　累得满脸是汗的老总张着嘴，气喘喘的休息了一下，用胳臂抱住了马的粗脖颈，可是嚼子刚放在马的唇边，那可恶的长脸又高高的扬起来了。

　　从马厩那边，微风带过来马的粪尿气味儿，有几个老总骑着马奔跑，鞍子在马背上无可奈何的摇摇摆摆，脚蹬得叮当的乱响，马儿表现出懒洋洋的神气，他们是在睡眠里被惊动醒的，毒热的太阳又把他们晒得不愿意动弹。

　　排长是个矮粗的小个子，圆圆的脑袋，横宽的肩膀，眼睛像猫一样。马刚刚备好立在他的身后，鼻子吐噜吐噜的发响，他用响到河边的高嗓喊道：

　　"快点儿站队！"

　　团副官的当差的，用一只腿立在墙角的阴影里，交叉着两只手，脑袋懒懒的歪到肩膀上，他兴致很高的观察着每一位老总的动作和马匹，指着一匹刚从马厩牵出来的马告诉我：

　　"你看，那匹马多好！"

　　那匹马是黑色的。大脸和小耳朵，柳细的小腰，宽胸脯，圆屁股，大蹄子，走路的时候高傲的扬着脸，轻快的移动着四条细腿，看那两步走，的确是好马。

　　"他们要往什么地方去呢？"

　　副官当差小声的通知我：

　　"往西面去。"

　　又把脑袋正直了，倾斜在我这一面：

　　"西面有情况……"

　　那位矮矮的排长把左脚往铁镫里一伸，敏捷的上了马，用力的踏踏马镫，理齐缰绳，又喊了声：

　　"什么东西，背马背了这大工夫，快点儿跑！"

　　许多老总上了马，把马身比齐了，报子还没有弄好的，斜背的枪支在背后砰砰的响，不管排长怎样的催促，还是细心的弄着马鞍，有个老总，手里提着枪，一面奔跑，一面跳上了马，坐好以后才不慌不忙的把枪皮带往脖子上套。

副官当差羡慕的说：

"这家伙，有两下子！"

人数凑定了，马匹前出后缩的，排面一点儿不齐，排长把手往高处一举，又往前摆了两下，并没有下口令，每个马头自动的向右转，迈着杂乱的脚步，答答的响着出了营门，往西面一条越走越高的路上奔去了，马匹的肚子下面腾起滚滚的，遮得发昏的尘烟，在队伍的后尾尘烟散乱的飞起来。

奇怪，我觉着这一排骑兵都会被藏在田地里的敌人一个不剩的打死，是不会回来的。

"人数太少了吧？"我发出幼稚的询问。

副官当差把曲在后面的一条腿放下来，思索着说。

"去搜索，人太多了，用不着。"

他把歪戴的军帽一正，很慌张的往南面跑去了，副官立在房后对他摆着手，嘴角叼着烟卷。

担任搜索任务的骑兵排出发以后，过了两个半钟头，第二营，除了守卫的一个连以外，其余的都往西面出动了，营长是个身材很高的家伙，两条仙鹤腿，又细又长，摇动着马鞭子，在队伍的末尾走着，他的马是鼠色的，马鞍很新，鞍垫很厚，屁股底下像骑着一床棉被一样。

十

在这天下午，伴着西斜的太阳，我们的队伍也出发了，我们这一连，很侥幸的做了营的后卫，在别的连走了好久以后才慢慢的前进，出发以前，团长出来看看他的小舅子姜连副，小声的嘱咐连长一些什么话，连长不住的点头，很恭敬的用谦让的眼光望着地上，说：

"是，是……"

团长是个大脸，四方形的脑袋，脸上有青色的连毛胡子，一对松鼠似的圆小明亮的眼珠锁在发蓝的眼眶里，帽子是咖啡色的，军服是绿色又带点儿浅蓝，擦得很干净的马靴的软腰堆叠在膝盖的下面，上校的肩章很新，像玻璃似的发着亮光，说话的嗓门很低，用的是鼻音，吐字不清，好像做着梦还没有睡醒一样。

他有四个马弁，都是强壮的小伙子，其中有一个年纪最大的，模样很凶恶，圆小的面孔，脸皮又粗糙又黑，像蛤蟆皮似的，一对狼眼睛，看起人来不断的发着狠，杀气腾腾的，背着两只手立在那里，他的手好像是因为杀人太多羞于叫人看见似的。我一看见他那狰狞凶恶的模样就十分的害怕，也不知因为什么，我觉着这小子可恶，是个可杀不可留的恶魔，有时候我觉着他在那里用猜忌和多虑的眼光偷着观察我，好像怕我对他有什么不利的行为，这样，我就恨透了他！

团长用新奇的眼光打量我一眼，笑一笑，对连长用开玩笑的语调说道：

"喂，你这个小当差的不错呀！从连上挑的么？"

连长答应了一声，活动活动肩膀，看着周排长检查弟兄的服装，麻子班长用拳头在一个弟兄的肚子上笑着推了一下，用眼角迅速的瞥团长，小声的说：

"嘿，你的肚子怎么凸起来呢？谁干大的？"

在队伍之间发出几声难以克制的笑声。

我们走出不到五里路光景，在一个由山冈背后的沙滩上停住了。在山冈上，有几个当官儿的立在稀疏的树林之间指手画脚的讨论着什么，大个子营长用严肃的语调矫正谁的错误：

"□□的不对，他们怎么会绕到南面去，从西面来，那是主要的方向，我判断他们今天晚上一定要过来，不防备绝对不行。据说，不用前进，你们听见了没有？前面的高地快点儿占领，不能二心不定的，再合计就晚了，你们快点儿去，西面的山头叫人家抢去就糟了，各连，快配置，别站着合计，没有什么合计的！"

我就觉着这个大个子营长很英勇果敢，他说话的爽快声调，简单的内容和斩钉截铁的语气，叫人听了会起一种尊敬和佩服的感情。我们在山坡底下，又听见他在散开的官长后面大声叫喊：

"要注意，无事的时候尽管休息，不许小题大作，徒劳兵力，随便指挥弟兄干一些无益的勤务可不成！"

不知是几连，他们的队伍，在暮色苍茫的黄昏里，像黑黑的一串羊一样，用迅速的步度爬上了显着黑黝黝边沿特别鲜明的山冈。另外有一连弟兄顺着山坡下面的小路往南奔跑，排头很快的钻进了摇动着海洋似的谷田里，后尾渐渐的缩短了，终于连尾巴稍也被谷田吞进看不见的深层里，一个骑兵班长，带着七个弟兄，不排队伍，从我们旁边随便的走过去，他们的屁股在马鞍上一起一落，最后一个弟兄骑的马，后腿有点儿瘸了，走一步，后腿很累赘的拖一下。

连长从田坡上慢慢的，像在公园里散步似的走下来，对姜连副满意的说：

"我们是预备队，好极了伙计，休息吧！"

白昼消灭了，黄昏也过去了，黑夜的劳力统治了大地，远山的锯齿状的轮廓还看得清楚，弟兄都成了一些黑黑的块子，看不见他们的嘴脸，只能听见一些说笑的语声，拴在小树上的马匹，把田边玉蜀黍的叶子撕碎了嚼着吃，牙齿磨动的声音在寂静的夜里异常的响亮。

大家是密密的坐在草地上，枪支多半是抱在怀里的，吹号手的嗓门伴着马齿的响音小声响起来：

"谁他妈撒谎不是人，哪一连弟兄也没有我们这一连规矩，在一起住一天就看得出，最坏的是六连，不论到什么地方，不是抢东西，就是生操活人，六连陈连长他妈的，走一个地方，娶一个大姑娘，管保都是好看的，玩够儿了一扔，去他娘的，愿意找谁就找谁，老爷干够不要了，再娶新鲜的，皮肉紧的……"

"哎呀，我说吹号手，你怎不捡起来干呢？别人干完的也是一样舒服。"另一个老总用胆怯的微声问他。

在我身后，坐在草叶里曲着膝的是张兴，他用小声通知我：

"我们连长快升啦！"

"为什么？"我问。

"升营长呗！"

"谁说的？"

"司务长，他说连长升营长，姜连副当然升连长，这个，你想，合理呀！

你呢，更抖起来啦，我们这样的还攀得上啊？——哎，听，什么声？"

大家都听到了，是从远方传来的，很清晰的，不吉的枪声，一下，两下，接连着好几下。我实在害怕，降生以来头一次听见真正打仗的枪声，那子弹仿佛会转弯抹角，越过山地、树木，对着我飞来的一样，有点儿坐不住了，但是刚要立起来，张兴从后面把我拖住：

"干什么？"

"看看去……"

"胡说，能看见么？"

我害怕的坐下，换一种语调，胆怯的撇着嘴：

"马，不要紧，用不着看，随它去吧！"

"你放心，马不会跑，坐下来说，哎，我告诉你……"

他还没有告诉我，在远远的西面，看不见的大地的北端，比先头更密的枪声又含着骇人的调子，清楚的传过来了，每一下枪声都像锋利的针尖深深的刺了我一下，我想找个安全的地洞把有点儿发抖的身体好好藏起来，又有骑着马逃亡的企图，同时用可怜亦复可笑的迷信的逻辑安定自己：子弹是对着坏人去的，我是好人，不会打在我的身上，老天会保佑我避免各样的危险。

"啪！啪！啪……砰！砰！啪！啪！啪……"

沉闷的枪声一步比一步紧，有时听见很远，有时听见又临近，眼看到了面前一样，同样的枪和子弹，却发出不同的响声，这是我的新发现，更奇怪的是，枪声好像说话，有的问，有的答，有的简单，只说了一两个字就打住了，有的是碎嘴，喋喋不休讲个没完，还有像发出咒骂似的声调，可是，那些声音全是威吓的，压迫的，死的恐怖。

奔跑的脚步声渐渐地接近了，停在山坡的下面。

"连长在哪里？"

在山冈的半腰，看不见的地方，连长的声音很快的传出来：

"怎么回事？"

喘了一会儿气，苦闷的咳嗽几声，好容易说出来：

"报告连长。第三连开的火……"

"有多少人？"

"现，现在，还不知道！"

"好，去吧！"

还没有压住奔跑的气喘，咳嗽着，脚步响亮的走了，黑黑的，模糊的一块，看不见他的嘴脸，他是我们连里的弟兄，派到营长那里做传令兵的，另外还有一个，没有回来。

我忽然想起我们的营长来，打听张兴，他奇怪的反问我：

"怎么，你不知道他？"

"他怎么的啦？"

"大概是，快要枪毙了！哼，绝好不了……"

"为什么呢？"我觉着很吃惊。

"吞了公款，叫司令查出，还敲诈人家的钱财，说是敲了好几万，人家把他告了，现在押着，就是这么回事，你明白啦？"

营长的矮身材，大量喝酒和抽大烟时聚精会神的姿态，还有他那位装腔作势的太太的道貌岸然自命不薄的老丈人，在我的记忆力浮现了出来，但是很快就忘记了，像忘记几只不足轻重的蚁子一样。

远方断断续续的枪声又从没有边际的黑暗里像雨滴那么多的针一样刺得我坐不安立不稳，我极力的安定自己，希望能够像别人似的毫不理会，可是没有效，我一向本来觉着自己很勇敢，想不到勇敢远远地离我去了，有一阵异常奇怪的声音差一点儿把我骇得叫起来：

"呼呼呼呼呼呼呼……突突突突突！"

在我们头上，有一颗很亮的星星被咆哮的声音震动了，它迅速的在黑暗里，擦过别的星光，画了一条黄亮的线，像粘性的东西似的陨落了！

突然地，在我们周围，在四面八方，震人灵魂的响声像山崩地裂一般吼叫起来了，我觉着头上好像浇了一盆冷水，浑身都感到刺骨的冰冷，一刹那间，身体又发起烧来，像得了急性病似的，十分痛苦，我把身体往张兴的一面靠，发抖的手握住了他的膝头。

"你害怕么？"他把嘴唇贴着我的耳边悄悄地问。

我在黑漆漆的空气里点点头，烦恼的等着四面沉重的压迫着的吼声暂时停止了才抬起脸来往什么也看不见的四野望一眼。

马匹受了惊，我虽然看不出，可是感觉得到，马是停止了牙齿的嚼动，竖起了耳朵静听。

在我身后的山冈上，大个子营长的清快的，像放小鞭一样痛快的嗓门很清晰的传过来：

"妈个逼的！没有命令，谁叫你们射击？有点儿动静就射击，有点儿动静就射击，那算什么？蚊子咬一口也值得惊动，臭虫叮一口也值得大惊小怪的，真他妈倒霉，和你们这种人一块儿出发，处处丢脸！去告诉他们，把胆子放大一点儿，别他妈像老鼠似的！"

高冈的另一面斜坡，有马蹄子的波动和奔走的脚步声以及铁的声响，还有石头滚动的响声和田禾被触动的沙沙声响。

大个子营长："把胆子放大一点儿，别他妈像老鼠似的！"这句话像铁锄一样深深的在我的脑里耕下，我觉着害羞自己的胆怯，又不能马上治疗这种无可奈何的疾病，我怕死的心理一时是治不好的，因为我要活下去的欲望太旺盛而且是要好好的，舒舒服服，不愁吃，不愁穿，没有惊慌，没有任何挂念的活下去。别人怎样，死活都不管，只要自己好好的，活下去……

"我"字像一条又粗又硬的大蛇一样把我全部的思想捆得结结实实。

但是，目前的环境，那些吼叫和震动，显然是要把我往死处走去，不能好好活下去的黑影里拖拉，这黑影越来越重，越威胁得我喘不出气，张兴这个流氓比我好得多，他似乎没有任何的惧怕，并且用奖励的声调鼓舞我的精神。

"没有什么，远得很！"

我正要问他，为什么在四面八方都有咆哮的声浪，是不是敌人已经把我们包围，正在危险的地里呢？和刚发生的枪声一样，又在远处用不同的吼叫的调子把我的嘴封住了。

我觉着时间是无限的拖延了，每一分钟对我都是难以忍受的愁苦，幸亏是在夜里，别人不会看出我的惊慌的状态，要是白天，我害怕的模样一定会大大的出丑，我想：那才糟呢！

黑夜在我们面前静静的流着，咆哮和震动消灭了，寂寞和疲乏接续了很久。草叶发出沙沙的低声，好像议论这样无谓的没有意义的打仗，星光比以前更紧张，更光亮，在我身前身后，有呼呼的鼾声，睡眠的气息传染得很快，我觉着眼皮一刻比一刻沉重，唾沫不知不觉的流到唇边，脖颈无力的弯曲下去，身体往泥地里一横，枕着石块，痉挛的曲着腿，想振作一下，警戒着不意的遭遇，可是身体由不得自己，眼皮一合，什么也不知道了。

满天的星光还没有失去光辉，大地正在黑夜的重压里烦闷的喘着气，离天明还有半截路程的时候，坚定的呼喊，浮动的闹声，装具的音乐，忙乱的脚步，喘气，咳嗽，扭鼻涕，呵欠和一些杂音把我惊醒了。脑袋昏昏的，身体乏得厉害，像被扯得七零八碎似的，揉揉死板的眼皮，好容易爬起来，急急忙忙整理一下自己，周围是发生了什么事，一点儿也不知道，我只是觉着不幸和悲惨在各处埋伏着，正在抬头，正在伸手把我们拉向流血和死亡的命运里去。我还没有十分的清醒，听见连长在附近叫喊，我赶紧跑了去，听见他用困倦和疼痛似的声音说道：

"马！"

周排长在我身后不远的地方不耐烦的叫喊：

"哎，快点儿，快点儿，走！排头干嘛呆着，都随着前进，不许离远！"

在杂乱的响着弟兄之间，从黑黝黝的活动着像怪物似的堆里，有埋怨，咒骂和催促的语言，我听见麻子附和着周排长的拍奏在小声重重的呐喊：

"王八蛋，谁，还不起来？"

"哎呀，我，我的枪呢？枪……"

"妈个逼的，把我的帽子压扁了！"

"快躲开，往前去。"

"走，走，等什么？……"

我紧紧的跟随着连长，从齐到肚子的谷地里乱踏着窜出去，从一条山冈下曲折的小径走到崎岖的汽路，在疲倦的星光照耀之下，路是苍白色的，蹦碎的石块是暗灰色的，这些颜色给了我死的悲哀和恐怖的刺伤，我不知道为什么要在深更半夜，不好好的休息，要往预测不出来的命运奔去，据我猜想，第一线部队一定是不利了，叫我们这一连去援助，可是为什么夜的暗流是这样的寂静，四面八方，原野里，田地里，望得见的山丘的锯齿状的边沿，都是无声无息，忍耐在黑暗的统治的势力之下呢？没有咆哮，没有震动，没有枪口的瞬息的火花，没有机关枪倾吐着鲜红的火星，没有喊叫，亦没有任何类似战斗的响声呢？

部队是不断地前进，走过平坦的沙滩，跋涉着岩石堆集的山麓，接着又爬上坎坷不平的高坡，走下狭窄的谷道，在埋到头上的玉蜀黍田里苦闷的喘着气，最后是上气不接下气，汗流浃背的停止在有高大树木的田地里，刚刚把汗淋淋的屁股在干燥的泥土上坐下打算好好休息一下，在我右前方，距离不远的，隐隐可见的，小村庄的模糊的轮廓附近，起了突突的枪声，枪声一起就没有间断，子弹在我们头上呼叫，我实在害怕那尖锐难听的声音，全身都禁不住发颤。

"呜——！嗖——……"

"砰，砰，砰，砰，砰，啪啪！啪啪！呜——呜——突突突突突突突……"

模糊的小村庄的黑块的周围，又不断的，一闪即逝的火星，闪烁着火花的嘴喷吐着骇人心魄的血光，村庄的房屋似乎在动摇着，各方面的火力都集中着那黑黑的块。

"吱——丝……"

子弹从我们上面斜着刺进空气里迅速的掠过了。

连长蹲在一个高高的，长着野草的坟丘的一端，扬着下巴往各方面的黑暗里展望，我藏在他身后一个土坑里，野草埋葬了我下半个身子，我刚跳进来的时候，因为草叶太深，把我滑了一跤，我以为是掉进枯井里，骇得全身都流出了冷汗，等仔细一研究，才知道这是最理想的值得利用的地物，可是惊慌是无论如何也压不住的，我最怕的是那些没有眼睛的子弹，一下打在我的身上，皮肉是挡不起的，倘若进了脑门，那就一命呜呼了！我极力的低下身体，什么地方也不敢看，只是战战兢兢的望着上空。我明白：在实际的战场上，正如平常操场所学会的战斗教练的动作要领一样，不会适宜的利用地形地物是要吃亏的，一草一木都不能疏忽，何况一个土坑，可是书本里所写的要旨是，利用地形地物的主要目的第一是在发扬射击的效能，其次才顾虑到掩蔽，然而我这时候的目的和书本所写的完全颠倒过来，第一是保全比什么都宝贵的性命，别的不管。

我很想知道所谓"敌人"都是怎样的怪物，在我的想象里，他们一定是狰狞可怕的面孔，像凶猛的野兽一样，瞪着充血的眼珠，燃烧着厮杀的欲望，叫他们活抓了去，会生生的剥了皮。我更不知道他们为什么要和我们打仗，也不知道我们为什么要和他们打仗，这在目前的我，实在是个揣摩不透的迷。

当东方的天空，从黑暗的云雾里刚刚露出一点儿鱼肚色的时候，在村庄附近盘踞的敌军部队趁着没有消尽的夜色一面抵抗一面退却了，我们算是打了胜仗。这完全是大个子营长作战计划书的高妙和指导方针正确的功劳。可是在最前面战斗的第三连打死了一个排长，一个士兵，三个负伤的弟兄，五连有个营长贴金了，他的大腿根，靠近屁股的骨头中了一枪。大个子营长把三连姜连长申斥了一大顿：

"谁叫你们从正面前进，这不是寻找着挨打么？我怎么说的，要从两头包围，用一班人，你们不听我的话，要独断，这叫什么独断？哼，王排长他们死的冤，怨谁？五连，他们是对的，从左边迂回，你们连受这么大损失，应该谁负责任呢？和你们一块儿出发，处处丢脸，往上报，我可不盖章，我说姜连长，你自己做的事得负完全责任啊！"

他那副因为缺少睡眠而显着青肿的面孔发狠的叠着深重的皱纹，下巴像石头做的，把左手弯曲的叉在腰际，吐了一口，指着身后一个仰着脸各处观望的军官下命令：

"你们，快去搜索，看见老百姓叫他们回来，不许麻烦，犯规的叫我知道，重罚！"

他的眼睛细小，锐利，眼光里好像有刺，在渐渐黎明的曙光里明亮刺人。不知是几连的三个弟兄抓住了一个俘虏，把他倒背着两手绑起来，往坟地那方面推，咒骂：

"快走，操你妈的，你为什么拿石头打人？非毙了你不可！"

那个人的年岁在三十以上了，面孔并不狰狞，不凶恶，也不像野兽，他的模样是很忠厚老诚的，像个温和的商人，一脸的尘土，十分困的样子，脑角有块击破的伤痕，鲜血流到耳边，极力的振作精神，耸耸肩膀，低着脸哀求：

"我是不得已，朋友，谁和谁也没有仇恨，我们都是中国人，那是无产阶级……"

那三个老总不听他的话，照旧推他，诅咒：

"混蛋，少说废话！"

"快走！"

几分钟以后，在我们曾经蹲过半夜的墓地那里，传来了一声刺激人，使人伤感到几乎会哭泣起来的枪声，这枪声在阴凉的清晨的野地徘徊了好久，好像粘在雾气里一样。

大个子营长迅速的跳上马鞍，往村落里用极快的速度跑去了。

团长的当差，那个面貌凶恶的家伙从田地那方踏着露水的草地走过来，他好像是从地里蹦出来的一样，提着长筒手枪，一边走，一边用袖头摩擦着枪膛的外部，那上面似乎有民族英雄的鲜血，也有我们自己的罪恶和耻辱，他想用力的擦干净这些痕迹，我看那是蹭不掉的。

村庄的背后，只有我们这一连人，别的队伍都往别处移动了，大个子营长的马匹的屁股和摇动着的长尾巴在坍塌的土墙的一角消失了，有个老总立在一棵小树下面用枪柄捣着什么东西，弯着腰细看，一个"敌人"遗弃的尸体，他的帽子没有了，歪扭着坚决的嘴脸僵卧在树底下，脸是惨白的，好像石灰做的，一只眼紧闭着，一只眼微睁，好像对我们嘲笑，腮巴有磨破的伤处，胸部贯穿了子弹，衣襟湿了一大片红，伸直的两腿下面，石块上涂着黑色的鲜血，身旁的泥土被抓得乱七八糟的，用枪柄捣他的老总，企图搜查他的衣兜，可是他在死人身上搜摸了半天，很失望的什么也没有得到，厌恶的吐了一口，咒骂：

"妈个逼的，穷光蛋！"

麻子班长受了光荣的委任，处置敌人的尸体。

看他们把五六个死人像搬运货物似的堆集在一起，我真想用手捧着脸快点跑开，可是连长对于他们的勤务似乎很感兴趣，端详着一个头部受伤死去的健壮的青年用艳羡的口气赞美着说：

"这小子长得不错，粗眉大眼的，看样子，很有智慧！"

麻子从一个五光十色的肚肠子流出一大堆的死尸的怀里很幸运的搜出了一元钱和一个小手账：

"小手账给我！"

麻子想了一下，喘口气，眯着鹰眼笑起来：

"那——给你！"

我想在有工夫的时候研究研究这小手账里都写着什么，慌忙的翻弄一下，装进裤袋里。

麻子又指挥他的部下：

"把下面那个抬出来，看看他衣兜里有什么没有？"

这是个太阳穴中了子弹的少年人，鲜血涂满了一脸，好像在赤色的颜锅里煮了一遍一样，闭紧的两眼塌进深眶里，用力的咬着牙齿，散乱的短发像踏过的藓苔一样，脸上伤痕很多。

两个老总把他从死人的堆里抓住衣服费力的拖出来，翻弄了半天，得到半盒洋火，一小块干粮，几块干硬的咸菜，两个生锈的铜纽扣，一粒步枪的子弹壳，还有一本铅印的小册子，这便是他身后全部的遗产，我把小册子要到手，这是一本专门研究唯物论的经济学课本，这在我是宝贵的收获，对于我这种愚蠢的人有极大的启示，我看透了这些敌人绝不是"胡匪"他们一定是录师爷所说的"救国的战士"而且是拥护和创造真理的英雄，我们这些无赖、腐化分子、傀儡才是胡匪，才是真正人类的仇敌……

十一

姜连副率领的一班人在逃得一个不剩的村落中间，在生满杂草的囤圃的近边，把几棵拾得的枪支架起来，检查着一个包裹，在他们身后，浴着露水的芸豆的肥叶茂盛的顺着秫棍拥挤的伸展起来，在清晨的微光里显着很有生气的甜杆笔直的伸着头，有些强壮的玉蜀黍被踏得东倒西歪，一只黑毛脱落的瘦狗从园地的一角胆怯的走出来，闪着疲倦饥饿和惊慌的眼光。

不知是谁，用敏捷的动作爬上一处高高的围墙，攀在庭院里一棵树上，四面望了一下，大胆的跳进去，在他后面，又有一个弟兄爬了上去，我以为他们是进去搜索"敌人"，司务长性急的在墙下对着里面嘱咐：

"哎，有好东西，得拿出来分一分！"

牵着一匹陌生的黑马，很得意的走过来的老总，对姜连副用拍马的嘴脸献媚的报告：

"连副，你看这匹马怎么样？"

姜连副把没有检查完的包裹扔给蹲在地下的弟兄，欢喜的过去拍拍马的脖子：

"从什么地方牵来的？这匹马是骑的，背上有点儿鞍伤。"

"一定是他们扔下的！"老总肯定的说。

姜连副又仔细的观察一下马的牙口：

"鞍子呢。鞍子有没有？还有马拴在树上，在院子里。"

"鞍子究竟是放在什么地方，你快去看看！"

姜连副得到了这匹马，表现出世界上少有的幸运的人的快乐模样。那几个翻弄包裹的弟兄感觉厌倦了，自动的解散，走向对眼的家屋里去选择如意的东西。

司务长也进了一个空洞、没有人的人家，他是把不结实的街门给抬开了进去的。我随在他的后面，他先进正屋，各处看了一下，把关紧的后门打开，一个四方形，中间有一棵年老的枣树的小院在我们前面展开。司务长一直线的对着一堆杂草走去，从上面抓起几捆干草扔在一边，又赶紧矫正自己，从草堆的下面扒开一个窟窿，用脚尖踢踢，听听，摸摸，嗅嗅味道，紧接着便是用疯狂似的迅速的动作把杂草三捆五捆的抓在一起按在一边，从里面抱出几床花被，他嘻嘻的笑着把被面打开，抖搂出来两只女人穿的绣花红鞋，高兴的呻吟着自称自赞：

"哎呀，哎呀，好东西！好东西！"

他把一条新的，蓝色的花被用手指顺着边沿用力的撕开，棉花都扯出来，仅仅留着被面，把那双比较鲜艳的花鞋缠在被面里，小心的放在一边，接着又动手拖拉杂草，伸长了胳臂进去抚摸，回头命令我：

"快点儿，把草拖出几捆，里面一定有别的东西！"

他把全副精力都集中在这堆草里，好像里面藏着什么金银财宝一样，他的帽子扬在脑后，坚硬的草尖把他的黑色粗糙的皮划出几条白色的痕迹，额角集着汗珠，眼睛瞪得很大，好像一只饥饿的狗发现了可口的食物一样。

他这被简单的物质所诱惑，热狂的行为给了我不小的惊骇，我看得出，在这时候，我如果袖手旁观，不帮助他，他会抓起石头来打我，我用着全力拖下几捆杂草，弄得不合适，有几捆草滚下来压在他脸上：

"唉唉，你怎么的，往哪面拖呀！"

我也很着急，反过来指挥他：

"你不好立起来么？"

"我摸摸看，饭桶，你别闭着眼睛，像个瞎子！"

我们努力合作的结果发现了一个铁匣，司务长像得了金子一样，情不自禁的叫了一声，赶紧把铁匣抱在怀里，眼睛射出异样欢喜和恐怖的光彩，我如果和他争抢，他会掏出手枪和我拼命。他一面防备着我，一面把铁匣的盖用吃奶的力气好容易打开一看，里面是一卷刺绣的花样，一串古旧的，用红色的线串着的生锈的古钱，几个铜元，一包针，一球乱线，还有两封边角扯得不齐的红格信封和一堆用布条打好的衣纽，这些珍奇的物品便是司务长先生如疯如癫所获得的至尊宝物了。

他生气的把铁匣摔在墙角，拍拍手，把手心往裤子上抹两下，对着不会说话的，被丢弃的铁匣不平：

"操他妈的，我以为什么好东西了！"

跺跺脚又回到正屋，在衣柜里翻了半天，全是空的。我的运气很不坏，在一个雕刻得非常精工的神龛的桌子下面，从一堆埋在灰尘里的线装书堆里翻出来一本有新式标点的铅字书，我老实不客气的把这本书拍去了厚厚的灰尘，装进裤袋里。

司务长嘲笑的挤挤眼，挥挥手，指着外面：

"好东西都拿走了，去他妈的吧！"

扯起来的被面和美丽的绣花鞋他是藏在肚子前面的裤腰里，走到门口的时候，怕别人看出来，细心的摸摸肚子，拍拍胸脯，紧紧裤腰带，正正帽子，清一清喉咙。

姜连副理想的马鞍找到了，他坐在一块平滑的石台上细密的收拾猪皮做的前后肚带，用一柄小刀在皮条的前端锥着窟窿，那个献殷勤的弟兄蹲在旁边帮着他，得来的马匹拴在树上，厌烦的踏动着蹄子。

司务长认为我是个有害的障碍物，对于他的事业不利，趁着我观看姜连副收拾马鞍的时候悄悄的溜到别处搜寻目的物去了。一个脚掌磨坏了，走路的时候一瘸一拐，名叫史兴财的弟兄对我瞥个眼色，点一下头，于是我领会的随他走去，他用一副神秘的气概对我说：

"我们快去看看，刘班长，他们找到了好东西！"

他的肩头瘦窄，小腰很细，像女人似的肥胖的屁股很快的摆动着，他当向导，在头前领着我，翻过低矮的篱笆，爬上短墙，在一处高高的垣墙外面听见那里面有各式各样的声音：

"你，你，你先不要刨那里面！"

"哎，看看洞口在什么地方？"

"你躲开，什么也不是，傻子，用脚踏一踏听听声音就明白啦，上一边去！"

"喂，刘班长，在这面，快点儿拿镐头来，给我，你们看……"

史兴财打算爬在树上往里张望一下，他抓住了树枝，两只脚乱动一阵又松了手，疲惫的喘喘气笑了，我抱住了他的两腿往上一送，他攀了上去，踏着树枝，伸长了脖子往里面看了一眼，对我挥一下手，意思是叫我不要着急，然后爬下来，我们顺着墙根绕到前面，从正门堂堂的踏着大步到了后院。

刘班长叉开了两腿立在土堆上指手画脚的指挥，看我们进来，勉强的笑了一下，摆一摆手掌，一个体格魁梧的弟兄，从混乱的泥土里努力地掀开一块很厚的石板，露出漆黑的洞口，刘班长焦急的问道。

"看看，深不深？"

魁梧的老总用两只粗皮的黑手扳住了洞口，把脑袋往洞里伸下去审查了一下形势，很有确信的发表：

"不深，不深，我下去看看！"

在他身后一个粗脖子老总推推他的肩头：

"哎，我们俩下去！"

刘班长生气的把他打开：

"一个人够了，躲开，讨厌！"

魁梧的老总勇敢的往里一跳，扑通一声，好像掉进枯井里面一样，我猜想，这个洞穴里面一定是收藏着成箱的金钱和贵重东西，弄出来大家分赃，当然我也有份。

可是从洞里传出来像野兽嗥叫一样难听的声音来：

"喂呀，是粮食呀，没有别的……"

刘班长怀疑的皱了一下眉，像从水里捞出来的，湿淋淋的额角流着汗滴，咬着坚定的下唇，推开几条拥挤的身子，果断的跳了进去。别的弟兄受了传染，也争前恐后的跳了进去，史兴财兴奋的说：

"下去看看！"

像灰色的老鼠一样钻进洞里去了。

黑暗的洞口有伟大的魔力，那泥土的潮湿气味像香水一样把我刺激得异常的沉醉，弟兄们在洞里喧吵的议论，小声的研究，对于我也是难以压制的诱惑。我想了一下，奋不顾身的跳进去了，没有看见，把一个弟兄碰倒了，我抓住他的衣服，他埋怨着挣扎着爬起来。刘班长在黑暗里问道：

"谁有洋火？"

"我有。"史兴财高兴的回答。

"拿来！"

喳一声，火柴爆炸的跳跃着金黄色的光亮，洞里四壁没有整齐的石块和泥土，木板上堆集的麻袋，弟兄们野蛮的眼光和清楚的鼻端，在晃耀的光亮里短暂的一观便消失了。

刘班长感叹的，失望的喘着粗气：

"全是粮食，怎么拿呢？"

火柴又爆炸了，石头，泥土麻袋，野性的嘴脸又都辉煌显耀了，火柴烧的弯曲，火光渐渐的缩小，又接上了一枝火柴，谁在角落的地方惊奇的叫喊：

"咦，这是什么？"

摇晃的火柴还没有移过去，无力的弯下枝干，垂深了头熄灭了，大家焦急的发出烦闷和兴奋的喘气和没有意义的话声，刘班长生气的骂道：

"别吵闹。小点儿声，谁再乱嚷，赶他出去，什么鸡巴玩意儿……"

在火柴的光圈里大家看见了一只木箱用乱草遮蔽着，性急的老总赶快打开箱子，可是锁头扯不掉，用脚踏也踏不碎，箱子是很结实的。

刘班长发出威严的命令：

"谁，别踹！不准动，拿到上面去，有好东西，大家分，拿到上面打开！"

"对，对，大家伙平分！"

"搬起来，搬起来，来，来，动手啊！"

在洞口的旁边有一个梯子，这器物在这时候有极大的用处。木箱很顺利的搬在上面，看那样子，是很沉重的，我相信，那里面一定是装得满满的金钱，这回，我们可以发财了。我的脉络里跳跃着无限的欢喜的血流。兴奋的感情燃烧到白热化的程度，幸亏没有随着司务长一块儿去，史兴财对于我乃是恩惠之神。我实在高兴，像在梦中一样，我想，这回如果发了财，我马上远走高飞，跳到理想的城市，寻找半工半读的生活，绝不干这份卖命的倒霉职业。可是当魁梧的老总把刺刀伸进铜锁的环里，发出吱吱呀呀要破坏的声音的时候，我的心里又罩上一层暗淡的云雾，不见得能有这么多金钱吧，这么一想，做梦似的奢望失去光彩了。

大家聚精会神，几乎屏住了呼吸在兴高采烈和焦急痛苦的喘声里用力盯着的箱子终于打开了，里面是珍贵无比的宝贝：

黑绒马褂一件，青缎子裤子一条，蓝粗布洗得十分干净的大褂一身，女人穿的，又旧又破的粉红色衬衣一件，同样是女人穿的浅绿色镶着花边的棉裤一条，小孩子用的裤褂，尿布，袜带之类不值钱的东西占了一个包袱。最值钱的要算是一身羊皮袄，羊毛很细，蜷缩成小小的圆圈，又集结成疙疙瘩瘩，这并不算是什么缺点，衣面是非常坚固的一种黑色的细布，料子很厚，很新，买来还没有穿过似的，此外有些零碎衣服并不惹人注意，大家随手乱抓，翻来覆去的鉴赏，魁梧的老总不知怎么会看中了女人的绿裤，他用两手抓着，摸着，手拿到鼻子前面闻闻，他这番动作激起了诙谐的笑声：

"喂，大老黑，有月经味儿么？"

"你吃了吧。色迷鬼！"

"带回家去给你老婆，送人也行！"

他又把这条神秘的绿裤放在胸前，半闭着肿厚的眼皮，轻轻的拍着肚脐子，装出一串下流难听的呻吟的歌声。

"哈哈哈哈哈……"

史兴财笑得弯腰屈背的，流出一点儿泪水。

刘班长把这些东西的分配法决定了，他掏出一个笔记本，撕下几页来，又扯着捣碎，把衣服的名称写在小纸上，团成圆球，握在手心里：

"谁抓着什么便拿什么，凭着运气！"

"好，好，抓吧！"

皮袄是一个绰号叫宝二墩的老总幸运的得去了，史兴财走运抓着了那件马褂，我呢，真害羞得到了那条女人的绿裤，魁梧的老总希望用洗的干净的大褂和我调换，大褂，我觉着不需要它，至于这条迷人的裤子对于我也没有用处，痛快的给了热烈希望它的人。

在乱石堆集得高高的狭街的一端，有马粪，车辙很深的路边，连长老爷像雄鸡似的挺直了脖颈立在那里，眼睛像打出了血一样挂着红红的细丝，嘴角下垂，画出弧形，怒气冲冲的喊骂：

"王八蛋操的，都跑到什么地方去了？"

又欠起足跟，嗷嗷的喊叫：

"周排长！"

只有姜连副不费吹灰之力得来的马匹踏动着蹄子，不安的调转着屁股回答他。

有几个老总像在公园里闲逛一样，用游荡的步调走过来。连长愤愤的叫住他们。

"看见周排长没有？"

"没有。"打头的老总温和的回答。

"杨广路那个王八蛋呢？"

"往东面去了。"

眼珠一转看到了我，像发现了一只狼一样，全身摇动着好像要发疯似的对我大发雷霆：

"兔崽子，你死了怎的？"

连着大步走到我眼前，相一相面，举起马鞭子，在我的肩头上抽了三下：

"混蛋，要你有什么用？"

又举起马鞭子，牙齿咬得很紧，在我的腰上抽了两鞭，用鞭梢指指半空：

“你去看看马！”

在我拴马的树上，连长的马在那里低着头颓废不振的打盹，我的马又脱掉了笼头不知溜到什么地方去了，跑了一身的臭汗，好不容易在一个破旧的人家的院子里找到它，我听见那院子里有马的鼻孔喷吐的响声，走进去一看，果然是它老人家，正在院角的阴凉影里，跪着两膝，肚子贴在地下，闭着眼的纳福。几只苍蝇立在它屁股上吸吮着汗珠，听见我的脚步，动着耳朵，惊慌的立起，打算扮演逃兵的角色，可是我一把抓住了没有脱缰的嚼子，牵回原处，绑好笼头，狠狠的打了它几鞭子，这家伙，太可恶了，为了它，吃了许多鞭子，这在我一生是洗不清的奇耻大辱，我一面打，一面骂它：

“你为什么跑呢？我叫你跑！我叫你跑！”

它害怕的跳动着整个身躯，痛苦的乱踩着蹄子，眼睛瞪得很圆，我的鞭子是抽在它的脖颈和后胯骨上。

“你再跑不跑了？王八蛋，害得我吃鞭子……”

它把长长的面孔用力摇晃着，嘴里嚼着白沫，好像是忏悔的说：

“朋友不敢了！饶了我吧……”

我牵着它走的时候，觉着身体瘫软无力，挨打的皮肉还有点痛，坐在树底下，越想越难受，欲哭无泪，胸头被威压和侮辱的烈火燃烧得很厉害。

十二

太阳板着讥笑的红脸慢慢的升上来，用那如刺的热力烤着发烧的脸，我呆呆坐着忘记了起来，我想着报复，一时找不到机会和方法，抓起一块石头来捧在墙上，石头的响声给了我一点儿淡淡的快感。

禾叶上的露水很快的被晒干，失去了新鲜的色泽，在没有主人管理的小小菜园里，并边的土台被人的脚和马蹄踏得稀烂，长得强壮的葱，茂盛的白菜，白薯的弯曲的茎和叶也被无情的人和马的脚踹糟；这小菜园的主人回来看见经过自己的手，流出自己的血汗，用全副精力播种的田里弄成破碎不堪的景象，也许会伤心伤意和痛恨的哭起来的。

周排长用慌张的两腿走到巷口，用两双手放在嘴边，把上体往前倾着大声喊集合。

连长把下巴拉得长长的，嘴唇高高的突起，鼓着腮部，好像吹喇叭似的，用生气和怜恤的眼角瞥了我一下，又假装没有看见我的模样，在周排长身后郁闷的叨咕：

"没有掌握真不行！咳！"

解散了的队伍好容易集合起来，连长用口头下了一道警戒勤务的命令，刘下士帮着姜连副把一排弟兄分做两部分带往村落的两侧"站条子"去了，剩下的便休息。

司务长看好了一个没有半个人影的家宅，把疲乏困倦的连长请到这里面休息，他自己，脱去上衣，露出肋骨一条一条像从坟墓里挖出来的死人的身躯。擦净满脸的汗水，挥舞着两只麻秆似的胳臂，宣言着说：

"来，我做饭！"

录师爷挽起袖子帮他忙，吹号手是受了司务长的任命，和另外几个弟兄把后院一只瘦小的母猪杀死了，在墙角的阴影里，把死猪放置在小桌上准备剥皮。

一个枣红色油漆的长方形的衣柜占去了屋子四分之一的地盘，水银剥落的镜子和一个黑色的古式的梳头匣，一对小口圆肚的瓷瓶，一盏油灯和一把带蓝花的瓷壶陈列在衣柜上，被褥之类的东西没有了。有两个油腻的黑枕头，连长是在这样一间屋子里休息，他歪扭着青灰色的面孔卧在床边，打开包里裹得紧紧的烟具，烟枪先拿出来放在枕边，对我思索着吩咐：

"看看，有没有开水先给我来杯。"

司务长像肉铺里的伙计一样，恶狠狠的握着菜刀，在猪头上砍了一下，教训那几个手忙脚乱在剥皮的喽啰：

"用不着这样麻烦，先砍几块下锅煮，躲开，让我来砍！"

很有兴趣的握着猪腿的一个老总诚恳的发表他的感想：

"这是我们连长有福气，别的连打仗，我们连逛景，有好嚼杀！"

我在屋里屋外走动着连长都不赞成，他对我的态度不知因为什么会变得这样冷酷无情，好像我做了什么对不起他的事，时时的发脾气，简直是吹毛求疵，故意追究我的小毛病，先骂一顿再解释，这样的威胁我觉得太苦闷了，我想正式提出要求：下连担任别的勤务，请他另外找一个理想的人来当差。

我的请求刚要提出来，他用下面这段话把我的嘴堵住：

"你以为受点申斥，挨几下打，就觉着冤屈么？我像你这么大的时候，哪一天不挨骂？哪一天不挨打？玉不琢不成器，人要不挨骂不挨打也不会成器，你明白么？像你们现在这样，舒服多了，咳，我从前受的那些苦楚，你们连做梦也做不出来啊！"

他在这一刻是又换了一个理智清醒的灵魂了，他的话有感动我的力量，我觉着愁苦和伤感，后悔不应该对这样一个"好人"生出仇恨的心理甚至于思念着报复，但是转瞬之间我的思想又改变了，我以为他是撒谎，用那些虚伪的话构成的圈套，使我沉入迷途，为的是征服我，把我造成忠实的奴仆。

司务长的工作进行得很快，在工作过程中所表现的无限精力和活泼敏捷不能不使人佩服他确是一个聪明的、有经验的、行伍出身的老手。

我坐在门槛上休息，喝一杯温水，看着他们工作，希望他们的工作顺利而且迅速的成功，忽然想起麻子给我的那个小本子，拿出来翻弄着，里面是用不大规整的字写着一些地名，有一首诗歌很不错，头两句是：

"我们都是神枪手，一个子弹消灭两个仇敌……"

司务长把鲜血没有洗净的猪肉切好了扔在锅里炒，搔搔出汗的后脑海，像唱歌似的念道：

"老爷庙的门，杀猪的盆，大姑娘的裤裆，火烧云。"

光头握着猪腿的那个老总念道：

"顶水鱼，顺风旗，十七八岁的姑娘，大叫驴。"

他们又说了不少这类滑稽可笑，音调诙谐的昂扬的丑调，我几乎惊叹得叫起来，我是第一次发现了老总们也是爱好文学的人——虽然是粗陋可笑的文学。

司务长用长柄的铁勺子活动着声响很高，块头大小不等的炒肉，额头上汗水积得很厚，脖后的汗水泡着尘土，嘴唇上面流着一点儿鼻涕，他刚把铁勺子放下，一声巨大的音响吧房子都震动了：

"啪！"

这是枪响，非常临近的枪响。

司务长在军服上抹一抹手掌：

"什么？"

街上有奔跑的声音，铁的响声。

十三

在我们休息的这家街门口，不知从什么地方来了几个陌生人，有一个扛着轻机关枪，急忙的放在门口，像鱼似的滑下了身体，伏在地上，把枪把靠在肩上。另一个人，他的面孔我看得非常真切，黑黝黝的脸皮，一只紫红的鼻子，那双眼睛炯炯的放着光，动也不动的，笔直的监视着院里。把身体掩盖在墙后，只露出没有戴帽的脑瓜，张开黑色的口腔，用洪钟一样的响亮的声调呐喊：

"这些汉奸走狗，一个也别放跑了，打！"

机关枪的铁嘴正对着我坐着的门洞，枪身摇动起来，连续发射的吼声把我震迷糊了，我记得，我像做梦似的，麻木的坐着一动也没有动，机关枪的标尺大概定错了，也许是射手太慌张了，一排子弹完全打在高处，在咆哮声间断的一瞬间，我看见司务长是在恶毒的太阳光下闪着汗光的身体急快的往后院逃去，在那个四方脸，宽下巴，看不清眼珠是什么样的射手第二次用手掌打下杠杆的时候，我已经慌忙的立起，小手账从无力的指缝间溜到脚底下。

把身体掩蔽在墙后的那一张黑脸喊道：

"往下！往下！压住气……"

射手把枪把靠在肩上的时候，我的两脚已经迅速的离开了门洞，追上司务长，在子弹的咆哮声中，拼命的逃到后院，墙头太高了，爬不上去了，我急得像热锅上的蚂蚁，难受得打着旋转。

一个惊慌失措的弟兄往墙上爬，没有抓住，石头和泥土滚了他一脸，摸摸头，跳上猪圈的角落的草棚上，草棚在他重重的脚底下弯了腰，他的两脚一滑，跳在肮脏的烂泥窝里。

司务长的两手已经扳住了墙头。

我努力的搬运一个没有底的破木箱，决心踏着这个上墙。

有两个"敌人"勇敢的追进来，他们的目标是司务长，一定是司务长那双好久没有打油，变成了灰色的，破了后跟的软腰马靴引起了他们的注意。

司务长的上半个身子是弯在墙上，下半个身子挂在墙下面，一只脚尖乱踏着泥墙，碎小的石块不停的往下飞滚。

我赶紧蹲下身体，掩蔽在破箱子后面。

在头前追进来的那个矮小的好汉挥舞着刺刀对着司务长的后脖子刺去，可是他的刺刀不够长，往上倾斜的枪身没有服从他的指挥，于是代替脖颈，刺刀是猛力的刺入了墙壁，刀尖刺在石头上弄弯了，在他身后跳动的青年举起刺刀，一下子刺进了乱踩乱踏的司务长大腿，刺刀刺得太深拔不出去，司务长的马裤撕开了一条大口子，露出皮肉和奔流的鲜血。

"答答答答答答……"

机关枪摇动着房屋和逃亡者的不幸灵魂，

没有云的，耀眼的天空在头上晃动，地面在我的脚底下旋转，我一心一意的想着逃命，忘记了抵抗，这时候我如果拔出抢来，沉着的射击，那两个青年战士是用不着麻烦的，可是我的该咒诅的胆量太小了，死的恐怖无情的抓住了我，只想着开拓逃跑的安全道路，忘记抵抗了！

"突突突突突，答答答答答答答……轰！"

隔着房屋的前面机关枪响得正激烈，附近的什么地方又有了大概是手榴弹的威吓，我是头一回见这种骇人心魄的兵器的巨大的调子，在较远的什么地方，有浮动的叫喊：

"往南门去，往南门去，哎，开枪！"

"别留一条狗命！"

司务长抓起一块灰色的砖头正好打在刺刀落了空的"敌人"的面门，那个青年收回了枪支，用一只手捧着脸，这时候，猪圈里的弟兄已经翻过东倒西歪的栅栏，从身后抱住了那个刺司务长的青年的后腰，两人都绊倒了，于是滚在地上厮打。面门受伤的青年跳动着，舞动着拳头帮助他的同伴。

厮打在一起的两个拼死拼活的仇敌，势力是不分上下的，司务长从墙上滚下来，咬着牙齿拔下刺刀，狠狠的一下刺进了青年的喉咙，抖颤着，叫喊着说：

"快点儿，帮我一下，我上了墙好拉你！"

司务长刚刚转过身去，又进来一个"敌人"，对我打了一枪，没有打中，子弹是打在距我不过二十生地的墙上，打落一块泥土，他又改变方针，咬着牙齿奔过来，想用枪柄痛击我的头颅，也许是企图活活把我抓住，当他发现了旁边的司务长已争先的射出了子弹，正好命中他的胸部，接连着又放了两枪，这个英勇的青年像喝醉了似的，踉踉跄跄很可惜的跌倒了，没有闭上眼睛，仇恨的瞪着我。

我趁着这个机会，战战兢兢的爬上槐树，树枝的刺在我脸上很重的划了一下，我也顾不得痛了，极力的攀往树枝，不顾三七二十一的往墙头附近小心的移动，两脚探索着，很怕下面那个还没有断气勇敢的仇敌，一下跳起来对我开枪。

我听见前院有门窗推翻打碎的声音，机关枪停止了震撼，各处发动着零星的射击，子弹在四面八方锐叫。

司务长已经拖着创伤的坏腿爬上了墙，他还没有力气回身拖拉下面的弟兄，跑进来一群"敌人"，刺刀穿进了弟兄的胸脯，弟兄用两手抓着那摇动的刀身，跪下了一条腿，皱着面孔倾倒着身体哀叫，司务长头也不回的，跳到墙外去了。

我滚在墙外的土堆上，立在这里可以看到院里，把头低下一看，那个弟兄的头上，脸上，胸膛，许多的刺刀集中着直刺，我看见他摇摆着两手做出求饶的可怜的模样，有个十四五岁的少年举起右脚，往他脸上一踏，他横着身体匍匐在刺刀乱舞的光下，挣扎着，呻吟着……

我跳进一个三面围着石头的草堆里，用草捆埋葬着自己的身体，从没有遮住的草捆的缝里看见堆着马粪的小街上，从南面跑过来一个弟兄，从后面有个"敌人"很快的追上了他，用枪把击中了他的后腰，两个人抱住了旋转，厮打，咒骂，滚倒了，乱爬，弟兄抓住了那个人的枪身无论如何也不使他放，结果是"敌人"占了上风，把他压在下面，夺取枪支，把他的嘴脸用枪托底板打破了，弟兄努力的抬起上身，抓住"敌人"的衣领，在那突起的鼻梁上打了一拳，反过来他又挨了一下枪底板的痛击，接着是枪身回旋了，刺刀高高的举起，刀剑对着他的脖子刺了进去。

那个"敌人"还没有把刺刀拔开，刘下士和另外一个弟兄飞跑着过来，但是刘下士的枪口一举，没有打中人家，自己的脑浆却裂开了，倒在弟兄的身上。"敌人"把他踢开，抓住后面扑上去的弟兄的一只胳膊，对着他负伤的颜面吐了一口。

"'敌人'的走狗！"

枪托一举，弟兄栽倒了。

我想跳出草堆逃走，忽然从南门又出现了几个"敌人"刚刚从道口露出来的张班长，赶紧躲开，逃跑了，那几个"敌人"往西拐去，并没有追他。

我急忙推开几捆草，打算追赶张班长，可是跑到菜园的进口，他的踪影不见了，我正害怕的彷徨着，不知怎样的安排自己，看见一个徒手的弟兄和持枪的"敌人"在距我有五十步远的周围玩着捉迷藏，一个追捕，一个逃跑，追来追去，跑来跑去，只是那一块圆小的战场，弟兄从墙上拆下石块投掷，没有投中，那个歪戴着帽头的"敌人"伸出刺刀来，可是刺不到弟兄，于是又旋转起来，奔跑，追赶，躲闪，那个"敌人"的子弹一定是用尽了，焦急的兜着圈子，没有高妙的方法处置当前活蹦乱跳像猴似的仇人。

我往他们那个方向胆怯的前进了几步，低低的空中一声尖锐的噪叫，那子弹是把看不见的空气串了一个孔洞，往远远的，没有边际的空气里钻进去了，那嗖嗖的怪声把我吓住了，赶紧调转方向，往菜园里，乱踏着青菜，窜进玉蜀黍的田里。

连长、录老师爷和另外那几个忙着做饭的弟兄也不知怎么样，我这时候，把他们忘在九霄云外去了，只顾自己的力量还不够呢，哪有余力照顾他们。

玉蜀黍宽大的叶子不断的碰着我的脸，深深的垄沟绊着脚，松软的泥土在我脚底下留着清晰的痕迹，我用两手拂开接连着打来的一重一重的障碍，像猫似的蜷伏着身子，不住的回头，细心地观察，低下身子往各方面留神的张望，闻着玉蜀黍没有成熟的气味儿，往叶子浓密的深处尽力的狂奔，很怕身后有敌人追上来抓我。

枪声，叫声，乱杂杂的声渐渐地离我远了，可是不久又在附近起了奔跑和凶恶的咒骂：

"熊样，我看你往哪里跑？"

莫非是说跑进这玉蜀黍的田里来了么？这个念头在我是不愉快的，我把手枪紧握在出汗的手心里，想往药室里添几个子弹，怕弄出声叫"敌人"听见，不敢动弹了，抖抖擞擞的立了一刻，听听各方面的动静，坐下来，喘喘气。

忽然觉着嘴角有咸味儿，用手掌一摸是血，这是树枝送给我的纪念。我不觉着疼痛，只是害怕，心跳得十分剧烈，总觉着有"敌人"在各处搜索着我。

我在心里祷告："敌人啊，我和诸位无冤无仇，我是好人，千万不要杀我……"

一声兴奋的、惊人的震动把我吓得全身跳了一下，好像有一只魔怪的大手把这整块田里的玉蜀黍的尖稍狠毒的打了一巴掌，从这一端到那一端，发出一串的"擦！"的声音，我想起来了，一定是子弹窜进了这里面，危险极了，我赶紧伏下身体，顺着垄沟卧着，把手枪放在肘腕上。

"突突突突突……"

附近又起了机关枪威吓的歌声。

在枪声激起的另一方也有同样的吼声，不是连续的，是间断的，点射着：

"答答答……答答……答答答答答……答答答……"

沉默了一刻，突然起了疯狂似的咆哮：

"突突突突突突突突突突突突突突突突突突突……格格格、格格格格格格格格格格格……"

步枪掺杂的点缀着。

"砰！砰！砰砰！……"

田地的一端有许多，大约有三四十个人，响动着装具，乱七八糟，迅速的跑过去，后面好像有落伍的人，步声响得很慢，跑几步，还休息一下，也不知是"敌人"，还是他妈自己人。

我从裤袋里，摸出一条几个月没有洗过一次的灰黑色的手巾擦擦脸上的血，胆子大了一些，十分英勇的，抖擞着坐起来，把子弹拿出来，尽量的在弹槽里压满了，枪膛里也装了一个预备着，我坚决的打好了主意，等枪声完全停止以后，赶紧顺着这块田地逃走。

死的声音在各方面加紧的咆哮。

玉蜀黍的叶子互相的触动，总像是有人演奏着丧葬的乐曲，心惊胆战的听着那乐曲终止了才觉着舒服一点儿，可是胸头还十分的紧张，被死的恐惧压得喘不出气。

"咔嚓嚓……"

几发辨别不出是步枪还是机关枪的子弹又穿过田里，在玉蜀黍的密集之间贯穿过去，我全身痉挛的颤了一下，张开嘴用力的往外喷出满肚子憋得太多的闷气。

机关枪连续愤怒的发动，把大地蒸发出来的令人头晕的蒸汽加倍的震起了，玉蜀黍的叶子像在热锅里煮过的一样，喷射着难耐的热气，田垄的沟沿，从松软的泥土里，冒着刺人一样的热针，窒闷的空气里流动着看不见的煎熬着的生命的烟雾。

刚刚从死亡的可怕的地狱里，从机关枪无情的射击声中，从不客气的刺刀的挥动的光芒里，从野性的厮斗，流血的噩梦中，侥幸的逃脱了不幸的命运，好像从猫的嘴里挣扎着飞出来的鸟，又像从死刑的刀架之下打开绑紧的锁链潜逃的囚犯一样！

可是枪声的响动，头晕眼花的闷热，还没有压住的惊慌，不自然的气喘，忐忑的心情和四面八方死亡的大网还在一步紧似一步的拉过来，我目前的地位好像一只无能为力的翅膀衰弱的鸟，或游泳的力气已经失去了的鱼一样，那条死亡的大网太可怕了！我试着往另一个的方向奔爬了几步，思索着远远的逃走的路线，可惜，我们是乘着昏暗的夜色开来的，这一带的地形一点也不熟悉。

爬了几下，想一想，听一听，摸摸渐渐疼起来的脸腮，逃走的勇气没有了，只好疲乏的等着，害怕的听着……

附近的什么地方又有部队在迅速的移动着，奔跑，装具的声音。

马匹的蹄子在田地的一端响动起来，被踏倒的田禾发出裂碎跌倒的声音。

熟悉的，变了调子的粗哑的叫喊送过来：

"第三排么？韩排长呢？"

"在南面……"

"你们快往南边去吧，快跑！"

"砰！砰！啪啪啪，啪啪……"

"哎，等一等，你们连长呢？"

"不知道。"

"好，快去吧！"

问话的是副官，回答的却不知道是谁。我的胆量恢复过来，屈着身，拂开秆和叶的障碍走到田地的一端，从稀疏的枝叶之间望过去，团副官毫不吝啬的用鞭子抽打着马匹，在他头前，坐在鞍上摇晃着屁股快跑的团长，他的脊背很宽，剃光的后脑海闪着光亮，马弁在四面护卫着奔走，远处的树林的尽边，有人形的黑点子迅速的移动，机关枪在休息着，不强的射击也间断了。

我一时不能决定怎样行动才好。

李富贵和六个弟兄的出现对于我是莫大的救星，李富贵的脸上淌着汗和泥，腮部和下颚发着青紫，握着的枪支，枪口斜斜的低着，枪托底板蹶得很高。一个脖子绑一条手巾的弟兄在后面一瘸一拐的奔走，我不愿意叫他们看见自己是卑陋的藏在田里，等他们走过以后才悄悄出来，同样悄悄的追上了他们：

"谁？哎呀……"

一瘸一拐的弟兄似乎吃了一惊。

"你们往哪里去？"

李富贵没有回答我，把帽子往后推一推、露出整个粗糙难看的嘴脸，变得异常钝涩的眼光不停的挤着：

"唉呀！怎么的，他们说你死啦！"

"谁说的？"我觉着好像要哭起来。

他把枪支一只手拿，把帽子往前一拉：

"快走！大个子生气……"

我像做梦似的，稀里糊涂的随着他们跑过夜里曾经停止过的围场，窜出一片埋到膝盖的草地，在树林的一端和周排长指挥的队伍集在一起了。他们的队伍是散开的，都卧在斜坡上，枪口往前伸出，瞪着激动的恶狠狠的眼睛，拿机关枪占领着一个土堆，射手的脑袋高高的扬起来，脖后叠起肉块。正对着机关枪射击区域的是一块荒地，有几个死尸陈列在土坑的旁边。

"操他妈的，不敢上来了！"

说话的原来是大个子营长，他把背脊靠着一棵弯倒的树，看见了我，皱一皱粗黑的眉毛，哼一声：

"杨广路，你怎么的？"

想了一下，补充着说：

"你们司务长说，你死了，怎么的，你没死么？啊。这小子，跑出来了……"

张兴蹲在营长身后的草堆里对我歪斜着嘴脸我都没看见，他好像做了营长的传令，对我点一下头，抹去额角一堆汗珠。

一排士兵从左翼迂回着慢慢的往这方面移动，大个子营长急忙挺直身躯，往前跑了几步，对他们摆摆手，生气的，用大声叫喊：

"谁叫你们往这面来？回去！"

又加一句：

"再等会儿看，要不出来就算！"

团长和副官也来了，我很奇怪，大个子营长对士官没有表现出一点尊敬的模样，说话的时候高傲的仰着脸，突出胡楂布满的下颚，带理不理的神气，和弟兄说话时所用的嗓门相仿佛，这家伙一定是非常野蛮，大老粗出身，不懂礼貌——我这样想。

团长仔细的审问我，关于战斗经过的详情，他说，司务长很勇敢，空着两手和"敌人"厮打，把包围的敌人打退了，又夸奖我，为了保护士官，英勇的战斗，把袭击的敌人消灭了，这是勇敢的作风，我不知道他老人家是从谁的嘴里得到这样与事实完全相反的报告。

鬼才知道，司务长是怎么样的勇敢，他为了自己活命，撒谎，把弟兄抛下不管，眼看着那么弟兄在刺刀的乱刺下受苦，至于我自己，只是为了保护自己才不得已的逃跑，我的英勇，在迅速的攀上树枝，跳上墙头，窜进田里，救济了自己的性命的这一决定胜利的意义不消说是有伟大的价值的，可我决不能坦白的对团长大人报告：

"那都是谎话，没有的事！"

理智告诉我，顶好是尽可能的吹一点儿大牛。

当团长这样好奇的询问：

"他们不是把你抓住了么？"

我就毫不踌躇的回答：

"一个人拖住我的胳膊，我打了他一拳，正好打在鼻梁上，把他打昏了，另一个人想用刺刀刺我，我一躲避，他的刺刀没有刺中，于是我……就抱住他，把他摔倒，顺手给了他一枪。可是，可是，在这以前，我没有工夫往外拿枪，那两个人，没有我有力气，所以好收拾……"

在我的四周，惊奇，感叹，赞美的声音美妙的流动起来：

"杨广路有两下子！"

"什么，他会武术。"

"要不连长会看重他？"

"换一个人，非死不可！"

"当时没有他，司务长一定糟糕！"

"连长，也没有法子，叫人家堵住屋里，四面夹攻，不能回手啊！"

大个子营长不知因为什么突然的咒骂起来：

"咳！损失这么大，怎么交代，妈个臭逼的！"

十四

半个钟头以后，部队的主力在村落里聚齐了。

我们的连长是死了，他倒在门口，脑袋碰着泥灰脱落的墙壁，头发里藏着许多尘土，右眼角的上方，紧靠着眉毛，有一大块刀刺的伤口，刀口是向上刺去的，额角的裂缝很宽，从那里面冒出来的鲜血把半面发青的脸腮染得通红，后脑壳也有刀伤，可是不重，是刺刀擦破伤口，胸脯的上部军服扯碎了个大的口子，那是刺刀集中的地方，正是致他死命的要害，肚子里好像是打进子弹，裤子的前面印了一大片黑色的记号，一条腿曲着放在门槛上，两只手都紧紧的握着，好像抓住绳索怕掉进深洞里一样。

张班长和四个弟兄把他慢慢的抬起来放在窗前，周排长寻了一个破席，指着两个弟兄：

"拿去，盖上！"

当班长抱住他的头放下去的时候，他的脖子往下无力的一弯，头颅好像要滚掉了似的，嘴唇咧开，露出牙齿，好像有什么话要说出来，他的模样实在可怕，我觉着浑身麻木起来，而腿有点发抖。

录师爷是钻进了一口衣柜的下面，敌人在他浑身上下刺了好几十刀，伤势很重，可是他没死，当弟兄们把他动弹不得的身躯拖出来的时候，他不住的呻吟着：

"哎哟哟，哎呀，哎呀……"

连长的烟灯打碎在地上，烟枪没有了，他的武装带不知怎么扔在院子里伴着一堆堆牲口粪，他的手枪一定是"敌人"拿去了，这么好的手枪到了"敌人"手里一定有用处的。

第二天一早，负伤的司务长和录师爷被两个兄弟和一个医兵保护着往城里的医院送去，连长的尸身装进了棺材，赶车的农夫是我唯一的伴侣，我们出发的时候，团长写好一封信命令我交给连长的大太太，并且嘱咐着说：

"在路上不许迟误，你回来的时候先报告我，把详细的情形。大太太和二太太如果捣乱，要照着信里的意思办，可是得等到我们回防以后，现在没有别的法子。"

他老人家用力的顿了一下马鞋，用力的挤一挤眼，喘一口长气，愁闷的低着头思索了一会儿，摇摇头：

"没有别的，去吧，快回来！"

我想和张兴讲几句秘密的话，可是无论什么地方找不到他，只好催促着车夫：

"我们走吧！"

车夫的鞭子在半空画了一个半圈，硬实的木头轮子动弹着，旋转起来，车轮吱吱嘎嘎的响，棺材慢慢的向前移动着。

在坟地的一角，一群弟兄在那里为了战死的人们努力的挖掘着墓穴，他们不约而同的停下工作，伸长了脖子，聚精会神的，用同样的目光望着我们，张兴扔下镐头跳着跑过来：

"你什么时候回来？"

"很快。"

我抓住他的肩膀，悄悄告诉他：

"连长的衣兜里有些钱，是周排长翻去的，我看见他……"

"有多少钱，你为什么不报告？"

他生气的扬着眉毛。

我对他说：想报告，老没有得到机会，周排长总在我身后绕圈。

"你等一等，我想想……"

他想了一下，紧紧追问着一个问题：

"一共多少钱？"

"那可说不上！"

"你看，真粗心，你为什么不先下手？"

"我怕，不敢动。"

"那么你看见周排长翻去了，为什么不对他说：哎，周排长，这钱你不能拿，得带回去交给太太。咳！我说，你简直是个废物，没有财运，应该到手的钱都放跑了！"

很可笑的，张兴是误会了我的意思，我的目的不在得到那笔遗产，我觉着不平，想为死人在最后尽一点义务，这个死者在生前曾对我有过好处，他认为我是个可以造就的材料，从黑红的，粗糙的，野蛮的嘴脸堆里把我提出来，虽然是不断的奴使我，把我安排或一个卑陋低贱的角色，可是，那正是他造就的一个"人材"的逻辑，因为他当初便是从咒骂的诗歌和巴掌的交替声里成长的，在我现在的环境里，也唯有运用这种教育法才有效。

假如把我送到玻璃砖砌成的什么学校里去听讲义，那是不可能的，决心造就我的人在血泊里断了气，以后在这个世界上恐怕难以碰见这样的人了，我这时很后悔一向对他的怨恨和诅咒的心理。他对我发脾气，叫喊，抽着马鞭，那在他，是认为有益处，会把我变成聪明的，他对我这样的解说过他的奴化教育的哲学：

"哼，骂几句，打几下子，算什么呢？骂不死，打几下也打不死，多挨点儿骂，多受几下打，脑筋能明白一些，一辈子不挨打受骂的人，多半是傻子，不会有出息，不信，你好好看着！"

可是张兴完全不明白我这时候的感激和一点儿幼稚的报答情绪，他的全副精神都被金钱的诱惑所占据了，我觉得无聊，并且失去了解说的兴趣，喘几口闷气。看一看那些呆若木鸡的弟兄，他们的嘴脸都是多愚蠢和可怜啊！

"回来见吧！"我和他握握手，拔腿走去。

张兴一声不吭，好像个哑巴。

车夫是个青年农民，尖尖的，破了边的，黑黄的草帽下面压着一张皮色憔悴的长脸，腮边有一根长长的毛，下巴刮的很干净，只有那根长毛认为奇货的保存着，他穿了一件肩头破了个窟窿短衫，裤子挽在膝盖上，一双笨重的鞋，底子上钉着一些长短不齐的猪皮，把鞭子夹在腋下，扭出一串鼻涕，用袖头擦一擦，和我商量着说：

"老兄，我当兵行不行？"

老兄——这个称呼我觉得很新奇，头一回有人这样称呼我，觉着很高兴。

他身后的裤带上绑着一个细长的布口袋，里面装着一个短短的烟管，走了一程，摸索着把烟嘴里装满了烟草，弯着身体在石头上划火柴，没有成功，用闷在箱子里那样的声调嘟念：

"我操！"

鞋底下绊了一块石头，也是愤愤的：

"我操！"

牲口走了歪道，好像对人说脏话一样：

"这个操蛋的牲口，不走正道！"

接着是毫不怜恤的鞭子的惩罚，棺材里的人在这时候会受一会儿摇摇不定的震动。

他很满意我，说我"和气"又告诉我，有一回被军队抓去扛子弹，干了半个月，差一点儿送了命。他的老母亲便是在那一次因为挂念和忧愁病倒了，一个月以后去世的，现在只剩下一个比他大八岁的老婆和三个孩子全靠他养活，军队没有在发生战斗的头一天晚上，村里的人都被拖进不幸的逃亡的命运的洪流里去了，他是第一个回来的，他曾经给我们的"敌军"的指挥官做过饭，他很得意的说：

"那个连长，他，哎，他叫什么？你看，他那个名字很古怪，我总是忘，哎哎，我的记性坏透了，那个人年纪不大，顶多不过三十岁，有学问，走着坐着看，吃饭的时候也看，睡觉的时候也看，一点儿架子也没有，对待兄弟好极了，他们那些兄弟对老百姓不错呀！不拿东西，也不打人，真讲理……"

这个青年农民，在我的思想领域之外又开辟了一条新的路径，我从来没有想到关于敌人的生活情形，我从前以为敌人全是可恶的，该死的，对待他们就如对待虎狼，除了射杀以外决不能让步，然而在这场战斗以后，从我的眼里，和从这个车夫所说的，证明了敌人不是可恶的、该死的、像野狼一样的。很明显的，他不直接攻击我们的短处，用赞美"敌人"的迂回的说法来比较好坏，敌人的连长，走着坐着看书，我们的连长是随时随地抽大烟，敌人的弟兄不拿老百姓的东西，也不打人，我们的弟兄盗窃，劫掠，不单打人而且伤害人民的性命，在人民之间散播着悲惨的种子，发展着痛苦的命运。

我觉着在这个青年农民的身后是个罪人，他的老母亲的死，虽然不是我亲手杀死的，可是听他的无可奈何的哀怨的口气，我似乎应该负担着一部分责任，我觉得羞耻，想对他道歉，可是这种谦卑的感情很快又消失了，愚蠢的网又把我的理性压住了。

蹄声，轮声，夹杂着时断时续的话语，棺材里的人一动不动，始终沉默着。

青年农民把烟管收起来，清清喉咙问我：

"都是中国人，为什么要打仗呢？"

这个问题，我也回答不出来。

"打起仗来真厉害，机关枪一突突就是几十几百的死！"

不知他是自言自语，还是征求我的意见，我这时候极厉害的思索着自己的前途，农民的话在我心里已经激起很大的感应，但是我的心绪太乱，到后来只有唯唯诺诺的答应他，有时喘口长气，表示同情，有时默默不语，表示没有什么意见，他原来是个碎嘴，喋喋不休的讲了又讲，越讲越高兴，到后来我也没听他讲些什么了，田边伸出来的玉蜀的叶尖划了一下他的脸，生气的咒骂了一句："我操！"

静静的棺材在寂寞的路上经过，在炎热的太阳下面移动着走过去，在凉快的树荫里无精打采的摇晃，在孤寂的小村庄里悄悄的，像害羞似的出现之后又慢慢的离开了……

我像个丢魂落魄的孤雁一样，尾随着沉闷的棺材慢慢的走路，在一个孤寂的小村的一端，在一户人家低矮的茅屋的后墙上不知是谁用粉笔字写着这样的标语：

"中国人不打中国人！"

车的轮子不停的在泥土和碎石堆积的道路上滚动，牲口的蹄子踏着自己的黑影，车夫的赤裸着的两脚也在踏着自己的影子不停的前进，我们走了一上午也没有休息，太阳西斜的时候，我们渡过一条浅浅的溪流，目标是望着一望无垠的地平线……

（《入伍》长篇小说，中华图书公司 1945 年 10 月版，署名：慈灯）

新编杨慈灯文集

1946

穷小子飘流记

一

母亲在送我到火车站的路上，十分忧愁的嘱咐着说：

"你去看看，如果做不了就回来，咳！我真不愿意你这么点儿年纪出去伺候日本人，如果有钱，再读二年书多好。"

她的间淡的眼睛涌出了泪水，掀起破旧的衣襟擦一擦不使我看见。

经过小镇桥的时候，我恋恋不舍的望着东面那片寂静的池水和对面沉思着的树林，在夏天，水池和树林是我们孩子们快乐的天堂。从今天以后，我恐怕没有幸福享受这大自然的赐予了。

走到远处，回头望了几次，母亲领着小弟呆呆的立在桥头的树底下，越来越模糊，成了可怜的黑点子，我觉着胸口空闷得很，性急的跑起来。

三个钟头以后我坐在大连市内二姐夫的娘舅开设的一家粮店，一间靠栏柜的房里。我姐夫，是个身躯肥胖，有一双金鱼似的凸眼球的老实人，他对于我很表示欢迎，笑嘻嘻的问："在三井洋行里做事，你干得来么？"

我不知道三井洋行是什么买卖，也不知道自己胜不胜任，没有回答他的问题，在拦柜台里面，坐着一个清瘦的伙计，用战兢的声念道："去了，重打上啊，三十二元五角五啊，二十二元四角八啊，再打上……"

同时有噼噼啪啪的很好听的算盘的声音为他伴奏。

进来一个身躯也胖胖的人，打了一个阿欠，不知问谁："来了么？"

又接着说："我看他，几岁小点儿，人家怕不采用。"

姐夫沉思默想了半天，这样指教我："哎，他们要问的时候，你就说十五岁，多说个三岁两岁的也没有什么。"

过了几天，一个脸色紫红的青年柜伙送我到距码头不远的三井洋行里，把我交给了一个个子了奇的矮小，貌相十分滑稽的人物：尖脑顶，鼠形的面孔，一双圆圆的小眼睛走路的时候很拙笨的挪动着扁平的脚，好像轻足的妇人走路的样式一样。他领我到楼上会见一个下巴长得出奇，面孔像马似的日本人，我不明白他们说了一些什么话，那个日本人用日本话问了我一句什么，我不明白，介绍人替我翻译："他问你家里都有什么人？"

我左思右想，不会回答。

他们商量的结果是决定把我留下服务几天看一看成绩好坏再做。

这样，我便留下，在这所有的主子都是日本鬼子的公司里学习做一个最卑陋下贱的[小使]的伎俩。

二

领导我的是一个比我大几岁的少年，他有一副白净的圆脸，尖下巴壳，时常从衣袋里掏出一个光亮的圆小的铜盒，抹一点儿药膏在嘴唇上，我很羡慕他这个铜盒，盼望自己也能有一个，他教给我的第一门功课是把一大堆装在铁丝篓里的信件送到各科各股的主任桌上。楼上各部分的位置这比较容易记忆。

只有某些，机械，保险，会计几部分。楼下的门类太多，那些桌凳的排列，活动的脑颅，电话器的闪光，吵杂的奇腔怪调，使我眼花缭乱，摸不清门路。后来我凭着比如法才算记住了那些主任的模样：经理科主任像个卷毛的哈叭狗，杂货科主任像个屁股瘦细的毛驴，粮谷科主任像个衰弱的老猫，船舶科主任像个蠢笨的鸭子，通信科主任像个身体不吉的老太婆，行长像只凶恶的狮子，副行长像只傻气的狗熊。真奇怪，这些人都使我联想到各种无情的野兽，那些日本女子办事员，使我联想到温驯的家禽，有的像闲散鸡，有的像满足的鹅，有的像无忧无虑鸭子，有的像乱跳乱飞的卜鸽。有一个看管茶炉的老太婆和我的介绍人一样也是个小个子，满脸皱纹，吃斋的下巴，掉了不少的牙，她像一只羽毛脱尽的老鸦一样，说话的嗓门忧忧的，还摇头摆尾的。她最讨厌中国人，头一次看见我的时候，用憎恨的眼角从头到脚把我打量了一下，嘟嘟囔囔的对着一个像泥人似的日本少女说了几句什么。我觉着这家公司，所有的人和物，甚至于连空气，对我都不调和的，最令人难堪的是有些中国同胞，也是当奴隶的角色，对我很经视，好像一只野兽防备着另一只陌生的野兽要夺去他们并不能十分饱腹的食物一样！

我学习的是［庶务股］的工作，这里的主任兼任着行长的秘书，他在楼下，很少到楼上来。副主任，那位马脸的家伙办理着他的职务，他的皮鞋底好像是铁做的，走路的声响得震人，衣领是白的，领带贴在胸前，说话以前，先咳嗽几声，清清喉咙，好像气力不足似的。坐在他对面的是个头发蓬松的青年，裤子后面补缀了一大块，总是皱着眼眉很愁苦的想着什么，这一股里还有一个连毛须子总是刮得光光的老头子和一个说话声音微细的女子，我从他们的穿戴上猜想，只有副主任是有钱的，其余都是小资产阶级和无产阶级。

我最忧愁的是不明白日本话，他们吩咐我的事情必须请教我的导师以后才能去履行，其次是害怕端茶水的职分。每天早晨和先后有两次要到楼下的茶室里，把五杯茶用一个鸭蛋形的茶盘端到楼上一碗一碗送到办事员的桌角上。茶盘是硬木制的，中间刻着花斑，茶碗的圆滑的底很难在这上面立稳，用两手端着它一步一步的上楼真是一桩难事，一面要留心脚底下，一面要留心茶碗，手脚有一步儿错误，茶碗栽了筋斗，再回去要茶的时候，老婆子便愤怒的瞪圆了老鹰似的三角眼，裂着大嘴，用日本话狠狠的说了几句什么，看我不明白，又改用奇异的中国语咒骂："你的什么干活计？慢慢的好，快快的不行，水的没有，你的看看！"

那个像浆泥人似的少女，她是秘书室的打杂，附和着老太婆同一的拍奏指手画脚的讲了一些什么鬼话，大概是在批评我够不够做一个［小使］的资格。我忍着一肚子闷气讨得了茶水，心惊胆战的好容易端到楼上的时候，上司之一的女司令又指出我的错误："小孩，你的看看，这个的我的本是！"

尖下巴壳少年为难的替我解释："那不是她用的茶碗，你弄错哦！"

我最欢喜的工作是订报，在楼上最寂静的角落里有一间资产阶级式整洁华丽的会议厅，每天有二十几份日文报，两种英文和四份中国报，最后这四份报，有两份开着文艺版，其余两份有杂组栏，那些用"白话文"作的文章，小美人、小丫鬟的悲惨生活之类的短篇小说，特别同情那些受着重重压迫劳苦大众，那些无衣无食无家可归的流浪汉，颠沛流难的老小，失学的孩子，女工，乞儿，小偷，强盗和一切不幸的人们，都和我一样，是陷进了泥沟里，很难拔出脚来。有时读得出神，忘记了别的工作，尖下巴少年的两条腿便在我腋下出现了："还没有订完么？找你啦！"他也是很欢喜读报上文艺的人，渐渐的，他变成是我的同情者，爱护者，知心的伙伴了，他决心好好的指导我工作，并且教我许多人情世故。

"你的记性不错，慢慢的，什么事都能学会，那个臭娘们说什么不要理她，用不着伺候她也行，她再挑茶碗，干脆不给她，你不知道，她也是打杂的出身，和我们一样，还摆架子，不要脸！"

他又告诉我，同事的，谁是好人，说是坏人，我格外注意坐在我身后一个戴眼镜，圆圆的面孔，圆圆的脑门的少年，当他默默的望着我微笑的时候，我觉着全身都有了温暖，世界并不寂寞了。

在试用期间，主子们似乎认为我的成绩还可以够得上一个三等小使的资格，没有把我开除，留下任用了。

我姐夫很高兴，花五角钱给我买了一双布鞋，并且热心的嘱咐："好好干吧，找这个差事不容易啊！"

三

我搬进工友宿舍居住，这宿舍是坐落在一条乌烟瘴气的街上，东面直通到码头，轮船的气笛含着沉闷的调子可以时常的听见，接壁一家油房，从早到晚，不断的有汽锅的突突的吼声传出来，深夜也是不休止的，西面通到山寺儿沟的一条杂乱的街道。每天清晨，当赤红的太阳还没有露脸，东方还放着鱼肚色的时候我们就懒洋洋的从冰凉的土炕上爬起来漱洗。厨房里，灶火高高的烧着，厨子正忙着蒸馒头。街上，铁轮车的群接连不断，皮鞭的声响，蹄声和呼斗声打成一片，车和牲畜之间夹杂着黑手黑脸，善良的工人的海洋，混着飞扬的尘土，像污泥之流一样，浩浩荡荡的朝码头奔去，在那轮船密密的停泊着的海边，在仓房和什物堆满了的岸旁，好像有一种不可思异的莫大的魔力，把成千成万的工人群众抓了去，褴褛的工人之中还有不少容貌憔悴的女工，她们在头上包着破布巾，衣衫很单薄，受不了寒风的侵袭，瑟瑟缩缩的忍耐着饥寒的威胁，默默的追随着响动的大流一道冲去。

我们是在工人的浪潮息过以后，抱着新的希望或一无所谓的走三里路去上工。

傍晚，我们又拖着疲倦的身躯回到这条污秽的街上，住在这间乱哄哄的宿舍里有在公司当书记的，信差，在码头过磅的，仓库监理人，大工头，小工头，运输货物的指挥员，公司专用的洋车夫，各部门的学徒，小卜人，我是年纪幼小的一个小使，又是别人玩笑的目标。

在码头服务的工友之中，有个中年人是基督徒，他的宗教信仰很难得到大家的赞同，有个信差姓戚的时常嘲笑他，向他攻击："你说忍耐，这怎么能行？譬仿说你的老婆跟我睡，你知道了，也忍耐么？"

基督徒理直气壮的回答："有人打你的左耳光，你把右耳光也给他，这样的忍耐，别的事还有什么关系？"

这差把粗黑的眼眉恶意的挤了一下，轻轻的走到基督徒跟前，拍的一声，打了教徒一个嘴巴，他正在吃饭用的筷子被打掉在地下，一碗菜汤也洒了，他大发雷霆，用拳头激烈的敲着桌子，脸色气得涨紫，大声咆哮：

"混蛋，你是什么东西？这么欺负人？"

信差嬉皮笑脸的逗引他："你不是说有人打你的左耳光，把右耳光也给他么？怎么生气啦？"

有许多人鼓掌，喊好，煽动，挑拨，但是基督徒并不怎样的反抗，把筷子拾起来拆成两截，把碗碟摔碎在地下，气虎虎的咒骂着回屋去了。

多数造成信差的行为，嘲讽基督徒的矛盾和可笑，并且一致的主张叫基督徒赔偿碗碟和筷子，因为那是大家花钱买置的东西。

我觉着这个基督教徒很可怜，无端的挨了个耳光还得不到同情与怜悯，我以为他应该和信差厮打才对。他也许因为自己的体力不挤恐怕吃亏。

伴嘴和打架的事件是时常发生的，但是不太凶恶，很快的就会合好如初，有的只是互相的记忆着，愤恨着，并不报复。

赌博，要算是这些人最兴奋，最有趣儿的消遣了。

厨子是个赌博的能手之一，他那一双镶在枣红色的面孔中间的小眼睛好像是专为赌博而用的，做饭的时候，苍蝇落进锅里看不见，观察牌九的时候，远远的便可以迅速正确的看真那点数，有时只须用手一摸便确定了自己的运道：

"拿钱来吧，伙计！"

一个外号斗牛头的书记在赌博这方面所消耗的精力也很惊人，他在吃饭的时候也惦记着，和他志同道合的战士们商量："吃完了饭推四扇，干不干？"

很快的，我也学会了推牌九这种刺激人的游戏，成了厨子和这一伙无聊的人们的同党。

在码头担任送信的老王，是个著名的逛窑子专家，一到夜晚就勤快的换上干净衣裤，洗净手脸，兴致勃勃的去了。他的同党也很不少，有时单个行动，有时结成团体，合伙出资，消遥到深更半夜才回来。他们把旧社会压榨得没有了人权的妓女们的事当作最有趣，最值得注意的问题来讨论，有时同情她们，有时嘲笑她们，夸奖自己怎样有手腕，兽性怎样强，突然一高兴，两个汉子抱在一起，像疯子似的表演一阵像野兽似的丑恶的动作，看光景的人便鼓掌大笑。还有的成年人，吃饱了肚子没有事情可做的时候，很热心对孩子们宣传手淫的艺术和美。这些家伙，直缺德。

我知道了不少荒唐，堕落的知识，自己还觉着很得意，认为是进步分子。

在单调和无聊的时候，学习拉胡琴，我的老师是个半书记半卜役的角色，有天生的好嗓门，唱起歌来，声婉动听，伸直了胡子，眼睛睁得笔直的，满脸涨得红紫，很受苦的样子，还摇动着清瘦的身躯，他所唱的全是低级的小调，一面颤动着两手敲打一个叮咚的木琴。我学会了用胡琴拉歌曲的时候，便热心的与他合奏，我们的音乐会，时常招来许多的知音，有个在码头过磅的家伙还听上了瘾，放工回来喂饱了肚子便摇摇摆摆的走来，伸出粗糙忠厚的圆脸，诚恳的请求：

"请您二位奏一段好不好啊？"

我的老师的眼光像增加了烛火似的明亮起来了，殷勤的把胡琴递过来；

"好，小伙计，合一段！"

我们这位知音的客人半闭着细小的眼睛，摇晃宽肩，好像坐在舢舨里似的，还嘴嚼着味道，两手轻打着拍子，有时在嗓门里哼哼呀呀的随着琴声歌唱，他满肚子压制不住的热情是很动人的，可惜他缺乏歌唱的天才，嗓门粗哑，吐字又不分明，喉咙里像横着一块猪骨。

还有一位天才的音乐家，他是保险科的书记，擅长用筷子敲打菜碟，打出活泼轻快的调子，用右手的食指与姆指敲打桌面或任何容易发响的器物也是他特长的技术。基督徒的敌人老戚听见了音乐便跳跳跃跃，张牙舞爪的飞进来，在屋里的当中扭秧歌，不论扭多久都不知道疲乏，也有拿着筷子敲打铜盆过来合奏的，也有提高了声词乱唱的，宿舍里单调的空气被这些穷小子赶散了。

在这种时候，有一个个别的人从来不参加我们的晚会，他便是时常对我默默微笑的戴眼镜的少年，这个奇怪的小家伙总是寻找寂静的地方，孤独的一个人，把脑袋深深的埋在一本什么书里，读得使人吃惊的安静和热心，无论什么响动也不会惊扰他，耳朵根本就是聋的一样，他手不释卷的读书的姿态很感动人，我试着和他接近，他不反对，微笑着说："把板凳搬过来坐呀！"

又把书本翻给我看："这是东方杂志，你看不看？我还有别的。"

很快活的领我到他的屋里，把一只安排在靠窗户跟前的没有油漆的木箱盖打开，从里面拿出一大堆儿童世界，小朋友，童话之类的书籍，让我随意的挑选了几种，收起来的时候，用小声重重的嘱咐着："完看可不要弄丢啦，以后借别的书给你都是好书，不容易买到手的。"

（原文缺失）

（《鲁迅晚报》1946 年 2 月 25—29 日，署名：慈灯）

阿 Q 再起

最近，我复习了一下历史：

南京政府对于日寇进攻东北，唯一的办法是绝对不抵抗和哭诉于国联，"国民"政府某要人，在那一年九月二十三日南京市党员大会上说过这样的话：

"此刻必须上下一致，先以公理对强权，以和平对野蛮，忍辱含愤，暂以逆来顺受态度，以待国际合理之解决。"

又云：

"我们在精神上已最大的胜算，无论敌军怎样强大，怎样威胁我们，我们只是处之坦然……"

"以公理对强权，以和平对野蛮……"这两句异常温柔婉转，和谐动人。

但是日本强盗在行动上却删改了这篇诗文：

"此刻必须齐心力，先以强权对公理，以野蛮对和平，含羞带愧，永取胡干硬来态度，以待五殿阎君解决中国。"

至于："我们精神上已有最大胜算，……"云云，更是地地道道，百分之百，千分之千，万分之万的阿 Q 精神的发扬光大，登峰造极！

然而现在的阿 Q 进步多了，他学会希特拉那一套，几年来日本的血腥谋略，似乎也给他不少的启示。于是日寇一倒，他便一跃而起，但精神失常，成为狂人，乱跳乱叫，逢人便咬，大有不咬誓不罢休之慨！

我警告大家：要时刻提防疯狗，免上大当！他有时神经错乱，胡言乱语，有时疯劲大发乱咬一阵。

（《晋察冀日报》1946 年 6 月 24 日，署名：夏园）

三粒子弹

那年冬天，我们在吉林省东部叫大荒沟的地方和"满洲"伪军打了一仗，——这时候我参加东北抗日联军还不到两个月的光景。唉呀，说起来真是，苦受的不少，没有房屋，住在山上，没有吃的，生嚼玉米，一个人一顿饭就分一把，可得时候，抓一把雪，化成了水喝。

大荒沟是在吉林省东部，周围全是连绵不断的山地，这地方全是高丽人的住家，它又是常驻"满洲"伪军的地方。白天，我们在山上就可以看见他们在河边遛马，军官，士兵在街上来来往往，这些家伙，他们不知道山上就有我们的队伍，死到头上还不知道呢。

这天傍晚，太阳刚刚下山，西天上还留着一片深红色的云彩，没有风，可是气候很冷，山顶上，树木，枯草，仿佛像冻硬了一样，我们的队伍集合好了，连长对弟兄们讲话。他说："满洲"伪军，明天早晨有蠢动的模样，夜间袭击他们，消灭那些败类，接着他就分配任务，指导弟兄们怎样作战。

子弹，一个人三粒，你说仅仅三粒子弹好干什么的？可是啊，全靠这三粒子弹打仗呢！我这时候是第三次打仗，不像初次那么慌慌张张了，天黑以后，我就不住的摸索着这三粒子弹，心里盘算：一个子弹最低消灭一个仇敌，那么我可以解决三个。无论怎样，不能白扔，看不准，瞄不准，没有把握，绝不放枪。

三点半钟，我们从山上下来，满天星光，窗户、街道。班长李新政他领着我们过了铁道，敌人的步哨已经开枪了，他不理，照旧前进，我们从一排房屋的西侧绕到敌人拴马的地方，马夫刚刚发觉枪柄就敲碎了他的膝盖，东面有了机关枪的声音，李新政跳进院子里从窗户往屋里就打了一枪把，没有瞄准，打在肩膀上，他掉头就跑，我又打了他一枪把，说实在话，我真舍不得子弹，这家伙真是饭桶，赶紧跪下，两手抱着头，说什么：

"唉呀，别打，我们都是中国人，给你枪……"

原来是个军官，穿着马靴，我把手枪夺下来，当时想给他一枪，可是，舍不得子弹，就找他脑门狠狠一枪把，以后我就不管他了。前院有六七个敌人，都往外跑，可是门口把住了，没有地方跑，李新政堵着他们，过来一个打一个。忽然从我身后一声枪响，回头一看，一个高大个子正把枪口对着李新政，在星光下看得很分明，我太慌张了，忘记了开枪，又举起枪把——简直成了习惯，到这个节骨眼儿还舍不得子弹，这一下可糟了，那个大个子往我身上一扑，我没有站住，一下叫他扑到了，他想夺我的枪，奇怪他也忘记他的枪，我一着急，就骂起来：

"走狗！"

这一骂好得很，李新政听见了，他赶紧跑过来把大个子收拾了，然后他又跑去收拾别的，我从大个子身旁拾起一支枪，这么一来，我有两支手枪了，心里很是高兴，李新政在门口喊道：

"赵发，快点儿出来！"

我一听叫我，赶紧往外跑，你猜怎么的啦，敌人，少说有一个排，在街门口，把机关枪架上了，枪口冒起火来。我觉着李新政喊些什么，可是枪太响，我一句也没有听清楚，我往左面黑影里跑，跑了几步，我一想，唉，不对劲，李新政他们是叫那些王八蛋堵进院里出不来啦？

我心里一急，什么也不顾了，我从右面对着机关枪冒火的地方就扑，当时，我也不知怎么来了那么多的劲，枪把子也准，第一下就打倒射手，把机关枪踢倒了，接着我东打西打，真想不到，他们那些饭桶，枪也不要就逃了。我一看他们跑了我还在这里干嘛？我也跑，想去看看李新政他们怎么样，跑了几步，忽然想起一件大事，嗳！机关枪呢？我赶紧往回跑，机关枪还躺在地下，还有两铁匣子弹，好家伙，这可真是好东西，我把自己的枪背起来，一挺轻机枪，两匣子弹，可真不容易拿，我忙了半天，不知怎样拿它才好，急得像热锅上的蚂蚁似的，好歹把枪扛在肩上，子弹匣挟在腋下，用全力往山上奔跑。这时候战斗还没有停止，我一时找不着队伍，想把枪送到山上，回头再干，可是我爬到山顶，把机关枪和手枪埋在草里，刚要下山的时候，队伍已经到了山根，连长老远就问："谁呀？"

我说："我！"

连长生气了，一把抓住了我："你怎么跑回来？"

"我……我正要下去……"我心里一急，也不知道怎样回答了，我想。连长和弟兄们一定误会了我，这可怎么办？我越想越急，话就越说不出来，连长推我的肩："走吧！"

队伍到了山上，东方的山头放出了亮光，连长又问：

"你怎么跑回来啊？"

我说："找不着队伍……"

"找不着队伍？"连长反问一声，上下打量着我，弟兄们也都奇怪的看着我，咳！那时候我真难受，我左思右想，好不容易想起机关枪，我放心的说：

"回来送枪。"

你看，他们还是不明白我的意思，你说，我当时多么着急，我整了半天，就从头到尾讲一遍，于是弟兄们跟着我去拿枪，可是各处寻找，怎么也没有找着，唉唉你说我多着急！我的祖宗，我真想大哭一场，后来东找西找，南找北找，都没有，我一屁股坐下，真要哭了，忽然觉着屁股底下不舒服，翻身一摸，他妈的，这不是机关枪么？还有手枪……

这一仗，发的三粒子弹只打了一粒。

以后，我就拿着这挺机关枪打仗，打了整整十年，我是去年年底退伍的，这十年的事情，讲起来地很长的时间，这不过是千分之一、万分之一罢了。可是东北抗日联军和日本鬼儿打了十四年，国民党官老爷们不承认，还要武力接收东北，你说，这些王八蛋是不是无赖？我要不是左腿受了伤，走路不得劲，非跑回东北消灭那些兔崽子才怪呢！

赵发讲完了这段话，眼睛瞪得很圆，咬着坚定的嘴唇。

（《晋察冀日报》1946 年 7 月 13 日，署名：夏园）

新编杨慈灯文集

1947

重归故乡

啊呀！真不容易，我终于千里迢迢，障碍重重，日以继夜，可说千辛万苦，好歹回到离别了六七年对故乡——大连。

一踏上大连的边，心里说不出是怎么一股滋味，又快乐，又悲哀，想笑，又想哭。

我是怎样回来的呢？说来话长，要是简单的讲，也很简短：还是在苏联红军对德全线反攻的年头，在长春、沈阳、哈尔滨、佳木斯，有几个特别亲密的朋友，因为投稿，毫无政治背景，无缘无故被抓入狱。我这个无所谓的阿Q一流的角色也光荣的扣上了嫌疑的帽子，屁股后面粘上了帝国主义的宝贝特务。我老先生，无可奈何，只好三十六着，走为上着。

从北满飞到天津，从北平飞到济南，改名倒姓，各处鬼混，但是飞南飞北，混来混去，始终没有脱开殖民地的范围。在北平饿的没有办法，我偷过东西——我的品质很差，然而事情已经做了，怕什么人呢？大丈夫处事应当磊落光明，生前没有一事不可对人坦白，何况到了新的世界。

话说那些年月，并不天天受苦，幸福的翅膀也有闪动的时候，然而精神总在石头底下压着；凡是良心不死的人，说不盼望苏联红军、八路军多打胜仗，德日两国野兽快死。

天天盼哪，盼哪，一直盼到德寇垮台，日本强盗断气，盼到南京政府派遣大员接收——盼到这里，好像踢破的气球一样，我算瘪气了：那些大员，一到平津（据说别处也不例外），专门接收金子、银子、车子、女人，全部拉回自己公馆。小米贵得要命，广大的人民群众饿的叫苦连天，他们马耳东风，不闻不问，美军一到平津，更形草蛋。这些山姆大叔，成天搂着我们这些因为没有钱吃饭不得不打"野妓"的姊妹在街上得意洋洋，大摇大摆，坐洋车不给钱，张手就打，后来杀人，强奸，越闹越凶。

我们几个朋友的出版事业也被那些蛮横无理的老爷无缘无故的查封了，许许多多报纸杂志遭受到了同样命运。而造谣污蔑、中伤、卑劣无耻的文章却满天乱飞，横行无阻，并且受着狼牙棍棒的法律的保护。我只是为了得几个稿费好吃饭卖给书店的一部不三不四的长篇小说，因为写了一句"中国人不打中国人！"这就犯了大忌，"当局"说我也是八路，下令禁止出版我的东西！

我的老天！这是从何说起，我怎么会是什么八路呢？

我很害怕，只好重演以往在北满的戏文：三十六着，走为上着……

我计划着，趁着这个机会，周游解放区，看看那里的老百姓到底怎么样，看看共产党八路军新四军民主政府到底怎么样。

当时我在北平就认识了几个文化工作者，他们赞成我的理想，同意我的计划，并且在精神上给以鼓励，在物质上加以帮助，使我实现这个目的。我用了一年半的岁月，游历了察哈尔、冀东、晋绥、晋西、晋中、冀南等广大地区。唉！我可看到了巩固的新民主主义的社会，真正觉醒了的人民，强大的不可战胜的人民军队，全心全意地为群众服务的各级民主政府。此刻，当我写到这里想起他们的时候，我真恨不能一下飞回去和他们紧紧的搂抱起来，要不是胡宗南冒险进攻民主圣地延安，我的宝贵旅行是会一直往西发展下去的。

仅仅十几个月的阅历，已使我大大的放开了眼界：摸索到了多少年来好像瞎子在森林里摸索不到的真理之花，又如半生的盲人，睁开眼睛看见太阳一样。

要是把我在解放区的所见所闻写出来给大连的好朋友们看一看不知有多么好，可惜我这支拖泥带水的秃笔又生了锈，太不中用了，没有信心完成这个任务。

从下船到大汽车在平坦的马路上呼呼地跑，我的思想也随这景和物，轮子音不断地起起伏伏的。路过"山县通"的时候，不由想起十三岁起在三井洋行当小使，在日丸食堂洗涮碗碟，在鬼子家庭"摆台"，在旅大沿海的许多村庄干木匠活赚不上吃的悲酸历史。六七年前回大连探望亲人，人们走道得溜着墙根，那时候我做梦也没有想到这么些阔气的高楼大厦如今住上了我们亲爱的穷哥们儿。

四项诺言如果算数，政府会议倘若实行，爱国志士假设不杀，国家主权如能不卖，内战的炮火要不响遍整个国土……大家的生活现在不知更要过得多么好呢！

想着想着，汽车突然在一座高耸入云的楼房跟前停住，楼窗上坐着好多天真快活的青年合唱："民主进行曲"，我吃了一惊：唉嘿！大连的青年进步的不得了啊！

（《大连日报》1947 年 10 月 2 日，署名：慈灯）

"不感兴趣"万岁

最近在北平由一党一派一亲一族开办的"参议员选举"，据说参加的人数不到四分之一，而且都是封建小头保甲长之流从中指手画脚，人民皱眉苦脸的说："要不是警察在屁股后面跟着强逼，谁扯这份闲淡！"那位日寇乞降以后重用日本皇军声名大振的市长何某也都承认：人民对他们要的猴戏"不感兴趣"。

窃查人民"不感兴趣"由来已久，早从日本强盗打进中国，南京政府不抵不抗的时候起，就不感兴趣，既至日本垮台不久，大员一伸巴掌接收，美货涌来工厂一关，法币上市小米一贵，人民的不感兴趣则更加倍矣，而且数字不仅四分之一，乃是四分之四，十分之十，百分之百，而且就从那个季节起，上自他们的达官贵人，下至他们的喽啰打手；从他们头顶的每一根发梢到足跟，人民全不感兴趣。

工人不感兴趣，罢工的罢工，走的走，不罢不走，饿着肚皮。农民不感兴趣，田园荒废，生产低减，残喘苟延。学生不感兴趣，罢课游行，示威宣传。教授不感兴趣，罢教宣言，通电抗议。连他们娇生惯养的小姐少爷，都有许多不感兴趣因之跑到解放区去。那么还有什么人对他们感兴趣呢？我想，死鬼墨索里尼、希特拉在"阴曹地府"对他们的兴趣恐怕也不会太大，因为这些专门闹独裁的英雄们没有天才完成法西斯祖先的功业，这就难以得到先辈的宠爱了！

新筹安会，人民不感兴趣，主权廉售，人民不感兴趣，总动员令，人民不感兴趣，留驻美兵、抓丁抢粮、重用战犯、逮捕青年、训练台胞、大打内战……，人民一概不感兴趣，不感兴趣！不感兴趣！

人人不感兴趣，就是伟大的愤怒的火山，它的爆发，就是野兽虫豸的毁亡！

不感兴趣万岁——这样高呼也是可以的。

（《大连日报》1947 年 10 月十日，署名：慈灯）

报童李光石的故事

这个故事是实实在在的，它就发生在去年——一九四六年的北平。故事的主人翁明胶李光石，是大连沙河口人，今年十六岁，圆脸，圆眼睛，下巴壳却是尖的，个头很矮，他在十二岁那年随着原来在沙河口工厂做工、因为和鬼子拌了几句嘴被革了职的父亲，到了北平二叔家里，最初他的父亲是在北平阜城门外一家很大的印刷厂做工，后来又在哈德门外一家五金行当伙计。日本强盗打了败仗，乞求投降的前二年，他父亲得了脑病死了。从这以后李光石一家三口人——他母亲、姐姐——的生活就十分困难，要不是他二叔的朋友介绍他姐姐在他父亲做过工的印刷厂做制本工作，那么他这一家人，可就不堪设想了。他二叔也是个无产阶级——工人，赚钱还不够一家老少吃窝窝头的，没有能力帮助他们许多。李光石在和平门外师大附小念了二年书，以后无论如何也念不起了。从此他就在大街上乱跑，姐姐放工回来，他才高兴。因为姐姐十分爱他，有时给他带回一小包花生仁，作为跟他学习认字的谢礼。

"八一五"以后，在北平出版了一种主张和平民主的晚报，李光石当时看到卖报能够赚几个钱，便到这家报馆买报贩卖。有一天下午他又到报馆拿报，当"派报部"把五十份报纸数好给他的时候，他一掏钱，哎！奇怪，钱怎么没有了呢？他着急的把衣袋翻了又翻，在地下找来找去，无论如何也找不到，不知是掉了还是被掏包的掏了去，他真急得像热锅里的蚂蚁一般。那位忙得不可开交的派报部的伙计，脾气很是急躁，不断的催他：

"哎，快点儿交款！"

正在这个时候，一个穿着大褂的青年拿着皮包从报馆走了出来，看见李光石焦愁万分的模样就问：

"小朋友，你怎么啦！"

"他把钱掉啦！"派报部的伙计替李光石回答。

李光石找不到钱，只好难受的把报交了回去，穿大褂的青年吩咐那个伙计说：

"赊给他吧，卖完了报再来交款。"

李光石非常感激这个青年，他当时就在心里决定，假设报纸卖不出去，就是脱裤子当掉也要交上报费，绝对不能失掉信用。于是他拿着这五十份报纸，先到中国大学门口叫卖，他在这里卖去五份，接着又到东安市场，王府井大街一带叫卖，他来的晚了，这里早已有人。他看看不成，马上往西城奔跑，当他刚刚跑到西单牌楼，喘息未定，觉着身后有人跟住了他，他以为是卖报的，但是回头一看，两个歪戴着礼帽，横眉瞪目，活像野兽似的汉子对着他怒视。李光石虽然卖报不久，也有一些经验，他知道这两个家伙多半不是善类，心里有些害怕，一时想不起怎样对付，踌躇起来，那个面孔最为狰狞的汉子严声厉气的问他：

"小崽子，你卖的什么报？"

李光石在这时候才决定：碰见特务只有逃跑的战术。他灵机一动，也不回答，拔腿就向来来往往好像鲫鱼似的人群当中钻去。身后那两个东西随着紧追。李光石头也不回，眼睛瞪得圆圆的，用力的看着前方的人群，选定路线，慌慌张张的退却。当他跑到西单商场西门，正要进去藏躲的时候，突然又从前面闯过来一个汉子，伸出妖魔似的大掌，一把抓住他的肩膀，顺手一把抢去卷成一个圆筒的所有的报纸。李光石这可急了，他不管什么监狱、法庭、棍棒、刀枪、抓住这个陌生的汉子，用着他的全力往回争抢报纸。如果这些报纸被坏蛋抢去献功，他拿什么东西卖钱还报费呢？姐姐做工的工厂被大员接收，已经关门大吉，她也毫无办法帮助弟弟，李光石岂能不着急发愁。那个汉子却不管他有什么困难，抢去报纸，怎也不放，后面追来的两个恶魔这时也赶到了，三个包围他一个："你再卖这个报纸就把你压起来！"

他们这样一说，反使李光石勇敢起来，他照旧往回争抢报纸，一面撒谎：

"报纸给我，以后不卖……"

看光景的人越来越多，所有的人都是同情李光石的。大家都把愤怒的眼光盯向那三个败类，有的人就提出公正的意见：

"把报纸还给他吧，小孩子很不容易的……"

有个学生在人群后面嘟嘟念念的说道：

"哼，言论出版自由？自由个屁！动用这种手段，真他妈下贱！"

下贱的人，在这么多的群众面前，并不羞耻，他们把报纸撕得粉碎，扔在地下，还用脚搓，一面还继续吓唬李光石，说些令人作呕的话。

李光石垂头丧气的回了家，把自己倒霉的遭遇的经过告诉姐姐，他晚上连窝头也没有啃一口，躺在门后藏满臭虫的木板上，肚子里的怒气还没有消散，怒气憋在他的肚里，渐渐的澎涨，好像毒素，随着时间越来越使他难受。姐姐看他这般模样，心里怎能好受，她坐在弟弟旁边，因为过于愁苦，眼睛失去了光泽，散乱的头发垂到嘴边。

"我要有力气，非打死那个狗养的不可！"李光石翻一个身，咬紧牙关。他发了一阵脾气，又瘫软了，悄悄的问：

"姐姐，卖报都不让，那我们干什么赚钱呢？今天拿的报是赊的，明天交不上款，人家一定不给报了！"

姐姐也想不出解决办法，她的瘦瘦的黄脸，显着更黄，最后还是母亲想出一个主意：

"明天早起，到晓市去，把我的单褂卖啦还报钱吧，以后再想别的法子。"

第二天早晨东方刚刚放出鱼肚色的时候，他就和姐姐一块儿到了吵吵闹闹的晓市，两件旧蓝布单褂碰见四个主顾，好容易是卖了一百五十块钱，这哪里够交报款的呢？实在没有办法，他就拿着这几个钱到了报馆，说明他的厄运，那个脾气暴躁的派报者这时候也不暴躁了，很耐心的听着，问着，皱着眼眉，握着拳头，有时生气的敲敲桌角，咒骂几声。后来他又沉默起来，用一双痛苦的眼光端详一下李光石，重重的小声的嘱咐着说：

"你在这儿稍等一会儿。"

脾气暴燥的人去了不久就回来了，对李光石说：

"你把经过对我们编辑局长谈一谈，来，我领你去。"

编辑局长原来就是那天替他要求赊账的那个穿长衫的。这是他既快活又悲哀，他立在编辑局长面前，情绪一起一伏，一时不知从哪里谈起，编辑局长指指身旁的沙发：

"坐下，坐下，不要客气。"

他看看沙发，不肯坐下，编辑局长扯住她的手，摸着他的长长的两个来月没有剪的头发，硬把他推在沙发里坐下，问他姓名、籍贯。

"哎哟，你是大连生人？我也是呀，沙河口，我也住过……"

李光石和编辑局长成了朋友。他每天到报社拿报，卖完以后再交报款。他的卖报经验随着日子丰富起来，他会一面叫卖，一面身前身后，身左身右的闻着气味，防备着，好像一只兔子在蛮荒的大森林里防备着隔路的豺狼，不等走到跟前他就拐弯抹角钻进胡同，一溜烟跑到安全地点。卖报的孩子，他也渐渐认识的多了，大家经常聚在背静的街角，交换卖报的经验，谈话的最主要的内容总是怎样和特务斗争，有些什么策略方法，经验教训。这样，李光石感觉自己活在世上不是孤单到在社会上，除了母亲、姐姐以外，还有关心他的，帮助他的，特别是同情他的人，这个感觉大大的鼓舞了他的情绪，他夹着报纸走在街上，不胆怯了，也不觉着自己比别的人们怎样"下贱"。

他和编辑局长的友谊也在增长着，编辑局长时常找他，像兄弟一样亲密的谈话：

"你知道吗，为什么有些人不高兴我们出报？因为我们不愿撒谎，我们说了实话，不肯与他们同流合污，这样，坏人就忌恨我们的事业，千方百计的进行破坏……"

李光石不是傻子，他的出身阶级，自然就有接近真理的性格，他从编辑局长的温暖慈祥和坚定的眼光里尝出了这一切的滋味，他静静的坐着动也不动，轻轻的呼吸着，扬着下巴，编辑局长谈道：

"我从小和你一样，也许还赶不上你……"编辑局长十分坦白的把他自己从幼年到长大的不幸的生活故事都对他讲了，他听得有滋有味。这些谈话鼓励了他，他决心好好的卖报，好好的学习，把编辑局长作为典型，向他看齐。

在车水马龙的大街上，李光石在人海里迅速的游来游去，在腋夹着报卷，右手带着两折的报张，微皱着浓黑的眉毛喊来喊去：

"晚报，晚报，谁看晚报？看看说真话的报纸……"

闪光的汽车从他身边擦过，车里有嫉恨的眼光，美国大兵过来了，带给他一阵怨恨的凉风，领章上挂着金牌的老爷大摇大摆，使他腹内燃起愤怒的烈火，酒馆门前的褴褛弟兄叫他看见多么难过，舞场的麻醉的音乐他一听见就要咒骂几声，但是他把面孔向着别处，向着好心的，不愿被造谣的舆论所蒙蔽的一切欢迎真理要求上进的人民，用他响亮的嗓门喊出：

"晚报，谁看晚报？"

"运气"好的时候，可以碰见愿出高价的买他报纸的人，有个住在辅仁大学宿舍的女生，求他代买全月的报纸，并且托他往报馆带稿件，这个女学生戴着一副近视眼镜，容颜憔悴，好像有病，把稿子交给他的时候，用着细微的声音对他说道：

"这是稿子，你给带到报馆，和他们要一个收条，我帮你多买几份报纸。"

李光石无形中又做了报社和投稿青年的联络员，他很高兴完成这个义务，感觉自己做了对于社会有益的事情。

卖完报纸和别的报童在一起的时候，他总是谈论编辑局长："他从小家里很穷，没有饭吃，后来跑到东北，半工半读，你看，人家也没有念多少书，可是能写'报稿'，咱们怎么不能学学人家呢？"

他又谈论那个女学生托他带稿，帮他卖报，"咳，好人有的是啊！"他这样结论着说。

这天晚上，编辑局长随着李光石到了他的家里，和他谈得很久，李光石的母亲欢喜的说："冯先生，我做点儿返给你吃好不好？"

"我实在吃过了，大娘，……"

李光石想着："日子过的不好，不是命不吉，天不保佑，因为有个不替老百姓办事的政府。"

编辑局长的一夕谈话等于在李光石的面前开了两扇大门，使他初步的大概的认识了以往的黑暗与痛苦生活的总根源，乃是因为中国有些至今说了还是算数的大的坏蛋，这些坏蛋要是不进坟墓，中国就别想强盛，特别是受穷的人就别想翻过身来，道路只有一条，这条道路叫作新民主主义。

李光石的姐姐也得到很大的启示，他的母亲虽然一天书没有念过，而平常的预言却是听得懂的，编辑局长的话在他心里也撒下一些真理的种子。

从这以后，李光石不是一个单纯的为了赚钱吃饱的报童，而是有了觉悟要求上进拥护主张和平民主的党派，对于就得，人吃人，人剥削人的悲惨社会极端愤恨的少年。有时候他想得气急了的时候，他恨不能放一把大火把全北平城烧个精光，但是转而一想，放火的念头又取消了。

李光石见了别的报童，把编辑局长的话向他们宣传。有个报童叫张拐子的——因为他的有右腿生疮走路一颤一嚜的，因之得了这个绰号——大概是受了她母亲的影响，十分迷信，他不赞成改造什么社会，他说，这些事情全是老天安排好了的，穷人天生受穷，没有法子。

"不对呀！你听我说……"

他明明知道拐子的想法不对，但是想不起怎么解释，他举了一些例子，拐子还是糊里糊涂，年龄较大的李致同用长辈似的教训的口吻插进来说：

"把衙门里的人全赶走，让穷人干，咱们就会过好日子。"

他们是坐在报馆门口谈话，大家都在等着报纸出版，早已到了出版的时间，有的人等得不耐烦了，把脑袋伸进派报部的窗口去问：

"报还没印出来吗？"

李光石也是很着急的，他想，今天的报出晚了，一定是印刷机出了毛病，但是一直等到日落黄昏，等到天黑，报纸还是不见出来，派报部那个脾气暴躁的人的愁苦的面孔在大家面前出现了：

"对不起你们，今天没有报了！"

"为什么不早点儿告诉？"有个成年人的报贩提出抗议。

脾气暴躁的人焦急的吞口吐沫，很难受的说：

"今天报上有档文章，检阅机关说是不好，不准发卖，我们去人交涉，怎么也是不成，去交涉的人刚才回来。"

无数的眼睛射出埋怨和愤恨的光芒，许多报童一言不发，默默的走开，有的嘟嘟念念，咒骂"当局"，有些可怜的饥饿的嘴脸还在报馆门口呆呆的立着，电灯的光照着一群褴褛的肩膀，黑夜就在四周统治着他们。

这样的生活李光石过来三个多月，只要报纸出版，他就能够赚钱使一家三口勉强糊口，后来她的姐姐也参加了这个队伍，减少他一般的劳力，特务的吓唬、打击，他们已经司空见惯、不觉得心惊胆战了，他们决心干下去，干别的呢？没有门路，可惜，——他也意识到了——他最心爱的，向他生命一样重要的这家报馆，被"当局"逼得走投无路，指得停刊，编辑局长呢？也没有了下落，李光石各处打听也得不到消息，那个脾气暴躁的人对他亲切的说：

"他现在身体不舒服……"

从此李光石一家三口的生活就陷于绝境，衣物全部拿来晓市，一天一顿窝头都维持不住。正在这个极端艰难的时候，在一天日落黄昏以后，有一个人像幽灵似的悠悠然然飘到李光石的家里，在暗淡的灯光下面，李光石一眼就看清了这是编辑局长，他问了一声：

"你们怎样？还能生活下去吗？"

李光石的母亲叹息良久，数念一阵恶劣的环境，编辑局长想了一下，慢慢的说：

"听说张家口容易找工作，不像北平这样难办，那个地方是解放区，民主政府特别照顾穷人。我有个好朋友，现在在那里，你们要是愿去，我可以给介绍，他一定会帮助……"

不等编辑局长讲完，李光石和他的姐姐异口同声的回答：

"我们愿意去，早就听说那地方好赚饭吃。"

李光石的母亲也这样表示，编辑局长立即抽出自来水笔，从手账单上撕下两篇纸，写了一封信，又拿出几张票子，放在他们面前，李光石的母亲不愿拿钱，他说临走以前把家里的破烂一卖也就够路费了，但是编辑局长非要帮助一些路费不可，没有办法，他们只好收下。

编辑朱局长走的时候李光石送得很远，他恋恋不舍的看着编辑局长像幽灵一样消失在黑暗的深处，李光石立在胡同口，让东风吻着他的面孔，冬天已经过去了，春天眼看就要到来。

后来听说李光石太平无事的到了张家口，通过青龙桥封锁线的时候，自然不免要受一些压迫和侮辱，但是他们终于到了那个"人民的城"他被编辑局长的朋友介绍在发电厂工作，他的姐姐在火柴工厂工作，母亲就在家里管理家务，生活的很好。后来又听说，人民解放军有计划的撤出张家口以后，李光石一家三口随着机关转移到山西省阜平县，仍然过得很好。李光石最挂心的是编辑局长，他在报上看见北平大捕民主分子的消息，更是担忧，时常皱着眉对姐姐叨咕：

"冯先生现在不知怎样呢？"

（《大连日报》1947 年 10 月 10 日，16 日、11 月 6 日、13 日，署名：慈灯）

为了不忘的纪念

　　鲁迅先生的思想、作品、为人，我知道的少，学习的也少，仅仅读了他的几部小说、杂感和翻译，以及一些赞扬他的攻击他的文章。前年在北平，借到鲁迅全集，决心好好研究，但是进行没有多久，捕杀之风展开，七十二种报刊，同遭封闭，鼓吹独立民主的人入狱不少，我看麻烦，就学了鲁迅先生在《为了忘却的纪念》里所说的那样，因为"……还有生的留想，于是就逃走"。从此对于鲁迅先生在"中国文坛的鬼魅"中暴露的黑暗有了进一步的认识，同时更认清谁是敌人，谁是朋友？

　　惭愧得很，日寇乞降以前，我还不大相信鲁迅先生所说：国民党政府对于出版那么残酷无情，等到过了一九四五年一个秋季，我就亲身体验了事实：删改之后，不准留空白，必须连起来，捣毁书店，敲破玻璃窗等等都属于小事，如今他们更近了一步，吓唬印刷所，白部工友，殴打报童、撕毁刊物、威胁摊贩、深夜检查、扩大集中营、造谣、诋毁、酷刑、暗杀，查封、捕灭……比起日本帝国，欧洲纳粹，真是有过之而无不及，在这以前，把中国统治阶级，名之曰反动，我不太以为然，就从这时起，我以为给他们带上，法西斯的礼貌，是再合适也没有了，因为血的事实的教训，比什么都有力，我再也不幻想，也不发昏了。

　　然而糊涂观念仍旧成堆，比方为什么西方有的国家反对苏联？这在鲁迅先生的《我们不再受骗了》文中指示得很明白："苏联愈弄得好，他们愈急于要进攻，因为他们愈要急于灭亡。"鲁迅先生诚恳热烈的告诉我们：

　　"帝国主义和我们，除了它的奴才之外，那一样利害不和我们正相反？我们的痛疽是他们的宝贝，那么他们的敌人，当然是我们的朋友了，他们自身还在崩溃下去，无法维持，为挽救自己的末运，便憎恶苏联的向上。谣诼，诅咒，怨恨，无所不至，没有效，终于值得准备去打了，一定要灭

掉它才睡得着，但我们干什么呢？我们还会再被骗吗？"（《南腔北调集》）

现在的情况已经与那时不同，帝国主义躺下长眠的不少，剩下来的已经无岁，他们还没有气力去攻打，目前的叫嚣仍是害怕人家太强大，一面吹嘘壮胆，散布烟幕，一面实行扩张政策。我们个人的情况也与十余年前大不同，那时我们关东还有日本强盗，压榨，真理的，书摸不到，实在的话，也听不见，现在我们睁开了眼睛，真假是非看得分明，鲁迅先生，再三告诉我们的不在，受苦，我们敢说有了把握，而且我们已经醒悟，已经团结，已经能够选择自己的路线，更有坚强的胜利信心。

我主观的想，鲁迅先生的伟大名字在近日关东地区青年朋友心中一定不是生疏的了，我们要学文化，那么"鲁迅是中国文化革命的主将，他不但是伟大的文学家，而且是伟大的思想家与伟大的革命家"（《新民主主义论》）我们从前，生在殖民地，没有学好鲁迅先生那样"没有丝毫的奴颜与媚骨，这是殖民地半殖民地人民，最可宝贵的性格"今天关东"鬼魅"依然似锦，我们有的是机会，有的是材料，有充足的条件向柳鲁迅先生学习。"鲁迅是在文化战线上，代表全民族的大多数，向着敌人，冲锋陷阵的最正确，最勇敢，最坚定，最忠实，最热诚的空前的民族英雄。鲁迅的方向，就是中华民族新文化的方向。"（《新民主主义论》）

简单的说，我们不仅学习鲁迅先生怎样写小说，怎样写杂感，怎样措词造句。而最重要的是，学习他的科学的马列主义的正确思想，——在目前阶段也就是反对帝国主义压迫和反对封建剥削的战斗思想，目的不达，那就是死不停止战斗。我们要学习他的革命行动：向着敌人冲锋陷阵。

（《大连日报》1947 年 10 月 19 日，署名：慈灯）

少年交通员

在津浦铁路北部，靠近青县附近的麦田边沿，有个十四五岁的小朋友，身穿灰白色裤褂，头上包着一条白色手巾，好像赛跑一样，急急忙忙的顺着雨后没有晒干的泥泞的大车道奔跑，他是赤着两双脚的，烂泥沾了一脚，裤角虽然挽在膝盖以上，泥水还是溅了一裤子，他好像忘记了这些，只顾奔跑，黑红色的脸上，汗水构成小河，他那一双乌黑明亮的眼珠，总是焦急的望着前面，在地平线的彼端，模模糊糊的村庄的轮廓。

正是七月天气，太阳好像火盆，夜里下了一场大雨，凉气早已消失，成熟的黄色饱满的麦穗全都挺着细脖不动，一望无垠的田野看不见一个人影，这时正是中午，老乡们都回家吃饭休息去了，只是在远处的道路的前面一棵树荫下面好像坐着两个人，少年特别留心望着那两个人，但是他的视力看不到那么远，不知那两个人是乡亲，还是城里出来的伪军，他在心里已经做了准备，倘若碰见敌人，应该怎样撒谎。

这些日子，青县城里受了国民党反动派进级加官的伪军头子们似乎知道自己的狗命不能苟延残喘多久了，所以都非常慌乱，经常派遣喽啰爪牙到各处探听晋察冀人民解放军的消息，但是他们一无所得，只是抢掠老百姓，打骂老百姓，多给农民增加一些灾难。

少年跑到距离那树荫不多远的时候，他就放缓脚步，慢慢的用力走着，压住自己的气喘，用袖头抹去满脸的汗水，目不转睛的注视着树下两个人影，他虽然做了准备仍然有些胆怯，因为在他衣袋里是装着一张纸条的，这是民兵游击队长写给邻村武委会主任通知最近敌人活动情况的一封急信，他要是不能完成这个任务，那么就要误事，倘若是封平常的信，他也不会这样着急。

渐渐的距离那树荫近了，他看清树下的人，都是老乡打扮，其中一个立了起来，留心的望着他，把手背在后面，他一想，又是下地的，这时早已回家，要是地方干部，不能待在这种地方休息，又是邻村站岗的，不会跑出这么遥远，他心里一动，急忙把袋里的纸球，假装摆动着两手玩耍，扔在麦田里，一面假装小便，数好垄沟，记住纸球滚在麦根的旁边，接着他又前进，很快的到了树下，站着的人操着异乡的口音问他：

"小孩儿，上哪去？"

"就到前面村里。"

"干什么去？"

"我爷爷有病，去请先生。"

坐在一堆拔坏的麦秆上的人生气的命令着说：

"翻翻他的衣兜，看看有没有什么东西。"

于是这个坏蛋就翻他的衣兜，然而毫无所得，少年泰然自若，不慌不忙非常沉着，并且微笑，翻他的人奇怪而且激怒的问他：

"小兔羔子，你笑什么？"

少年反而问着说：

"你们是不是城里来的？"

那两个人都很不自然，坐着的家伙也立了起来，严声厉气的说：

"怎么地？"

少年安静的回答：

"我哥哥也在城里做事。"

这两个人互相看了一下，翻他的人半信半疑的问他：

"你哥哥在哪个机关？"

"我哥哥在城里县衙门做事。"

那两个人好像放下一块重铅似的，对他狞笑起来，然而这个少年却突然表现出不安和焦急的模样，不住地往回去展望，小声的说：

"哎呀，你们应该赶紧躲一躲，那面有一些八路快过来了！"

"是吗？"显然的，这两个家伙很是害怕，少年指指不远田边的凹坡告诉他们：

"你们快到那边躲躲，我到前面村里要个路条给你们，你们拿着再走，那就没有事了！"

"能要来吗？"

"我认识村长，我就说来的时候，忘了带路条，他一定给写，我把路条给了你们不就行了吗？我哥哥嘱咐过我，碰见自己的人要好好帮忙。"

"那好，那好……"

"那么，你们快到那边躲一躲。"

"对！对！"

等那两个人跑远，进了凹坡，少年就像飞的一样回到田里，寻到只球，转身就拼命的奔跑，前面的道路很快的缩短，麦田抛在后面，沾在他脚上的湿气泥被抛得很远，他几乎忘了呼吸，好像身后有狼追他一样，他跑得真快，没有多大工夫，就进了村庄，一头钻进武委会主任的家里，大约过了十五分钟以后少年走了出来，顺着原路，又焦急地奔跑，笔直的对着凹坡，没有走到，他就大声叫喊：

"唉！我回来啦！"

那两个家伙，果然等在那里，少年一边走一边举起字条：

"看看，路条，写着两个人的名！"

那两个人非常高兴，拍着少年的头，说了一些虚伪好听的话，少年说道：

"有了路条就不用担心了，顶好到村边坐着，等八路队伍过去以后再走，不然呆在这里不好。"

"对呀，先到村边站站。"

他们三个，说着闲话，往村里走去。这时，村里有些老乡扛着锄头下地去了，他们还没有走到村边，突然从身后，从身左身右的麦田里跳出来好几个青年力壮的农民小伙子来，都端着手枪：

"站住，不准动，把手举起来！"

少年跳了起来，拍手大笑，咒骂着，指着两个坏蛋：

"就是这俩特务！"

民兵掏出绳子把两个坏蛋绑得结结实实，押进村里去了，这个少年不仅完成他的交通任务，并且完成防奸捕特的义务，为人民立了一功。

他的名字叫张春祥，十天以后，报上登出这个新闻。

（《大连日报》1947 年 11 月 20 日，署名：慈灯）

杨永恩

杨永恩在 14 岁的时候就跟一个本家从复县到大连来了，他最初在连友洋服店学徒，掌柜的是个外行，没有手艺，可是怎样从伙计身上榨取油水倒是很有经验，他是个吝啬鬼，每文小钱都计算得很精确，对待伙计刻薄，谁要多吃一碗稀饭他都生气。杨永恩未来学徒之前，掌柜的说：

"我柜上，伙计进项多，赚一元有他一角，学徒的，一个月有五角零花，吃的全一样，不是大米就是白面，顿顿有鱼，有肉。"

杨永恩进来以后，一个多月，仅仅吃了一顿白面，大米的味，闻也没有闻着，鱼的腥味，他倒闻过，那是掌柜吃的，肉的颜色，他也见过，可是没有福气尝，一天二十四小时，每一分钟的空气都含着毒瓦斯，实在使他窒闷难熬，掌柜的狰狞面孔，严声厉气，动不动就吹胡子瞪眼，大发雷霆，总好像和杨永恩的老辈有什么怨仇，没有法报，就在他身上出气：

"把地扫干净，布头捡起来，看看，又把水倒在门口，混蛋玩意儿，你怎么老是傻呆呆的，这么点儿活还用人家多费唇舌吗？"

杨永安被支使得这面跑来，那面跑去，从清晨到夜半，没有闲时候。他一闲着，掌柜的就不高兴，杨永安倘若做错一点儿小事，好家伙，那就大倒其霉了，拳打脚踢，外加咒骂，一天挨一回打，算是交好运，哪一天都是挨个三四回臭揍。他就是在打骂交响曲中长大起来的。

杨永安在艰难困苦的岁月里长到十六岁，做洋服的手艺，总算学会一些了，能够把头低在机器针上面，布上跑成细线，零碎小活，做成件子。挨骂挨打，这是家常便饭，掌柜的养成武力解决问题的习惯，一天不打人他就睡不着觉。杨永文呢，挨骂挨打也司空见惯，不足为怪，但是他的年龄越大，反抗的意识越深。他恨透了这个掌柜，如果不是生活的皮鞭太残酷，他会抓起板凳扔在掌柜头上的，迫于生存的威胁，他咬紧牙关忍受了。

万物凋残死灭的冬季，寒风把电线丝当作芦笛，吹得呜呜的响，这种时候，杨永恩没有棉衣，两手老是粗糙，好像鱼鳞，两脚冻肿，疼痛难耐，每天晚上干到十点以后，活一紧就过半夜，配给粮吃不饱肚子，睡在冰凉的木板床上，连个像样的梦都做不成。

杨永恩就在这样恶劣的环境学成洋服手艺，今年春天，他进了沙河口东北被服厂。一到这里，就像拖在陆地的鱼跳进水里一样，他真高兴得了不得。第一是，他看不见凶恶的面孔了，严肃冷的声音也听不见了，男女工友，都是亲亲热热的，好像一母所生的兄弟姐妹，互相学习，彼此帮忙，问寒问暖，体贴周到。上级也没有架子，大家一律平等，有事开会，大家商量，怎么好怎么办。这和从前的生活一比，不是天地相差，完全两样了吗？天长地久，他又知道自己从前的不幸生活，是什么原因造成的，他完全懂得，向着什么方向努力，才能达到工人弟兄们无限美妙的幸福前途。于是，机器针在他巧妙的两手操纵之下，轮轴分外迅速的旋转，轴线顺畅地向前排开，用力拉住，眼睛不看，线路也是跑得很直，他的头上、身上，挂满棉花的碎片，好像落着一层洁白的雪花一样。没有谁来催他、逼他，做起活来，不肯浪费一分一秒的时间，手慢的人一天能做四套衣服，他一天做成八套，而且做得结实，可体，每寸至少扎十二针，如果不是因为扎得太密会不结实，他真愿意多扎几针。凡是经他手做成的衣服，从来没有被检查出来有不合格需要返工的，他做成的衣服，叠的整整齐齐，没有棱角。他做完了活，把自己使用的机器针擦得干干净净，仔细的上好了油，抚摸着机器，心里有一种异乎寻常的温暖，前后左右看着，想着，唇边浮出轻快的微笑，他爱机器，好像爱护自己的眼睛一样，做活的屋子不等肮脏他就收拾。他觉着工友们干活不在一间屋子，有事联系，东跑西跑，荒废时间，于是他和大家商量：

"咱们搬在一块儿做活好不好啊？"

大家赞成，终于搬在一起。

人人愿意和他接近，她更欢喜和工友们一道呼吸，离开他们，他就觉着寂寞，一和工友见面他就快活了，在这世上，工友便是他唯一可靠的亲人，付桂兰，王零兰，起初技术不大高妙，经他一教，能上机器做活。张光霞是个聪明伶俐的小姑娘，她干活快，节省原料多，学习更加用功，跟杨永安很快的学习做裤子，杨永恩有丰富的工作经验，怎样做活顺手，怎样才能做得迅速，凡是他所知道的一切本领，都尽可能的热心交给别人，他恨不得能在一个早晨把所有工作不熟练的工友全都教得成熟。

今年秋天，他在工余之暇和公友李本登，马德祥挑大粪往开好的荒地里送的时候，他在工厂后院发现地下埋藏着煤灰。

"咱们弄些看看好不好烧吧？"

"对，试试看！"

试验的结果，好得很，于是他就辅助工友，大家一齐动手，铁锹镐头，飞舞起来，清脆的响声，快活的笑声，跳到垣墙，传到原野，他们这一用功，挖了二十多吨，全都拖成方块，现在天冷，用处大了。

杨永恩从小在山东家没有念过一天书，到了大连，进的是"社会大学"，从到被服厂，他看工友们都埋头学习文化，他也不肯落后，开始学习四方块的文字，他的记性不错，又肯用心，学会三百多字，还不满足，继续深造，他下了决心，要在一二年内，学会看报，看书，写信，作文，他不相信不进学校不能学习，被服工厂就是一所大学，在这里面什么政治、经济、哲学、文艺，全能学会，而且学得最为实际，最和科学。在明亮的电灯光下，他把胖胖的面孔埋在报纸的页里，咀嚼着，猜摸着，不识的字，问问，问明白了用劲记在心里，人间还有比这幅图画更动人的吗？

有个大连日报的记者特意来访他，问道："你们工厂成立互助会，捐款救济贫民，你捐了什么？"

"第一次是一件大褂，第二次是两件衬衣，两块胰子，二百五十块钱，我再没有别的东西了……"

创模运动结束，他被全厂工友选为一等模范。

（《大连日报》1947年11月25日，署名：慈灯）

擦皮鞋的王小肚

王小杜每天在广场、电影院一带擦皮鞋，有一天他在关东公署东面看见一个青年下了电车，他的破皮鞋，泥土很多，王小杜问他：

"掌柜的，擦皮鞋吧？"

那个青年看着自己的皮鞋，问道：

"擦一擦多少钱？"

"二十。"

那个青年不像别人似的立着，他把鞋脱下来，坐在王小杜旁边，一边看他工作，一边和她拉家常话，王小豆的父亲在火车站前面摆摊，母亲在家忙活家务，他没有兄弟姐妹，——曾经有个哥哥，日寇在的时候，被抓去当劳工，始终没有回来，不知死活。他今年才十五岁，从前读过两年书，现在每天弄的好，可以赚三百块钱。他的外号是因为他把裤腰带缠的紧，别的同伴问他为什么要这样？他说不叫肚子长大不好看，因之他就得了小杜这个称号。

他最喜欢看报。但是他没有钱买定报，时常从火车站报童手里买一份过了日子的报，十块钱可以买两份，——有时可以多买一份，没有定价——他最愿意看的是民主联军打胜仗的消息。

"民主联军是谁的军队？"那个青年问他。

"你不知道？"他先反问一下，接着就说："民主联军是——替咱们老百姓打仗的，老打胜仗！"

那个青年笑着说道："中国人打中国人，有什么劲？"

王小杜好像生气似的反驳："中国人不一样，有好人，有坏人，坏人不打能行？你不打他，他打你，你老老实实让他打死？"

那个青年显然是很吃惊的模样，叹了一声："哎呀！你很不错呀！"

又问："今天的报你看见没有？"

"没有。"

那个青年从衣袋里掏出一张报纸给他：

"这张报纸，送给你看，民主联军又在义县打败国民党一个师和两个团，别的地方也有不少胜利休息……"

打完皮鞋以后，小杜无论如何，不肯要钱，争执半天他才收了，那个青年临走的时候对他讲了这么几句话：

"小杜，你努力吧，困难的日子不会太久了，反动派一完蛋，咱们就有好日子过，你好好用功，将来一定会有远大的前途。"

你猜小杜怎样回答：

"我长大啦去当民主联军。"

他这样说的时候，眼珠瞪得很圆。

（《大连日报》1947 年 11 月 27 日，署名：夏园）

出路何在？

二十五日报纸：平津青年普遍失业，报上天天刊载着大量青年求职的启事和函件，但征聘启事则寥寥可数。平津青年毕业即是失业，这种现象，各校莫不皆然。述其原因，并非国统区，处处没有事做，完全相反，平津青沪，职业正多：诸如抓丁抢粮，抽捐赋税，即需大批干部；搜捕工会领袖，捉拿民主青年，更需高等暗探，千万打手；投机倒把一门，早感专门人才不够，走私密运，特等能手缺乏，留美博士寥寥无几，与佛朗奇交头接耳的外交专家甚少；文学方面，歌功颂德的巨匠难以挑选，音乐方面：只剩肉麻小调没个哼完，医生大多改行：内科转为外科，招牌上大书特写：专治花柳，军警半价……其他再如跑合拉牵，吃鸦片的，拉皮条的，烟土客，白面客等等行业，都感领导人材不多，而那些手里紧握着印刷精美的文凭的毕业生徒，他们学的哲学，教育工业，美术，政治经济等等课程……全都不合乎客观实际的需要。众所周知，国统区之哲学必须合乎托派，倘若倾向马列，那就很有缚之以绳的危险。教育必须诚惶诚恐的遵从党化，如果研究和平民主，自由平等那就满有失踪、落水、卖身的悲哀！工商业乎？早已纷纷关门大吉，代之以干爹海空运来的美货。美术乎？只有多制要人夫妇床头喜剧，才有销路，否则等于发疯不然就是饿死。然而我们在那些好心的青年朋友们，既不愿参加打手小丑的行列，又不喜欢给美国和中国官兵治疗梅毒，职业的大门如何能不在他们面前紧闭，求职不着便受到颠沛流离饥饿冻冷的威胁随后灭亡的威险也会跟踪而至，有的就难免"铤而走险"而投奔解放区的自会大有人在。据说倘是女生，又具美丽的嘴脸，擅长活动的还可以抓住机会，要是面貌不扬，再居清高，那就完蛋了！请问先生，在这种又"民主"又"光明"的美妙环境，一般青年学子如何是好？

天之川发电厂

（《大连日报》1947年11月29日，署名：慈灯）

天之川发电厂老工友也学习

　　天之川发电所老工友也热心学习。一到学习时间，就自动的到学习小组，聚精会神的听报，在账本上学字，六十岁齐福祥，每天识一个字，现已学会13个字，他兴奋的说："认字自己方便。"五十三岁杨吉岗，耳聋眼花，也参加学习，他说："我家四辈没念过书，到我这一辈，有学习机会啦，我的儿子也上学啦！"他现在自己认识姓名，上下班拿名牌，用不着劳动？别人了。五十四岁的徐天顺，创模以后学会四十多字，五十岁的刘秀文也学会十三个字。

　　　　　　　　　　　　（《大连日报》1947年12月21日，署名：赤灯）

清晨炉边座谈会

12月20日，是斯大林诞辰的前一天，早晨本报检字科的工友，欢欢喜喜的围坐在炉边，等着编辑部下来庆祝斯大林诞辰的专刊稿件：谈论起本科被选的关东一等模范魏振刚。

田福尊说："在创我运动没有开展以前他一点钟能捡一千二百个字，创模后，一点钟能捡一千四百个字，从前捡一千个字能错五六个，创模以后只错三两个。刘文柏能够捡一千字一字不错，他就向刘文柏挑战。他从前捡子有漏行，后来没有漏行，不论数量，质量都提高了。"

武鹤年工友接着说："他过去捡字，质量数量较低，他就在开会的时候，和大家交换意见，向别人学习，怎样才不错字，不漏行。"

十五岁的练习生田魁元说："他一点儿没有'我是熟练工人，你是练习生'那样的意思，管多会儿见都是笑哈哈的，细心教我。我从前不爱学习，也不爱写字，他推动我学习，教我写板报，这样，没有事我就想写字。"

张先人工友沉思着说："第一期创模，他的成绩不怎么的；这次创模，全是他推动起来的。我们这科，板报出的最多，别人写一篇，他写两篇，他还常到别的科去推动、鼓励，因此印刷科、制本科都建立起很好的检讨制度。俱乐部贴的稿，不管天怎么冷，他也去看。俱乐部里不干净，他建议要爱护，要收拾。我以前的学习，不用提了，念点书，识一千字，扔了五百，他推动我学习以后，扔的那些差不多都认了。我过去看些落后的书，他告诉我那些书对于我们工人没有好处，我想对，就看进步的书。"

王鸿陷工友说："他对我们练习生，没有老师的架子，看见我们没有学习技术的时间，就想个办法，来了稿子，教我们加紧的捡字。"

刘玉麟说："我原先不知道创模是怎么回事，他对我说，我才明白了，过去开会，我不发言，怕说错了不好，他鼓励我以后，我才改变了。我看落后的书，他一说我就不看了。我不会写板报，他告诉我怎么样写，无论出了什么问题，他都给我解释。我们这科对别科的挑战书都是他写，写完和大家商量，他又推动个人相互挑战，这对我的帮助很大。"

科长杜德馨说："他还有一个好的特点，服从领导。我们这科的工作和别的科不同，工作一下来就是急的。有些稿子写的真乱，不容易认，他向来没说不愿意捡。我一批他就捡，不发牢骚。我的工作有些不够的地方，他能提意见，我从前下班好喝酒，经他在检讨会上给我提意见以后，我认为对，再就不乱喝酒了。"

刘文柏说："这次创模，他当选模范以后，不骄傲，自己还觉着不够，仍然虚心向大家学习。"

最后，大家希望魏振刚谈话，他很害羞的模样，谦虚地说："我得模范，全是大家帮助我的，以后我什么地方有错，盼望大家纠正我，我决心向大家学习。今年我们工厂出了十四个模范，希望明年再开奖模大会，我们工厂能出三十四个，四十四个模范才好！"

纪念斯大林诞辰的专号稿件到了，工友们像生龙活虎一般，兴奋的跳起，争抢着要稿，飞到铅字架前，聚精会神的捡字，恨不能马上把这份报做好，早点和读者见面。

（《大连日报》1947年12月21日，署名：赤灯）

喝凉水也干三年

我为什么感激斯大林呢？这要从我的家庭方面说起。

我的祖父是个木匠，他啃了一辈子木头，受了一辈子大穷，谁也瞧不起他，临死的时候连口棺材都弄不起，虽然他生前做过棺材，都给别人用了，他自己可没有福气享用。我的父亲，也是木匠，他在沙河口铁路工厂做工的时候，因为日本工头不给工钱，他和工头干架。叫工头送到小衙门，一顿棍子棒子差一点儿把他打死。后来他又到"小田野"洋灰工厂做工，在木架上钉洋灰板，脚一滑栽下去，摔坏了腿，养了一冬才好。在这期间，家里没有吃的，母亲东家倒，西家借，十冬腊月的天，连棵草枝都没有。

我父亲病好以后给人家做零工，时常赚不上吃的，到夏天，一天喝两顿高粱面糊涂，喝常了，喝的我拉屎都拉不出来。

我在革镇堡念了几天鬼子书，到十三岁的时候就在三井当小使，当了三年，后来跑到威海，回来又学木匠，做小贩，在狗子食堂刷碗碟，在洋鬼子家庭"柜台"，穷，还是照样。

在旅顺干活的时候，我可想着看书籍，没有钱买就偷。

我走投无路的时候就到安东兴隆街亚东旅馆做茶房，旅馆赔账关门，我在鸭绿江上彷徨，想跳江，没有勇气。去当兵扛大枪，学会立正，开步走，又学了一些纸上战术，当上小官儿，但是我最爱的文艺，这一来，坏了，失掉了好地狱，逃之夭夭。

父亲死了，弟弟也死了，家破人亡，妹妹的丈夫也死了，她领着两个孩子勒紧裤腰带过日子。一个三姐，被甩以后嫁给出大苦力的，两口子凭着劳动吃饭，倒也饿不着。

这几年来，我东西南北，到处颠扑，算是"走字"，没有死掉，连滚带爬，跑回大连。现在的情形可大大的变了！从前骑在穷人脖子上撒尿的混球，全都地豆子搬家滚蛋出沟。那些大摇大摆装洋蒜的家伙，再也不敢吹胡子瞪眼了，从前在大连，像我们这样的穷光蛋谁能瞧得起呀？现在住上大楼。从前投稿，写点儿木匠，瓦匠的生活故事，人家说思想"左"倾，现在我可以大写特写，从早晨写到傍晚，从入夜写到天明。从前我的笔名叫赤灯，人家说不行，只好把赤字搬掉藏起来，现在我又把它搬出来用，出一口气痛快痛快，没有别的意思。

生活困难吗？我以为这是次要的，最重要的是精神不受压迫，只要在政治上有地位，敢说敢笑敢写敢发表，就是喝凉水也干他妈三年，谁要服软不是小子骨头！

凭着这份铜皮铁骨，受苦早已成为习惯的血肉，哪怕再苦，不至于哼一声气。何况小小的反动分子的坟墓早已挖好，死期已近。抬头一看，广大人民的无限美妙的远景摆在当前，怎不兴奋快活呢？

低头想想过去黑暗阴森的生活，想想现在的翻身自由，就不能不感激我在一开头说的那个伟大的人物来，我一看见他的像片，就觉得浑身上下都很温暖愉快。

（《大连日报》1947 年 12 月 21 日，署名：赤灯）

杨振庆在困难的时候

　　其实他并不吃不饱饭，一天三餐，一顿不少，全是他做，另外还要给掌柜的和那位"尊贵无比"的夫人单做好菜。饭好老师们先吃，他们剩多了，多吃几口，要是剩少了，就得少吃，倘若一粒不剩，那就不必张嘴。做饭想多放一把米也不行，人家有限制，掌柜娘们时常细心检查。有一天他偷着多放进一点儿米，掌柜娘们发觉，伸出肥胖的手指在他鼻尖上点几点，说了不少鬼话：

　　"你的什么干活计？这个大大的给的不行！我的掌柜的说话，你的大大山宾的给！"

　　她还抓起细长带尖的菜刀在木板上砍几下，又在他面门上比试，转过圆圆的屁股就像鸭子是的巴答巴答跑到前屋，告诉她的忠实奴才王振江，接着杨振庆就挨了一顿臭揍。

　　他心里难受，背着别人，留下不少悲酸的眼泪。

　　有天晚上，天气极热，他给老师们做好稀饭，又给掌柜的烧开水，已经快半夜了，他困得上眼皮不住的寻找下眼皮，水还没有烧开，他就伏着板凳睡去，水哗哗的响了他不知道。鬼娘们叫了半天，没有应声，咋咋呼呼过来找他，一看，他正皱眉苦脸的做梦，她跑去找那个宝贝丈夫。

　　鬼子来了一大巴掌把他打得一跤摔在地下，当时就把前额跌破了皮。鬼子又在他大腿上狠狠的踹，抓住衣领，好像提小鸡，不管头脸，左一巴掌，右一巴掌，吃奶的力气全使出来，累得呼呼的喘。歇了一下，用鬼子话咒骂几句，接着又暴打一顿，并且告诉他的爪牙王振江，说他没有"教育"好这个学徒。王振江气的眼睛充血，拿来皮带，凶猛的乱抽，杨振庆把头一歪，皮带像火烫一样抽在领子上，他一缩头，皮带又在脑盖上发出沉闷的响声，他用两手抱住头部，手背上又肿起一块。他哭着，哀求：

"我再不打盹啦！饶了我吧！"

无情的皮带更加用力，在半空划出响音。杨振庆的脸、嘴唇、肩膀、腰部、腿上……没有一处没有青肿，牙齿淌出鲜血，痛得立也立不住，坐还不敢坐下。阎王和小鬼，打完，骂完，叽叽咕咕半天才去。

杨振庆躺在板上，痛得头迷眼花，泪水已经干枯，心里燃烧着悲愤的怒火。心想：我不能再受下去，等我伤好了，另找出路。这时，父亲在家乡病得很重，托人写了一封急信给他，恨不能一下看见他，嘱咐他请假回家。信的末尾写着"千万千万"，还在旁边画着圆圈。等他能干活的时候，他就请假。

"不行！"这是答复。

苦苦的请求，无论如何不成。学徒期间，不准请假，这是所谓规矩。杨振庆无可奈何只好把眼泪吞进肚里，咬牙忍耐。不久，家乡又来信，父亲已经死了，埋了……杨振庆多么难过，没有母亲，又失掉父亲。

他学了二年半徒，手艺从来没有人教，偷着看人家怎样做法，记在心里，随时抓住机会，帮助人家做。他聪明，成绩不错，等他相信自己的手艺差不离的时候，他就决心逃出这个地狱。

这天早晨，东方没有放亮，他悄悄的爬起，夜里偷着收拾好的小包夹在腋下，轻手轻脚的溜出房间。心跳得厉害，当他开门的时候，手腿都有些发战，越是害怕，越出乱子，他的脑袋碰在门上，啪的一声响，他吃惊的回头听听，没有动静，他拔腿就跑。一到街上，就放宽了心，迈开大步，急急忙忙走去。

东方天边的云彩什么颜色，房屋街道什么轮廓，这些"诗情画意"的精致，杨振庆没有闲情逸致去欣赏，只有一个念头：掌柜及其走狗不出来追，能够顺利的到大连，那就好说。虽然到大连以后没有把握找到如意的事，他并不想，也不能想得那么多。

他从四点来钟起身，下午四点左右，到了黄泥川。有个小衙门，坐落在路旁，不从这里走，别处没有路。杨振庆老远看见小衙门前面立着巡捕就。他想：我偷着跑出来，他绝不会知道，要问的话，就说上大连拿衣服。

杨振庆想的很简单，因为他还是一个十八岁的青年，心肠又很纯洁。

走到巡捕狗仔跟前，问他：

"往哪走？"

"大连。"

"从哪来？"

"旅顺。"

"你在旅顺干什么？"

"在中山洋服店学徒。"

"你叫什么名？"

"杨振庆。"

"你到大连去做什么？"

"我去……拿衣裳……"

"进来！"

巡捕先生对他说明，旅顺来了电话，他在门口等了多时。杨振庆如梦初醒，知道失败了。一个钟头以后，狗仔和狗腿坐着"巴斯"来了，骂他一顿，领他回去，把他狠狠的收拾一顿，晚上没有给饭吃。

过了几天，杨振庆偷偷的把裤子和小褂送到当铺，当了一块钱，到了北道"巴斯"车站。

上车以前，看见顺昌洋服店的熟人李成凉，问明他的去意，替他买了车票，在车上又答应给他找事，这回真是走运了。到了大连，李成凉跑了三天，在三岛屋洋服店给他找妥位置，他就进了这家工厂。他的衣裤太破，鬼子和老师们瞧不起，他饿着肚皮做了三天活。为找住处和包饭铺，低声下气说了不少好话。这些问题解决，他就十分快乐，尽着全力把活做好做快，很怕错了一丝一毫，保持不住这个饭门。

他早去晚归，兢兢业业干了一个来月，工厂忽然发生了一桩盗窃案，来了两个"刑事"，一个巡捕。中国刑事名叫葛明信，他看衣衫不整的杨振庆不顺眼，问：

"你拿了大氅和料子么？"

杨振庆吃惊不小，害怕的说："我怎能做这事情！"

第二天，鬼子掌柜把三十来个工友送到大广场警察署，一个一个的审问。掌柜的说：这个事老伙计，人品不差，那个也是老伙计，干活挺上心，杨振庆这小子新来的，不知为人怎样。问完都叫回去，剩下杨振庆，不准他走。鬼子警察把他问了一阵，打了一顿，交给那个狗腿葛明信。他问了又问，老杨总说不知道。他的无名火起，骂：

"妈啦个巴子，中国人不打不说实话。"

他的打法很有研究，一个耳光就把杨振庆打昏。他看杨振庆跳了一下摔到，哈哈大笑：

"妈啦个巴子的，你还会跳西洋舞？"

旁边不少鬼子和狗腿笑得弯腰屈背，葛明信又将他提起，瞪眼笑：

"我再叫你跳个西洋舞！"

又叫杨振庆跪在地下举板凳。稍微一动，拳打脚踢，举了两个钟头，他的胳臂累的又麻又痛，全身瘫软无力。午间鬼子都去喂脑袋，葛明信还在这里监视，逼他招供。他们把杨振庆折磨了一下午，看他无论如何不招，把他赶走了。他跑回包饭铺，满肚冤气无处诉，对包饭铺掌柜说说，掌柜只能无可奈何的喘声粗气安慰他受苦的灵魂。

悲愤苦闷的躺了两天，想着：好歹找着这个饭碗，又打碎了，怎么办？洋服店鬼子打法伙计来通知：

"掌柜叫你回去干活。"

一听这话，顾不得侮辱与痛苦，赶紧跑回工厂，鬼子头裂着满嘴不齐的大牙，瞪着狗熊眼珠对他说：

"你的大大辛苦，衙门顶好的没有，小偷不是三宾的给！"

杨振庆为混碗饭吃，把气压下，也不去追问到底是谁偷了东西，只盼望今后再不发生这类事件就大幸。

以后的日子越来越难，物质上的缺乏还是次要的，最使他痛苦的是精神上的压迫。鬼子的欺骗、榨取，今天"防空"，明天"勤劳"，天天就像在火油锅里煎熬着一般。

忽然，天气变好，日本鬼完蛋，苏军到了大连。杨振庆最初彷徨起来，不知如何安排自己。但是看到敌人倒台，却再痛快没有了。啊呀！还有今天。

过了不久，他十分安静，对着总局被服厂的大楼，满面笑容的迈着轻快的脚步走去。

（《大连日报》1947 年 12 月 21 日，署名：赤灯）

少年担架队员

平汉线北端的徐水城外，人民解放军的大炮开火了，平原、村庄、树林、河流、小道，全都受了震动。

从乡村中的乡村的车道上，青年农民组织的担架队正在大踏步的前进，四个人一副担架，个头都是仿佛高矮。有一副担架左前方的民夫的身材却很矮小，但是他的迈步倒很大，别人举腿，他也举腿，别人落脚，他也落脚，速度毫不迟缓，他的家做布鞋，从脚后跟缝着宽带绑在脚背上，蓝裤、蓝褂、戴着大蓝的草帽，枣红色的长脸上镶着一对圆圆的眼珠，瞪得很亮，满脸都是汗水。

忽然从北面嗡嗡的飞来一架国民党的飞机，担架队立即散开，钻进麦田。有一副担架放得很慢，因为他们要把担架抬到距离车道不远的沟边上，大家眼掩蔽以后，剩下蓝裤，蓝褂少年伏在担架旁边，他侧着身子，弯着一条腿，两手用力地拔草，盖在伤员的身上，沟里别的同伴向他焦急的摆手，喊叫："快趴下，别动！"

他领会的点一下头，还是继续用劲拔草，一面就往伤员身上掩盖，好像要拔光全地的草把双眼埋起来一样。

敌人的灰色飞机向东低飞，转瞬之间向南绕了一个大弯，回过身来，向北回转，突地嘎嘎几响，间断一下，又是嘎嘎几响，向上飞了一程，又一连串扫射半天。听着好像就在头上，子弹可都不知落到哪里去了。等他愚蠢的飞得无影无踪以后，少年这才住手，把伤员身上的青草，拿开一些，笑着自言自语：

"这能顶什么事？"

担架继续前进的时候，少年走得更快，一个背枪的民兵过来和他商量："贾庆仁同志，你给我背着枪，我抬。"

"不！"只有这一个字的回答。

这个民兵的脾气也很固执，他还非抬不可：

"快点儿吧，你已经抬了十多里地，该我抬了！"

"不。"回答还是照样。

民兵跟着奔跑，喊嚷了半天，别的民兵也说："换一换吧，换一换吧。"贾庆仁依然不肯一直抬到村庄，放在树下休息，有些老乡亲热的围着伤员，问饥问热，妇女们送来煮熟的鸡蛋，贾庆仁就到乡亲们家里帮助烧水，他烧火是很有经验的，抓草总是小把，火苗燃着锅底，一直把水烧开，又和大娘借个小盆，把水抱到街上，伺候完了伤员，又招呼民夫同志们：

"谁喝热水？快来！"

他自己好像一架机器，不渴，也不疲劳。

他坐在伤员旁边，看着那一副罩在军帽下面的灰白的脸儿，那双眼睛如果紧闭，她就皱起眼眉，如果睁开看一看他，他就异常快活，好像看见光明，发现无限的希望。

接着又抬，这次抬得更快，三十二里一个兵站，除了休息，他们仅用两个钟头就抬到了。夏庆仁从磨破肉皮的肩上放下担子的时候，不像在别的站上那么奔波了，到了目的地，他倒显着十分沉默，坐在伤员旁边，一动不动，目不转睛的看着伤员的脸，有个头发剪得很短好像男性的同女同志告诉他：

"那面有水，快去喝吧！"

他只是摇摇头。

伤员轻轻的睁开眼睛，把手伸到他的身前，和他握着，看他好久，小声的说：

"同志啊，对不起你们，我刚上战场，还没打败敌人就受了伤……"他喘了一会儿又讲："我的伤好了，一定赶紧回队，要不打败反动分子，我没有脸活着见人！"

贾庆仁不知说些什么话才能安慰伤员，他的眼里，有悲哀的光，有愤怒的火，他似乎就要挺身跳起，拿起枪杆，飞到战场，杀光人民的仇敌。

换班的民夫同志来了，贾庆仁和他的同志轻轻的把伤员换了担架，他恋恋不舍的看着别人把伤员抬走，他们已经走出村庄，他又拼命的追去，大声叫道：

"等会见，等会见……"

人家站住了，以为忘了什么东西，但是贾庆仁一声不响，摘下头上的草帽，给伤员好好遮着脸上，摆一下手：

"好啦，你们走吧！"

他立在村边，默默的望着这副担架顺着平坦的道路向后方安全的地点走去。

（《大连日报》1947 年 12 月 25 日，署名：赤灯）

有感十万大钞

　　阁下不见报上登着南京政府发行十万大钞的消息吗？我想，这个消息在国统地区的有钱大爷听来一定算是福音，因为他们在到舞场妓院以前，用不着发愁票子太多衣袋里没有地方装了。平津有的财主，因为法币太多太重，早已不用，专用美金，到百货店买完东西，把美金往桌上慷慨的一拍，比掏出身份证来都有劲，伙计们岂能不礼节敬之。这回有了十万大钞，他们一定万分称便。

　　据说，天津有个敌伪时代是个大官，现在仍是大官的大官，吃顿馆子，如是十万块钱，就给十万小费，倘有美丽的女子招待，小费当然加倍，也许多倍，没有一定。他的尊夫人要在跟前，这笔小费必须临时研究给的形式，当着夫人的面给，误会那是当然，偷偷摸摸的给，票子太多，没有好法不露马脚，这回他可欢欣鼓舞了，十万一张的钞票，叠上几叠，放在手心，临别的时候一转胳膊就递过去了，夫人向来走在前排，不会看见，是万无一失的。

　　十万大钞的对于投机的老客也很方便，买进，抛出，没有权威人士的关照，往往容易出差，关照不能白关照，那就不必细说了，得了利益，一大包一大捆的送去，别人看见，不大"雅观"，装在点心匣里，早成陈旧的形式，太太小姐也不感兴趣，买成"黄的"送去，又要多费心机，十万大钞一出，这些困难自会迎刃而解，不必踌躇了。

　　十万大钞的对于几大家族官僚资本的利上得利，更发大财的作用之大，那就不待言了，但是这份大钞的一出，占百分之九十九的吃了早饭不知晚饭在何地方的瘦脸阶级却是愁上加愁，苦上加苦了。在物资"膨胀竞赛"的运动场上，他们空着饥肠，跋涉平道都已经感觉气喘，哪有余力比赛跑圈，恐怕评判员的手枪一响，——十万大钞的消息一出——他们就会吓倒，昏迷，待他们醒来的时候，人家早已从他们骨瘦如柴的身上踏着过去，只剩评判员的狰狞脸相和筋骨酸痛的苦味了。

年关将近，大米一石大约不止百万就能停牌，杂粮被迫跌下几元，再涨的时候。又是几千几万，这本是几千百次的循环逻辑，国统区的老百姓都不奇怪。但是，十万大钞的推动物价更形疯狂的上升，在十万大钞紧迫之下，喘不过气来的同胞父老兄弟姐妹们，可将如何活下去呢？

（《大连日报》1947 年 12 月 27 日，署名：夏园）

新编杨慈灯文集

1948

你跟我学习，我跟你学习

——记彭永花今年的计划

我做衣裳的技术，比以前强了，可是比起人家当老师的，可就差远啦！我能成上一套衣裳，还不知道从什么地方起头。从裁断股拿来的话，怎样打开，怎样分配给大家伙做，这个全有一定的套数。人家当老师的，拿过来就能分配，我可不会。从今年起，我除了熟练自己现在会做的活以外，我就想，把自己的技术，再往上提一提。我也不希望提的太大，提高一步也好，提高半步也好，无论怎么样，一定要提。

我们工友大家伙，我跟你学，你跟我学，技术好的，教给技术差的，文化高的，教给文化低的，天长日久，技术高的，越发高了，技术低的，也提高了。

"张福惠襟子画的好，我想跟他学画样子：如比方一匹布是四十码，一套衣裳要带碎料就得六码，那么这匹布就能裁六套半，其余能剩多少料子，能做什么材料，一来要合适，二来要节省料子，全靠计算，这些也是一套学问，你要不学，那就不会。第二是学拉布，一板布五十匹，宽的和宽的拉在一起，窄的和窄的拉在一起。再是割电刀子，照着粉割，看着倒很容易，要是把不住刀子，上宽下窄，割兜盖和别的小零碎活更难，不是一天两天可以学会的。再其次是捡料子，一样一样分开，哪一样也不叫多，也不叫少，可不容易啊！我想，今年要把这些活学出一些眉目可就知足啦！"

"厂里十个有九个工友，都愿意学习，只是有的工友还没有弄明白学习是为了什么，有的只是表面学习，所以进步的慢，有的满心愿意学习，因为贪玩儿，进步的也慢。今年我想在这方面，多用一些力量帮助他们。帮助，我也没有什么敲门，也就是多和他接近，多交换意见，耐心一些。

我自己的技术不够，我要向别人学习。有的工友，脑筋还没有扭转过来，那么我就帮助他，今年我决心做的，就是这些小事。"

（《大连日报》1948 年 1 月 1 日，署名：赤灯）

带枪的少年

一

晋察冀人民解放军，主动撤出张家口的前半个月，张市民生电业公司职员的家属，傍晚在车站的月台上坐着等火车。许许多多的工人忙着搬运机器，他们把一切的机器，凡是能够搬运的，全都拉出来了，浩浩荡荡的大队男女学生坐在路边唱歌，他们都带着背包，要转移到山地里去。

火车像一条黑色的大爬虫似的，呼隆呼隆的响着来了，月台上的人群忙乱起来了，兵站司令员，一个魁梧的，戴近视眼镜的红脸大汉来来往往的奔跑着指挥，有些战士把枪背在肩上，帮着人们往车上装东西，学生们分外的高兴，他们蹦蹦跳跳，说说笑笑，喊着唱着。正在这个时候，从人群中钻出来一个少年，他穿着大人的上衣，袖子挽起来也不合适，帽子的前盖遮住了眼睛，他用力地仰着下巴，各处乱钻，抓住一个人就问：

"电业公司在哪啦？"

"不知道！"

他推开拥挤的人群，把一个女学生放在地下的大草帽踏了一脚，人家叫他慢点儿，他也没有听见。东钻，西钻，和一个战士碰了一个满怀，他生气的瞪人家一眼，把头一摇就走。看见兵战司令员，他上去一把抓紧他的衣袖："哎，同志，电业公司的人在哪？"

司令员弯腰看看她的下巴，抬他一下肩膀，往西指指：

"西去！"

他拔腿就跑。有队学生挡住去路，他把脑袋一低，像鱼一样，钻进人群。他的脑袋就是武器，不管前面是人是物，只要妨碍了他，他就去碰，同时幌着肩膀，左冲右开，把人家碰倒了也不管，他又不言语，只是一个劲往前钻。当他钻出人群的时候，往西一看，人家都上完了车，家属的影子一个也看不见，只有一些战士和车站上的人来往奔走。他呆了一下，赶紧拍着车厢去问：

"电业公司的人有没有？"

他问了好几个车厢，没有，急得像热锅里的蚂蚁似的，各处旋转，打听。学生也都上完了车。这时黄昏的大幕已经拉去，换上无边无际的黑暗的夜色，火车呜——的叫了一声，他一看不好，赶紧钻进一对学生的车厢里，人家问他：

"喂，你是哪部分的？"

"我是电业……"

"电业不在这里呀！"

"我找不着他们，……"

火车已经开了。学生的带队人过来，举着蜡烛照照他的面孔，可是只能看见一双明显的鼻尖，问一问他，对答如流，他们相信了他，准他在这车上。

他在靠着车门的旁边，挨着一个胖胖的学生坐下，把帽子摘下来，擦擦头上的汗，从昏暗的烛光里显出一副长脸，一双圆圆的，好像小鸟似的明亮的眼珠，看他那样，顶多十六岁。

有个学生拿出胡琴，另一个拿出口琴，大家拍手喊叫："欢迎谁唱？"

火车跑得快了，警声极大，可是压不住胡琴和口琴的美妙的声音，歌声时高时低，笑声传到车外，传到原野，传到空际。

在隔一层板壁的车厢里发出粗壮的大笑。少年忽然跳起来，踹着别人的腿脚，扑到车厢的西头，握着拳头，敲敲板壁，大声呐喊：

"关同志！关同志！"

"谁呀？"

"我是魏民强啊！"

"你怎么来啦？"

"我要来！"

学生的音乐晚会被打断了，隔壁的车厢里沉默了一下，粗壮之声不久又起：

"好，你就在那里坐着吧，别过来，这边人挤……"

魏民强就地坐下，好像迷路的孩子找到母亲一样，说不出有多么快活，摇头晃脑，不住的动着肩膀，身体也摇摇摆摆，好像坐在风浪极大的舱板里一样。学生们齐声唱歌，他也随着唱起来：

"从不停息你战斗的号召！

从不收起你坚强的翅——膀！

…………。"

东方刚刚放出亮光的时候，火车到了天镇，魏民强还没有等到火车站稳就性急地跳下来，跑到后面车厢的跟前，帮着别人往下搬行李，一个肩上挂着骑枪，脸上有点儿麻粒的大个子问他：

"不是不教你出来吗？"

"我不管……"

火车上的东西很快的办完，一队一队的人走出车站，向四面八方散开，学生的队伍一出小村就没有影了。魏民强随着家属向东前进，大个子把肩上的枪摘下来交给魏民强：

"你给我拿一下，我去解手。"

等他回来的时候，魏民强不给他枪：

"我背。"

"你拿不动！"

"不，我能拿动，不信你看着！"

大个子笑一笑，帮着女同志拿东西去了。魏民强肩上有了一支骑枪，特别的高兴，走路的时候，像蚂蚱似的一跳一跳的。这时候，含着明亮的露水的青草道边，蚂蚱正多，全部活蹦乱跳，好像欢迎这些同志一样。

二

五天以后，这个"啰嗦部队"走在天镇西南十余里的山岗上，两个骡子拉着的大车上面，坐着身体不强的妇女和儿童，强壮的妇女和护送她们的男同志都是步行，有的背着小孩，有的背着背包，一个经过万里长征的年轻的女同志叫李斯明的，背着一个背包，青筋毕露的手里拿着一支大枪。魏民强走在她的身旁，李斯明用温和的声音问他：

"你要累，把枪给我呀？"

"我一点儿不累。"魏民强带着骄傲的声气这样回答。

他们走过一道平秃的山岗，拐了一个大弯，又是起起伏伏，连绵不断的高坡摆在前面，弯曲的道路好像一条大的布带一样，陈在晴朗的天空底下，巨大的山山岳岳，沉默的看着这队老老小小，牲口不断的喷着鼻子，轮声辗着沙土，声音很轻。

忽然从东方传来不祥的嗡嗡的叫声，李斯明挂心的回头用手掌遮着前额，眯眯着眼睛望望刺眼的朵朵白云，把手一扬：

"飞机来啦！停停再走！"

魏民强也跟着叫喊：

"飞机！飞机！"

车上的人都急急忙忙的跳下来躲在山脚下面青灰色的岩石背后。李斯明蹲在腹深的谷地里监视着，魏民强把枪装上子弹，对着飞机瞄准。

"别放枪！"

李斯明把他的枪口往下按了一下，向他撮一撮手，他瞪着圆圆的小眼睛，皱着浓黑的眉毛，恶狠狠的咬着下嘴唇：

"这一枪打碎你个狗崽子操的！"

这架可恨的飞机，顺着起伏的山岗路线，蠢头蠢脑的向西飞去，钻进流动的云丛，影与音消失以后，他们才先后立起，笑着，骂着，继续着前进。

过了阳原县城，要渡桑干河的时候，因为水深过腹，大军不能过去，只好先帮着妇女、儿童一个一个过河。魏民强把枪套在脖子上，牵着牲口下水。他在滚滚的急流里，一步一步探索者前进。走到波浪翻滚的大河中央，脾气强硬的牲口竖直了耳朵，伸长了脖子不肯迈步。魏民强举起缰绳的一端吓唬，它更不走，反而顽强的倒退，他用力的拖呀，拉呀，脾气固执的骡子抱定主意，怎样也是不走。

岸上有人呼喊：

"飞机！飞机！"

飞机很快的近了，呼呼的声响极大，那个大个抱着一个儿童，停在水里，焦急的喊着：

"不要害怕，岸上的人躲在地里！"

有个新从城市出来的女同志倒在水里爬不起来，头发都湿了，她好像头晕站不住脚，东倒西歪的。岸上的李斯明赶紧下水，扶住了她，把她拖到对岸，帮她在田里蹲下，回头她又跳进水里帮助魏民强。

飞机打了一个大旋转身过来，向下低飞：

"呜呜呜……"

周围的山山岳岳都受了震动，发出沉闷的回响：

"哒哒哒哒哒……"

李斯明夺过缰绳，打算推开魏民强，叫他快些上岸躲起来，他无论如何不肯，绕到骡子屁股后面，拿下脖子上的枪，把枪把在骡子屁股上使劲一击，骡子这才听话，踢着四下飞溅的水花大踏步的前进。魏民强怕它再犯毛病，紧紧跟在后面，举着枪把，喊着骂着。

李斯明急得直喊：

"快去！不用你……"

他理也不理，举着枪把：

"哒！兔崽子，快走！"

飞机的机枪子弹落在浅黄色的山岗，柔软的岸边，潺潺流水的河里，可是没有打着一个人。魏民强到了潮湿的岸上，浑身上下滴着冰凉的水珠，冻得抖抖索索的。他伏在田里，又对着飞机举起枪口，但是他还没有瞄好准，飞机已经摇头摆尾的向西窜去。魏民强把枪放下，愤怒的望着变成小点的飞机骂了一阵。

在河南十里地的田间的道上，一个赶车的老乡和他的肥大黄牛被苛毒的反动派飞机打死了，他们走到这里的时候，死者已经拉走，可怜的老牛还躺在车道中间，流了一大摊鲜血，有些乡亲正在这里商量怎样拉走老牛。

魏民强看着鲜血与老牛，心里更气。衣服湿透了的女同志们都默默无语，慢慢从这里经过。有个青年农民立在老乡中间，指着地下的鲜血，悲痛激烈的嚷着：

"乡亲们那！谁害了我们，要报仇啊！"

三

往泉地村五十岁几户老乡，都是住在阳原县城里大财主的佃户，他们老老小小成年到头流着血汗劳动的粮食，交上租子，没有租子，没有剩头，过着饥寒交迫的生活，桑干河的流水都为他们发出不平和生气的叫声。但是七年以前，人民的队伍来到这个村庄，减租减息，改革了禽兽制度。从那时起，乡亲们才擦去满脸的泪水，家家户户才吃着饱饭。现在村里的青年自己组织起来了队伍，白天下地干活，夜晚站岗放哨，保护自己的家园。魏民强他们就在这里住下了。他一进村，就和民兵小伙子们熟识了，他们要他的枪看，爷爷看看他们的枪。他们又告诉他：在这附近，常有土匪出现：都是阳原城里的汉奸、特务、伪军、流氓，日本鬼子投降以后，他们没有地位，害怕人民清算复仇，就拉成一帮逃到山里，经常出来抢掠杀人。

魏民强说：

"晚上站岗，算我一个！"

他们都很欢迎。

魏民强坐在场边上，用自己最心爱的一条小手巾擦枪，在他旁边是些穿着披肩，露着胳臂的老乡妇女忙着搓捻谷穗，小孩子们围着他看。到了晚上，他帮助女同志们刷完碗碟，又把骑枪挂在肩上，大个抓住了他：

"哦喝，这枪成了你的了？"

李斯明帮助了他：

"老关，叫他拿着能行。"

魏民强非常高兴，拍拍枪身，扭着秧歌出去了。

这天傍晚，邻村来人通知，那股土匪下山了。民兵小伙子们一到天黑，就把土园子的大门关好，派人在墙上留心警戒。魏民强也在墙上，他还不会警戒，不住的问着大家。

过了半夜，他在墙上的小窝堡里睡着了，有人把他推醒：

"魏同志，你帮着看一下，我们出去看看。"

"有动静么？"他一翻身就爬起来。

"叫我们去帮助。"

"你们都去呀？"

"家里留两个人。"

"我也去！"他跳起拍拍帽子，摸索着把枪拿起来，不管三七二十一，下了梯子，对着有说话的被星光照得微光的房角奔跑：

"我去……"

一共是几个人，踏着黑魆魆的小道往西去了。

魏民强紧急的跟着大家伙，一步不肯放松，他把枪用力的按在肩上，怕他出响，脚步轻轻的踏着，有时跑到前面，民兵队长时时对他嘱咐：

"别着急呀！"

到了邻村，民兵队长远远的喊个暗号，他们在地边等了不大的工夫，就有一个黑影向他们接近：

"走吧！"

来人说了这话就走，他们加快脚步，顺着村边，穿过野地，爬上山岗。

他一爬上山坡就看见岗上有几个人，正在那里低声耳语，魏民强学别人的样，坐在石块上休息，用两手把枪挂在地上，他想扭出一桶鼻涕，恐怕出声，只好用力的抽进肚里。

"啪！啪！"

附近一连两声枪响，岗上有人指示：

"走！"

魏民强深一脚浅一脚的踹这崎岖不平的小径跟着别人急快的奔去，下了山坡，又上山坡，顺着山腰走了一程，在一道看得清清楚楚的山谷中间的路边的高岗上打住，不知谁说：

"掩蔽！"

魏民强一看别人都往后退了几步，坐在岩石后面，他也学着做。大概还没有等到半点钟的工夫，西边有了乱杂杂的脚步声，由远而近，很快的到了眼前。

大家一齐射击，枪声特别响亮，魏民强看人家都放枪了，他赶紧准备，对着一个慌乱的黑影打去，只见那个家伙往前一栽，爬了几爬就不动了。其余那些，调头就往回跑，他们又是一阵密集射击，在黑暗里也看不清有多少，好像一群黑猪似的，跟跟跄跄的连滚带爬往西飞滚。魏民强跳起来，想跑下山坡追赶，别的同志一把扯住了他：

"等会儿，西面有人……"

转瞬之间就听见西面也有密集的枪声，他们好像猛虎下山，连跑带跳，飞到平地，用着全力向西奔跑。魏民强下山的时候跌了一跤，别人把他拖起来。他们跑了没有多远，听见南面的山上正有一群黑猪拼命的往山上爬，在星光照耀之下，看得十分明显。他们靠着道边的小沟，端好了枪，一枪一个，把那些黑猪打下山坡。在他们身后微微发白的岗上，也有断断续续的枪响。他们赶来，开始设计以后，岗上的人全都下来，对准那群黑猪，尽量的射击。半数以上滚下山跟就不动了。有的还在拼命往山上爬。这一带山太陡了，一棵小树都没有，全是石块，一踏就滑，一滑就滑到底。有个老伙计滚了下来，拔腿就往东跑，魏民强看得真切，拔腿就追，打了一枪，没有打上，他又追赶，喊道：

"放下枪就饶你的命！"

那个家伙理也不理，魏民强有打一枪，还是没有命中，于是他又追赶。打了第三枪，敌人栽了一个筋头，躺在道口，他的枪扔了好远，还想爬过去拿枪抵抗。魏民强已经赶到，举起枪把就对准那个愚蠢的脑盖狠狠的一拳，他怕这个脑盖太硬，一下不行，一连敲了四五下字，看他一丝不动了，这才停手，捡过那支三八大盖，挂在肩上就往回跑。

突然看见前面有急急忙忙跑来一个黑影，魏民强赶紧把枪举起来：

啪！

一枪打去，没有命中，那人喊道：

"魏同志！"

哎呀！原来是自己的人！魏民强把枪放下，抱歉的说：

"差一点儿打着你……"

"好家伙，真红眼啦！"

他们已将把那群黑猪屠戮完了，有四个是很走运气的，赶紧举枪，高喊"老爷饶命！"没有打死，算作俘虏。计算一下，打死十二名，打伤七名，得了六支三八大盖，一支套筒，三支长筒手枪，一支杂牌撸子，七颗手榴弹。

损失是，魏民强先头下山摔倒的时候，胳臂擦破一块薄皮，没有流血。

他们天天帮助老乡下地或在场上干活，魏民强又给房东挑水，一个又粗又搞的大缸没有七担水不能装满，魏民强往缸里倒水的时候，抬起足跟才能看见缸里的水翻着浪花，头发灰白的老大娘个过来拿去扁担：

"得啦，歇会儿吧！"

"还没满哪！"

他把扁担抢走，跑到井上。

到了晚上，他们就在宽敞的院里说笑唱歌，村干部、老头、妇女、小孩子们都来参加。老乡家里年轻的妇女都极天真活泼，说唱就唱，魏民强最拿手的歌是《太行山上》。

他唱歌的时候，嘴张得很大，挺着胸膛，轻微的摆着身体，好像很受苦的样子皱着眉毛，当他唱到：

"马列主义，我们的武器，

民主自由，我们的主张……"

他就浑身上下用力的摇摆，现出骄傲与无限欢欣的模样。鼓掌，笑声，在嗓门里哼哼呀呀随着歌唱的细声，小朋友们情不自禁的跟着乱跳。在皎洁的月光里，脸额、鼻尖、下巴显得很真，眼珠镶在黑洞洞的深眶，被月亮一照，好像磷火一样，黑影在底下乱动。

这支妇女儿童的队伍和老乡亲热的住了一个星期，又往南行。毛驴背好，等在街上，有些大娘眼里含着泪水，灰白头发的大娘把魏民强叫到一边，往他袋里塞进两个煮熟的鸡蛋，嘱咐他："走道饿了吃吧！"

他把鸡蛋掏出来：

"大娘，我不要！"

大娘上来脾气，噘起厚厚的嘴唇：

"不要你就扔啦！这些孩子！"

一个头发梳得光光，异常健康美丽的健康女子，用一只手扯开李斯明的胳臂，一只手擦去鼻端的泪水，嘟嘟唸唸的不知说些什么。民兵游击队的小伙子们都挎上大枪，分开几班，前面的路上，两侧的山岗，都配置了力量，随着这支队伍行进。

魏民强走在队伍的最前，他有时看看左翼的山上，那些黑点，很快的向前移动；左侧的高岗上，几个黑点有时进了山谷，无影无踪，有时突然出现在大山的尖上，好像从云影里掉出来的一样。

身体不强的妇女骑着健壮的毛驴，顺着石块堆满的山谷不停的前进。婴儿抱在妈妈的怀里，晃着小脑袋，有的就在昏睡。整整走了一个上午，除了连绵不断的大山，看见山脚下的村庄，随来护送的民兵才立在大山顶上停住不动。

魏民强眯缝着圆圆的小眼睛回头望望山顶上，那些黑点都高举着两手，于是他也举起手掌，喊道：

"同志们，再见吧！"

他的声音好像从铜管里吹出来的一样，在大山谷间起了回响，山上的人向下摆着胳臂，魏民强用力的睁着眼睛，一直看到那些黑点，顺着高岗爬到大山顶上，好像进了云影一样，了看不见了，他才把下巴收回，喘出一口粗气。

他们在小村边的树下休息，老乡很快的集来一大群：

"到家里歇息吧！"

"快回家烧水！"

"哎哟，这个小娃多好看哪！"

一个披着黑衫的老头，远远的走来，看见这群妇女儿童就大发雷霆：

"你们怎么不到家里歇息呀？妈妈、孩子不给点儿水喝么？"

老头的脾气很大，抓住毛驴的缰绳就走：

"快点儿到家里来！"

魏民强拦住了他：

"大伯，我们没有工夫多休息啦，天黑得赶到暖泉线哪！"

老头好像吃了一惊似的，从脑袋顶上到脚后跟，把魏民强量了一下尺寸：

"啊嘿，你这么大就拿枪？"

老头张嘴一笑，露出一个黑洞，他的牙齿掉落不少，两个门牙倒很结实的排着队伍立在当中，他说：

"我也打过仗啊！那年鬼子来，我就跟咱们队伍（指八路军）上山，把小鬼子打个仰脚朝天，三个儿子，现在还在队伍里头，小的上月来信，说是要去学习……"

魏民强目不转睛的看着老头皱纹很深的脸，这个老头，什么地方有点儿像他的父亲，可是性情却完全相反，他父亲在张家口做小买卖，不大同意他跟着民主政府撤出来，他商量多少次也不答应，在五金行当伙计的哥哥比较开明，在背地告诉他：

"要去，你就去吧，不用商量，可是你要好好学习，将来回来，当个干部。"

魏民强最后的看了一眼这个坚决可敬的老头，正一正肩上的枪，低头随着队伍慢慢走去。在他面前，摊开了一道无水的河滩，横过沙地，就是一慢坡的土岗，满天飞跑的白云的碎块在土岗上照出影子，出现一下就隐去了，他们摇摇晃晃的走上这道土岗，顺着山跟，不慌不忙的向西拐去。

把包头、大同一带当作老巢的那些大烟鬼白面鬼混合的反动军队盲目冒险的向着蔚县侵犯，每天都有几次美造飞机横行扫射、轰炸，老百姓多么不容易盖起来的房屋被炸塌了，年富力强的父亲、母亲被炸死了，剩下孤苦伶仃的孩子们，叫他们怎么生活呢？魏民强一听说什么地方又有老乡和他们的牲口被飞机杀害了，他那一双圆小的眼珠就愤恨的向上翻着，时而噘嘴，时而牙齿咬着嘴唇，谁要立在他的面前，他的眼睛就要狠狠的瞪着水，好像这个人便是杀害百姓的不共戴天的大仇敌一样。

路过灵邱县城，他看见这个城市的房屋百分之九十九东倒西塌了，他心里多不好受，多好的房屋啊！全是大块石头砌的厚墙，许多漂亮的门楼的破碎的顶盖还在半空悬着，刀切一样溜直的墙壁，若不四下颓倒，不知多好，长了蛮荒的青草的街道空无一人一物。

在每一块碎裂的石头上都好像隐隐约约的沾着鲜血和泪水的痕迹。魏民强不知道这座县城怎么会破坏成这个样子。

"这是谁弄的呀！"

那么厚的城墙都被炸得七零八落，城楼秃了，城墙一面一面的倒掉，城墙上面挖着许多窟窿。

"鬼子到了这个地方，咱们队伍就来进攻，把鬼子全打死了，你看墙上那些子弹眼儿！"

他顺着李斯明指的方向，眯着眼睛一看斑斑痕痕，百孔千疮的城墙，情不自禁的喘起粗气：

"他妈的，那时候反动派的飞机怎么不下来打呢？"

"是啊！"李斯明同意他的意见。他又冷冷的说：

"就顾往重庆跑了，现在来了章程，相当皇上，真他妈的死不要脸……"

他想好好把那些狼心狗肺的禽兽咒骂一通，一想，骂出一些难听的话，叫李斯明听着不大合适，因为她是女的呀，于是他在心里嘟嘟唸唸把那些丧心病狂的畜生，从他们祖宗那一代起一直到远亲近亲全骂遍了，可是还不出气。

灵邱县城的百姓，被日汪的三光——杀光、抢光、烧光——政策害的多么苦啊！死的死，亡的亡，千千万万的人民东逃西奔，妻离子散，剩下一些没有死掉的乡亲在城外河边的土岗上盖些矮矮的薄薄的小屋住着，三天一个集市，倒是非常热闹，可是国民党反动派的飞机一来骚扰，又把老乡的生活闹乱了，魏民强一边走一边打听一个光秃着头的卖肉的老乡：

"飞机来过吗？"

"啊呀！那一天不来？打死七八个人啦！牲口死了十来头。"

这个老乡拉开干蔫的下巴骂了半天，魏民强听着更加动气。

过了灵邱，全是山地，大山连着小山，小山套着大山，好容易爬上一座高山，前面又是一座更高的大山挡着去路。曲曲折折的道路盘着山腰，山顶上雾气腾腾的，山谷深得看不见底，谁要不加小心滚进山沟，可就没有命了。

他们从灵邱县城雇来的大车，车上的妇女儿童都下来走着，赶车的喊哑了嗓子，牲口也都真出力气，可是他们究竟不是机器，使着全力拉上一段崎岖的山坡就得停下，疲劳的牲口好像快要断气似的，饿憋的肚皮一伸一缩，裂着发黄的牙齿，脖子上汗水淋淋的，嘴边冒着浓厚的白沫，鼻孔嗤嗤发响。

车夫的鞭子在半空划出响声，牲口的脑袋几乎弯到地下，嘴唇舔着了泥土，四只蹄子不停地刨了半天，笨重的车轮才慢慢的动起来。

魏明强的骑枪斜斜地挂在肩上，随着车夫，跑着，跳着，大声的叫喊：

"驾！驾！驾！驾！"

他看到牲口快迈不动步的时候，就顺手捡起一块大石头夹在腋下，车在斜坡突然一住，他就急速地把石头放在车轮后面，有时当车前进的十分缓慢的时候，他就跑到车后，用肩膀扛着车沿，咬着牙齿往前推动。

喊着，叫着困难的前进了一段，停下休息一会儿，接着再走。他们费了九牛二虎之力，终于渡过的一座大山，好像刚从地窖深处钻出来的一样，山峰一点儿也看不见，完全遮在云里，山的半腰也有浓重的云彩围绕，车夫好像头上挨了一棍似的，害怕的瞪大了眼珠：

"哎呀呀，这可怎么上啊！"

（《大连日报》1948 年 1 月 9 日、15 日、23 日，2 月 7 日，署名：赤灯）

走过派出所的时候

我一走到无论任何地方的警察派出所门前，就会想起往事。

我四岁时，父亲在沙河口铁路工厂做工，有一天他放工回家，头上包着蓝色布，满脸是血，母亲吓的浑身打战，我也非常害怕，坐在炕角，不敢动弹。原来小鼻子工头不发工资，天天拖延，父亲性急，和他争吵，动起武来，父亲力大，占了上风，小鼻子撒野了，抓起木棒就把父亲的头打破了。过了两天，父亲因为家里没有吃烧，又找小鬼要钱，小鬼还是不给，又干起架来，这回父亲真气急了，他把日本小鬼打的半死不活，沙河口小衙门不问青红皂白，把父亲押起来，母亲慌慌张张领我去看的时候，洋狗子警察正用指挥刀柄在父亲背上猛抽，父亲咬牙忍耐，一声不哼，母亲怕把人打坏了，流着眼泪给狗子警察下跪，你猜怎样？这个罪该万死的帝国走狗去一脚把母亲踢趴下，接着又打父亲，一直打得他自己精疲力尽这才罢手。

父亲被打得皮开肉裂，又押了一个星期，算是侥幸，没再多追究，放他出来了。

过了七年，父亲在革镇堡做木匠活，有一天他领我步行到西岗买接木头用的化胶，回来走到西岗大桥洞子下面，从正面过来一个长袍短褂的绅士，一把抓住父亲的衣襟：

"好啊，这回可碰见你了，你说怎么办吧？"

许多过路的人围上来看光景，父亲非常狼狈，向人家点头弯腰，好像要哭似的锁着眼眉说些告饶的话，但是绅士阶级理也不理，照旧抓着他的衣襟不放，父亲生气了，一拳打开胸前的魔爪，问：

"我也不跑，你为什么老揪着我？"

绅士阶级上来大火：

"欠钱不给就不放你走！"

"你说怎么办吧？"

"打官司去！"

于是到了距大桥洞不远的小衙门，绅士阶级向日本狗子警察说些鬼话，大意是，父亲欠了他几年粮款，不给钱，人也不朝面，父亲说：这是在工厂做工的时候欠下的，工头不给他工钱，所以他没有钱还别人。这个王八草的鬼子是站在债主立场的，他把胡子一撅，瞪着耗子眼睛吼道：

"什么你的，钱的不给的不行！"

他用穿着软腰马靴的脚在父亲腿上踢了几下，又跳起来打了父亲一个耳光，立刻就在父亲脸上留下指印，并且永远留在我的心上。

这场官司，也没有打出头肚，西里糊涂结束了，钱呢，欠着呗！

我十六岁那年住在三春柳，跟着父亲学木匠手艺。姐姐在成衣铺给人家做零碎活计，这家成衣局的掌柜人性坏，常在妇女跟前说些下流话，姐姐受不住气，就下来不干了，这个掌柜仗着他的叔辈弟兄开烧锅，在本地有钱有势，就找我姐姐的岔。我们是住在同院，有一天他又指鸡骂狗，姐姐听不下去，出去问他，他蛮不讲理，要打姐姐，父亲出去，他又要打父亲，父亲和我早就忍耐不住了，父亲和他扯巴起来，我从后面一脚把他绊倒，他的老婆和他的闺女也都出来参战，这个家伙，跌了一跤，装腔作势，说是打坏他的肺部，躺在炕上，哼哼呀呀，他的叔辈弟兄，烧锅掌柜出来讲"理"了，责备我们不对，命令我们立刻搬家，并且上小衙门告状。警察巡捕都是和他一鼻孔出气的，把"受"伤的送到西岗博爱医院，叫我们包出二十多元医药费。

多亏一家邻居卖青菜的山东老哥，看着气愤，叫我们搬到他的家里暂住，至于那笔医药费，打死我们也拿不出来，只好欠着。

在这事不久以后，我自己到香炉礁木厂化五角钱买了几十斤木条，打算做些零碎家器出卖，当我低头扛着沉重的木头快走到三春柳的时候，鬼子警察忽然在我面前出现了，上来一把抓住我背上的木头，用力一推，把木头推掉在地下，他横眉竖目的伸手指着马路叫喊：

"什么你的左边开路的没有？"

原来我是违背了交通规则，没有"左侧通行"。

还没有等我张嘴，他举起巴掌就打，左一个耳光，右一个耳光，一连打了我五六个耳光，把我打得头迷眼花，昏天地黑，当我蹲下搬木头的时候，嘴里有鲜血滴在地下……

一年以后的冬天我们住在旅顺上沟□，有一天我挑着一担和父亲做的洗脸盆架，筷子笼，方盘之类东西出卖，路过"新市街"派出所的时候，中国巡捕一定要白拿一个洗脸盆架，我和他商量：

"送你一个筷子笼行不行？"

他非要洗脸盆架不可，我不给他，握着拳头在我头上狠狠的击了一下：

"妈拉个巴子的，应该都给你踢碎了，叫你卖个鸡巴毛去！"

他的禽兽似的面相和鬼嚎一般难听的骂人之声，是我一生一世也忘记不了的。虽则时隔多年，然而当我走到派出所门前的时候，就会想起这些痛苦与悲酸的往事。现在好了，现在有了为人民服务的人民警察，他们是人民的仆人，他们是人民的子弟，他们谦恭和善忍苦耐劳的给人民办事，关东地区的人民，再不会受日本时代警察的气了。

（《关东日报》1948 年 2 月 7 日，署名：赤灯）

彭永花一家

彭永华花在被服厂分红，得了一万块钱，拿回家里，妈妈实在高兴。妈妈曾说："过年打不开啦！"彭永花就把一月三十一日《大连日报》工农园地，里王世聪写的一篇《我怎样过春节》念嘟了一遍，在菜市街工会工作的爹爹彭晋湖就说："咱们不好那么办吗？"

《我怎么过春节》里写着：①绝不大吃二喝。②绝不买那些迷信的玩意儿。③绝不烧香叩头，说迷信的话。等等。彭永花的妈妈也同意这个计划，斩钉截铁的说："我再不那么彪啦！"

他一家人商量的结果，就买了五斤白面、五斤大米、二斤猪肉、八张生产年画，他爹又主张买五百块钱的花生、五百块钱的瓜子儿，招待到他家拜年的被服厂秧歌队。

三十晚上彭永花预定和爹妈弟弟在一起团圆，以后就和工友们在一起演剧、扭秧歌。工友田淑英、蔡思省也得了一万块钱的红，杨振庆等十一名工友得了六千五，其余那些工友，有领八千，有领三千的，所有的老大爷、老大娘、小弟弟、小妹妹都分到红了，但是他们最高兴的不在这钱，而是在于过个舒舒坦坦的太平年，心里痛快！

彭永花回想起在解放的头一年，她在洋服店做活，一天才赚两元五角，没有一天不是忍气吞声，过着憋气的日子，他爹在"入船街"苦力窝铺拉车，到了年三十也拿不出一个子儿来。她妈穿着漏肉的衣衫抱着小弟弟，冒着大风雪，战战兢兢的去找，"苦力头"李吉财劈头就是一阵大骂：

"饿死你们这些穷光蛋也不多！"

那些熬糟的岁月，每年每年全是如此，一到"年关"，她妈就流泪，欠人家的，往死处逼，好容易盼到"发子"以后，横眉瞪目的债主才一个一个骂不绝声的走了，于是他们一家在有钱大爷欢天喜地的爆竹声中，饿着肚子睡去……

救星临到关东，天翻地覆的日子到了，日本小鬼完蛋，走狗爪牙垮台，彭永花的一家从泥里爬起来！

他爹是个积极的工人，民主政府已成立，就被选为菜市街坊长，不久又调到黑咀子坊上，又调到菜市街工会，母亲多少年的眼泪擦干净了，欢欢喜喜的在家里忙碌，他的弟弟背起书包，她就在被服厂岭头苦干，五次选模，从未落选，李秀兰、彭秀英……成群结队的工友团结在她的周围，石秀英有病临死断气的前一分钟还喊着：

"彭永花！彭永花……"她现在是关东地区鼎鼎有名的模范。

彭永花说："今年春节，她的感想极多！在旧社会里，谁也瞧不起她们，有了民主政府才有咱们的地位。关东公署今年号召大生产，不管有什么困难，咱们一定能克服，一定努力。春节假期一过啦，我就要照着这计划，好好干到底。"

（《大连日报》1948年2月10日，署名：夏园）

鸭子上架

幼年时代，没有"儿童世界""小朋友"之类可看的，大抵都是只好当着大人考察吉庆日子的机会借着光翻看石印线装大本的"黄历"的。

其中最受欢迎的多半是，头前几页："几龙治水"，还有文武将相诸公的大头玉照。我们现在恍惚能够记得的大概总有以下几位：张作霖、张作相、张宗昌，……此外纵横上下一行一行摆了一大堆，很多都是头上高耸大缨军帽，肩膀挂着一大嘟噜像草绳那样的装饰，身上还没宽带，密不通风的一串一串圆的、方的"功牌"，还有光着秃脑瓜，什么也不披也不挂，显着不大热闹的，真是不胜枚举。

但是那些缨帽高戴、红运高照的太师爷，总是给人以单调、困瘾倦的感觉，因为那些脸相，多半露出即将睡去，又如烟瘾没有品足的气概，总而言之，八字髭也好，蛤蟆脸也好，骨瘦如柴好像老鼠的也好，肥面大耳恰如母猪的也好，满脸狰狞好像"大茶壶"的也好，缩着小髻近似"老鸹子"的也好，大多数都是叫人觉着越看嘴唇越干，没有什么味道的。

成年以后，我们没有多大兴趣翻弄"黄历"了，成了电影迷的就代之以"明星"的相片。关心时事的，当然知道"黄历"上每期必须宣传一番的那些将相：有的叫飞机炸死；有的拉走枪毙；有的大红大紫；有的风尘仆仆投奔日本帝国主义的怀抱，当上小国的大官儿；有的被刺；有的远走海外，悄无声息；有的年近古稀隐居租界，无聊的时候哼哼"采菊东篱下，悠然见南山"，虽然完全不像诗人。有的寿终正寝，装进棺材，漠漠无闻。但是不管怎样，总是革命车轮下的一堆废料。

当日本帝国主义正像野兽嗥叫狂喊"大陆政策"的时候，人们大抵总还记得"黄历"上常登铜板的张作相先生忽然复活起来，在日本宪警严密保护之下回了一趟家东北老家，还在报上发表过很多优美谈话，盛赞"满洲国""治安优良"的吧？是的，张作相之外似乎还有一个别的名声不小的人，和日本军阀"亲善"了一下之后就匆匆离去东北窜回天津，我可不知道他们玩的什么把戏，反正当时的老百姓，凡是听到此说者都破玩味儿了一通，还因为其时大家不解"曲线救国"之道，难怪当时没有得到结论。

真是做梦也想不到，在我们都到成年，有的到了老年的今天，突然摆出了我们幼年时代在"黄历"上常见的角色来！

请看昨天本报二版：

"关东社二十六日电"中央社北平二十二日电：张作相、马占山、万福麟等一行（一行都有谁可没有写，据我猜想，一行之中自然少不了太太、小姐、秘书、马弁等等），应邀今午十二点由平飞沪转京。据称："系奉陈战电召看京研讨东北问题"。按三氏此行，显示南京方面预起用东北旧军阀，妄图挽救焦头烂额的东北军事危局。"

下面还有一条消息，也是与此有关的，但是仅看上面一条，也可明了一般矣。于是，记忆尚有的人，就不能不想起昔日的"黄历"和伪满时期的一段插曲。

窃查南京方面，可谓"聪明"得很，年轻的干不好，找出老家伙来。比如一个中毒快死的人，给他有毒的药丸，这是所谓以毒攻毒，是迷信的老人们的治疗方法之一，虽然那结果总是快死，然而，蠢材都是不信科学的。

再说"出身武夫"也能使蠢材们得到若干的安慰的。看过"彭公案""七侠五义"这些大作的人都能记得，在那些书里写的老将也有很多是很好的打手的，如果"七侠五义"里的人物真是活着而且活到现代人无疑的，南京方面一定遣调大员，三顾茅庐，请出他们，带着单刀花枪、七节鞭、三节棍、虎头钩、八角锤、弹子、金镖、宝剑……带着一行人马，杀气腾腾，空运东北，和操纵着野炮、山炮、战防炮、迫击炮、平射炮、火箭炮、冲锋枪、三八式、重机枪、轻机枪、手榴弹……的人民解放军拼个高低。可惜这些家伙，手不能拿锄、肩不能挑担，迈步已经十分艰难，勉强能够拿动的只有大烟枪、大烟灯，还要硬逼他们踏着梯子爬上擂台去和万夫不挡之勇的英雄好汉比比劲头，这不简直拿鸭子上架不好瞧么？

（《大连日报》1948 年 2 月 28 日，署名：夏园）

旧地重游

我很兴奋的坐在电车上要到离别将近十五年的三春柳去逛一逛。那时我们住在河南沿纸房子后身,和炒花生的山东老乡李大个住对面屋。同院全是打卯子工的。有两家赚不上吃,老婆孩子抠框要饭。因为屋子太小,做木匠活铺张不开,我们搬到后街老李家院里住,不久又为姐姐在道北成衣铺做工就近,于是搬到道北边小街上,每天可以听见铁匠炉的叮当之声。可是过了一些日子又住不舒服了,成衣铺掌柜的欺负女工,我姐姐向他反抗。他的本家,一个开烧锅的经理又是我们房东的有钱大爷给他撑腰,上小衙门打官司的结果,我们穷人输了,他们占了上风,命令我们在当天以内搬家。多亏剃头棚隔壁卖青菜的老大哥义气,叫我们搬到他的家里,要不然我们一家老小真得蹲露天地呢!

电车跑的真快,往事错综的场面没有想完,车务员喊了:

"三春柳到啦!"

我赶紧跳下了车。四面一看,"山河"也不已寄回,"人事"那更就"非"了,空旷的道边盖上房屋,高岗,斜坡全都铲平,小衙门的砖房倒在,狐假虎威,气人压人的日本警察、巡捕不知死到哪里去了。有一次我从沙河口扛了一个七长八短的木条从这经过,因为没有"左侧通行",狗子警察屁也不放,上来就是两个耳光,打的我两眼冒出金星,倘若这个警察还在,我是要和他清算一下的。

我在这边像傻子似的立了半天,看了半天,想了半天,心里不知是什么滋味儿,一阵一阵欢喜。

走进小街一看,剃头棚的门脸一条一条红的白的招牌非常新鲜,往里一望,认可不是从前那些人了。开烧锅的旧址好像也换了主人,我特别用力的在每一个人的脸上观察，一个熟悉的面孔也找不着。我顺着小街一直向西，无精打采的走到了头，忽然，从西过来一个背着一麻袋什么东西的青年，我一下就看出来了，这是李木匠！

我真奇怪，一个人，过了十五年之久，脸面会改变得这样的少！他的圆脸，牛样大的眼珠，蛤蟆似的嘴唇，除了额角增加几条深纹以外，整个来说，他简直就是没有改变。

我情不自禁的喊起来了：

"老李！"

他把大嘴一张，粗壮的脖子一挺，好像当头挨了一棒，非常吃惊的看定了我的脸。

"老李，你不认识我啦吧？"

他摇头晃脑的端详着我，很费力的想着，可是眼眉快皱断了也想不起我来，吞吞吐吐的说：

"哎呀，我怎么想不起来呢？"

"从前住在你们院里，有爷俩和你是同行的……"

他还没等我把话说完，就把嘴张得更大，眼珠瞪得更明，赶紧放下背上的麻袋，还躲一躲脚：

"噢！噢！你看我眼睛真不好使唤，看啦半天也想不起来，你这一说，我想起来啦！我头几年就听说老大爷去世啦，你在什么地方我老打听不着……"

我简单的讲了一下这几年来东奔西走的经过，他不住的点头，唉声叹气。

"你们现在还住在河南沿？"我用手往南指一指。

他摇一摇头摆一摆手：

"早就搬啦，住在香炉礁。"

"你弟兄呢？"

他弟兄那时在沙河口"公学堂"念书，是个特别调皮捣蛋的家伙，喜欢打架。他父亲，那个脾气暴躁如雷的老大爷时常揍他，课时并不能纠正他一丝一毫，可是他对我却是很好的，我在沙河口火车站从挂在木架上的报纸里偷着撕下的"文艺"打算夜里读它，没有灯油的时候，他就从家里拿一点儿灯油给我，课时这个人后来的下场很是悲惨：

"他早死啦！"

李木匠很难受的告诉我，他的弟兄在小日本完蛋的前二年，在甘井子打卯子工，因为偷了东西，叫日本鬼子发觉，把他打了一顿送进衙门，灌了不少凉水，押了一年，放出没有几个月就死了！

"我在周水子苏联人家住地方。"

"怎么样？"

他用手抹了一下鼻子：

"我一起头不愿给俄国人干活，你猜怎么的，怕干完了活他们不开付工钱，咱们又不会话，上哪讲理？可是伙计，不是这么回事。说起来真是，小日本刚完蛋的时候，我一看大连街挺乱七八糟的，听说"边外"不错，我就想去，可是我还没去，金师傅——你记不记着，咱们从前在周水子果木园一块儿干活，不是有个周师傅么？小个子，烂眼边，腮巴子上长一根毛——就是……"

我赶紧插嘴回答他：

"就是老婆上吊死的那个，因为赚不上吃，叫债荒逼的……"

"对，对，就是他呀！他到'北面'去了一趟，呆了一个来月，带去的什么东西都卖？光啦，人差一点没叫'中央军'抓去，就算拖回一条小命。他说，北面，不是人去的地方，我一听他讲的那些情形，我还去它干什么，在大连街蹲着混吧！可是老蹲着也不行，肚子不让强啊！还得耍手艺，做点零工，他们说：给苏联干活，白干。又有人说给给钱，也不知谁说的对。没有法我就干一天看，要是不给，全当白玩一天，归棋你猜怎么样，人家一五一十的给钱，一文小钱也不少给。我给干活的那个苏联人可好啦！中国话什么都会说，常告诉我：'木匠同志，休息休息，抽棵烟吧，不要累着！'他不叫木匠师傅，叫木匠同志……"

从西面过来了电车，在大道上轰轰的响着过去了，李木匠目送着电车，又看了看我，往后退了几步，把麻袋靠在墙上，这时我才看出来，麻袋里装的全是刨花，我也向前进了几步，高兴的看着他的和从前一模一样欢喜喋喋不休的大嘴。

"工码，人家也不多给，也不少给，愿意一天一领，人家就一天一发，愿意两天一拿，人家就两天一算，要钱要粮，随你的便，干活剩的木头头、刨花什么的，都让往家拿，你看——"

他指着身边塞得饱满的麻袋，又用脚尖轻轻的踢了两下："这不是么？我天天回来，捎一麻袋刨花，多啦我也不拿，这一麻袋就够一天做饭的啦，要是有木头，就不烧了。给苏联人干活，就是不受气，也不害怕，待咱们耍手艺的人可好啦，头几天，他妈的我画粗了线，五分的眼画成八分的，二十多根杆子，全打完啦我才想起来，你说草不草蛋？那些杆子全是两丈长的，一根没有两千块钱买不出来，统共就得四万来块，我一看，这可遭啦！我寻思补吧，也真不行，实在为难，苏联人也看出来啦，我寻思他非发火不行，可是他想了一想，笑啦，怕我为难，和我商量：'木匠同志，坏啦不要紧的，不要难受，我们再买材料去吧！'你看，要叫小日本儿能行么？"我想起从前在周水子果木园给小日本鬼做大门，我的手艺没有学会，把一块八寸板割短了二寸叫鬼子看见，那个秃头小胡马上就瞪起狗眼珠，人话不说，先骂一声：

"八嘎！"

接着就从我工具箱里顺手抓起□子，在我头上狠狠的一击，我以为他是比量比量吓唬我，没有躲避，头上立刻起了一个大包，痛了六七天，晚上痛的睡不着觉，我又不敢对父亲和姐姐讲出来，怕他们分担我的痛苦。过了几天，放工的时候天已经黑了，我以为鬼子看不见，偷了几个苹果装在兜里，打算带给妹妹弟弟，谁知啬成性的东洋小鬼又发觉了，我都走出果木园的大门，他还急急忙忙的追了出来，一把抓住我的衣领："你的什么小偷干活计！八嘎呀路！"

我结结巴巴的说："我的肚子饿，眉希眉希……"

"什么眉希！"

他把我袋里的苹果一个一个全搜出来了，举起拳头就打，要不是我闪的快，他的拳头正好打在我的面门上。就这么样，我的肩膀还吃了一拳，他还踢了我几脚，骂不绝声的回去了。

第二天我去干活的时候，他不要我，多亏金师傅他们说一千道一万的哀求，这才得已保住暂时几天的饭碗。

李木匠的话激起了我无限伤心的往事，我看看他熟悉的眼光，不禁自言自语起来：

"唉！提起那些王八草的日本鬼子，现在还气的慌！"

想了一下，我又问他一句："苏联人都像你说的那么好么？"

"哎呀，你不知道？"他激动的说，"人家苏联是有饭大家吃有衣裳大家穿哪！不分贫富贵贱，都是一样，要不怎么人家——你看，他们处处，比方，我说……"

他一时不知怎样对我解释，记得眼皮不住的眨着，两手举起放下，放下又举起，好不容易才从齿缝之间挤出话来："比方人家办的工厂，你看，对待工人多好？哪有打的骂的情形？不信你各地方打听打听看看！"

他又谈了很多苏联人对他的好处。看他的模样，有些不大满意我缺乏这些知识，还似乎感觉到我的思想有些落后，甚至用了疑惑的眼光上上下下把我打量一番，好像看错了人，这时才发觉我的为人一般。等我简单给他介绍一些港湾、船渠、中长那些地方的苏联厂长、技师们和中国工友的亲密情谊之后，他才认识了我并不太落后，于是他就得了安慰似的，胜利的微笑起来。

我们又谈了一些旧日的□友，邻居们的琐琐碎碎的生活故事，我看时间不早，怕他回去晚了，就提议分手。

"好啊，你有工夫，到我家里串门！"

"能去，能去……"

他愉快的背起麻袋，浴着西下的阳光不慌不忙的走去了。

我一直看着越走越小，成了一个黑点，终于看不见，这才回过身来，看着房屋、街道、行人、想从每一个墙角找出一些值得追忆的事件来，可是，什么也没有搜寻得出，落落寞寞踱回电车站，决心回去了。当我看见电车过来的时候，我又回头望望三春柳的房屋、街道，往事的电影又在脑里放演起来。

总算不错，还见个熟人，没有空此一行。

（《大连日报》1948 年 2 月 28 日，署名：赤灯）

杨振庆和苏联军官

苏连军来到大连的第二个上午，现在在被服厂做活的杨振庆就溜溜达达到了火车站，心里寻思："苏联军人对待咱们卯子工的不知怎么样？"他看火车站上有的是前头安着大炮的铁甲车，成群结队的苏联战士忙忙碌碌，跑来跑去，有些战士脱下外衣，洗着满头满脸的泥汗，他就喘声长气，自言自语："打败小日本鬼真不容易啊！"在票房子，他看见一个十四五岁的小姑娘扛着篮子卖苹果，过来一个苏军战士挑了一个大的，大概是问多少钱，小姑娘不懂话，那个战士就从裤兜面里掏出一把钱放在篮子里，他看看小姑娘不放声，又掏出一把，小姑娘还是不放声，于是他又掏出一把，一连掏了三次，看那模样，兜里已经掏光了，这才笑着走去。杨振庆看到这里，心里很受感动："啊呀，他们对待穷人挺好！"这时候从卖票的屋里走出个苏联军官，身后还有一个会说俄国话的中国青年，他俩边走边谈，杨振庆想了一下，毅然决然的过去问那个翻译："你费心给问一问，他们有没有做衣裳的，我是裁缝工人，我找活干。"翻译问了一下之后，那个军官非常高兴，问他："做过多少年活？"他说："十年多啦。"不消说两面说话全用翻译。军官听了，和他商量："那么你和他们一块去好不好？"杨振庆兴奋的随着上了电车，翻译在车上告诉他："不要害怕，苏联人和日本鬼子不同，你慢慢的就会知道。"他又问道："给他们做工准开工钱么？""咳，你放心吧！"

到了西安广场，以后步行到了靠着海边的"星个浦"四面包围着槐树的房里，窗明几净，铺着地毯，苏联军官笑着问他："你饿不饿？"接着他就吩咐一个战士一些什么话，不大的工夫，拿来两大包方块点心，又是"白列巴"，又是黄油、又是牛奶，军官用手比比肚子，比比脖颈，意思是叫他多吃。老杨面吃一面寻思："日本鬼子军官对待咱们卯子工的连狗都赶不上，翻译说的不是假话。"那个战士也用手比比肚子和脖颈，伸起大拇指，意思大概是："你吃的饱饱的才好！"吃饱喝足之后，军官就来领他到隔壁一间宽敞的房里看上一番，问他在这房里做活合不合适，都用一些什么东西。"机器钉、案板、熨斗，有了这些就行。"战士搬来不少四五寸厚的板子问他："能不能用？"翻译对他叮嘱："用什么东西尽管说吧，咱么都是一家人，可别客气！"杨振庆做了这么些年的裁缝手艺，受人尊敬，这是破天荒头一回，怎不高兴？当天晚上他要回家，若不回去，恐怕媳妇在家惦记，军官出来送他，和他握手："明天一定来么？"他把手掌往自己肚上一拍："我要不来就是怂包！"晚上到家他找到多少年在一起受苦受难的老朋友苏贺刚、蔡之裕，报告他们自己走的"运气"结论着说："他妈的，俄国军人待咱们打卯子工的真好啊伙计！"第二天他们哥三个就去找那个军官，军官一见，首先握手："都是？"老杨点一点头："全是！"军官说道："合老少！"老杨他们把粉子、针线、尺什么的全都拿来，屋子打扫干净安上车子、案板，拉来"坎布"，要来一件制服样子，马上动手干活。每天回家，军官给他们一些"列巴"，每人又给了一包大米，他们可真高兴。一人一天做出两三套制服，军官认为人手不够，于是杨振庆又各处找来二十多个手艺人。布是猛个点的拉来，他们就猛个点干，家里有了大米，谁还挂念什么生活。十天工夫，做出八百多件衣服，一人又给一包大米、一袋白面、一包干巴小鱼、一匹黑布，零碎东西不算。大家乐的手舞足蹈，都说："咱们这回可好啦！"那个军官成天到晚忙不开交，多半在外奔走，有时看看他们，和这个握握手，和那个握握手。杨振庆有时候弄得满手是灰，那个军官并不介意，照样亲热的握手，这时杨振庆又喜又急，喜的是军官、战士都对工友们好，急的是不会话，好像哑巴，满肚子的感激和快乐说不出一个字。杨振庆和工友们常说："给那些比养的日本小鬼成辈子干活，听的净是'八嘎压路！'现在咱们听的净是'合老少！'谁好谁坏，这不摆的明明白白？"翻译姓于，他时常传达军官的意见："同志们用什么东西，家里有什么困难，尽管说呀，有什么不满意的地方，不论对当官的，对当兵的，都请不客气的提意见！"有的工友忍耐不着的喊道："你费心告诉'格比当'（工友们对那个军官的亲切称呼），我们都谢谢他！"经常有些战士来和他们说笑打闹。他们有时又向战士们控诉多少年来所受的敌伪那些说不清道不尽的压迫、侮辱、摧残、迫害。

杨振庆他们在这里兴高采烈的做了半个多月的活，"格比当"和战士们忽然要搬到大连湾柳树屯去住了，大多数工友们都是拉家带小的，老的们故土难离，小的们行走不便，离开他们，又不放心，大家只好留下。可是杨振庆无论如何舍不得离开军官和战士们，他对"格比当"坚决的表示没有办法态度："同志，你走到哪里，我跟到哪里！"

军官点一点头，拍拍他的肩膀，和他握一握手，一言不发，杨振清从那一双碧澄的眼光里看出感激和安慰的意思，临行以前，军官派他的勤务员，开着大板车，往他家里送了一包大米，一袋白面，一箱点心，一桶豆油，一些"大列巴"。杨振庆的媳妇不愿他去，问他："把你带走，不让回来，怎么办哪？"杨振庆说："放心得啦，坚决不至于……"不管媳妇怎样的闹哄，杨振庆非去不可，于是他就跟着军官到了柳树屯，和他在一块儿住，在一块儿吃，军官吃什么他吃什么，没有一丝一毫的分别。军官忙着工作，他就忙着给战士们做衣服，休息的时候，军官常指着地图对他讲究，参加火线对德国作战的经过，拿出一家的相片给他看，他有一个老爹，一个老妈，一个十八九岁健康美貌的妹妹。

杨振庆和这军官朝夕相聚，他做出的衣服不知有多少了，每月都要回家两三次看看媳妇，把领的米面，布匹，钱交给她，她也放心了。这样心满意足的日子，整整过了一年，突然来了一个消息，杨振庆听说了非常难过，军官要调走了！

离别的时候，杨振庆的胸头窒闷得狠，呼吸都有些困难。显然的，军官也很难过，他默默的看了半天杨振庆不高兴的脸，和他握了老半天的手。

苏军节来到了，杨振庆愁的对记者说："你说我多糊涂，我寻思他的名字叫'格比党'，闹了半天不是。想打听他在什么地方都没有法打听，想写一封信告诉他我得了关东一等模范，谢谢他待我的好处都没有法写。我成天想，要知道他现在在什么地方，请几天假去看看他！"

（《大连日报》1948年2月28日，署名：夏园）

春天里的秋天

春天眼看就要来了不是？

春天一来草要发芽，花要盛开，天真活泼的小鸟，还想歌唱对不对？

但是今年的春天在完全不顾全国人民和平愿望冒险发动内战的反动分子们来说实在没有味道。

前年春天，国民党反动派撕碎政协决议的步骤已经布置妥当，就等着拉到全国的美式大炮一齐开火了。他们幻想着拿鸡蛋去碰碎石头，胜利的美梦做得有滋有味儿，所以他们看看小草分外的芬芳，百花也格外的美丽，似乎天下属于他们自己腰包里的了。

去年春天，他们兴致勃勃的抄袭了袁世凯之流的古典作品，大作其三中全会的随笔、经济改革方案的散文、"民主宪法"的长篇小说、改组政府的滑稽喜剧……虽然损兵折将的消息使得反动派心惊肉跳，无暇欣赏春光，但是仍然努力飞东飞西，亲临指挥，虽然又开又会，会而又议，议而又决，决无法实现——然而不论如何，官样文章还是要做的。

今年春天可能怎么样呢？

呜呼！大势已去，江河日下，一蟹不如一蟹了！

远的不提，单举最近几日以来的事实，请看：干爹提议建设华南，明知没有把握，也想孤注一掷，多少捞些油水，可是老爷太太翻起眼珠一想，那些地点，"百姓可恶"不听官家命令，要粮不给，要草没有，要钱噘起嘴唇，要命他们不干，成群结队拿着武器捣蛋，为了这个问题，正在挠头。鞍山那样宝贵的"钢都"，连唐朝李世民都在那里做过刀枪的名地不翼而飞了。师长以下一万两千官兵干掉，一百多门大炮，三百多挺机枪，五千多支步马大枪，加上百余万发枪炮弹药也赔出去了！紧接着就是重要贸易港的营口也被解放军解放了。第五十八师一看："打也是完蛋，守也是完蛋，逃也是完蛋……"一万多人干脆不打，倒过枪杆，光荣起义，这叫那些烂人该多难受，于是他们更加忙乱起来了：电召老牌军阀，商量怎样最后应付，呈请师长乔文礼未尽守土之责，该当何罪？"圣旨"到了：枪毙这个阿Q！不知他在招供之后，画没画过圆圈。

然而镇压军心的续文便是吉林守军托人带信给解放军："我们坚决来投降，请你们收容。"一连一百二十余人，减到九十，这可以名之为精简，它的逻辑是减到一个不剩，司令成了光杆，吹着喇叭入厢，宣告散戏。

此外，上海大米涨到三百五十万元一担，再过几天一万块钱能买半粒，小米将和金一样，用戥子来称。旅欧的华侨大骂反动分子。黄龙地区波又起。春天就是来了，他们还有闲情逸致河边垂钓树下行吗？

读过巴金的小说的朋友，总该记得春天里的秋天，等名句，不妨，搬来借用，形容一下反动家伙们的心情。

春天永远不是属于反动分子的了——外国的反动家伙自然也不例外。

（《大连日报》1948 年 3 月 6 日，署名：赤灯）

我的二姐开始进步了

我和二姐离别了八年，去年秋天我回到大连，什么地方也找不到她，我想她和姐夫一定早就住上大楼。

我的二姐是个一辈苦的人，十四年前，我父亲把她许给金州城老王家。老王家是我父亲的奴隶总管，专干包工的买卖，发了洋财，我父亲给他们做了五六年苦工，不仅没有赚下一个小钱，反而欠了他们一堆债务，把我父亲逼的没有办法，就含着眼泪把我的二姐当作商品还了他们的债。

她在老少三辈二十多口的老王家虽然是个媳妇，地位却赶不上猫狗，成天到晚推磨、做饭、浆啊、洗啊、起五更，爬半夜的，冬天把手冻成了疮，晚上痛的睡不着觉，还要忍气吞声看着奶奶婆婆大姑、小姑们冰冷的脸色——她们认为她是一个还债的，家里穷的吃不上饭，所以处处白眼相加。

她丈夫在大连医院当先生，娶她以后又和一个看护恋上同居了，她们家里的人全知道，就是她不知道。二年以后，我在"日丸"堂当"小使"，得到了这个消息，告诉了她，她马上跑到大连来，一定要和她的丈夫离婚，她说："你不要我，不早点儿对我说，叫我在你们家里当了二年牛马……"她想起这二年来挨的累，受的气，还有欺骗，心里怎能好受。

她的丈夫愿意离婚，而是她的公公婆婆却不愿意，他们的理由是这样的：

一、我父亲是把她还了债的。

二、她和普通的媳妇不同，她的地位是和一个丫鬟相等。

三、她还没有做够足以还债的苦工。

但是我的二姐却不听这些鸟叫，她不管三七二十一，把桌上的茶壶、茶碗等满零三八碎的东西摔个粉碎，拔腿就走：

"你们有钱吧，你们看着办吧！我不害怕……"

我的二姐的这种疾风迅雷的行动，完全出于他自己做了二年苦工受了无边冤气加上欺骗所造成的不可压抑愤怒的结果，她满腹冤恨如像火山一样爆发了，她这时已经把死放在脑后，什么也不惧怕，我父亲的暴跳如雷的血统也给了她一些遗传。她回到父亲家里以后，父亲异常惊奇她的勇敢，鼓动她，安慰她，她哭得非常可怜，她在那些不讲理的人们面前却没有掉过一滴眼泪。

她在三春柳一家小成衣铺做活，掌柜欺侮女工，她受不了气，不干以后又到旅顺上沟一家小成衣铺做活——这时我全家都搬到旅顺去了，我因为在日丸食堂，到日本子掌柜的房里扫地，进屋以后忘记敲门，看见了掌柜的老婆藉她丈夫不在家的机会和她的情人"演剧"，因之被开除了。就学木匠手艺。我姐姐不久又倒了大霉，一个"慈善机关"的绅士，没有儿子，有意娶她做小，天天跑到小成衣铺泡蘑菇。我二姐只好提出辞职躲在家里，过些日子她又到"精米房子"缝麻袋，赚不上吃的时候，我们就找点儿破烂衣去当，后来我在旅顺海边上做零工，和一个姓赵的出大苦力的非常聪明义气说不上有多可爱的山东青年成了莫逆之交，我常请他到我们家里串门，又对我二姐进行宣传：这个小伙怎么怎么好，怎么怎么好，首先"打通她的思想"又和父亲"个别谈话"。托了一个住在门房没有一牙的老大娘做媒人，两下一"动员""说服"便很快的"结合"起来了。他们结婚的第二天，我便背着小行李卷往安东去寻找我在小说里常看见的字眼儿："理想与光明"，我的姐夫和姐姐一直把我送到雾气腾腾的山顶上，告别的时候，他俩誓愿的对我说：

"你放心去吧！爹爹、兄弟、妹妹有我们照顾……"

光阴似箭，日月如梭，从此一别就是八年有零。

在这漫长的八年当中，虽然远隔天涯，也常鱼雁交通：知道我的姐夫非常下力干活，在码头挑咸盐，一旦百十来斤，从早挑到黄昏。我的二姐，什么地方有活，就到什么地方去做，倒也没有饿着，可以维持生计。他俩凭着血汗，养活我的父亲，一直到他老人家咽了最后一口气为止，又把我的弟弟妹妹抚养成人，"大恩大德"我是永不能忘。

可惜我的弟弟在十六岁那年就病死了，自从一九四二年起，我到华北以后，再也没有音讯，去年秋天回来，东找西找，怎样也寻找不着他们的踪迹。一个月以后的一天我往沙河口去，坐在电车上看报，觉着身前立着两个人，好像议论着我，我抬头一看，大吃一惊，这不是我的姐姐和姐夫吗？

我的姐姐在车上掉起眼泪来了；我呢？当然心里也很酸苦……

当天晚上，我就到了他们家里，原来他们没有住上大楼，住在一条阴暗的小辅街里，三间低矮的小房见不着阳光，我很奇怪，就问：

"怎不找个好房？"

"小日本鬼一完的时候，人家都找好房子，她也不知听谁说的，'中央军'一来都得滚蛋……"这是我的姐夫的回答。

二姐一言不发，看着潮湿的地下，显然是很后悔的模样。

很快的我就知道，日寇乞降以后，我的姐夫始终是在各处做着散工，有时候又做小买卖，有心进个工厂，二姐反对。他的尊意是："中央军"一来，在工厂干活的没有个好。他甚至这样宣言："咱们要饭吃去也别上工厂，要不然'中央军'来啦往哪跑啊？"

报上登的人民解放军在全国大反攻并不断的取得胜利的事实，她说吹牛。无线电广播的各种新闻，她说撒谎。她成了一个虚无主义者，什么也不相信。她斩金截铁的说："中国没有个好，日本不打，自己打起来啦！"人民自卫战争的伟大意义不消说，她是一点儿也不知道的，民主政府对于老百姓的好处她装聋作哑，苏军对于关东人民的直接援助她更是漠漠无闻，她是怀疑主义，可是信仰荒唐无稽的谣言，崇拜那些肥皂泡的牛皮，时常念道日本小鬼的"好处"，就像一个忠实的奴才恋恋不忘死去的主子赏过他一块啃光的猪骨头一样。提斗争坏蛋，她就唉声叹气："什么斗争，全是假的呀！"

八年未见，我真想不到她的思想堕落到了这么一个滑稽可笑的地步。

我想讲点儿道理给她听，可是刚一张嘴，她就摇头晃脑表示厌恨，于是我就把话咽回去，看着她愚蠢的嘴脸可笑亦复可气，过了几天，我把她这八年的历史没有系统的归纳一下：

一、她和她的丈夫，虽然都是工人，可是结婚以后从来没有受冻挨饿。

二、他们不仅可以说是从来没有受着洋鬼子的气，而且得了洋鬼子的小惠——在日寇投降的前二年，他们直接在一个洋鬼子工头手下做工，别人领不着的配给品，他们能够摇尾乞怜的领得一星一点。

三、他们积下的几千块钱的"满洲票"解放以后，怀疑人民政权，等着"中央"，没有兑换，如今成了废纸。

四、解放以后，生活没有上升，反而降低，那一点儿苟延残喘。

五、他们从前有个邻居，是个日本鬼子的狗腿，由于民主政府的宽大，人民把他斗了一下，没有惩处，他忘恩负义，时常造谣，说北平、天津那些地方好比"天堂"如何幸福，吹毛求疵，专找关东地区一些个别缺点夸大其词，污蔑中伤，这给二姐的影响极坏。法西斯强盗的残余思想好像有梅毒的老鬼把她强奸了一样，没有人替她治疗。

此外可能还有一些别的原因阻止了她没有随着大多数突飞猛进向前发展的工人道向上苦斗，却严重的落在后头无病呻吟、怨天尤人。

以后我就时常趁着闲空去看望她们，和她们谈些往事，最初关于政治、时事一字不提。多谈她以往受的那些压迫和侮辱，提起她从前的婆家，她恨的咬牙切齿凶凶的咒骂：

"老王家，真把我害得不浅，那时候我要不离开他们，这一辈子就苦死啦！"

我补充着说："把你许给老王家，不是把你顶了账主吗？"

"可不是怎么的！"她的眼圈微红了，难受的皱起眼眉来。

"咳！真受了不少罪，起五更、爬半夜、泥里一把水里一把，给人家当牛马，可是人家不拿当人，咱在家里受气，那小子在外边和小老婆享福……"

她用俩手把脸一捧，呜呜的哭了起来，接着我又说了一些关于这类事情，她哭得更凶，后来我说：

"你在三春柳成衣铺做活，那个掌柜的多欺负人！"

"他现在要是不死，我非去拿剪子穿他不可！"他咬牙切齿的，哭红的眼睛瞪得极大。

"假设你这些仇人不死，妇联会要是帮着你去算账，你愿不愿意？"

"我怎不愿意？旅顺上沟那个'假道德'，若是不死，我就扼死他个兔崽子！"

我们谈了很多，一直把"斗争的事不是假的"这个问题解决了。邻居那个坏蛋，她也弄个清楚，又羞又恼的说："我也知道他是个坏种，要不怎么他叫我们上沈阳去老没去呢……"

我们亲身体验的国民党反动份子统治的天津、北平那些黑暗、腐败、饥寒交迫，血腥奢杀的铁的事实和我亲眼看见的老解放区和新解放区的新民主主义的政权、经济文化等等的奴役以及抗日时期的两条路线，自卫战争的前因和即将出现的后果，我还亲眼看见了强大的人民解放军在火线上杀敌人的胜利战斗……凡是我所知道的，都用了她能懂得的语言，花了一个多月的工大，终于使她打破以往那些幼稚浅薄可笑的偏见。

她说："你别听我说呀，那些谣言，我也不信。"

可是没有多久她来找我："人家都说，'中央军'快打到大石桥啦！是真的吗？"

不久以前，又来打听："听说又要换钱是吗？"

金银工会成立没有几天，她又有了问题："听说谁有金子全都没收。"她是挂心结婚时候买的那个手镯。年前又有：渔网工厂来不了原料，全得关门的一说。最近我就问他："中央军打到大石桥啦吗？"

"这是胡说，闹了半天，沈阳都快完蛋啦！"

"那么换不换钱？金子没收了没有？渔网工厂关门不干了么？"

我的二姐，鸦雀无声，紧闭着嘴，好像掉进洞里。老半天她才爬了上来，露齿一笑：

"咳！我再也不听那些鬼话啦，渔网工厂一开工我就去干，你姐夫，有朋友介绍，要上麻袋公司。你姐夫订份报看，你给订一份吧，我给你拿钱。"

他们虽有一个无线电匣子，向来除了歌唱、京剧一概不听，现在却不同了，最愿意听的乃是"打仗"消息。

"辽阳打死国民党军一万多人！"

我一进门，他就对我宣传。

我的二姐，有个优点，从来不信神信鬼，谁要烧香叩头，她就笑话，这是我父亲生前教育的成绩，他老人家死不信神。今年春节，她买了两张年画，关心的问：

"彭永花是个怎么样个人？老上报？"

想了一下，自言自语的说：

"咱们多回能上了报，死了也不屈啦！"

对于苏军，她的看法是很错误的，于是我把俄国是怎样一个国家，苏军是代表工人、农民，这些道理对她讲了一讲，可是她还不懂，过后我自己检讨了一下，得出这样的结论。

一、我的讲法完全是一套教条，没有和实际情况结合起来。

二、没有事前了解她心里存在了一些什么样的具体问题。

三、单说讲了苏军，对于世界和平民主起了多大作用，简直没有探伤一句苏军为什么要驻在关东，二年以来，给关东人民解决了一些什么困难。

四、讲的时候不大耐心，不加考虑，不讲形式，抱着为人师的骄傲的神气。

五、不能随机应变，抓住她的主要思想的特点……

以后我问了问她："你看见苏联人，害不害怕？"

"我怕他们干什么？我不惹他，他也不惹我。"

"那么从前不惹日本鬼子，为什么老是怕他们呢？"

我们就是从这些琐琐碎碎的小事件谈起，渐渐使她认识到了苏联人和日本鬼子本质不一样的，她想了一想，说道：

"在电车上，人家苏联人不论男的女的都是稳稳当当的，不像小日本狗子那么吹胡子瞪眼的，苏联军也不像小日本那么横着膀子走！"

"人家吃黑列巴，把大米配给中国人，小日本鬼能行啊？"

"真是的呀！"

我把苏军在关东地区二年以来帮助中国人解决困难，许许多多具体的再实说出后，她就连连点头表示赞成。从这以后我的二姐开始进步了。

（《关东日报》1948 年 3 月 8 日，署名：赤灯）

两只船和一粒米

"笑话年年有，没有今年多。"这是国统区多文人自从"惨胜"以来时常讥笑"当局"腐败无能的一句风凉话。

一千九百四十八年以来，笑话更是加倍的多了。不说别的，单说营口拿下以后，就有一场人所共知的笑话；营口刚刚解放，国民党反动派好像惦记解放军分给老百姓的粮食缺乏又怕解放军兵员增加太快武器接济不上似的，赶紧下了一道圣旨给葫芦岛的寨主：

"快把抢来的大米送给他们一些！再送点儿武器！"

"得令！"他们赶紧打发一群喽啰，开着二千五百吨的破冰船，跟着三千五百吨的登陆艇，又惊又怕的往营口跑去了。

上月二十八号，他们在辽河之滨完成了运输任务。

解放军收到的礼物确实不少，计开：

一、上等大米一百五十万斤。

二、各种非常好使的子弹二十万多发。

三、各种一放就响的炮弹八百八十发。

四、异常灵便的轻机关枪两挺，枪膛里擦得又光又亮。

五、短枪两支，保存的特别细心，连点儿土都不沾。

六、此外还有两架望远镜，三里五里远的量级一打像在面前一般。

还有就是羞羞答答的小官儿和小卒了；少校、上尉、少尉、译电员以及帮助反动派打内战，真可以说是老公公背儿媳妇过高粱地，出力丢脸的美籍大军，这些鼻子上摸一块白的角色。

人类有史以来，这是顶有意思的场面。当然，这种场面今后必然很多，大家不要性急，等着瞧吧！

再说上海的东西可真涨的要命！你看，吃一顿最差的饭馆就得一万八千法币，这还是头些日子的价码。昨天本报二版登着上海六日的消息，大米一担涨到三百六十万元了。我弄了一把本地米，粒稍整，但是不算太大的大米，上秤一试一数，半两能有五百粒米，按照上海市价，十斤三十六万元，一斤三万六千元，一两贰仟柒佰元，半两就得壹仟三佰伍拾元，平到今年年底（上海那时还在反动派手里的话），大米不断的涨钱，他满可以算是家财万贯了！可是这一万贯又顶什么用呢？头些日子一勺开水也是两千块钱。

　　如果得场感冒，一次喝上十勺，一天喝上十次的话，就得二十万元！倘是胖子，胃口大一些的，又好喝水，一天多喝个三壶五壶的，恐怕三十五十万元就不够了！老兄，这可如何是好？（编者按：据昨夜消息，上海大米每担又涨到四百二十万元了！）

（《大连日报》1948 年 3 月 12 日，署名：赤灯）

我对挑战的看法

我长这么大岁数头一回赶上这样挑战大会。

组长问道："你不想和别人挑战吗？"

歇晌的时候，我就问她："挑战？""挑战，倒底是怎么回事啊？"她就告诉我：

"比方纳鞋底吧，你一天要纳一双，我一天要纳一双半，要不服，咱们俩个比一比，不单纳的快，还要纳的好！这就叫我向你挑战，你要是愿意和我比，说'好！咱们试试！'那么你就叫应战。"

我这才算明白啦！你说，人家党当领导的想法多巧。这么一来，平常瓜（光）吹大牛，说自己怎么怎么能干，不行啦，得拿出真本事来给人家看看，能干活的哪能不欢喜？

要叫从前小日本那当候，打卯子工的，有天大本事也是不行，累死你也没有人理，现在做出来的活，上局也不偏向，把活往那一放，你们大家伙说吧，谁做的好，谁做的坏，大家伙平常都不是瞎子，谁做的好，谁做的赖还不明白呀？

从前，谁能舔腚，谁就吃香，谁长的样俊，谁也打腰，能不能干活那是小事。现在这一套都吃不开啦！你要舔腚，准成挨骂，你单是样长的俊，不能干活，也没有人儿给你拍巴掌。人家当厂长的，当上级的，看谁能干活，就常常夸奖。

人家都说，这回挑战，谁要做的快，做的好，下回选模范就有指望。就是不选，咱们为了快点干活，也没有亏吃。上级叫咱们多干，咱们就多赚点儿钱，把厂子办好啦，工人也没有亏吃啊！工厂办不好，咱们工人也没有指望，没有工厂，咱们上哪儿干活儿？

这回挑战，上级也不是强逼的，谁愿意来挑就谁来挑，谁要不愿意挑就不挑。可是同志，现在的工人可变啦！只要上级一号召个什么事，噢的一声，这个也干，那个也干，六七十岁的老大娘跟着举手，你要是不让她举，她准吐你一脸唾沫。十来岁的小丫头，一面举手，一面叫呼，谁要打怵，谁就是属海蜇的，没有骨头！

要是起头不明白是怎么回事，也不像从前那样不放声不问，就怕落了后，赶紧问明白到底是怎么回事，一明白头肚，大家伙就赞成干。现在的工人都信任上级领导，不会叫咱们吃亏，要不怎么，一号召大家伙就干。

这回挑战，有些小妹妹要和我挑，我说："好！谁来和我挑，我就和谁挑，就是男的来挑，我也不怕，咱们妇女翻身啦！田也不怕，地也不怕，就怕自己不长进，处处赶不上，落在后头，叫人家说'落后分子'，要说'积极分子'，你看该多体面！"

起头我寻思要不是模范，要和模范挑，人家一定不应，刚才听他们说和谁挑也行，没有不应的。他要不应，他就算是服软，不敢出来，这么一说，挑战这个道，我明白的还不透彻。经过这一回，下一回大家伙可就明白是怎么回事啦！

我也不会说什么话，说起来，老是东一耙子，西一笤帚的。

（《大连日报》1948年3月25日，署名：姜李氏口述、赤灯记录）

我的大学

　　《我的大学》这部影片是表现高尔基在十五岁的时候，受了一个中学生名叫叶孚林诺夫的劝诱到东俄文化中心喀山去进"科学的殿堂"——大学——一直到离开喀山又往农村去的一段丰富而且意义极深的生活故事。高尔基到了喀山，住在贫困的叶孚林诺夫的家里，一开始他就尝到公寓里的吵闹、打架、饥饿和沙皇警察的捕人的笛声。在当时的俄国，这种情形是很普遍的。那个听见"保佑沙皇"的口琴之声就要立正举手行礼的"秃鹰"，便是养成捕人欲望的忠实走狗之一。高尔基同情那些革命者，他冒险给他们送信。

　　那时高尔基在马鲁索夫吉的公寓里住着，和一个学生——布鲁纳夫睡在一张床上，布鲁纳夫没有钱打房租，靠着他美妙的手风琴解决这个问题，房东太太一听他的歌曲就迷糊了。

　　他在那里结识了几个革命的知识分子。

　　后来高尔基感觉到升大学是没有希望了，就到码头做工。哪些码头脚夫虽然常鸣不平、吵闹、咒骂，可是干起活来活蹦乱跳，大家喊着口号，一团高兴，一百五十磅重的货袋轻快多扔来扔去。高尔基非常吃惊，他也抓着货袋，在狂风暴雨不断多吹打和波涛汹涌多大浪猛烈袭击多船上把被雨淋着多货物扛下，跑上跑下，那些工人喊着，笑着，奋不顾身，他被这种劳动的力量，和劳动人民的伟大的情感所激动。

　　秋天到了，高尔基在面包店里找到饭门，一天要干十四小时工作，除做生意，还得给掌柜的打杂，喂养那些大猪，店主对这些猪比对工人还重视。工人对高尔基很有好感，特别使他们敬佩的是他的渊博学问，而特别使他们惊骇的是他感和权威无限的老板长期反抗，不为所屈。老板榨取工人特别厉害，但是高尔基凭着正义和力气，扯住他的耳朵使他像猪一样的低头。

高尔基一面辛辛苦苦的搓着面团一面读书或大发议论，使得那些工人弟兄眼睛放光，提高觉悟，了解许许多多做人的有希望的道理，他成了这些工人唯一的鼓励与安慰，模范与旗帜了。高尔基除了做普通的面包之外，还要把一篮一篮的货物送到学校，同时使他观察更多的人和人们的生活。

沙皇的喽啰巡街的警察开始注意高尔基这个来历不明的青年了，把他请到家里，个别谈话，警察的太太用脚在桌子底下勾搭他。

这时高尔基的生活是不愉快的，他的外祖母——一个特别聪明慈悲的老大娘很悲惨的死了，他接信以后非常悲痛，周围的知识分子只是高谈阔论，谁也不关心他的生活，他爱上达林科夫的妹妹，又对面包店里的洗衣服发生好感，这是因为他的年龄和生活所造成的，然而她们对他只是佩服，却不感到兴趣，谈起话来，冷冷淡淡。

他想谈谈自己的生活，更没有人愿意理他，他在烦闷当中竟想自杀，于是买到一支旧的手枪，留下一张字条，对准心膛开放，可是那颗子弹穿过了个肺，没有把他打死。不到一个月，他在病院养好了，工友们开心的去看他，送他礼物，使他非常感动，默默无语，笑着、哭着、轮流握着他们的黑手。这种深挚的阶级友爱，恢复了他要长期坚持反抗斗争的精神。

高尔基出院没有多久就被乌克兰人——他在达林科夫家里聚会使他特别注意的一个吸着烟管很少开口，是从前因为政治嫌疑充军到很远的地方回来的——请他到农村里去帮他的忙开店铺，于是高尔基走上了旅途。

当他走下乡的路上，往海边遇见了"一个婴儿的诞生"，使他感到地球的无限的丰富与创造的美，于是他就欢欣的顺着美丽的海岸勇敢的大踏步的走去……这就是《我的大学》影片的梗概。

（《大连日报》1948 年 4 月 30 日，署名：赤灯）

铁匠宋玉江

麻袋公司铁匠房里的炉火高高的喷着，吹风机一刻也不间断的呜呜的响，轮子在半空旋转，墙上挂的钳子老老实实的等着使用。

宋玉江站在炉火跟前，聚精会神的盯着火里的铁，猛烈的火光把他的面孔照得赤红，他用戴着黑旧手套的手，抽出一把烧得赤红的镐头，放在大铁樽上，小锤一挥，大个的邓兆义和穿着灰白短褂的于金堂便灵活的举起大锤，宋玉江的小锤指在什么地方，大锤便落在什么地方，美丽的火花向四下飞散，三个魁梧的黑影在地下跳动，叮叮咚咚之声和谐昂扬。

有些工友休息的时候抽烟常到这里找火，宋玉江也不和他们说话，老是看着火炉，好像画家看着画架一样。他的两眼便是 X 光线，能从炽烈的炉火之间，看透铁的改变，不等炭火微弱的时候，他就抓起身后墙边的铁铲，撮一点煤加上，于是黑烟浓重的上升，他的鼻端，眉毛，嘴唇也都涂上一层黑灰，但怎样也遮不住他满脸的红光。

一个穿着黄衣的工友，金，蹀蹀躞躞的进来，小声问了一句：

"镢头等用，得什么时候？"

他习惯的稍一点头轻轻回答：

"一会儿就得。"

于是全屋的空气又紧张起来，从很远的地方便可以听见，从这屋里传出的动人的音乐。

没有启动的时候，宋玉江便造小剪，这是挑战竞赛创模立功以后没有几天他自己捉摸出来的。从前只有日本能造，本地没有出品，解放以后买都难以买到，全厂的工友都需要这个工作一时也不能缺的武器，于是他就多用脑筋，多出血汗，终于把他仿造出来，比东洋货还好使。

原料都是他从废铁堆里寻出的段节钢条，要是扁片那就省事，倘是圆棍，可就麻烦多了，他先把他放进火里洗澡，洗得满身通红，抽出往樽上一放，用小锤指点，敲着，工友于金堂抡起大锤，帮他打平，然后又放进火力猛烧，他用钳子夹住，掏出来重放在铁樽上，咬着牙齿，单打一头，使它渐成小刀的轮廓，铜条是很顽强的，不管它多么势力，总是不肯轻易就范，于是宋玉江又把它耐心地放回煤炉，插进烈火当中。

钢条又发红了，他敏捷地把钳子一转，钢条就踏踏实实躺在铁樽上让他修改着，敲打还没有完全成型的剪头，靠肩的部分已经打平，从中腰到后跟，刚刚露出一个相貌，宋玉江的眼睛往大处一瞪，铠铠几下，剪尖和剪刃便很快地形成了，于是送进炉里再烧。

休息抽烟找火的工友聚了四五个人，大家惊奇地看着宋玉江疾风迅雷的行动和熟练精巧的手艺，邓兆义放下大锤摆弄烟斗，于金堂立在旁边等着帮助。

宋玉江第六回拔出钢条稳在铁樽上，铁片做成的剪刀模型也拿出来了，结结实实放在铁樽的一头，好像"模特儿"一样，拉着架势让他照样创作。他的两只眼睛必须看着好几方面，剪刀的平面够不够大，剪背剪尖够不够长，他一面计算，一面总结，一面计划下一次应该怎样修改使它很快的像样。

第六次从火里抽出来的时候，铁樽一端的圆洞上面已经插进四方形的铁块了，他把铁条放在这上面敲敲剪把，这一部分应该是六寸五分长度，要是短了，它不灵活，要是长了，它不好使，这些复杂的圈套，没几天宋玉江就记清楚了，第八回从火里拿出来，这是硬打剪把，他的小锤只有两种声音，打把的时候：

"咚！咚！咚！咚！"

他在翻弄、观察、考虑、算计的时候，小锤便在铁樽上奏出轻快的音律：

"铠铠铠铠……"

这回仍是放在小方块樽上，敲打却是剪尖和剪把同时下手了，他在眉目之间流露出异常紧张的神气，好像很怕一锤打断一样，嘴唇闭得很紧，握着铁锤的手腕青筋一道一道高高的突出，两腿前后叉开，一面敲打一面深思。

不论他的铁锤打的多么用力，放在旁边的样子好像钳住了的一样，绝不掉在地下，动也不动。他又把钳子扔开，用带着手套的左手直握着发热的钢铁，好像不是刚从火里拿出来的，而是一块凉铁一样，他很敏活的，你也仅一头，打出剪刀的长短，往火里一钻，烧上一烧，马上又拖出来，同时举起铁锤。

六寸半长短的把手已经三下五锤打成了，他修理的打打各部分，于金堂举起大锤帮他用力的敲了仅仅一下，多余的一端就打断了，于是宋玉江心满意足地再把它放回烈焰中锤煮一番，接着拿出来，再打第十三回。

他把刚刚切段的一端，仅仅敲了七八下，便成了有尖有角的剪形，上火重烧，再打。

炉火减弱了，他抓起一条铁棍，往炉里一插。从底向上拌了一下，发黏的剪子像糖稀一样，被他挑出来放在炉灶旁边，回手几下，把坍在下面的煤块往上整理整理，监视着火，一直到火能恢复情绪，然得先前一样旺了，他才放心，把成了剪形的钢条放在樽上，于金堂用大锤按着，他趁机敲敲剪头的背，拿起模子试试大小，提到小方樽上敲敲剪把和剪头，到了这时，在外行人看来已经成了，可是宋玉江还不满意，又把它放进火里，一直不休不息，越打越有力气的干到第十八次，这才算是完了全部结构，大作告成。

（《大连日报》1948 年 4 月 6 日，署名：夏园）

彭永花爱谁？

彭永花今天早晨一起来就不住的裂着嘴笑，两只乌黑的眼睛分外的明亮。她对着玻璃窗户很快的梳好头发。稀里哗啦把脸一洗，提起深蓝的包袱就跑。但是她还没有走出房门，又急急忙忙跑回床边各处乱翻：

"我的'目前形势'怎么没有啦呢？"

枕头底下，褥子下面，什么地方都找遍了也是没有。田淑英洗漱完了口进来，在她肩上打了一巴掌：

"你干什么这样着急？"

彭永花的脸红了起来，嘴唇突得高高的，瞪她一眼，好像埋怨她多管闲事似的，扯着她的衣袖问她：

"你没看见我的'目前形势'？"

"等会儿我洗完脸帮你找……"

彭永花屁股沉重的往床边一坐，喘出一口粗气，各处端详着，摸摸布包，里面除了书、报、账本、铅笔以外还有一张相片——这张像片她保存的特别细心，用纸包了好几层，谁也不给。丢失了什么她也不心痛，就怕丢了这张宝贵的照片。

田淑英洗脸也很快，三把两把就完，她擦着水淋淋的手大声的说：

"你今儿个怎么啦？急的像个猴似的！"

"我有事情……"彭永花吞吞吐吐的回答她，眼睛看着窗户。田淑英穿好衣服，对她声明：

"目前的形势在我这……"

"快点儿给我！"

"着什么急呀？"

"我有事啊……"彭永花急得跳了起来，想扭秧歌似的活泼的转个圆圈，随着又不舒服的坐下，马上又喘起来，拔腿就迅速的往外走：

"等会儿你带给我吧。"

田淑英一跳就抓住了她的胳臂，一面用手理着自己的头发，一面往回拖她：

"等会儿，等会儿，咱俩一块儿走！"

彭永花用力的摆脱了她，飞的一样跑出宿舍。她一走到街上，呼吸到了清晨凉爽的空气，精神越发振作起来。她摆开大步，笔直的对着被服厂的大楼奔去。

她刚走上二楼，看见两个工友正在楼梯上你抢我夺的看着什么东西：

"再给我看看……"

"看一下就得啦……"

"不行，我再看一下！"

彭永花好奇的凑上前去问道：

"什么东西？"

那个活蹦乱跳的工友举起一张像片在她鼻子前面急快的一闪：

"就是这个！"

"我看看行不行？"

她伸直了脖颈仔细一看，和她的相片一模一样。

彭永花赶紧看看自己包里的相片，没掉，于是她放心了。笑了一笑，骄傲的说：

"我也有一张！"

她把包里包着好几层纸的相片打开给她们看了一下，可不是么，她也有一张中国人民革命领袖的相片。

她很怕人家抢走似的，急忙包好装进口袋，三步两步跑进厂子，手忙脚乱的打开机械车子的布罩，拿出抹布，细心的擦来擦去。这时候，她看着车子各部分在她擦过以后放出闪闪耀眼的亮光，就像对她感谢的微笑一样，她心里说不出有多愉快。

田淑英也很快的到了，打她肩膀一下：

"干什么你急的这样？"

"从今儿个起咱们就比赛啦，我得好好擦擦车子，要不怎么着急呢！"

她继续擦着车子，应该上油的地方她就上油，就像慈祥的母亲小心翼翼，体贴周到的喂着婴儿。所有的地方全都擦好，她才满意的点一点头，沉思着，微笑着……

彭永花最爱的就是这盘车子，比一般人的爱人还要超过百倍，她不知用了多少心血在这上面。她很快的收拾一下，开始紧张的做起衣服来……

（《大连日报》1948 年 4 月 10 日，署名：赤灯）

一周杂感

之一

天下大事太多，倘若每一桩事都写杂感，那么成天到晚，什么也不用干了——那也没有必要，所以，兄弟我要感的，仅限零星小事，而且顶多不过一件。

这一周来使我瞩目及惊叹的是东北国民党军流传着："打精米，骂白面，不打不骂小米饭！"的口号，这是二十年前，从"张大帅"在世的时候起，就已经普及了的事实。

那些军阀的各级官员以及大小喽啰，从来没有把老百姓看成是人，他们成天到晚在衙门里津津有味所研究的大部分问题总不外虐待人民的范围，当官儿的教育他的当差，开宗名义第一章便是"无论什么地方的老百姓都是听钉不听敬！"于是喽啰每到一地，便先来"下马威"，以能不能唬住老百姓为个人本领高低的标准。他们奴使百姓溜马，未从开言，先打一鞭，强迫百姓挑水，首先踢上一脚，要是拉丁抓夫，那就伸出枪口，顶上子弹。谁要干的最凶，那么他最"打腰"，大官儿的马弁，多半都是典型。

"有其主，必有其奴。"因为最上级的军阀头子是站在反人民的立场，所以下面的走狗爪牙各级奴才必然与人民为敌，——这就不用说了。他们处人处事，完全以山间野兽的性格为标本，抓车、抓马、要吃、要喝……这些都属于家常便饭，随意小酌，其他诸如强奸妇女，杀人放火，包庇赌局，敲诈勒索等等，全是军阀头子根本政策的发扬光大。

就拿他们的人事方针一项来说吧，他们采用不下的原则："大老黑，上前线，疤痢麻子，抬炮弹，小白脸子，当马弁。"

有人以为在那时候妇女面貌不扬乃是不幸，殊不知男子汉大丈夫在反动阵营里如果五官不正眉目粗劣也是只好大叹命苦的……就是这些传统，传到今天，国民党反动军队从头到脚不仅接受，而且大大的发挥了这些作风，更加提高到了登峰造极的地步，而且越发普及各层。因为他们的头子乃是坏到头顶上生疮脚底下流脓了的缘故。

事实上，打也打不出什么大米来了，因为国统区的老百姓连小米都被抢光，骂呢，也不见得就能骂出白面，因为白面也早被夺尽。有些地方的老百姓却是以眼还眼，以牙还牙，集合成千，一拥而上，又把米面夺回，有些地方的老百姓，集合成万，夺下枪炮，又夺县城，这就是与昔大不相同，也是国统区老百姓的活命之路，也是中国人民百余年来挣扎苦闷眼看就要打胜的"象征"。"历史不能重演。"——实在有理，有理。

之二

过去不久，造谣商店——中央社——曾经扭扭捏捏的发过一条消息，说是陈诚赴美国养病"应辞现职"，病名称之"十二指肠溃疡"，还是老病，因为东北"气候酷冷"，他又"责钜事繁"，所以"旧病复发"加上"操劳过度"，于是"病益加剧"云云。

这个消息，拟稿不知绞出多少心血，不仅呈请上司皱眉苦脸的涂抹删改，上司的上司还要翻着眼球修词，喘了多少粗气这才捶胸顿足俯兴恩准施行。

众所周知，在国统区当差，写履历书是个头等大事，小学写成中学，中学写成大学，倘因盗卖公物，贪污自肥，"进步"没有打好，终被赶走，也不能秉笔直书，写出真情实况，多是"因病辞职"，但是"因病"太多，也不巧妙，因为很有使人认为弱不禁风，难于胜任的危险。如有高就，逐步上爬，朝里有有贵人应援，那就无须费事，尽可随便写去就是，可是字里行间不能忘了吹牛哲学，全篇都是过五关斩六将，惊天动地的场面。撅着屁股，大头朝下的底细是不能写的。

那么"因病"勾去之后，用什么附白呢？先父先母作古，家庭迁移等等，都可填空。运用之妙，存乎其人也，只要合乎世道人情，说得过去，那就万事亨通。

不仅求职的履历要精心的结构成一篇美妙的诗章，另有"他就"或者种下祸根不得不三十六计走为上计的时候，写篇婉转的文章应应差事还是必要的，这种作品，十有九也是"因病"，特别是在"社会"上有些爵位的人，早已成为传统，奉为不朽。愿得咱们不提，就看民国的招牌挂上以后，方圆几个地豆子搬家滚蛋出沟的下野堂客的辞表上不是标着"因病"两个冠冕堂皇的金字？这群老兄，虽然无倾国倾城之貌，却都具备多愁善病之身，而且正在"国家"（少数人所得而私的国家）"多事之秋"，一愁一病，倒在象牙床上，这可如何是好呢？往昔有些远去东洋，有些乘搭赴欧，也是拿手好戏，可以不必"因病"的了，咱们旅大十年以前，不是住过一群君臣宰相督办将军的么？如今是美国大出风头的时候，自然就去美国。本来病人不适于多走远路，偏偏要走远路——这也无关大礼。有些不扮病人，打着考察的小旗，可谓新的创作，聪明伶俐得很。有人要问考察什么吗？答曰：金木水火土，猪猴狗兔鸡，柴米油盐酱，山猫野兽皮，诸如军事也，警政也，监狱也……凡对中华大国领土出卖方便的学术者，皆有考察研究之价值。然而这次不是考察，还是养病，因为考察大使太多，势必造成拥挤的现象，所以还是养病为妙，无可非议。养病余暇，也可葬花吟诗，学学古人，只要炮弹不落在床边，他们都是高枕无忧的。

可怜的中央社的文章，措词造句倒算通顺，唯独全文结构出了窟窿，明明是"美军医院检查结果，认为确非有长期之疗养不能痊愈……"后尾却紧跟着"短期赴美治疗"几个大字。要按"天对地""雨对风"的音韵，那么这个"长对短"倒也恰到好处。然而最近造谣公司一变昨天温柔婉转体贴备至之态，板起冰冷严正的嘴脸吼道："国大代表"主张逮捕陈诚，说他弄糟东北的局面，应该严加惩办。如此说来，病也不能好好养了，那么他们今后履历的风格必能稍微转变。宣传的方针，我敢武断，不会变样的，先是因病，以后就看情况，也许默默无闻，也许杀声响遍津京。此外能有什么新的创作吗？

之三

我记得在十年前续写过的"世界文学读本"里有一篇小说，忘记作者是谁，题目也难想起，那个故事的大意是：一个封建兵士，奉命随着傀儡部队去打不从政令军令的人民，他因为昏倒在死尸堆里，脑袋没有掉在英勇的人民战士的刀下。援军到了，把他救回，上司认为他是唯一生还的"勇将"，赏他传为贵重的奖牌，他觉着害羞，不敢戴在身上。……当时由于我的愚笨和无知，不太相信世上会有这一类事，以为西洋作家又在案头编戏。

其后读过尹本纳支的反对帝国主义战争的《重归故乡》，莫泊桑的短篇《战俘》，雷马克的《西线无战事》，雷恩的《战争》等作品，这才渐渐而且完全相信在帝国主义以及凡是统治阶级发动的罪恶屠戮当中，发昏受勋的事并不奇怪。反动军队全靠杀人吃饭，从最高的统部一直到最低等的官士兵夫，不论中外古今，在他们训练炮灰的典范里绝对不会超出欺骗、吹牛、污蔑、狗血喷人的范围。

反动集团掀起战争是为维持本身苟延残喘的统治地位，喽啰奉命蠢动打仗，有些被迫，有些成为灰色的职业，这是尽人皆知的事实，不必多说，那些为了维持奴才地位和饭碗的蠢材，为了讨好、夸功、乞得恩赏，盼望升级，自然就要吹大牛、宣传，再加几倍数字，让报馆、电台传布开去，数目早已超过全国人口，不管人们信与不信，传出完事。

这里仅举一件事实请看——

去年春天，国民党派出美造飞机跑到冀中河间以南十二里地的村庄，投下三颗炸弹，一阵机枪，老乡牺牲三名，伤了三名，过了几天，国民党御用的大小报纸就登："毙敌六千余人"。当时住在这村庄里的子弟兵一个也没有，"六千余人"不是活见鬼么？操着美造飞机打着美造机枪扔着美造炸弹的爪牙回营以后，领不领导奖牌不得而知，要和那个羞于佩戴勋章的故事比较，吹牛的形式尽管不同，本质是并无差别的。第一次歇战，帝国主义早已用臭了的吹牛炸爆，现在中国的反动份子照样点放迎送鬼神。你看，盘踞延安一年，好几万人打发到了"阴间"

给"阎王老爷打小旗"，剩下残兵败将，很怕全部变成死鬼，于是只好夹着尾巴屁滚尿流的逃之夭夭，还说什么"适应情况"，要说打肿脸颊充胖子吧，他们只剩一把不够啃的骨头，倘若剥去黄皮，装装象牙，这倒未尝不可，至于"全盘战局并无影响"一说，会使他们自己就有脑袋砍落就剩屁眼，因之对于拉屎并无影响之感的，并不高妙。

但是"适应情况"的战略家们，这次功牌不仅不发，最近却又吵吵"撤职"了，这不是大个牛皮刚吹起来，马上又狠狠打自己的耳光吗？

答曰："撤职"也是适应情况，对于全局并无影响。

今后，"适应情况"是会一个跟着一个接踵而至的，"对于全局并无影响"也将前浪推着后浪，不死不能间断。

合老少！合老少！

之四

北平《平明日报》上月十三日介绍了一篇为国大召开期间晋方提出的拯救四大家族危局一案，其中分析形势，对比优劣，颇可寻味，让我抄出几段，供大家欣赏。

（有些字眼，之乎者也，转弯抹角，近于鬼语，读着别扭，我就翻成人话，不加""的，便是译文，百分之九十九点九照抄原文，加上""为记。）

①"就用民言"共产党"策略繁多"在解放区，共产党实行土地改革，十分之九的人民拥护这个政策，并愿为保田保家参加军队。解放军所俘国民党官兵，经几度学习，"既能转上战场"为人民立功；"故就用民言，共在其本区有百分之百，在我区（指国统区）有百分之七十"；"我在我在共区固无一人，即在我区（指国统区）亦属无几。""如此，我之'战乱'人民几等于零，实同以无抗有"。②"就用财言"，"共"以人民支援之全部。"每省均达三十二亿银币；而我一省经费，全年仅三百万银币；如斯，则共之造成资财为千，我之经费为一，以一比千，相型见拙，纵有外援，亦不过强心剂耳"。③"就武器言，共"革命"之始，徒手起家，初并无武器以抵抗"反动军队；"但"反动"政府如舟，亦能覆舟；共以军

事夺政夺权，乃以舟碰舟手段；以人民毁"四大家族，"乃以水覆舟方法。共使民尽"觉悟，"民为其作间谍，通情报，我之一切行动，共均了若指掌，而共之出没，我则茫然不悉"。"我不知共，共独知我；共研天窥，烛照千里；我成双瞽，盲迷咫尺。致共之功我，一打一准；我之功共，百打百空。我分驻乡村则危，聚守城市则困；形成我军日日伤亡，我区乡乡损失。今天事实上，乡村已成共之仓库及兵源供给地；即大好优良装备之兵，而今观之，已成共之武器运输队。共在覆舟之水中，又有碰舟之舟，于是其势力由小而大，迄今兵强马壮，即我之省会大城，亦受其威胁。今我虽有美机，然用之于据点，则随据点而失，用之于部队，则随部队而亡。是以共能养续不断实现其所谓前线补充，其武器不可胜用。"就形势而言，共有人、财、武器三者不缺，致由点而线，由线而面，我则由面而线，由线而点。恰若共拟水，"四大家族"若舟，用于惊涛骇浪之中，水可覆舟，舟奈水何？长此以往，非但无可施政之民，或有望武力援华以扭转形势者，证诸往事，亦属幻想而已。抗战时期，"共"以全力动员人民，日寇深陷泥沼，而不敢沿黄（河）西犯。当时共区游击部队不过十万，然亦能使数十万日军穷于保持点线，不敢西向长安。以夕比今，共现已有百万（按应为二百万）之众，即使有如日军之强者来三百万，仍不过愈陷愈深，愈入泥沼，即欲保持点线亦不可得矣。今我徒望武力援华，其能与不能，固属疑问；纵使可能，其难解我之倒悬也明甚。

以上便是反动小丑的估计；不论"就用民言""就用财言""就用器言""就形势言"不论就天、就地、就水、就舟……结论只是"难解倒悬"！

（原文缺失）

之六

死去的军阀们的特长，我以为除了压迫人民、剥削人民、屠戮人民之外，便是糊涂出名；"张大帅"不知手下有多少喽啰，"吴大舌头"不知自己有多少财产，张宗昌不知家里一共有多少姨太太。现在的还没有死去的军阀的特长是什么呢？我以为除了压迫人民、剥削人民、屠戮人民之外，便是吹牛，接着哭丧！

成天战战兢兢的土地老爷阎锡山最近又吹起大牛来，临汾攻克以前，他就鼓着难看的嘴巴猛吹："临汾有绝对的把握保守得住呀！共军无论如何拿不去呀！你们放心！你们放心！"

他的牛皮文章刚叫秘书写好发给造谣公司往各地散发开去，解放军的响亮的大炮就在临汾的半空嘿嘿大笑，阎锡山赶紧掉转屁股钻进"太太"的床底下一声不哼，炮声停止以后，他又戴好乌纱小帽吹胡子瞪眼乱蹦乱跳的演起哭丧剧来：

"男女老少，你们都有保护我的义务，我要死了，那些金子、银子、姨太太呀！怎么办呢？你们再不帮凶，我就要完蛋！"

但是造谣公司中央社太原二十七日的电报却写的"文字森森"："各界二十七日晨举行保卫晋中动员大会，会中阎锡山广播致训，强调人民必须以舍命毁家之决心，将人力物力财力全用之于保卫战。"

谁要不肯"舍命毁家""将人力物力财力"全用之于保护他的狗命，便是刀砍棍打，单是知识份子，当教员的就不知有多少死在他血腥的抓下，他的鹰犬平遥县长公开认为："一百个教员，有九十九个是共产党员"，凡是良心未死，不愿眼看中国亡在这些山猫野兽手里，喘一声不平之气的人，全是他们的对头，于是"自白转生""杀一儆百""乱棍打死"等等，都成为他们临终之前唯一挣扎之路。

先吹牛皮，接着哭丧的技巧，不仅阎锡山一人应用，别地别时别的军阀，都是拿手好戏。这些牛皮健将，只要一息尚存，吹牛和哭丧的小曲是哼哼不完的，我愿他们哼到伸腿瞪眼。

之七

世上还有人对于目前中国军事形势琢磨不够透彻的么？咱们单看美国出版的《美国新闻》和《世界报道》是怎样讲的吧！

"美国陆军部所训练的三十九个中国师，已所剩无几。"他们在一起头就承认自己对于人类所造的罪孽完全破产，愁眉苦脸的说："腐化与军队中的玩弄政治，在毁损美械军队的效力上，已起极大的作用，巨大困难在于无力使用现代化战斗部队适应陈旧的军事制度。"

他们说的道理在于中国反动份子，本是最封建买办卖国独裁，又是最腐败无能，他的本质便是拖脓带血好像梅毒到了百期，他们一贯倒行逆施，还反人民，逮捕屠杀，军队操在他们手里，当然只有越化越腐，等于鸡蛋碰上革命的铁流，破碎并不稀奇，军事制度即使改成新的形式，等于鸡蛋涂上颜色，碰上石头怎能越碰越紧？所以人人知道，反动集团的巨大困难，不在有无美械装备，而在梅毒到了百期，世上没有圣药医治。

他们又满腹牢骚的写道：

"现在其中三十个师，已被拆散于各军中，而被训练和领导均差的正规军吞并，因之失其应有之效力。剩下的几个师被编为三个军，新一军于孙立人不为黄埔系所喜，现已成军队中的玩弄政治的牺牲品，七十四军（按即七十四师）由于军事情报不灵，领导不善，年前已全军覆灭。新六军因为无支援，致使士气全部瓦解。"这是他们官方所谓观察家的意见。该文断言："在三十九个美械师中，百分之七十业已损失基本装备，大部分落于共军手中。"

后面几句属于实话，前面几句，自然不合逻辑。但是谁胜谁败，谁活谁死，观察家是看见了的，所以悲观越来越深。过了几天，怨天尤人之声又起，美联社廿八日的电报长吁短叹的说："共军以雷霆万钧之势降临，但×军将领却正面临士气消沉，军无斗志之军事危机。最近重大的迹象显示，各战场上之×军宁愿全体投降，而不愿与共军以决雌雄，此即军无斗志之普遍性与程度如何。"

这仍是所谓观察家的观察，并举营口起义潍县"乞降"，"其他疲惫应战，宁投降不愿防守指定阵地"为例，认为"共军势力日趋壮大，在一切场上均握有主动权"。

我很佩服这个所谓观察家的不是拿着竹竿点地敲着铛铛的瞎子，而是蒙胧睡眼看了一些事情的，所以有些苦闷埋怨，合情合理，值得参考。

那么以后的事情将是怎样的呢？——真理只有一个：反动虫豸的"良

辰美景"就要幻灭，"短促的好梦就完全破碎"，下坡路眼看就要走完，旧中国就要灭亡，新中国就要出现！

（《大连日报》1948 年 4 月 17 日、24 日，5 月 11 日、15 日，6 月 1 日、6 日，署名：赤灯）

李绍先修理机器

　　圆圆的黑色的电滚一秒钟也不肯休息的旋转着，嗡嗡的响声既不吵闹也不震人。我坐在车子旁边，看着工友李绍先修理机器。

　　他的左手紧紧的拿着一个茶杯大小的机器零件，右手动着螺丝搬子，两双如刺的眼睛好像电棒似的盯着，发狠的闭着嘴唇。身后一个身体魁梧的女工焦急的走来走去，伏在案上看了一看，又跳起来皱着眉毛，喘几声粗气，好几次的问着：

　　"什么时候能修理好啊？"

　　李绍先正在用力的旋掉一个匝得十分紧密的螺丝钉的，只是习惯的点一下头，并不答话，八角帽子扬起，脑袋顶上垂下一堆头发，那个女工愁苦的摇一摇头走了。李绍先眼睛不动的说：

　　"要是不快修理好啦，他们真能急的上吊！"

　　我不明白这些缝纫女工为什么做起活来急得好像热锅里的蚂蚁一样，又不多赚金子，又不多赏银子，为了高升吗？她们一个小组十个工友只有一个组长，也和别的工友一样成天到晚不休不息的干活，而且还要领头多干，除了件工以外，还要替一组的工友干着干那，一分小钱也不多赚，就是升为组长又有什么了不起呢？

　　李绍先把大嘴一咧笑了起来，红柄银光的螺丝扳子在我鼻子前面一晃，好像要对我痛击似的，试了一试又拿回去，把螺丝钉往桌上一拍：

　　"要不怎么说工人现在变啦呢！就拿我说吧，从小在他妈洋鬼子大连机械学徒，又得端屎又得端尿，想学手艺？滚一边去！三句话不来就是'八嘎亚鲁七个笑！'中国工头更厉害，动不动就比养草的打死你！草他祖宗，不拿工人当人！"

　　"现在工厂工人说了算数，要不是这样，一天给多少钱也不会干的这么高兴。再有解放军老打胜仗，大家伙都有盼头，所以干起活来，你盯着我，我盯着你，都想快干，干的要多，干的要好，谁也不想落后，就是这么回事，没有别的。"

先头那个女工又愁眉苦脸的跑了回来："还没好么？"

"你先去吧！"

那个女工好像要哭似的低垂着头，想了一想，身子一晃，跑了回去。

"你看没看见？他们都是这样，机器一坏，比丢了钱包还要难受，她自己耽误了活，别人也跟着耽误。比方我齐领子，你齐袖子，我齐不完，你怎么接手？一个人耽误了活，全组都受影响，到了晚上交活，人家交上一百，他们交上八十，这还得了？！晚上睡不着觉啊！要不怎么说现在的工人变了呢！……"

我渐渐的看明白了，他们用的机器零件全是旧的，好像磨秃的钢笔尖一样，他们磨着使用。我想，俗语说的好："工欲善其事，必先利其器，没有好工具，就难以提高产量。"

李绍先不同意我的意见：

"你不知道，零件太贵，也不好买，买的也不见得好使。从前仓库存的废物，拿出修理，就能对付使用。大家伙商量，怎么好就怎么办，谁也不肯糟蹋东西。从前家八什倒好，干不出活。现在不好，活干的多还好。要不怎么说工人变啦呢！"

他忽然跳起，搓一搓手上的油腻，抓过一个秃尖的钻头，把砂轮的电线勾住电叉，钻头往急速旋转的砂轮轻轻一碰，立刻飞出美丽灿烂的火花。

当他磨好钻头坐下的时候，看出我还没有明白他的意思，接着又说：

"昨天彭秀英的车子坏啦一天，老跟着我的腚哭。我越着急，越修理不好，手也不听使了。全大连街能修理这种车子的一共才有十个人，单是裕华商场就有七个，李吉宽一有病，我就抓家伙啦，可是修理不好还是不成，得干活呀！就是这么样，琢磨着干。"

那个女工友又来徘徊，伏在案上看着李绍先急急忙忙的修理，嘟嘟念念的说：

"咳！耽误二十分钟啦！"

2928

她的眼睛里含着哀愁的光，有时她又瞪圆眼珠，表现出希望。李绍先却是头部抬眼不睁的，等这个女工走后，我就问他：

"要是老修理不好，她们哭起来你怎么办？"

"我不是说么，昨天彭秀英跟着腚哭。反正我有多少力气拿出多少力气。她们着急，我更着急，我修理不好，上来脾气，要是私人的东西，我真想摔啦它。咳，不能这么干哪！厂子的东西，不比自己的东西，怎样的也得把它修理妥当。我告诉你，只要用心，不怕麻烦，没有修理不好的。别看工人大老粗，粗中有细呢！"

他把零件锉好，装上，按上皮带，试了一下，四面看看，又一件一件细心的拆下来，重新检查什么地方还有毛病。在零件上打一点油，用手摸弄着，眼眉皱得很紧，突然扬起眉毛：

"噢，闹了半天是这么回事！"

他急手急脚的把螺丝扳子往案上一放，抱起机器，好像一个医生抱起患病的婴儿一般，十分小心的把它放好。摸摸这里，扭扭那里，仔细审查一遍，两手一拍：

"他妈的，好啦！"

那个女工兴奋的笑了起来，好像把一个将死的亲人救活了一样，使她那样快乐。她急忙抱着机器跑回工厂赶活。李绍先吐出一口深长的闷气，好像刚从深暗的洞里囚禁好久爬出来见了亮光一样，说不出的爽快和高兴，欣喜与慰安。我也觉得轻松愉快，伸伸懒腰，向他告辞。

走出这个工厂，我不断的嚼着那一句话：

"现在工厂工人说了算数，要不怎么干起活来，又快又好呢！……"

电滚仿佛在我的耳边嗡嗡的唱出和谐之声。

（《大连日报》1948年4月27日，署名：赤灯）

工人唐玉山会见毛泽东

　　唐玉山是个五十多岁的老电气工人，个头不高，也不是矮子，脸盆是长圆形的，两道又黑又宽的眉毛下边镶着一对明光锃亮的大眼珠，鼻梁高高的好像一座山尖，挺大的嘴，挺厚的嘴唇，脸色老是通红通红的，好像谁家办喜事他去坐席喝醉了酒一样！

　　他这通红通红的脸色是从张家口解放以后在晋察冀边区民生电业公司干活了半年以后才有的；解放在头，他真像要饭花子连个固定放棍的地方都没有，虽然从小挨骂挨揍硬着头皮好歹学会一门电气手艺，可是有了手艺也是一样的受大穷。他跑到日本鬼子统治的咱们这个旅大，转到吃饭太难的鸭绿江边，奔到军阀当道的吉林、沈阳，爬到死了中国工人就像死狗一样的抚顺⋯⋯

　　咳咳！他无论背着破破烂烂的小行李卷儿山南海北的漂泊到了什么地方总是挨饿挨冻，想喝口西北风都喝不舒服。后来他又挨到挂着青天白日旗的北平、天津，仍然是半斤八两一个屌样；成天到晚过着暗无天日阴气森森的倒霉日子，即至典当拼卖对付几个盘川到了早穿皮袄午穿纱冷热没有定准的张家口后怎么样呢？咳咳！依然没有从没脖子的乱泥塘里拔出两脚。老是过了今天不知明天死活。

　　他从下生到这个世上来一直到胡子长的老长了，从来就没有喘过一天舒服的气，打个比方：就像一条大鱼拖在旱地，翻着、滚着、蹦着、跳着，怎么样扑拉也是没有希望，——咱们讲上三天三宿，写上十万二十万字也讲不完他这一辈子受的苦处！

　　就从聂荣臻将军率领的晋察冀人民解放大军把日本鬼子一脚踢翻救起察省的父老兄弟姊妹们以后，受苦难的唐玉山这才一个高跳起来，他搓搓眼睛四下看看，低着脑袋好好一想，感情冲动的流着欢喜的眼泪喊着：

"哎呀！哎哎！真想不到我唐玉山还有翻身的一天！"

唐玉山从这以后，才过起像样的生活了，虽然上些年纪眼色有时差迟一些，可是干起活来决不落在年青力壮的小伙子以后，学习政治，学习文化，你就不论学习什么吧，他都极其热心，真像老牛拉车一股劲的往前猛干。在中国共产党二十五周年纪念工人自动发起的庆祝大会上，他兴高采烈的跳上讲台对着工友们口若悬河的讲：

"我老唐现在可不像从前啦！经理都把我当老大哥看，到他的屋去，又让我往沙发椅子上坐，又给我点烟倒茶。我家里有米、有面，下班回家，我的老婆子把热饭菜往上一端，我把无线电匣子一扭，小宝贝疙瘩（他唯一的小女孩儿）往怀里一抱，这番滋味儿就不用说啦——同志们，这是谁给我的呀？要没有中国共产党，没有毛泽东领导，没有老百姓的队伍打败东洋小鬼，我老唐做梦也没有今天那！"

他生动的讲了老半天心里的话，男女老少工友们听的直了眼，忘记呼吸，谁要咳嗽，都要受到埋怨，等他讲完下台，大家非常响亮的鼓了老半天的掌。接着工友们就向领导上建议"我们派代表到延安去给毛泽东安电灯好不好"。

民生电业公司全体工友都坚决拥护这个意见，当时领导上考虑一下，马上答应工友们这个建议，会后立刻派出专人积极计划准备。两个星期以后，工友们公推的代表说拉着能安两千盏电灯的全部材料、发电机，载着二十多辆大胶皮轮车，浩浩荡荡的往延安出发了，这码事情当时在晋察冀日报上还上过报，在这批工友代表之中便有唐玉山一个。

唐玉山在出发的前夜工友们办的欢送大会上说的很有意思：

"我们这一队人，好有一比，就比唐僧取经到西藏，这一路上，困难辛苦，一定不少，可是我们不怕，一定要到延安。毛泽东那里有一本经，这本经就叫真理，又叫为人民服务，我们这个真理拿回来，你们大家伙看看怎么样？"

他们辛辛苦苦的爬山越岭，有时遇见倾盆大雨，河水涨得太猛，扫住去路，一停几天不能前进，有时大车陷在乱泥沟里，出了九牛二虎之力才把他弄上来，有些大山高的钻进了云彩，牲口拼命的拉也拉不上去，他们就一车一车一来一往的往上倒腾着干，但是不论多么样的困难摆在眼前，他们如始终没有低一下头，唐玉山一天两天捞不着饭吃，精神头也是十二分充足的，他成天到晚的寻思：

"我要能和中国人民领袖毛泽东见上一面，死也甘心情愿！"

他们餐风饮露，披星戴月，不住脚的走了六十多天，好容易盼到了举世闻名的民主圣地延安。

唐玉山心里就像火花怒放那样的高兴，那不用多说啦。

这是国民党卖国贼反动份子大举进攻解放区的前年冬天。唐玉山看见当时延安各机关都很忙碌的往各处疏散东西，他就知道要有什么行动，他们休息两天就去会见毛泽东。

这天风丝不动的晚上，满天皎洁的星光好像一些新安的明亮的小电灯，尽力放着灿烂的光照耀着延安这座可歌可赞的城。他们随着总务科一个同志静静的绕过总务处灯光明亮的大办公室，踏着一层一层的楼梯到了毛泽东的客厅，这是一间又宽头又干净的大屋子，屋地当中放着很长的桌子，一盏挺大的玻璃罩灯安详的坐在这大桌当中，桌上还摆满了一大盘一大盘的花生，瓜子儿、大甜梨、糖果，还有躺在碟里等着他们去用的烟卷。

唐玉山欢天喜地轻手轻脚的走进这个大屋，仔细看看桌上摆的东西，心里寻思：哎呀，今天一定来了高贵的客人，也许是外国有名的记者什么的要来，这是预备招待他们，那么我们这一来不是打扰了么？

他转身看看左边靠墙的地方放着不到人高的书柜，里面摆满了书籍，有张小桌上面立着干净茶壶茶碗，在灯光里，发出白亮好像笑一样亲的欢迎唐玉山他们。他又看见两个同志静静的坐在墙边里取精会神的下着象棋，赶紧起来和他们握手，他想，什么人敢在这么要紧的地方随便下棋玩呢？紧靠这间大屋还有一间较小可是显着幽雅庄严的小屋，从那里走出老唐他们见过面的中央办公厅行政处长邓杰同志和他的爱人，他们都笑嘻嘻的出来招待，这个点烟，那个倒茶，唐玉山心里可真不舒服，他们对待咱们工人多么亲切呀！毛泽东住的地方怎么能这样随随便便呢？

在这雅静清洁的大客厅里，除了桌椅板凳几样简单朴素的设备之外，并没有什么出奇神秘的东西，然而在唐玉山的眼里看来，什么都是新的，美的，可爱的，他贪恋的看看这里，望望那里，有心一样摸摸，又不好意思，他把每一个墙外，每一件小小的器物都好好记在心的深处永远不忘，又想，这间大屋，要是安上一盏三百烛光的电灯就满够亮了，电线不妨长一点儿留，愿意往那面拉就往那面拉。

唐玉山他们安静的坐着休息，一面回答同志们关心的问长问短，等了没有多大工夫，听见楼梯一声一声不紧不慢的响起来了，响声由远而近，自大而小，稳重的步声一停，门就轻轻的推开了。

唐玉山挺直勃头瞪大了眼睛用劲一看：

啊呀啊呀！毛泽东来了来了！

解放以前，他时常听到人们小声小气各式各式的传说；解放以后没有一天不在办公厅、家里、会场、街上、随处都听得到的、人民最崇敬、喜爱的像片里的那个使人兴奋、使人勇敢、使人安慰的伟大的人物：唐玉山日夜渴想的，望眼欲穿盼了好久要见一面的，全中国人忠心瞻仰的人民领袖毛泽东现在就微笑着立在唐玉山眼前。

啊呀啊呀！敬爱的毛泽东和相片的模样一点儿也不差呀！乌黑深厚的头发长长的，可是很整齐，那只眼睛，含着温和、热情、坚定、慈祥、智慧与英明，他穿着一身灰黑色的制服，衣扣都紧紧的扣着，出乎唐玉山意外的是毛泽东的身材很魁梧、大个，这是他在像片里没有见过的，毛泽东一进门就像见了多年不见的亲弟兄，非常欢欣的裂嘴笑着，热烈的和这个紧紧的握手，和那个紧紧的握手，当他握到唐玉山的时候，又亲热又感动的说：

"老同志啊！您辛苦了！"

唐玉山握着毛泽东温暖和紧紧有力的手，心里一阵一阵制止不住的狂喜，又一阵一阵滚滚腾腾的悲哀，又想欢笑，又想低泣，简直形容不出他心里是什么滋味，他事前预备和毛泽东见面要说的千言万语，这时由于感情冲动得很利害一句也说不出来了，好容易挤出这么一句：

"毛泽东，你好啊！"

"谢谢你们。走了这么远的路，你们真受累了！"

毛泽东简单明了的话，一字一句，都深深的刻在唐玉山的心里，他一眼也不放松的瞅着毛泽东的一举一动，他觉着漏失了一点儿不看就是很大的损失，他这时又觉着能够和毛泽东见面、握手、谈话，实在光荣而且值得骄傲。

大家愉快的随便坐下以后，邓杰指指桌上摆的东西热心的让唐玉山他们：“请吃点儿吧！别客气！”

唐玉山这才恍然大悟：原来这么些好吃的东西还是特意给咱们预备的呀！

唐玉山真想马上写一篇稿在报上登出来告诉工友们：“毛泽东待咱们工人和亲骨肉一样啊！”可是他几乎就要火山爆发似的热烈的感情使劲压住，因为毛泽东又笑着对他们谈话了。

“你们走了多少日子？”

唐玉山他们就你说一句，我补充一句，大家轻快活泼，好像都年轻了几倍似的，无拘束，肚子里有什么就痛快淋漓的往外搬什么，讲得非常爽直。

毛泽东最关心工人弟兄的生活，问了又问他们每月领多少粮，够不够吃，唐玉山他们那时因为张家口的条件好些，每月都赚五六百斤小米，技术好的八百九百还有一千斤的，天天吃大米，白面都吃不了。毛泽东听了工友们来安电灯这份精神，非常感动，他低声用力的看着唐玉山他们的脸深思的说：

“同志们，你们回去以后，替我谢谢大家这份好意吧！”

毛泽东和他们谈了好久好久的话，他又简单的谈了一些国际国内的形势，他用的是亿兆人民易于了解的通俗的语言，所以唐玉山他们字字句句都完全明白，毛泽东坚定的对他们说：“不管中国反动派，外国反动派，咱们一定能够打败他们！”

毛泽东把一只手掌放在桌子上，深思的看着每一个工友，唐玉山看见毛泽东坚定的眼光，他也加倍坚定起来了，毛泽东最后又用诚恳的声音嘱咐着说：“同志们，你们回去，好好团结起来，咱们一定能胜利！”

毛泽东因为还有工作必须赶紧处理，就站起来和他们一一的握手，和来时一样慢慢的走了。

邓杰同志他们还在这里说着笑着陪着唐玉山他们，请他们吃这个、吃那个，邓杰同志的爱人拿出一把小刀，把大甜梨的皮一个一个的削干净放在他们面前，一定叫他们不客气的多吃一些。

唐玉山他们在这屋里快活自由的玩了好久，又吃又喝，好像就在自己家里，他觉着在这屋里呆多么久也是不会腻歪的。他过去摸摸书柜，摸摸小桌，摸了好久毛泽东坐过的椅子背，临走的时候，他不断的回头回脑恋恋不舍的看看各处。

那时节，延安就早已周到绵密的计划着，准备主动撤退了，所以安电灯的全部材料只好稳稳当当拉到别的地方坚壁保存起来。唐玉山这时已经得到张家口主动撤退的消息，他的家庭不用操心，他知道家有上司和工友的照顾，没有问题。他最恨的是卖国贼反动份子破坏和平民主和胡宗南这个罪该万死的忠实走狗，冒险进攻延安，使他们不能完成给毛泽东安电灯的光荣任务。

唐玉山在延安歇了一个来月的光景。有一天太阳刚刚落到山顶，他远远的望见了毛泽东在路上散步，夕阳的红光照在他的身上，他的雄伟的身影显着更加壮大，几乎把小山的一半都遮住了，西下的太阳好像舍不得离开他似的，老是吐出柔和的光彩抚着他的身体。这时有个骑马的通讯员跑过来了，他往路边躲开，等那通讯员走过以后又继续散步。

唐玉山看见这个光景，感动得不禁自言自语着说："唉呀！毛泽东这份大仁大义的精神真了不得呀！"

又有一次傍晚，他远远的望毛泽东到园里散步，很多的同志们在那里坐着，谈天，说笑，他们看见毛泽东来了并不"立正"，这又使唐玉山非常感动，他有生以来，这才算是尝到自由平等的滋味儿了！

过了几天他随着同志们到大办公室里听报告，一点儿也没有想到来报告的是朱总司令，唐玉山仔细往台上一望，朱总司令也和像片的模样一点不差，也是身材魁梧的大汉，说话的声音异常响亮，好像夜半的洪钟，唐玉山只顾用力的跷着脚跟从人群里望着朱总司令的举止动作。

三个月以后，唐玉山骑着民站肥壮的小毛驴冒着风雪回到晋察边区的老根据地阜平，他逢人便兴致勃勃的讲说会见毛泽东的经过，并把毛泽东百发百中的预言一字一字传给大家："不管中国反动派，外国反动派，咱们一定能打败他们！"

现在困踞延安的胡宗南已被毛泽东直接领导的西北人民解放大军打的头破血流挟着尾巴逃命，老工友唐玉山在边区听到这个好消息以后，不知多么欢欣鼓舞，他一定要欢呼跳跃的对着大家这样快乐骄傲的说："看看，毛泽东说的多对！不管中国反动派，外国反动派，咱们一定能打败他们！"

《群众》1948 年第二卷第 35 期

（《大连日报》1948 年 5 月 9 日，署名：赤灯）

王树庄谈话集

一、在早学技术比上天还难

解放以前，我打"卯子工"那时候，一天赚一毛五，什么也不管，配给粮啊、配给油啊、配给烟哪……做梦也梦不见，歇一天工，刨一毛五，有病活该倒霉，死啦也没有人管，日本鬼子那时候，死一个中国人，不像死一条狗一样？

要是找一个地方，一毛长到两毛，那得熬多少年？出多少大力？干活要是出一点小错，叫日本鬼子看见，一赏就是五十——一大巴掌，打的你头迷眼花，你要是表示不愿意，好，打的更狠、更重！"三宝干活计"的滋味谁没尝过，谁没苦过？这些事情，大家都记的清楚，不用提啦！

咱们就说学技术这个问题吧，不管什么徒，一学三年，再效三年的力，算是赔偿这三年学徒的时候损失的家八什，你给他白白干了这三年苦力活所受的损失，挨骂挨打受的损失，他可不赔偿你的，反得你去赔偿他的损失，你好好算算这是什么份子账吧！

使唤牛，使唤马，使唤一辈子，它临死的时候再剥啦它的皮做皮鞋呀。从前旧社会使唤学徒的和使唤牛，使唤马差不离，你说那是什么世界？现在国统区还是这个老样。

从前在日本家学徒也是三年，另外还得白白出一年苦力，赔偿他们的损失，这也叫作"亲善"，亲的你死不成活不成的，叫你一辈子也忘不了他这份待遇。学完了徒，他们啃着叫你多干，当劳金的得七八毛劳金钱，叫学徒的干，为的是得这份利用，你还说不出道不出的，真是哑子吃黄连，说不出来的苦。

当老师的能好好教给你手艺么？你得偷玩意儿，要是偷的不好，也是什么也偷不出来。他顶多叫你干个粗枝大叶的活，出力的活才叫你干，要是用手艺的活，你就请一半拉子去，没有把着手交的那个话。

你要学手艺啊，你得花钱买，不会抽烟，兜里也得想法预备点儿烟卷，一看老师要抽烟卷，麻溜的过去："老师，你要抽烟么？我！我这地场有……"把烟卷递过去，还得赶快去找洋火，要是赶上洋火头和你找别扭，剩一根不着，划两根不着，老师看着你就不顺眼，就对你翻白眼球，你看这多不容易！

光是打点烟卷也不能学着手艺，还得花个三毛五毛的请老师下个小饭馆吃点喝点，从前那时候三毛五毛的多当前啊！再不然也得买点儿什么东西给老师送到家去打打"进步"挺有心眼儿，这才慢慢的教给你画个"鸭蛋圆"。

可是他能把着你的手，痛痛快快，很快的把你教会么？你就别想有那份好事！

就说他有教你画个"鸭蛋圆"也不是实心实意好好的教你，他画起来一"虚线"、"实线"，左一道，右一道，横一道，竖一道，把你脑筋都给画乱啦，把你的眼睛画得直冒金花，可是画来画去你还是稀里糊涂，莫名其妙，他也不细一点儿心告诉你这个虚线到底是怎么回事，再不他就弄个圆规，画几个捆住往一块一凑就算，你好歹照他的样画一画啦，可是实际能不能用这还不保险，人家下来样子，两头到底要多大的圆，你还是不会。

单是学这么一个"鸭蛋圆"就得拿出九牛二虎之力，结果学啦还不应用，你要想学个什么"天圆""地方"，那就不用提啦，拉屎的力气都拿出来也学不到好处，他不好好教给你呀！你就像瞎子一样，在树林子里乱摸索，往这面乱碰一阵，往那面乱碰一阵，捧得你满头是泡，累得你喘啦上口气接不上下口气，也是摸不出个门道来。

从前旧社会呀，那些有技术的人那个藏奸的劲，说起来真他妈的比曹操还奸！曹操出的道道，看三国看常啦，也把他琢磨出来，可是从前保守技术，你怎么琢磨也琢磨不上来。

偷啊，买啊，熬星熬月的，不知经过多少日子，花了多少心血，央告爷爷，哀求奶奶，他这才能带答不理的教给你学个"三一三四"，比方说要圆一个圆圈吧，从中间这头到那头是八寸多长，那么整个的得多长才能合适呢？弄长啦糟蹋材料，弄少啦又不够。老师看看当学徒的"运动"的差不离啦，这才告诉你：

"加上三一四六！"

把这些数往一块儿一乘才能合适。

可是教了这样，不教那样，教了那样，还是马马虎虎，知其一，不知其二。

为什么那些有手艺的这么样刁难人呢？他痛痛快快教会了你多好！

你想一想吧，他有手艺，一天赚个块八角的，这个地场容易找么？

他要是一下把你教会啦，他能干的活，你都会干，厂方一看，凭什么不少花钱雇人，要多花钱雇人？他把你教会，厂方就会叫他地豆子搬家滚蛋！

因为厂方少花钱，能多雇几个人干活，从前那些工厂还用说么，处处老在当伙计的身上打算盘，吃劳金的也是没有办法，这也不能全都怪他藏奸，不教技术，实在是因为从前的工厂压迫工人，剥削工人，吃不上穿不上的工人太多，大家争着抢着吃这碗冷饭，厂方一看工人有的是，你不干，他干，他不干，还有的是人！

那时候工人实在被压迫的没有办法，为了一家老老小小，为了自己不至于饿死，所以有了技术，就保守起来。其实他并不见得和你有仇，诚心不教给你，他是为了保持饭碗没有法子可想，最可想的不是这些有技术的工友，而是日本鬼子侵略咱们中国，把咱们中国弄个乱七八糟。

从前，我打卯子工那时候，学技术的难，比上天还难，可是现在学技术怎么他就一点儿也不难啦呢？

（原文缺失）

教你做小活，要是做的不差，那么做大活更不能差啦，因为小活比大活细微，是根底——当然有的活不同，我这是比方着说。

从前可就不行啦，小活也不教，把大料往那儿一摆，你去干吧，"小孩捉刺猬，下不去手"，看着干瞪眼，等了半天也是白瞪。你要是问问老师：

"不是告诉你怎么做了么？记性不小，忘性倒大！"

说来说去又说到从前遭到的罪，不要说当徒弟，老工人在头受的那份苦提起来也叫人难受。有好手艺，可是上啦年纪就不打腰啦！人家嫌恶年岁大眼色不好，手脚不灵，其实有些老工人手艺好的干起活来更麻溜，他们是拿着年纪老哈唬他，为的是少给工钱，他要不干，到别处找地场也不容易，有个活干，赚出嘴去，总比上"闲员公司"好，所以就忍着气受那份侮辱。在头有一句话："老戏子，老婊子，老手艺。"这是说在旧社会上，人一老就没有地位，把手艺人和当婊子列在同等地位，可见旧社会轻视有手艺的人轻视到了什么地步！工人流血流汗创造世界，那些杂种可瞧不起工人，要不怎么说旧社会非打他个落花流水不可！谁要对旧世界留一点儿情，谁就没有认清世界是怎么回事！

现在当老师的，能忘从小受的那些苦么？能忘那些老工人受的那些苦么？咱们上课，讲什么太平天国革命，讲什么人是猴子变的，我说，这些课先不要着急讲也行，工人大老粗，你说太平天国革命，他就知道"长毛造反"真刀真枪铁公鸡——当然，现在工人，真有文化进步快的啦，刚刚识上五十个生字，有的还实不上二十，就讲科学、哲学，他还不在底下打瞌睡呀！所以我看咱们有工夫不如讨论讨论咱们从前学徒为什么受那么一大些的罪，上了年纪为什么又不受人家重视，到处用白眼珠欢迎你，要把这些事对今天这些年青老弟们好好的讲一讲。因为他们有很多没有尝过那种痛苦，不知那是什么滋味，要好好讲讲，让大家认识旧社会和新社会到底都是什么地方不同。——这又扯到学习问题上去，以后有机会再讲，咱们单说学技术吧！

现在当学徒的，讲究"平等"，不错，人和人都得平等，谁也不行压迫谁。

可是"平等"得用的合适，要是乱用起来，那就不平等啦！一般学徒的，都是埋头苦干，好好的学，可是有的那个个别的徒弟，一看厂子叫当老师的教，他要不教我就不行，老师说话，他带答不理的，那他不上心学，说他两句，他还不愿意，这叫"平等"么？我看这不叫平等。

老师教你也是一份恩情，你应该恭敬老师，不怕有什么意见要好好和老师商量，今天的老师，他绝不能独裁专制，"金口玉牙"，像法西斯似的压迫你。老师看见咱们学的不上心，说咱们两句，这绝不是压迫，这是一份好心，你不能把好心当驴肝肺，你当徒弟的要前前后后思想一番，等你将来教别人的时候，别人要是不好好学习，你说他两句，他对你瞪眼，你心里是什么滋味儿？是热？是凉？是好受？还是难受？

咱们学技术，单是讲技术怎么怎么重要还不够，咱们总得好好看看厂方下了多少力气，为了叫咱们学技术，为了叫咱们有出息，预备这个，预备那个，买纸、买笔、买尺、买圆规、做个玩意儿要材料，厂子给买，一下子做坏啦，材料糟蹋啦，上级还叫重来，你在自己家里，要学什么，用着材料你爹你妈全都这么样周到细心么？

有些工友说："现在的工厂，比自己的家好。"这是良心实话。

可是你也不要因为家赶不上工厂，回家就对你的爹妈瞪眼，这就不对啦！

二、其次我们再谈谈当老师的

现在当老师的，一般都知道要把工厂办好，也得把徒弟的技术教好，教的徒弟越多，自己越有功劳，决不用挂念着别人来争抢自己的饭碗。

可是还有个别少数的老师，脑筋还没有怎么转过来，心里老是犹豫不定。教吧？舍不得自己这一辈子学的手艺；不教吧？又怕人家批评，说是自己落后、保守、藏奸，选模范当然更不够条件，那么怎么才合理呢？

"多少教点儿得啦！教一点儿搪搪差事。"

比方说他有十分手艺，教上三分，三天能够教会的，七天教会，反正也不着急，慢慢的来，这个态度，要比在头一点儿不教，倒是进了一步，可是比起好的老师，有十分教十分，应该七天教会，三天就教会的一比可就显着落后多了！

看看现在王署富、袁明朝他们都是怎么样教的，人家是有什么教什么，自己还是一个劲儿往上钻究，技术本来就是越钻越深，要是一摆老资格，知足啦，那就糟啦！

研究学问的人也是同样，就怕摆起来老资格来，就像钟表似的，你的牌好，那是不错，可是你一停摆不动，人家那些年轻力壮的小针卡卡卡卡卡……一会儿就赶上你，把你拉过去，你还能摆个什么劲儿？

当老师的应该好好想想，咱们工人要想好起来，非抱住团体不行，大家伙，不管年纪大的，年纪小的，也不管男的、女的，都是一个团体，就像一家人一样；当爹当妈的过好啦，孩子们也享福，当哥哥的过不好，当兄弟的看着也难受，当姐姐的有什么理由不把手艺好好教会当妹妹的？当老大哥的看见小兄弟不好好学习说他两句，当小兄弟的有什么理由对老大哥瞪眼？

咱们关东地区现在有榜样在先，看看那帮模范都是怎么样教，自己又是怎么样学。现在这个不会，问问那个，可是学习技术千万不能老是靠着这一问，要是问这个，这个也不会，问那个，那个也不会，那样你怎么办呢？你老老实实等着这个不会把你难倒啦么？你还得多用脑筋自往里死劲儿琢磨呀！你不会的时候，不要马上去问旁人，你先用用脑筋，这么琢磨，那么琢磨，晚上躺在炕上睡不着觉的时候也琢磨琢磨，要是左想右想，前思后想，无论怎么的，实在琢磨不出来你再去打听别人也不晚，学技术也不是去赶火车，就误一分钟就赶不上啦，这个得慢慢来，好好打下根基，单是性急，今天教，明天会，后天忘，你看这多麻烦！今天教，明天琢磨，后天差不离，大后天会，老是不忘，慢一点儿也比那个性急的会的快学的还扎实。

现在学技术，老师主动的教，旁人也愿意告诉，就凭这一点，你在从前就是花小宝也买不来呀！现在连一分钱也不用花，谁要是学技术学的好，还有奖励，你看满天底下还有这么便宜的事情么？你到国统区去满街打着灯笼找一找看，你要是能找着，我老王就跟着你姓！

工会这么计划，那么计划叫我们好好学习技术，厂方这么筹备那么筹备叫咱们好好学习技术，这场也成立技术训练班，那场也成立技术训练班，你看得多少钱花！管吃管住还不算，还配给你粮食，——像这些事情，我在头做工的时候，有时候就做这份梦：要是有个专门学技术的地场，不用说是有这份好待遇，就是每天少打我几巴掌，少给我点儿气受，——打俩巴掌，受点儿气我也不在乎，只要能把手艺学在身上我就知足，可是这个梦在头老没做成，现在，你说年轻小老弟们，多么幸福吧，要学技术，特意给你办个训练班，你要学铁路，有学铁路手艺的地场，你要学电气，有学电气手艺的地场，在工厂里干活，可以说就是上学校，不单教你学技术，你要学政治、学文化、老师更多啦！现在的干部，论起政治来，真是狗赶鸭子呱呱叫。在头那些大学教授，什么学士，博士也没有现在的干部讲的好，你学技术，学政治，学累啦，还教唱歌，演新式话剧，没有事的时候，"来一段，大家欢不欢迎？"巴掌一拍，把歌一唱，有些工厂，洋鼓洋号，明光锃亮，吹吹打打，你说多美！

人心都是肉长的，咱们问问自己的良心，今天的工厂，到底对咱们怎么样？咱们再不好好学技术，可真是黑傻子舔草包没有人味儿啦！谁要再说工厂不好，我不怕他生气，他真有点儿不够中国人一份子！

三、大家心眼儿一齐学文化学技术并不难

学技术还要忌一件事：不要自己瞧不起自己。

"咳！我的文化不行，没有人家的文化深，乘乘算算，人家一学就会，我老是赶不上趟，没有希望！"这么一想，悲观失望，扫拉着头，就不学了！你要知道："天下无难事，就怕心不专"哪！"铁打房像磨锈针，功到自然成"，他学会三样，我学会一样行不行？他学一天，我学三天行不行？他这个月学会了，我下个月学会了他不是一样么？上山得一步一步的上，上楼梯你是从地下一迈就迈到楼顶上去的么？你要是有那么长的腿咱们买票去看你！

学技术的日子是长的，不是三天两天的事。

文化赶不上别人，不像生下来的个头没有别人的高，不能说是抱着胖子往高处拔，当然拔也不能拔成大个，可是文化能学呀！老头老太太一天还能学会一两个生字，咱们年轻小老弟一天要学三个五个字还发愁学不会么？

在头一个大字不识，现在能往《大连日报》投稿，人家那个文化是怎

么提的？人家也是一个鼻子两个眼睛，咱们也是一个鼻子两个眼睛，腿、胳臂、一样也不缺，怎么咱们就赶不上去呢？俺就把熊字下面的四个点取消，偏叫他能！

不要把自己看得太高，吹起大牛。也不要把自己看的太低，抱着实事求是的精神，该怎么的就怎么的，过去有那么句话："冰火不同炉。"说冰是凉的，火是热的，冰进了火就化啦！冰和火那个东西倒是这样的，可是要用这句话比方万般的事情那就不对，就是欺骗。比方说文化高的和文化低的怎么就不能同炉？文化高的帮助文化低的文化，文化低的帮助文化高的技术或经验，互帮互助，这不就能同炉？学生和工人结合，在头就说不行，现在怎么行啦呢？咱们要扭转乾坤，改变世界，只要咱们有这份觉悟，有这份决心，大家心眼儿一齐，什么事情都能成功。"父子协力山成玉，弟兄同心土变金"，咱们老工友、新工友、男工友、女工友、农民、青年、知识份子，大家只要把手紧紧的一扯，什么事情都容易干，想学技术，想教技术，怎么样学好，怎么样教好，都不是大问题，只要大家心眼儿一齐都好解决。

四、学习就像盖房子打地基灌浆子一样

六月十六号那天，《大连日报》不是用大铅字登出咱们市工会计划六七八这三个月干什么工作么？第一条就是学习大事，我就扯扯学习吧。

不提学习倒也罢了，提起学习来，我的意见可是不少，我这份意见可不定对不对，提出来大家参考参考，要是不对，可以批评，我就借光长些知识。

第一，咱们应该知道为什么学习。

比方说是中央公园有个大树，长的牢邦，咱们打算把它挪到鲁迅公园，大家一齐帮手，刨的刨，抬的抬，西里呼隆闹到鲁迅公园，可是住不上几天，刮起一阵大风，你看怎么？倒啦！

T同志，你说这是怎么回事？

咱们 它的时候，光知道刨，没留心根和须子，把根和须子刨断啦还

能长么?

无论干什么事情,得从根上下手。再比方像盖房子,总得先打地基。可是要不灌浆,还有大缝、小缝,风吹雨打,耗子一倒,他就会出窟窿,要是灌上浆子,泥灰沙石围成一个,结结实实,牢牢邦邦,你就是握起拳头打,也不能一打就一块泥,你要是拿大锤打,不等把你累死,轰的一声,蹦出一块石头,你的脑袋瓜子可就开瓢啦!

咱们要想改变这份糊涂脑筋,除了学习以外,再也买不出来第二份灵药。学习要从根上下手,(从根上下手是怎么个下法,我在下面讲。)就像挪动那个大树一样,要不从根下手好好的刨,就长不结实。来阵大风,就是不倒,也要动摇西晃,将来不能往高处发展,又像盖房子,不好好学习,要想多住几辈可就不行,有个地震,那就不保险啦!

那棵大树,又好比像咱们在旧社会里长大的人,挪它一挪,就是改变脑筋,怎么才能改呢?两字——学习。怎么样学习呢?你看看市工会那份计划,第一、第二、第三、第四……一条条,详详细细,下面咱们还要研究,咱们在一起头,要弄清楚,把旧脑筋挪成新脑筋,对自己,对社会,都有好处,从前咱们糊涂,连"五一"劳动这个节都不知道,统治阶级欺骗咱们,说是生辰八字不好,命穷,活该受罪,又是神又是鬼的,编啦一大套,从老辈就受欺骗,到了咱们这辈,也摸不清是怎么回事,所以咱们也上了不少的当,想起来真冤!没有钱呢,念不起书,像睁眼瞎子,斗大的字不识一箩筐,处处受人压迫,叫人轻视,禁不起挪动。现在在们大家翻身,老大爷、老大娘、大嫂、大姐、大哥、小老弟们都有资格学习啦。咱们要把大树从旧地方挪到新地方来,要从根上来挪,叫它长的牢牢邦邦,又像打地基灌浆子一样,过去学习过了,可是不够,还有大缝、小缝,再用点儿力气学他一阵,就像灌上浆子,又结实,又牢邦,千古不朽,你看这有多合老少!

五、检讨检讨过去怎么没学习好?

咱们还没下手从根上学习以前,检讨检讨过去学习的怎么样,你看是不是挺好的?

从一解放，就有那么一帮心灵的工友，人家眼光看的真远，一看，哈哈，新世界来到面前啦，再不学习，还待何时？从前不是不识字么？好，一天识它两个，有的识了五个，还有一天能识十个的。学了一二年就是一千多字了。又会开条，又会看报，拿起笔来，哗哗就是一个大篇，《大连日报》用各式各样整整齐齐的小铅字给登出来，你看这多光荣！

可是人不一样啊，有的人开窍开的就慢，脑筋老是慢五分钟，赶不上火车，火车开啦半天，他才喘喘呼呼跑到车站，一看火车开啦："呼，不要紧，等下趟车走。"这还是挺不错的。有那样的一看赶不上啦，搭拉着个头，骂起大街来：完啦完啦，这一辈子算拉倒啦，回家睡觉吧，这是能字加四点的货，不值得表扬！

人家好好在学习，自己在下面扯闲淡，打瞌睡，再不然就溜啦！人家现在识了好几百字，能写报稿，你看这多糟心，所以过去学习落后的人，今天应该检讨检讨自己是怎么回事，想想，厂子里成立这个学习，成立那个学习，又给买纸，又给买笔，老师有的是，成年到头的讲，嘴唇子都磨破啦，也不收点儿费用，在头你花多少钱也没有地场听这些真理呀，统治阶级也对你讲，他讲的是叫你当牛马，老老实实的，骑着你的领子拉屎撒尿，你也不许放声。今天咱们要学习改造不合理的世界，工农大家一齐翻身，再不下决心好好学习，实在也说不过去。

要是有骨头的好汉子，有志气的好儿女，打这应该把脚一踩，把牙一咬，下定决心，好好学习！

有那路个别点人说："学习也吃饭，不学习也吃饭！"现在看看这话说的对不对。人家学习的好，当上科长、当上厂长，现在民主政府，工人大老粗都自己管理工厂啦，咱一点儿也不愿意学习，吊儿浪当的，人家板着你身子翻过来，你偏要倒下去，不愿翻身做主人，请问老兄，你要不懂国家大事，不学习文化，不学技术，不能办事，能高么？这怨人家上级照顾的不周到，还是怨你自己没有出息？

要叫我说呀，咳，上级照顾你太周到啦，你自己照顾你自己就太不周到！

2946

六、要做主人咱们不能没有文化

有个别的工友说："工人，就是做工，谁要做工做的好，做的快，就行，有一手手艺就顶用，识不识字，没有什么关系。"

我请问你老兄，你识不识码子？码子不是字么？要是连个码子都不识，你干活的时候多别扭啊！

人家拿来张图，上面画的直线、曲线、缩尺、百分之几，要是不会一二码做五，逢二进一十，怎么进行这活？人家那个图后面写的明明白白，这场应该怎么样怎么样干，那场应该怎么样怎么样干，光说我干活干了过少多少年，有一口袋经验，可是图后面的说明米看不懂，不是也得干瞪眼么？

人家识字的工友，打开报纸一看——嘿！解放军有打胜仗啦！在什么地方打的，怎么开头打的，怎样打完的，多少敌人完蛋，得啦多少机关枪大炮，捉住多少反动派的旅长团长——什么工厂有了什么创造，发明，有些什么经验、教训，从今往后咱么应该怎样开展这份工作，一五一十，怎么来怎么去，看得明明白白，好像看碗凉水，一眼就看到了底。你要是一个大字不识，看了半天，癞蛤蟆跳进井里——不懂！你看这有什么劲。

你要识字，可以翻翻参考书，看看人家那里面是怎么样写的，又是办法、又是经验，要什么有什么，不单能多创造，多发明，技术也能多多的往上提，提起来还没有头，越提越高。书这种东西，不光是上学堂念书的人用，咱们在工厂干活，也得懂得。

过去咱们怎么捞不着学习呢？帝国主义、资本主义和那些法西斯主义的国家，就喜欢工人不识字，越彪越好，因为工人要都是半彪子，就知道像牛像马似的不吱声不吱气的干活，他们是怎么样欺骗咱们的，也不知道，这对他们好处可大啦！要不怎么日本鬼子那些王八蛋就教给咱们"阿里嘎到搞杂一马四！"可是就不教工人识字。国民党反动派统治的地方，谁听说他们会买纸买笔教给工人识字啦么？做梦也梦不着这种事情。凡是剥削工人的坏蛋杂种，他们决不喜欢工人识字，提高文化，如果大家伙有了知识，知道刮风下雨是怎么一份道理，他那个小庙还能灵么？

敌人压迫咱们工人，剥削咱们工人，他们最高兴的就是咱们没有知识，一个大字不识，叫咱们迷信，叫咱们上当，叫咱们成天到晚稀里糊涂，他们就容易随便欺骗咱们，把咱们当牛当马一样的使唤，他们在后面拿鞭子使劲的打。

所以说咱们工人，要想翻身当主人，要把工厂办得好好的，要想把活做的更好，做的更多更快，但有一把子力气实在不够——牛的力气倒大，就能耕地，马的力气也大，就能拉车，咱们要创造世界，要改变天下，要做主人，这个文化，你就非有不可。咱们要往远处看，咱们的前途是又远又大！

七、人要不识字，实在太别扭！

人生在世，要是不识个字，真是太别扭了！我在这场先讲个笑话给你听听。

在头有个不识字的人，过年的时候他就求人给他写了对子，人家问他：

"写什么地场的对子啊？"

他说："给屋里写一张，再给牲口圈写一张。"

人家又问："屋里写'抬头见喜'，牲口圈里写'厩马成群'你看吉利不吉利？"

他说："好，好，好，你就这么写吧！"

人家给他写好以后，他就拿回家里，因为他不识字，就把对子贴倒啦。他把"抬头见喜"贴在牲口圈里，把"厩马成群"贴在屋里。大年初一，本家本性的，街坊邻居给他去拜年，一看他贴的对子，人家都是怎么想？意见不少。

这是说不识字的别扭，虽然是个笑话，咱们也可以拿出来参考参考。再谈识字若只识上两三个字，再就不往里追求啦也是不行，我再给你讲个笑话。在头有个人识不两个字，再就不往里追求啦，把个"开市大吉，万事亨通"写成"闹市大吉，万事亨通"，亨，亨，亨，还有已巳己都是差不离的字，因为不进一步往里追求，还是马里马虎，用的时候，多啦不差，就差那么一画半画的，这就将不明白。所以识上三十二十个字以后，不能满足现状，还得多识。

光是过年贴对子贴差啦那倒没有什么了不得的，咱们在外面干事，要是不识个字，真是太不方便。比方说你要上关东贸易，因为不识字，走到门口，看看牌子也不认识，不知道是哪一家，推开门进去一问：

"掌柜的，关东贸易在哪里？"

人家说："就是这场。"你看，自己心里是不是挺难为情的？

头些日子我在报上看见（按为六月四日日本报第一版），"福庆鞋厂提高贸量"里面有一点谈到学习，说有个女工友，因为不识字，到西山区政府去办什么事，她跑到沙河口区政府，又跑到马兰屯，又到周水子，回来的时候顺着西山区政府大门口走也没看见，她跑了一天，跑的那两条腿还能不累么？鞋要是不结实，兴许把鞋跑掉啦底子，她这回算是尝出不识字这份苦处有多大啦！你们大家伙有工夫可以翻翻那天的报纸看看，我一点儿不说胡。

咱们再往小处谈吧，中苏电影院来了好片子，有中文说明，人家识字的，一看就知道，噢噢！他现在说的什么话，该笑的地方人家就笑，可是你不识字，干瞪眼不知道是怎么回事，你看，一样的花钱买票，你就没有人家得的好处大！

两口子不识字，或是有的男人识字，女的不识字，隔的远见不着面，写信得教别人给看，你看这该多么不方便！

当然啦，咱们学字，并不是专为两口子写信方便，我这比方比方也没有二五眼，反正是"不识字，或者没有意思！"。

要是不尝到不识字的痛苦，他不会说出这样的话。何况现在民主政府，咱大老粗当主人，不识个字还能办事？！

八、别看书本没长翅膀，什么地场都能飞去

船渠王智富提上一个建议就给工厂省下一百九十多万元，他们船渠有一条船上可不知要换什么锅炉门，船上那些有头有脑，干活有经验的人，

都说：

"不行啊！这些锅炉门呢都得换新的啦！要是不换新的，这个这个这就不好使唤……"

咱们王智富歪着脑袋一想，哎呀！都换新的，这得多少钱，可是"不调查，不研究。没有发言权"，王智富先到船上调查一遍，上上下下，四面八方，里里外外，拿眼睛这么一打量，心里有了主意，他说：

"不用换，不用换，新的赶不上旧的质量好。"

他再三再四去建这份议，他又告诉那些肚子里有一套能耐的技师去验，他们也说："言之有理！言之有理！"厂方到底把他这份建议两只手接受过去啦。后来又要换什么要紧的管子，王智富又上一道建议，也可利用旧的，一下又省十来万元，你看这是不是一份本事？

为了这件事情，《大连日报》给登在报上，把"王智富建议省下一百九十万"四面还用框镶起来，表示重要。（按为六月十四日本报一版所载："船渠锅炉修船两场，提前完成五月任务。"）

假设不是工人大老粗们有这份本事，关东能建设起来么？可是单有这份本事够不够呢？

咱们工人阶级，不会客气，有什么讲什么，这些本事，大是真大，可是要担负起建设新中国的任务，咱们的本事还不算够。怎么说呢？

王智富，要能把这些本事，写出一本书来，那么谁要想学这个技术，打开他作的书一研究，咦！这么样，这么样，得，得……可是王智富他不能说是经验够啦，用不着学啦，他还一个劲往里追求，学政治、学文化，另外像徐积宽、袁明朝、彭永花这帮模范，都是不住的往上提自己的文化。因为他们说现在经验还不够，文化也不高，还不能把自己的经验写成一本书，同时他们现在即使能写出一本书来，咱们大家伙要想研究，能不能研究进去呢？我看，我们研究不进去，因为咱们的文化提的还不够高，应该提高两丈，咱们现在平均的讲，不过提到三寸五寸的地方，有些工友还没有动手提笔呢！

和王智富、徐积宽、袁明朝、彭永花他们在一块儿干活，要跟他们学，还不算难，咱们要是在别地场干活，也想学他们的经验，这就不方便喽，要是他们能写出一本书来，咱们的文化也都提的不大离啦，也能看的透澈，那么不在大连，也不要紧，别看书没长着翅膀，它能往各地场飞，多少千里，多少万里，都能飞出去，你看列宁的著作、斯大林的文章、飞啦多远！全世界，无论什么地方，只要有人就有，毛泽东的作品也是这样，什么地场都能飞去，那一国的人民都能欢迎着，都在吸收他们的经验。

咱们工人大老粗也要朝着这个方向去发展，咱们提倡学习，好好学文化，把咱的手艺、经验、发明和创造，咱凡是能做的能说的，就能把它写下来，咱的本领不就更大更有用了吗？

（《大连日报》1948 年 5 月 13 日、15 日，6 月 3 日、5 日、10 日、15 日、24 日，7 月 1 日、4 日、8 日，署名：夏园记录）

一个苏联老大娘

我的朋友老陈，住在南沙河口公安分局后身第二条胡同里。他住的是一座不大的楼房，灰色的瓦盖，红色的砖墙，配着浅浅的窗框，好像画一样美丽。在这楼房的后院，也是一座大的楼房，颜色全是土黄的，只有挂着白花的窗帘才把这座土里土气的楼房显得活泼一些，那里住的是一家苏联人，我一来找我的朋友老陈就想：他住的房子没有老陈的房子阔气。

这两座楼房里的人们是走一道街门的，独身的老陈除了早出晚归之外，不大使用这个街门，来找老陈叫门的时候，十回总有九回是一个苏联老太太出来开门。她的身体是胖胖的，个子不算太高，圆脸，金黄色的头发很厚，下巴是尖的，一双蔚蓝的和蔼亲切聪明勇敢的眼睛，使人看了就感觉出一种温暖和有生气，当她出来开门的第一次，我很吃惊，以为走错了门，她微笑的望着我，向上指指老陈的楼窗，问道："找陈先生的？"

我更吓了一跳，她的中国话怎会说得这样好呢？

我的朋友老陈很快的就把她的历史简单的介绍给我了。

她是前年秋天才从莫斯科来的，她从年轻的时候起就学中国文和法文，特别是中国文学的最好，因为她的父亲是个学者，对中国文很有研究，她受了父亲的影响也学会了不少中国的语言。

以后我找老陈，她出来开门的时候，我就欢喜的问她："老陈在家么？"

"在吧。"

要是不在，她并不马上关门大吉，总是沉思默想半天，很想推测出来老陈的去处和归来的时间。有一回她对我说："我想，老先生快回来的，请你坐在我们房里等一等怎么样？"

除了在电影里、小说里看过以外，我有生以来从未到过苏联人家串门，好奇心驱使着我，决心进去参观一番。于是我就爽快的帮她关上街门，随她进了楼下一间收拾得干净别致的外屋，好像客厅似的，一张圆桌，几把椅子，墙上挂着镜框镶着的斯大林的相片，她请我随便坐下，我留心一看，一听，这家里只有她一个人在。

"你家里，没有别的人么？"我情不自禁的问了。

"是的。"

"没有儿女？"

"儿子两个。"她伸出两个指头，马上放下："大的现在莫斯科，教书的，二的，在此地，他是军人。你明白么？我说中国话口音不好。"

"好得很，完全明白。"

"我的第二个儿子，他有太太，现在也有工作，晚上她回来的；我呢，在家里，不做什么工作。"

她高兴的笑了起来，我觉着她的貌相好像很熟，我就想起，高尔基的外祖母以及他的小说《母亲》那样的人物，仿佛就在这个老太太身上复活了一样。我还想问问她从前的生活，特别是希特勒强盗疯狂侵入苏联境内的时候她是怎样的生活过来的。还没有想起从什么地方问起，外面响起了敲门的声音，老太太说："一定是陈先生回来。"

我急忙跑出去开门一看，果然是他。

老陈推开了房门以后，欢欢喜喜的告诉我说："有那个苏联老太太，我连门都不用锁。"

他又对我详细的讲："那个老太太，我和她商量好几次换房子，她无论怎样也不答应。我说我这楼房比你们的干净，比你们的大一些，你们人口多，搬过来最好。我是个光棍子，什么房子都能将就。可是你猜她怎么说？她说：'陈先生，你的计划，不是长期的，你要好好考虑：你以后结婚，生了小孩子，人口不就增加了么，你应该考虑到这些问题呀！'我说：我在最近三年五年不想结婚。因为我们中国革命还没成功，我既是中国人，就不能不关心革命，不能不把个人的事放在次要地位。她十分赞成我的意见，但是她说：'中国革命胜利，不是太久远的事，革命胜利，你要结婚的，你的岁数也是岁数了！'"你看这个老太太想的多么周到圆满。后来我要和他的儿子和儿媳商量，她老人家说："请你不要费心，我已经将你的意见对他们说过，他们都不赞成。"

老陈很兴奋的讲到这里才想起摘掉头上的八角帽，继着又说："这个老大娘可不简单，苏德战争的时候，她劝她的大儿子放下书本跑到前线打德国强盗，在那些困难的年月里，她不管自己年纪大了，参加后方工厂辛辛苦苦的做工，德国飞机的炸弹正好落在她们工厂里边，有好多的人伤了、死了，她并没有怎样害怕，还是不离工厂。据我主观的想，她这样热爱苏维埃共和国是有原因的：她虽然出身在比较富裕的家庭里，受过很好的教育，可是她的父亲因为接受了真理，参加革命，叫沙皇宪兵逮去永远没有音讯，她在青年时代亲身尝到了沙皇的压迫，后来受了革命的洗礼，彻头彻尾献身革命工作，长年的在苏联共产党的领导教育之下，对于希特勒德国强盗是仇恨到了绝顶的，所以不管环境多么困难，她始终站稳了脚跟，一直坚持工作，到最后消灭了德寇和日本军阀为止。她现在是她儿子和儿媳妇的中国语的教师，又是我的俄文先生。"

老陈很得意的坐下，指着窗外："如果你能常来和她谈话，那么你一定能够特别的爱她，她喜欢文学，不但近代文学著作她读的很多，俄国和法国古典的作品她也读了不少，她说着鲁迅先生的伟大著作在反动派们看来是很惊骇的，然而一切进步的人却都十分欢迎。"

从这以后，我再去找老陈，当那位苏联老大娘出来开门，看见了我快活的微笑着的时候，我就肃然起敬，并且认为认识了这样一个苏联老大娘乃是我一生中一件非常光荣的事情，想起她来，我前进的勇气就更加提高，决心好好的干，不能像寄生虫似的白活一世。

同时我更羡慕我的朋友老陈能找到这样的好邻居，我要不是因为工作的地方不能离开，我一定搬到老陈的房里住，天天和那位苏联老大娘见面，向她学习俄文，同时我又幻想着：从她身上一定可以找到一篇生动的小说题材。

一个星期以前，我又去找老陈，又是这位老大娘出来开门，我很快的握着她的手，她笑着说："陈先生出去买菜去了！你在我们家里等一会儿吧！"

于是我又坐在这间干净的外屋，她打开抽屉，拿出眼镜戴好，问我："听说你做文艺工作，我很欢迎你来！"

"瞧，什么文艺工作，不过打打零杂……"我自己觉着是害羞，好像"有罪不敢抬头"。

她想了一想，严肃的说："像你是自己学习过来的，不容易……"

又问："你当然最喜欢高尔基啦！"

"我学习的很差……"

她指着窗外一棵槐树底下，笑着说："昨天晚上，我和陈先生坐在树底下谈话，他说，工作太忙，想读一些文学的书，可惜没有工夫。你的意见怎样？"

我想了一想，觉着老陈说的不对："未必忙得连一点儿读书的时间都没有吧！"

"不是这个意思。"她摇一摇手："我说，把文学著作，看作是不重要的，你的意见怎样？"

"不大对吧！"

"不能这么样想，要是把文学当作玩的东西，那就进步的慢，根本不对。要说忙呢，你看苏联在与希特勒德国打仗的时候，游击队员在森林里读书，他们的工作实在忙啊！关东青年，也是很忙的，可是比一比那时候的游击队员，就不算太忙了！"

她讲了两个游击队员打完了仗以后，在等着烧好饭以前的一些时间，烤着柴火读书的具体情况，又嘱咐我："做好工作的人，都会使用时间，不好好读书，将来是要后悔的！"

老陈回来以后，我就把苏联老大娘的话全盘对他讲过。他很害羞的说："我说忙，——是借口，其实是懒散。"

我回来坐在电车上，还是不断的回味着苏联大娘的话，我好久就想把这个老大娘给我的印象写出来，总因"忙"字挡住去路，基本没有写出来。

想起那个苏联老大娘嘱咐的话，心里就不舒服。

（《友谊》1948年5期，署名：赤灯）

学习初步反省

我最初以为"目前形势和我们的任务"这样的文件写的是那么明了，通俗，只要从头到尾读上一遍也就懂得了，用不着翻来翻去的研究讨论。

但是后来听到别人说，这个文件涉及的问题真是广大，复杂，我觉得很是奇怪，一出只有八段，有什么复杂可言？

不错，有些历史事件，我说不清楚，国际形势，也有一些模糊，但是这些问题，只要经常看报，自会触类旁通：至于土地问题，整顿组织，我找参考听听别人谈话，自然也会晓得，战略原则，咱是军事外行，研不研究都行；经济政策，在新民主主义论，论联合政府里早已提过，我已明白，何必费时间——说实在话，我最初对于这个文件，至多不过当作比起社论的确重要一些而已。过了一些日子，听说这人文件不仅是在中国，就在东方各国，在欧洲以及全世界都认为是个极端重要的文件，不仅是个中国革命问题，也是东方十万万以上人口现在和将来死活的重大问题：这样才在我思想里好像用革犁耕了一下，唉呀，这个文件，原来是这么重要啊！我真正像模像样的学习这文件还是最近才开始的，我细心精读一通，这才发现其中有很多问题在我都极新鲜的。比如开头说的"中国人民的革命战争……"这第一句话，在我起初好像完全懂得，其实乃是完全不大懂得的。

仔细一想，中国到底是怎样一个国呢？中国人民为什么要革命呢？要战争呢？为什么一直不断的闹了一百来年，到今天，这才叫作了一个转折点呢？

唐宋元明清的历史我都学过，只有人民革命的历史我还是从解放以后才有机会学习，其实所谓学习也不过是翻翻书本，走马观花的看上一看，并没有在我心里唤起深刻的感想，原因好像是它与我之间有些距离，我可不承认我是站在中国人民之外，我只是觉得我还没有真正站在中国百分之九十以上的人民大众的队伍里面，而是站在中国人民的队伍的后头，最初我就没有跟着他们一道勇敢的前进，现在我依然还是立在高坡上袖手观望，这大概就是所谓阶级立场模糊，简直就是立在不愿革命那一方面。似乎觉得革不革命都是不大要紧的。

意识到了这个文件的重要，开始初读，精读，又初步联系到了自己的思想，明白中国人民的革命战争如果不能最后的在全国胜利，那么我这个中等的小资产阶级也是没有出路的以后，我才又进一步在朋友帮助之下，把过去的各种思想和这个文件对比起来稍一检查，说句天地良心话，不要说从一九四六年七月到一九四七年六月战争的第一个年间我不关心这个战争，就是到了战争的第二年人民解放军已经入了全国规模的进攻，我还不相信人民解放军真能把进占各解放区的国民党军队打退，这不仅是因为我把反动派的力量估计过高同时就把人民的力量估计过低，同时又有敌寇二十余年来的毒化宣传在我思想当中起的作用是烈相当猛的。阶级立场乃是主要的一个，正统观念也是占着统御的一部分，唯武器论的因素也不是小事，看了"从反动派发动反革命战争的第一天起，我们就说，我们不但必须打败他，而且能够打败他"。的至理名言，还没有把我的病根驱除，从多学反攻人民解放军在各战场上取得了一连串的胜利，——特别是鞍山，营口，吉林，四平街，洛阳的解放号声才把我完全叫醒。

第一阶段的学习已经过去，我联系到了自己的思想，今天倘若总结起来我的学习缺点还是很多的。我准备从第二阶段的学习开始，拿出鲁迅先生早有抗日初期就说过"我曾成民族统一战线，因为我是一个中国人的缘故……"（大意）这样的话当作一面照妖镜时时刻刻照照自己，我相信只要不忘记自己也是一个中国人，而且是一个良心未死的热血方刚的中国青年，那么我在不久以后一定能够学习得好这个伟大的文件，使自己的思想随着人民世纪的潮流一道前进，决不做一个落后的可怜虫。

（《学习生活》1948 年 6 月第 3 期，署名：夏园）

学习反省的第二步

"从打反动派和共产党进行革命战争的第二天起，我们就说我们必须打败反动派，而且能够打败他。"这话在我今天说来，是没有问题了，可是从人民解放军撤出四平，不久又撤出长春那时候，我就寻思着问战争的胜利到底属于谁是没有一定的了。解放军便是反攻的话，也得三年五年以后，而且长春撤出，我想相距不远的哈尔滨也不保险了，如果哈尔滨再一撤出，东北的解放军还有什么地方可去呢？是不是又像日寇侵略东北的时候，只好把吉林东部山林地带作为长期抗战的根据地呢？特别是在承德撤出，张家口撤出，最重要的是延安撤出以后，我受的震动更大，我想共产党的老根都叫人家给撤出去啦，还有什么希望呢？那时候看报纸，新华社说胡宗南侵入延安，乃是他死亡的开始，这话我一起头一点儿不信，从那时候起，不仅国内军事形势使我有些失望，在国际方面，我也觉得乱七八糟：苏联说了一套，英美又说了一套，各人干各人的，特别是美国帝国主义的扩张政策，我以为是很了不起的，他们任所欲为，苏联不敢把他如何。特别是法国共产党"下台"给我的震动很大，我自己把国际国内形势综合一下一想，世界各国人民的力量，正在往上发展倒不是错，可是比起帝国主义来说就差的远了——美国工人，还分两帮，德国四分五裂，意大利好几个党政只能演讲，没有兵权，日本军阀财阀没有死尽，渐有抬头之势，世界三次大战一触即发！

那时有些问题我还没有弄清楚，就像经济危机这个问题，我想也想不明白，美国既有那么多的东西往海里扔，还有什么危机可说呢？此外南北朝鲜问题，东欧有的民主国家不知怎么又出了叛国奸细……简直把我弄得稀里糊涂，这个时间，我成天的想，"天下本无事，杞人自忧之。"人类从有史以来就是这么样你争我夺，乱杀滥砍，我们中国，更是一个乱打乱闯的典型之国，从我记得的那一天起就打，一直打到今天，越打越残酷无情；同时我就幻想，不论共产党也好，国民党反动派也好，只要不打仗，谁掌政权都行，反正全是中国人，打来打去还不是老百姓受罪？

因为我的幻想不能实现，更加悲观失望起来，成天只看古典文著作，时事一概不问。

但是这样脱离实际的错误学习没有延长多久，解放军在山东的辉煌战果等于当头给我一棒，我就奇怪：武器不行也能打这么大的胜仗啊！以后解放军的胜利消息有如雪片一般传来，同时人民也不屈不挠的展开英勇的斗争了，把那些反动家伙弄的头迷眼花，马歇尔计划也不灵了，于是我又集中精神看报，觉着很有味道。总而言之，我今天所以能够对于国际国内的形势有了比较清楚的认识，完全都是报纸所赐。同时我又读了几本谈政治的书，知道中国人不一样，共产党代表百分之九十的人民大众，国民党反动派所代表的只有四大家族，此外他们是一无所有，如果把政权交给他们，不要说百分之九十的人民没有出路，穷人的我不是就无出路了么？只有共产党领导人民得到胜利，救国的愿望才能实现；否则我多少年来"科学救国"、"工业救国"、"文学救国"等等好梦只有归于幻灭而已。去年秋天以前，我有了美国经济危机的常识，认识到帝国主义及其正在各国的幽魂的外强中干和纸老虎的本质，读了刘伯承将军的纵读战局，"不在一城池的得失，而在有生力量的生长……"读了历次的新华社论，这样才使我的认识进了一步，知道国民党反动派虽有美国武器，解放军可不是好打的。至于解放军一定能够打败国民党军，那时我还没有这样足够的认识。

我的想法逐渐转变，又以为当时的力量相仿，谁也不见得能在三年两年以内把谁打倒，不过解放军深得民心，能够最后打败国民党军，可是这要十年八年以后才可以成功。当时我又把主战的两方面的缺点对比了一下……

（1）解放区的地方还小，不过全国领土的三分之一，物力较差。（2）解放区的人民不是完全团结的，还被斗争的地主、富农生民主政府的气。（3）解放区交通不方便，没有火车运送物资，全靠人力畜力运送，要是干倒三年五年的，弄得人困马乏简直没有办法。（4）黄河问题，在解放区是个困难。

而在国民党方面的缺点则是：（1）国统区的地方虽大，可是地多荒焦，不能出产，正国为大，也不好治。（2）国统区的人民更不团结，不要说穷人不拥护反动派，有钱的人也不完全拥护，特别是知识分子，早已厌倦，极愿改革政治。（3）军队一面抓一面跑，美国武器多被解放军夺去，无官不赏，怎样办也不成。（4）民变越来越大，没有办法解决。

到了去年冬天，我又进一步的认识到了解放区并不像我主观想的那么一套：（1）解放区虽然只有三分之一，可是实行了土地改革，人民的生产情绪都高，自供自足，不用外援。（2）解放区的人民，百分之九十以上是团结的，那百分之七八以下的地主、富农生活上得到照顾以后，就不以人民大众为敌了，只有极少的汉奸、恶霸、顽固分子才向国统区那边"跑去"。（3）由于这二年来，解放军不断的打胜仗，听说汽车得的很多，人力也组织的好，所以运输起东西来极快，毫无困难。（4）黄河由于民主政府大力修建，大体也不成什么问题了。此外解放区一天比一天壮大，有利条件越来越多。

别看这些问题不大，正是因为这些问题的认识从错误到比较正确，才使我在估计形势上也起了很大的变化。最初只从理论方面寻找根据，虽然也解决了一些问题，可是常识缺乏却是阻止我进步的因素之一。后来，在国际方面，我认清了民主力量之大，在国内方面，则认识到两个大党，一个欣欣向荣，一个渐渐衰落的根源。这样，我又学习《目前形势和我们的任务》才算给我对时局的认识打下了根基，不然，我恐怕还是会像去年一样大摇其头呢！

（《学习生活》1948 年 6 月第 3 期，署名：夏园）

带徒弟

一

王世贵很习惯的把手掌卷成圆筒，往里面狠狠的吐口唾沫，又把两只手掌对起来搓了几下以后，这才抓起刚刚磨快的斧头，他也不上下前后打量打量那块带有毛边的木料，应该从什么地方下手合适，眼珠子一瞪，照准木头边用"黑斗子"打的黑线就砍。

他砍了几下，忽然像是想起了什么要紧的事情，翻开稍稍显出红肿的眼边，厌恨的瞪了小陈一眼，好像要打架似的，没有好气的，用着大声唠叨：

"化胶还用搁那么多刨花？脚底下堆着一大堆刨花多挡害呀！不好架几块碎木头让它慢慢着啊？妈啦个 × 的！真是笨蠢！像你这样的洋灰脑袋还想学什么手艺？"

他往下怨恨的吐了一口，举起斧头，一下一下用力的砍去；崩碎的木片裂开无数的口子，有的发弯，有的卷成圆圈，碎裂的木片就像盛开的鸡冠花，当斧头重重的一下猛砍，长短不齐的木片便都四分五裂，沉重的落在刨花和锯末的堆里，发出闷闷的响声，有些木片蹦到很远的墙上。

老王肚子里的气胀得凸凸的。他这些气都是工会张主任给他装进去的。张主任先头进来对他讲的话倒是不多，简单几句，可是在老王听来，就像有针似的一根一根刺进他的脑髓，时间一分一分的过去，针是一寸一寸的往他心里乱钻。两条粗黑的眼眉紧紧的往一块靠拢起来，他这时的心里，真像大洋中波涛汹涌，翻翻腾腾，越闹越凶，他总是这么寻思：这些该死的活，还不够我干的么？成天到晚，累个屁朝上，还叫我带什么徒弟？再说小陈这个笨蠢，他一来不是给我磕头认师傅的，二来又不是我找来的人，我凭什么教他手艺？呸！我有那个闲工夫干点儿什么不好！

老王说也奇怪，小陈和他无冤无仇，他就是看着小陈不顺眼，要说小陈的脑袋瓜子长得像个裹粽子形，后脑海像用菜刀削了一下似的太扁？那么他自己的头额形状也不高明，也是从小仰着颌睡觉扁扁哈哈的，也许因为小陈的眼睛倒是太小，唯独干起活来，顾东顾不了西，叫他打下手破破二寸的板子，他眼巴巴的瞅着叫锯跑了线，跑了二分多长他才哽哽咽咽的说：

"唉，唉，……怎的，跑线啦！"

当时老王的怒火马上就像倒上一桶煤油，爆发起来，他把锯从上到下用力的一插到底，弯腰屈背的眯缝着眼睛一瞥，张开大嘴就骂：

"妈啦个×的！跑啦线怎么不早放声？快把锯拿下来！把板子翻过来！笨蠢！"

小陈的年纪小，不懂人情世故，鞋破了跟不上脚，破长的袖头垂到手背上也不挽起来，不会磨"推棚"刀子，天天学习化胶，也化不到好处……这些也是他看不上眼的原因，此外再也没有别的说道了。

二

小陈和他在这一个宽敞的房里干活，过了五月节，就是半年了，老王动不动就发脾气、骂不绝声，差不离哪一天都要耍把几回。老王这个人的脾气也真是绝，从来没有看见他露过笑面，老像谁欠着他几千吊没还似的，他那张皱纹很深的脸皮就像木头刻的一样，又板又硬，很难打一道弯。刘师傅在跟前的时候他还比较温和一些，刘师傅一到仓库那面去干活，他就暴躁起来，恨不能一声臭骂就把人骂成半死，再也反省不过来。小陈早就听说民主这个名词，他想对他提些意见，请他收起这样压迫人的旧习惯，总因盲目服从，害怕打碎饭碗，又怕挨揍，或者得罪了他，记住了仇，那么以后不要说学手艺，在一块儿干活儿也不顺心了，所以他老提不起向他提意见的勇气来，于是小陈就"安分守己"一步两个脚窝，处处加上小心，"逆来顺受"，就像被踢的皮球，这面踢来，那面踢去，有气吞进肚子，实在气急了就在背地骂几句。有时忍耐不住，表示不满意了，他又十分悔恨，赶紧收起愤怒的嘴脸，该做什么就去做什么，他从来没有忘记到厂子来的时候父亲嘱咐他的那套老道理：

"孩子，你记住啊！恼在心里，笑在面上，多少年的媳妇熬上婆，要听说听道的……"

小陈虽然感觉到了这种话不大合乎现在这个世道，听着也不大入耳，可是他又不知道怎样才是正理。别场的工友，人家都时常开会，兴提意见，他这场只有三个人，管多会儿也不开个会，也不讲究学习。成天到晚，小陈就在老王的威风底下悄悄的劳动着，他盼望老王能像别场的老师对待徒弟和和气气，不用说把着手教，只要在必要的时候指指点点，少发脾气就行。他有时又把一切的希望寄托在刘师傅的身上，可是刘师傅到别场干活的时候多，修理修理这场，收拾收拾那场，采办材料，领东西，办个什么事，全是他去，有时三两天不朝个面，指他帮助也很困难。于是"凭天由命"的思想又把他征服了，当王师傅因为一点小小不点的事情大发脾气的时候，他就想像老王这样的坏性子是天生的，没有法改的，给他提意见也是白搭。

他也看准了老王的脾气，如果活计不顺手，他的三角眼就向上吊起来，比方碰见一块横丝竖丝没有一定的板子，用刨子推了半天也推不光滑，或者是遇见一块大结太多的硬木，看了好久也砍不断它，倘若崩掉了他斧头一个大牙，他的脾气就要发作，好像手里的木头就是他的仇敌，他就龇牙裂嘴的和木头拼命的斗争，要在这种时候，小陈偏偏出了岔子，那就大倒其霉了。

但是老王有时候——这是极少极少的时候——不知从哪起来一阵西北风把他飚高了兴，他对待木头材料便是温柔百倍，好像慈母对待她的婴儿，细心的端详着那木头的毛楂、纹路、厚薄、长短，甚至看着木板边上带着的干枯的树皮都是宝贝，他肯轻轻的摸着、闻着。小陈又知道他和顺丝干而又净的松木交情极深，和"刺鬼"的感情最坏，甚至见面就恨、就骂。

现在的小陈已经抱定这样的主意：好歹胡弄，对付着干，天长日久，慢慢摸索，只要把手艺学在身上，自己能够独立干活，那么一时一刻也不等，夹起小行李卷就走，到别处另找饭门。

三

这时小陈一看老王这个家伙又上来脾气，他就知道这不是因为化胶的柴火摆的不如他意，完全是张主任吩咐他好好教手艺惹起的火。

小陈谨慎的把烟熏火燎弄得漆黑的化胶盒子的弯把小心的握着，举得不高不低，挨近刨花和碎小的木块燃气的火苗上，火柴的浓烟往他脸上刮去的时候，他就歪着脑袋躲避一下，但是眼睛不能久闭，化胶盒里的水已经吱吱发响，一不注意，他就蹿了上来，胶水洒在火上，一定轰的一声发出大响，烟雾腾了满屋，那么一来，又要挨斥。他聚精会神的眯缝着两眼望着盒里，胶水向上升腾，他就把盒举高，胶水沉落，他也随着低下那盒，挑开集中的刨花，把火力减轻。

他从烟雾之间偷着一看老王的脸色，冷冰冰的，好像一块生铁。他寻思着：张主任，提供人大家伙办事，辛辛苦苦的，真不容易，现在又替学徒的打算，想的多么周到，可是这个老王，太不耐心，他绝不能因为张主任嘱咐几句就改变心思，好好教起手艺来，哪有那份子理。

老王的大嘴巴子嘟唸一套就紧闭不动了，好像用线把他的嘴唇子缝结实了一样。因为他又想起张主任对他讲的咱们工人要想好起来非抱住团体不可，不管年纪大的、年纪小的、男的、女的，就像一家人一样。现在当老师的，教的徒弟越多，功劳越大——我在头学徒的时候，遭的罪三天三宿也讲不完，为什么我现在又给小陈受气呢？于是他狠狠的咽下一口唾沫，很难受似的瞅了小陈一眼。

他把木头的上半截草草了了砍完，接着就像快刀斩乱麻似的砍着下半截，斧头渴塔一扔，就把木头撂倒按排在长凳子上，顺手从楄板上拿起长刨子，低着头，弓着腰，好像要往水里钻猛子似的，一下一下推着，推得满脸涨红，青筋一根一根露得十分显明，鼻尖冒出热汗。他把灰黑色的短褂脱下，光着筋肉饱满，铜皮铁骨一样的膀子猛干。

小陈化好胶就往木架的眼里钉着木塞，这个活从来没有谁教过他，他是看会的。先在木眼的缝里轻轻钉住，如果不够，就用斧头在中间砍上一两道口，然后再把木塞往里狠敲，实在敲不动了，他就停手，换一个眼再钉。

有时他把木塞钉劈，也钉不进去，怎样的想，也不知是什么原因，又不敢问，只好稀里糊涂摸索着干。

铁尺的使法他是一点儿也不懂的，木架钉好，无法试验偏正，只好放在宽宽的板上用手按按，看看哪一头高，哪一头低，他很羡慕老王只消拿着铁尺随便一卡，就能测出水平的技术。又快、又准、又不累人。老王不在的时候，他拿起铁尺比量多次，结果莫名其妙，心里实在闷的慌。

肥面大耳的刘师傅扛着几块材料往门外一扔，抢起被大风刮走的八角帽，眯着小眼睛喊道：

"老王！这几块材料合不合适？"

老王光着膀子一进门槛，就被凉风吹得直打战战，他的脑袋一摇，愁眉苦脸的打个喷嚏，抱着两肩，用脚踢踢材料：

"行倒是行，能够么？"

又来一阵大风，把他吹得哆哆嗦嗦。刘师傅端详他一下，认真的提醒他：

"哎哟伙计，快穿上衣服吧，小心凉着！"

老王回屋以后，干了不大回儿工夫的活，就觉得鼻子不大通气，越来越觉着厉害，头还有点沉重，可是他不在乎，该怎么样的干，还是怎么样的干。

刘师傅看看小陈乌黑的小脸：

"张主任告诉，叫你快点儿学手艺啦！"

"学个屁蛋！"

四

老王得了重重的感冒在家里躺了两天还没有好，刘师傅晚上下班给他带来两包发汗药片，吃了出了一点儿汗也不见强，他的老婆关门的声音大了他也大不痛快：

"他妈的，你不能小点儿声？"

工会张主任在这天傍晚，特意跑了很远的道来看他，进门就问：

"老王，你怎么样啦？"

老王心里真不痛快，他想工会主任准是特意来调查他是真有病，还是假装疯魔，幸亏他是躺在床上，要是在院子里溜达，张主任就会不信他有病！他仔细看看张主任总像用多疑的眼光在他的脸上画着问号，他越想越对，一定怀疑他是躲避最忙的这几天，他在头几天曾经当着张主任的面说：月月赚的总是没有剩头，那么张主任就会猜摸他是打算"跳槽"，他真后悔为什么在张主任跟前讲出那样的傻话，没有几天，偏偏又要闹病，这不越使张主任怀疑他是逐步准备不干再到别处寻找多赚的地场么？

他心里真像压上一块重重的石头，沉闷得很。同时又很生气，一来是气张主任的"虚情假意"，一面又气自己干活连点儿"手腕儿"都不会使，他想坐起来好好喘一喘气，可是刚一欠身，张主任赶紧按倒了他：

"别，别，别起来，好好歇息！"

"哎哟，不要紧啦……"

张主任从装着账本的布口袋掏出足有一斤的酸梅，一个凸饱饱的信封，往他枕头旁边一放：

"这是四千块钱，小意思，你留着用吧！"

老王的眼皮好像突然的上了火样，硬的厉害，他使劲的挤了一挤，嗓子眼里，好像也不合适了，他还有点不大相信自己的耳朵，工会主任，这是何苦来的，为了一个"臭手艺的"得了一场大病，还拿着东西拿着钱多远下的，跑来看，这是为的什么呢？他想推辞，说句客气话，总觉着嗓子眼发紧，好像有口硬痰正正当当堵在喉咙当央，说不出是苦，是甜，是悲，是乐，一阵欢喜，一阵懊悔，种种样样的感情把他包围，他又看看张主任吹风日晒的粗糙的脸皮，和饱经忧患的诚恳的眼光，那有什么"虚情假意"？人家凭着这份东西，这些钱，拿回家去给自己老婆孩儿吃吃用用不好吗？我有什么地方值得人家这么样器重呢？

他又不由得想起大前年夏天拉肚子快要拉断气的时候，和他是一个爹妈所生，分家已经好几年的大哥，听说了也没有来看他一眼，还是好歹治好以后，在十字路口碰上了才落落寞寞问他一句："肚子好啦？"这就完事。把张主任和他的"亲手足"一比，差的多远啊！

2966

他想到这里真过意不下去了，怀疑，猜忌，愤怒，一切非非之想，都像锯末迎着大风，刮得东零西散。

他又非常悔恨，过去对的张主任，总是带答不理的，他觉着当个主任，办起事来，和大家伙这么商量，那么商量，不能"七次卡叉"，讲到是挺能讲一套的，可是他说讲的，总是"两面理"，论其手艺他是什么也不会，穿戴也不讲究，一双皮鞋，成年百辈子不打点油，简直就不带架，再说他也没有一把子力气，看哪样，挑不动一挑水，打起了架来，绝不是个头……因这些"缺点"他就瞧不起他。

然而现在坐在床边，亲切的看着她的张主任，在他眼里，完全是另一个人的，人家办事讲究民主，肚子里有学问，能领导工人弟兄们，往有出息的宽道上走，简朴，和气，办事，认真负责任，写的小字又快又好……这些特长，老王真是望尘莫及啊！

老王的脾气暴躁，可是直率大胆，向来都是有话就说，有屁就放，绝不扭扭捏捏，然而在这时候，他却说不出话来了，脑袋瓜子在枕头上，挪来挪去，总觉得不大合适，褥子上好像有针，刺的他浑身上下，都不舒服，他的老婆，平常本是精明强干，过日子的好手，电业局来收电费？邻邻居居来家串门，不论谁来，说的出，道的出的，绝不羞口，可是这时，傻呆呆地把肩膀倚在门框上，像个蜡台，动也不动。

还是老王在外面跑腿子的年头多，熟悉"人情世故"，"灵感"一动，想起话来：

"哎，你给张主任倒杯水喝呀！"

张主任笑了一笑：

"大嫂，你好好帮助张大哥，叫他别着急。"

大嫂挺害羞似的把下巴往回收了一收，走去倒水，张主任又说：

"人家别的场子都兴起老师带徒弟，有一大些老师，因为带徒弟带得好，都立啦功，你病好以后，先把小陈好好带起来，以后我想再拨两个徒弟给你。咱们工人弟兄可得好好抱住团体，你什么地场都好，就是这份脾气上来够呛，以后要是改改脾气，那就行了！"

张大嫂心里一着急，把水倒满了，又舍不得往地下倒出一些，小心的，端着茶杯放在桌角，结果还是洒出一些，他结结巴巴地说：

"张主任，你喝水吧！"

五

老王的病轻快多了，他在张主任走后，吃了两大碗粳米稀饭，夜里躺着睡不着觉，不断的想着张主任的话：

"你等病好了，零活多叫刘师傅做点，你就好好带带小陈……"

小陈的四方形的脑瓜和那副又黄又黑的嘴脸，在他脑里，清清楚楚的浮现出来，他想起一向给小陈的气受，又想起自己从小学徒受的那些冤气——他有个师兄，马脸，大嘴，公鸭嗓子，因为对缝叫他把着板子，他胳膊不够长，没有把住，麻子用刨子前尖往他嘴上一撞，把他的门牙撞掉了一个，差点痛死——他初来工厂的时候，活正稀少，张主任听说他的手一麻溜，便收下了他，怕他家里困难，当时就问，缺不缺吃，缺烧，现给他借了一小车煤，叫小陈帮着推到家里。气候正冷，小陈冻得终于嘴巴子都发青了，用两只手捧着碎煤，一箕一箕从街上给他扎到屋里——他老婆有病的时候，张主任又借给他粮，要给他钱。他的小姨子要上做鞋工厂，张主任写信，往里介绍——

他思前想后，越想自己越不对劲，心里，好像有把剪子乱搅的一样，她在黑暗里，不住地摇头，觉着被窝里太热，把胳膊全掏了出来。

他又想起过去对待自己的，团体公会认识的太不够了，他觉着，耍手艺的，凭这两只手赚钱吃饭，组织这个，组织那个，有什么用？现在他才深深的尝到了团体的滋味多好，他的老婆也是有生以来头一次上了这么一课，他在张主任走后，曾经问道：

"这个钱，是……是给咱家借的呀？"

老王瞪着使锛那样大的眼珠答她：

"人家给的呀！不用咱们还。"

这一晚上她家像蒸的煮的一样，翻来覆去，到老没有睡好觉，咬着牙慢慢地爬起来，扭亮电灯，扳倒暖壶，斟碗白开水，一饮而下，继着又想以后干活，怎么的也不能再像过去，总得经历省工，省料，做的漂亮，千万不能瘤拐李把眼挤稀里糊涂的一推六二五了，对待小陈呢，也得像个人样。

第二天下午，他做梦也没有想到小陈也把小脸，洗得干干净净，跑来看他，还买来五十块钱的花生豆，他一进门就显出不舒服的样，可是又极力的装出大大方方，滴溜溜的像家雀一样，圆圆的眼睛，往各处好奇地看着，看见老王的老婆，雄赳赳的立在门口也有点害怕，想笑，又不敢笑，故意把眼睛低下看着它扁平的大脚，吞吞吐吐地说：

"王师傅……能干活啦？"

老王又上来脾气：

"他妈的，我能干活，还在家里躺着！"

他仔细看看小陈瘦瘦的下巴，心里一软，喘出一口粗气，声音变得非常柔和的，又向生气，又像要哭似的问：

"哎，你花钱买东西干什么？"

"你愿意吃花生豆……"

他又高兴，有难过，又生气，又闷得慌，好像偷了人家的东西叫人家发现了并不惩罚，又像错把要紧的活干糟了，人家并不怪罪似的，他怕小陈，记他的仇，可是站在面前的小陈并没有一丝一毫，怨恨他的意思，叫他越发羞愧难当，恨不能找个地洞，钻了进去藏起来。

然而，他从来没有和老师说过一句体贴的话，觉着很不自然，而老王，也没有，尝过这种温暖的情谊，他皱皱眼眉，笑了一笑，吧答半天的嘴才说：

"强的多啦！"

想了一想，又说："我带你太粗啦！"

小陈学习别场开会那样，和和气气的说：

"我自己，做的也……也不够……"

老王又上了怒火：

"他妈拉个 × 的！我的性情和谁也弄不上来，总怪人家不好，不怪自己！"

六

老王身体一好就想生龙活虎一样到厂子干活。

他把刨子和刀退下来交给小陈：

"你来，我教给你磨！"

小陈赶紧换了一盆清水放在镶在门旁木桩上的细磨石旁边，使劲往上挽了一挽袖子。

老王先用左手的手指弯曲着弄了一些水，放在磨石上来回擦一擦，使磨石的全部都湿了水，又把刨刀放在水盆里沾了一沾，然后就小心翼翼的，把刨刀按在斜度轻轻的放好，在磨石上，左手压在右手背上，一来一往不紧不慢的磨起来。

"你看，磨的时候，手腕子也得拉住了劲，不能往上抬一下，往下压一下的，也别往左歪，往右歪，全仗匀乎劲头。"

小陈目不转睛的看着老师的两双手腕是怎样平均用力地在磨石上来来往往的跑，老王磨了一回，就把刨刀交给了他，看他拿得不对，又把刨刀要回去重新比量了一下给他看看：

"你的手太往上了，怎么能行啊？手指头在磨石上，我几下子也不要紧，别害怕。"

小陈的胆量大了起来好像学会游泳，一个筋斗，钻进巧妙的工作当中，他从来没有感觉这样难以尽说的劳动的愉快，不论干的时间多久，总像沐浴在温热，适当的池中，他的精神振作起来，干得非常活泼痛快。

老王把一寸的板子的一端拿铁尺量好，用铅笔按着一定的间隔，画好记号，就把铁锤扔给小陈，"你照这个尺寸在那一头画好，自己在用墨水盒子打上线，完了就破。"

小陈一点也不愚笨，老师怎么样告诉的他，就能怎么样的看，他把板子架在长条凳上，一只脚踏在板子上面，一只脚立在刨花的柔软的堆里，二寸多宽的大锯握在手里而锯把晃也不晃，慢慢的锯了起来。

王师傅兴致勃勃地说：

"等把那些废机器锯条，一节一节都焊起来，以后，割个什么就省力啦！"

老王把头两天没有干完的材料搬到一起，半闭着眼睛端详一下，摇了又摇自言自语地说：

"咳，不能这么样裁，费材料！"

他回头看看小陈割锯的姿势，不禁两只胳膊，连头带身子，浑身上下都是用力的上下，颤动着的，老王笑了一笑，过去把他推开，自己拿起锯子，一下一下的割着。

"你看着，用不着浑身上下都使力气，没有用啊，那么样割，不大工夫就累熊啦！"

小陈听着，老师割的声音是和谐均匀的，据条一上一下，绝不是好摇摆，只有手腕用力，别的部分只能随着，锯末在下面十分平均的落着。他自己割的时候，声音既不均匀，锯末也是乱飞，速度慢了一倍。

老王割了一会儿给他看看，再叫他割，看他有点会了，就叮嘱着：

"歇一下吧！"

小陈学习刨板子的时候，靠边的地方刨得太饱，老王一看，眼珠子瞪了起来，生气地说：

"你怎么不看看，闭着眼睛推啊！"

小陈吃了一惊，可是并不害怕，老王把刨好的别的板给他看看，这是他的眼睛和嘴：

"眼是观珠宝，嘴是试吃食，你长的现成眼睛不用，活就出错。"

小陈破板没有打线，老王又发起脾气来：

"我刚才不是说吗？眼睛是干什么用的？可是早用眼睛看还不行了，巧眼不如拙线，你不如打上道线！"

小陈听着这些宝贵的经验，心里非常高兴，这些道理多么简单多么生动，又是多么丰富和深奥啊！他现在能够学到这些难得的智慧与技术，真是快乐，他的自信心也强了，老师的发脾气，他不仅不怕，倒反觉着他生气的声音里含着无边无际的体贴与爱。以往给他的气受，他这时候不记恨，全都忘到九霄云外，只有目前老师的精力与苦心在他心里点着了一盆热火，照出远大的光来。

老王的斧头又啪啪的响起来，同时伴着小陈和谐均衡的锯声，在关东夏季凉爽的清晨响到傍晚。

（《大连日报》1948 年 6 月 22 日，署名：夏园）

孙子的悲哀

十五年前，胡适在大连发表过一篇题为"怎样利用闲暇的时间？"的谬论。开头就说："要看一个国家的文明，首先得看三件事：第一，要看他们怎样对待妇女？第二，要看他们怎样对待儿童？第三，要看他们怎样利用闲暇的时间？"

大家知道，那时咱们关东，颇不文明，寺儿沟的"四方院"，西岗的"半掩门"，旅顺上沟的"窑子街"，便是敌人统治的"成绩"。而胡适"博士"，竟将这些认为是"国家文明"而大加赞扬。对日本女人的跪着盛饭、接衣、退帽，德国女人的被赶回厨房，更加极口称赞。胡适"学成归国"，活蹦乱跳的喊道："美国文明得很呐，一人一辆汽车……"美国大兵在北平轮奸他的女生，在他看来，自然也是"文明得很哪！"所以全国学生愤怒抗议，他呢？泰然自若，心清气爽，坐在文明似的沙发椅上微笑。

十几年前胡适参观了一下北平监狱，赞为"光明所在"，好像坐了监狱，乃是莫大福分。他老早就视人明知痛苦为"文明"、为"光明"，以致某次到达广州，竟遭青年学生拒绝登陆。

这回中华民族优秀的儿女们在全国各地悲壮的，发动起了反动美国帝国主义，扶植日本的正义运动，胡适摇着尾噪道"错误！"的猖猖之声是并不奇怪的。这就是他这种社会的蠹贼人群的，败类的本质，而且比起十余年前，盛赞德国日本"文明"的思想更加发扬光大了，好几千倍，现在他竟忍耐不住满腔的悲酸，大哭法西斯德国和日本强盗的灭亡是"20世纪的两大悲剧"了！胡适本是彻头彻尾属于反动禽兽阵营的丑角，所以当着他的干爹在大难临头之际，便要汪汪，企图阻止学生向他主子进宫，同时见景生情，触动了他的芳心，哭起他的爷爷德日死得太早，作起挽歌，悼为"悲剧"。假设德日不倒，他不是就能组织联盟大杀大砍了吗？他的思想和行为是并不稀奇的，宛如野兽临终睁着哀怨怒怯的眼光望着树上的老鸦将要啄烂他的肚子。

（《大连日报》1948 年 6 月 26 日，署名：赤灯）

空中送殡

很久以前，听说美国有钱大爷，坐着飞机到半空举行结婚典礼。可见美国资产阶级的享乐主义到了登峰造极的地步。据说从前美国还有商业广告，也利用飞机，在半空用烟幕画几个字母，为的惹人注意。想当年中国反动集团，一举一动都学日本，德国，所谓军界人才，是德日留学者多，陆军操字典的也是翻日本德国的。组织秘密机关，设立集中营，凡德日所有的一切狼牙棍棒法律，无不尽量效做。日本一伸腿，德国一瞪眼，美国帝国主义带着绅士的嘴脸，大摇大摆的出来了，于是中国反动集团，又赶紧学了，满口洋话，跪拜美帝，默认干爹，从此，举止动作都是美国式了。

军事装备方面不必讲了，单说最近坐着飞机在开封上空指挥作战来说：我看也是美国方式之一，这和空中结婚典礼的趣旨一比，虽是小同大异，然而在模样上，可说是大同小异的，也在半空嗡嗡，所谓"询问战况"，"指示机宜"除表示胆小怯懦不敢落地之外，能有什么屁用？不错，空中，可以游高，玩云，俯视下界，部署无谓牺牲，成批放下武器，变为俘虏，于是兔死狐悲，凭吊一番，此外还有什么别的文章可做呢？勉强要说作用，就完全等于广告，表示当头目的，也算走出公馆，天桥把式，比量比量，向他主子伸手贷款，也有措辞可借。

可是，最近广告也不好做了，飞到哪里，哪里是"失陷"，开封一行，也不露脸，三万人马，吹灯拔蜡，完事大吉，只好挟着尾巴窜回"官邸"，看着"代表"静坐罢工，要求严惩失陷责任，然而这些把戏要完，还有什么玩意儿呢？请何应钦讲"新战术"么？他说："解决办法为增加食粮及饷给，无法办到。"这多泄气！

（《大连日报》1948 年 6 月 29 日，署名：赤灯）

列宁的相片

  我和好友苏永祥大前年冬天住在北平公寓里的时候，因为"查户口"太紧，就把所有的书籍，建安特莱夫的《吃耳光的人》也在内，——因为有个"夫"字，宪兵警察和特务看着就不顺眼——也都疏散到了别的朋友家放破烂的仓库里，以免误会。回头我们又到商场皱眉苦脸的买了一本《千古不朽》的大作《中国之命运》摆在书架上明显的地方，我们还想买一本《我的奋斗》和它排在一起，因为钱不大够，就罢休了。

  公寓里所有的小职员，大学生，舞女，做生意的，来历不明的人们，也都忙碌的收拾自己的房间，茶房惟恐大家照顾不周，不断的出出进进帮着检查，小声问道：

  "先生，这些书行么？"

  "小姐，这些报没有关系？"

  苏永祥这个家伙一向粗野，有时天不怕地不怕的，我怕他收拾的不尽美尽善，就翻翻他的讲义，看看里面写没写着什么"有关大局"的文句，果然不出我的意料，一翻就翻出一张从什么地方剪下来的有四寸见方的列宁的半身相片。

  "唉哟！这张相片怎么办哟？"

  他夺了过去，放在原处，生气的说："从书上剪下来的，怕什么呀！"

  我性急的和他辩论："不行，不行，他们看见，一定误会！"他想了一下，又从讲义里把相片拿出来，用半张报纸小心翼翼的包起来，放在褥子下面。

  "那不行，也会翻出来！"他把眼镜一正，好像有针刺了一下他的屁股一样，把嘴一咧："你看，你胆子真小，相片没有关系呀！"

  我也不知道用什么话才能说服这个驴脾气，急的像热锅里的蚂蚁似的满地打转，他看我发了大愁，于心不忍，又把相片装在贴胸的衣袋里，拍一拍胸脯："这回不要紧了吧？"

把我气的一屁股坐在床边，指着他骂："你真是天字第一号的傻瓜！你们南方人叫阿木林！"

他抓起头来，难受的走来走去，望着各处自言自语："那么放在什么地方合适？"

我斩金截铁的说："烧了吧！我们敬爱列宁不在这一点，全世界的人民都会原谅我们现在的处境……"

我的话还没有说完，他一个高跳到我的面前，好像发了疯似的，混身上下摇动着，噢噢地叫喊："你说什么？烧啦！你这个家伙，真是胆小如鼠！我告诉你，就是死了，我也保存着它，可惜我找不着斯大林、毛泽东他们的相片，要是有，我也好好保存起来！"

我们头顶的吵闹，辩论，我真想一拳把他打个倒栽葱，看他的样子，也极凶猛，两眼瞪得滚圆，眼镜放着亮光。

把我气的浑身无力，坐着用力喘气，一言不发。

他把帽子往头上一摔，用脚把门踢开，嗖的一声，跑了。

隔壁当舞女的"刘小姐"伸进一副脂粉浓厚的面孔，尖着嗓门问道："杨先生，你们嚷嚷什么？"

"没有什么！"

她喘声粗气，退回去了。

大概这不到半点钟的工夫，苏永祥呼呼的喘着跑回来了，腋下挟着一个玻璃镜框，往桌上一放，嘻嘻的笑了起来。

我一看，是新的孙中山的相片镶着镜框。

他极快活的把这个镜框打开，把列宁的相片拿出来，得意的仔仔细细的放在孙中山相片的后边，钉上木板，挂在墙上，响亮的拍一拍手，好像得了"头彩"似的，笑了一个满脸，从裤袋里掏出一小包花生仁，放在我的前面："不要生气，请吃花生仁！"

他一面吃着花生仁，一面叨叨咕咕："这回不要紧了。"

我的心里还有些胆虚，总怕检查出来，进了监狱太不合算，可是没有办法，只好硬着头皮随他去了。

就在这天华灯初上，来了一大群狐假虎威的山猫野驴把后院两个无职的东北青年抓走了，不知他们犯了什么罪，据说从他们书堆里翻出两张《民主周刊》，就是为了这个。他们还到了我们"公馆"，这里翻翻，那里看看，问问姓名籍贯年龄职业等等，有个胖子特务打量半天孙中山的相片，这时我心里好像打鼓，很怕他摘下打开看看里面，但是他把眼睛移到桌子底下，那里有个老鼠洞，此外一无所有。

他们都像蠢笨的鸭子似的摇摇摆摆的滚了以后，苏永祥看看相片，满意的点一点头，自言自语的说："我们全国都能公开的挂出列宁、斯大林、毛泽东他们的相片，那么中华民族就好啦！"

隔壁房里，谁用低音唱歌："是谁障碍了我们的道路？障碍重重！"

（《友谊》1948年7月第1期，署名：夏园）

说到那里，做到那里

王树庄口述；赤灯记录

序

大连市职工工会主席王树庄同志，不论是在开大会或随便的谈话，都是极丰富和感动人的。这集子里所收的《说到哪里做到哪里》《老牛拉车一股劲》两篇，便是他在工友开大会的时候讲的，《列宁是全世界劳动人的恩人》，是我特意访他，临时给他出个题目，马上就逼着他讲，他连一点儿准备的工夫也没有，眼珠子往房顶上一翻，把手往桌边一拍，就像长江大河一样滔滔不绝的讲起来。其余几篇全是抓他有几分钟的闲空，也是没有事前让他准备，临时抓住了他逼他讲出来的。

他的讲话内容，不论从哪一篇看，都贯穿着一个中心思想：对于敌人的深刻憎恨和工人的无比的坚强的胜利信心。但是由于我学习的差，有很多地方不能体会，所以在记录和整理的时候，漏掉了很多，后来凭着记忆补充几句，也没有他当时讲的那么热烈和动人了！

我这支缺少修养的秃笔不能把他的思想与感情痛快淋漓的表现出来；他所讲的是亿兆人民大众最容易了解的活的语言，而我所记的，都是拙笨的死板板的文字，错误的地方也免不了，这可以说是遗憾之至的，这些全由我个人负责。

听说这些谈话在报上登出来，有很多工友进行学习，还有一些知识青年也爱他的谈话，如今又能集印成册，这样一来，我做记者的，也觉得分外的光荣。

赤　灯

一九四八年七月尾

列宁是全世界劳动人的恩人

关东解放以前，咱们还不大清楚列宁的为人，反正听说倒是听说，——从前日本狗子也不让咱们知道啊！洋鬼子法西斯老说列宁不好，就怕咱们知道底细，那对他们不是就不利了么？可是纸里包不住火，他们就是那么样造谣，也挡不住有人知道真情实况。现在大家伙都知道列宁是和咱们工人在一块的，他是替咱们打卯子工的、种庄稼的人出主意，想办法，叫工人、农民大翻身，人人有活干，有钱赚，有书念，男女一律平等，谁也不准压迫谁，不单自己一国的人不准互相压迫，也不准压迫别的国人。

列宁领导的苏联共产党，专为工人、农民，凡是踏在人家脚底下的人，都给想办法，加以帮助，对待有学问的知识分子也是十分欢迎，只要肯为工人、农民做事，大家都乐乐和和的合作，列宁领导的苏联共产党就是给人民谋幸福的党。

列宁当那么伟大的革命领袖，可老是和战士们、和工人在一块儿，时常到工厂里报告天下大事。他一讲话，工人就悄悄听着，谁也不放声，都怕打扰听不见，决不上面开大会，下面开小会，他说怎么办，工人就怎么办，因为他给工人农民谋幸福，大家都信服他，他说拿起枪杆打倒那些皇上、大臣、特务、走狗，工人一下子就跳起来，轰的一声就去干，把那些坏蛋打的连滚带爬，死的死，亡的亡，不死不亡的逃到外国去避难，有的卖面包，有的开咖啡馆，真是黑傻子掉井里，熊到底啦！

列宁把俄国沙皇推倒了，成立无产阶级当家的政府，不久以后，他就去世了，他去世以后就由斯大林领导。斯大林还用介绍么？谁都知道。

我们想一想，要是当初没有列宁推翻独裁专制的沙皇，咱们今天能不能解放，真成问题，因为列宁领导革命成功了，别的国家也向他学习革命的办法，大家伙都起来革命，所以列宁在俄国有大功劳，在全世界也有大功。

对咱们中国，功劳更大啦，当初孙中山起革命，要是没有苏联的帮助，能有那么大的成绩么？后来反动分子翻脸无情，忘恩负义，不和苏联拉起手来，所以就完蛋啦，多亏人民领袖毛主席领导革命，中国才没亡。

列宁他在没去世的时候，老和斯大林在一块儿领导工作，那时候工作多不容易，处处都有沙皇的狗腿子宪兵警察监视，你没看《列宁在十月》那个电影，上街的时候还得用药布包着脸假装有病，要不然叫那些坏蛋看见就很危险，可是列宁和斯大林心眼儿灵巧，不容易叫敌人抓去。

我觉得最受感动的是在上友好展览会上看见的：列宁住在一个很偏僻的村庄，坐在很小的屋子外面写稿，你看列宁人家多有志气，咱们住着大楼，点着电灯，有时还不愿意学习，想起来真不对劲……

我还在电影里看见列宁忙着工作，饿的时候啃那么几口"咧巴"，还舍不得吃，留着给别的干部，自己吃一块地豆子，在同志家里睡觉，不在床上，在地下铺巴铺巴，枕上一垛书就睡……我心里可真感动。

列宁为了咱们工人、农民翻身，过好日子，领着工人去打那些反动分子，受的那些艰苦，危险，说起来三天三宿也怕说不完。

咱们现在住在关东地区，过的日子要和列宁领导革命那时候的苏联人民一比，差的太远了！人家受了多少苦，咱们旅大老百姓，你就怎么说也是幸福的。

第一是咱们不受压迫，愿意怎么讲就怎么讲，什么事情都是征求大家伙的意见，大家伙说怎么办好就怎么办。可是咱们当中还有认识不够的，遇见一点儿困难就低下脑袋，咱们看看列宁："冻死迎风站，饿死不出声！"那种英雄气概，咱们真得好好学习啊！

要不怎么说列宁是世界革命的导师，领导革命成功，为工人、农民争一口气，就从列宁生活上一些小节目来看也真够伟大啦！咱们现在文化程度不够，直接学习列宁的理论太深，学不进去，那么咱们就学学列宁见了困难不肯低头这个本事吧！也够咱们学一大辈子！

咱们现在总算不含糊，有这么一帮模范工友，有的自己拿饭，看见有的工友没拿，就分给他吃，遇见困难，多用脑筋，想些办法，有些困难就克服住了，这就不容易，是分优点。可是有的那个个别工友，一看见困难就"黑傻子叫门，熊到家啦！"这都不是英雄，而是狗熊，这样的人，应该害臊才对。

咱们纪念列宁，学习列宁，当然不能要求像列宁一样伟大，——可是咱们应该一步一步的往上学习，时时刻刻也不应该忘记：咱们关东是苏军来解放的，当初列宁要不领着革命，要不组织苏军，要不打败德国，要不打败东洋小鬼子，咱们现在大概还是埋怨自己"命苦"吧！

有些人说什么穷人穷命，生下来就没有好命，老人的坟茔地没有风水，——别人不提，就拿我自己说吧，在头爹妈再世，一年才吃一斤豆油，关东公署韩副主席有回讲话，讲到穷人过去的苦，咳！我的心实在软了，掉出眼泪赶紧偷着擦去，怕叫人家看出来不知是怎么回事啊！

现在我算知道是什么道理。我琢磨决不是穷命，你看，从前有能力也是不行，"小破房里使不开纺台机"，就像鸟进了笼子，张着两个翅膀一个劲干扑拉，怎么扑拉也是白扯。解放以后，就像鸟从笼子飞出来的一样，就愁没有本事，要有本事，你就往高飞吧。我现在有了工作，我父母坟还是原来的那个地盘，一点儿也没倒动，怎么他妈命就好起来啦呢？

这就是因为全世界工人农民的救命恩人列宁领导革命成功了，他的事业越来越大，我们关东的工人农民也得了好处，这就是和列宁在一起工作的斯大林打败东西法西斯，指挥军队解放了咱们关东，所以咱们就从笼子里飞出来，这哪是什么穷命不穷命，坟地不坟地呢？

在法西斯统治下，你就是怎么"命好"也得听人家支配，做买卖给他们纳税，打的粮食也都给他们送去，你就捡点儿好处也是狗啃骨头，没有什么了不起的，要想发展，你就做梦！可是现在，不论那一界人，都翻了身，这就是列宁和他的事业给咱们的好处。

再说"命好"，他是一下生就穿着大氅，提搂着皮包下生的么？还不是因为他的爹娘从工人、农民劳苦大众身上剥削去的血汗堆集起来的么？

从前因为有日本帝国主义，一层一层的压迫、剥削，所以咱们就闹"革命"，现在的国统区还是这个老样，因为卖国贼反动分子，四大家族，走狗爪子还骑在老百姓头上拉屎撒尿啊！咱们关东因为苏联来了解放，专制死了，帝国亡了，大家这才命好起来的。

我刚才说过国统区，大家都知道，报上也登，物价飞涨，一斗米卖多少多少万，要求工资，工人被杀不少，过年求个年赏，又杀了工人不少，谁要是没受过反动派那份压迫，那么请想想日本鬼子抓劳工的滋味也可以体会今天国民党反动派抓丁的情形，反动派压迫之外，还有美国帝国主义帮着造孽。

回头看看咱们关东工人阶级，国计民生的大事，都有资格参加讨论，从工人升上厂长、经理、科长的有的是，数也数不过来，对上级有意见，工人也能提，上级好好采纳，决不见怪，工资自己评议，过年谁也不放声，工厂、公司、政府，发这个，给那个，男的、女的，大家全都平等，工人也能上报，两下一比，一样不一样呢？

把眼光放远，看看美国的工人，今天罢工，明天示威，这是吃饱了饭没有事儿撑的呀？他们饿的没有法子这才起来和资本家斗争啊！为什么苏联工人，都有活干，都能学习，干完了活把舞一跳，把街一逛，吃的，穿的，样样都美，这又是怎么回事呢？

因为国统区政治反动，不民主，加上美国帝国主义帮着他们不干人事，千方百计榨取他们，血已经叫他们喝干啦！连骨头都快啃光啦，所以那地方工人就倒大霉。美国现在掌权的是坏蛋，也想儿媳妇大肚装孙子，所以他们那地方的工人也睡不舒服，喘不舒服气！

苏联工人、农民的生活好，就是列宁领导革命的成功，人家实行的是社会主义，就是民主、自由，办个什么事儿都是大家伙说了算，所以才有幸福，工人还用"罢工"么？他们只有"歇工"；到了放假的日子，领着媳妇穿的干干净净，搽的香喷喷的各处逛逛，你看多好。

咱们纪念列宁，不要忘记列宁不单为了苏联工人、农民翻身自由，他也替全世界工人、农民打算过了，指出一条光明大路。要想过好日子，就得照着列宁指的道走：就是打倒那些帝国主义、反动分子。谁好，就选举谁出来办事，工人农民还要有武装，革命才能成功，在这以外，没有第二条道。

现在咱们关东工人翻身了，解放区的工人也翻身了，可是国统区的工人还受压迫，咱们本是亲兄亲弟，当兄弟的翻了身，可是当哥哥的还受压迫，当兄弟的心里怎不痛的慌？所以咱们谁都盼望国统区的工人也能早些翻身自由。——这就靠人民解放军多打胜仗和大家伙齐心携起手来一致的努力了。

我们今天应该怎样纪念列宁呢？我的意见是咱们住在关东，现在太太平平，在心里老是不要忘记，这份自由幸福是谁给咱们的呢？大家都知道是苏军，可是苏联军队是谁组织起来的呢？不是列宁和斯大林么？咱们感谢苏军，加强和苏联人民的友谊，也就是感激了列宁和斯大林。

什么事情都是起头的时候难办，我先头说：列宁领导革命在一起头不知碰见多少困难。从电影里就可以看出来，他连行走坐卧都得注意，革命成功以后的时候，各国派去军队捣乱，你看该多困难，咱们现在干活碰见一点儿小困难，搔头啦，和列宁一比，真是差的太远啦！也没有法子比。

那么咱们应该怎样纪念列宁呢？我们就有一个办法才能对得起列宁，就是好好生产，提高产量，提高技术，节省原料，克服困难，好好学习政治，学习文化，学习技术，提高技术，完全掌握技术，师傅好好带徒弟，徒弟好好跟师傅学，徒弟敬师傅，师傅爱徒弟，不会把着手教。千万不要稀里糊涂一天一天把时间空着过去，挑战竞赛的时候，我们用劲的干，不挑战不竞赛的时候，也是一样的好好干，决不能说是竞赛啦，干一阵子，不竞赛啦就散漫起来。

头些日子进步演的《神术的籽粒》，我看那个背着一口袋宝贝的人就像列宁，他留下种子，后来都结出果实，这个果实，现在在咱们关东也长芽啦！你看，大家伙现在都知道民主政府是怎么回事，咱们工人也知道走那一条道好，这也可说就是列宁撒下的种子。

我们要好好的培养这些种子，无论如何不能叫它干了——也不能干了，因为它已经长结实啦，钻在下面刨根的人早就现了原形变成耗子啦！

咱们应该一面纪念列宁，同时就要好好生产，大家伙把《神术的籽粒》好好培养强壮，完成咱们工人阶级改变天下的任务，眼光往远处看，又明又亮！

咱们关东工人弟兄姐妹，今天来纪念伟大的列宁，有什么困难，决不能"黑傻子掉井里熊到底"，要本着以往积极的精神努力的干，这样才能创造光明的前途！才能对得起革命导师列宁一生一世忍受艰苦领导革命成功的大恩！

说到哪里做到哪里

听说今天要开大会，叫我来讲几句，我怕到时候一上台抓家伙，就找张小纸，预备预备，可是我捧着这张小纸苦了半宿，也没有苦出什么好材料来，好歹对付出几点意见，我可不知对是不对，我讲出来，请工友们做个参考吧。

第一

头几天，各单位、各支会发动了挑战竞赛，但是那并不是全大连市的，今天的大会是工友们提出的要求，大家伙要见一见，像白王江、王智富、徐积宽、彭永花都是鼎鼎大名的，报上常登，提起来谁都知道，可是只听见了名，没有见过人，今天大家伙见上一见，谈上一谈。

过去咱们工人在小日本统治的时候，在一个厂子里干活都不认识，在一个组里干活也不敢见面，要见上一面还得请求许可，要是手续弄差啦，就得挨"三宾"，还担着嫌疑，但是今天我们全大连的工友聚在一块儿，这有多么不同。

解放以前咱们也讲究打仗，那是日本鬼子、汉奸狗腿子坏蛋们挑唆咱们互相打的，鬼子一听说咱们打仗，就给用劲："打仗的好！你的力气大大的有！"我们上了他们的当，自己打自己。今天咱们也讲究打仗，可是咱们打的是封锁咱们关东叫咱们困难的反动派。咱们的打法就是坚决响应关东公署今年大生产运动的号召，咱们工人弟兄互相比赛，看看谁做活做的快，做的好，比如要做一张桌子，你得一个月完成，好，我半个月完成，一把椅子，你半个月完成，那么我保证七天把它做出来，咱们就是这么样互相比赛，完成生产任务。

第二

为了完成生产任务，就订生产计划，这就是建设关东，也是改善咱们自己生活的好法，生产任务，主要是工人农民。工人占着左肩膀，农民占这右肩膀，这么一来，生产的担子不论多重，咱们也能把它挑起来。

大家看看，桌子、板凳、房子、火车……世界上没有一样东西不是咱们工人造出来的，可是没有农民种地打粮食也是不行，咱们不能不吃饭干活呀！可是农民种地用的那个带尖的家伙——叫什么我也不知道，——是铁的吧，也是咱们工人做出来的，所以工人农民团结起来，一九四八年的生产任务才能完成。

大家订的生产计划，不要空洞，要自觉自愿，不要强迫强逼，要自己订，不能别人给订，当领导人的也不能给工人订，不能说是："哎，你订少啦，得多订！"要知道件子不一样，万般不可力巴干。

订计划装内行订不能订好，订好了可以叫内行给看看，是多是少。比如木匠组订的，就找手艺好的木匠给看看，人家一看就知道合不合适，各工厂的骨干，应该把这个道理好好解释，要是订的好，他不但能完成，而且能够超过任务。

不然哪，哼，他嘴里不说，心里可不愿意。

千万不要虎头蛇尾，不论怎么的也要始终贯彻到底。

耗子拉木锨，大头在后面，这样订的计划才能完成！

说到哪里做到哪里才是模范。

说到哪里做不到哪里那是麻烦。

你看，工厂开会，工会开会，开了半天，全是白开，可不是麻烦么？那不但对不起领导，对不起工厂，连自己也对不起呀！不过赶个热闹。

第三

从生产、学习改变劳动态度。

工友们都知道工厂是咱们自己的，那么工厂的东西，一草一木，一针一线也不应该浪费，比如一个钢笔头吧，不好使了也不找块小纸擦一擦，看看能不能用，找出一看，去他妈的！一扔完事，要是没有好的又得找回来用，要是找不着了，不好的也没有了。

要想，老牛拉破车，可人打利。有些工友脑筋发活，破的、旧的也能拿过来研究着用，用的挺好。不怕一根别针，自己没有，就得求别人，缺少一块钱也买不来那件东西，得看人家脸色，所以一点儿东西也不要浪费。吃东西不在多少，得吃合适，切糕蘸虾酱，那是什么滋味儿？要是切糕蘸白糖，又甜又滑，可见东西不在多少，得用的恰当。

要学政治，看书、看报，自己下手，就拿我这笔小字说吧，要是不学，没有大家帮助我，现在恐怕连这笔小字也写不出来。学习总得王母娘娘下厨房亲自动手。学会政治，咱们才能知道谁好谁坏，谁是朋友，谁是敌人，民主政府是怎么回事，工会是怎么回事，明白这些道理以后，干起活来才能有劲。

咱们还要改变劳动态度，工作是不是好好做了，是不是口是心非，是不是爱护工具，这些事情都得改变得好，要是没有不好的态度那就帮助别人改变。倘若表面上说"是，是，是……"一转脸就吊儿郎当，像这种态度可得改变。像二流子只要改变过来，大家才能爱护你，不然哪，山草驴变蚂蚱，一辈赶不上一辈。

咱们全世界工人阶级的"五一"劳动节快到了，可以做些东西给大家伙看看，人家妇女"三八"节做的展览多有意思！谁要没看可吃亏啦！要说，咱们做的火车、轮船怎么搬进去展览啊？这是抬杠，咱们可以把它缩小做呀！像王智富他们的小玩意儿在车上直转那有多好，真是蛤蟆赶鸭子滚瓜乱叫。做个小自动、小电车、小电滚什么的就能展览。

别看咱们工人大老粗，可是粗中有细，你们看王智富长的多粗，可是做起活来可细微啦，要不怎么说娶的媳妇不在丑俊，能伺候婆婆就好，——在今天来说就是能劳动就好。

咱们今年一九四八年的大生产任务一定能够完成！

老牛拉车一股劲

男工友、女工友、兄弟姐妹、婶子大娘们：

咱们在厂子里干活，第一就是爱护物资，没有棉花和线，你有多好的手艺也是白搭。上面号召咱们节约物资，个别的工友说："要饭的衣裳，老一套！"他不知道，这不是老一套，而是咱们顶基本的东西，大家千万要多对他解释，弄清这个道理。

东西放在工厂，不是班长厂长拿回家去，没有它，不能干活，有了它才能改善咱们的生活，有的工友说："老虎拉碾子，不听那一套！"这就不对。白玉江有一天在街上看见一个工友拿三挂线卖了三百块钱，如果为了生活，因为受过去日寇多少年的压迫养成习惯，而没弄清方向，倒也有情可原。实际他是天天听讲，不能一点道道不懂，多半都是有些小兄弟为的快乐那个嘴，买了勃螺虾，这样就要违犯大家的纪律。要是大家伙不要他，他说："工会不是给咱们工人谋福利的么？"要知道，谋福利是替大家长远打算，目前的利益服从永远的利益，不许挥霍。自己拿了厂子东西，还不承认，嘴硬。他不想想，工人大家的眼睛都是亮的，不开除他吧，影响大家，开除他吧，影响他的生活，叫人多么为难！只好听从大家伙的意见。倘若这个拿一挂也原谅，那个拿三挂也原谅，那么咱们一人都拿一挂，都请原谅，那么咱们工厂得损失多少基罗呢？那不是洋鬼子讲话"糟糕伊麻四"么？

有的个别工友，这个支会开除了他，他又跑到那个支会，叫给介绍职业，要问他为什么不干啦，他就嘴里含着钉，吐不出来。好，工会给你开条子介绍，可是另到一个工厂，又是老太太上来咳嗽，老毛病又犯啦！这怎么能行？再说拿一点线卖给卖破烂的，你卖给他几十块，他一转身卖了一百二百，货卖要主，买卖家卖的更贵，这就是因小失大，越算越不合算！

因为一点小东西，失了全家的名誉多不合适！工友们务必想开这些，好好爱护厂子的东西。

我们今年一九四八年的生产任务不能说是订出计划开完大会说了不算，那不是丢脸吗？好像老母猪过河动嘴不动腿。咱们要多织网，才能解决困难，拿点儿线什么也不能解决，要想改变这些缺点，必须树立新劳动态度，我说的可不是老一套。当然提高生产、节约物资、利用废物还是一样，可是在做法上要经常。要是到了竞赛创模就干，赛万创完不得模范该怎么散漫还是怎么散漫，归里包堆还是这一码事，这就错了，如果不是创模，你干活老是经常，那么你就能得到模范。比方人家一创模，他走道本来只迈五分，这回多迈二指，要不创模，他连一指也不迈了，所以劳动的态度，在做法上就是老牛拉车一股子劲头，不在走一箭，就怕打一站，你的腿快，一走就是一百步，可是你走一步，又待一会儿，我老是赶，好像老牛拉车，慢慢的撵，又像皮糖，有长远劲，你要像是大烟鬼打架，一股子劲，过了烟瘾就泄气了，那怎么能行？咱们干活全在"疥巴子撵兔子功夫劲"，你们没听说兔子和王八赛跑的比方？新劳动态度就是一股子劲老干。若在创模的时候热烘，过劲就凉，那就是苏联人讲话："不上高！"

在头犯过错误的工友，从这时候就要卡断，打这说话就要改变，在头干活吊儿郎当，打这说话就不吊儿郎当，人心都是肉长的，人家上级对咱们这么好，要不好好的也对不起良心，要是人心长在泥胎里，那多不够人味儿。咱们都好好的干个样看！

从前学技术的困难

解放以前，我打"卯子工"那时候，一天赚一毛五，什么也不管。配给粮啊、配给油啊、配给烟啊……做梦也梦不见，歇一天工，刨一毛五，有病活该倒霉，死啦也没有人管，日本鬼子那时候，死一个中国人，不像死一条狗一样？

要是找一个地方，一毛长到两毛，那得熬多少年？出多少大力？干活要是出一点小错，叫日本鬼子看见，一赏就是五十———一大巴掌，打的你头迷眼花，你要是表示不愿意，好，打的更狠、更重！"三宾干活计"的滋味，谁没尝过？这些事情，大家都记的清楚，不用提啦！

咱们就说学技术这个问题吧，不管什么徒，一学三年，再效一年的力，算是赔偿这三年学徒的时候损失的家八什，你给他白白干了这三年苦力活所受的损失，挨骂挨打的损失，他可不赔偿你的，反得你去赔偿他的损失，你好好算算这是怎么份子账吧！

使唤牛，使唤马，使唤一辈子，它临死的时候再剥了它的皮做皮鞋穿。

从前旧社会使唤学徒的和使唤牛、使唤马差不离，你说那是什么世界？现在国统区还是这个老样。

从前在日本家学徒也是三年，另外还得白白多出一年苦力，赔偿他们的损失，这也叫作"亲善"，亲的你死不成活不成的，叫你一辈子也忘不了他这份待遇。学完了徒，他们嚷着叫你多干，当劳金的得七八毛劳金钱，叫学徒的干，为的是得这份利用，你还说不出道不出的，真是哑巴吃黄连，说不出来的苦。

当老师的能好好教给你手艺么？你得偷玩艺儿，要是偷的不好，也是什么偷不出来。他顶多叫你干个粗枝大叶的活，出力的活才叫你干，要是用手艺的活，你就请到一半拉子去，没有把着手教的那份子理。

你要学手艺啊，你得花钱买。不会抽烟，兜里也得想法预备点儿烟卷，一看老师要抽烟卷，麻溜的过去："老师，要抽烟么？我！我！我这地场有……"把烟卷递过去，还得赶快去找洋火，要是赶上洋火头和你找别扭，划一根不着，划两根不着，老师看着你就不顺眼，就对你翻白眼珠，你看这多不容易！

光是打点烟卷叶不能学着手艺，还得花个三毛五毛的请老师下个小饭馆吃点喝点，从前那时候三毛五毛的多当钱啊！再不然也得买点什么东西给老师送到家去打打"进步"，非得这样从各方面给老师舔腚，把他舔舒服啦，有了"感情"，他觉着你这个小伙子挺有心眼儿，这才慢慢的教给你画个"鸭蛋圆"。

可是他能把着你的手，痛痛快快，很快的把你教会么？你就别想有那份好事！

就说他肯教你画个"鸭蛋圆"也不是实心实意好好的教你。他画起来"虚线"、"实线"，左一道，右一道，横一道，竖一道，把你脑筋都给画乱啦，把你的眼睛画的直冒金花，可是画来画去，你还是稀里糊涂，莫名其妙，他也不细一点儿心告诉你这个虚线到底是怎么回事，这个实线到底是怎么回事，再不他就弄个圆规，画几个圈往一块一凑就算，你好歹能照他的样画一画啦，可是实际能不能用，这还不保险，人家下来样子，两头到底要多大的圆，你还是不会。本来学技术总得能应用得上才行，在纸上学着画了一套，实际不好使唤不是也白搭？

单是学这么一个"鸭蛋圆"就得拿出九牛二虎之力，结果学啦还不应用，你要想学个什么"天圆"，"地方"，那就不用提啦，拉屎的力气都拿出来也学不到好处，他不好好教给你呀！你就像瞎子一样，在树林子里乱摸索，往这面乱碰一阵，往那面乱碰一阵，碰的你满头是泡，累的你喘了上口气接不上下口气，也是摸不出个门道来。

从前旧社会啊，那些有技术的人那个藏奸的劲儿，说起来真他妈的比曹操还奸！曹操出的道道，看三国看常啦，也能把他琢磨出来，可是从前保守技术，你怎么琢磨也琢磨不上来。

偷啊，买啊，熬星熬月的，不知经过多少日子，费了多少心血，央告爷爷，哀求奶奶，他这才能带答不理的教你学个"三一三四"，比方说要围一个圆圈吧，从中间这头到那头是八寸多长，那么整个的得多长才能合适呢？弄长啦糟蹋材料，弄少啦又不够。老师看看当学徒的"运动"的差不离啦，这才告诉你：

"加上三一四一六！"

把这些数往一块儿一乘才能合适。

可是教了这样，不教那样，教了那样，还是马马虎虎，知其一，不知其二，比方说教活，不用说大活，小活也不教，把大料往那一摆，你去干吧，"小孩捉刺猬，下不去手"，看着干瞪眼，瞪了半天也是白瞪，你要是问问老师。

"不是告诉你怎么做啦么？记性不小，忘性倒大！"这就是答话。

为什么那些有手艺的这么样刁难人呢？他痛痛快快教会了你多好！

咳！事情可不这么简单！

你想一想吧，他有手艺，一天赚个块八角的，这个地场容易找么？

他要是一下把你教会啦，他能干的活，你都会干，厂方一看，凭什么不少花钱雇人，要多花钱雇人？他把你教会，厂方就会叫他地豆子搬家滚蛋出沟！

因为厂方少花钱，能多雇几个人干活；从前那些工厂还用说么，处处老在当伙计的身上打算盘，吃劳金的也是没有办法，这也不能全都怪他藏奸，不教技术，实在是因为从前的工厂压迫工人，剥削工人，吃不上穿不上的工人太多，大家争着抢着吃这碗冷饭，厂方一看工人有的是，你不干，他干，他不干，还有的是人！

不要说当徒弟，老工人在头受的那份苦提起来也叫人难受。有手艺，可是上了年纪就不打腰啦！人家嫌恶年岁大眼神不好，手脚不灵，其实有些老工人手艺好的干起活来更麻溜，他们是拿着年纪老哈唬他，为的是少给工钱，他要不干，到别处找地场也不容易，有个活干，赚出嘴去，总比上"闲员公司"好，所以就忍着气受那份侮辱。在头有一句话："老戏子，老婊子，老手艺。"这是说在旧社会上，人一老就没有地位，把手艺人和当婊子列在同等地位，可见旧社会轻视有手艺的人轻视到了什么地步！工人流血流汗创造世界，那些杂种可瞧不起工人，要不怎么说旧世界非打他个落花流水不可！谁要对旧世界留一点儿情，谁就是没有认清世界是怎么回事！

从前工人实在被压迫的没有办法，为了一家老老小小，为了自己不至于饿死，所以有了技术，就保守起来。其实他并不见得和你有仇，成心不教给你，他是为了保持饭碗没有法子可想，最可恶的不是这些有技术的工友，而是日本鬼子侵略咱们中国，把咱们中国弄个乱七八糟。

为什么日本鬼子侵略中国呢？因为卖国贼反动分子和敌人勾搭，日本打进沈阳，不抵抗，打到天津，不抵抗，打到南京，跑啊！跑到峨眉山上享福；共产党领导着老百姓的队伍打日本，他又千方百计的破坏，……这些事情，不用讲啦。一句话：从前，我打卯子工那时候，学技术的难，比上天还难！

现在学徒好像走道一样容易

现在当老师的，都自抱奋勇，一个人带两个徒弟，三个徒弟，五个徒弟，把着手教，教一遍不会，教两遍，教两遍不会，再教第三遍、第四遍，多会把你教的真正会啦，老师还不放心，怕是有个不彻底的地方，就耐心的教你：

"同志，你来，做个样给我看看！"

你真能做的像个样，像在头大闺女绣花枕头，做的枝是枝，叶是叶，十全十美，他这才放心啦，要不，你嘴说明白，拿起一做，还不彻底，他可不能放下拉倒，这都是怎么回事呢？

咱们就拿创造石轮的老崔来说吧，一个石轮，好几万块，什么地场也买不着，把厂方急的像热锅上的蚂蚁似的，老崔一看，这怎么办？把牙一咬，咱们自己做一做看："他妈的，我就不信做不上来！"他就一遍、两遍、三遍……老是做不成功，可是他老不服气，还是试验着造，到底因为他有恒心，把个石轮造出来啦！结果他保不保守这份手艺呢？谁想要学？来吧同志，我告诉你这玩意儿怎么造，这么样，那么样，从头到尾，都细细微微教给你，报上要登，好，登吧，就是怎么来怎么去的造，叫大家伙都知道怎么造这个石轮；要展览，咱们就展览，谁愿意看谁就看，谁愿意学谁就学，技术决不保守，你看这是怎么回子事呢？

现在有技术的老师，把手艺教会啦学徒的，厂方决没有说："好，用不着你啦，你回家去吧！"谁也不往这场想。你看，这个，凡是教会徒弟，教的又好，就有当劳动模范，当劳动英雄的希望。有的是因为教徒弟教得好当上大模范啦！王智富教别人教的多好！薛吉瑞教别人也不含糊，袁明朝教别人也挺认真，彭永花自己学会一点儿什么赶紧教给别人，在这以外，举起来还有一大帮，要是排起队来得过半天，一辆电车也拉不了，这些事情，和从前比起来，真是天上地下，因为什么呢？因为政府是讲民主的啦，咱们工人兄弟有团体，大家一条心，用不着你争我夺抢饭碗，争的就是咱们怎么样才能把活干的好，干的快，大家比赛比赛，你能干，好，我跟你学，我能干，那你就跟我学吧，这还用客气讲么？实事求是。

现在学技术，不是像上天那么难，是像走道一样，只要你想往前走，两只胳臂一抡，两条腿一迈就行啦！

像船渠，中长、交通、邮电……当老师的都亲自把着你的手教，你说会啦，他还不放心，给你张纸，画一画看看，是真会，是假会，真会了么？好，不彻底？再教。

你学会了画还不算，还给你块铁板，叫你实地做一做看看，管保教你一丝一毫也不让差。

为了叫咱们学技术，为了叫咱们有出息，预备这个，预备那个，买纸、买笔、买尺、买圆规，做个玩意儿要材料，厂子给买，一下子做坏啦，材料糟蹋啦，上级还叫重来，你在自己家里，要学什么，用着材料，你爹你妈全都这么样周到细心么？

有些工友说："现在的工厂，比自己的家好。"这是良心实话。

可是你也不要因为家赶不上工厂，回家就对你爹妈瞪眼，这就不对啦！

工会方面呢，老是这么计划，那么计划，叫咱们好好学习技术，厂方这么筹备那么筹备，叫咱们好好学习技术，这场也成立技术训练班，那场也成立技术训练班，你看得多少钱花！管吃管住还不算，还配给你粮食，——像这些事情，我在头做工的时候，有时候就做这份梦：要是有个专门学技术的地场，不用说是有这份好待遇，就是每天少打我几巴掌，少给我点儿气受，——打两巴掌，受点儿气，我也不在乎，只要能把手艺学在身上我就知足，可是这个梦在头老没做成，现在，你说年轻小老弟们，多么幸福吧，要学技术，特意给你办个训练班，你要学铁路，有学铁路手艺的地场，你要学电气，有学电气手艺的地场，在工厂里干活，可以说就是上学校，不单叫你学技术，你要学政治、学文化，老师更多啦！现在的干部，论起政治来，真是狗撵鸭子呱呱叫，在头那些大学教授，什么学士、博士也没有现在的干部讲的好，你学技术、学政治，学累啦，还教唱歌，演新式话剧，没有事的时候，"来一段！大家欢不欢迎？"把掌一拍，把歌一唱，有些工厂，洋鼓洋号，明光锃亮，吹吹打打，你说多美！

人心都是肉长的，咱们问问自己的良心，今天的工厂，到底对咱们怎么样？咱们再不好好学技术，可真是黑傻子舔草包没有人味儿啦！谁要再说工厂不好，我不怕他生气，他真有点儿不够中国人一分子！

咱们还有什么缺点

现在当老师的，一般都知道要把工厂办好，也得把学徒的技术教好，教的徒弟越多，自己越有功劳，决不用挂念着别人来争抢自己的饭碗。

可是还有个别少数的老师，脑筋还没整个转过来，心里老是犹豫不定，教吧？舍不得自己这一辈子学的手艺，不教吧？又怕人家批评，说是自己落后、保守、藏奸，选模范当然更不够条件，那么怎么才合适呢？

"多少教点儿得啦！教一点儿搪搪差事。"

比方说他有十分手艺，教上三分，三天能够教会的，七天教会，反正也不着急，慢慢的来，这个态度，要比在头一点儿不教，倒是进了一步，可是比起好的老师，有十分教十分，应该七天教会，三天就教会的一比可就显着落后多了！

看看现在王智富、袁明朝他们都是怎么教的，人家是，有什么教什么，自己还是一个劲往上钻研，技术本来是越钻越深，要是一摆老资格，知足啦，那就糟啦！

研究学问的人也是这样，就怕摆起老资格来，就像钟表似的，你的牌号好，那是不错，可是你一停摆不动，人家那些年轻力壮的小针，卡卡卡卡……一会儿就追上你，把你拉过去，你还能摆个什么劲？

当老师的应该好好想想，咱们工人要想好起来，非抱住团体不行，大家伙，不管年纪大的、年纪小的，也不管男的、女的，都是一个团体，就像一家人一样；当爹当妈过的好啦，孩子们也享福，当哥哥的过不好，当兄弟的看着也难受，当姐姐的有什么理由不把手艺好好教会当妹妹的？当老大哥的看见小兄弟不好好学习说他两句，当小兄弟的有什么理由对老大哥瞪眼？

咱们关东地区现在有榜样在先，看看那帮模范都是怎么样教，自己又是怎么样学。现在这个不会，问问那个，可是学习技术千万不能老是靠着这一问，要是问这个，这个也不会，问那个，那个也不会，那么你怎么办呢？你老老实实等着这个不会把你难倒啦么？你还得多用脑筋自己往里死劲琢磨呀！你不会的时候，不要马上去问旁人，你先用用脑筋，这么琢磨，那么琢磨，晚上躺在炕上睡不着觉的时候也琢磨琢磨，要是左思右想，前思后想，无论怎么的，实在琢磨不出来，你再去打听别人也不晚，学技术也不是去赶火车，耽误一分钟就赶不上啦，这个得慢慢来，好好打下根基，单是性急，今天教，明天会，后天忘，你看这多麻烦！还不如今天教，明天琢磨，后天差不离，大后天会，老是不忘，慢一点儿也比那个性急的会的快学的还扎实。

现在学技术，老师主动的教，旁人也愿意告诉，就凭这一点，你在从前就是花小宝也买不来呀！现在连一分钱也不用花，谁要是学技术学的好，还有奖励，你看满天底下还有这么便宜的事情么？你到国统区去满街打着灯笼找一找看，你要是能找着，我老王就跟着你姓！

咱们在工厂里干活，天天拿着清水来洗，越洗越透，要是不肯让清水来洗，也该叫清水给影响个差不离，这些道理，都明白啦！那么，咱们在学技术方面，有没有缺点呢？

当学徒的还有那样不认识学习技术这份好处的，当老师的，还有没看透教技术这份好处的，当领导的，也不可能十个手指头伸出来都是一般齐，咱们有什么意见，不论对与不对，提出来大家伙商量着办，比方说学电气，天桥把式，单讲不练，大家认为不够，那么大家提意见，老师讲完以后就教给怎么样干，咱们学技术，不能说是口服心不服，也不能说是心服口不服，总得知道，咱们提倡学习技术，这还是刚开头的，没有多少经验，有的工厂，因为教的手艺没有和实际用的结合起来，所以学了一大头又改样来学，有的工厂，还不知道怎么样学好，怎么样教好，大家伙一面摸索着学，一面实验着教，办法不好，马上就改，咱们的进步，也就是这么样慢慢摸索、试验，越弄越好，你想要学孙悟空，一个筋头打到天顶上去，还有那份子理么？

现在当学徒的，讲究"平等"，不错，人和人总得平等，谁也不行压迫谁。可是"平等"得用的合适，要是乱用起来，那就不平等啦！一般学徒的，都是埋头苦干，好好的学，可是有的那个个别的徒弟，一看厂子叫当老师的教，他要不教我就不行，老师说话，他带答不理的，看他不上心学，说他两句，他还不愿意，这叫"平等"么？我看这不叫平等。

老师教你，也是一份恩情，你应该恭敬老师，不怕有什么意见要好好和老师商量，今天的老师，他决不能独裁专制，"金口玉牙"，像法西斯似的压迫你。老师看见咱们学的不上心，说咱们两句，这决不是压迫，这是一份好心，你不能把好心当驴肝肺，你当徒弟的要前前后后思想一番，等你将来教别人的时候，别人要是不好好学习，你说他两句，他对你瞪眼，你心里是什么滋味儿？是热？是凉？是好受？还是难受？

老师看你学的不上心，说你两句，你先别不高兴，你顶好是想想在头不会抽烟兜里也得预备烟卷，得时常花个三角五角的请客，得给老师往家送礼，得花小宝买手艺！

你别忘啦：藤子棍往驴脑袋瓜子上一抽就是一条紫泡！

你别忘啦："八嘎亚路七个笑！"、"三宾干活计的给！"

你别忘啦："小衙门"、"大衙门"、巡捕狗腿子大金线！

你要是白天在厂子里干活没有工夫想这些事情，那么你回家躺在炕上也可以想想这些事情，把从前旧社会学手艺那份苦和今天学手艺这番意思比上一比也就觉悟啦！要能和国统区现在的情形比上一比也有好处。俗话说："不怕不识货，就怕货比货！"

学技术还要忌一件事：不要自己瞧不起自己。

"咳！我的文化不行，没有人家的文化深，乘乘算算，人家一学就会，我老是赶不上趟，没有希望！"这么一想，悲观失望，耷拉着头，就不学了！你要知道："天下无难事，就怕心不专"哪！"铁打房梁磨绣针，功到自然成"，他学会三样，我学一样行不行？他学一天，我学三天行不行？他这个月学会了，我下个月学会了它不是一样么？上山得一步一步的上，上楼梯你是从底下一迈就迈到楼顶上去的么？你要是有那么长的腿咱们买票去看你！

学技术的日子是长的，不是三天两天的事。

文化赶不上别人，不像生下来的个头没有别人的高，不能说是抱着脖子往高处拔，当然拔也不能拔个大个，可是文化能学呀！老头老太太一天还能学会一两个生字，咱们年轻小老弟一天要学个三个五个字还发愁学不会么？

在头一个大字不识，现在能往《大连日报》投稿，人家那个文化是怎么提的？人家也是一个鼻子两个眼睛，咱们也是一个鼻子两个眼睛，腿、胳臂，一样也不缺，怎么咱们就赶不上去呢？怎么的咱们也不能叫人家隔着门缝看扁啦，叫人家一碗凉水看到底那多糟糕！你说俺熊么？俺就把熊字下面的四个点取消，偏叫他能！

不要把自己看的太高，吹起大牛，也不要把自己看的太低，抱着实事求是的精神，该怎么的就怎么的。

过去有那么句话："冰火不同炉。"说冰是凉的，火是热的，冰进了火就化啦！冰和火那个东西倒是这样的，可是要用这句话来比方万般的事情那就不对，就是欺骗，比方说文化高的和文化低的怎么就不能同炉？文化高的帮助文化低的文化，文化低的帮助文化高的技术或经验，互相帮助，这不就同炉啦么？

学生和工人结合，在头就说不行，现在怎么行啦呢？

咱们要扭转乾坤，改变世界，只要咱们有这份觉悟，有这份决心，大家心眼儿一齐，什么事情都能成功。"父子协力山成玉，弟兄同心土变金"，咱们老工友、新工友、男工友、女工友、农民、青年、知识分子，大家只要把手紧紧的一扯，什么事情都容易干。

想学技术，想教技术，怎么样学好，怎么样教好，都不是大问题，只要大家心眼儿一齐都好解决。

不识字太别扭

人生在世，要是不识个字，真是太别扭了！我在这场先讲个笑话给你听听。

在头有个不识字的人，过年的时候他就求旁人给他写对子，人家问他：

"写什么地场的对子啊？"

他说："给屋里写一张，再给牲口圈写一张。"

人家又问："屋里写'抬头见喜'，牲口圈里写'骡马成群'你看吉利不吉利？"

他说："好，好，好，你就这样写吧！"

人家给他写好以后，他就拿回家里，因为他不识字，就把对子贴倒啦：他把"抬头见喜"贴在牲口圈里，把"骡马成群"贴在屋里。大年初一，本家本当的，街坊邻居给他去拜年，一看他贴的对子，人家都是什么感想？意见准程不少。

这是说不识字的别扭，虽然是个笑话，咱们也可以拿出来参考参考。再说识字若只识上三个两个字，再就不往里追求啦也是不行。我再给你讲个笑话：在头有个人识不两个字，再就不往里追求啦，把个"开市大吉、万事亨通"写成"闹事大吉、万事亨通"，亨、亭、享，还有巳已己都是差不离的字，因为不进一步往里追求，还是马里马虎，用的时候，多啦不差，就差那么一画半画的，这就讲不明白，所以识上三十二十个字以后，不能满足现状，还得多识。

光是过年贴对子贴差啦那倒没有什么了不得的，咱们在外面办事，要是不识个字，真是太不方便，比方说你要上关东贸易，因为不识字，走到门口，看看牌子也不认识，不知道是哪一家，推开门进去一问：

"掌柜的，关东贸易在哪里？"

人家说："就是这场。"你看，自己心里是不是挺难为情的？

头些日子我在报上看见《大连日报》有段"福庆鞋厂提高质量"里面有一块谈到学习，说个女工友，因为不识字，到西山区政府去办什么事，她跑到沙河口区政府，又到马栏屯，又到周水子，回来的时候顺着西山区政府大门口走也没看见，她跑了一天，跑的那两条腿还能不累么？鞋要是不结实，兴许把鞋跑掉啦底子，她这回算是尝出不识字这份苦处有多大啦！你们大家伙有工夫可以翻翻那天的报纸看看，我一点儿不胡说。

咱们再往小处谈吧，中苏电影院来了好片子，有中文说明，人家识字的，一看就知道：噢噢！他现在说的什么话，该笑的地方人家就笑，可是你不识字，干瞪眼不知道是怎么回事，你看，一样的花钱买票，你就没有人家得的好处大！

两口子不识字，或是有的男人识字，女的不识字，隔的远见不着面，写信得叫别人给看，你看这该多么不方便！

当然啦，咱们学字，并不是专为两口子写信方便，我这么比方比方也没有二五眼。反正是不识字，就像睁眼瞎子，处处别扭，有的人不识字，就说：

"不识字，活着没有意思！"

要是不尝到不识字的痛苦，他不会说出这样的话。

再比方说船渠王智富提上一个建议就给工厂省下一百九十多万元，他们船渠有一条船上可不知要换什么锅炉门，船上那些有头有脑、干活有经验的人，都说：

"不行啊！这些锅炉门都得换新的啦！要是不换新的，这个这个就不好使唤……"

咱们王智富歪着脑袋一想，哎呀！都换新的，这得多少钱，可是"不调查，不研究，没有发言权"，王智富先到船上调查一遍，上上下下，四面八方，里里外外，拿眼睛这么一打量，心里有了主意，他说：

"不用换，不用换，新的赶不上旧的质量好。"

他再三再四去建这份议，他又告诉那些肚子有一套能耐的技师去验，他们也说："言之有理！言之有理！"厂方到底把他这份建议两只手接受过去啦。后来又要换什么要紧的管子，王智富又上一道建议，也可利用旧的，一下又省十来万元，你看这是不是一份本事？

为了这件事情，《大连日报》给登在报上，把"王智富建议省下一百九十万"四面还用框镶起来，表示重要，用的铅字，都是一笔一画的，没有草字。

假设不是工人大老粗们有这份本事，关东能建设起来么？可是单有这份本事够不够呢？

咱们工人阶级，不会客气，有什么讲什么，这些本事，大是真大，可是要担负起建设新中国的任务，咱们的本事还不算够。怎么说呢？

王智富，要能把他这些本事，写出一本书来，那么谁要想学这个技术，打开他作的书一研究，噢！这么样，这么样，得，得……可是王智富要论他的经验可丰富啦，可是他还不知足，他还一个劲往里追求：学政治，学文化；另外像徐积宽、袁明朝、彭永花这帮模范，都是不住的往上提自己的文化。他们现在经验满够，就是文化不高，还不能把自己的经验写成一本书，同时他们现在即使能写出一本书来，咱们大家伙要想研究，能不能研究进去呢？我看，我们研究不进去，因为咱们的文化提的还不够高，应该提高两丈，咱们现在平均的讲，不过提到三寸五寸的地方，有些工友还没有动手往上提呢！

和王智富、徐积宽、袁明朝、彭永花他们在一块儿干活，要跟他们学，还不算难，咱们要是在别场干活，也想学他们的经验，这就不方便啦，要是他们能写出一本书来，咱们的文化也都提的不大离啦。也能看的透彻，那么，不在大连，也不要紧，别看书没长着翅膀，它能往各地场飞，多少千里，多少万里，都能飞过去，你看列宁的著作、斯大林的文章，飞了多远！全世界，无论什么地方，只要有人就有，毛泽东的作品也是这样，什么地场都能飞去，哪一国的人民都欢迎看。

咱们工人大老粗也要朝着这个方向去发展。

学习就像盖房子打地基

咱们应该知道为什么要学习。

比方说是中央公园有棵大树，长的牢邦，咱们打算把它挪到鲁迅公园；大家一齐动手，刨的刨，抬的抬，稀里糊涂闹到鲁迅公园，可是住不上几天，刮来一阵大风，你猜怎样？倒啦！

同志，你说这是怎么回事？

咱们挪它的时候，光知道刨，没留心根和须子，把根和须子刨断了还能长么？

无论干什么事情，得从根上下手，再比方像盖房子，总得先打地基，可是要不灌浆，还有大缝、小缝，风吹雨打，耗子一倒，它就会出窟窿，要是灌上浆子，泥灰沙石团成一个，结结实实，牢牢邦邦，你就是握起拳头打，也不能一打就掉一块泥，你要是拿大锤打，不等把你累死，嗖的一声，蹦出一块石头，你的脑袋瓜子可就开瓢啦！

咱们要想改变这份糊涂脑筋，除了学习以外，再也买不出第二份灵药。学习要从根上下手，就像挪动那棵大树一样，要不从根上下手好好的刨，就长不结实。来阵大风，就是不倒，也要东摇西晃，将来不能往高处发展，又像盖房子，不好好学习，或是学个半瓶子醋，闹个一瓶不满，半瓶晃荡，就像地基打的不牢，也不灌浆，眼前对付着住倒行，要想多住几辈可就不行，有个地震，那就不保险啦！

那棵大树，又好比像咱们在旧社会里长大的人，挪它一挪，就是改变脑筋，怎么才能改呢？两字——学习。怎么样学习呢？你看看市工会那份计划，第一、第二、第三、第四……一条一条，详详细细，咱们在一起头，要弄清楚，把旧脑筋挪成新脑筋，对自己，对社会，都有好处，从前咱们糊涂，连五一劳动这个节都不知道，统治阶级欺骗咱们，说是生辰八字不好，命穷，活该受罪，又是神又是鬼的，编了一大套，从老辈就受欺骗，到了咱们这辈，也摸不清是怎么回事，所以咱们也上了不少的当，想起来真冤！没有钱呢，念不起书，像睁眼瞎子，斗大的字识一簸箕，处处受人压迫，叫人轻视，经不起挪动。现在咱们大家翻身，老大爷、老大娘、大嫂、大姐、大哥、小老弟们都有资格学习啦。咱们要把大树从旧地方挪到新地方来，要从根上来挪，叫它长的牢牢邦邦，又像打地基，灌浆子一样，过去学习过了，可是不够，还有大缝、小缝，再用点儿力气学他一阵，就像灌上浆子，又结实，又牢邦，千古不朽，你看这有多合老少！

从一解放，就有那么一帮心灵的工友，人家眼光看的真远：一看，哈哈，新世界来到面前啦，再不学习，还待何时？从前不是不识字么？好，一天识它两个，有的识了五个，还有一天能识十个的。学了一二年就是一千多字；又会开条，又会看报，拿起笔来，哗哗就是一大篇，《大连日报》用各式各样整整齐齐的小铅字给登出来，你看这多光荣！

可是人不一样啊，有的人开窍开的就慢，脑筋老是慢五分钟，赶不上火车，火车开了半天，他才喘喘呼呼跑到车站，一看火车开啦："哼，不要紧，等下趟车走。"这还是挺不错的，有那样的一看赶不上啦，耷拉着头，骂起大街来：完啦完啦，这一辈子算拉倒啦，回家睡觉吧，这是能字加四点的货，不值得表扬！

人家好好在学习，自己在下面扯闲蛋，打瞌睡，再不然就溜啦！人家现在识了好几百字，能写报稿，他连自己的名还写不上来，给他一张报，他倒拿着看，告诉他拿倒啦，他说是给你看的，你看这多糟心，所以过去学习落后的人，今天应该检讨自己是怎么回事，想想：厂子里成立这个学习，成立那个学习，又给买纸，又给买笔，老师有的是，成年到头的讲，嘴唇子都磨破啦，也不收点儿费用，在头你花多少钱也没有地方听这些真理呀，统治阶级也对你讲，他讲的是叫你当牛马，老老实实的，骑着你脖子拉屎撒尿，你也不许放声。今天咱们要学习改造不合理的世界，工农大家一齐翻身，再不下决心好好学习，实在也说不过去。

是有骨头的好汉子，有志气的好儿女，打这应该把脚一跺，把牙一咬，下定决心，好好学习。

有那路个别的人说："学习也吃饭，不学习也吃饭！"现在看看这话说的对是不对，人家学习的好，当上科长，当上厂长，现在民主政府，工人大老粗都自己管理工厂啦，咱一点儿也不愿意学习，吊儿郎当的，人家三请四请的去请你学习，你偏不学，请问老兄，你要不懂国家大事，不学习文化，不学技术，不能办事，能高升么？这怨人家上级照顾的不周到，还是愿你自己没有出息？

有个别的工友说："工人，工人，就是做工，谁要做工做的好，做的快，就行，有一两手手艺就顶用，识不识字，没有什么关系。"

我请问你老兄：你识不识码子？码子不是字么？要是连个码子都不识，你干活的时候多别扭啊。

人家拿来张图，上面画的直线、曲线、缩尺、百分之几、千分之几，要是不会二一添做五，逢二进一十，怎么进行这活？人家那个圆后面写的明明白白，这场应该怎么样怎么样干，那场应该怎么样怎么样干，光说我干活干了多少多少年，有一口袋经验，可是图后面的说明你看不懂，不是也得干瞪眼么？

人家识字的工友，打开报纸一看——嘿！解放军又打胜仗啦！在什么地方打的，怎么开头打，怎样打完的，多少敌人完蛋，得了多少机关枪大炮，捉住多少反动派的旅长团长——什么工厂有了什么创造、发明，有些什么经验、教训，从今往后咱们应该怎么样开展这份工作，一五一十，怎么来怎么去，看的明明白白，好像看碗凉水，一眼就看到了底。你要是一个大字不识，看了半天，癞蛤蟆跳进井里——扑通！你看这有什么劲。

你要识字，可以翻翻参考书，看看人家那里面是怎么样写的，又是办法，又是经验，要什么有什么，不单能多创造、多发明，技术也能多多的往上提，提起来还没有头，越提越高。书这种东西，不光是上学堂念书的人有用，咱们在工厂干活，更得懂得。

过去咱们怎么捞不着学习呢？帝国主义、资本主义和那些法西斯主义的国家，就喜欢工人不识字，越彪越好，因为工人要都是半彪子，就知道像牛像马似的不吱声不知气的干活，他们是怎么样欺骗咱们的，也不知道，这对他们好处可大啦！要不怎么日本鬼子那些王八蛋就教给咱们"阿里嘎到搞杂一马四！"可是就不教工人识字。国民党反动派统治的地方，谁听说他们买纸买笔教给工人识字啦么？做梦也梦不着这种事情。凡是剥削工人的坏蛋杂种，他们决不喜欢工人识字，提高文化，如果大家伙有了知识，知道刮风下雨是怎么一份道理，他那个小庙还能灵么？

敌人压迫咱们工人，剥削咱们工人，他们最高兴的就是咱们没有知识，一个大字不识，叫咱们迷信，教咱们上当，叫咱们成天到晚糊里糊涂，他们就容易随便欺骗咱们，把咱们当牛当马一样的使唤，他们在后面拿鞭子使劲的打。

所以说咱们工人，要想翻身当主人，要把工厂办的好好的，要想把活做的更好，做的更多更快，单有一把子力气实在不够——牛的力气倒大，就能耕地，马的力气也大，就能拉车，咱们要创造世界，要改变天下，要做主人，这个文化，你就非往上提不可。咱们要往远处看，咱们的前途是又远又大！可是你光往远处看，现在不打好地基，灌好浆子，也是不行啊！

工友们，我说的对是不对，请大家伙千万别客气的批评啊。

（《说到那里做到那里》，大连书店 1948 年版，署名：赤灯）

家常话

一、吃不穷，穿不穷，算计不到就穷！

有手艺的人，赚钱不容易，赚来家钱，不能胡花乱花，处处节省点儿，光吃米烧钱，都有定数，随手花钱，可就没有定数。

就拿抽烟卷说，有时一天一盒，有时一天两盒，要是来人去客，交朋好友，可就不定多少盒啦。不会抽烟的人，下来配给烟，一买就是一千多块。会抽烟的，自己抽还不够，另外得倒花钱，这里外里，能差多少钱？会过日子的手，一看日子困难，把烟一忌，省下钱买菜吃，不会过的，可就不讲这些了！

过日子就得从这些小地方算计，要是算计的好，日子就能过得挺宽头，要是算计得不好，日子就越过越紧。都是两口家过日子，都是一样的赚钱，老张家不愁吃，老李家就拉一大些窟窿，这就是有的会算计，有的花流了手。

发了饷应该算一算，这一个月，家里都缺什么，非治不可得东西才治，能够将就的就将就，得看急不急，房子要是漏雨，顶好看看轻重，要是自己能够收拾，干脆自己买点儿洋灰抹抹，实在不能收拾再找瓦匠。推磨得看家里都是什么样人，怎么吃，都是大人，可以推粗一点儿，送到钢磨去推。要是有孩子，推点儿细面子。贴饼子吃，粗面子好。发着吃，细面子好。要是有鸡下蛋，卖啦买菜……别看这些地场小，算计的好，能省不少钱呢！

会过日子的人，不买零嘴，有孩子的人，一天三顿吃的饱，那就挺好，要是买香瓜子，买冰棍……孩子吃啦没有好处，容易拉稀，病啦上医院，买药吃，更不和算。

吃青菜也得算计，老张家一斤茄子吃两顿，老李家吃一顿，人家把菜当菜吃就省，要是把菜当饭吃就费，月月领的配给油，不能一倒半锅，应该均匀着吃饭，酱油、咸盐也得用得合适，不能说是咸盐贱就抛废，一个粒也别糟蹋，你得知道，出一粒盐得费多少事啊！穿的更得算计周到，顶废的是鞋脚，到底胶皮底鞋抗穿，还是家做的鞋抗穿？常穿鞋的人，还能没有谱么？瓜圆好看，过日子受罪，有什么好处？何况家做的鞋，样剪的好，做的仔细，一样好看。要是闺娘媳妇，胭脂花粉，也得算算，不如不用，男的头上抹油，绝不是过日子的手，洗得干干净净就挺好啊！

过日子分条道，就是——俭省。谁要离开了这一条道，日子准过不好。

俗语说：吃不穷，穿不穷，算计不到就穷。咱们打开两扇门七件事：柴米油盐酱醋茶，这当儿醋茶倒是用不用都行，可是另外还有不少别的项目啦，都得算计，好像下棋，一个子儿一个子儿都得摆合适，要是摆的不对，你就把日子弄翻个啦！

过日子算计，不是小气，不能说是"和肚子打算盘"，而是和日子打算，一年三百六十五天，不是过啦今天没有明天，从前小日本鬼没跑的时候，谁都没有心事过日子，那也没有法说，现在不一样啦，得往远处算计，这个月怎么过，下一个月怎么过，今年怎么过，明年怎么过，都得有个盘算，要是过日子不算计，稀里糊涂，拆啦东墙补西墙，老师是"凑付"，那就不行，就是穷，也得算计，才能慢慢过好，不然，你的日子不容易好过起来。

日子过得不好，你在厂子干活也没心思好好的干，老是往家惦记，算计的好，你就有个盼头。

二、对待邻居要和气，当面有话当面讲，不要一面吃猪头，以免吃羊头！

住家过日子，不是住在山尖上，住在大海里，谁都有些邻邻居居的，老张家，老李家什么样的人都有。

从前过日子，都是个人过个人的，谁也不管谁，谁要和谁对心眼儿，就近边点，要不对心，就离远点儿，可是如今的年头变啦，不管对不对心，坊上一开会，就得见面，你能说是闭着眼睛假装看不见么？

开门过日子，上炕就知道老婆孩子，下地就认识自己那一双鞋，那么样过，日子能过好么？咱们应该看看这些邻居都有什么长处，都有什么短处，人家要是有啦长处，咱们就跟人家学，他要是有啦短处，咱们也该奉劝奉劝，千万千万不能在背地里讲究人家，当面又是另外一套，这是小人。要是正人君子，绝不这样。老张家和老李家不和气，咱们也该帮着解释解释，大家和和气气，低头不见抬头见，就是搬开不在一条街上住，那么两座山碰不到一块儿突然，两个活人，也容易碰在一块儿。

咱们如今晚讲和气，可不是不论什么样的事都是一锅煮，要是事情办的不对，也得说个明白，比方说是头些日子为啦一贯道开会，上面告诉：入过道的人都要登记，有那样的人，他还不明白民主政府的意思，怕登了记对他有害处，就不坦白，邻邻居居的，谁入道，谁没入"道""五台山修庙"谁拿啦钱，谁没拿钱，还不知道么？可是咱们在旁边看着也不放声，这叫和气不叫呢？不叫。

咱们得看这档事情对大家伙有好处还是有坏处。要是隐瞒着对大家都不好，就得说出来，要不然小米饭里有沙子，你不把它挑出来，以后吃着也硌。表面上笑嘻嘻，肚子里老闹鬼，绝不会受别人的欢迎。

要是听见老张家在背地讲老李家，千万不能火上加油，帮着生事，更不应该偷着去告诉老李家，说老张家在背地怎样讲究你啦！要是这样，就是小人，不是好人！要是好人，应该在当央劝解劝解，不叫他们两家攒成成见。不然一家吵闹，四邻不安，一同一坊，也不体面！

老爷们的嘴，有时候好说个大话。老娘们的嘴，有事好说个小话。咱们不论听见大话，听见小话，不要一听就信，顶好在心里琢磨琢磨，对事不对，对就收下，不对就劝他改过来。要知道，当着你的面，指点出你的短处，这对你有大好处啊！他要是当着你的面老夸奖你，一转脸就骂你八辈祖宗，你说哪一种人好？

邻居不能分成哪个地方人就是好的，什么地方的人不好。从前，"海南丢""此地巴子"，成了两派，你瞧不起我，我看不上你，这都是日本鬼子给咱们留下的坏处，现在咱们可不能再上这样的当！不管他是什么地方人，也不管他是哪一国的人，只要他赞成民主政府，他就是挺好的邻居，他要是破坏民主政府，造谣、撒谎、胡说八道……这样的邻居，咱们要先劝他，实在是劝也不行，便痛快对他下个警告，死不回头，就请报政府办理。

害群之马，要不把他牵啦出去，谁也过不舒服。

三、当儿女的怎样对待老人

当爹当妈的，拉巴大啦一个儿女，多不容易，拉屎拉尿，冷呀热呀，要是生个病灾的，急的门里走到门外，等到儿女长大，又盼望他们像个人样，当爹　的，还有不盼望儿女往有出息的道走么？

可是当老的，年岁大啦，这个脑筋怎么说总是比较旧，他成天到晚，不像别的，老是惦记着眼面前过日子这些小事，房子田地，鸡猫鸭狗，柴米油盐，锅碗瓢盆……你说，他又不懂国家大事，能想些什么呢？

现在不错，有些上啦年纪的人，在厂子里干活，常常听讲，脑筋慢慢开了，知道民主政府给老百姓出主意，替老百姓定章程，又知道人民解放军和国民党反动派骨子里根本不一样，解放军是老百姓的血肉，国民党反动派是老百姓的生死冤家……可是住家过日子的老年人，成天蹲在灶火坑，坊上开会，去听一听，也不能全听明白，和人家参加工作的比起来，脑筋可就差远啦，就是知道个事情，也辨别不出是青是红。另外还有一些事情，老年人自己肚子里还单有一套道眼，实在是红，他偏说是白的，实在是白，他硬说是红的。

当老的脑筋落后，他有原因，主要他们是叫那些统治阶级官僚给糊弄啦一辈子，加上没有文化，刮风说是有风神，下雨说是有雨神，他哪知道地球是什么样。

上了年纪的人，别看脑筋顽固，要是好好劝他，什么事情讲开啦放，也能转变。

有些知其一不知其二的人，说是："共产党八路军反对孝敬爹妈……"当老的听说这一声还能赞成共产党八路军？其实共产党八路军最孝敬爹妈！不用说孝敬自己爹妈，就是对待别的老年人也是非常尊重的，尤其对于参军的参加革命工作人员的爹妈那更是到处尊敬，每年过节过年县长、区长还要去拜年送礼呢。

像这些事情，要讲明白，老年人也不能醒不过来窈啊！

咱们这地方有些当儿女的，一看爹妈上啦年纪，三句话不来就是"老脑筋"，"老顽固"，"老古董"……什么事也不肯耐心对他讲，还有那个当儿子的，动不动还瞪眼珠，看见爹妈什么都不顺眼，走道都不愿挨在一块儿走，这就算进啦步啦？我看还不够进步。

当儿女的，顶好是学学人家共产党八路军对待老年人那番意思，尊敬老年，说话客气，讲究礼貌，又想不通的地方慢慢给解释，绝不吹胡子瞪眼，老挑毛病，这是共产党大专家毛泽东领导的好，教育的好，所以能成大事！

看看国民党反动派他们对待老年人什么样？见了老人就骂："老糊涂虫！""老不死的混蛋！"（老 × 养的！）……要不怎么说反动派要不死光就无天理。

四、当爹妈的把儿女交给民主政府交给谁都放心

咱们不用讲别的，单讲民主政府领导的工厂吧。男的、女的，都在一个屋里干活，当头目的，都是大家伙选，谁好选谁，品行不好的，一辈子没有人选他。大家伙也不欢迎你在哪场干活，就这么样，选一个礼拜开一次会，有眼睫大那么点儿缺点也给检讨出来。

我说当爹妈的教育儿女也没有这么周到啊！你有儿子交给工厂，你放心吧，他没有地场学打人、学骂人、没有地场学偷、学摸，更没有人教他吃喝嫖赌，教他往歪道走。成天到晚学到的尽是怎么样管工厂，怎么样学识字，从前两眼墨黑，一个大字不识的人，现在会写会算，说句天地良心话，上哪去找这个好地场啊！

咱们有闺娘上厂子干活，也是一样学写学算，他们还有自己的团体——妇女会，这可不像一贯道，熊钱花，往坏处领，他们讲的是怎样求解放翻身当主人，也学怎样管工厂，现在有的是闺娘媳妇当干部的，当厂长的，他们也学会写会算，能说能道的，谁敢欺负她们一指头？你想欺侮她们一点儿，动动态度也不行啊！要想在她们眼前要流氓，那不是找着倒霉？

咱们要是有儿有女在机关里办事情，也用不着操一点儿心，工作好好的作就行，用不着像在头还得给上司、当官儿的溜须拍马，溜不到就挑你的眼，那些事情，再也不讲究了！

从前在机关里办事，男的得有门路，门子越硬，做事越容易。现在不同了，是凭着本事。从前女的得模样长得的光溜，穿戴好看，有点手腕，现在不管丑俊，工作做的好就是模范。

儿女在学校里念书和从前更是天地不同啦！从前进学堂，到了过年过节，得给鬼子教员送礼，要是没有钱哪，念个狗蛋！再说从前也没有这么多的学校啊！现在念书，穷家孩子，也是一样的念，民主政府发给公费，会过日子的到啦月头还能剩钱。男女一块上课，一同游戏，也是开会检讨，有啦困难，互相帮助，谁也不能欺负谁，当老师的，没有说像从前那样讲骂讲打啦！书念的好，也兴选举模范，还当小先生，小孩子也练习办大事情。你看民主政府，他们怎么琢磨出这么好的法子来，处处都是叫人往好道走，往有出息的目标努力！

总而言之一句话，不论是把儿女送到什么地方，送到多远，只要是民主政府领导的，我看比留在家里放心，有出息，因为儿女在家里，咱们教的不好，没有人家民主政府那些法子高明。一不用打，而不用骂，什么事儿都得大家伙一块儿讨论讨论。

这个讨论，就是咱们民主政府的精华字典，什么问题都可用大家讨论来解决。

国民党反动派总是没有这本字典，他就有一本独裁法令，老子金口玉牙，说啥就杀，说砍就砍，要是好好长大的儿女，送到那种鬼草的地方去留学，实在不容易学好，有些男子汉大丈夫到国统区成了流氓，有些气节挺高的妇道到了国统区没有办法，下了水！咳！民主地区，国统区，一是天堂，有星有月真正好看。一是地狱，有牛头、有马面、有阎王、有判官、有吊死鬼特务，在那种熊地场，真他妈倒啦八辈子霉啦！

所以我说，有啦儿女，交给民主政府，比交三亲六故，什么样亲的、热的都放心，不单放心，还有盼头。

五、儿女要前进，套上一百只牛也拉不回来

我们家老二，今年二十二啦，还没定媳妇——连个影也没有，他妈就为这档事情成天念嘟嘟说是这么大岁数啦，要不娶个媳妇，等老啦再娶呀？再过二年要是不娶，想抱孙子也抱不上啦！

我家老二总是说："全中国都解放啦，到那时候再结婚也不晚。"

我这个老伴，脑筋也是不开通，她不明白现在的青年人，一参加民主工作，进起步来就像射箭一样飞快。我起初也不明白民主政府关于这个青年婚姻怎么样定的，后来老二给我解释，我才明白这番道理。

咱们当爹妈的，看见儿子闺娘长大成人，盼望他们成家立业，本来"男大当娶，女大当婚"这是天理人情，无论是谁，也不能反对，民主政府，提倡婚姻自由，不许买卖式，不许爹妈包办，这有道理，可是现在的青年人，和在头不一样啦！他们关心国家大事，承认自己也是中华民族一份子，国家兴旺，匹夫有责，现在国民党反动派还没死尽，还靠着美国打吗啡针，有一口气就打内战。人民解放军呢，也是不得不和反动派拼，所以凡是中国青年就不能不挂念，不能不好好的工作。

太年轻了娶媳妇就得生儿育女，老婆孩子一成串，这个要吃，那个要穿，实在妨碍工作。女的有工作的，结婚以后，有了孩子，能说不妨碍她工作么？住会儿拉屎，住会儿撒尿，住会儿吃奶，就是有老的帮着伺候，没有一个人干干净净，利利索索，干什么也没有带累。所以现在脑筋大大进啦步的青年人，不愿意太年轻就结婚，十成有八成就是因为这种思想。

我的老伴脑筋琢磨不过来这个窍门，她就问："要是这个也不结婚，那个也不结婚，不是得绝后啦？灭种啦？"她这份心操的真是多余，结婚不结婚，民主政府不强逼，人家青年进步，关心国家大事，不结婚就不结婚，谁要是愿意结婚呢，那就结婚，民主政府觉不干涉，生小孩子的照样的生，一点儿也不能绝后，一点儿也不会灭什么种。再说现在的婚姻，不用当爹当妈的给张罗，孩子们长大啦，自己会挑，自己会选，谁进步，谁不进步，成天在一块儿，或者听别人讲，大家提意见，决不能像从前迷信派，请个瞎子来家算"生辰八字"那么胡说八扯上大当。现在什么事情，都讲民主，

结婚找对象，也可以听听大家伙的反映，我的对象合不合适，人多出圣人，大家伙给参考参考，不比瞎子胡说八道强么？

只要有民主政府，处处都讲民主，咱们当老的，什么事也不用操心，儿子闺女找对象，咱们老的也不用操心，现在的青年人，都有个道，应该往哪面走，都有一定之规，他们要玩前进，你就是套上一百只牛，也不能把他们拉回来。

六、当婆婆的别嫉妒媳妇

当婆婆的对待儿媳妇，有些是真好，就像自己生养的儿女一样，可是有那路当婆婆的，在这方面，不客气说，做的就很差劲！"我这个媳妇可倒好，她汉子领的烟卷她也攒起来，她汉子配给的白糖她也留一些，回她妈就拿给她妈，她就顾她妈，谁也不顾！那看俺闺女，多会儿从她婆家回家来看我手里也不空着，不是拿点儿豆角，就是拿些茄子，黄瓜下来，论起好几十条好几十条的给我往家拿，管多吃点儿什么都惦记着我……"

这样的婆婆，就是把自己生养的闺女，看成好的，把人家生养的闺女，看成坏的啦！你看，这两个闺女，嫁啦汉子以后，都是一样的惦记着自己亲生的爹妈，可是在偏心的婆婆来看，就不一样。

有那个当婆婆的，她不知道世道改变啦，老是把她做媳妇的时候那些老规矩，搬出来用，她不想想，那是什么年头？她那时候，脚包的越小越摩登，头发也不兴剪，没有妇女会、识字班、扭秧歌，更不用提，做梦也梦不见。可是现在世界进步啦，当婆婆的，应该想想，从前受的那些压迫，应不应该？要是不应该，那么就别再压迫自己的儿媳妇啦！

咱们上啦年纪的人，千不该，万不该嫉妒年轻人。咱们从前受的那些罪，怨谁？统治阶级该死！现在没有统治阶级，咱们都不受气。年轻人，人家进步的快，愿意参加识字班，学习一些道理，对咱们老人只有好处，没有坏处，那就应该叫她们去。不能瞎说："哎呀！媳妇也不听使啦，成天各处瞎跑……"如果真是什么也不干，各处瞎跑，就该好好的劝她，——说句实在的，我那么些邻居，也没看见谁家的媳妇瞎跑，都是规规矩矩的，也没有东家串，西家串，说这个长，刀那个短的。可是我知道有两个当婆婆的，可真跋扈。那个姓刘的，媳妇可真是个好媳妇，一个月纳十六双底子，做饭、洗衣裳、伺弄孩子，干什么都是她，就因为有一回开会，人家问她有什么困难，她说想着学字，婆婆不让。这话不知怎么传传到婆婆耳朵里啦，从那以后，她对这个媳妇就嫉恨在心，一动就找媳妇别扭。后来人家妇女会知道啦对她提啦意见她才好啦。还有一个姓张的，过年的时候，儿媳妇要参加秧歌队，她不答应，后来媳妇去练习扭了一回，叫她知道，这就翻啦天啦，闹的鸡犬不宁，一家子也没有过好这个年，都噘着嘴，媳妇到老也没出去扭。这个老婆子又看了一回话剧"李贵香"，回来就骂："特意编出来糟蹋当婆婆的，世上哪有那样的婆婆？"

闺女媳妇出去扭秧歌，不会有什么坏人看中啦，来抢来夺，不像早先年，有什么恶霸抢闺女抢媳妇。日本鬼子在的时候，倒是挺危险的，可是现在民主政府保护老百姓，还有什么可怕的呢？听说谁家媳妇因为扭秧歌，叫坏人抢跑啦么？这真是没有影的事。

当媳妇的也别看公公婆婆上啦年纪，脑筋慢，就不答理，自己明白的事情，应该细心的对他们讲，慢慢的，被着急。老年人，不像青年进步快，他多听一些，多看一些，只要理正，什么样的人也得心服口服。不能说是一天两天弄不明白，就把他看成是个死的，牛马不会说话，还能指教过来啦，何况一个活人。

可是也不能因为老年人的脑筋讲不通，就什么也不干啦，得看是什么事情，若是国家存亡的大事，对当老的一时讲不明白，一面慢慢去讲，一面也得去干，这才是革命精神。

七、男的要帮女的进步，女的也要立立志气

我们那条街东头，和磨房紧接壁那个老马家，男的在机关上做事情，他的媳妇是从小爹妈给定的。老马这个小伙，说起来真是不错，人家真讲进步，晚上下班，赶紧巴拉几口饭，拿着书本又去念夜学。不好吃，不好穿，连个烟卷都不抽，什么嗜好也没有，每月开饷一个铜子儿也舍不得花。

就是有一样不顺心，老是看媳妇不对眼，嫌她不识字，长的模样也不怎么俊，要是和人家那些"摩登的"比起来可就差的远啦。可是这个媳妇你别看摆不出桌子面，过日子可是把好手，浆浆洗洗，做稀的做干的，没一样拿不起来，泥里水里能吃苦，两个孩子，一男一女——大的五岁，小的三岁——老是收拾的干干净净。

男的看不上她，就是因为她连一个大字也不识，又很迷信。今年春天，男的不在家，她偷着找了一个瞎子算命，不知怎么叫她男的知道了，两口子拌起嘴来，好一顿闹，又要打离婚，又要寻死腻活的。

民主政府，结婚离婚自由，不过，这种事情，要叫我说，得看情形。比方老马家两口子，女的不讲进步，可是男的要是耐一点儿心烦，好好教她，也不能就说是一点儿进步的指望也没有。自己没有工夫教她，那么坊上有识字班，学习也不要钱，为什么不叫她晚上没有事去参加学习呢？领着孩子去学习，人家也不是不让，就是自己一天瞅工夫，教她识上一个半个字也不太难啦！

男人对待自己的媳妇，不能看样好坏，样好也不好吃，仗着脸子，什么事也不顶，还是有份本事打腰，能打一辈子。有媳妇的人，第一得先看这一步。第二再看看她能不能劳动过日子，知不知道要强。第三要想开她的脑筋发死，都是因为从前社会不好，不是她自己愿意脑筋发死。第四看看自己，已经有啦孩子，能不能离这份婚，要是两下还不愿意走到打离婚这步田地，那就不必了。至于女的，自己也要立立志气，想个什么法也得学习学习，进一进步。你看，人家男男女女，全都进步，有些老头，老太太，一天还下决心识一个字，年纪轻轻，有一个孩子，两个孩子就不能学习啦？我不信不能学习，就看你自己要不要强。

旧式婚姻不好，现在大家全知道了，还没结婚的人，应该按新式的办，已经结过婚的，我看就得酌量情形，能够进步的，就应该想办法帮她进步，实在弄不到一起啦，就像水炭一样，互不相容，那就没有法子，只好散开。

反动派们，绝不讲这一套，他们不把女的当人，当作摆设，有钱的，可以多娶姨太太，谁要娶的越多，他们认为是本事。他们绝不讲究学习讲什么进步，他们那份保甲制度，竟是管抓丁，正粮的，哪有什么识字班这个设备。那面的妇女，做梦也梦不见什么学习呀！可是咱们这面的妇女，有的是真进步，可是有一些可就差劲啦！坊上成立识字班，像三请诸葛亮似的，来请她去她也不去。有的是男的不叫去，有的是自己懒，怕困难，有的是嫌自己年纪大啦，看不起自己，自暴自弃……什么样的想法都有。这样的人，再过个三五年的看，她准后悔个死！

八、男孩和女孩全一样啊！

谁家没有孩子呢？十家有九家都有孩子，有些人，说起来可真糊涂，他就把小孩子当成人看，还有的把小孩当大人的出气筒，小孩子吃饱了饭就知道玩儿，就知道唱，现在的小孩子都会唱：

"毛主席，像太阳，照在哪里哪里亮……"

大人上来高兴，看着孩子还挺顺眼，要是上来不高兴，就拿孩子出气，不是骂，就是打，把孩子打的呜嗷乱叫。有的老爷们，打起孩子来，就像打牲口一样。有的老娘们，打起孩子来，就像打猪打狗一样，不管头脑，上去就是一大巴掌。

还有些人，把孩子看成是个玩物，不把他们当作是人，上来高兴，随自己的意玩弄，要是妨碍了他就审，就骂。这些习惯，实在不好，应该好好的改。

我琢磨这些习惯也有来历，不外也是在统治阶级压迫的，大人们自己太闷，就在孩子身上泄气，这实在是不对的。

咱们对待孩子，应该特别仔细，好好教育他们，培养他们，使他们养成好习惯，好身体。

还有咱们对待自己生养的孩子要好，那么对待邻居的孩子怎么样呢？

我从前有个邻居，这个娘们因为孩子得了一个外号："护小头！"从这个外号，你就知道她对人家的孩子怎么样啦！别人的孩子要和自己的孩子玩恼啦打起来，她的孩子要吃啦亏，她就去找人家大人，叫人家打孩子，她才出气。

因为孩子，大人也跟着闹气别扭来，你看这多糟心！

孩子要爱，可是不要太溺，比方说是他要学会骂人，对着你骂："×你妈！"你听着也咧着嘴笑，这就叫他多去骂人。你要看着自己的孩子拿着石头去打别人家的孩子，你要裂着嘴笑，这算怎么一回事呢？这么一来，对你的孩子一点好处也没有，简直就是害他！

要记住啊！孩子做错了事，你就应该管教他，好好的对他讲，要是你已经弄错了，把你那个孩子惯坏啦，那么你就应该更用点儿力，好好叫他二流子转变。

孩子们最好让他们去参加儿童团，和人家别的孩子学些知识，跑跑跳跳，快乐快乐也好，千万不要把孩子老是圈在笼子里，将来长大，还能圈在家里不让他出去么？

特别重要特别重要的还有一个问题就是"重男轻女"，这份缺德的思想，咱们要是好好检讨起来，可是不得了啊！

听说谁家生了孩子，先问"男的？女的？"要是男的，就蹦着高跳，要是女的，就拉长了脸腮，这是什么思想？

在头旧社会，男子能承继财产，耀武扬威，不可一世，现在新社会，民主政府有明文规定，女子也一样有财产继承权，——财产不财产，这是小事一段，社会地位，女子和男子也是一样啊！人家共产党领导的解放区，女子当村长，当县长，有的是，不算稀奇，还有当共产党中央委员的，那个被选为国际民主妇联副主任的蔡畅不就是女子么？咱们关东地区，女子也是一样当干部，男子能干，女子就能干，机器工厂也有女子，开电车也有女子，你看女子哪一样比男子不吉？

早些年那些女子，实在没有出路，现在天下变啦，还戴着几十年前那副老花镜看现在新社会的妇女，一定是看不清楚！咱们得用新眼光来看新社会的妇女，这样，才不至于听说生个男孩子就笑嘻嘻，听说生个女孩子就耷拉着大眼皮……

九、政府照顾穷人为的要他富

我在"事变"头四年到过北平、天津。从前北平、天津那地方，有一种人，有个奇怪的毛病，比方他家里本来吃的是苞米面窝窝头，可是你要问他吃的什么饭，他说：

"吃的包饺子啊！"还有的人家，连个炕席都没有，闺女媳妇出门，烫着飞机头，穿着高跟鞋。

咳！这都是统治阶级官僚派把老百姓统治坏啦！他们成天到晚，口口声声的讲什么"仁义道德，礼义廉耻"，可是一点人事不干，贪赃受贿，腐化享乐，一个当官儿的娶好几个姨太太，他们把城里闹成一种"笑贫不笑娼"的风气，有些人，看不开这一套，就上啦他们的当，也染上虚荣好面子，打肿了脸颊装胖子的缺德派头。

你想想，咱们在解放以头，旅大这地方也是这样，自己贫穷，怕人家见笑，还得咬着牙装着，你看这多难受！可是现在为什么大家伙都不笑话谁家困难了呢？因为咱们老百姓有啦觉悟，知道过去的困难是日本鬼子给的，现在的困难是国民党卖国派打内战封锁海口，所以咱们有些困难，谁也不笑话谁，只要大家努力齐开荒，开动脑筋多生产，什么困难，慢慢都能克服。

可是咱们这地方现在有种相反的情形，他家本来富裕，也说困难，有的人说什么："现在穷人吃得开呀！有钱的人吃不开呀！"这个说法就是还没明白民主政府的意思。

民主政府好，就好在能为大家办事情，照顾大多数，做工的、种地的、贫困的老百姓，也照顾商人、有钱的人，不过困难多的，多照顾，困难少的，少照顾。

咱们打听打听看看，谁家有钱，不是一律享受平等待遇么？

民主政府照顾穷人，不是叫大家伙老过穷日子，一点儿不是，他计划这样生产，那样生产，从头到尾就是为叫老百姓富起来，叫大家伙都能发财。不过民主政府提倡的这个发财，是凭着这份劳动力，发正当的财，不是囤积倒把，欺人害人去发财。看看那些私人开的工厂，只要不压榨工人，能照顾工人，生产的物品对公家对人民有利，那么他赚的越多，政府越表扬，报上也登。那些剥皮的买卖人，政府可不提倡，老是劝他们洗手，报上也说他们不好。

所以咱们住家过日子，有钱谁也不来抢你夺你，坊上、区上要来调查，你就多余家装，开个什么会的时候，该怎么样就怎么样讲，有的人入合作社，明知道能赚钱，心里想多入点股，怕人家说他有钱，一个股五百块钱，他本来能入十来个股，可是他就入了一个股。

还有一样人，一天三顿，干的稀的，热汤热饭，小日子过的挺好，可是当坊上发下的鞋底子少的时候，人家坊上光叫困难的户纳，她也去领，为的是纳着"好看"，你看这是图的什么，就为赚个"吃得开"！买肉不上眼前的肉铺，怕别人看见说他有钱，偏偏跑挺远的道，到市场去买，还预备一张大纸，包的掩掩实实，正在做好的吃，街门一响，赶紧藏起来，……这种举动，实在多余！

咱们应该好好研究民主政府的章程，人家是叫大家伙过富，不是叫大家伙受穷，小日子过的越好，越光荣，这正表示人家能劳动，生产有办法。

十、住家过日子要干干脆脆

住家过日子，总得干干净净，炕上炕下，脏了就扫，锅碗瓢盆，用完就刷，不能说是吃完啦饭，筷子碗儿往那儿一堆，明天再说吧！这一定是懒汉子，懒老婆，要不得的。

进门看看锅台，收拾的干不干净，就知道这一家人过日子的怎么样。

"要知道贤母看儿衣"，也能看出这一家人过的怎么样。不是看他的儿女穿绸挂缎就好，穿的补着补丁衣裳就不好，是看他的衣裳洗的干不干净。

从前咱们在日本统治时代，没有像样的房子住，外面下大雨，屋里淌小河，想讲究卫生也没有心思，现在咱们一般的人都有合适的房子住啦，咱们应该把它收拾得干干净净，玻璃窗户时常擦擦。房前房后，也要常扫，穿戴不求绫罗绸缎，只要干干净净，有自来水，洗个衣裳什么的也不当事，该补的补，该缝的缝，千万不能教它整儿片儿，浪里浪荡的。

像现在天也不冷，洗澡不必花钱上澡堂子去洗，自己在家里弄点儿水洗洗也行，干不干净，不在设备怎么样，就在勤不勤快。有那种懒蛋子，和别人使一样的洗脸盆，可是人家连头发带脖子都洗的干干净净，他就洗个脸尖，耳朵后边一圈黑。人家隔个三天五天的就把行李拿到外面晒晒，他是成年百辈子的也不晒，用用太阳也不花钱，可是他不肯用，那能怨谁？

讲究卫生，不是外表讲究讲究就算，不是上面来检查卫生，外面收拾收拾，检查一过就算完事大吉，应该经常的讲究，屋子空气不好，容易有病，自己花钱受罪，多不上算！

有蚊子、有臭虫，能不能弄干净，也勤不勤快，勤快的人，蚊子臭虫就少。懒人，蚊子、臭虫就多。人家勤快的人，买不起冷布，就多走几步拔些艾蒿，扭成绳子，晒干一熏，蚊子就受不住啦。臭虫呢，不是抓，就是烫，它想繁殖也繁殖不起来。天天的收拾，还有收拾不干净的么？蚊子、臭虫收拾光了，睡觉也舒服，一宿睡到天亮，第二天干活也有精神。

屋子要是发潮，应该时常打开门窗，让风串串，就会干燥。家里有耗子，容易得传染病，也得想个办法收拾，有打耗子的家伙更好，再不然把耗子窟窿好好堵死，不让他出来。

咱们现在有啦像样的房子，可要好好的保护它，千万千万不能破坏，决不能说是这面缺一块板子，把那面的起下一块来用，电灯线，水龙管子，使的时候得加小心，别弄坏啦，一坏就得修理，费工费钱，有时三天五天收拾不上，像电缸吧，弄坏啦一半天修理不好，灯都点不上，那多别扭！

十一、住家过日子要干干脆脆

居家过日子，免不了有个红白喜事。

有些人，钱夹子起火烧包，娶个媳妇，大吹大打，抬个小轿，满街直窜，就怕人家不知道，为了娶媳妇，有钱就使劲的花，装那份大爷。做新衣裳，买新帽子，新鞋，头上脚下换个全，家里还得现糊顶棚，现抹墙。嘿，别提有多忙乎啦！女的那头，也不落后，也得打扮的花花绿绿的，又做新被新褥子的，临上轿的时候还得现到剃头棚去烫个卷毛头，娘家怎么样陪送也不知足，要是办置的不够，他就有意见，嘴上挂油瓶。

俗语说："陪不尽的闺女，办不完的年。"真是不假。

有些人，娶个媳妇拉下一屁股亏空，娶完啦媳妇老是"紧"，债荒老是还也还不完，你看有多难受！

像这些事情，都应该想一想，娶媳妇——对啦，现在都叫结婚——结婚就得长久过日子，生儿育女，要往远地方打算。快乐那一阵子，为的脸上好看，日后遭罪，可就不合算啦！

还有些人，人家娶媳妇，他也跟着瞎忙乎，是啊，亲戚朋友的，应该帮忙的地场还能眼瞅着不理？可是帮忙要帮的是地场，别帮着他多花钱，要劝他省挤点儿，省一个是一个，留着以后好过日子。去帮忙呢，自己有什么穿什么，干干净净的就行，也别拼死拼活的去打扮，上礼随份子，也别光为的好看，和人家比，拿多拿少，看自己的力量，不然花多啦，自己受憋也不好受。

人家娶来家媳妇，咱们别光看媳妇长的怎么样，眼睛小啦，嘴大啦，鼻子尖啦……这算什么天大的事情呢？咱们要看她能不能劳动，能劳动的会过日子的就是好媳妇，光是肉皮长的嫩草，可是好看不好吃，就会搽胭脂抹粉好打扮，不愿意干活，也瞧不起劳动人，这样的媳妇咱们不提倡，让她滚一边去！

看女婿，也是一样，不能光看小伙长的漂不漂亮，裤子缝直不直，咱们应该先看他在厂子干活是不是带头的积极份子，种庄稼是不是把好手，肯不肯下力，要是劳动英雄模范，咱们就应该使劲的鼓掌。

当然啦，没有力气，脑筋好，讲进步也行！要是能够舍身取义为人民服务，少个鼻子眼睛也没什么。

再说死人，也是平常的事，不奇怪。当老的，不能跟小的一辈子，当老的有朝一日不行啦，当小的们给弄口棺材给埋啦就算尽完义务。

有些人，——特别是有钱的——为的叫大家伙说他是"孝顺"，老的一死，他就办置起来啦！棺材也得讲究，和尚道士雇一大帮，排着队伍，走在街上，这种"风俗"实在不该继续下去啦！老的死啦，花那么多的钱买棺材埋在土里也是一样的烂，对事不对？

人死啦上香烧纸有什么用？

现在办红白喜事，应该少花钱，越简单越好千万不要铺张，怎么样节省，就怎么样办。等将来打完啦反动派，全国和平，大家过上好日子，有的是东西，有的是钱，到那时候，你娶媳妇，多花几个，就没有什么啦！

可是死人，还是不用满街唱歌技"孝顺"摆样的好。

十二、从前老掉眼泪的人现在都笑开了

说句天地良心话，咱们现在过的日子，和没解放的时候比一比，到底怎么样呢？

我有个外甥，他是做小买卖的，他在日本鬼子没败的时候就做小买卖，因为他认识日本鬼子，会说日本话，能给日本鬼子溜须舔腚，别人买不着的东西，他也能想法钻出来，能赚不少的钱，别人连苞米面都混不上，他能偷偷摸摸吃着大米。小日本鬼子一倒，他的日子也赶不上从前过的那么神气，你要是问他的日子和从前比一比怎样，他管保对你发一大堆牢骚！

要是拿这些人来比，那事情就弄不清了，咱们不能拿这些人来做例子，咱们应该怎样比才恰当呢？

第一，咱们先比一比工人、农人，有个大事小情，能不能出头。从前日本鬼子那时候，要开个什么大会，能叫工人、农人参加么？现在国民党卖国派开个什么大会的时候，能叫工人、农人上台顶上讲话么？大连县政府开劳动人民代表大会，政府的高级干部都还接高送那些"打卯子工的"，"抓大粪的"呀！又请他们吃饭，又请他们讲话，在解放以头，你做梦能梦到这些好事情么？

第二，咱们比一比，在头"打卯子工的"一直到死，也不过是"一把子臭骨头"，埋在乱尸岗子就算完了，还想当什么厂长？当什么经理？可是现在工人、农人、贫民当干部的，厂长的有的是啊！

第三，咱们比一比，工人、农人的事情从前能不能上报？从前那个报纸，我也看见过啦，尽是撒谎，尽是登些当大官儿的，今天到南京啦，明天回北平啦，再有什么"小姐"玩狗，"少爷"玩猫，那个窑姐怎样白净，叫大家多去孝敬……竟是这些扯吊蛋的事情，一点儿正经的也没有。工人、农人累死活该，还想上报？就是上报，也是上吊、投海、卖老婆、卖孩子

那些倒霉丧气的事。

大官"老爷"、"太太"们，吃饱喝足当笑话看！现在怎么样呢？不同啦吧！

第四，咱们要上"衙门"报个户口什么的，不像从前那么样一个劲撅屁股鞠躬啦吧？现在的派出所，都摆着板凳，你一进门就："请坐！请坐！"

第五，高楼大厦，咱们都有资格来往。

第六，学堂是大家伙的，没有钱家的孩子公费学习，毕业介绍事做，有心下蛋有心抱，培养的有始有终。

第七，区上、坊上，大事情开大会，小事情开小会，男女老少，一齐商量，没有"此地巴子"、"海南丢"的区别，一间的人，就像一家，对政府有什么意见，畅快提吧，要在以头，你敢？加上你个"思想犯"小命就交代啦！

第八，闺娘、媳妇，都有团体，不受压迫，想识字——训练班，想娱乐——秧歌队。

第九，躺在炕上，舒舒服服的睡吧，不会有人来抓劳工，也没有国民党卖国派那些地方的"抓丁抢粮"……

第十，我这些比方，要用新名词讲，就叫政治翻身，文化翻身。

第十一，民主政府领导的好，出的道巧，地不够种，开荒！物资缺乏，节约！零件没有，创造！不懂政治，学习！文化不够，练字！懒汉懒婆，改造！做了错事，检讨！有了功劳，奖赏！……你说，这些办法，想的多高啊。

过日子要是不会，又给想出"家庭计划"，英雄好汉带头领着干，织网纳底编小组，拔苗捞地讲辩棋，谁要干的好，选他模范，又上报纸，又上电台，一辈子也不讲话的人也讲话啦！从前老掉眼泪的人现在笑起来啦！

稍微有一丁点儿良心的人，能说咱们现在过的日子赶不上在头么？

有些惦记国民党卖国派能有大米白面吃，跑到沈阳长春的人，有不少饿的抗不了，又领着老婆孩子爬回来啦，有的连老婆孩子都扔啦，别说发洋财，连个棺材都没发回来。请问这些有经验的人，拿出良心来说一句，到底谁好谁坏？谁是咱们的救命恩人？谁是中国老百姓的死对头？

十三、怎么样看当干部的？

比方着说，有一个人，一个大字不识，他的脾气不吉，一动就和人家吵起嘴来，常常动态度。可是在日本占领东三省的时候，他就参加游击队，把日本鬼子打的稀里哗啦，后来日本鬼子投降，他就回了老家，脾气还是没有改好。

比方还有一个人，有的是学问，要写就写，要算就算，又会讲又会道的，什么脾气也没有，老是和邻邻居居和和气气的，见了老年人，赶紧鞠躬："大爷，你好啊？"看见大嫂："你吃饭啦？"看见小孩子们也是有说有道："放学啦么？""你爹在家么？"……老是客客气气，日本鬼子侵占东三省，他在家里规规矩矩的，该干什么就干什么，娶了媳妇，生了小孩，把个小日子过的挺好。

你好好的想一想吧，这两个人，哪一个人好呢？

你要说，后面这个有学问的人好，那么，你可想错啦！

你再想一想看吧，假设全中国的人都像这个"好人"，谁也不去打小日本鬼子，咱们中国人可就得辈辈世世当亡国奴啦，当亡国奴不如丧家犬哪！

再叫我说：还是前面那个"脾气不吉"的人是好汉子！

至于"脾气不好"，能改，都不是大事情，能不能抗日，能不能革命，才是大事情呢，人的好坏，也得先从这地场看。

咱们先把这一码事弄明白，再看坊上的干部，区上的干部，合作社的干部……就容易说明白。咱们时常说这一个干部"好"，那一个干部"差劲"，都是从什么地场下眼睛呢？

第一，咱们应该先弄明白这些干部是干什么的，用不着说，人家都是参加民主政府作事情，为了老百姓，成天到晚，东奔西跑，就这一点，就值一百分。

第二，咱们要看人家每一回作的事情，是为大家伙，还是单单为了咱们自己一家人，比方说号召纳底，谁该纳，谁不该纳，人家都一家一家早调查好啦。合作社入股，领配给粮，人家也都调查的一清二楚的，谁家不该入，谁家得领粮食，谁家用不着领，都有个比较，先紧着顶困难的，末了再照顾别人，这个办法再公平也没有啦，你要是不为大家伙谋幸福，你就容易看错人家办事的规矩。

第三，不错，有的干部，年纪还轻，办事情还没有家多啦免不了就有个乱，有个小错，你要是抓住这么一星半点的缺点就咬定啦说人家不好，你就不对啦！

第四，你先看看你自己吧，比方你在家里，就拿做饭这件小事说吧，一天三顿，你准能说是顿顿都是一点儿不干，一点儿不稀，老是挺合适的么？要是一时不加小心，把饭碗、碟子打碎啦，你这个人就该坐监狱啦么？

第五，坊上开会，到啦钟点，咱们扯扯扯扯，老是不去，干部要是来催了几回，还是扯扯，人家说了两句，咱们就说：

"现在不是讲民主么？干部不是为人民服务么？为什么要起态度来么？要态度就不对呀！应该开他的会，叫他坦白……"

我可不是说干部有错也对，态度不好也对，咱们当老百姓的就该低着头，老老实实的……不是这个意思。干部有错，兴提意见，可以批评，实在不好，咱们也有权利罢免他的职，可是咱们平常讲究干部好是不好，应该先拿眼睛从大处看，看看对大家伙有没有好处，还得往远地方看。

比方说老张家，老的老，小的小，人手又少，倒脏水就往门口倒就行啦，这对大家伙有没有好处呢？没有，那就应该往一定的地场倒。干部要是告诉他们这样，咱们要说："咳，当干部的，心太狠啦！老的老，小的小，将就点儿呗！"这就不对。

咱们也当要说：老李家挺困难的，做个剥皮的生意就做吧，有什么法子呢？干部要说：应该上工厂干活，学个手艺，这就是往远地场看，为啦辈辈世世打算，无论干什么事情，总脱不开这两条道：

第一是为大家伙（大多数的人）打算。

第二是往远处打算。

当干部的当然是不能离开这两条道往别处跑啊！

十四、神仙鬼怪是熊人的

我从老辈，家里就贴灶老爷，也不知贴啦多少百辈子。到啦我这辈子，年年都贴，对联上也老是写的那几句话："上天言好事，下界保平好"，也有写"回宫降吉祥"的，横批就是"一家之主"……年年换新的，过小年，供糖果，上香烧纸，请他"上天"，求他保佑……他到底保佑啦没有呢？

小日本鬼在的时候，大金线来"查藏？"，什么地场扫的不干净，轻的就是"八嘎压路！"重的就是"三宾的给！"在这时候，灶老爷怎么也不保佑啦呢？

在厂子里"打卯子工"，起五更，爬半夜，一天到晚，成年到头，累的半死不活，干错啦活，臭揍就不能轻挨，稍稍反抗一下，那可就不定死活啦！牛鸡子鞭子、灌凉水、蹲巴利子，你就别想好好喘一口气，这时候，灶老爷怎么不报平安呢？

没有地的户，租人家几天地种种，赶上坏年头，一滴血，一滴汗，辛辛苦苦的，多不容易侍弄那点儿地呀！可是打那几粒粮食，还不够孝顺人家的，白忙了一大顿，一家子老的老小的小，归齐还得挨饿，到这节骨眼儿，灶老爷怎么不降"吉祥"呢？

"抓劳工"要是有钱的，钱倒是能保佑，没有钱，什么也不灵。

除了"灶老爷"以外，咱们还有不少的"神仙"、"佛爷"一到过年的时候，你看吧，什么地方都是"神"，门神、窗神、猪圈、牛圈、羊圈、马圈、连鸡猫鸭狗的窝都有"神"啦，一棵大树长的老点儿，河沟里有个大洞，房后堆的石头年头一久……全都有"神"，光这些地方，上一回香得多少钱？院子角上，还得写个"排位"，"天地三界十方万灵……"

你不信？到现在还有愿意叫"跳大神的"去熊那样的傻蛋！

大凡是统治阶级反动派，走到什么地方，"神"也跟到什么地方。他就是用这一套手段愚弄老百姓，明明是他们压迫的倒霉、受罪，偏说是"八字不吉"，"命"不好，"神仙不保佑"活该受罪，为什么"一贯道"熊人，所以猫找猫，狗找狗，物以类聚！

现在，差不离脑筋开点儿窍的人，都知道"神仙鬼怪"是熊人的啦！

家里有人得病，快上医院，花钱不多，好的也快，再说现在的医院，也不像在头小日本那时候，一看"西那近"（中国人）来，就堵鼻子，听说不久前有个学生病的危险，苏联医生把自己的血抽出来给他注射，为的救一条命，头几天我在报上看见，妇健医院，要是没有钱，也给接生，你看现在的世界多不同啦！

所以说，世上本没有什么鬼神，都是统治阶级反动派为了压迫人，欺骗人方便，把他们自己的罪过，推给"鬼神"，这份捏造的鬼神就替他们担啦责任，他们自己，喝人民的血，吃人民的肉，抽老百姓的骨头，责任推个一干二净。我看国统区老百姓现在叫反动派治的，也都大进步啦。你看，他们知道谁造的祸害，不祷告"神仙"、祷告解放军快去救他们！

（《大连日报》1948年8月29日，9月5日、9日、12日、16日、23日、30日，10月3日、7日、14日、15日、21日、25日，署名：赵老大爷讲、赤灯记）

决心好好读报！

　　我读了九月七日本报二版"惊醒不读报干部"这条消息后，初则觉得陕甘宁那些不读报的干部，的确是很严重！可是我再低头想想自己，中共中央颁发的"五一劳动节"口号第五项是什么，在未读这篇消息以前，倘若有人问我，我是不是也得"记性不好，看过一遍记不住"这样的回答呢？

　　"解放战争第二军事情况的基本特点和第三年的五个重要任务……"我也看过，但是所谓看过也是猪八戒吃人参果，囫囵吞下，不知什么味道，现在要是问我，只好答曰："记不住了！"

　　我自己初步检讨起来，不好好看报不是因为工作忙碌，完全相反，论我每天工作的情况来看是有闲的，主要是因为觉得自己对于事物有了一知半解，事实上当然是一瓶不满半瓶晃荡，这样就满了，又向文化程度不如自己（这个看法自然也不对）的人去比，不向那些优秀的人物去比，加上城市生活的花花绿绿成天到晚引诱着我，贪恋着玩，不愿意也不想刻苦努力的学习，勉强学习的时候，也是心猿意马，心不在肝。

　　国际形势，发展很快，几天不读报，就觉得生疏。比如你"印尼三工人政党并入共产党"这一问题，在我就是生疏的，因为平常不好好读报，印尼的情况一无所知，三党合并以前的情况自然更不知道。就拿国民党卖国派这次币制改革来说，新华社记者曾有明明白白的解说与批判，但因读时马虎，至今仍是知其一，不知其二，知其当然，不知其所以然。

　　不仅国际版没有好好的读，其他版莫不如是。

　　我想，像我这样不虚心学习态度是很糟糕的，国际国内的形势是在一日千里突飞猛进，大家都在惊人的向前进步，独我逆水行舟，不进则退。

今后不用说在工作上难于胜任，就对自己本身也是极危险的，很有落在大后边连尾巴都够不上的可能性。决心好好读报，急起直追！

（《大连日报》1948 年 9 月 11 日，署名：夏园）

秋天里的苍蝇

鲁迅先生逝世，转眼十二年了，我正想着应该怎样纪念先生……

忽然从街上传来歌声，打开窗户望望，是队工友，整齐步调，向东走去。

刚要关窗，进来三只苍蝇，满屋乱扭，我看看他们，想起三个人来。

大前年秋，在北平碰见一个公子，自命鲁迅门徒。他说鲁迅先生"北平遗属生活困难"，就在国民党半官办的"世界日报"副刊捐款，又给上海广平先生去信征求意见，回信的大意是：现在正有很多的事情要做，何必做这些事情？

还有一个绅士，从东洋"学成归国"，经营出版，把别人不三不四的东西，冒充鲁迅先生著作，销路极广，欺骗了千万读书青年。他说在上海的时候，曾与鲁迅先生见过、谈过，——谈了一些什么，他没有说——他斩金截铁的表示：他最崇拜鲁迅先生，但是他不赞成中共，怕"共"他的土地"什么革命，竟是扯淡，我要老有咖啡可喝就知足了！"——他这样得意的宣言。其实他不知足，他希望买所高楼，研究空军，囤积染料，多攒金条、娶个舞女，……但是他说：崇拜鲁迅。

不久以后，我在人民的城里，看见一个怪人——萧军，他说，他是鲁迅先生的门徒，而且又是"正统"、"真牌"，因之自命不凡，盛气凌人。

单从形式上看，的确近于"正统"、"真牌"；写的小说，鲁迅先生作序，写信给鲁迅先生，也有回信，鲁迅先生死了，他去送殡……他在人民的城里，就凭着这点儿资本开起无药的药店。

我还亲眼看见他给别人开的"路条"，没有机关，没有图章，只有他的笔名俩字，字体还是大草，当时我很吃惊，这样的"路条"，就能遍行天下？没有几天，拿这路条的人从四十里外跑了回去，说是碰了"钉子"。

如今这个给人家开"路条"的正统、真牌，是在东北大碰"钉子"了！

因为什么呢？——他的"路条"骗人！

鲁迅先生活着时，就有过一些借着他的名声大走红运的，鲁迅先生去世，做这买卖的更乏人，我所看可听的无名，有名的一共三个，花样尽管不同，实质都是一样；个人至上主义，世界唯我独尊！

苍蝇还在屋里乱飞，天真、活泼，大概还不知道人类讨厌他们有毒，季节也将不适于他们的生存。

我跳起来，重开窗户，把这三只苍蝇驱走，静静的坐下，想着怎样来纪念鲁迅先生……

（《大连日报》1948 年 10 月 19 日，署名：赤灯）

工友故事集

王智富搬了半辈子家

王智富九岁那年，他父亲和他的叔叔分家，房子都分给了他的叔叔，他们没有地场住，就租赵家沟老陈家的房子，因为打不上房租，房东时常吹胡子瞪眼的吵吵。

房租是两角五钱，这个数目在今天看来倒是不多，可是在那时候可挺吓人。老王家的母亲心里生气，也不敢说，就哀告人家：

"他大爷呀！你再让几天吧，这些日子手头太窄啦！"

老王的父亲是个出大力的，王智富在家里拾草，手头当然不能宽头，叫人家逼的没有办法，他们就租老徐家的房子住。这时他父亲已到哈尔滨去了，搬家以后，还是住不踏实，因为房子漏雨，外面大下，里面小下，外面的雨住了，房顶还滴滴沥沥往下掉水。

这天夜里，雨下的太大了。闪电，轰轰的雷鸣，风声怒吼，窗纸全被雨水打乱，忽然一声巨响，前墙倒啦，母亲吓的目瞪口呆，她怕房子整个倒塌打死孩子，赶紧把王智富和他的弟弟，冒着倾盆大雨抱到邻居刘作有的家里。王智富这时候梦里惊醒，他还不知道怎么回事，刘家老妈愁苦的告诉他：

"下雨啦孩子，房子都快倒啦！"

王智富一愣就跳了起来，不管三七二十一就往外跑，帮着母亲往外搬弄东西，罐子已经打碎了，缸也成了好几瓣，屋里地下堆满泥土，雨水汹涌满房，这雨一直下到天亮才住。

房子透天，不能住了，搬到赵文富的房子住。老赵家老太太心眼不错，看他们没有吃的，有时还挺痛快的借给粮食，他们就在这里过了七八年吃了上顿没有下顿的日子。

房东老太太虽挺好，可是房子漏水，他们又搬到上沟老陈家。王智富一听说搬家心里就不高兴，因为他的年岁还小，搬搬扛扛，力气不够，母亲和他抬着水缸，把他压的龇牙瞪眼，走几步就得放下喘喘气，他是在累极了，就发牢骚：

"他妈的，一个月搬三回儿！"

母亲心里本来就不好受，一听这话，更加发火，抽出扁担，狠狠的就是一下，差点儿把他的胳臂打断，把他痛的头迷眼花。母亲气的呼呼直喘：

"该死的小鬼，我愿意搬家么？不是咱家穷么？"她又嘟唸着说："你爹跑到哈尔滨不管俺娘几个人啦！受这些活罪，这怨谁呀！"

母亲的眼眶里，涌出悲酸的泪水。

王智富心里更加难受了，从地上爬起来，咬着牙抬起缸来一步一晃的走着。

不久他们又搬到东寺儿沟大王家屯去，对付混了三年，后来放土车子，日本鬼子嫌恶那带房子挡害，就下命令：

"通通的滚蛋！"

他们没有咒念，只好搬到胡家屯去住。

王智富十七岁的时候在西岗顺兴炉学徒，父亲从边外回来，爷俩都能赚几个了，就典老王家的房子住，可是三年到期，人家买了回去，他们没有话说，又得搬家。这回搬的不近，搬到水师营千家山去了！

话说王智富在顺兴炉倒了以后，就在"政记"干活，那时，不看手艺好坏，谁要能够溜须舔腚就是好的。王智富不会这一手，就吃不开，裁人的时候，把他裁下去了，后来上人，又叫他去，他宁肯饿死也不回去，船渠成立了，他上去干活，为了近便，他又搬家——在黑嘴子臭油锅找间破房子蹲了一些日子。那地方太脏了，他又搬进厂子里住，一直住了八年，后来厂子要改大了，他的住处又不稳了，搬到大房子，在往付家庄去的沟口上住了三年。

苏联红军来了，骑在中国人民头上拉屎的小日本狗子纷纷滚蛋，王智富又搬家了，这回搬到葵英街太太平平的住着了。

有一天来了一些苏联人演戏给船渠的工友们看，王智富看完了戏出来，苏联监督官要上他家串门，他寻思家里弄的皮儿片儿的太脏，监督官说不怕，没有办法他就领着去了，监督官觉得王智富的屋还不够好。就在桂林街给他找了一所楼房，领他去一看，他说：

"我可不住，收拾一下得花多少钱哪！"

监督官叫修船厂去修理，楼上楼下刷的又白又亮，电灯全是新安的，去了一辆大板儿车给他搬家，又给他两张圆桌，饭厅一张，客厅一张，一个写字台，十把椅子，还要给他安电话。他赶紧摇头：

"不用，不用，没有多少事情，安电话干什么！"

他搬家这几天，邻邻居居都舍不得离开他。大娘婶子们都出来送。

现在王智富的一家就住在漂亮的楼房里，夏天凉快，冬天暖和。

柳树棠打败了水火

去年伏天，正是热的要命的时候，工厂烧玻璃的大窑里面，有块大砖，嘎嘣一声碎了，把下面的火眼压死。

工友们都着急的去看了又看，大多数都是忧愁的摇头叹气：

"毁啦伙计，不用干活啦！"

"窑非拆不行啦！有什么法？"

柳树棠瞪着眼睛，往通红通红的窑里看了半天，琢磨一阵又一阵，他把牙关一咬，握紧拳头，好像要和谁打仗似的，急忙找了一个大铁镐，从洞口伸了进去，撞了几下试试，那块大砖像大山一样，结结实实，动也不动。刘树棠想了一下，就握紧了铁镐，一下一下捣那块大砖，他想捣碎以后就能掏出来啦。

但是他用力的捣了半天，汗水顺着脸腮像下雨似的直往下淌，大砖还是不动。他歇了一会儿，琢磨琢磨，举起铁铙，再捣。

这么热的天，，坐着不动都不好受。可是刘树棠却在大窑前面，煤火烤着他，还得拿着那么重的铁铙，一下一下用力的捣着大砖。

他一面用力的捣，一面眯眯着眼睛在赤红的窑里看着，要是拿不出来，工厂不定得停多少日子。那块大砖，真像一块挺硬的骨头，正正当当的横在他的嗓子眼里，他该有多么着急，多么难受啊！

他用劲的捣。汗水流的太多，他就用手背抹一抹，喘的太急，他就歇一歇气，劲头一来，他就再捣……

从上午九点钟，他就这么样一下一下和那块顽强的大砖战斗，一直战到太阳往西落去，终于把那块大砖捣下来，窑一点儿也没坏。

刘树棠的脸，被火烧的，全部发了紫，肿的挺胖，眼睛看什么东西都看不清了，回家躺在床上，脸肿的虽然不好受，心里倒真是放下一块大石头，不用愁停工没有活干了。

夏天过去就是秋天，秋天过完当然就是冬季了。

这时灯泡工厂为了提高生产，就改修大窑。修这一个大窑，在敌人的时候，什么不缺，也得两三个月才能修完，可是这些生龙活虎的工友们，仅仅用了十一天的光景，就把大窑修成了。修好以后，就得等它慢慢的干了才能干活。

这天早晨，天气太冷，把玻璃窑隔壁房里的水门都冻爆了。

有一拳多粗的水门一爆，水就唬唬的直往上冒，一转眼的工夫，屋子里水就满了，屋里一满，就往外淌，好像发了大水似的，直往大窑那里冲去。

窑还没干，水要一泡大发劲，就有倒塌的危险，工厂花了一大堆钱，工友们下了多少力，停了不少日子的工，好容易修成的窑，叫水泡糟了该多可惜呀！

工友们还有不着急的么？刘树棠急的像热锅里的蚂蚁似的，满屋直转，摸摸那个水门，水凉的砸骨头痛，工友袁宝通忽然想起来：

"仓库里有个水门，拿来换上吧！"

"好，好，好，快去拿来！"

可是新的水门拿来了，旧的水门安的太结实，好像天生长的一样怎样往下扭也扭不动。这时候，水越淌越欢，水花就像中山广场那个喷水塔一样，水一打在脸上、手上、骨头就痛的要命，打在身上，立刻就冻成了冰。

刘树棠心里好像猛火烧的一样，他也不管什么砸不砸了，和袁宝通两个人，找个大扳子来，伸进水门，用力的往下扭。

窑底的积水已经有一尺深了，有的工友喊道：

"哎呀！要泡坏啦！"

"干锅叫水泡这不毁啦么？"

刘树棠和袁宝通两个人，叫冷水砸的骨头直痛，可是他俩咬紧牙关忍着，一面加倍用力的往下扭，那个就水门简直就是和活人找别扭，越是用力的往下请它，它偏偏就不动弹，真能把人气个脚朝天！

刘树棠他们整整和水门打了一头晌的仗，到底把旧水门打退了位，换上一个不坏的，把水止住了。

水都很害羞似的退走了，窑总算保住一条命了，没坏。可是刘树棠他们，浑身上下都是水，两只脚这时候也觉着冻的像猫啃的一样不是滋味儿。

彭永花叫"大金线"吓的够呛！

对子（彭永花的小名）十一岁的时候，家里日子过的真难，吃了这顿，没有那顿，饿的前胸贴着后背。他每天早晨天一亮，就和邻家小秋子们上菜市去捡菜。

人家卖菜的卸车，上秤，这面搬来，那面搬去的时候，掉在地下的菜叶，劈下的烂菜帮子，还有掉下的大葱、烂苹果、破李子、坏柿子、大头菜、地豆子什么的，他们就一心一意的捡起来，拿回家当饭吃。

那时候的人，动不动就无名起火，大发脾气，也不兴开会，提意见。对子他们要是弯着腰满地捡菜叶，没看见妨碍了人家走道，那些野蛮的人就拿脚踢，骂：

"妈个 × 的！滚开！"

在市场里，"大金线"是时常出现的，特别注意穷孩子们，不是偷的，他要看见也不顺眼，不是连踢带打，就是一场臭追，穷孩子们最害怕的就是这个恶魔。还有一个孙麻子，他是市场雇的巡视人，他拿着一根硬木棍子，看见谁要偷了东西，抓住就是一顿没头没脸的臭揍，对子他们怕极了，又恨透了这个该死的家伙。

有一次孙麻子把对子同院一个八岁的孩子名叫小知岁的抓去，用大筐罩在里面，上面压住石头，好像罩住一只小鸡一样。小知岁她妈去给孙麻子赔了不少不是，低声下气的说了好话万千，好歹把小知岁放出来了。从那以后，对子他们更恨透了这一个坏蛋，盼他走道一跤摔死。

这事过了不久，大金线发觉了对子他们的住处，就到乱草乱粪的小街上来挨家搜查，对子她妈吓的直打哆嗦，指指厕所，对她说：

"你快上那顶上趴起来！"

对子一听"大金线"要来翻，吓的腿肚子都往前转，浑身全发软了，她战战兢兢的，好容易爬在厕房的棚顶上，用一小块破席子把自己盖起来，悄悄的听着，从席孔里往外望着。

"大金线"一家一家的检查，走到东院，不知因为什么，大声骂起来，又有皮鞋子踢在什么地场的声音，对子听了，更加害怕，她一面担心自己，又替她妈害怕，怕她不懂鬼子的话，答不上来挨打。

厕所的顶盖又不结实，破碎的木头板子在对子身底下咯咯的响，她想，要是板子一断，掉进厕所，又深又臭，那可怎么办呢？她正像滚油煎的一样，"大金线"轰隆轰隆走了进来，皱着眼眉往回望望：

"其大耐——拿！"（真脏）

对子她妈没有钱，连张炕席都买不起，小屋好像猪圈，炕上炕下，皮儿片儿的，怎能不"其大耐一拿"？

"大金线"用马靴在屋里踢踢这场，踢踢那场，又到院子，这场望望，那场望望，又往厕所顶上瞅瞅，对子以为看见她了，吓的混身发抖，身底下的板子又出了一声大响，嘎嘣一声，往下掉了不少的泥土，对子受了这么一惊，差点儿哭了出来，幸亏"大金线"也没有注意，摇摇晃晃的像蠢笨的狗熊似的出去了。

对子这才松了一口气，从厕房顶上往下爬，——当她快要下来的时候，因为太着急了，摔了一跤，差点儿摔进粪坑里去。

不管"大金线"怎么样的凶恶，孙麻子如何的毒辣，对子她们为了活命，还得冒着危险到市场去捡菜叶。

邻家有个聪明伶俐的小闺女名叫小卜，还有一个小闺女名叫小豆花。这天和她到市场去捡菜，她们一面走一面商量：

"咱们光捡，别拿人家东西啦！"

"对！谁也别拿……"

但是"大金线"却不了解她们的心愿，像长虫一样从后面悄悄的走出来，拿着一个文明仗，用钩子一下套住小卜的脖子，她和小豆花顾不得小卜子，拔腿就往家跑，小卜子叫"大金线"打了好几大巴掌，多亏小卜灵巧，挣扎着跑了。有个小孩在菜市偷了两棵白菜，叫"大金线"抓住，领到小衙门好一顿打，那个孩子回家过了不多日子就死了！

从这以后，对子她们到市场去的时候，就千加小心，万加小心，走道都不敢在街当央走，总是溜着墙边，慢慢的，好像走在冻冰还没有冻结实的河上一样，东望望，西看看，要是瞅着"大金线"或"孙麻子"的影，拔腿就跑，就像看见了可恶的狼一样！

头些日子，彭永花在报上看见美帝国主义扶植东洋军阀，国民党又派张群那个驴进的跑到日本和鬼子讲"亲善"，她想起自己过去受的那些罪，就气愤愤的说：

"将来审判卖国贼那天，老百姓要不拿剪子穿那些狗下的才怪呢！"

孙克绪和隔电板

电车工厂孙克绪把一块像花生饼似的"隔电板"砸碎，用纸包起来，装在衣袋里就下班回家去了。

母亲正领着孙女儿在门口玩儿，看他回来，老人和孩子都高兴，但是他没有心思和母亲、孩子说话，赶紧钻进屋里，问他媳妇：

"饭好啦没有？"

"好啦。"

他狼吞虎咽的吃完了饭，把那一包宝贝——隔电板的碎块——拿出来，用手指捏起一小块，闻一闻味道，眯着眼睛看着。

他心里想着：他妈的，到底是用些什么材料做的呢？

他用心的看着，想着，因为想的太也用了，皱着眼眉，满脸的纹路刻得很深。

街上有人们的笑声、歌声，他却坐在屋里动也不动，绞心熬血的研究着那些碎块。太阳慢慢的落下去了，他还坐在窗前沉思默想，黄昏来临，他还目不转睛的看着那堆碎块，到了深夜，他还在那里看着想着，二十烛火的电灯好像也很为他着急似的，使劲的放着亮光。

第二天晚上，孙克绪还是这样像发了迷似的琢磨那些碎块。他的母亲莫名其妙的看了看他，望望那堆灰黄的碎块：

"你弄什么东西呀？"

他对老人家说：

"这叫隔电板，开电车的人，手底下不是有个铜箱子么，就在那里面放着，一共十二块，要是没有它，电车就不能开，就能起火！"

他又告诉母亲：

"从前小日本鬼子在的时候，就缺少这个东西，现在更缺少啦，，我琢磨琢磨，看看都是用什么东西做的，能不能做……"

他又把头低下了，琢磨那堆碎块。

第三天晚上还是如此。

当他走路的时候，心里也在向专业隔电板的原料，当他工作休息的时候，脑筋也不肯休息，有时他就鼓励自己，人家也是人，一个鼻子，两个眼睛，什么事情好好一琢磨就琢磨出个道道来，我也是人，也是一个鼻子两个眼睛，胳臂腿一样也不缺，我就不信琢磨不出来。他想起"天下无难事，就怕心不专"那句话来，于是在他心里就像开了扇大门似的，眼前又明又亮。

这一夜，他把隔电板的碎块用牙咬碎，尝着滋味，忽然给他尝出来了，其中有石棉，有拉克油……此外还有什么东西呢？他又想着。他想好以后，就下决心做。第一回试验做的时候，用的"石棉""洋灰""瓦尼斯油"几种原料做成的，可是烤好拿出来一看，不硬实。第二回他又加上"白矾"还是不成。第三回他又用水，还是他妈不成。孙克绪这回有点泄气了，看着费了不少的事好不容易做成的贴 2 模子，和用了不少的脑筋才知道应用什么原料试做的隔电板，好几回都是不行，他就怀疑起自己这个脑筋来了，莫非说我真就是大老粗的脑袋瓜子，研究不出点儿细微的活么？

虎钳子粗的工友们看过他的作品以后，欢欣鼓舞的通知他：

"老孙，你琢磨的有门，再研究研究准成！"

这是很大的鼓励，好像冬天给他送了一盆炭火一样，他又鼓起勇气，又在百忙之中抽空试验着做，回家躺在床上也寻思这份工作。

他媳妇问道：

"你要做什么电板，做成啦么？"

"有门啦！"

那盏二十度光的灯泡都像替他高兴似的，射出更亮的光来。远处电车的笛声，也像为他预先举行庆祝，发出明快的叫声。

到底没有白费心机，把"隔电板"研究完成了。

孙克绪是修整汽车的，大部分时间是干汽车上的活，瞅着有点儿闲空，他才进行研究，他不仅研究成了"隔电板"，还研究成了"电气压力机"、"巧不孔"、"电气烤炉"、"大电门挡火板"、"平沙轮床子"、"机器磨"之类重要的机器。他从研究成了"隔电板"以后，得到这样的经验：现在是给咱们自己干活，有困难多想法就行，不论做什么，做到半道，要是不成，千万不要泄气，这个"不要泄气，多想法子"就是一把钥匙，什么样困难的大门都能打开。

孙克绪因为创造的多，受过多次表扬、奖励，他的哥哥孙克俭，研究创造的故事也很多呢！

曲淑珍走上正道

寺儿沟渔网工厂在去年七月开工的第三天，曲淑珍就去报名参加织网。

到渔网工厂干活，她从心里往外不愿意，她寻思成天坐在那里，一个扣一个扣的织，出力倒是不小，赚钱不多。再说这么大了，去干那样的活也怪害臊的。但是家里生活挺困难的，没有办法。

她刚上去干活，技术当然不熟练，别人一天织一百个扣，她紧赶慢赶才织二十七八个扣，赚不上一百块钱。于是她的情绪更是不高，一天到晚的混就是了。

她这第六班的班长是海南人，是她的"老乡"，她觉着这还不错，后来要分厂子，班长换了王桂英，她就更抱着当一天和尚敲一天钟的主意，到时候开饷，配粮就行。

她最讨厌的就是扭秧歌，去年为了纪念"八一五"，工友们要办秧歌，还没教她去扭，她就把小嘴高高的噘起来。

别的工友也学她的样，特别是和她最要好的刘凤秀，起誓发愿的对她声明：

"你要不扭，我也不扭！"

九月选举工会委员，工友们没有看清楚人，只是看她颇有一套，就选她当正委员，选樊凤庆当副委员，她当时心里十分怨恨：选谁不好偏来选我？选我。我什么也不干！

开会她是从来不去，樊凤庆叫她，她就回答：

"好啊！你先走吧，我穿衣裳去！"

其实她并不去，溜之乎也。后来这符"咒"不灵了，人家看着她：

"走，咱们一块去穿衣裳！"

听说学习，她就头痛，表面上说："学习好啊！"但是背后她却对工友们说，

"叫上工会学习，就是叫变脑瓜，变了脑瓜还不知道往哪送啦！"

樊凤英劝她学习没有成功，又劝刘凤秀，她怕把刘凤秀劝去了，就在

刘凤秀眼前叽咕：

"真是一点儿不假，从前挺好的闺女，你看现在学的，张张罗罗，好像什么她都明白！"

冬天，来了一群好心好意的学生要办社教，这时没有活干，为了领十六斤粮，她也只好参加学习了。她看有个叶老师教的挺热心，人家全都好好的学习，她就寻思：学习一些字对自己有好处，学习又不要钱，她就学起字来了。

工会干部李声荣看她落后，就经常找她，坐在她旁边，一面看着她干活，一面耐心的告诉她，妇女为什么受压迫，大家伙怎么样才能改造世界。

"从前我也害臊，出去买菜，也得梳梳头，看看怎么样走好看。慢慢的锻炼，就会好啦！"

李声荣又告诉她：

"咱们老的，没盖好社会，咱们这一辈，一定要把社会改好！"

她晚上睡不着觉的时候就想：人家说的多对，辈辈世世受压迫，再不想法翻过身来，这一辈子可就毁啦！一定得好好的……

她又时常听些进步的工友谈话，明白为什么穷，为了穷人都得幸福，应该怎么样奋斗，这一下子，她的脑筋可开窍了。

再说人心都是肉长的，天长日久，什么是真，什么是假，什么是好，什么是坏，还有个划不过来的？

她从这时就后悔为什么不好好跟着人家学习。

今年三月，又选委员，樊凤庆、赵玉英、张桂花……还有不少早就好好学习的工友都出去当委员了，她和刘凤秀也被选为委员，这时她又高兴，又害怕。高兴的是自己终于有了前进的机会，害怕的是自己不能胜任。她更后悔，为什么不好好的学习，人家好好学习的，都学会了工作方法，都在各方面提高了。她和刘凤秀都是不愿学习的，偏偏弄在一班。

她看着刘凤秀的眼睛愁苦的说：

"你看，咱们去年冬天要是好好学习多好呢！"

"哼，你还说呢！"刘凤秀生起气来，"人家叫咱们学习，你说学就学坏啦人，现在又后悔啦？"

"咳！"她喘了口气粗气，"别提啦，咱们以后好好的干就得啦！"

现在在寺儿沟渔网工厂，提起她来，谁都赞成。

我可不做那份臭梦啦！

王敏芝是个二十岁的女工友，她平常在厂子里干活老师不好好的干，总是干眼面前的活，班长、科长、厂长要是不在眼前，她就耍滑、偷懒，住会儿去喝水，住会儿上茅房，有的是事情。动不动就头痛，头痛的请假，谁要追问她：

"你怎么老闹包瘫？"

她就把嘴一噘，眼珠子使劲一瞪：

"你是俺妈？用着你管？你操心也不怕白头发呀？"

人家都把头发梳的光光溜溜的，她必得把前面的几根头发往高地方一叉，特意叉出一个凸肚，走道的时候也不像别人那样好好的走，还晃动着腰，两只胳臂悠悠荡荡的。干活的时候，也不老老实实坐在那个地场，腔底下就像有针一样，刺的她住一会儿就站起来，用斜眼珠看看这个，瞅瞅那个。

她一天什么也不盼望，就盼望着快点儿下班。

下班的铃刚响，她就提溜着包急急忙忙的跑了。

从今年六月，李贵英当组长以后，她就开始渐渐的变了。李贵英是干活最好的工友，她不单是手艺麻溜，还像吸铁石一样，能把工友团结在她跟前，大家都不喜欢王敏芝，见了她就远远地躲着，好像怕她有传染病传着一样。可是李贵英就不在乎，她有了工夫就找李敏芝谈话，下班也时常和她一块儿走。

李贵英时常对她讲究：

"咱们工人，过去受的苦太多啦，现在要不好好的，将来怎么办？看人彭永花，当上特等模范，谁不高看？人家也是人，咱们也是人，咱们凭什么叫别人小看？"

王敏芝说："打卯子工的，当上模范，也得受大穷啊！人家有钱的，吃好的，穿好的，到裕华商场去，不买东西，买卖人也不敢小看，咱们要去问问东西多少钱，人家一看咱们这身穿戴，就不愿答理！"

"现在是工人的天下啦！"李贵英很耐心的对她解释，"咱们工人已经翻身，不受压迫。现在因为反动派还打内战，封锁海口，所以咱们的生活还有困难。你可不要单看眼前，顾那点儿虚荣，你好好看看那些模范，受的都是什么待遇！你现在要不好好的，以后非后悔不可呀！"

李贵英一有工夫就对他这么样讲来讲去，有的工友说：

"你多余操心，狗到天边得吃屎，天生没有出息的货！"李贵英不同意：
"咳，这就不对啦！什么样的人，只要有人往好处领，她就能往好处走。"

立功运动闹起来以后，李贵英就订了计划，说：一定要把王敏芝领到好道上来，第一，要叫她改变劳动态度；第二，要教给她能进一步干难的活。

有的工友说能行，有的工友就在背地摇头，可是李贵英不管这些，她订了计划以后，就更进一步和王敏芝亲近，晌午吃饭也去找她在一块儿，一面吃一面谈话。她干不完的活，帮着她干，王敏芝不会做的活，她就把着手教，一遍、两遍、三遍……多回教会才撒手，王敏芝一看李贵英和她这样的好，她又不识草木，好有个不受感动的么？

有一天下班走在街上，王敏芝就兴奋的说："贵英大姐，你这么样费心教给我这样，教给我那样，你又不多赚金子，又不多赚银子，你是图的什么？"

"我要立功！"李贵英爽快的回答。

"立功有什么用处？我看就是图多受一些累！"

"咳，不是这样，咱们工人，要想真正翻身当主人，寡是一个人好也不行，总得大家伙都好，怎么样才能都好呢？及时，你帮助我，我帮助你，不论是谁，都有进步，大家伙团结起来，不愁将来没有幸福。——我要立功，就图这个！"

不管王敏芝提出多么糊涂的说法，李贵英绝不心烦，她总是诚心诚意的给解释，她要答不上来，就问别的工友，有时就找干部帮着解释。王敏芝在伏天的时候得了拉肚子的病不能干活，李贵英下班就去看她，给她买过两回药，买了四个鸡蛋，去的时候兜里还装着报纸，念给她听。

有两天李贵英参加厂子开会，没有工夫去看她，她想的直哭，对她妈说：

"我死啦也不忘李贵英姐姐待我的好处！"

她的病还没全好，就跑回厂子干活，人家问她病好啦么，她说：

"不要紧啦！不要紧啦！"

可是一天还是跑好几回肚，——这可不是以往耍滑、偷懒啦！她是忍着病干活的。

现在，她的头发已经没有那个奇怪的凸肚了，走道的时候，也不那么摇摇摆摆，也不讲究裕华商场什么样的布好看了。在学习会上，大家检讨自己的思想，她检讨的最好，她说：

"我在头，想找个有钱的汉子，穿好的，吃好的，出门坐三轮车，下饭馆子吃炒肉片……呸！我真该死！一个工人，创造世界，多么伟大，有这些思想，实在丢脸，我可不再做那份臭梦啦！以后我就想好好干活，争个模范！是谁把我教好的呢？我的师傅，又是我的亲姐姐，你们看看，坐在这场！"大家都尊敬的把眼光射在李贵英脸上，不约而同的鼓起掌来。

戚福祥三十多年的梦想都实现了！

在沙河口发电厂的打车厂的里，在二层楼上，紧西头，有一间不大的屋子，在这屋里的窗户跟前，站着一个老工友，眼睛眯眯着，拿着一个拳大的机器零件，仔细的看着，琢磨着。

这个老工友，名叫戚福祥，今年六十岁了，他在发电厂，辛辛苦苦的干了三十多年，不不斥不离的机器，他全会修理。哪个管子通到哪边，从什么地方来气又往什么地场去，就像熟悉自己的手指一样熟悉它们。

这个老工友过去为了学点儿手艺，不知受了多少苦处……

距今四十年前，当日本鬼侵占关东的第二年，他就背着小行李卷离开了故乡威海，坐着小火轮船来到大连，投奔他的邻居在"满铁"一打卯子工的戚凤枝。一时找不着活干，他就和那个老乡借了几块钱，办点儿花生、烟卷卖，可是卖来卖去，老不够本，没有办法，他就进了街里发电所出苦力。

他刚进发电所的时候，还捞不着挂牌，干的是普通出力的活，时常恰泥，一挑筐带尖的泥，咬着牙才能抬起来，还得麻溜点儿走，抬的少了，走的就慢了，鬼子工头看见就没有个好。

鬼子雇的零工，早晨不大看管，到了晌午，就逼着多抬，差一点儿的不是一巴掌，就是一脚，有的受不了逃走，这就省下了工钱。戚福祥挨的"八嘎"、挨的巴掌、脚踢数也数不过来。

挂上了牌子，他也学不着手艺，鬼子指使他比指使牛马还凶。

鬼子干活，不准他看，总怕他学会手艺，要是发现他偷着看了，就像野兽似的把吃人的眼珠子一瞪：

"八嘎压路！你的什么看看？"

他只好忍气吞声，悄悄的溜之大吉。如果他肚子里是在装不住气，小声嘟念几句，叫鬼子听见，准得一把抓住他的衣领，左一个耳光，右一个耳光，还用脚把他绊倒，用皮靴子在他身上乱踹。

他想：出大力的，赶多会儿才能不受气呢？

他想学会按管子、弄水库、安车瓦，就特别留心的看着人家都是怎样做的，他也不敢打听人家，只好在帮着拿东西的时候，偷偷的看，记在心里。要是叫他下手帮着干活的时候，他就可以多看一些，多记一些。慢慢的，熬年熬月，不知挨了多少打骂，才偷会一些手艺。偷着学会的活，还不敢在鬼子跟前大胆的干，怕不准允，要是干对了还好，干坏了就倒大霉。

他常寻思，赶多会儿，学手艺能有人愿意教，不给气受，自己能够随便的学，那就好了。

沙河口发电厂一开大门就进去安车子打底座，又修锅炉，什么样难干的活，出力的活，受气的活，窝心的活他全干了，在每一根管子，和每一个机器零件上，他都滴上了自己的血汗。发电厂就是用他和千万工友的血汗建筑起来的。但是他无论出多么大的力气，绞出多少脑筋，鬼子始终看他一文小钱不值，大鬼、小鬼、大头、二头……全是如此。

他想，打卯子工的，哪一辈子人家才能不嫌恶，才不小看呢？

现在他在厂子里，喜爱他，这个称师傅，那个称同志，说话全是笑嘻嘻。他想听听国家大事，有人热心的讲，他要识字把着手教。来了一些见习生，要学开车，他就尽着自己的力去教，要学修理机器，他就把水库的盖掀开，水轮一个一个的拿出来，看看怎么不上水，毛病在哪，要是告诉一遍两遍不会，他就告诉三遍五遍，告诉会了为止。

他从前梦想过的那些美好的景况现在全都实现了。

（《大连日报》1948 年 11 月 24 日，12 月 4 日、8 日、12 日、15 日、18 日、22 日，署名：赤灯）

特等英雄发表感想

立志做大伙学生　真正成为带头人

【本报讯】昨日被选为关东农业生产特等劳动英雄的赵振声、张桂兰、李绍德、于清文、苗建英等于当选之后一致表示感激苏军于民主政府培养及农民父兄姊妹帮助之恩，今后必在苏军帮助、政府英明领导之下，跟着工人、农民学习，带头努力完成明后年的生产任务。

赵振声说："大家既然把我看成一块材料选出来，我就做大家伙的徒弟，人都是学而知之，不是生而知之，要不学习，就不进步，这个理儿要弄不好，一部也走不动。你说一个人能有什么力量啊！一个小组就比一个人的两个，全村的人，就比一个小组的力量大……全靠大家伙干，才能做出成绩来呀！可是没有苏军帮助咱们，民主政府要不爱护咱们，咱们能走动道么？"

张桂兰决心努力生产，好好学习，她说："今后要再努一把力，不要骄傲，不要自满，要是自满，今年当上英雄，明年还不定规来不来，我家去高低不骄傲，打的粮食一定要比别人多，老百姓才拥护你。英雄是个榜样，落在老百姓腚后面去了，这不成了尾巴了吗？还成什么榜样！"

李绍德说："大家伙把我选出来，我心里也挺乐的，可是我种地哪有什么经验？以后可得好好学啦！各位首长亲嘴告诉往后不要骄傲，咱们种庄稼的，全仗民主政府帮忙，苏军的恩更不能忘，老得记在心里。首长不是说么，咱们还得多跟人家学种地的方子啦！"

于清文说："我在生产上，也没起什么作用，论起经验，我也没有，主要的得靠大家伙的力量，以后全仗着多和大家学习，我盼望再来开大会的时候，大家伙都站在我们头前，叫关东人民的生活过的更好。"

苗建英说："咱们怎么的也不能往苏军的恩，往后只要民主政府说一句话，叫咱们怎么干，咱们就怎么干，民主政府老是往好到上领咱们还不走么？"

（《大连日报》1948 年 11 月 30 日，署名：赤灯）

老六是什么样的人

几个工友和在工厂当职员的朋友读了《英子能回来么？》以后问我：

"那个老六是什么样的人呢？"

我这才想起还欠几位读者朋友一笔债务，应该赶紧还清，不然心里也不舒服。

话说那个老六，也是我从小就认识的，可谓"竹马之交"。她比英子只小两岁，可是她的性情和英子大不相同；她从小就很要强，嘴唇上端没有鼻涕两行，饭后的嘴脸也不肮脏，看她娘从后园摘回芸豆角倒在桌上，赶紧帮着摘丝，她妈洗衣服去的时候，她也跟到清澄的河边，帮着洗点儿零碎。一句话，她从小就有劳动观念。

她有一个最好的朋友，成天到晚形影不离，那就是同院一个女孩子，名字好像叫拴柱，后来到"边外"沈阳去了，她因此哭了半宿。这时她已经念了三年书，喜欢画画，不论画个苹果，还是梨，先生总给甲字，有时批个"甲七""特甲"，只有算术一门，不大叫强，赶海可是拿手好戏，赶一趟海，总是满载而归。

我的大姨最爱的就是这个老闺女，时常用得意的口气向别人宣传：

"打明儿个，得给老闺女找个好婆家！"

她所说的好婆家，包含这样几个内容：第一，要有房子，有地，有钱的，无论如何不至于吃了上顿没有下顿的。

第二，女婿应该是上过洋学堂的，不要庄稼汉，凡是出大苦力的，一概不合格。她并且当着我的面，斩金截铁的发表宣言：

"干什么也不要穷木匠的，受一辈子干穷！"

这话给我的刺激极深，因为我们家里好几辈是木匠，她说这话，好像就给我听。其实那个时候，我的年纪还小，还没有考虑到娶媳妇问题，自然更不往她的女儿身上作何打算，但是她的话，却在我的面前关了两扇大门；使我初步了解旧社会里即便是如何靠近的亲戚也要叮当的金钱来打基础。

然而老六的性格却和她妈妈希望的方向相反的一面发展开去，她在十五岁那年，就由我的大姨作主"许"给金州城里一家开买宝的儿子，她当时就不愿意，可是除了摇头噘嘴以外，也没有做出如何反抗的表示，到了十八岁那年，当媒人提着红包到她家里送"好日子"的那一天，她就在后园角上背人流过眼泪。过了一个星期，也许还多一些——老六忽然无影无迹，谁也不知她到哪里去了。

过了一年以后，我的大姨才从分开多年的小叔嘴里知道老六是在"边外"沈阳城。她从小形影不离那个女朋友。这个女朋友姓顾，她有个哥哥名叫顾鸿鹏，那时比她大三四岁，正在省师范念书，是个非常进步的青年，时时帮助她的妹妹学习，老六也成了她的学生之一，他们那时多半学习革命理论——都是怎样一些理论，我也不知其详。后来这个顾鸿鹏到了长春，这时已经是"东北事变"好几年以后的事情了，她在长春县公署教育科里做事，老六和他"由朋友而恋爱而结婚"，生了一个女孩儿名叫小长，生活倒很顺利。可是过了二年，倒起霉来了，顾鸿鹏因为"思想犯"，进了长春四道街警察署，那时我也在长春混，老六当天晚上跑去找我，报告这个消息，我当时就想，这可糟了，不仅他一个人危险，我们这些时常来往的也要沾光，我马上把他借给我的《左派幼稚病》《毁灭》《经济学入门》，此外还有几本带个"夫"字的作者的书，全都装在小桶箱子里埋在院角的煤堆下面，又把写的一些不三不四的稿子急忙烧掉，老六当时倒很沉着，说我胆子太小。她把孩子放下，马上要去看她丈夫，我劝她不要去也不中用，她拔腿就走，头也不回，可是过了一个上午，她才脸色惨白回来，头发上有不少尘土，神情沮丧，好像叫谁打了一顿似的，在椅边，不住的摇头叹气，一言不发的呆了半天，唏嘘的说："这一进去就不容易出来啦！"

在这些日子，曾有不少写稿的，喜欢读书的聪明的青年无缘无故的被捕，我想，老顾的入狱不能与这些事件无关，我的心也悲哀起来了，觉着天与地昏暗起来，殖民地的空气使人闷得要死。

我问她：

"你看见他啦么？"

"没有。"

她理着散乱的头发，往地下憎厌的吐了一口，怨恨的说：

"这些当警察的，真该千刀万剐！"

原来她到了"四道街警察署"，警察先叫她在传达室里等着，有个警察看了一看她穿的自己做的棉鞋，嘲笑着说：

"家做的鞋，别看难看，也分穿在什么样的人脚上，嘻嘻，不坏……"

那些丧心病狂的野兽把人家的痛苦，做开心解闷的资料。老六忍着满腔的愤怒，等了好久，把她领到"特务科"，把她审问了半天，有个日本狗子特务摸摸她的下巴，对着别的走狗特务龇牙一笑：（很美），还有个中国走狗特务给她写个字条：

"我请你吃饭去不去？"

那些日本强盗家养的痛犬把她戏弄了一顿，可是不叫她会见她的丈夫，他们说：

"你晚上来吧！"

她看看没有指望，就到了六马路，那里有她丈夫一个亲密的朋友，劝她急速离开长春，她现在正愁没有路费。

"那么你到什么地方去？"

"到北平。"

"到北平找谁？"

"到他老师那去就行。"

"他老师在北平干什么？"

"你先不用问，快想法借几个钱给我，给我买张车票……"

到第二天下午六点我才把她送到火车站，火车快开的时候，她才小声用力的说：

"你到北平，就到西四牌楼……找我。"

我特别用心的记住她告诉我的那个胡同名和门牌号数，在肚子里念了一遍又遍，记的滚瓜烂熟。

但是等我跑到北平，按着地点并没有找到她丈夫的老师，因为人家早在半年前搬到北城去了，我到北城，各处打听——在那样人烟稠密的复杂的城市要打听一个人可真不容易，到派出所去请求查看户口，那些势利眼的狗仔，看你穿戴的不大像样就不理你。

后来我在报上看见有寻人的广告，学样花几个钱，在《北京实话报》上登个启事，果然有效，老六来找我了！

我一见她，吓了一跳！

她又瘦又黄，好像病了几年又像刚从棺材里爬出来的一样，我问她：

"孩子呢？"

"死……啦！"

她慢慢的告诉我：离开长春的第二天，到了"天下第一关"山海关的时候，查关的魔鬼一问，她没"旅行证"，不准她走，她怎样哀求也是不成，硬逼着叫她下车，她没有法，只好下了火车，在站上睡了一宿，又饿又冷，奶也没有了，孩子饿得直哭，当时虽是三月天气，可是万里长城附近的风还是死冷的，又赶上北风，天昏地暗，对面都不见人，有个锦县的老头要到关里找他的儿子，也是因为没有"旅行证"，不给走，他老人家连念带愁就病了，夜里不停的呻吟，老六听了，更加痛苦难熬。

后来多亏一个商人模样的人给她出了一个主意：

"你快花几个钱就让你过去啦！"

她把腰里所有的钱都给了一个站上的，铁路上那个坏蛋，把她领到没有人的地方，和她商量，叫她陪着睡一宿觉，才肯保证送她进关。她急中生智，骗他说有花柳病，那个混蛋的铁路警这才放开了手，还扭她一把，骂道：

"他妈的，还是个烂货！"

她好歹对付到了北平，可是忍着饥饿奔到西城一打听，人家搬了家啦！这糟不糟？

这时英子还在"满洲"，没到北平。她无亲无友，投奔谁去呢？那时的北平，东西已经开始渐渐贵起来了，她打听着丈夫的老师，就住在前门西河沿一家叫"中华客栈"的小旅馆里，把携带的小包袱打开，找出两件比较新些的衣服拿去当了点钱，弄点儿干粮进肚。这时孩子就开始有病，她自己也觉头晕脑涨，奶偏偏没有了，孩子饿的时候，她就给她水喝。

还算不错，歇息了两天，她自己轻快多了，只有孩子不好，浑身发烧，眼睛不愿睁开，睡不安静，有点儿动静就惊醒了，小旅馆里老像惊吵闹的一样，一时一刻也不清静，到了深夜还有人在扯着驴嗓子喊西皮二黄。

正在这样极度困难的时候，她在旅馆的墙房一张伪新民报副刊上看见一窗的笔名，和她丈夫的老师在哈尔滨报上投稿时用过的笔名一样，她毫无信心的抱着病痛的孩子打听到了报馆去问，报馆给了她满篇的原稿一看，稿尾名姓也一样，还有地址，她按着这个地址去打听，果然不错，唉呀！这算救了她的活命！不然，她的景况可真不堪想象了！

可是她可怜的孩子，过了半个来月，怎也没有治好，到底死在没有文化的"文化城"。

她难受的说："孩子一死，我又痛起来啦！真倒霉！"我安慰她说："这算不错，要是找不着熟人，那就毁啦！"我和她一块到了她丈夫的老师家里。没有多久，我就知道这个老师，是个商人，专门贩卖智慧和真理的生意，老六间接给了我一本小册子，读过几篇叫人作呕的目录以后，便是动人心魂的人民领袖的伟大理论……

可惜得很，我还没有好好的跟着他们学习，他们要出城开山里去了。

我们临别的时候，约定以后一定见面……

他走了一年以后，英子才抱着自己的志愿到了北平。

听说老六现在仍在山中为战争和土地改革努力工作。

（《民主青年》1948 年第 40 期，署名：赤灯）

老六的丈夫的老师

　　叫我写《老六是什么样的人》的那几个热情的朋友又给我出了一个题目："老六的丈夫的老师——那个'贩卖智慧与真理的商人'，"——"看样挺伟大的，顶好把他也单独的写出来！"

　　我歪脖子想了一下：像这样既平凡又可以说是不平凡的革命工作者是无边无岸的，倘若写起来，唉呀！写也写不尽！可是我们写的不多呢？严格的讲，写的太少，这些人类史上千千万万伟大的无名的英雄是值得大书而特书的，他们的故事要是不值一写，世界上还有什么更值得写的呢？好！我就把这个人物以我所知有限简简单单的写出来吧。——请你往下观看：

　　老六的丈夫的老师本姓李，原名泽深，后来到了北平改名叫李则。他是吉林城里生人，大概是在二十岁以前到了沈阳，住在他舅舅家里。他十几岁的时候就故去了母亲，父亲是个商人，续娶以后，他在家庭间的地位便降低了，他在那时候起便饱尝旧社会人压迫人，人吃人的排挤，激烈的生存竞争的苦味。舅舅是个很有正义感的狭隘的国家主义的军官，在东北讲武堂当过"队副"。舅舅供他食宿，在沈阳城里念完师范以后便回到山明水秀的故乡吉林当小学教员，就在这时候起，也是一个当小学教员的同志帮助了他"提高政治觉悟"，和革命工作发生了联系。大概在九一八事变二三年以后，他那个同志，姓名不详被派到吉林东部延吉一带工作，后来，落到日本帝国主义家养的鹰犬手里，坐了二年监狱，但是他在狱里也不休息，发展了好几个同志。

　　在这二年期间，李则独当一面积极工作，据说起了很大作用，他都做了一些什么样的或怎样做的工作我可不得而知了，他又帮助了两个同志进步，参加工作，其中之一，是个女的，名叫安萍，好像不是原名，和李则不仅是同志的关系，而且进了一步，发生恋爱。

在这时候，李则在敌占区做地下工作经验是不够的，没有抓紧领导，另一个年轻浮躁急性的同志，那个同志不知怎么弄红了自己的面孔，把李则目标也给暴露出来了，他知道出乱子，赶紧跑到哈尔滨，一年以后，又到安东，掉头来一趟大连。

他到大连的时候，正是冬天，身上一件薄薄的棉袍，肩头露出陈旧的棉花，一双单鞋，还能不冻脚么？他住在"悦来客栈"，手里只有四角钱，他省着花，一顿才吃一张煎饼，四角钱全都花光了还没有找到他要找的同志。饿了两天以后，那个同志才给他找着了，于是他才有了饱食，回到沈阳，找了不少关系，又过起"吃粉笔灰的生涯"，就在这个时期，他教出了一些中华民族优秀的儿女，为了中国人民的彻底解放不怕一切的艰险苦难进行斗争，老六的丈夫顾鸿鹏便是其中之一。

李则住在潘阳小东边门里，偏偏和一个当日本特务机关的翻译狗腿子住在对门。他经常看见这个走狗大摇大摆的迈着方步，满嘴说些鬼话，真是令人作呕，他和这样的畜生成了邻居。一个是伟大的革命工作者，一个是卑贱无耻的敌人的爪牙，真是光明与黑暗的对比，可是人们只知他是教员，连对门的爪牙也不知道他的底细。

李则写一笔好字，过年的时候，那个敌人的邻居也求到他头上来了，于是警察查户口，他就说是对门的朋友，这叫"利用地形地物"安然躲开。

李则有时往哈尔滨的报上投稿，他写了一些启发人民提高觉悟的文章，当然，碰巧才能登出来，写的"露骨"一点儿的就进了混吃等死胆小如鼠的编辑的字纸篓。

那一年，东北各地大抓教员，第一个帮助李则的学生有一个也被捕了，他怕这个学生骨头太软，经不起严刑拷问，便与安萍带着孩子躲到安萍的同学又是同志家里。幸亏李则与安萍嗅觉灵敏，他们走了不到三天，住处就光顾了宪兵特务。

李则与安萍到了北平，生活是很苦的，最初找不着事做，安萍就上安定门里一家小手工业工厂做零工，终日难得一饱，但是她并未间断一天，晚间为那些工友热心的讲穷的原因以及唯一的出路，她的同学那时是在师范大学附属小学教书，有一个在市立第一女中念书的同志全帮她解决生活问题，他们的日子，过的都很困难。好久以后，李则才找到了一个家庭教师的职位，然而月薪很少，刚能维持他自己每天吃一半饱。

生活越苦，这些青年革命工作者的意志越是坚定。由于南京政府"九一八"以后就始终抱定不抵抗主义又退出平津以后，李则的工作和生活更困难了，安萍有了第二个孩子，身体因为营养不良，很快的衰弱下去，李则这时又和革命领导机关找着关系，加紧敌区地下工作，他冒死运造武器的零件，冒着极大的危险向城外运械。城门守的很严，他赶的大车，卖青菜的挑子，都要经过愚兵警察的检验，李则把那些零件用油纸包好放在老乡赶的大粪车里，他在后面远远的跟着。

有时他到京西四十里外的良乡，把重要的文件带到城里，他想尽一切办法，无论如何不损失文件，他把文件看做比自己的性命还要重要千倍万倍。

有一次他坐着乡土车带着文件回北平，遇到的检查站的特别细心，他把一条"指示"折成小块放在雪花膏瓶子底下，那个警察注意到了这瓶雪花膏，不注意另一瓶陪衬的雨油，他用粗大的手指狠狠的挖了下雪花膏，李则可真吓了一跳，可是警察没有挖到底，皱着鼻子闻了一闻就扔给他了。

还有一次，他买了一些手枪子弹往城外运，火车没开，一大群铁路警察过来检查，看见李则带的一筐馒头，烧纸，炷香，烧酒，偏要仔细的审问：

"你上哪儿去？"

"良乡。"

"干什么？"

"上坟。"

一个铁路警抓起一个馒头，从中间一掰两半，李则可真害怕了。这样彻底的检查，实在危险，但是他们只掰一个，就气势汹汹改变目标，去翻别人，于是李则松了一口气，其实子弹不在馒头里面，全部绑在坐在对面的安萍腰上，好像死了老人带孝的腰袋里面，顺腰转了一大圈，整整二百粒。

有一天，是在日落黄昏时分，一个警察用绳捆着安萍的两手往西直门往外押送，安萍的头发弄的散散乱乱的遮住了大半个面孔，几乎看不清她的嘴脸了，老远一望就知道，她穿的很破，一定是披了人家的一床红被，因为那个警察腋下是挟着一床红被的，这可以看出安萍是叫人家痛打了一顿，因为她垂头丧气，走路两腿不知有多重，一步一步，十分吃力，那个警察很认真，一步不肯放松，紧紧的抓住她身后被头，大的警察帽盖住眉梢，看不清他的眼睛，这样就越发显出他的"威风"，走到城门那些站岗的愚兵警察跟前，警察便残酷的咒骂："娘个 × 的！快走！"

还在安萍背上打了一巴掌，安萍很可怜的往前跟跄几步，赶紧加快脚步，那些站岗的愚兵警察讥笑的看着她走过去。

走到城外，天色渐黑下来了，到了伸手不能看见五指的时候，那个警察还押着安萍急急忙忙的走，这时，安萍用不着打骂，走的特别迅速，一点钟走出十多里路，行进到村庄，进了油灯昏暗的房屋，那个警察才把帽子摘下来，露出真实的面孔，安萍笑了起来，屋里一人帮着解散绳，在她怀里，藏着两支手枪，李则身外背着一支，衣服里面藏着两支……

他们为了完成艰巨的任务，什么样的方法都想得出来。

如果城外来人就便等着快快的带走，他们就常常利用拉大粪的大车多次往外运输各样需用的器材，敌人的愚兵警察们是最讨厌大粪的臭味的，车一经过他们跟前，就厌恨的摇手："快走！快走。"

刚刚过年，安萍又生第三个孩子，革命夫妻，爱情最深，不能不生。我和他们认识的时候，这第三个孩子刚刚满月，哭的时候，手腿乱舞，好像着急长大，好打敌人。

关于李则这人，要是详细的写起来，故事多得很，恐怕十万八千字也写不完，而像李则这样的人，又不只一个两个，实在多得很呢！

每一个参加革命工作的同志，如果有了十年八年的战争历史，一定够上一部长篇小说。李则还不算是太老的"老同志"，但是从上面一二件小事上看，已经尽够丰富和生动了，可惜他还有更多生动的战争故事，因为我不熟悉，那就写不出来了！

我们永远不要忘记这些英勇果敢的革命战士吧！就因为有他们，中华民族才不灭亡，人类才有进步，子子孙孙才能享受和平民主自由富强的生活！

（《民主青年》1948 年第 41 期，署名：赤灯）

新编杨慈灯文集

——

1949

——

冬学礼谈时事

第一，反动派的军队越来越熊

中国共产党中央的负责同志，在头年冬月（十一月十四日），往全国打了一个电报。这个电报可太要紧啦，全国解放区的报纸都用大号铅字登出来，全国解放区的广播电台也往四下广播，无论是谁，看了这一段报，听了这一段广播，可真乐的够呛！就是国统区的人民知道了这个消息，也是从心眼儿里往外高兴。过后大家又把这篇文章拿出来细细的琢磨，好好的讨论，越琢磨越有滋味儿，越讨论越有意思。

大家可知道这个电报里讲的是什么事情么？

咱们就根据这个电报里讲的话，把大概的意思研究研究吧。

咱们中国，人民解放军和反动派打仗，打到现在，两下比一比力量，解放军的力量大的多了，反动派的力量越来越小了。

国民党在大前年伏天，下手攻打全国解放区那时候，他们的军队有四百三十来万人。比人民解放军多三倍半。好家伙，从古到今，世界各国，从来没有拿出这么多的军队打内战的！可是打了二年，叫解放军连打死带打伤，还有活抓住的司令、军长、师长、团长、营长、连长、排长、班长……还有喽啰士兵、喂马、做饭、写字、打零杂的……还有专门撒谎造谣监视军队的特务坏蛋在内……就有二百六十四万人！

你们想想，去年"九三"，咱们关东开大会，十二万人的大队就过了一下晌，要是再有那么二十多些，能够多少时候？真是小鼻子他爷爷，老鼻子啦！

还有很多很多不愿意给反动派堵炮眼卖活命不等到战场就逃跑啦的，

把这些加在一起，一共顶完蛋了三百零九万人。

但是国民党又各处抓人，绑人，拿枪杆子强逼着老百姓替他们堵炮眼。前年五月，他们单在上海就逼着三千多万个没有活干没有饭吃的工人去当炮灰。

他们在这二年里头抓了多少人给他们当炮灰呢？

唉！多极了，他们抓了二百四十四万人！

可是他们怎么样拆了东墙补西墙的抓住人往上打补丁，也补不上原来的数，他们又抓了这么多的人，比下手攻打全国解放区的时候，也少了六十五万人，只剩下三百六十五万啦。

从去年七月到十一月沈阳解放，这四个月的工夫，国民党倒的血霉更大极了！你们看，才四个月，他们又有一百万的军队完蛋了，完的多快！

假设他们能再抓三十万人补上，那么他们所有的能上前线的军队和在后边打零杂的都一包在内也不过二百九十万人，差不多少了一半。

那么人民解放军在这二年里头是怎么样子一番情形呢？

第三，国外的国民党军全完蛋了

从去年七月到十一月这四个月的夹当，全国的解放军在各战场上打了不少的大胜仗。远的不提，咱们单讲离咱们不远的地场关外吧。日本小鬼投降那时候，美国帮着国民党往外运兵，把山海关、锦州都霸占了。又派大军，分成三路网关外攻打，把沈阳、四平都占了。解放军自己撤出长春、吉林以后，他们还不知足，又侵占安东、又侵占通化，往南把普兰店都占去了。国民党觉着占了上风，他不知道，他们这么一闹，就像疯子跳在老虎身上骑着，觉着能耐挺大，可是他想下来，那就万不能了！

解放军起头拿出一面攻一面防的法子，把国民党在五十多个大小城市里分散起来，又叫他们在六千多里地的铁道线上，这里一堆，那里一堆的分散起来。前年一月到四月，国民党军想先消灭南满的解放军，再打北满，可是国民党军刚往南一开，北满的解放军一下子就挺进松花江南。吉林、长春的遭殃军直打战战，南满的解放军就趁这机会把国民党军打回去，收复不少地场。国民党军顾得了头，顾不了尾，弄的手忙脚乱。

前年五月到去年三月，解放军又出来打了三回大仗，国民党军三十多万人马一家伙完蛋了。从这以后，国民党占的地场，越缩越小，解放区，东西南北，连成一片，愿往哪去，就往哪去。解放军又发动了秋季攻势，在辽西，打了三回大仗，全打胜了。吉林、长春好像吊在半空一样，什么地场也接不上，他们只剩下二十四个城市，摆出骑马担裆拉屎挨打的架势。解放军在大冷的天气，又出来打仗，辽阳、鞍山、四平都收复了，吉林的国民党军吓的满裤子是屎，丢下吉林，掉头就跑。

到了去年九月，人民解放军一下子就把北平到辽宁那条铁道线上的国民党军的据点，好像互助小组上山比赛拔苗一样，一阵工夫就拔完了。十月一号那天，打下义县，过了不几天，就打到锦州。

锦州本是很要紧很要紧的地场，在国民党来说，就像他们的嗓子眼儿一样。

反动头子一看解放军要来攻打这么要紧的地场，可麻爪了！急的各处乱跑，亲自当督战员。可是解放军来势凶猛，大炮轰隆轰隆一响，三十一小时的光景，就把这个要紧的地场拿下来了，国民党军十万人马，一个也没有跑出去，全都下马叩头，哀求爷爷留命。

在锦州指挥国民党军打仗的头目范汉杰，把自己化起装来，头戴毡帽，身穿破棉袄，小棉裤，肩上披着破麻袋，还拿着个萝卜啃着，可是他也叫解放军查出来了。

长春的国民党军，早叫解放军围困的垂头丧气，吃的穿的，什么也没有，前前后后，逃出苦海的国民党军有一万八千多人。锦州一拿，他们更怕的腿肚子直往前转，×××下了一道"圣旨"，叫他们往南突围逃走。啊呀，这可真是搭着梯子上天，太难了！解放军的围城部队，一层又是一层，连接好几百里，他们伸出脖子试了一下，不行，赶紧缩回去了。这时候，六十军的军长领着大军起义了，其余的部队更乱了，下级官兵，争着抢着投诚。副总司令郑洞国没有法子，这才领着全体官兵放下枪杆。

这时候，反动派从沈阳调出了廖耀湘兵团，想去救锦州国民党军的命，也没救得了，正想逃命，解放军真像飞将军天降一样，大队人马堵住他们的后路，国民党军这一下子可像钻进笼子的老鼠，吱吱乱叫，怎么的也是跑不出去了。解放军摆开阵势，把他兜成一块一块的，拿出猛打、猛冲、猛追这三大战法来，一家伙就把这十万多人的美械化兵团打趴下了。

沈阳的国民党军可慌神了！大官儿大将坐着飞机就跑，有的挤不上飞机，直骂祖宗，省主席都叫一脚踢个倒栽葱，啊呀，可真热闹，能笑掉大牙。解放军是人不离鞍，马不停蹄，直往沈阳、营口进军，没有几天，各路大军在沈阳城外会齐，到十一月二日沈阳就解放了，号外各场直飞，老百姓乐的够呛。

营口的国民党军刚刚上船要跑，解放军就赶到了，"开炮轰啊！"听吧，呼隆呼隆……船上冒了烟，那些家伙摔进水里和鱼龟虾蟹交朋友去了。

锦西、葫芦岛的国民党军夹着尾巴就跑，跑的倒是挺快。

啊呀，东北三千七百万老百姓可盼到了头，全世界的人民得了这个消息，都乐。

法国第一家大报馆"人道报"特意写出文章夸赞，说是：中国老百姓打了胜仗，各国的老百姓全都欢喜！又说：美国帮助什么也不顶啊！美国反动派的报纸也都哭哭啼啼，说中国反动派：完他妈蛋了！好像脚上绑着磨盘掉进大海没有救了！

中国共产党中央委员会，为了全东北解放了，特意打电报给东北解放军总司令林彪将军、东北解放军全体同志和东北全体同胞。电报里说了不少有意的话，其中还有这么两点意思，我也大概讲讲，说是：国民党反动派得了美帝国主义的帮助，从大大前年，霸占东北，前前后后拿出一百一十万人，可是东北全体军民团结的好，又有关里各解放区打胜仗来合作，打了三年，到底把全东北解放了，中美反动派想把东北人民当牛马，又想利用东北挑拨国际打仗，他们这份迷梦也把它打碎了。解放全东北，就给解放全中国打下地基，灌上浆子，又给中国一步一步建设成工业国家打好底子。

第四，再有一年左右，就可能打倒反动政府

从国民党一打内战那一天起，解放军就今天整他几百，明天收拾他几千，后天一家伙就打光他几万，老是这么样接近不断的打胜仗，所以解放军是越打越大，劲头越足，国民党军是越打越小，越蹦跶越熊，这些事情，大家都知道了吧？算到去年十一月一日，解放军从一百二十万人，添到三百万人，国民党军从四百三十万人，减到二百九十万人，还不全都是拿枪打仗的，是连在后面打杂的全都一包在内，这么样一来，他还不是能字加四点——熊么？

从去年七月到十一月，四个月的夹当，解放军在这地场收拾他几万，在那地场收拾他几万，打的比多会儿都痛快。你看，济南一下子，就是十啦几万，锦州一下子，就是十啦多万，沈阳一下子，又是十来万人，……好家伙，就是这么十万十万的，算一算，从去年七月起，到十一月二日打下沈阳那一天不止，一共消灭了他一百万人。

自从十一月十四日，中共中央的负责人把那封电报打出去以后，解放军的胜仗更是越打越大，看起来，一年左右从根本上打倒国民党反动政府是一点问题也没有了。

解放军在徐州那些地场打的大仗，真是打的又勇又猛，从年前十一月七号开火，打到十二月十七号这四十天的光景，就打毁了四十多万人，一天能顶打完他一万人。国民党在这地场一共安排了五十多万人要和解放军死掰，又是什么黄伯韬兵团，又是什么黄维兵团，又是什么孙元良兵团，又是什么邱清泉兵团，又是什么李潮兵团……阵势摆的可真大呀！可是解放军使劲一攻，这些兵团就稀流花啦散架子了！

他们是 ××× 最信靠的部队，他们的洋枪洋炮可真不坏，可是也禁不住解放军连踢带打，加上以前一共两个月又三天，连活捉和打死，把杜聿明指挥的五十多万大军消灭得干干净净，连杜聿明也活捉到了。

再说东北解放军，把关外所有的国民党打扫干净以后，整整队伍分成三路，呼呼呼呼，直往关里奔去，这些战士，精神头可大极了，有个炮兵营的副政治指导员名叫唐贺田，路过锦州自己的家门口，都不回家看一看，

就托人留下了几句话，说："见到我家里人，只说我还在解放军、这回进关去了，消灭了国民党反动派就可以胜利回来。"关里和关外的老百姓，一边是亲亲热热的欢送，一边是亲亲热热的欢迎，那种热乎的劲儿就别提啦！

东北解放军，像涨大潮一样的海水，呼呼呼呼流进关里，马上就和华北人民解放军拉起手就，两面的大军把阵势一摆，就把北平、天津、张家口这三大城市，还有一个海港塘沽结结实实的包围起来了。傅作义这个战犯，美国帝国主义还把他看成活宝呢，帮他军火给他打气，叫他好好的卖命。可是解放军大军这一包围，他吓的尿都淌出来了，他们一点儿也没想到东北解放军来的这么快，又来的这么多，这不是要他的狗脑袋么？

傅作义自己在这几个地场的私兵一共有十七个师，年前十二月八号，在张家口到宣化的半路，叫解放军干掉一个师，过了两天，又在怀来南边收拾两个师，过了十天，又在新保安整他两个师，过了一宿，张家口解放了，傅作义又有五个师和两个骑兵旅交代给解放军了，洋枪大炮，也是全数献了出来。

中共中央的负责同志在他那个电报的最后一段里说：

我们原来算计着，从大前年七月前儿起，大概有五年左右的工夫，就能把国民党害人的政府从根本上打倒了。但是打倒这个害人的政府以后，他们还剩下一些反动势力，要把这些反动势力，干干净净的收拾光了，叫中国老百姓全都解放，那就得再多用一些日期来才行，敌人现在正风快的往棺材里爬，但是还得共产党人，人民解放军和全国各界的人民，大家好好团结，多多的使劲，才能把反动势力最后的打扫完，才能在全国成立起来又统一又民主的民主共和国。

现在北平、天津、塘沽这三个地场，就像挂在树上的三颗果子，解放军什么时候要摘，什么时候就可以摘下来。为了城里老百姓少受罪，林彪将军向傅作义广播，叫他投降。解放军又往城里送电，但是战犯傅作义只许自己用，不给百姓用，还撒谎说是天津发的电，死不要脸到了什么程度！

在北平四郊的清华大学、燕京大学的学生，见了解放军派去的代表，就围上去了，要求解放军的代表演讲，又要求开座谈会，学生们又自愿的给解放军的伤兵抬担架，学救护，干的热火朝天，他们没有电，没有青菜，解放军就给他们。

这真是：国民党卖国人人恨，解放军到处受欢迎。

（《大连日报》1949年1月5日、12日、15日，署名：赤灯）

看苏联影片的福气

　　我们现在每天都能看见苏联电影——有人以为这并不算什么稀罕的事么？啊呀，请你听我往下讲吧。

　　在国统区，只要上海影片可看，哪些内容，不外鸳鸯蝴蝶，哥哥妹妹。这些要是厌了，还有失业投江，杀人放火。这些如果烦了，还有曲线救国，欺人骗人……。此外当然就是海外运来的大批美造影片了，这个国家，擅长侵略，电影也不例外，大小影院几乎全被美国影片塞满。内容怎么样呢？吃喝玩乐，争风吃醋，属于大宗。这些要是厌了，还有侠客武士，一枪打掉礼帽，吓你一跳，骑马跳过大沟，非贼窝里救出美女。你想看些稍带现实性的片子吗？那也"小鼻子他爸爸——老鼻子"了！白天行抢，侦探出动，警察监狱，负伤和死，凡是资本主义国家到了完蛋前夜必然产生的缺德行为，万端罪恶，他们应有尽有。

　　脑筋稍微进步的青年，谁愿意看这些狗屁倒灶的玩意儿呢？他们记得鲁迅先生在世的时候最喜欢的便是苏联；他们知道苏联的文学和艺术都是进步的，他们喜欢高尔基的小说，也喜欢苏联的电影，他们知道美国电影全是毒药，或者就是空无一物，看了使人发昏。只有苏联那样讲究真理的国家，才能作出对人民有益的影片。我清楚记得：在日寇投降以后，苏联影片《直倒柏林》初次在北平芮克影院上演的时候，开演的前两个钟头，影院门口就挤满了观众，各个聚精会神，耐心的等着，一面还得留心有没有特务走狗跟着，这些流氓以为喜爱苏联影片的人脑筋便近于"左"倾，应该逮捕投牢，大有杀头之罪。看苏联影片，还得提心吊胆，谨慎防备，内心虽然不够冷静，外表也得泰然自若，沉着稳重，端起肩膀，摆出老爷或少爷的神气，还得加上"走运"，才能免掉"灾星"，你说遭不遭罪？现在，像我们天天都能看见的真正进步的苏联电影，在那种地场，做梦也梦不见呢！别说影片大会，一连串就是十五六部的连续上演。

　　谁要有些进步的青年朋友住在国统区，写信给他，不必多讲春节发米发肉，仅抄下影片大会上演顺序寄去，他们准会羡慕得连觉也睡不下呢！

　　所以我说呀，我们现在能够随时都有进步的苏联影片可看，绝不简单。

　　我们低头想想，国统区那些好心的青年朋友怎么能会有我们这份福气？我们不要忘记他们的物质生活的恶劣和精神食粮的缺乏，他们是在饥饿中挣扎着的，他们是在寂寞与荒凉的黑暗的大森林里□扑着的；国统区的人民大众早已没有福气看什么电影了，穷哥们连口饱饭都吃不上，电影又贵得吓人，要了他们的老命也看不起啊！还有招待工人，一文小钱不要，排着大队就看电影那份子理么？做梦也梦不见。这份福气只有在解放了的光明地区才有。

　　我们盼望苏联影片不久以后像在我们这里一样也在北平、上海、青岛、武汉以及所有的中国人民的城市里一连串上演，让全中国的青年朋友都有饱饱的鉴赏苏联影片的福气。

　　这个日子已经不远了；多远呢？——一年左右。

（《关东日报》1949 年 1 月 27 日，署名：赤灯）

说北平道北平

说北平，
道北平，
北平本是个老京城，
皇帝大修金銮殿，
全靠工农流血汗。
自从去了刮民党，
十家更有九家穷，
千万市民饿肚子，
大小买卖关了门，
大官大将买房产，
金银财宝往屋滚，
姨太太排成大队，
贪污腐化绝了顶。

说北平，
道北平，
北平本是"文化城"，
鲁迅在此教过书，
大学中学多得很。
自从去了卖国贼，
学生集会都不准，
书报摊贩常挨打，
进步刊物遭查封，

爱国人士下监狱，
游行示威全不行，
特务警察开枪炮，
青年无辜丧了命！

说北平，
道北平，
北平很多好风景，
西山秋天看红叶，
北海蝉叫像弹琴。
来了中美反动派，
美国大兵老行凶，
吃喝嫖赌占个全，
摇摇晃晃耍酒疯，
青天白日奸妇女，
打死工人和儿童，
"当局"不准人反抗，
硬说这是真文明。

说北平，
道北平，
北平可算"雅静城"，
鹁鸪带铃从天过，
嗡嗡直响好动人。
战争罪犯傅作义，
征粮派款强抓丁，
养活小猫也要税，
穷人实在活不成，
白昼戒严夜搜查，

不顺眼的就上刑，
闹的鸡飞狗跳墙，
老少男女不安宁。

说北平，
道北平，
北平本是人民城，
中共抗战八年多，
四大家族亲日本，
政协决议全撕碎，
发动内战太心狠。
百姓盼望解放军，
林彪人马从天降，
四面包围真英勇，
傅贼吓的打哆嗦，
祷告上帝求活命，
如今北平解放了，
咱们春节真高兴。

（《大连日报》1949 年 1 月 29 日，署名：赤灯）

我想起几个人

　　北平有个优秀的画家，最崇拜世界名著的法国大画家皮卡索。但是他不知道皮卡索是共产党员，后来有个朋友给他一本解放区出版的杂志，其中有皮卡索写的文章："我为什么参加共产党？"皮卡索说他所以要参加共产党是生活选择所决定的……于是这位优秀的画家背起画箱就投奔城外八路军去了。他有个学生，也是一个很有才能的画家，听说老师走了，背起画箱就追，可惜晚了一步，国民党军已在城外设了万道关口，把他投进监狱，画箱没收。

　　到了解放区的画家就在华北联合大学文艺学院美术系工作。他的学生出狱以后便在家里闲着，成天到晚盼望八路军进城。

　　还有一个小说家，八九年来，写了三部长篇小说，盼望日寇投降，"国土光复"以后发表。可是国民党去了怎么样呢，他的小说一点儿也没有出路，检阅机关的老爷们对他吹胡子瞪眼的警告：

　　"你净写些穷光蛋的事情，不合'国法'。写这种玩意儿没有饭吃不说，还要留心你的脑袋……"

　　这位小说家幻想的肥皂泡破灭了，也想到解放区去，因为爹爹妈妈老婆孩子太多，不能走，他对朋友们愁苦的说：

　　"我像一只长尾巴狗一样，尾巴上绑着一串瓶子罐子洋铁桶，走起来太不方便！"

　　听说这个小说家在国民党官办的报馆当校对员，报馆起火，抓去一些工人，说是他们放的，他也是嫌疑犯，把他也抓进去了。

　　还有一个书店的经理，喜欢出版进步的著作，但是国民党当局不同意他这样干，叫他印有□的反动书籍，他把大门一关，领着老婆孩子回乡下去了，他斩金截铁的说：

"等八路军来了再干！"

这类小故事据我个人所知道的也不知有多少，这些"怪物"在这三年多来可受够气了，北平这一解放，最受压迫的劳苦人民不用提，这些知识分子也不知多么欢天喜地呢！他们如果不死的话，没有问题，他们将要坚决的跟着共产党走，和工人、农民站在一起，把四大家族反动皇朝打个稀烂，拿出学生学到的一切本领为人民服务。

北平，文艺家很多，他们在国民党反法西斯血腥统治之下，没有一星一点的出路，这是老少男女尽人皆知的事实，共产党一去，他们就像失掉父母的孤儿，这一回有了归宿。他们多少年来所幻想的，所期待的光明与真理的太阳现在可照在他们头上了。

大喜！大喜！

（《大连日报》1949年2月3日，署名：赤灯）

给王树庄彭永花的信

王树状彭永花同志：

咱们都是志同道合情投意合的老朋友了。今天，我愿拿起笔来和你谈上一谈。

为什么要在今天拿起笔来谈上一谈呢？咱们又不是远隔千里，而是近在眼前。只是为了欢欣鼓舞的向世人再三再四再五再六的表示我们已经早就翻身，早就成为民主地区，有了政治地位，有了职业保障，有了无限美妙前途的主人。

解放以前，我们能有这样的自由和本事吗？老王从前能像现在这样的下笔千言和登台像长江大河一样滔滔不绝的讲话，博得民众热烈的鼓掌吗？彭能像现在这样坐在高楼大厦的办公室里守着电话处理这样处理那样问题，又能研究毛主席的著作？

距今二十六年以前，工人兄弟不要说是像老王一样当上市公会的主席，工人姐妹像老彭一样当上企业工会主任，连成立个铁路工会都遭到万恶的句法恶棍开枪打死，——提起那时候，中国该多黑暗啊！京汉铁路工人代表，为了成立工会，正在准备开会，吴佩孚那个驴进的混蛋军阀就派那些走狗军警包围，工友派出代表交涉，也是不行。工人没有办法，就像老王说的老虎拉碾子不听那一套，打开包围阵线，正式开会。开会的时候，军警爪牙还包围着会场，开完了会，军警又把会场的设备打个稀烂，又逼着饭馆不准卖东西给工人的代表们吃等等。那些代表，真气急了，就召集全体代表开会，决定离开郑州那个熊地方，举行总罢工，使劲反抗那些王八下的军阀。

吴佩孚这个婊子养的，假装说是调解，叫工会派出代表去商量，谁想走到半道，他们就开出两营儿兵开枪来打，当场就叫那些野兽打死三十二个人，打伤了二百多人。他们乱杀了一阵以后，又拼命的抢东西，奸淫妇女，工友家里无论什么东西都叫那些魔鬼毁了……

江岸分会的工友，叫他们抓去六十个人，这个分会的正执行委员长林祥谦，也叫他们抓去了。他们把他绑在车站的电杆上，在许多工友面前把林同志砍了，把他的头挂在车站。林同志到死也没低头！

老王、老彭、林祥谦同志、虽然悲惨的牺牲了，可是他的伟大精神永远永远也不会死的，你俩说对不对？这样的革命先烈，永远活在咱们所有革命同志的心里，永远活在一切争自由反压迫和所有善良人民的心里。是不是可以向上级提个意见，把林祥谦同志牺牲的那个地点——车站——改名叫作"祥谦站"，这样来纪念林祥谦同志不朽的革命事业和英名。

老王和老彭啊，军阀对待工友下的这份毒手多么厉害呀！他们吃工人的，穿工人的，住工人的，用的东西，哪样不是工人流血流汗做出来的？可是那些连禽兽都赶不上的杂种，不知感谢倒也罢了，反而拿出这么苛毒的手段伤害工人！

他们为什么要杀害工人呢？这个道理，你们二位非常清楚：就是怕工人成立起来工会；也就是怕工人团结起来。他们知道，工会一成立，工人一团结，工人就要起来反抗，不准他们骑着脖子拉屎。那么一来，他们就要到他妈血霉了！

你俩还记得吗？中国共产党为了这件惨案发出告工人阶级和国民书，告诉全中国的人民：

要一律准备和自由的先锋军——工人阶级——起来打到惨杀工人的军阀吴佩孚、曹锟呀！打倒一切压迫工人的军阀呀！

中国共产党在二十六年以前告诉全国人民的这些话多对呀！这二十六年以来，以草字头卖国贼为首的四大家族指使他们圈养的大小军阀特务流氓坏蛋，杀害的工人也不知有多少万万！中国共产党领导全国人民起来反对他们，他们一看自己的力量不够，就把外国帝国主义勾引进来杀害工人，农民以及良心不死的知识分子。首先是来个不抵抗主义，从东北勾引进了日本小鬼，有不知足，更在"七七"，让东洋小鬼深入一步，尽量的大杀特杀。中国老百姓，该死了多少，真是没有法算计呀！中国共产党领导的人民队伍把日本打败以后，他们一看自己力量太小，怯怕人民翻身自由，他们不能"金口玉牙"作威作福。又把美帝国主义勾引进来，拿着美国飞机、坦克、洋枪大炮，大打内战。可是打到归？起怎么样呢？到底叫中国共产党领导者一天比一天强大的解放军和解放区的人民打败了！如今他们一看死到了头顶上，又搬出一套假和平的幌子来熊人，为的是喘一口气，好爬起来回头和自己已经自由了的人民拼命！

那些死不要脸的家伙真是扁担上睡觉想个宽。中国人民，受了好几千年的压迫，好几百年的骗，特别是这二三十年以来得的经验教训更多，现在的中国人民——特别是解放区的人民，早就觉悟起来啦，稍微有点良心的人，谁愿再去上那狗当？而且有三百多万党员的中国共产党，这样强大无比的革命政党打着大旗在头前领道，又有三百多万无法战胜而且越来越大的人民解放军给人民做后盾，革命事业还有个不很快成功的道理吗？

啊呀老王老彭，我一口气写了这么一大拖罗，还没有把咱们无产阶级工人弟兄姐妹应该怎么样干谈上一谈。我想，"二七"就是一大教训，在那以后，还有无边无岸的教训，要是不把反动政府和残余的反动军队打扫的干干净净，将来就有再回到"二七"那样的危险。（当然历史不能往回倒滚，咱们不能不提高警惕呀！）工人要想解放，全中国人民要想翻身，除了坚决的跟着共产党领导的光明大道前进以外，再也没有第二条道。

这一条道，在目前就像全国总工会发布的纪念"二七"通知的第一条里所说："……不把革命进行到底，不彻底结束国民党统治，工人阶级是无法翻身的。""拥护毛泽东主席提出的真正民主和平的八项条件。如果国民党反动派拒绝或歪曲这八项条件，便是证明他们毫无和平的诚意，只是企图以虚假的和平口号保存残余反动武力，以便重整旗鼓，卷土重来，则我工人阶级便要用全力支援人民解放军，彻底消灭国民党反动军队，彻底粉碎反动政府的方法，来对付这种虚假的和平。"

除了这一条道，在目前，任何其他的道：不论铺着多么花花绿绿的地毯，两旁排着多么芬芳扑鼻的花盆，前面摆着多么丰满的酒肉饭茶，咱们也千万不能往前近一步，假设谁要是不照着毛主席指示的那条光明大道走，要走上这一条道的话，咱们看吧，他准死无葬身之地。因为他不知道地毯下面是个大沟，里面藏着豺狼猛虎和毒蛇，一掉下去还有个囫囵么？那些盆花，也都有毒，谁要一闻就发昏了，那些饭菜里面早就下好毒药，谁要一吃，就是吞下伸腿瞪眼丸。何况现在，地毯已经掀开了。你俩天天看报，头两天报上不是说么？草字头司令滚开南京不到一个礼拜，所有的"和谈代表"全都夹着尾巴跑了，大批的残兵败将直往南跑，预备在大南边建立抵抗的据点。草字头司令那些还没死光的喽啰当炮灰当到底，特务头子郑介民叫北平的大特务们尽量在外逃走，中小特务就把脑袋顶上削一个尖往革命的队伍里钻，进行破坏，就像电影"神术的籽粒"那个刨根的家伙一样，又要冒充共产党员，暗杀外国侨民，放火烧毁外侨财产……你们看这多可恶！那些狗日的哪有一丝一毫什么和平的心思？

所以除了把革命进行到底这条正大光明的路以外，任何其他的道，不论那些大蛇、小蛇、美女的蛇说的多么天花乱坠，津津有味，全是"洋劲"，全是邪道，千万走不得，因为那是一条死路。

"二七"已经二十六周年了，现在的中国工人，在英明的共产党领导之下，已经打败了吴佩孚那一类的万恶军阀，还有一些残余的徒子徒孙也快仰脸朝天狗命不保了。工人弟兄姐妹们十一点儿没有问题的，早已发扬了"二七"的英勇斗争的传统精神，今后会越加发扬这样伟大的斗争精神，辈辈世世跟着共产党走。小小的反动分子的残余，还不打他个零零碎碎，叫他懈气。

我写的可不少了，占多了最贵的篇幅，赶紧停下笔吧，以后再有机会，咱们就不客气的来谈上一谈，这对别人，相信也没有什么坏处。

向你二位致敬！

（《关东日报》1949 年 2 月 7 日，署名：赤灯）

"节外生枝"
——时事杂感

国民党卖国"政府"在答复中共声明原文里说：

"政府每天处理的事务很多，如果中共方面像这样节外生枝，今天提出一项，明天提出一项，那我们不但无以应付，而且双方将因此而无法接近了。……"

诚然诚然，这个可爱的宝贝"政府"的确忙碌得很。他们的忙，还不是从近来才开始的，从"政府"的金字塔招牌挂起来的那一天起就忙起来了，一直忙了这么二十多年。有一些累得吐血，有一些累死了，好家伙，这还不忙的够受么？

远如海陆空数十余条国家主权的廉价出让，选举伪总统、召开伪国大、颁布伪宪法、下令"戡乱"、"币制改革"、逮捕审问、派兵镇压、北去南返、大会小会……近如求和声明叫出以后各部院手忙脚乱的大搬其家，尽人皆知，实在麻烦，而且又是"政府"机关在大炮眼看落到头上这样危急情况之下的搬家，自然要和咱们平常住家过日子的搬家大不相同。大官大将呢，第一是财产问题，那一位干了这么些年的没有几堆金子银子？就说姨太太吧，这个要优先离京，那个也要最早飞走，下级官员，整理档案，捆打包裹，调动车皮，记账签名，往来搬运……可真忙个不亦乐乎。

这个宝贝"政府"现在忙得连提裤子的时间都没有了，再说和谈也并不是真心所愿，不过是把"和谈"二字当作药膏在发裂的嘴唇上抹它一抹，骨子里却是插着一把钢刀等着缓缓劲头再砍，在这种情况之下，中国共产党却认真的"今天提出一项，明天提出一项"，这不简直是王麻子膏药硬找毛病要好瞧么？

而且"今天提出一项，明天提出一项"的项又使他们像拿着鸭子上架那样的困难，单说冈村宁次这员大将吧，他在这个宝贝"政府"来说：本是杀戮中国人最大的功臣，所以才要请他恭恭敬敬的住在南京，在千千万万的老百姓连树皮草叶都啃不上的时候，必须给他预备最上等的大米白面，顿顿不缺酒肉，如今他在"剿匪戡乱"的事业中已经完成了任务，要按"政府"的心愿，应该召开庆功大会，歌功颂德一番，皆因搬家太忙，无暇闹哄这些，简单来个判决"无罪"，送归日本更加安全，让他好好生存，留着今后重用。中国共产党却不答应，一定要保留重审，这不是"节外生枝""无以应付"么？中国共产党岂不是不顾人情么？"政府"虽然南迁，不是迁迁就完，还有许许多多的事情要做的。比方在南迁设置防务，破罐子破摔，最后挣扎一把，也得大大的忙乎一阵，所以忙终归还是要忙的。中国共产党在这时候，顶好是什么问题也不要提。当然啦，要照顾头号战犯的五项主张来谈和平，中国共产党不要说领导人民将革命进行到底，就是进行到现在的这些，也应全部收归战犯所有，那就不属节外生枝了！

中国共产党主张惩办战犯，卖国的老爷们觉得太严，盼望宽大待遇，像他们尊敬冈村宁次那样把他们爱若掌上明珠，中共主张废除伪宪法，"政府"的老爷们心里也不是滋味儿，他们觉得货真价实，并不算伪，只要按照这份宪法办事，皇帝的宝座才能辈辈相传，万世一系，总而言之，老百姓所深恶痛绝的为法统卖国条约等等，都是他们心灵深处最疼最爱的无上宝贝，他们大声疾呼和摇尾乞怜要求"和平"，不为别的，就是为了保存这些宝贝，你们偏偏不让他们保存这些宝贝，说做就做，雷厉风行，今天提出一条，明天提出一条，这对于"政府"的老爷们，可不是节外生枝，枝外生节么？难怪那些大人先生们无以应付，而且认为"双方将因此而无法接近了。……"

但是接近总归还是要接近的，不久以后，他们将和人民的代表坐在一个房里，有问有答，也有记录，也有广播，或者就在人民法庭，下文不用讲了。

到那时候，恐怕还是要节外生枝，无以应付的。那可怎么办呢？——真成问题！

（《大连日报》1949 年 2 月 9 日，署名：赤灯）

苏联不讲迷信

——记两个人看"宝石之花"、"千里驹"后的谈话

我的朋友老李和老刘看了"宝石之花"、"千里驹"以后，谈了下面那样一些话，很有意思。我是记者，应该记录下来给大家做作参考。

老刘说："在'宝石之花'里，像马蛇子冒了一股烟变成美女，这不是和中国那些神奇鬼怪的小说一样么？我看也是属于迷信。"

老李："神话也是文学的一种，它和寓言、故事、传说、小说、诗歌等等都有同样的价值。不过统治阶级把它拿去用了，就专门弄些荒唐滑稽，毫无意义，于人民大众只是有害的内容，逼着人民喝了就种下了毒。这种毒的作用便是凭天由命，乐于服从统治阶级的压迫剥削，从不想到反抗斗争。你看中国过去的那些神话，哪一种不是如此？就拿《西游记》来说吧，唐僧、孙悟空、猪八戒等为了一种事业，不怕任何困难艰险也要打过去的，这种精神本来是很好的，可是统治阶级的作者，把他们的事业写成为了'出家'为了'取经'；倘若写成为了进攻统治阶级，为了服务于人民那就成为有价值的东西了！这样一篇神话的题材，如果交给今天的作者来写，它的内容一定不同：起码，它要表现唐僧，不是为了取经，而是为了反对统治阶级，领导群众进行斗争……要是这样，这部神话故事也是有意义的东西了！"

很明白的：老刘并不是一个很有文艺修养的人，他听了老李的话，显然是还有一些不大了解，于是他又发出疑问："这么一说，我就明白了，可是我看弄那么一些神话，总不如弄些现代的故事好。那就更容易接受了，你说对不对？"

老李："你所说的现代故事，也是已经而且正在，并且还要大弄而特弄的。但是文艺的种类很多；文学、音乐、戏剧、美术……你不能说文学重要，不要音乐，戏剧重要，不要美术，而文学这一部门，有诗歌，小说，诗歌又有长诗，短诗，小说也有长篇、中篇、短篇，不能说是要短诗不要长诗，

只要短篇小说，不要长篇小说……，只要好，不管长短全要。戏剧也是如此，话剧也要，平剧不放弃，秧歌剧应该提倡，歌剧也不排斥。美术呢，也是如此，彩色画也要，油画也好，只要他不是害人民的东西，而是有益于人民的全要，电影更不例外；它的种类既然很多，不问它是哪一种的，只要内容是有益于人民的，而且是大众所喜闻乐见的形式，不管它是上古的中古的，应该一概无条件的加以发挥，大大的创作。在苏联是如此，在中国，今后条件必然会渐渐允许，那么也要大大的创造。"

老刘还是没有完全了解这个道理，又说："像'千里驹'吧，演了不少国王的事情，为了一个女人，出了那么大的力气，我看这就没有多大意思，要是多演古代的老百姓怎样的受压迫，那就有意思多了！"

老李："你还没有完全领会'千里驹'这部影片的意义。这部影片，正是反映了古代老百姓受国王野蛮无理的压迫的生活故事。在有国王这样一个不合理的制度之下，老百姓还有什么自由和幸福可说呢？你看，'千里驹'里那个国王多么蛮横无理！美女，只有他一个人才有享受的权利，劳动人民出了力量，供他吃供他穿，还得为他寻找美女，美女爱了农民，他就判定农民死刑。但是有良心的美女是爱农民的，这就是说，一切的人和物都爱劳动人民，只有统治阶级压迫人民，剥削人民，不爱人民，激怒了人民，所以人民一齐起来和他拼命。你可以把那个农民、美女、千里驹联合起来了，这就是伟大的力量，什么都能战胜。你也可以把这部影片里的生动故事和当前中国国内的形势来比，现在中国的'国王'，把农民关进监狱里以后，想着杀他，可是美女已经献花给他，指出斗争的道路，农民虽然把话掉了，还有千里驹做后盾。在目前的中国是，农民已经跳出内战的油锅，变得更年轻更美丽了，没有问题，美女和千里驹会与他更加相爱，而'国王'已经跳进油锅里去了，他是盼望这一跳进去就会长生不老的，可是他能实现这个好梦么？你就等着看看油锅上面将会漂浮出什么东西呢？我猜会漂出一堆主要战犯的骨头。"

（《关东日报》1949 年 2 月 10 日，署名：赤灯）

诸位请坐听分明

一

苏军全心为人民，
功劳太多讲不尽，
让我简单提一提，
诸位请坐听分明。
列宁领导起革命，
千辛万苦干成功，
反动分子死不久，
德国眼气就进攻。
狗腿插到彼得堡，
烧杀抢掠可真凶，
革命基干赤卫队，
举起铁拳揍敌人。
人类救星斯大林，
计划布置多英明，
坚守寸土不退让，
杀的匪贼满地滚。
那年二月二十三，
红军旗开得了胜，
强盗遭受大打击，
丢盔抛甲逃狗命。

二

红军杀敌功劳大，
惊天动地人人夸，
十四国的干涉军，
屁滚尿流叫爹妈！
白匪无耻混捣乱，
红军胆壮决不怕，
彻底粉碎邓尼金，
佛兰寄尔也打垮。
那时红军装备差，
人马粮草都缺乏，
敌军大炮多两倍，
有吃有穿有钱花，
红军棉袄不够穿，
肚子饿了把冰砸，
弄些冻鱼来充饥，
可是攻击魄力大。
不管敌火多强烈，
粮尽弹绝也厮杀，
障碍重重往前闯，
钢铁阵地准拿下。

三

一九四一那一年，
德国匪徒又发疯，
还有帮凶意大利，
腚后跟着乱蹦蹬。

战争初期真危险，
德国蠢用"闪电战"
苏联未及全动员，
国境地区被侵占。
德国步步往里打，
不问老少一齐杀，
列宁格勒被封锁，
莫斯科也受轰炸，
城市田园被糟蹋，
这一损失可太大！

四

第二战场总不开，
英美绅士装老呆，
临河观火不援助，
狡猾危险做买卖。
苏联孤军来作战，
不怕牺牲敌胆寒，
前线后方团结好，
共产党员带头干。
斯大林城这一战，
包围德寇三十万，
战争史上无前例，
敌军统帅都完蛋！
这一战是转折点，
证明苏军真不善，
德军优势永不回，
鬼子下山快危险。

德军计划大反攻，
也被苏军打稀烂，
列宁格勒解了围，
苏军展开运动战。
越过噶尔巴阡山，
驰骋东欧大平原，
直往德寇心脏捣，
扫荡附庸巴尔干。
苏军打进柏林市，
德国强盗算完蛋，
战争罪犯纳粹匪，
仰脚朝天真难看！

五

回头说说小日本，
侵略中国心真狠，
他和中国反动派，
里应外合一条心，
"中央军"就会撤退，
东北丢了丢华北，
蒋介石叫不抵抗，
谁要抗日谁有罪！
多亏中国共产党，
领导人民好武装，
没有大炮搞土枪，
东西南北大胜仗。
大小反动胡子头，
峨眉山上看风光，

制造磨擦挺得意，

大官大将争投降。

"曲线救国"太荒唐！

四大家族认大洋，

秘密勾搭帝国鬼，

主张"剿匪"如豺狼！

人民敬爱毛主席；

反动妥协和投降，

号召全国其抗战，

留下美名天下扬。

六

放下这事不多叙，

关东地区该提提，

暗无天日四十年，

男女老幼受憋气。

"海南丢"寡出大力，

当牛当马没吃的，

"此地巴子"怎么样？

会说日语也低级。

半夜三更提劳工，

地下老小哭啼啼，

脑筋好叫思想犯，

捉进监狱活剥皮！

工人受苦最凄惨，

住像狗窝穿破烂，

有病无钱别想治，

死了一扔就算完！

能讲善写王树庄，
缺吃缺烧真够呛，
想学技术无人教，
哪有权利进学堂？
彭永花是穷闺女，
做工受累不开饷，
三四两头挨打骂，
不如猫狗过的强！
大衙门里皮鞭响，
百姓死得真冤枉！
白玉山下万忠墓，
血海深仇可别忘。

七

多亏苏军义气高，
对日宣战开大炮，
东北进兵像涨潮，
淹的鬼子喂哇叫。
关东军也送了殡，
大批喽啰和"太君"
撅着腚沟猛叩头，
"八嘎压路"一大群。
苏军来到咱家门，
劳苦群众大翻身，
知识分子有书念，
锣鼓秧歌满街巡。
苏军三十一周年，
关东人民乐无边，

解放恩情不能忘，
努力学习多生产。
众位要问学哪样？
请听我再讲一讲，
第一就是革命性，
认清方向和立场，
中国革命快胜利，
反动分子耍花枪，
弄出一套假和平，
为的歇气再打仗。
好坏我们要分清，
毛主席有好主张，
要讲和平行八条，
不然人民就遭殃！
解放大军兵马壮，
不久就要过长江，
战犯休想躲干净，
革命成功有福享。

（《关东日报》1949 年 2 月 25 日，署名：赤灯）

沈阳城里问卜

"张大帅"在世时，沈阳城里城外，就有极多占卦、算命、相命、批八字的职业者，他们月月纳进，官家尽着保护之责。有些常住饭店，报上紧登广告，总是属于大师、半仙、专家、博士之流，其中还有搽脂粉的窈窕女将，尤其高尚无比。

"衙门"里的老爷太太们，为了预卜升官发财，就常去拜访那些神仙。自然，不仅政界如此，其他各行，情愿上钩的鱼也是很多的，要是武将出征，长久未归，太太们更要拜访神仙了，要是"大吉大利"她就眉笑眼开，多打几圈麻将，要是"凶多吉少"就要"神魂颠倒"，成天到晚躺在床上，从大烟灯的光里寻找安慰。

其时，和尚、道士也是"官家"的宠儿，大庙里的"当家"走行坐卧，极尽豪华，铺张奢侈，决不下于"王爷"、"公爷"之辈，地皮千顷，金银满贯，督办、司令、省县太爷，都另眼看待这些特权阶级。

日寇侵占东北以后，这些"得天独厚"的人才地位依然优厚，不过"廉洁奉公"以后，饭桌上的菜盘减少一些罢了。可是求签问事的太太一去，零花钱就轻而易举的到手。"中央"一去接收，他们的买卖又兴隆起来，相面、占卦的摊子换上新白布，铜的签筒擦得明光锃亮，饭店里的大师、半仙，精神抖擞，好像蜘蛛一样等着愚蠢的小虫，当然，这不仅是沈阳一城，平津青沪，全不例外，这是事实，谁也不能否认。即以二十五师长萧晋生的夫人为例，她在鞍山告急之时，就给丈夫去信，报告活动情况，略为："听说鞍山告急，一直被困无援，愁得我呀，肝肠寸断，连澜腥也不吃，又请沈阳城里张瞎子占了一卦，佛说，鞍山以北，恐怕挨打，闻听此言，几欲昏倒在地……"于是她就寄上便衣衫裤，嘱咐丈夫，必要之时，可以换上，后来她还是不大放心，又去"大圣馆"求签，请求神仙报告形势，签词答曰："凶多吉少"，好家伙！这真是晴天霹雳，可怜的她又差一点昏倒了，多少老道，画了咒符，叫她附在信内，不得已时，持信飞奔鞍山大庙，那么万事就可亨通，云云。

后来，她的丈夫下场还算不坏，没有死掉，当了俘虏。我可不知她是不是持信飞到鞍山去的，假若全军的夫人组织起来，高举咒符，赶奔前线，一定是非常热闹的光景。

我想今后在北平，在天津，在南京，在青岛，只要炮声一响，又不知有多少神魂颠倒的人儿拖住大师、半仙、和尚、道士的长夜不放，要求快说吉凶，那些张瞎子、李瘸子、赵聋子、孙瘫子的生意都会突然忙碌起来，而专家、博士的签筒一定响个满街，深睡的懒猫都要惊醒了。

（《野草新集·东北的春天》，智源书局 1949 年 3 月发行，署名：赤灯）

迎接三八顺口溜

女同志们请听真，
三八就像喜临门，
多亏苏军来解救，
关东姐妹大翻身。

回想从前多难过，
鬼子野蛮硬压迫，
出大苦力赛老牛，
知识妇女也堕落。

穷家丫头更悲哀，
从小就当东西卖，
嫁人为了穿和吃，
忍气吞声得学乖。

公公申诉婆婆骂，
小姑噘嘴汉子打，
儿女给气也得受，
男人死了守活寡。

提起女工更可怜，
头目剥削少给钱，
招人必看脸丑俊，

不定时刻遭摧残。

仅仅为了吃完饭，
无奈就往坏道干，
大爷唾骂残骨肉，
忍辱负重卖笑脸！

不是天生命不好，
封建制度太糟糕，
帝国主义榨取重，
欺骗教育顶毒药。

苏联妇女该多好，
自由平等乐陶陶，
联邦最高苏维埃，
将近三百党代表。

全靠苏共领导强，
民主宪法真优良，
妇女一样也地位，
能干能写又能讲。

要说中国解放区，
妇女也有参政权，
努力学习多生产，
绝不寡靠男子汉。

中共领导加培养，
男女平等早主张，

妇女干部多得很，
也有本事到前方。

今年纪念三八节，
世界妇女更团结，
战争贩子得打倒，
保卫和平反侵略。

关东姐妹怎么办？
当然加油往前干，
生产建设不落后，
争取当个大模范。

工人姐妹打头阵，
掌握技术减成本，
提高产量多立功，
节省原料再加劲。

农村姐妹不懈怠，
拔苗捞地讲换工，
养猪喂鸡全做到，
一心一意学英雄。

家庭大嫂要勤快，
纳底头等不赖呆，
房前房后不种瓜，
学习识字增人才。

各种工作岗位上，

姐妹务必多要强，
钻研业务学本事，
提高政治学榜样。

天真活泼女学生，
改造思想勤劳动，
学习理论和技术，
一心服务为人民。

革命形势发展快，
反动份子快倒台，
坚决反对假和平，
全国胜利就到来。

（《大连日报》1949年3月七日，署名：赤灯）

吴莲英和任启贤

——解放区妇女印象片段

我在河北省青县（津浦沿线北段）城外认识了一个勇敢的女同志。

那时正是晋察冀人民解放军对青县国民党军开始进攻的前一天，我随着晋中行政公署的同志到达这座县城附近视察民工担架工作。我们在雨后初晴的傍晚住在县城西面十里路不是叫马庄子就叫王庄子——记不清了。——那么一个住户不到五十来家的村庄。和我们住在同院的有个也是到前方来工作的女同志，她的头发也像晋中地区一般女同志一样剪得很短，好像男子一样，宽厚的嘴唇，面孔晒得通红。她坐在老乡的窗前很细心的擦着一支手枪。我问道：

"同志，你是哪一部分的？"

她把子弹看了一下放在怀里答道：

"大城。"

当时大城县所有的那女教识员都统一的组织起来到前线担当宣教工作。我猜想她大概也是这种团体的，谁知我猜错了。她是区上的妇救会主人，名叫吴莲英。自从解放战争爆发以后，她就担当了支援前线的工作。她还要随军打到沧县。

当然这样的女同志在老解放区里是很多的，她是其中很平常的一位，并没有什么特殊的地方。我因为是到解放区去不久的，所以对于这些新的英雄人物甚至连一举一动都非常注意。

话说青县的敌人在第二天早晨就叫解放军痛痛快快的消灭掉了。仅有一些亡命之徒跳城逃走，但是未出城几十里路，城外断断续续的枪声也停止了。我们踏着泥湿的道路兴奋的往南前进，吴莲英也和我们一道。

我们正走到一个小村庄跟前，听见一声枪响。从村庄里跑出来几个老乡喊道：

"有好几个白脖（指国民党匪军）跑到麦地里去了！"

吴莲英一听，拔出手枪就往老乡们指点的麦地里奔跑。我因自行车的累赘，不能跳过一道挺宽的壕沟，便钻进村里，把自行车存在老乡家里，然后才出来跑到麦地附近。这时村里出来不少的人，大家都很紧张愉快。村干部和民兵小伙子们都随军到前面去了，这个村庄又不是巩固地区，老乡们的嗓子还不够大，有几个人追了一程便停住了脚。吴莲英像游泳一样顺着麦田搜索，可是搜索了老半天，一个敌人的影子也看不见。这时有个小孩子喘呼呼的跑来跳着脚告诉：

"白脖子都跳进苇塘去啦！"

我心里想，这可不好办了，钻进苇塘，从里往外看容易，打枪也准，从外往里什么也瞧不清，打枪也是白打。而且苇塘里有水有泥，一陷多深，怎么进去找呢？

吴莲英不管这些，迅速的把鞋脱下放在旁边，扔下大盖草帽，弯腰挽裤子，赤着两脚就闯了进去。老乡们都替她担心，有些人喊：

"哎呀！不能进去呀！危险……"

"他们从里往外放枪就坏啦！"

"回来吧！回来吧！"

我也跟着叫呼："别进去！不行！"她像没听见似的，头也不回，伸出两手，摆着身体，打开密密丛丛的比人高出一倍的苇子使劲往里钻。不到十分钟的光景，"白脖"一个一个，——共有七个——你推我挤的跑出来了。吴莲英在后面看押他们。她手里提搂着两个长筒匣子，她自己的手枪插在裤腰带上。那些白脖都是赤手空拳的。原来他们早把大枪仍在麦地里。吴莲英一面动员老乡们到麦地里找枪，一面押着俘虏到一个老乡院里。那些神头鬼脸的家伙这时什么也不顾了，只是要求喝水。老乡们把俘虏送走以后，我就问她：

"你怎么敢往那里头钻！他们要是对你放枪呢？"

"他们早就吓麻爪了，怕什么……"

这事过了不久，我就到了山东。我在那里看见了更多英勇的妇女。她们支援前线，好像男子一样，什么样吃累的工作都是一样的干。各地的青年妇女小队，在赤日炎炎的夏季，光着两脚，抬着担架，在石头瓦块异常崎岖难行的大山上跑来跑去。有的担架一点钟能跋涉十四五里路。赶着毛驴驮着粮食弹药的女孩子们在深更半夜爬山越岭，任务是那样的艰巨繁重，毫无怨言。身背地雷炸弹的女英雄们听说什么地场有了情况便争前恐后的跑去。熟练的把地雷埋得妥妥当当……

我在海阳县看见了这么一个妇女，她的名叫任启贤。哎呀，说起这个女同志来可实在不简单。她在日寇没有投降以前，被上级派到威海做什么工作，走到半路，敌人把她抓住，把她狠狠的绑在树上，用马鞭子把她的胸脯都抽开露出骨头来。到了夜里，有个鬼子过来解开绳子，打算把她领到什么地场去，她瞅那个野兽不留心的夹当，迅速的拔出鬼子腰间的刺刀，对着那个野兽的喉管，狠狠的就是一刀，鬼子连叫都不能，像狗一样摔倒在地上死了。她拔腿就跑，爬到山上，好容易跑到村里。

她在老乡家里养了一个来月的伤。身体一恢复健康，她就往威海前进。这回不错，给她打进威海去了，并且找到了关系，完成了上级给她的任务。

国民党匪军一开始冒险进攻胶东，她又在妇女爆炸组里活蹦起来，背上地雷，各处"欢迎"万恶的匪军去了。

我是从薛家（村名）出发到威海在半路上遇见并且认识了她的。她和我住宿的那家姓戚的老乡的女儿在一个爆炸组里。她们开会回来，身上除了地雷以外，还背着短柄的铁铲。

我要求她简单的讲完她生平的故事以后便问她：

"你们要是碰见太多的敌人跑不了的时候怎么办呢？"

"那就和地雷一起的响！"

她说的非常坚定。

这样英勇的女同志在老解放区里是很多很多的，真是举不胜举。单从我这简单草率写出来的两个女同志的片段事迹上决不能看出整个老解放区的女同志们在革命斗争中的伟大贡献。

在轰轰烈烈的中国革命中，妇女们在中国共产党领导下贡献出了极大的力量，立下不朽的功勋。

（《大连日报》1949 年 3 月 17 日，署名：赤灯）

是猫啊，不是老虎

有谁见过两个狼猫同时上树捕鸟批次竞争的场面么？

其一、一定弓着窈窕的身段，吹起胡须，吐露长牙，尾巴高举，严声戾气的锐叫，好像大喝一声：

"且慢，我是老虎！"

其二，一定伸直柔软的脖颈，竖起耳朵，紧缩小腹，弯着锋利爪，也是威风凛凛的呐喊，好像唱戏的武角报名：

"哇呀呀呀……咱家才是老虎！"

但是鬼才举手表决把这两位老兄列为虎类。

自从日本小鬼完蛋以来，美国战争贩子龇牙瞪眼学习狼猫的伎俩，装扮老虎自鸣得意。明眼的人，一看就知道猫的意思与尊容虽然像是老虎，但是性情和劲头可就差的太远了，只有知识欠缺的儿童才肯佩服他们能干。

最近几个月来，猫装老虎的把戏越演越精彩了。他们不仅吐露长牙，还把吞食耗子残留满嘴的醒血喷了出来。对于不准上树伤害动物植物的善良的人民，还以白眼。他还决心联合猫头鹰，黄鼠狼子之流拉成一条阵线，称之谓《大西洋公约》。他还占领浓密的枝叶，权作军事基地，摆出野兽厮杀的姿态，张牙舞爪吓唬胆小的人。除了血汗养活他的劳动人民好心好意的规劝一概置之不睬，认为自己满有本事。

他们的特点和本事都有哪些呢？答复如下：猫之为猫也，就在他妈给他生出一副满像老虎的怪太，他爹大号希特勒，他妈小名墨索里尼，娘舅就是日本帝国主义。这个杂种降生于美国华尔街，出世就管饱的奶吃，长的挺胖。他承继了上辈盗匪的血统，养成寄生虫的习惯和装腔作势的臭架。这些结晶，都荟萃于美国战争贩子和他尾巴后面紧跟着的反动集团的全身。

在今天全世界强大人民民主阵营之前，这些漫画家最好题材的滑稽小兽显着多么卑陋下贱可笑亦复可恨啊！

　　我们应该指给天真烂漫的孩子们：那是猫啊！不是老虎。

　　　　　　　　　（《大连日报》1949 年 3 月 27 日，署名：赤灯）

高尔基是怎样学习的

说起高尔基，可真太伟大啦！咱们单说他那份积极学习的精神吧。

他在图案师家里当学徒的时候就非常喜欢学习。他和邻家的小闺女在一块儿玩儿，认识了那个小闺女的妈，便和她借书看。但是图案师的妈和老婆像野兽一样，厉害的了不得，叫他泥里、水里什么都干，就是不准他看书。他没有办法就把书藏在角楼上，有点儿闲空就站在角楼上读书，他连天冷都忘了。到了晚上，掌柜的和那些好吵架的娘们去死搅的时候，他就到厨房里读书，一听见门铃响了，他赶紧把书藏在火炉下面，掌柜的、掌柜娘们看见了点过的蜡烛，气的不得了，他们一齐动手，拳打脚踢，把高尔基好一顿揍。

他们走后，高尔基又从火炉底下拿出那本书来，到窗户跟前去看。这时候是晚上，虽然有月亮，可是书上的字太小，看不清楚，他想了一想，从棚顶上找到一个铜手锅，月光反射在书本上，这是看不清楚。高尔基实在想不出好办法，就跑到店铺里，在圣像前面的灯光底下看书，看的时候太长就在这地场睡了，老婆子来到一看，把书夺取，拿书打他。这时候高尔基最心痛的不是自己的皮肉，而是那本好书。

高尔基稍微得到这一点儿时间就千方百计的看书；他跑到院子里读、在小屋里读、在角楼上读……这些地方太冷，他也不管，只要有书可读，受些苦楚他也不在乎。林克多在《高尔基的生活》里翻译说："阿楼沙（即高尔基）用种种巧妙的方法读书，可是老太婆总要追寻阿楼沙，当被她捉住时，她更将书撕破……"

大家知道，高尔基从下生那一天起，二十多年来没有过过舒服日子，他捡破烂、跟着姥娘上山捉鸟卖、在圣像店里当学徒的、在轮船上打零杂、在图案师家里学徒、又做面包、木匠、小贩、店员、在火车站上看东西，今天东，明天西，真是腿肚子贴灶老爷，走到哪里哪里就是家，有时睡在海边上……过着这样困难的生活，他还那样积极的学习。这和咱们住在高楼大厦里，冬天暖和，夏天凉快的环境一比，不是天地相差，没有法子比嘛？

高尔基的这种学习精神，可真值得咱们大家伙学习呀！咱们要是纪念高尔基，那么咱们就好好学习他这种学习精神吧！

（《关东日报》1949 年 3 月 28 日，署名：赤灯）

螺丝钉和废铁

在一个很大很大的工厂里，在那成天到晚转动着的旋床子旁边的墙角下，坐着一位完好无损的螺丝钉，在他旁边还懒洋洋的躺着一位废铁。

螺丝钉是从解放以前就被干活不大细心的工友遗弃了的，早已没有谁再惦念他了；那块废铁也是如此，多少年来没有人看他一眼。

螺丝钉可不是这样消极的，他在解放以后特别渴想着谁来照顾他，把他分配在机器上好积极的工作。他是多么喜欢今天的工厂啊！多少年来都是寂寞苦重的厂子里，现在有了自由的笑脸，有了幸福的歌声。这时再不参加工作，还等待什么时候呢？唉唉！螺丝钉可真急的有些忍耐不住。

"你看小张，从前一天才干五十个螺丝帽，现在一天能做二百六十，刘老头从前老是成天到晚打瞌睡，现在变得年轻了，就像生龙活虎一般！我还坐在这里，多么着急呀！"

螺丝钉这样说过以后，就长长的喘着粗气。

废铁打了一个哈欠，厌恨的说：

"无聊得很！无聊得很！顶好是不要过问人间那些闲事，干什么也不如睡觉舒服，我盼望谁也不看见我，更不要动我……"

电滚老是不休不息的歌唱着他的胜利，宽的、窄的、长的、短的皮带风快的旋转着；刨床子、洗床子都拿出很大的声音呼喊。螺丝钉的满腔愿望，废铁的消极的牢骚话，谁也没有听见。

螺丝钉天天都在热烈的盼望着有人发现他，派他到机器上面去工作。每逢有的工友走近了，他就欢欣鼓舞，光芒四射，大声呼叫：

"我在这里呀！我没有残废呀！还是好好的呀！快给我工作……"

电滚、皮带、刨床子、洗床子们的声音太大，他的请求，没有被谁听见，于是他就忧愁、叹息。但是他相信早早晚晚会有工友发现了他，把他请去。

废铁老先生时常带着轻蔑的口气嘲笑着说：

"你一个小螺丝钉能干什么了不得的工作呢？把你安在大机器上，连个影子也露不出来，谁也不会重视你的，所以我说还是睡觉的好！"

螺丝钉反驳他说：

"别看我小，我的作用倒很大呢！"

顽固的废铁憎恶的哼了一声，继续睡觉去了。

螺丝钉是没有白盼望的，他的机会终于到了。有一天，有一个从前看见油瓶子倒了也不肯扶起的工友非常细致的打扫厂子，螺丝钉就在他活泼勤快的笤帚推动下翻了一个大身，滚了几滚，坐到浴着阳光的地方。工友看见了他好像看见了亲人一样，赶紧把他拾起，靠近鼻尖，吹了几吹，抚去泥土，按排在干净的长案子上，和一群肥胖的锤子，钳子靠在一起。螺丝钉快乐极了，自言自语的说：

"这回我可有了出头的日子了！"

从此他就抱着更大的希望，在和谐昂扬的机械声中耐心的等着。大概不到半个月的光景，工友把他移到丰富的材料箱里，过了不久，他又迁到镶着铁片的板上。工厂开过生产管理民主化的会以后，工友就把他用油好好的洗了一个澡，安在机器上面，他就百倍兴奋的干起来了。

时间过的真快，转眼半年过去，螺丝钉从来没有不安心工作的情形。只要工友把电门一开，他就协同其他零件兄弟们埋头苦干。休息的时候，他对着仍在墙角昏睡的废铁招呼：

"废铁老兄，你还不要求工作么？"

废铁无精打采的瞥了他一眼：

"干什么也不如睡觉，不用管我！"

"从前那样是对的，现在可就不同啦，你听我说……"

"用不着你说，我还要睡觉。"

打起鼾声，睡过去了。

螺丝钉工作着的那盘床子，解放以前是顶懒惰的，从来也不好好的干活，现在工友天天用油给他洗澡，混身上下，擦的明光钻亮，干起活来，怎能不快？螺丝钉越干劲头越大，老工友喜欢他，年青的工友喜欢他，学徒也喜欢他。

两个星期以前，来了一队学生参观工厂，他们都用羡慕与尊敬的眼光望着他，有的学生还用手小心的摸摸他，一个学生指着他对别的同学说：

"我们应该学习螺丝钉，在革命工作中起螺丝钉的作用。"

螺丝钉听了这话该有多么高兴啊！所有的机器零件也都高兴，电滚、皮带，唱的更响、音韵更加响亮和动人了。

废铁老兄睡到最近，被工友发现了，拿起一看，睡的年头太多，锈的不成样子，往大处用，实在不够资格，往小处用，他自己又不肯，没有办法，只好扔在破铁堆里。有时这个工友过来翻弄翻弄，有时那个工友过来掀动掀动，谁也不理会他。他想睡觉，也睡不舒服了，——到了这时，他才后悔自己实在没有出息。

（《人民日报》1949 年 10 月 11 日，署名：夏园）

我所知道的苏联人

我在大连住了一年零八个月，在那里，我看见了不少的苏联人。

我是连一句俄国话也不会的人，只能够用眼睛看他们，用耳朵去听别人讲说他们，用心去揣摩他们，我所看见的，都是和蔼、亲切、热烈、诚恳的面孔，我所听到的都是英勇、果敢自我牺牲的故事。

我在大连认识一个在旅大有名的工人，他是锅炉健将，又是船渠工厂模范厂长，他的名字叫王智富。受了半辈子的活罪，单是因为缴不上房租，就被赶着搬了二十多回家。自从旅大解放以后，他的光景可就不同了，有一回他去开会，散会以后，他们工厂的苏联监督官要到他家串门，他就领着去了，苏联监督官一看他的住宅不大好，便在第二天东跑西奔给他找妥一座楼房，花了不少的钱给他收拾干净，桌椅板凳，无不齐全，又派汽车帮他搬家，现在老王便住在那座楼房里。

我还认识一个在大连沙河口发电厂当厂长的朋友孔亚非，这个工厂，属于中苏合办，我常到那个工厂找老孔闲扯。有一天，我看见工友正在上课学习技术的时候，有个苏联技师手里拿着一堆图样跑进教室。他现出急急忙忙的样子，目光向各处搜寻，我猜他一定是要找那个工友有急事商量。可是当他看见了工友们正在聚精会神的研究技术时，就赶紧放轻脚步，走进教室，在最后排的空位上悄悄的坐下，睐着眼睛望着黑板上画的图样。他端详了半天，忽然立起，跑到黑板前面，拿起粉笔，把那图样改了几道线条。当教员的中国技术工友马上点头，表示同意他的修正。于是他重回原处，看着，听着。一直等到工友们下了课，他才过去扶着一个六十多岁的老工友名叫齐福祥的肩膀，亲密地商量工作。

我还有个朋友名叫范世杰，一次，他的家在秋收以后，庄稼堆在院里，满屋都是柴草，他的母亲在屋里做饭，灶里的火爬了出来，烧着了墙壁，漫延到了屋顶。等他们发现了这个危险,赤红的火舌已经舐透草的房盖,黑烟呼呼上腾。邻居全都赶来,可是谁也不敢上前。驻在该村的苏联红军一个军官,七个士兵,闻声赶到,他们不管三七二十一,上房的上房,打水的打水。军官烧伤了右手,一个士兵衣服都烧起了火,脸也破了,鲜血直流。凭着他们的智慧和勇敢,和激烈的猛火苦斗,终于征服了这场可怕的火灾,使老范一家,损失不大。事后老范的父亲打了酒,买了肉,一定要请那几位苏联红军的客,可是那几位苏联战士,无论如何也不肯去。

假设你有机会能到旅大的工厂特别是中苏合办的工厂里去问问我们那些工人弟兄姐妹:苏联厂长,苏联技师和一切苏联工作人员怎样?他们马上就会异常赞美的谈起来,说出很多很多生动的例子:制罐工厂的女工病了,苏联厂长用汽车把他送到医院,码头工人要学技术,码头长亲自给安装大个电灯;……在一切乡村,苏联军人帮助播种、收割、送粪、运粮。

在海岸线上的渔村,几十年来没有吃过饱饭的饥饿人民如今有了笑颜,有了歌声,穷人的孩子们都背起书包嘻嘻哈哈的上学,四十五岁以下的市民,不识字的已经稀少了……

当我每在日落黄昏,顺着街边散步时,看见苏联妇女和中国妇女亲如家人,比比划划的在门口谈笑;看见中国儿童和苏联儿童多么快活的在一起玩耍,看见苏联技师和中国工友拉手闲游……

(《人民日报》1949 年 10 月 15 日,署名:夏园)

大象和小蛇的故事

一

　　大象的力气大得无法比。他在大树林里极受欢迎，但是也遭受反对。谁是最欢迎他的呢？千百辈子在大树林底下享受不到一点儿阳光的花草最欢迎他，因为他把又粗又壮的大树拔倒；大树一倒，透进阳光，他们受着阳光的亲吻就长得加倍粗壮，开的花也分外鲜艳了。

　　异常瘦弱的、总是垂头丧气的马莲也十分的欢迎他，因为大树倒下，马莲也见了阳光，于是挺起腰板，很快粗壮起来，全身都是光辉。

　　野菊更不用提，见了阳光，兴致勃勃，满脸都是喜气。喇叭花也不例外，她一见到阳光大嘴欢笑，把忙碌的蜜蜂也引起来，笑得弯腰屈背。

　　欢迎大象的朋友还多得很呢，蚂蚱体育学校的学生们乐的乱蹦乱跳；住在碧清池边的青蛙们，见到阳光就兴高采烈的唱起来；黄鹰为了欢迎阳光，总是唱着感谢的歌曲。

二

　　可是那些顽固不化的古树却恨透了大象，咬牙切齿，时常咒骂：

　　"这个该死的畜生，要不把他弄死就对不起祖先！"

　　是的，古树的祖先们在临死的时候曾经叮嘱他们不准让出地盘让阳光进这树林，不然古树种族就有被淘汰的危险。

　　反对阳光迈进树林，欢迎无边无际的深沉的黑暗的统治，这是古树们全部的传统历史。

自从大象一出世就和古树做起对头来了。因为什么呢？因为大象追求真理，他反对阴暗的创造者，憎恶阻挡阳光的顽固派，排除欺压其他生物的坏种，凡是光明的障碍，美丽道路上的绊脚石都在大象所反对之列。他讨厌古树的感情是没有法子调和的，不是你死，就是我活。

只有一些靠着古树过活的连歌都不会唱的最笨的禽鸟和古树比较不坏。而特别和他要好的还有小蛇，他们和古树结成亲戚。古树时常和他商量：

"咱们一定得想法消灭大象！"

"谁说不是的呀？有那个大兽就没有我们。"

"那么用什么法子消灭他呢？"

"我们只消用力一缠，他就完了！"

"对！赶快下手……"

三

大象还能惧怕这些可笑亦复可怜的家伙么？当然不怕。他大摇大摆，昂扬着头，正直的前进。大象强壮无比的鼻子一伸就抓住衰老的古树皱纹斑斑的脖子，向后一拉，树便哗啦一声倒在地上。小蛇们呢，有的胆怯，早已溜之大吉，躲得无影无踪；有的假装英雄，瞪眼裂嘴，嘀嘀咕咕；有的不知量力，向着大象来进攻，爬在大象的脚下，大象轻轻一踏，小蛇粉身碎骨，影也看不见了。

大象的胜利，在盼望阳光的生物们来说是极大的欢喜。蚂蚁们为了庆祝大象的胜利拉出千千万万的大队在丰肥的草叶之间游行；云雀乐的不知怎样才好，摇着翅膀向着高高的云彩的洞府飞了上去，在万花筒一样变幻多端的美丽的天空里扭起秧歌来。

小蛇还不死心，受了古树的煽惑，大批大批的爬拢来，缠住大象的腿。可是大象把腿一举，他们又在大象的脚下死的死，逃的逃了，于是大树就怒号起来。他唤起震天动地的狂风，把欢迎阳光的能唱诗歌的一切可爱的俊鸟的住家从高处扔到远处，摔得稀烂，又把刚刚开得繁盛的花摇得碎成瓣瓣，各处飘零。但是大象丝毫也不为这些情景所吓退，他始终一贯的大摇大摆的往前进，昂着头，甩着巨大的鼻子，见了古树，就是一拖。古树轰然一声，战战兢兢的倒在地下。大象并不停歇，见了古树，又是一拉……

四

岁月来的来去的全去了。在这树林子里，阴暗的地方越缩越小，无限的光明与温暖差不多完全占了全个树林的地方，寒冷与寂寞已成过去的事实了。

五

夜鹰趁着大好的月色温柔婉转的欢唱着这座森林的史诗。成群结队的萤火虫为了赞美万物的升平，飞遍满山满野，照得肥沃的大地发出闪闪耀目的火光。怒放的万朵花和绿色的青草喷出浓香。……百灵、八哥、黄雀、蟋蟀、蝲蝲谷……全都出来奏乐。洁白的兔领着全家出来游逛。还有比这个更妙的图画么？

这不是幻想啊！大象的事，小蛇的事，古树的事……都是不久以前曾经在这世上千真万确地发生过的事。

（《人民日报》1949 年 10 月 24 日，署名：夏园）

救命恩人　苏军抢救渔民的故事

一九四八年深秋，暮色苍茫的黄昏时分。

在辽东半岛的南头，距老铁山没有多远的海面上，狂风正把一只打鱼归来的帆船阻住，滚滚腾腾的波浪，从帆船的这一头打到那一头，帆船的舱里全进了水，三个渔夫衣服湿淋淋的，胡子半白的老乡大声叫喊：

"把住啊！把住啊！使劲……"

风声浪声太大，他的声音被突然降下的雨水吞没了。那中年渔夫的帽子早已不知去向，他两手把住了舵，拿出全身力气想把船撑住，可是连衣服都被绷扯了，还是不顶事。帆船顺着波浪的山，一回儿头向上抖，一回儿头向下斜，一阵漆黑的大浪过来，船像腾了半空一样，但是转瞬之间，帆船又被可怕的潮水吸去，好象沉没了似的，老半天才露出摇摇晃晃的影子。

风是越来越大，澎澎湃湃的波涛更加汹涌，雨水如注，这只可怜的帆船完全失去了自主的能力，老年渔夫拼命的喊了又喊：

"把住啊！使劲使劲……海底，倾盆的雨水从旁扇动。"

青年小伙子抱住船的中腰，他已吓得目瞪口呆，向茫茫的无边无际的大海的远处探望。他好像看见了什么希望似的，眼睛瞪得快要突出来了，翻滚的浪花的白沫从头上浇的他满身是水，雨水打的他脸都痛了，他也不管。

突然给他看清楚了，在东面蒙蒙胧胧的雾里有一个黑影，很快的蹿开了高越越的大浪，笔直的向着这个方向前进。

他欢喜得几乎发疯似的，吐出满嘴咸水呐喊：

"汽船过来啦！看哪！"

中年渔夫没有听真，问道：

"什么？"

他把整个身子挺出船外，伸着水湿的胳臂指着大叫：

"那不是吗？汽船！"

果然不错，这是一支苏联海军军用的小型汽船，是到岛上办事归来的，他们在海上用望远镜看见了这支帆船的危险，一个军官便下令，急向这个方向前进。

怒吼的狂风，一秒钟也不松懈的摆弄着帆船，浪涛时时刻刻都想把这只帆船吞进。青年小伙子拼力的喊了起来！

"救命啊！救命啊！"

老年渔夫正想过去帮着撑舵。

一股凶猛的浪头把他打倒，幸亏眼明手快，两手抱住了船帮，多半个身子落进水里，青年小伙子抓住了他的肩膀，拼命的往上拖他，总是拖不上去。

苏军的汽船飞快的赶来了，驶到帆船跟前，把一条粗绳往帆船上投去。

但是风浪太大，绳子落进水里，帆船在浪涛的漩涡上颠簸，人都发昏了，一点儿力气也使不上来。

苏军的汽船上，一个军官，五个水上战士，急得像热锅里的蚂蚁似的，想尽一切办法，绳子总是不能达到帆船。

一个水兵真急了，他脱下上衣，冒着冰冷刺骨的风雨，把绳子缠在肩上，跨过栏杆，扑嗵一声跳进海里。

这时天色眼看就黑下来了，雨水虽然减低了威力，狂风却没有歇气，浪涛哗啦哗啦的像山崩地裂一样的发响。

那个水兵非常敏捷的钻出海面，辟开浪山，浮到帆船跟前，爬了上去，迅速的绑住了船，又去帮着拖上老年渔夫，他为了帮助中年渔夫撑舵，被桅杆打破了脖子，可是他忘记了疼痛，也忘记了冷，终于战胜了风浪的无情袭击，把帆船靠上了汽船。

海洋的夜色来临好久了，苏军的汽船把三个渔夫平平安安的送到他们的家乡——老铁山，苏军的水兵帮着他们把帆船拖到岸上，看看没有别的可帮助了，这才开了汽船，漫漫的向旅水湾驰去了。

三个渔夫，也忘记了冷，站在潮湿的沙滩上，恋恋不舍的看着苏军的汽船开走了才想起刚才的危险，想起救命恩人，才想起一身的疲劳和家……

谁要是把这个故事对旅大沿海村庄的农民讲了，他们多半不觉得稀奇："咳，苏军帮助我们的事情多啦！何止这么一桩……"

（1949 年 11 月 15 日，署名：夏园）

新编杨慈灯文集

1950

在我国工业建设中的苏联专家们

　　苏联专家到中国来无条件的帮助中国人民在经济建设的伟大事业上所出的智慧、尽的力量，不眠不休废寝忘食的工作精神，如果一条一条的举起来，实在太多太多了！现在仅根据头一手材料整理出来；同时更希望掌握丰富材料的同志可以多多的提供出来，帮助我们学习，我相信，这类和我们的工作十分接近的，现实具体、丰富生动的材料，对我们研究苏联，学习苏联专家，彻底改造我们的认识是有好处的。

　　苏联专家在工作中充满了坚定的、愉快的信心，他们虽然看见了成堆成山的困难，同时更看见了无尽无休的克服困难和战胜困难的办法。

　　请看苏联专家密阿·沃斯涅辛斯基同志在全国钢铁会议上怎样讲这个问题："中国人民，在中国共产党领导下，对自己的奴役压迫者，已获得历史性的胜利，已在新的社会主义原则上开始复兴自己的工业和国民经济事业了。"

　　改建中国经济的条件是比苏联复兴工业的条件顺利的。苏联在内战和外国武装干涉以后是孤独的被包围在资本主义国家之中，而中国现在却有以苏联为首的民主阵营的支持。这个民主阵营各国的工业力最以及社会主义建设的经济乃是民主中国强国的支持力。

　　　　　　　　　　　　（《新建设》1950 年第 12 期，署名：赤灯）

闹地位的小锤

一

这一天清晨，老铁匠坐在粗胖的硬木墩上抽着烟斗，眼眉紧锁，深思苦虑，又很难过。

他的饱经忧患的老眼睛，是在钉着一柄正闹情绪的小锤。

老铁匠愁苦的沉默了好久，回头望望烧得渐渐炽盛的炉火，忍耐不住的问了：

"小锤同志，等回儿咱们就得干活啦，上级号召加紧生产，时间可太宝贵，一分一秒也不能耽误，你还没想开这条道么？"

这柄小锤是不久以前才从工务科分配到这里来工作的，刚来的时候，他还不错，工作尚称安心，能够按时完成任务。后来因为大锤没有按着他的指望，落脚有时偏左一些，有时又偏右一些，于是他就不大满意大锤，认为大锤的工作能力赶不上他，待遇却比他好。他把这个意见存在心里，发展起来，更不满意自己的职务了，以为大材小用，地位太低，时常背地嘟嘟念念：

"我给大锤当个配角，没有发展前途；再说成天到晚敲着敲着，总是叮叮当当一个老调，实在枯燥，不合我的兴趣儿！"

老铁匠是最有眼光的，他早已看出小锤的工作不够安心，虽然小锤不说出来，在工作中却有意无意的表现出来了，老铁匠也是最耐心的，他对小锤劝着说：

"小锤同志，你不应该小看自己呀？大锤工作能力大些，自然重要，可是要没有你的话，谁来打棱修角，谁来指点找弯？所以说你也是很重要的，你有你的作用。"

不论老铁匠多么苦口婆心的解释帮助，小锤因为抱着个人主义，老是给自己打算，"我"字第一，就不能不计较地位，老铁匠的话在他心里，好像石片投在池里，起了几行波纹就又恢复了常态。

眼看到了工作时间，老铁匠坐不住了，急忙立起，把烟斗放在窗台上。他看了一看小锤，又望大锤一眼，下了决心，索性让小锤试着担任一下大锤的职务。

二

老铁匠从燃烧得十分旺盛的煤炭中间，抽出通红的铁棍，放在站得牢固的铁砧肩上。铁棍又粗又胖，黑色的皮肤这时红得刺眼，他的脾气暴躁，火星乱舞，老铁匠抓起小锤，向他说：

"你看大锤赶不上你，那么先让大锤休息一下，请你来干大锤的活，如果能行，那么就把你提拔起来。你就干一下大家看吧！"

铁砧十年如一日的立在自己的工作岗位，动也不动，从来都是埋头苦干，任劳任怨，不论多么重的工作，他都不讲价钱的负担下来。但是这回他却不同平常，瞥了一眼小锤，哼了一声，对着炉门微笑：

"你看，小锤要干大锤的活！这能行么？"

从来都是安心工作，一声不响，既不挂心前途，又不惦念地位的炉门，也很同意铁砧的看法：

"谁说不是的呀！这一行我干了二十多年，我还从来没见过小锤能干大锤的活哩！"

铁棍更不满意：

"我要求老铁匠不要叫他来拿着我开玩笑！"

老铁匠点了点头，诚恳的对大家说：

"让他试一试看吧！"

骄傲自大的小锤，听说老铁匠要分配他干大锤的活，乐的满脸射出黑光，以为这回可有了发挥天大才能的机会，应该露两手给大家看看，免得他们再瞧不起。于是他就跳了起来，也不考虑这个工作应该从何下手，叮叮当当就是一阵乱打，老铁匠几乎都掌握不住他了。

小锤没有看重这个工作，认为轻而易举，干的又很粗率；烧红的铁棍满不理会他，懒懒洋洋的散出几点小小的火星，原样变也未变。

锤砧哈哈大笑，炉门也情不自禁地笑了起来。

小锤还不服气，心想：就凭着我干不好这点儿活么？于是他又纵身跳起，叮叮当当，乱干一阵。

顽强的铁棍比起先前还要不动声色，连点火星也不肯冒，而且脸色越变越青，不耐烦的说：

"真是不自量力，就凭着你能干大锤的活么？你要是什么都能干，那么这屋里谁也不用，都可以走散，留你一个也尽够了！"

铁棍说完这话，就把红脸一收，板起本来又灰又黑的神气，冷冷的瞅瞅小锤，喘了一声粗气，以后便不响了。在墙角休息的一群个头不大的碎铁，也很轻视的望着小锤，认为他太自大。

三

滚圆的铁棍没有改扁，志大才疏的小锤，累的张口直喘。最后他又试了一次，自觉出力颇大，无耐力量有限，没有完成这个任务。到了这时，他才知道自己的能力，不如大锤，颇有些回心转意的意思了。

老铁匠依然耐心的帮助他：

"大锤的活，总得大锤来干，你的力量不够，干不上来，可是你的工作，你要不干，咱们可就有损失啦！你要明白，你的作用也是很大的呀！"

铁砧从旁插了一句：

"我们，不论是谁，都是很重要的，按着力量大小，具体分工，缺一不可。"

"是呀！"大块的煤补充着说，"谁也不能缺少，要是没有我的话，炉子老兄就得闲起来，可是反过来说要是没有炉子老兄，我有天大的本事也得干瞪眼，这不是明明白白的事情么？"

大锤一直没有开口，这时他也忍耐不住了，简单的说："提起前途，应该这样的看，只要咱们工厂有了前途，那么咱们全都有了前途；工厂要没有前途，咱们还有什么前途可说呢？咱们大家好好干吧，以后我有什么缺点，小锤同志尽管多提，不要客气。"

大炉、电滚、铁钳、吸收烟火的庞大铁罩、皮带、压门……都先后的发表了自己对于这个问题的看法。大家一致的批评了小锤的错误思想。老铁匠最后着重的指出小锤的闹地位和不安心工作，乃是严重的个人主义，并且鼓励了他一番，于是，聪明能干的小锤在大家好心好意的帮助之下终于想开窍了。他惭愧地反省了自己的错误，坚决的表示：

"同志们，我想错了！以后一定要好好的干……"

一九五〇年一月一日于重工业部宿舍

（《人民日报》1950 年 1 月 13 日，署名：夏园）

新编杨慈灯文集

1951

天津汽车制配厂职工代表来京
将试制成功的汽车献给毛主席朱总司令

天津汽车制配厂职工已于九月二十五日派出代表，将该厂试制成功的两辆汽车开来北京，献给毛主席和朱总司令，作为庆祝国庆两周年的礼物。朱总司令在二十六日下午亲自接受献礼，并对该厂职工代表讲话，指出该厂职工试制汽车成功，是中国工人阶级有无限创造力量的表现，并且证明了中国人民有充分的信心建设新中国的工业和国防。朱总司令勉励工人代表，再接再厉，研究改进，多多制造汽车，以满足国家经济建设与国防事业的需要。朱总司令讲话完毕后，细心观察汽车内外部构造多时，表示满意。聂代总参谋长嘱咐工人代表还要不断讲求改进，使它适于在各种路上使用。工人代表坚决表示，一定要为加强新中国的经济建设和国防建设继续努力奋斗。

该厂职工此次试制成功的汽车，除了化油器、汽油泵、变速箱、前后差速齿轮箱而外，主要的机件如引擎等均是自己制造的，但该厂职工此次试制汽车成功，还是中国历史上的创举。在九月二十五日，该厂职工代表以四点又二十分钟的时间，把试制成功的汽车从天津开到北京，每小时走行三十公里，走行二十四点七公里花费汽油一加仑，而汽车的状态颇为良好。

中央重工业部曾于九月二十六日隆重举行汽车试制成功庆祝大会，并发给天津汽车制配厂职工锦旗一面和奖金五千万元。

（《人民日报》1951 年 9 月 28 日，署名：夏园）

新编杨慈灯文集

1985

"老交通"

乙亥(1935)年三月，红军在老木孔打完仗，开到里毛，老乡们就让红军驻下，不放他们走，给红军做糌粑吃，红军说不吃，老乡说不吃不行。

这工夫，上来了几个川军，从红军岗哨旁边走过，红军也不打，放他们走了，还向他们摆摆手。这是咋回事情呢？他们本来是红军，要到川军那头去侦察，就把川军俘虏衣裳换上了，假装是川军，谁也看不出他们是红军。他们往西面走啊，走啊，老远就望见过去两个人，贼头贼脑的，不像好东西，就躲在坡坡后面，悄悄地监视。

那两个家伙，是做哪样呢？他两个，是川军的暗探，迷失了方向，跑到打柴坡，找吃的没有找到，怕红军过来，又往四方井那面跑去了，也没有找到吃的，但是又怕有红军，就又开跑，一直跑到河边上，看见山沟沟有间破草房，门口拴一只羊子，两个暗探一看四下没有人，就走拢去了。

草房里，有一个老公公和一个老婆婆。老公公一看，进来了两个人，忙站起欢迎："先生辛苦了，快进来歇歇，饿了做饭吃，我去借升米来。"

两个暗探就问老公公："你对我两个，咋这样亲近？"老公公说："我的孙子，在二十五军司令部，我们就是一家人嘛。"两个暗探就乐了，说："好好好，我们到了自己家，快借米来做饭！"

老公公拿个布口袋出去借米。老婆婆搬来一堆干谷草，忙着烧水给他们喝。

两个暗探对老婆婆说："把羊子宰了吃吧！"老婆婆就为难了，说："这是人家的羊子，宰了赔不起呀！"

两个暗探说："就说两个川军谍查吃的，他们敢哪么样嘛！"

老婆婆又说："老头子一会儿回来，叫他来宰吧！"

两个暗探不依，把老婆婆推一边，把羊子绑起，抢出菜刀来要杀。老婆婆过去拦挡，两个暗探说："穷婆子你再捣乱，把你也宰了！"

两个暗探刚要下手宰羊，老公公跑回来了。还带来那几个红军假扮的川军，把枪对准暗探的脑壳："你们干哪样？这羊子是我们的！"两个暗探还没有讲话，"川军"却一齐动手，把两个暗探拴起，绑在大树上，两个暗探一讲话，"川军"就狠嘛："你们开小差，把你们带回去办！"

老公公借回来米，做饭招待那几个"川军"，老妈妈可勤快哩，一盛饭就是一大沙钵。两个暗探不晓得，老公公和那几个"川军"为哪样那样的亲热。"川军"要走时，把两个暗探也牵起走，两个暗探问："要带我们到哪里？"川军说："到的时候你们就会晓得！"两个暗探说："见了司令再讲理，他会关你们禁闭！老子跟你们无论到哪里，决不会害怕！""川军"说："等一下看吧，你们害怕不害怕！"

老公公和老婆婆出来送"川军"，"川军"还对他两个老人悄悄讲些哪样话。两个老人说："晓得了，晓得了。""川军"把两个暗探带到了里毛，两个暗探老远就叫喊："这里有共军！不要从这面走啊！""川军"说："胆小鬼，有红军怕哪样嘛？""川军"还是往前走，两个暗探死也不肯走："这里有共军，你们疯了么？""川军"说："我们就来找红军，你怕的哪样？"两个暗探说："你们是投降共军，出卖我们两个啊！"

"川军"把两个暗探押到红军的房子里，审问了一阵，就拉到山下毙了。两个暗探到这时才晓得几个"川军"是红军的侦察员，老公公和老婆婆都是给红军出力办事的。老公公哪有什么孙子在二十五军司令部？老公公说的"孙子"，明明是嘅敌人的啊！

第二天一早，这队红军开走了。老公公和老婆婆，随后也不见了影子，有人说："两个老人家，都是红军老交通。"

（《红军在贵州的故事》；中国民间文艺出版社 1985 年版，署名：田曹讲述、夏园整理）

林大嫂

　　林锡福是做秤的，常常出外做手艺。他的胆子小，做手艺不敢远走，顶多走出五十里。那一回，他到板桥做手艺，在路上听旁人说，红军要到高坪乡来，他就赶紧往回跑，怕他的婆娘闯祸。他的婆娘胆子大，常闯些祸事。他还没赶到家里，有个红军连长，带领十几个红军，已经到他家里驻扎，在他家做饭吃。

　　林锡福婆娘是个天不怕地不怕的人，左右邻舍都很佩服她，她办事公正，坏人都怕她几分哩！她常说："我们人穷志不穷，骨头就要硬，财主都是软的怕硬的，硬的怕愣的，愣的怕不要命的，我们穷人怕哪样！"

　　红军连长请教她："林大嫂，哪家是土豪？"

　　她想都不想，就说："陈玉庭。"

　　红军连长又问她："他家一年收多少石租谷？"

　　她想都不想，就说："一年收五百石租谷，还不是土豪！"

　　红军连长又问她："他住在哪里？"

　　林大嫂想都不想，就说："我带你们去抓他，走！"

　　那一天，去了好多人，有人拿锄头，有人拿棒棒，像一些生龙活虎，急快急快地往土豪家里奔去。林大嫂把袖子挽起，带领红军和大伙到了土豪陈玉庭的家。她没有料到，陈玉庭这小子从后门跑了。上山去没搜到。她给红军出主意："她那个蛮婆和他差不多的凶，把她抓走。"红军就同意把蛮婆带走。林大嫂闯进屋去，上前去一把揪住土豪的蛮婆，把她拖到自己的家里，审问她道："你家土豪藏在哪里？不吐实情不放你！"土豪的蛮婆一看，林大嫂瞪圆眼珠，握紧拳头，牙齿咬得咯咯响；林大嫂身后站齐一些人，都瞪圆眼珠，握紧了拳头，牙齿咬得咯咯响，她还敢蛮么？吓得她低个脑壳，眼睛都不敢睁了，缩着母狗脖子浑身打哆嗦，就是不说实话。大家一看她不肯讲实话，就先不理她。

红军把土豪家里的谷仓打开，让干人去挑，能挑多少挑多少。那个谷仓里，谷子堆齐顶，耗子比猫还肥胖，好谷子都烂了。林大嫂看见就嚷："丧良心的狗东西，饿死人他都不管……"土豪家里还有些衣裳，红军都分给干人。东西多得很，分了一天才分完。除了谷子和衣衫，红军还选条被盖送给林大嫂。

林锡福转家，还没有进屋，听旁人摆谈，他的婆娘带领红军打土豪，又把蛮婆软禁在自己的屋头，他可骇死啰！脸都发白了，手都有一些打战，赶紧跑回家，把林大嫂叫到隔壁孙幺娘家里，对她说："啊呀呀，你这个婆娘，我不在家里，你惹出大祸！"

林大嫂说："怕哪样？红军给工人农民撑腰。你害怕，我可不害怕。干人哪个不愿打土豪？你倒来大惊小怪！"

林锡福就嚷嚷开了："你吃了虎胆，这样地发疯！"

林大嫂说："红军有刀有枪哩，加上穷人一齐心，比吃了虎胆，胆子还要壮！"

林锡福软了，和她商议："快把蛮婆放走吧，留一个人情。"

林大嫂火了，就说林锡福："你心痛她做哪样？她是一只母老虎，吃人都不嚼骨头，现在可不能放她！"

林锡福不便多讲，只好由着她去干。

过几天，红军要开走打仗。红军连长告诉林大嫂："我们还回来，你们不要怕，我们有的是人做后盾，一定会打败他们。"

林大嫂说："我晓得，我们穷人一齐心，黄土变成金，哪样也不怕。"

红军开走了过后，林大嫂就训导蛮婆："你听到没得，红军还回来！你转回家去，守规矩，要是不老实，我们穷人一齐去找你，夜黑去砍你脑壳！"

林锡福白天黑夜害怕，劝说林大嫂："我的婆娘啊！把谷子、衣衫、被盖还给人家吧！陈玉成回来，好有个照应……"

林大嫂问他："谷子是哪一个的？"

林锡福说："陈玉庭家的。"

林大嫂又问："你看陈玉庭小子下过田？他会种田么？"

林锡福说："衣衫被盖可是人家花钱买的哩！"

林大嫂就说："他不会织布，他也不会做衣裳，他头上脚下都是干人的血汗。干人要他来照应，这一辈子能出头？你还是个男子汉，我真替你害羞啊！"

土豪陈玉庭果然回来了，他在山洞里躲了好几天，骇昏了，回家听强蛮婆说红军还回来，穷人还要夜黑来，他吓得眼珠一瞪，一口气没有上来，吓死个尿了！从打那以后，他那个蛮婆，在屋头躲起，不敢出大门一步。有一回出门，走远看见林大嫂，她不敢抬头，赶快夹起尾巴躲着走，她叫红军吓破胆子了。

（《红军在贵州的故事》；中国民间文艺出版社1985年版，署名：高坪、林春生讲述、夏园搜集整理）

一提篮饭

乙亥年 (1935) 二月，在薄刀岭、鸡公岭一带，有股红军游击队，遭到军阀蒋丕绪的部队和联防总指挥杨子夫带的烂军队的四下围攻。游击队为了保存自己的力量，就边打边退，把敌人打得死成堆堆，突出了重围，向杨家山转移了。

游击队转移得快，有个姓陈的游击队员肩上受了伤，跟队伍走一程，因为走不动，就落在了后头。他为了躲避追赶的敌人，在山洞洞里藏起来，打算等敌人过完，再去找自己的队伍。

谁知蒋丕绪的豺狼队和杨子夫的联防队一来，驻在四乡就不走了。还到远处近处山上去搜查，看看有没有红军游击队留下来的人；把四乡扰乱得鸡犬不宁，不晓得干下多少坏事情！

那阵有个贫农罗贵山，三十来岁，团团脸，不高不矮的个子。有一天早起，他上山去打豆叶。游击队老陈看他浑身穿的烂筋筋，草鞋烂得拴不住脚，晓得他是个干人，就从山洞走出来，和他交谈起来。

罗贵山早就晓得红军游击队就是红军临走留下的，里头多半是些老红军，还有些新参加的，枪械很齐整，和红军一样过来打土豪，谷子、衣衫都分送给干人；有了游击队，干人就能够出头，他就把敌人的情况全都对老陈讲了。又叫老陈不要下山去，等敌人走了，再到山上来把他接回家。他又赶忙跑回家，叫他婆娘做吃食。

罗贵山有个脾气，他办哪样要紧事，总是不肯讲给女人听，怕她们乱讲，他常说：三个女人一台戏，有事无事乱扯皮。要保护红军游击队伤员，比哪样事都要紧的很，天塌下来也不能乱讲。这次叫婆娘做吃食，只说是自己肚子饿了，一句不提游击队。

她婆娘听说联防队在各处拉夫，就催他："你快到山上打豆叶去吧！

联防队各处拉夫，小心把你拉去噢！我做好吃食，给你送上山！"

罗贵山盘算一下就说："要得嘛，你快些送来，我饿得很哩！"

他嘱咐完了，就急忙出了门。他做梦也没想到，走出不多远，迎面碰上一群联防兵，手里都拿的长枪，有的背上砍刀，一个一个很蛮横，见了罗贵山就把他拉住，逼他去搬东西，罗贵山说山上的豆叶还没打完哩！豺狼哪里肯听，死拉活扯把他弄走了。他多讲一句，敌人就打他。他拿定主意，一定要半路逃跑，好给红军老陈去送吃食，世下哪有比这事更要紧的呢？

罗贵山婆娘做好了吃食，装在一个提篮里，上山去找了半天，找不到她的丈夫，喊几声，也听不见有回声。有一个生人，上前来问她："同志嫂，你喊的哪样？"

罗贵山婆娘也见过红军，晓得红军是干人的军队，她也晓得只有红军才称"同志嫂"，她又看老陈面目很和善，就上前去悄悄问："你是红军么？"

老陈一看她浑身也穿的很破烂，晓得她也是干人，就讲了实话。她一听，哪样也不管，赶忙把吃的递给了老陈："你一定饿啰！这里头是饭，赶快拿到洞子吃，我在外头给望风。"

老陈两天没吃东西了，肩上还有伤，盘算了一下，就问她："我吃了你的东西，你吃哪样呢？"

罗贵山婆娘忙说："我家里还有吃的，你快拿去吃，不要耽误事，豺狼队说不定哪时又要搜山哩！"

红军老陈就把那提篮的吃食拿回洞去吃，罗贵山婆娘就在洞外望风。老陈吃完饭，把提篮还她，她赶忙提着提篮回到了家里。她没料到，罗贵山这时回到了家里。她就问："你咋个又回来啰？"

罗贵山说："你还不晓得，我出门碰上联防队把我拉去了，我一想，山上的……豆叶还没打完哩，走到半路上，我看人多很乱，趁着他们不提防，我往沟海里一溜，老子就溜回来了。你做的吃食，快拿来给我。"

罗贵山婆娘，看丈夫刚跑回来，累得脸色都变了，张开口喘气，以为他是骇昏了，要火上加油，吓坏他可咋个办？她没有讲真话，只编了套假话说："我像你一样，也碰上了联防队，把吃食都抢去了，你看咋办么？"

罗贵山忙说："再做吃的嘛！我快饿坏了，要赶快动手，我帮你生火！"

3128

罗贵山帮助婆娘做好了吃的，赶快装在提篮里。她的婆娘问他："联防队抓完了夫，你还怕哪样？"

罗贵山说："我半路溜了，他们再来抓咋个办？我提到山上去吃安逸得多啰！"边说边提起饭篮就跑了。

罗贵山到了山上，直奔山洞子，他心里盘算，红军老陈一定饿坏了，都怨那些豺狼兵妨事，害红军受饿。哪晓得进了山洞一看，红军老陈不在了！满山去找也不见，悄悄喊几声，也听不到有回声，他就有些担心了："莫不是联防队上山来搜查，把他搜去了么？"

他在山洞子外头，东张张，西望望，也不见老陈一点点影影，他就把一提篮吃食放在洞洞里，用草草挡好，又去打豆叶。打到了晌午，他又进洞子看看，老陈还不见回来，他就把提篮用石头压好，下山回了家。他婆娘见他就问："提篮呢？"

罗贵山说："我忘在山上，过午上山带回来。"过了晌午后，他又上山打豆叶，进洞子去看一看，一提篮吃食还放在那里，一点也没动。他又做活路做到了落黑，还不见老陈回来，他更担心了，饭篮也不拿，就愁愁闷闷回了家。他婆娘见他问："你又忘了提篮么？"

罗贵山说："我记性坏啰，又忘在山上！"

到这时，他婆娘就对他讲了实话："不怪你的记性坏，是事情错了时辰！"

罗贵山一听，很稀奇，忙问她婆娘："你讲些哪样？"婆娘就对他讲："隔壁刘幺公，上山刨蕨根，看见红军游连队老陈，他怕联防队上山去搜查，就把老陈接到了他的家里头，藏在阁楼上，给老陈换下衣裳，找一些草药，给老陈敷在受伤的肩上，老陈的伤冻坏了，可是刘幺公给他往肩上敷药，刘幺公手都打战，老陈的脸色可一点不变，还笑哩，真是一条好汉子！"

罗贵山听了婆娘这番话，放心了。可是他又盘算联防队还要上山去搜查，看见山洞子有他一提篮吃食，疑心他咋个办呢？他就马上跑上山，要把提篮拿回来。

罗贵山做梦也没料到，他进山洞子一摸，提篮不见了！他到处摸索，哪里也没得。他猜想可能是哪家的娃儿崽崽进洞子来耍，把他的提篮和吃食全都拿跑了。他决定不再找了，就要转回家。

正在这工夫，忽然从四下扑来一群联防兵，都拿的长枪，还有个当官的在后头指挥着，把他捉住了。这群联防兵，都是杨子夫的手下人，他们搜山时看见山洞里有一提篮的吃食，疑心那里头有哪样事情，就在四下草堆里埋伏，望见罗贵山落黑上了山，又进了洞子，看出他的行动可疑，就把他绑到区公所盘问。

罗贵山骨头可硬，不管敌人咋样动野蛮，他就是一口咬定，他是自己留的饭饿了好吃的，决不是送给旁人吃的。

联防队的狗官上来一股怒火，命令手下人将他吊起打。罗贵山不管敌人多凶狠；咬紧了牙关，把眼睛闭起不跟豺狼讲实话。他晓得：有红军，干人就能够出头，老陈伤好了去找游击队，游击队就能回头打这些烂兵。他拿定主意，咋样地打他，他也不能招出红军老陈来！

罗贵山婆娘，听说联防队抓去他丈夫，为的是一提篮饭，急忙跑到区公所要人，她见那个当官的就问："我给他去送的饭，怕他在山上打豆叶饿了，转回家耽误活路，叫他在洞子里吃，不受冻，还犯哪样王法么？"

那个当官的被她问的一句话也答不出。

刘幺公也去区公所保人，他见那个当官的也说："罗贵山上山打豆叶，在山洞吃饭，我头天还看见了。他这天不吃，留在洞洞里，是因第二天没得米下锅，他舍不得吃，到落黑，他怕豺狗叼走了，就上山去拿，这有哪样稀奇呢？拿他问官司太不讲理噢！"

当官的瞪个狗眼，哪样话也讲不出来，怕不好下台，就把罗贵山放了。

联防队还不死心，又到各处去搜查。红军老陈听说联防队又挨家挨户的搜查，就对刘幺公说："敌人已经搜过山洞了，不会再去搜查了，我还回山洞子去，不要连累了你们！"刘幺公说："你的伤还没好哩！冻坏了咋个办嘛？"老陈说："我的伤没有哪样，到山洞去养伤吧！"

刘幺公无法，就把老陈送回山。

他们刚走不久，联防队就到刘幺公家去搜查，哪样也没搜出来，白跑了狗腿。

第二天清早，罗贵山又上山去打豆叶，他的婆娘又去给送一提篮吃食，罗贵山四下望望，没有哪样人，他就摆摆手，他婆娘就把提篮送进山洞子，让老陈吃了，才拿着提篮转回家。

刘幺公在山下，留心各处的动静，他前后弄了四回草药，给老陈敷在肩头的伤处。过了半个月光景，红军游击队有一部分人，从黄家坎过来了，老陈就归了队伍。罗贵山和他婆娘，还有刘幺公和全乡干人，都好高兴噢！罗贵山还给游击队带路，追上了联防队，把他们全消灭了，得了二十多条枪，往杨泉坡那面走了。

（《红军在贵州的故事》；中国民间文艺出版社 1985 年版，署名：牟庭轩讲述、夏园搜集整理）

红军吹口琴

　　红军过了乌江河，坐在山头上休息。国民党遭殃军的追兵，脚跟脚地追了上来，守在江对岸。

　　到了夜里，红军坐在山头上唱歌、吹口琴。月夜里的歌声琴声顶好听。风正好向对岸吹，把红军的歌声刮到了对岸，遭殃兵们都听到了。红军的歌听，专为遭殃军兵们唱的，红军的口琴，专为遭殃军兵们吹的，劝他们暴动起来当红军。他们听到了那歌声琴声，身子坐在江岸上，心里却想起了家乡：有的在广东，有的在广西，有的在河南，有的在四川，家里有父母，有妻子儿女，就是没有米，没有油盐，没有柴火，自己不能照管家里人的死活，却被捉到这个山沟沟里来打仗，为的哪样嘛！能打出米来吗？能打出油盐柴火来吗？

　　又想到平日挨官长的打骂，吃不饱，穿不暖，心里更难过。红军的歌声和口琴，把这些遭殃兵们弄得昏头昏脑，有的还对着江水流泪。

　　遭殃军当官的，看到他的士兵们听了红军的歌声、口琴声，一个两个，垂头丧气，就下命令说："谁也不准听红军的唱歌宣传，谁要听，砍他的脑壳！"不听红军的宣传，哪格办得到？人家在对面山上吹唱，风却直向你的耳朵眼眼灌，不听也得听。红军的歌声越唱越吭，口琴越吹越响，江岸上越来越清静，遭殃兵的哭声越来越多，越来越大。遭殃军当官的越听越害怕，越看越着急，又下一道命令说。"都把耳朵眼眼堵起来！"

　　红军啪的一枪，把那个狗当官的打死了。当兵的都堵着耳朵眼，听不到枪响，看到当官的一跟头栽在地上，还以为是他来了睡，倒在地上睡觉了：也没有人管他。接着，红军的枪又响了，一枪一枪又一枪，遭殃兵们听不清，还以为是红军的口琴在响哩。遭殃军另一个当官的听不到还枪，急急忙忙地跑来了，跳着脚大声吼叫："你们都聋了吗？"遭殃兵们以为又叫他们不要听红军的宣传，两只手忙把耳朵眼眼堵的更紧。

哪晓得，正在这时候，红军过了江，把这股遭殃军都活捉了。

（《红军在贵州的故事》；中国民间文艺出版社 1985 年版，署名：李先民讲述、夏园执笔）

巧　计

　　红军有股游击队，在西坪、渡厂关、黄家坎、茅坡那些地方，打了不少土豪。像有名的地头蛇张保斋，土豪王银成……都叫游击队打了。

　　那年二月一天的过午，有个名叫罗宾松的老百姓正在地上做活路，看见两个穿长袍、头上包风帕、手里都拄根竹竿的汉子，走过来问他："老乡，我们到你屋头喝口水行吗？"

　　罗宾松问："你们是做哪行的？"

　　头前走的汉子对他悄悄说："我们是游击队的，掉队了，到这里来找队伍。"

　　罗宾松一听是游击队的，赶紧放下锄头，把他们领到家，吩咐老伴说："快些烧滚水，给游击队同志喝！"

　　那两个人走得太累了，往床上一倒就等着喝水。

　　罗宾松是个干人，晓得游击队是保护干人的，他又去拿米，给那两个游击队员做饭。

　　游击队的人歇了下就问："老乡，你晓得我们队伍在哪里么？"

　　罗宾松说："昨天夜晚还有你们一些人过来，没停住就过去了。"

　　那两个人又问："他们没说要往哪里走？"

　　罗宾松在这工夫，忽然发现其中有个人镶了颗金牙，手指上还戴个金箍子，皮肤很细嫩，他就起了疑心，暗暗地盘算：游击队哪有镶金牙、戴金箍的呢？再说游击队员进屋也从来不往床上一倒，这样随便！

　　他怕自己疑心疑错了，就对那两个人说："我出去打听打听旁人，说不定有人晓得。"

　　那两人忙说："好老乡，你快去打听打听！"

　　罗宾松急忙到坡下找到陈国忠，把心事对陈国忠讲了。陈国忠盘算一下，出了个主意，问罗宾松行不行。罗宾松忙说："要得！要得！我们试一试，看看是真是假。"

罗宾松回去对那两人说："有个人晓得，可是他不可靠哦！"

那两个人急忙起来追问："咋不可靠呢？"

罗宾松就说："他儿子在川军里头当连长，他和川军一条心，提起游击队就恨，这样人哪可靠嘛！"

那两个人赶紧吩咐他："快领我们去找他，我们都带着枪，不怕！"

罗宾松就把他们领到陈国忠家里，陈国忠假装冷淡。那两个人叫罗宾松转回去，就对陈国忠悄悄地说："老大哥，你不要怕，我们本是一家人。"陈国忠就问："你们是哪一头的，我又是哪一头的，我们恐怕不是一家人，你们过来还要打我儿子哩！"

到这时，那两个人就讲了实话，原来他们不是游击队，而是国民党蒋丕绪第二师的暗探，冒充游击队来探听游击队的消息。陈国忠还怕有错，又追问他们："你们身上带着护照么？有护照我才能信。"两个暗探就把护照亮出来，让陈国忠看。陈国忠看了，假装很喜欢，说："我们真是一家人，真是一家人！"并说："你们在我这里好好歇息吧，我会打听到游击队情况的，我给你们去打酒！"

两个暗探可乐了，笑得满嘴狼牙全都露出来。陈国忠拿个酒瓶就走，先去找到罗宾松，悄悄叮嘱他："你快到中场，找游击队来拿这两个狗腿！"罗宾松拔腿就跑，快得像飞箭一样，眼看他飞下了山，眨眼就不见影了。

陈国忠打酒回来，要杀一只鸡，做上几样菜，两个暗探就等着。陈国忠还怕他两个性急，对两个暗探笑眯眯地说："喝完这瓶酒，我还给二位再去打瓶酒。"两个暗探这回更乐了。

陈国忠故意慢慢地杀鸡，慢慢地拔毛，慢慢地破肚掏肠，慢慢地洗净。他一共做了三四样好菜，然后问两个暗探："我想喝完这瓶酒再打一瓶来，让二位喝个痛快好吗？"两个暗探急忙说："现在就去打来吧！"陈国忠忙说："要得嘛，要得嘛！我把菜放在锅里，不要放冷啰……"陈国忠说着，就把菜放在锅里，又嘱咐暗探："你们不要急，我马上就打酒回来。"

就在这工夫，罗宾松带领三十多个真正的游击队员悄悄摸上来，一下子闯进屋里，把两个暗探按倒，下了两个坏蛋的枪，搜去了护照，把四条腿捆结实，刨个坑坑，把他两个了结了。

陈国忠拿出酒菜，让游击队吃，游击队都不肯吃，说要到别处再去打土豪，就拉起队伍飞快地走了。

陈国忠就把罗宾松留下，两个人喝个痛快。罗宾松这时还不晓得陈国忠已投了游击队，后来他跟游击队走了，罗宾松才恍然大悟，原来陈国忠早就投了游击队，难怪他本事这么大啊！

（《红军在贵州的故事》；中国民间文艺出版社 1985 年版，署名：陈振林讲述、夏园整理）

新编杨慈灯文集

——

其他

——

残 篇 (3月10日)

"赶紧把窗关上了！"这便是里面的回答，与其说回答，还不如说是叫骂合适些，茶房里说着，解释它开窗的理由：

"扫地呀！先生！"

"放你××！扫地？大清早开窗，预备冻死人哪！"屋里的人穿好衣服出来了，等着他的牛眼睛，恨恨的瞥着呆若木鸡一般的立在那里的茶房，加上一句：

"不开着吗？"

"扫地呀！先生！"茶房第三次的说明着，同时拿起扫把扫着桌下，并且把桌上的一把铁茶壶搬在墙角放着，然后去安置水桶。

"什么……东……西！"这是一脚踢在茶房里的腿上。

他弯着腰，低着头，未加防备，一条腿跪了下去，头撞在桌角上，砰的一声响，就立刻觉得眼睛昏花，抱着头蒙了。接着又是两脚，踢在腰上，那汉子走下楼梯，还愤愤的诅咒着，声音非常粗鲁蛮横。

茶房爬起来，踉跄的奔到楼下，跑到柜上报告掌柜，说是客人打破了他的头，血已经流满了脸颊，冻结了。

但掌柜在柜房里，还躺在被窝里未起。他的喊冤，只是冷冷冥冥的，连头也没有转动，在枕头上没有好声气的说：

"加点小心！留神！"

他的两眼又是一阵冒金星，摸摸脸，手也红了，他到此刻才知道伤势的严重，一头跑进厨房里去。厨师正掀开笼屉，热气腾腾的一锅大馒头，厨师为他的职责对着馒头出神，突着嘴唇在锅上吹气，为的吹出一条光明之路观察他馒头的成绩，茶房站在他的身后说了些什么，他一点没有听着。

"老郑！老郑！"少年茶房蹲在烟雾里狂叫，抱着头，老郑觉得身后有人呐喊：

"什——么？谁？"

"你看！看！我的脸，有布么？给我点裹裹……快！"

"脸？"老郑吃力的搬动着笼屉，放在面案上，在雾气里拾取锅盖，他看不见说话的人的气色早已苍白，抖战着，痛楚的嘴唇变了颜色，因为厨房里的烟气和炉灶的热火熏烤，他头上冰结着的鲜血融化，重新流了出来，他抱着冰袋疼得直叫："老郑！快点！给我看看伤啊！"

残　篇 (3月12日)

汉子躺了好久，慢慢的爬了起来，老爷过去一锤，大家来不及阻挡，铁铲已经铲在汉子的额角，滚了滚，不动了！

在这件事情发生的第三天早晨，B旅馆的二层楼上，照常开了窗，一个少年茶房，在忙忙碌碌的洒水扫地，，他的头上裹着白绑带，眼皮肿胀着，面颊有一块肉变成了青紫色。

一个房间里的门开了，走出一个青年，他望着少年笑了一笑，站在窗前，对着东方的天空做深呼吸两臂从前面旋转着，少年扫完了地，站在他的身后，说道：

"蒋先生！"

蒋先生转过身，把手放在少年的肩头，抚摸着嘴角带着轻轻地微笑，听着少年的话：

"你的病却是见好了么？"

"噢！比较从前好多了，去年入医院养了几个月了，不然现在恐怕……"

少年急忙打断他的话头说：

"那就好啊！是呀！希望蒋先生以后注意身体……"青年微笑着，打算说些什么，张一张嘴，又闭上了，自言自语的说：

"老郑！唉！可怜！他这第二年生活，也许他能够很安稳的在那里过……"

少年垂着头，寂寞的不语，思索着：那一天怎样的进了病院，怎样到法庭受审，老郑怎样的被绑着，那些极无理的汉子怎样装进棺材里抬了出去，老郑的定罪……

泪水从眼角流了出来，为躲避青年的亲线，他蹑下楼梯，跑到厨房里，新雇的厨子在椅上坐着吸着烟，两条腿交错着，悠然自得的享受着他安然的生活。少年看了一看，擦擦眼角，老郑的行李还卷着放在床头，一只破褥子扔在那里了。他蹒跚的，走回楼上，头低垂在胸前。

青年还站在那里，向边远的东方凝望着出神，忽然他招手呼唤，叫少年快些走过去，他伸着食指，向前面指示着：

"看哪！那不定是出升的朝阳吗？嗯？瞧那片光辉的云！那灿烂的光！"

少年顺着他指示的方向探头望去，东方，是五光十色绚丽的画幅，是大自然的画，是活的、动人的、鼓动的、新的、有力的、有意识的画，美丽的画，前进的、向上的画、金光万丈的吐露着他的温暖，慢慢的升起来了！

介绍一个业余公学

去年桃花开以前，我住在冀中行政公署。有天晚上，行署副主任刘建章先生问我："勤杂人员要办学校你不去看看么？"我很高兴的随他去了。

提起冀中这块地方，铁道之外，公路纵横，交通可说四通八达，人民的文化很高，单从冀中行署来说，各厅各局的勤务员，百分之五十是高小毕业，百分之三十是初小毕业，百分之二十，虽然程度不齐，可是都会写字，看报，没有一个文盲。

虽然如此，他们还是不满意自己的学历，有个姓陆的体格特别健壮的小伙说："这两个月，我只是读报、读书，连笔记、日记都不写了！"

那天刘副主任提问要他们集中学习之后，他们检讨了好久，最后就由最先开口的那个团脸的勤务员总结一下，接着他们进行研究怎样组织。有个名叫刘爱华的提议：

"最好是我们自己办，自己管理，不用干部操心。不过，教员可得聘请干部担任。你们同不同意？"

粮食局的一个胖胖的小女同志接着说："我们先选出一个校长，几个委员，再按程度组成几班。你们看怎样？"

他们商量的结果，选出一个秘书处的勤务员，一向办事特别热心的王玉忠当校长，刘爱华是教育委员，此外还有四个委员，他们这样分工：

一、校长：担任召集开会，总结学习。二、教委：负责教育计划，写课程表。三、检委：点名，检查笔记，考试，评定分数。四、联络：专门通知教员。（因为教员、干部住处不集中，事前必须有人去通知，如果他没有工夫，再请别人代课，跑来跑去，必须专人。）五、学委：领取和分配书籍文具，领灯油，预备粉笔，印讲义。他们按照文化程度和志愿，分成甲、乙、丙三班，大家又讨论学习科目，大多数赞成这些功课：1. 甲班：

政治、国文、数学、通讯。2. 乙班：时事、国文、自然科学。3. 丙班：时事、作文、算术。时间一律定为晚上七点到九点。早晨他们还要参加各单位学习时事和业务。星期一，三班一块上时事，以后分开学习；星期六，三班一块参加文化娱乐、学歌、演剧；星期日，各参加本单位开会检讨工作或其他活动。他们更在会上定出以下几条学习纪律：

一、号吹完十分钟以内到齐。有事不能下课，白天向校长请假。二、每周检查一次笔记。三、每周交一篇墙报稿子。

他们又请刘建章副主任做监督。从各厅各局的干部当中选出教员，请求上级再派。又请上级再派一个干部专门帮助他们这个学校的一切事宜。这个"业余公学"开过成立会后，第二天大家就积极的准备起来，学务委员一清早写好清单，谁买国文，谁买铅笔，个个掏出种菜，做大板灯，扭绳，纺线，作风纪律……劳动得来的钱。集中好交给交通员，到河间城里送信代买书籍文具。第三天晚上，号声刚响，就看见寂静的村庄，各处都有闪闪发光的灯火，他们很快的在小学校的教室里集齐了，黑暗的学校难得通明透亮。

三天以后，村干部，民兵游击队员，小学教员，年青妇女，儿童也有很多来参加的了。学校的板凳不够，他们自己搬来，油灯不够，他们自己端来。村长，提着一大壶开水往讲台下面一放，又把腋下挟着的两只饭碗放在桌上："谁要渴啦，不要客气，喝完啦，到我家去拿，我天天管你们开水！"

他的女儿（在村里做工作）对他提议："爸爸，柜子里有茶叶也拿出来吧！"

"对！对！"爸爸同意了。有些会认字不会写的老乡，因为三班都跟不上，只好又组织一个识字班，从甲班轮流派出一个同学帮助他们学习。在马号里工作的饲养员，除了轮班留下一个看守外，其余的人全部参加了。炊事员们一天到晚不停的忙碌，只有夜晚这一点休息的时间也来学习了。老炊事员到了夜里看不清楚，戴着又圆又大的老式近视镜，劈起柴火好像猛虎一样的同志这时伏在柴上把脸深深的埋在书页里动也不动。许多男的，女的在灯光照耀之下，静静地低着头。眼睛聚精会神的盯在书本上。这光影是多么动人。

刘副主任时常利用余暇，摇晃着强壮有力的宽肩膀笑嘻嘻地走来看看他们，帮助他们解释弄不清楚的问题。在路上碰见业余公学任何一个学员也要问上几句："你学的怎么样啦？"

到了晚夏他们住在一个大村，行署的大会议室给他们兼做校舍，满墙壁挂着地图。上面在边沿地区的顽伪点插上黑色小旗，据点打下他们就拔掉小旗。不管情况怎样变化，他们的学习劲头越来越大。村里的女教员都来向他们学习。警卫队员扛着大枪参加学习，检查委员时常忙到半夜还没看完轮班拿来的账本，后来只好抽查。行署的通讯小组也忙起来了，因为他们在报上投稿的数量一天比一天增加，有个十五岁小同志是丙班的，他的父亲因坚决抗日竟被国民党反动派杀死，他写了一篇稿子控诉自己的愤恨，大家极受感动。

这个被群众所热爱，坚持的业余公学，在文化上，政治上，都获得很大的效果，后来业余公学的学员，有很多竞争着参军，走上自卫战斗的最前线上去了。

（《生活通讯》第一卷第二期，署名：慈灯）

军营那些事（残篇）

经过广大的一片坟场，看见那许多凸出地面，都生着野草的坟丘，就幻想着那里面安然伸直两腿，眼睛深深凹进去的死尸，万一要跳起来挡住去路，高声的问道："你们哪里走？"那可怎么办，该多么吓坏人呢？明明知道没有这种事，而且父亲在前面领着，绝对出不了什么乱子。可是心中却万分不安，连回头望一下也不敢。好容易走过坟地，到了宽敞的马路。还害怕后面张牙舞爪的小鬼追上来，那时我的情形就是如此，明知道绝没有意外的事故发生的，一颗胆怯的心却跳得快裂开肚皮掉出来了！第二次，是深秋，有了前次逼迫的训练和实地的经验，完全不恐惧，但是还没有第三次来的胆壮！也是在我认为凉凉的同一个秋色深深的夜晚离第二次有一个半月光景，西风吹着落叶沙啦沙啦的飞舞，枯叶在地面痛苦的打着滚，被动的四散爬着，像有无数个可怕的恶魔在大地跳舞歌唱一般！这如果是初次，非怕得失声叫呼不可，我没有，实实在在的一点没有，我抱着一般人认为的"郁达夫式颓伤的心情"走到树下，拾起衰叶握在掌心，在月下徘徊着，回忆幼年，父母亲，姐姐，妹妹和家乡以及许多自己以为的伤心的往事，直至换班的同学交代了，还迟迟不高兴回卫兵所去休息，尽思索些种种无头绪的梦。

现在是寒冷的隆冬三九天，不下雪就冷得够受，这样的大雪狂舞的深夜，西北风又吹得很紧，像小刀子似的，谁那么有兴致肯在外面欣赏着雪夜的景色呢？

我这样杂乱的想着，朱南推门进来，他满身是雪花，成了一个银白色的生物，我摘下皮帽子帮他扫，他的脸冻得红红的，嘴唇青紫，呼吸的时候嘴里冒着白气，两脚不停的跺着，喊冷！老黄让座位给他在炉边取暖，又殷勤的替他从肩摘下枪解下皮带，他的宗旨是立刻就去睡，说是困到极点，万难忍耐下去了！无奈身上冷，睡是睡不着的，只好勉强支持。

老黄归原位，拿起笔在纸上乱画，好像画个裸体女人，朱南同我进来时的情况差不多，两颊麻木，张嘴说话很感困难，默默的忍受着，等炉火把他烤复原状，好大跳大喊。他的性子很暴躁，好生气，时常板起无情的面孔，对于在他不赞成的几派人面前，端起高傲的态度，他的拳头像铁锤一般，他惊人的特长，是在铁杠子上玩各种连无所不能的教官都不会的花样，活像一只灵巧的猴，他轻视老黄，说老黄跑一万米并不见得像大家批评的那样快，甚至在大学卒业的M教官那样出名的高等战术也要被他嘲笑，十个有九个人在他眼里不值分文，他喊一口漂亮的坐宫盗令。

他的身世我很详细，从前他曾讲过给我听，他知道我喜欢听这些人生的历史。

晴朗的星期六的午后，我们没有功课，大家任意游玩，我跑到剑术场西面的花园，那里是医务处，有几个身体虚弱的同学患病在那里休养，我顺便看望他们，安慰他们一番，就出来选一处有玫瑰花最不远的一条长方形的石台上，坐着看天空飞翔的白云，朱南从圆门进来了，看见我：

"嘿！你在这里！""请过来谈话吧，我很寂寞的。"

"谈什么呢？"他一边说一边在我旁边落座，他的军服纽子有两个没扣，我告诉他，他扣好，因为我们学校的教育很严格，决不是一般学校自由没纪律，一个衣服纽子几乎要比人生的三大要素都重要几倍，这就是所谓"军风纪"。不要说是军事学校，连普通的军队也十分注意，成了军队生活的第一项大条件。

"谈什么都行，艺术，政治，恋爱，经济，法律……"我这样好像上自天文，下至地理，无所不知似的吹牛的口气提议，他摇了摇头，表示不赞成，摘下军帽，让太阳微弱的光晒着他的头皮，慢慢吞吞的说：

"人最喜欢说的是什么事？就是自己说自己的事。我自然也是爱说自己的事情的，我就把自己的事情对你讲吧。我知道你在偷着练习写小说，是不是？这些材料你需要得着啦？你要知道，要成个小说创作家，别人的故事得多多的收集，这样才可以收获出极丰富的材料，这叫作间接的经验，对不？"

"不是……我没有……我不明白什么间接观察直接经验的，但是请你讲就是，我高兴听你讲故事……"

他把帽子扔向半空，像扔皮球一般，接到手里，揉揉鼻子，开始讲。"我能够在中学卒业，完全是姐姐的力量……"他说，"……可恨的父亲对我很坏，看我不如他的一只狗，这也有原因，从前我母亲活在这个污浊的世上的时候——我那时大概不到十岁？或者是九岁，在小学校里读书，母亲终日闷闷不乐的脸色我完全了解，从她们断断续续议论的谈话中也可以综合起来判断明白的。我的父亲在某处做官，赚了很多钱，照许多这类人的老例，应该在走红运的时候娶几房姨太太受用，这似乎成了他们非享乐不可的定律。我的父亲，就在 ×× 看中了一个有学问的美貌女子，两千元大洋从她母亲手里，如购置田一般的很容易的买妥了，珍藏着像珠宝一样，在他贪赃受贿的地方，开拓一个上等的享乐窝，这样就把他的前妻，忘到九霄云外去了！其时我的姐姐也在那方，进一个蓝眼珠创办的女子大学读书。这件事在半年之后她才听说，毕竟我的父亲聪明！办事可说神出鬼没带些神秘性，讨了小能隐瞒女儿半年之久，手段真算高妙至极！不是常人所能办得到的，仿佛在他身上藏着两个灵魂，一个是假仁假义的虚伪的面孔，另一个是不厌倦的贪婪兼邪恶的富足精神。

"姐姐起初确实的知道了这事并没有报告母亲，目的是怕她伤心，而且在父亲面前也假装不知，她为什么要这样呢？很简单，她进大学，完全是父亲的力量，说起这力量，真是可诅咒的'有形的'万恶的泉源，——如果父亲中止供给她学费，便会马上失学的，没有求学的希望了！她深深觉悟到这层苦，所以忍耐到卒业，谋到吃饭的职业以后，就亲自访父亲的小老婆秘密的住宅，那时许多的大学女生，非常怪诞，似乎变成了畸形人物，我的姐姐便是其中的一个代表。阔绰的小官庭，不用费事就给她找到了。她没有得到下人的许可，连通知一声也没有，直接闯进象牙床前，她不客气的坐下，讽谏着说：'母亲，看你的年龄不见得比我大，当然你的学问比我高尚得多了，既然是许多子弟的老师模范，思想行为也一定是相当的，我们女人从数千年的礼教，刚刚解放出来，像母亲你这样，也是解放运动中唯美唯善的一条路了？我当女儿的除了感叹赞美以外，本不该说别的废话，不过母亲结婚典礼举行的时候，不通知女儿一声，这是女儿很不满的一点，今天特地来贺喜，可惜没有钱买礼品……'你想想，她这些话有多怪诞？说这些话有什么用呢？她还要接续说下去，父亲从外面进来了，一看女儿坐在房里，愣住了！尴尬的半天不开口，那位女子哭着脸质问父亲：'这位女士是你什么人？可是你的女儿，莫非你已经有妻子？啊！你欺骗我……'说着就哭起来了！父亲狠狠的瞪姐姐一眼问她做什么事来，她告诉父亲：'我听说父亲新娶了一位母亲，特意来问安的。'她又接着说：'母亲在家乡多年，不曾见父亲一面，希望父亲回去一趟……'姐姐想起可怜的母亲，更想想被骗意志薄弱的同性，和当时新旧思想矛盾的冲突，与这种种的同情、观感，就悲伤的哭泣起来了，流着泪离开那里，把这件事情报告了多年乡村受苦的母亲。"

朱南说到这里停住，从脚前扯一截细长的小草，捏在手指间，搓成一条更细小的小卷，玩弄着，接着说："母亲听到这个消息，没哭也没有笑！我当时在面前，很生气！觉得父亲的品性这样恶劣，没有资格当我的父亲，更哪有资格当国家的官员呢？"我们看母亲没有把这事当心腹，都很快乐，谁知没住几天，母亲突然不见了！四下寻找，总得不到她的踪影，写信问父亲，他说不知，不久，在江中发现了母亲的尸体，原来母亲从得到这个消息的当时就萌生了自杀的念头。

这区区小事，并不奇怪，至于父亲，他仅仅赶到家买一口棺材而已！这是属于人类问题呢？算是三角恋爱的悲剧？自然不是，简直就是父亲欺骗的罪过。我以为有了妻子的人，没有资格享受恋爱的幸福，在男多女少的我国，更当如此。以后我仰赖姐姐过活，在中学毕了业，受到父亲的苛毒的白眼，于今我在这里受教育，姐姐本打算送我进大学，我也愿意，可是她挣得区区的薪水，养活自己已经很辛苦，供我读书哪里容易……

他讲到这，事情的大概可以了然，不过以后他父亲和小老婆的下场，以及怎样受他父亲的白眼等，我却没有明白，很想趁今晚这个机会求他讲讲，但是他疲乏的神情，我很不好意思问，而且我也觉得很难，便不约而同的站起来和他走进里屋去睡。至于老黄，他得终夜无聊的坐在那里打着盹儿，这就是他的任务，本应该每班的步哨，他都得拿着枪出去，跟到现场监视交差的。因为天气太冷，就脱了懒，不过无论如何，步哨是懒不得的，一分钟也不能懈怠，时刻有巡察官悄悄的走来巡视。

屋子里冷得很！朱南爬上板炕就去睡，我打开毛毯，把头盖上，睡神立刻接近了我，好像乘着浮在半空，恍恍惚惚离开了人间，向另一个世界飞去了。

"起来！起来！"谁在捶着我肩头，把我从朦胧的昏睡中唤醒，屋子黑暗，辨不清他的面貌，只听得不耐烦的语声，我急忙爬起，拿着枪出去。

寒冷似乎又加了几倍，雪不下了，白色的树梢可以看清楚了，但天亮还得一些时候。我和前班步哨交了代，他飞也似的跑进去了，我抖抖擞擞站在步哨的位置，把枪用两手向上举起，上下连动了数十次，又在原地跳着像跪步的姿势活动了半天，温暖一点了，这是抵抗寒冷的最好的方法。夜像是无垠之大的一面黑色的纱幕，把世界罩得漆暗，光明神来把它赶跑，从懒懒的隐去了。天已大明，凛冽的冷风刺着我的两耳和鼻尖，我的嘴唇又冻僵了，手指麻木，腿像两条直棍。我跳着，运动全身的血液，使它在我的体内奔流，我是恐怕它凝结，不然我会变成冻死鬼的。我死了固然算不了损失，留给同学们一个柔弱的印象，一个连区区的寒冷都没有气力抵御的瘦骨，张着嘴僵倒在那里，该有多丢失体面？而且我的棉衣厚暖，总不当站在露天两个钟头就冻死吧，我要的念头是很甚的，虽然很幼稚。

起床的号声响了，打破了早晨校院内的静寂，五分钟以后，早操上站满了学生，喊口令和报数的声音，点名的对"值星官"报告人数，混合着悠长的反响。这以后，是四路纵队从我面前经过，有的点头看着我笑，推我，和我开玩笑，我诅咒着，简单的告诉他们夜里受罪的情形，目送着一群活泼的青年，充满了朝气，向野外跑去。

洁白的雪层，经他们很有秩序的践踏，在队尾画出一条石子散乱的道路，他们顺着一丛树林边，经过一个高岗，又向右转走，跑到独立的电线杆西面，隐进两间茅屋的背后，像一条有足的长蛇，钻进窟穴，身体渐渐的缩短，但不在穴的豁口，又钻出来了，许多足像是被一架锻炼器插动般，一齐起来，又一齐着地，中间会有三五双足错乱了步法，转眼就矫正恢复原状。他们向南跑去了，从后面看，队伍变得极短，似乎只有四个人，并排着跑，终于这四个跳动的踪影也消灭了。

过十分钟，从南面正直跑来了的队伍，像轻轨上的机动车。从正面看来，看不见身后连接的无数个车厢，越近显得越大，声音也越响，接着就看见了车身，从我前面擦过去，往宿舍跑，各人的鼻孔，嘴边，都吐出白气，脸冻得红红的，血汗的气味四溢，我大声喊着：

"老黄！时间还没有到吗？""快啦！孩子，再等五分钟……"

他在里面尖着嗓门回答，真正的卫兵来了，我看见他们像发现了救命的神仙，乐不可支，把枪一扛，到卫兵所叠毛毯，夹在腋下回宿舍。老程自言自语的在我身后咕噜着说：

"有一个上午睡觉，我已经够了，昨天晚上差一点把我冻死……"我忽然记起了一件事，回头扯紧他的衣襟，问他："你不是答应请我吃一顿包子的吗？上星期的事，你自己说的，忘记了没有？"

"当然的，一定请你大吃一顿就是，决不忘记。"

"那么就是今天吧？怎么样？"

"今天？嗯——可以！"

"我们把枪和毛毯送回宿舍就去，好吧？"

"行！"是上星期三晚上的事，我半夜尿急，到厕所小便，回来看见一个人在宿舍窗前撒尿，我走近前一看，原来是老程，我指着他的鼻尖吓他："好！你不遵守公共卫生的条令，我一定报告教官将你……"

"你敢？小样……"

"为什么不敢？难道我怕你不成？"

"唉呀，唉呀，面子事，我请你……"

"请我干吗呀？"

"吃……吃包子吧？或者……"

"这可以！一言为定，但几时请呢？"

"下星期四五都行，一定的，决不失言……"

差一点忘记了这件事，幸亏我现在想起，看他的样子是十分肯定，我把他的衣袖放开，想着包子的滋味，我决定非吃四十个不可，加一点酱油和醋，顶好再有一瓣蒜……

"嘴里慢石灰"，敲老程一个"竹杠"，白吃了一顿包子。——可惜我吃得太少，预定的计划是四十，谁知吃了十四个，肚皮就很难容忍了，因为那包子的个头是很大的，普通有七八个满可以吃饱，我松一扣裤腰带，拼命往肚子里咽，咽下十四个，无论如何再也吃不下了！包子几乎挤到喉头，我一点不能动了。

（原文缺失）

大家拼命的忙碌着，各人抱一支枪，涂了油拭擦，上了锈的刺刀，就找两块灰色的砖头，磨成很多细粉，用那种粉摩擦着，只消几下，就可以把刺刀擦得明明亮。枪膛里面如果生锈，治愈的方法也很容易，我们每人都藏着几粒从卫兵所里偷来的子弹，预备干这种勾当使用，不过偷着跑到后面干涸的土井对着井里放射，威大的声音在井里缩得极小，几乎听不出来，费一粒子弹，再涂进一点油，用一块洁净的白布来回擦几遍，里面就干净了，而且是异乎寻常的干净。这个巧妙的手段也不知是哪位博士发明出来的，大家都这样干着，的确省若干手续，少费很大的力气，不然你要照着教官所讲解的那种麻烦出力的兵器的拭擦法施行，那你就是累死也干不好，往往在成绩簿上仅得到三十分。

我的枪支本来不十分肮脏，昨天晚上站步哨时，我用枪口帽拦好了，雪花不会有一片进去，药室里面也没有装子弹，各部都算洁净，只是"托底板"锈得不成样子，我和清实要了一点砖粉，擦了半天，才恢复原状。把衣服按照规定在榻板上整理，这是比较要真实一点的工作，万弄不得一点假，那衣服叠垒的宽窄，有一定尺寸，差半生地也不行。夏天的雨衣放在最底层，其次是夏服，衬衣，衬裤，再次是外出服和羊皮大氅。被单褥单，哪一件放在第几层，哪件应该怎么叠，丝毫不得疏忽，好像物理化学的定律数学的公式一般，三加二等于九就不对，这是一定不许错的。书箱子里面的书籍，也有法定的秩序，步兵操典放在第几格，阵中要务令在哪里，射击教范及战术学须在哪里安放，连笔，小刀，一张纸，一条尺，小小的一块橡皮，一根针——不论什么物品，弄错了五生地的位置，教官就要在账本上记了。你这样整顿不周，那样调理的不良，皮鞋里面也要用布抹干净，比方床褥的整理，有角有棱的条件真叫人头疼三天！

在我们许多功课之中，最讨厌的就是这一门内务检查，老黄宁愿跑一万米，不高兴这把戏，讨厌的程度可想而知。

到下午一点钟大体算整顿完了，枪陈列在床上，各部分都分解开陈设，帽子放在一条线上，由床头的一人闭着双眼吊线看齐。

教官，值星官，教育主任，校长都到场，先观察一遍每人假装出来的一副很有勇敢精神的气魄。立正站着，两足跟在一线上靠拢并齐，两足尖向外离开约六十度，腿伸直，上体的体重平落于腰上，脊背挺直，微微向前倾，两肩平平的像洋服店衣架似的稍向后，臂自然的下垂，两手的手掌向内，轻轻贴在股际，手指并拢一块，同泥制成一般的丝毫不动，中指是以附着裤缝为标准，正正的头颅，直直的脖颈，紧闭着两嘴再把眼睛凝神向前平视，就如大庙第一殿里守门的四大天王，那么威严，那么令人侵犯不得。

我站得两腿有点酸痛，因为用力过度的缘故好容易等到发"稍息"的口令，这才轻轻活动一下几乎凝结了的血液。校长的白胡须，表示他是人老脾气眠，你如果不侵犯他，他是很和蔼的，他背着两手一步一步在每人面前走过，几位教官则注意大家被服的整理成绩，以及室内的卫生。过了几分钟，校长看完出去了，教官开始检查枪，一个一个亲自把枪拿到门口，两手倒举着献给教官察看，一个一个轮流过后。有的枪膛肮脏得像不加保管的放在地穴几百年，连一点光都没有，里面乌黑沉沉的，分明是缺少勤快的证据，但是懒惰到这种地步的学生没有几个，而他们是不慌不忙，泰然自若的借别人擦得最漂亮的枪支过去受检查，当他们蹒跚的迈着方步走向教官那里去的时候。

（原文缺失）

野外演习是我最快乐的事情之一，可以在景致很好的地方跑跑，散散心，比"内务检查"强得多，可惜北风像刀子似的吹着，吹着鼻尖，吹着耳朵，吹着手，吹着身体的哪一部分都不好受，两脚在雪窝里艰难的跋涉，雪花飞进我握枪的袖管里，在腕上融化了，好像在我皮肉上注射了一下凉针，从头到脚，形容这滋味颇费难。

我们沙沙的踏着雪走，在野外无须保持整齐的步调，大家走得很杂乱，不过队伍的团结是要维持好好的，K 教官悠然的骑在马上，在部队右面地垄上走，那是一匹白色的"走马"，身量很长很高，一看就知道是匹好马，它的头直直的挺着，像 K 教官似的，精神饱满，不怕冷，寒雪花落在头上也不在乎。

走了一程，到一个疏落的村庄，部队就在道旁停止了，K 教官在马上说明演习计划立案的基础，又发表想定，有攻击敌人占领 B 村西端高地任务之蓝军步兵第一连，于本日午前十一时，由 M 镇西进到达 A 村时，得知赤军这样的情况，约有步兵二百余名之敌，在 B 村西端高地筑设工事中。

我们仔细把这情况记在心里，并筹划着攻击方向，K 教官尖着声音说道：

"问题：（连长之攻击布置）从现在解散。到 A 村南端，侦察敌情及地形，二十分钟以后，到这里集合答复。"

大家解散，纷纷向 A 村南端跑去，谁也不肯落后，雪片有梅花瓣那么大在空中飞舞着，对面五十米远以外，乌沉沉的什么也看不见，从哪里侦察敌情及地形呢？大家都东张张西望望，没有主意，想不出解决的方策，农家的狗在门前，看到我们这黑黝黝许多人，吓得咬也不敢了！钻进院子里的草垛下躲着。我们站着的地方是五间草房，院墙不高，一颠足就可以望见里面的情形，一个中年的农夫出来看看，知道是演习的，才安心的样子回去。我在墙角下找到了袁中和，和他交换关于这问题处置的办法。他的意见：是敌情无须侦察，理由是想定上说得明白，蓝军步兵第一连，本日午前十一时到达 A 村时，已经得知赤军的情况，至于地形更没有侦察的必要，这附近没有大山大河，就是有大河，在这样严寒的冬天早已冻结，部队通行起来毫无妨碍，只要下个命令，趁着赤军正在建筑工事中，赶快开始攻击得了。我以为这判断的方法满妥，万无一失，到了时间大家冒着风雪跑回去拼队，K 教官问刘志锐：

"怎么处置？"他歪头想了一想，半天答不上来，吞吞吐吐的说：

"因为落雪的关系，侦察敌情很困难，附近的地形便于部队的展开……"

"这就是当连长的处置？"K教官很轻蔑的斥责，"这样的糊涂连长，全军覆灭！赤军战胜，国家就要亡了……"又问赵果夫——一个膀大腰粗的黑脸少年，他不费思索的高声答：

"敌情及地形没有侦察的必要。""什么理由？详细说明。"K教官变换了轻蔑的面孔，"因为在想定上……"他拿出很有把握的嗓门坚定的说：

"已经说明：蓝军步兵第一连，于本日午前十一时，由M镇西进到达A村时，得知赤军的情况，约有步兵二百余名之敌，在B村西端高地筑设工事中……"他因为说话用力过高，被一阵西北风吹进口里，咳嗽起来憋得脸通红。好一会儿，才恢复过来，这时我的两足，冻得生疼，不住的跺脚，他接着说：

"……附近的地形的地图参照，也无须侦察，步兵第一连长，现在应该下命令，开始攻击……"

"看不见敌人的阵地。"K教官插嘴问，"怎么指示连的攻击目标，而各排如何选择射击区域？"

他呆住了，这种问题，是性急不得的，一着急，就越发想不出圆满的手段对付，我正计划着，K教官突然问我，我不知怎样处置好，就稀里糊涂答一阵：

"同意赵果夫的处置，在该村展开，无须指示攻击的目标，以一排为基准，迅速前进，直至达敌阵地前方，可以看见敌阵地的情形，就准备冲锋，这正是步兵发挥自身白刃战本领的好机会……"

K教官点点头，这真出我的意外，但是老天，他又问，这场大雪的隆冬三九天，站着多么难耐，谁都盼望这样的质问快些罢论，急忙乱干一阵好休息，我们都饥饿了，我不耐烦的洗耳听他的问话：

"攻击前进的队形？""各排散开，间隔缩小，概准夜间行动的准绳，因为怎么行动，敌人是看不见。"

我的声音分明显出几番埋怨，K教官挤挤眼睛，在蓝伍中望望，喊着胡靖边，命他根据刚才的意旨下命令，他在排头，看不见他的表情，只听到他微微的嗯声。

"命令！"他把命令两字拉得很长，像唱歌一般"约有步兵二百余名之敌在 B 庄西端高地构筑工事中，本连即向此敌攻击前进，第一排展开向前面的大树以左"。这时大家都望望那棵高大苍老的柏杨，K 教官教他出来，站在队伍的中央前，他的脸皮冻成酱紫色，嘴唇灰白，指着大树说："……第一……第一排展开向大树以左，第二排展开于大树以右，第三排为……为预备队，在第一排中央后一百米处前进，和排散开的间隔，三步，不！不对！两步间隔两步……"大家忍不住看他笑，K 教官板起冰冷的面孔，严厉的说："有什么好笑！"于是大家收起了笑容。换一副哭丧脸，胡靖边断断续续的说下去，"余在第一及第二排中间后，约二十米远……完！"

"那么你是演习连长，再挑出三个演习排长，立刻编成，即刻开始演习。"K 教官把马用拍车一刺，就向村落走去，胡靖边喊着：

"老黄！第一排长，朱南！第二排长，第三排长是……是清宝。""我不干！"朱南不愿意出去，大家逼着，说快要冻死了！赶紧干完好找地方生火，他没有法，跑出去，站在前面抖擞着两肩。队伍编完，马上前进，我在第二排，随着队伍跑去，大家都愿意快点跑，可以暖和些。K 教官在后面留心我们的动作，我们被寒冷压迫，谁也没有工夫顾到姿势，跑起来也不弯着腰，也不利用地形地物遮蔽，只拼命冒着风雪往前跑，如果这是实战，我们都得战死！这时风也紧了，雪也下得比先头大了，雪花像炸弹，打在面上，爆炸开脑颅。风就像毒瓦斯，吹进眼里，鼻孔，呼吸窒塞。有的滑倒跌着，爬起来再跑，有的不小心滚在深沟，挣扎不上来，跳着，跑着，像群疯狂的野兽，不顾性命的奔跑。连长和排长，传令兵的叫喊，绞在风里，一点听不见，只有班长的口号，可以恍惚清楚，跑了有四百米，K 教官骑着马追上来，在部队先头，大声喊着："情况完，演习终了，在 A 村大树下集合……"

这个命令好像是说："那里有许多鲜美的苹果和大甜梨。快去随便的吃！"相反的使我们高兴，各排集合，向教官指示的地点飞去，跑到那里，喘息着，咳嗽着，身体轻弱的发愁直不起腰，跌伤了手脚，摔破了脸皮的埋怨着，步枪相碰撞，教官的白马从鼻孔里喷出憎恶的白烟，几个穿大棉衣的庄稼孩子们好奇的看着我们动作。

队伍排好，教官指示各排休息的家屋，我们的场所是在大树东面一个较大的院落，是三间正房，三间西厢房，院子里堆一垛很高的稻草，鸡狗鹅鸭几种家禽都具备。我们把枪架在院子里中央，憔悴的主人忙着打开厢房，抱几捆稻草在堂屋地生火，又在靠黄色的土壁一口圆圆的大缸里填几瓢带冰碴的冷水，预备烧给我们喝。屋里放着秋季收获的存粮和农具，各种器具的正面贴着红色纸写成的福字，墙壁上是小孩子的笔迹写着："你是大王八！"在右面画一个鸭蛋形的脑颅，嘴里吐出："放屁！"两个字。韩建根指着墙上漫画对朱南开玩笑的说：

"你是大王八！"

"放屁！"朱南不思索的答他，大家很开心，哈哈大笑。锅里的水翻开了，那水滚滚腾腾，如同涨潮的大海。憔悴的主人又抱来几只蓝色的饭碗，大家蜂拥一般上前夺，我因为站在憔悴的主人面前，顺手就拿过来一个，真是近水楼台先得月，我从锅里舀了一碗得意的喝着，刚开的开水烫嘴，只得慢慢饮，朱南和鹿广过来等我，他俩没有抢着碗，就三个人轮流，每人喝一口，大家谦让着，客气着，在我们心里，有一种一致的意思，就是我们共同的患难，忍受了艰难磨炼的辛苦，各人的同情与衷心理解的目光，闪烁着肝胆，沉着，勇敢，团结和表率。这时，我想恋人没有我们真挚与努力的互相帮助，用不着说："我爱你！"爱的力量早已深深的藏在我们的心灵，就是面对别的许多未得到饭碗的人，我们也不肯把他抛弃，就是品性恶劣的亲爱的同学，我们也毫不迟疑，赶紧喝完把碗递给他，当他不小心跌进壕沟里去的时候，我们尽可能的所有的力气帮助，把他从雪窝里拖出来，他负伤而滴流的鲜血，我们也负着一半疼痛，饥饿时，大家同熬着艰苦，饱腹后，大家同唱欢乐的高歌。

每人都喝到开水了，憔悴的主人面前有 K 教官过去代表大家深深道谢！风和雪，在我们回校的途中停止了狂吼，我不厌恶洁白的雪花，它能把大地上的肮脏遮掩了。冬日枯槁的秃山，披着白色的大衣，凋零的树梢头，干巴巴的枝丫间，满开着美丽的鲜艳的花朵，垃圾堆在它改造的一番工程下，变成了可爱的白色的乳峰，灰色的屋顶，衰败的大地，像经过了

画家的手笔，把天空下凄寂的所有，点缀成使人爱恋活泼的色彩。风是我不大喜欢的东西，几乎有与爱雪花的相反，它吹起了平静的大

海洋中的波涛汹涌，淹没了辛苦的渔人的孤舟。在盛夏，它盲从的随着暴雨一起来，吹翻了世界的一角上建筑得不坚实的房屋，把矮陋的住宅中褴褛的人类吹送到街头，流浪失所。在这隆冬的三九天，不知吹了多少无衣无食的贫民在寒夜冻倒……虽然它有时也有用途。

肚子里装满了憔悴的主人赐赏的开水，我在队伍后面紧紧的跟随着急行，不觉寒冷，K教官和来时一样，悠然自得、舒服的骑在马上在旁边走，那强壮的白马有点疲乏的样子了。

距我们的院子东面隔三家，忽然大白天起了火，烧个精光，幸而没烧坏人，也没有遭殃邻居，但我们的主任先生可好好的吓了一跳。由于这件事，我记起了幼年在乡村牧牛的光景，我在这小学校补习科半年退学，因为父亲太穷，不能读下去，不得已，只好失学了。大概是在失学后一年，这件火事发生，原因不明，当时我□□□□□□□□这件事我忽然忆起，应该立刻记下，□……

"是冬天的晚上七点半钟的时候，□□□□□□□□凛冽的寒风吹着干巴巴的树枝呜呜叫□□□□□□□越吹约有□，越刮越上劲，非把这寂□□□□□□□□的。"

我牵着弟弟，随着滚动的人群狂奔□□□□□□□□□深一脚浅一脚的，我可不曾跌倒，也□□□□□□□□很有自信心，因为一年前我在这条路□□□□□□□□回以上，已经走了四年零六个月，刮风□□□□□□□都快阻绝了，我也不曾间断过一天不□□□□□□□□当在这条路上赶着牛走的，像吃饭用筷

（原文缺失）

□□□□□□□□哪里转弯，哪里是下坡，甚至哪里有□□□□□□□□一块方石，或者谁家房后的桃树，枝□□□□□□□□林里树与树的间隔，某家田垄的数目，

□□□□□□□□□的景物和肉眼所看的见的远处的山，近
□□□□□□□□□草等细密的小事，我差不多都记在心

（原文缺失）

　　□□□□□□□觉得不同的，是这条仅仅二里的路程□□……
　　波涛似的人群，只是默默的向西□□□□□□□□践踏凝
冻的地面战抖之外，便是凄惨□□□□□□□□轰吼，还有各处
移动的破锅的□声□□□□□□□□□简直就是鬼哭，我闷得气
都喘不平□□□□□□□□我的手，拿出所有的力气快跑，我跑
□□□□□□□□□，为的是给弟弟，片刻的休息，恢复

（原文缺失）

　　□□□□□□□□，喘息着跃进。
　　许多人从我身旁擦过去了，这些黑□□□□□□□失，无踪没从
后面又飞来新的人群，侧□□□□□□□□人山人海，犹如惊弓之大鸟
群，一意□□□□□□□眉，许多人携带着铁筒，扁担各样可

（原文缺失）

　　□□□□□□□□的跑去，是谁逼着他们的呢？他们平□……

（原文缺失）

　　放假的日子，好像幼年时代盼到过年那种欢欣鼓舞的情形一样。我和
清宝、老黄三个人一块外出，昨天晚上在自习堂上已经计划好了。我们三
个人把钱凑在一起，老黄拿出两角二，清宝三角，我一角四，一共是六角六，
归清宝拿着，这钱是午间下馆子的大资本，我们有这六角六就能把跑堂使

得满屋跑。但是这几个钱，是我们最后的宝贝了，下次放假不能外出了，如果要出去的话，死逼得饿着肚子。

饿着肚子外出真不合算，可是一两顿不吃并饿不死，我已经习惯这种有趣的生活了。记得从前，我不是这样，我的灵魂好像弱不禁风的小草一样，一阵微风就能把我的身体吹倒，一丝细雨就把我打哭了！像狂风暴雨那样可怕的大打击，更哪里会扛得住呢？

现在，我虽然还是软弱得很，可是比从前，总多少看强壮一点，一阵微风或一丝细雨大概是算不了什么的，感谢我的环境给我的训练，狂风老爷暴雨太太，尽管吧！我高兴和你们亲近，我高兴和你们做朋友知己的朋友，而且，永远的不分开，直到死了的那一天后分别。

我们三个人很快乐，玩了一上午。公园也去了，在那里看见许多一对一对的，我很羡慕，一边迈步一边暗想，这种幸福在我这坎坷的一生，也不知能不能享受一次，只要一分钟也好，一秒钟也知足。我的面貌并不丑，同学们不是都异口同声，赞美我的脸蛋儿像个姑娘么？我对镜子照也承认不错，可是命不好，太穷。

我们去的一家饭馆很不错，吃的饺子，我的梦想实现了！多吃了几个，肚子不大好受，走了几分钟就好了。

晚上躺在床上，睁眼做梦唉！一对一对，我不知能不能有这福分。弱不禁风的小草或者是狂风暴雨里的人生，都应该有一对一对的，不然，这个宇宙就太寂寞了。这一个星期，又轮流到我的身上担任了，我最盼望是在K教官室内做勤务，他早晨起床，自己叠被，自己动手收拾屋子，你只稍帮他生好炉子，做一壶水，此外什么职务也没有。——或者是有，那就是他问给他服勤务之前，得预先好好把阵中勤务重要的纲领预备着，越记得清楚越好，因为他除了担任野外教练，就担任上阵中勤务的讲堂。没事时候，他要问你了。

"侦探对敌步哨发现的时候怎么办？"他在这种时候问你，不像在讲堂上或在实地演练时那副严厉的神气，团团的枣红色面孔，中间凸出高高的鼻梁，两只像中年妇人似的和蔼的眼睛，一点不使你畏缩，你如果寻思两分钟而答不上来的时候，他就很生气的样子笑着说：

"忘了吧？这样快就忘记了！刚刚讲过的。"随后他就像大鼓先生一般慢吞吞明了的讲给你听。"侦探发现了敌人的步哨时，应该停匿在其步哨的前方或侧方的哨所附近，详细观察其他地方有没有哨兵，和他翼哨的位置，能不能绕回或者侵入他步哨线，在昼间，发现了敌人的步哨，非得与我们有利益，不随便施行杀伤，或是捕获的手段，因为和敌步哨发生冲突，往往不能完成所负的任务。但是，如果有机可乘，判断坏不了事，则不妨去干……"

他总是这样讲了一半，问你听懂没有，然后再解释下半章。仿佛在他身上两个K教官，一个是像舞台上的伶人，当锣鼓一阵敲打，红色的帷幔掀开的时候，他如果扮演是包公，就抖擞着精神坐在大堂，办起事情绝不准马虎，严厉的叫喊，铁面无私的处置，一点不留情面，该打五十大板的不能打四十九，该用龙头铡的不能用狗头铡，万万不疏忽。但是当这出戏排完，他踱回后台，摘下乌纱帽，脱下蟒袍，把花脸洗去之后，就和常人无异了，有说有笑，你过去踢他一脚，他也满不在乎，他是这么一流人物。我最恐惧的要算S教官，这位身体矮小好像个阎王脸的家伙，永久板得那么无情，就是睡过去了还表现一副狰狞的气色，似乎谁欠他几千块钱几年不还他似的，连狗看见了他的两只可怕的眼球都要吓跑，或许他是赞成文明其思想，野蛮其体格的人，但是这也不对，他的思想并不文明，简直没有恰当的字眼形容他。

他在许多教官中是每天起身得最晚的一个，在他还未睁开蒙胧的睡眼之前，你要敲他的门是切记不可干的，他能因此大发雷霆，备不住跳起来赏你几个耳光，叫你尝尝他一般巴掌的厉害，不是好惹的。可是当他醒来，你倘若不到面前也了不得，甚至受加倍的惩罚。侍候他，真是深不是浅不是，比战术作业还要难！

正好，这星期我就服他的勤务，这不能不说不倒霉了！时时我像盗贼似的悄悄的踱到他门前，从门空中向里窥探，像侦察面前敌人的行动，加万般小心，发现没有什么动静，就退回来，过一会再去，这样，至少得跑十遍来回以上，急得胸头火冒，但是你敢发作吗？还是训练，训练你的忍耐性的。

我的运气总算不坏，不间断的跑了十五趟，他在床上伸个懒腰，爬起来了，我敲敲门进去，他第一声吩咐：

"给我来碗豆腐汁，两条油炸鬼。""报告教官！这样恐怕没有了！"我战战兢兢的说道，他把眼珠一翻："什么？没有！你这懒蛋，快滚去看看，有没有？"我像飞一般的向外跑，跑到后门东西一望，只有一辆人力车停在那里，洋车夫披着破烂衣服站在那里等生意，本来这样晚了，卖豆腐汁的老头子是很早就到这里来的，我哭脸巴巴的跑回去，他穿好衣服劈头就问：

"没有吗？"

"没有！""那么生炉子，动作快点。"

我跑到厨房，偷了几块劈好的干木柴，把炉子生着，又扫地。"先把行李整理。"他不耐烦的命令着。我就丢下一半的工作过去叠行李，费不少力，很整齐的叠好了，他皱皱眉头：

"是那样叠的吗？"他说着把我向后面一推，把好不容易叠好的行李全打开，亲手叠着。"看明白，好好记住！"

"是……"我惊恐的看着他后，仔细记在心里，被头叠到里面，四分之一的地方，再两面一合，翻过来，成一个长方形，放在床里。褥子比较简单，面向外，叠三翻便妥。毯子就有点麻烦了！两端要合齐，中间空一块约三寸距离，再叠三次，就如被褥的长短相等，他一件一件迅速的叠完，问我：

"看明白了没有？""明白了！"我松一口气，打算接续扫地，他把叠好的行李又全部打开："你叠给我看看！"我抖抖擞擞过去，照着他做的模范实施，我越是着急，两手越感觉拙笨，不灵巧，区区这点小事，累得我的汗珠从颊角滴下来了。费了九牛二虎之力，叠好，他审查一遍，批评着说："得，算了，快去打水洗脸。"

"是……"我端起洗脸盆又向厨房奔跑，从给官长预备洗脸水的锅里瓢了半盆，

热气腾腾的，端着就往回跑。刚一转弯，伙夫举着一方盘残余的饭菜，里面摆满了碗碟，急匆匆走来，我躲避不及，撞在他怀里，他的方盘哗啦一声，扣在泥地，碗碟翻在石上打得粉碎，一盆热水全倾倒他油腻的污秽

旧军服上，他气急了，嘎声的嚷着：

"你怎么的！瞎了眼吗？"

"你才瞎了眼，这能埋怨我吗？"

我一肚子闷气，恨不得在他身上出个痛快，他举起巴掌就对我的面颊就要打，我急忙躲过去再绊他一腿，使力一推，他跌倒了。我想乘机再踢他一脚，把他的鼻子踢破，突然我觉悟，他是这样的可怜，我为什么和一个伙夫一般的见识，这立刻的忏悔，使我难受了，好像尖锐的剑锋刺入我的心里，我痛哭起来了，想大哭一场，但是眼泪没有流出，他爬起来，咒骂着向校长室奔去，他是在去报告了，我拾起脸盆，重去瓢了水，S教官把手伸进水里，又急忙缩回：

"这水该多热？打算烫死人啊！"

"是！是……"

我急忙去取凉水对上，S教官一面洗着，一面诅咒着："你们这些没有一个善类……"校长的勤务兵进来："报告教官，校长叫他去。"

"噢！去吧！"

我放下正擦着马靴的破布，跟着他走，心里计划着怎样圆满的辩护，强词夺理。

转弯抹角到了校长室，校长在翻弄报纸，伙夫哭丧着脸悲哀的站在那里，样子很可怜，我行了礼等着问口供。

"你打了他吗？"校长放下报纸，直直的看着我，又望望伙夫。"是！我打了！"我想起校长在精神教育的时候讲过，自己做错了的事情肯负责任，还是一件很不容易办到的事……的话我便直爽的说了实话，校长想了一想，又问：

"你为什么打他呢？要知道你是未来国家的青年军官啊！他不过是个伙夫。"

"是……我把事情做错了……"我糊里糊涂，听到后半截不知他噜噜些什么，只看见他苍白的胡须中间一张嘴很快的张动罢了，我行了礼出去，路上碰见清宝，敏风二人，他们知我惹了乱子，问我消息，我告诉他们前因后果，他们放心的点点头向宿舍跑去，我回到S教官室中。

在校长的所谓"苦"中，我忍耐着学习了一个礼拜，这结果，我找到了一个真理，就是在S教官前笑脸奉承，尊敬的口气夸赞他教育的方法高妙，大家如何的在暗地里佩服他，当他问我：

"学生都对我怎样？你说实话，告诉我不要紧。""实在的，教官，没有一个人不感叹教官威严的态度，使大家畏惧的努力学习，比哪位教官讲解的都记忆得多些，而且熟些……"我这样情态，他相信了，表示着满意的微笑，还以为不十分满足自己似的谦虚说：

"不见得呀！恐怕有许多不了解的啦？但是他们慢慢会懂的……"他很确信的点着骄傲的头，其实我是为……万不得已想出这条计策来的，他却信以为真了。校长毕竟是老诚练达，说得很对，胜利不一定非用直率不可，巧妙的转弯也可以安然的走在前面去，我融会贯通了校长成功的秘诀。课余之暇，我写了几篇散文，我是练习写的，不知称不称其为散文。

说实在话，什么叫散文？什么叫小说，又是什么长篇小说？短篇小说？自然主义？浪漫主义？写实主义？总而言之，什么这个主义，那个主义的，我都一点弄不清楚，完全不懂，我就觉得寂寞，苦闷，无名的寂寞和苦闷，所以我也不顾派别和形式，随心所欲，写着当消遣。

（《泰东日报·零碎集之二》，署名：慈灯）

老鸡的悲哀

过"八月节"的头两天，父亲对母亲说："把那不下蛋的老鸡杀了吧！"

"我也这样想。"母亲说："留着没有什么用，杀了也好！"对于这老鸡的命运判决，父亲吩咐我说："你去把他抓来！"

我跑出去，各处搜寻老鸡，在草垛跟前寻到了，他好像还不知道立刻就要杀了！悠然自得的蹲在那里晒太阳，看着我向他去了，咯咯的笑起来，表示欢迎，好像说：

"小主人，快过节了，你好快乐呀？"

"但你的不幸也来了。"

"怎么？"他惊骇的抖了一下全身的羽毛，两眼直直的望我，样子极可怜。

"我告诉你吧！他们要杀你了！"

"你说的什么？"

"他们要杀你了！把你杀死炖肉吃！"

"你说的可实在？……"

"自然实在！我一点不撒谎，这就带你去啦！"

他抖擞起来了，眼睛发红，短小的尾巴向上撅，翅膀得得打战，颤抖了半天，哭了！他悲哀的对我说：

"他们要杀我，我也早就想到了！只是不知几时杀罢了，我死了并不觉得悲哀，只是我的孩子们，一个都不在我面前，他们从小就离开我独立生活去了，他们在什么地方我一点不知道，我有二十女儿和七个男孩，我记得他们从小的时候，都极活泼可爱，可是我爱护他们的日子实在太短，刚刚长大一点的小腿还不结实，就被你母亲卖去了，只留下六个女儿……"

"卖他们的时节……"我插嘴说，"我很不愿意啦！可是母亲说：家里没有粮食喂它们了！人都没有吃的，怎能养一群小鸡呢？没有法，才全都卖掉了，剩下的六个不久也卖掉……"

"是呀！唉！我也明白主人的苦衷，饿着他们怪可怜的，不如卖了痛快，可以让他们到别人家去吃顿饱饭，但我可不想到不久又把仅有的六个女儿也卖啊！我是整整地偷着哭了好几天，没有一个人知道，在深夜里我哭得更伤心呢！"

"说实在话，我不想活下去了，而且年纪衰老，不能生产，不中用的活着，还要吃掉贫苦的主人许多饭，心中确实不安，打算跳水自尽了，这个念头一起，我就立刻决定，跑到水坑一狠心，跳了下去，水很深，把我埋得头影不露，谁知当我跳下去时，被你母亲发现了，她用铁锨把我捞起来了，救我一命。那一次你不在家，你上学校去了，你回来的时候不是也看见我全身湿淋淋的站在墙根发抖么？"

"我看见了，你头上沾了很肮脏的污泥，不过我可不知你是故意投下去的，母亲说你不小心掉进水坑里去了！"

"不是呀！我怎么会好好的掉进水坑里去呢？"那次的罪很不好受，我以后决定不干那傻事了，自然的生来，还是听凭自然的死去吧！

（《泰东日报》杂文集）

六杯茶 （残篇）

我静静的立在校长的面前，寂寞的看着校长的两脚。

——这是两只穿着短脸圆口鞋的肥大的脚，裤角扎着腿带，右脚压在左脚上面，左脚因为受压迫的痛苦，不住的抖擞着，右脚很舒服的放着，并不想拿开。

两张报纸合在一起，把校长的头和肚子遮蔽了，打开报纸的两边露着两只和脚同样肥胖的手，五指并拢捏着报纸，但是我并不注意这两手，我总在他一上一下的两脚上出神。

忽然，报纸翻了一个身，校长的脸露了出来，这是一副四方形，肥胖的脸，眉毛浓黑，两只像牛似的眼球放着和蔼的光。

"是谁给你找托的职业？"校长咧咧厚嘴唇，把报放在桌角上，两手交叉起，放在宽大的胸前。我看着校长的两脚回答：

"我姐夫！""校长点点头"拍拍大腿，"你还是照我说的话做吧，不好么？"

"父亲告诉我，说是无论怎样，明天得走。""咳，你这样失了学是很可惜的呀！"校长皱皱眉头，看着我的脸。我没有话说，还是在校长的两脚上出神，

但是，下面的脚换上面了。"还有半年就卒业，你想想这不是很可惜的么？"校长说，"你愿意去不？你告诉我？"

"愿意……"我想了半天才吐出这句话，"那么，好吧！这也没有法子，咳。"我连行礼也忘记了，不言不语的退出走了。

就是这样，我便退了学，因为家境穷，连初等小学四年级都没有念完。这天晚上，母亲很愁苦，她千方百计，总想把父亲的决心打破，她说：

"你不应该叫他去，他的年纪还小啊！再过两年，等他大一大，明白

些事。现在他还是什么都不明白，人情世故一点不懂。"

我说："你叫他把下半季念完再说吧！"父亲不理她，只是在鼻孔里哼一声，挤挤眼皮。

母亲拿起破碎的围裙角擦眼睛，泪水淌到唇边，好像脸上结着冰样。

第二天一早，我就上了火车。我到了Ｄ埠，住在姐夫的柜上，姐夫——一个胖胖的下巴多肉，走路摇摇摆摆的人，头一句话就问：

"你没有新鞋么？""没——有。"

"得买一双，穿这鞋去，人家看了一定会……"一定会怎么，没有说。

我低了头觉得害羞。姐夫领我到一盏灯光璀璨的繁华的街上，在五光十色的商店门前经过，

看见一家鞋铺，进去坐下了。戴瓜皮帽的伙计看看我的脚，点点头，胸有成竹的在架上搜查，拿出一双方口长脸牛皮底鞋叫我穿穿看。"合适么？"姐夫在旁问。"合适。"

我很满意这双鞋，因为花钱买鞋穿，这是我有生第一次。从来都是母亲给做，家做的鞋和买的鞋比较起来，还是买的鞋漂亮，我很高兴。

姐夫派了一个好说笑的伙计送我到差。他在前面引路，一面走一面告诉我各种事："这家公司大得很哪！有好几百人，还有许多女子，一个一个，又白又嫩，哈，一些雪白的小脸蛋儿真——馋死人！真……馋死人！老弟，你好好的干吧，干上三年五载，就能升做先生，当先生。就抖起来了，除了坐着写字，打算盘，听电话以外，甚活也不干，赚很多钱，如果哪一个女子看中你便会嫁你。啊，真美呀，嘿，那真是，不白活一世……"

（原文缺失）

茶碗一个不剩，全滚倒了，水溅了我的衣服倒是小事，把干净光滑的楼梯也弄湿的事，叫我非常害怕。

我手里的端着失败的茶盘走回去，这件事太难，而别人怎么干得那样容易，我却不能？奇怪！

烧茶的老婆子一见我就生气，她噘冷冷的嘴，瞪着狰狰的眼。

"你，怎么又洒了么？全洒了么？嘿！你这笨货，真是少有，我从来未见过像你这样的笨东西，你——什么也不能干，还是回家去吧！"

我愁苦的看着她，难受。她也是女人，为什么不像我母亲那样慈悲呢？她诅咒着给我把茶盘擦干净，一碗一碗倒了茶。"你再弄洒了我可不管！真是笨货，不中用的东西……"我也生气了，我想踢她两脚，或者把茶盘扣在她头上，把她的脑袋打碎。但是我没有这么做。我千辛万苦，像登山一样，好容易把六碗茶弄到楼上。第二天我又把茶洒了，洒了一身水，并且把手烫红。老婆子的愤怒变成了恶意的嘲笑，她厌恶的瞥了我一眼，动动缺少同情的嘴唇：

"你的手不好使么？莫非说你的手有毛病？"我想着怎样报复她，或者教训她一场，顶好把她的脑袋搬下来摔破，另换一个安上："你糟蹋了好多茶水，这是不行的！"

我看着她的耳朵，她的左耳朵有个疮疤，她的狠毒，大概是因为有这个疮疤的缘故。

她说了许多令我永远不会忘记的废话，唠叨了好久才肯给我倒茶，我端着这大杯茶水，艰难的走了一半难走的楼梯，和头一天一样的，茶水又洒了，我把空茶盘放在桌上，什么话也不说，傻傻的坐着。

科长——脑袋像马似的人，把我喊过去了。"你怎么不拿水来呢？"我想了一想，是的，说谎吧。"茶，已经没有了！""没有了？"他翻翻眼珠。"不能吧！"他不相信的摇摇头。"是的，没有了。"他说，"你再去看一看！"

我踌躇的端了茶盘，和老婆子哀求了半天，她凶狠的骂了我一场，把我骂得很难受。因此，我甚至减少了在人间活的勇气！生的苦味真难！另一天，我端了茶碗，从楼上往下走着。

走着走着，我脚底一滑，跌倒了！噗咚！同时当啷！一声沉重的巨响，我整个身子跌翻，头向下，滚了几滚，木制的茶几跌碎了一个三角形的缺口。脸痛，腰痛，手和腿也疼，我难过的爬起来，想哭！楼上有几个人惊奇的看我，他们这一看，我没有法哭了。我忍着痛，拾起茶几打碎的碗碴。老婆子没有生气，又很奇怪！她嘻嘻哈哈的笑起来，弯腰屈背，笑得很开心。

"你这个小傻瓜呀！怎么你连走路都不会吗？哈哈哈哈哈……"我摸

摸腰，屁股和腰部特别痛，似乎跌坏了骨头。"我没有见过像你这么样的笨虫，六个茶碗，不用托盘也拿到楼上去了，你，唉，这笨的可以，跌倒了，哈哈哈哈哈……"我的脸大概是肿了，没有镜子，我看不见。"人家端二三十杯茶，也没有摔倒的，看看，你把茶碗打碎了，这还不算，连茶盘也给跌破，你看，这成什么样子？你知道，这茶盘多少钱一个？"

　　我的腿不知怎样，疼得厉害，如果跌断了，不是成了残废人么？"发薪的时候，要扣你的钱，这茶盘，这茶碗……"唉，我怎么这么无用，连六杯茶碗都端不好，还摔倒了，打碎了茶碗，跌破了茶盘。

　　"看看你的脸，不是跌破了吗？你那笨样子，真笑死人了，哈哈哈哈哈……"

　　我的脸实在跌个不轻，摸摸，手上有血，啊，痛！"快拿去吧！你还装什么傻？"老婆母子换了六个茶杯，茶盘没有换。这天晚上，我回到姐夫的柜上，在许多伙计们睡觉的屋里睡。有几个伙计，问我的脸怎么了，我说跌倒了，但是端茶的事却没有说。

　　我躺着，把脸埋在枕头下面，眼泪流到嘴边……我昏昏的睡了。

　　我在梦中回到家里。母亲从屋里飞一般的跑出来，把我抱住："孩子，你……你的脸，脸怎么样了？"

　　"不痛！"

　　"这……这是怎么的？不痛？你看，这肿了！怎么弄的？快说，告诉我吧，怎么弄的？……"

　　"不痛……"虽然说不痛，可是很痛呢！我哭了，哭得伤心伤意，母亲也哭，她一

手摸着我的秃头，另一手扯起破碎的围裙角擦泪。我哭醒了。

　　这一醒，无论如何睡不着了，脸痛得厉害，腰也痛，腿也痛，我的灵魂受了伤！

　　　　　　　　（一九三八年十一月二十七日于油灯下，署名：慈灯）

抬 杠

我说有钱不如有学问，但有一个同学听了我这话，把头向左右不停的摆动，不以我的话以为然，他说我太浅薄，太没有见识了！他说：

"你读一册书，那册书得不得花钱买？如果能够借得来，固然很好，倘若无处可借，无论怎样也借不到手的时候，你能读么？你不读就不会有学问吧！从这件小小的事上看，学问没有钱重要，钱是第一项大条件，没有钱你是不会有学问的。"

他这话不无理由，可是他不知道世上有许多没有钱的人有很大的学问的，我举个例子证明，然而他仍是摇头，说我太浅薄，太没有见识了！他说："这样的人我也承认是有的，然而一共有几个？他们的有学问，一定有促成他们有学问的原因，譬如给读书的人家当仆人，得到了读书的好机会，或者周围有读书人，指教他们，诸如此类，他们非有读书的环境不可，

"这点少数异常的有学问人，我们不能谈他，着眼点在大多数，大多数人因为没有钱所以就没有学问，那些有学问人都是有钱的占绝对的多数，那些没有学问的人都是没有钱的占绝对的多数，学问与货品一样，非有钱换不来，你说有钱就没有学问，正如没有钱就换不来货品是一个道理啊！"

他这话不无理由，可是他不知道读书的环境是要自己造的，并不是他人所赐，十个有读书的可能是没有钱的人，可以成为有学问的人，其中只有一个人有读书的觉悟，发奋读书，其余的九个是相反的，这只怨他们自己，然而他仍不以我的话为然，他说我太浅薄，太没有见识了！他说：

"你的眼只能在狭小的范围内打滚，不能往宽广的处所瞥一瞥，假如十个穷人之中，只有一个觉悟而且发奋读书的，结果是剩下九个愚蠢的人，如果十个人之中九个都是有钱的，都能读书，即使不成大学问，也一定可

以修得些普通的知识，那么结果剩下一个愚蠢的人，你总得往广处设想，不可拘泥于狭小，并且你想想，多数的都有普通的知识好呢？还是多数的全是些愚蠢的人好呢？没有钱不能入学校，进不起大学，留不起洋，得不到什么博士的头衔，不消说也没有学问，有钱就能入学校，进得起大学，留得起洋，可以得到博士席位，也就有了学问，怎么能说有钱不如有学问呢？"

他这话不无理由，可是他的话离题太远了，他没有明白我所说的话的意义，我是说：有钱不如有学问，就是一个有钱的人不如一个有学问的人好。一个有钱的人，一个有学问的，到底是哪一个好？他没有把问题弄清楚，就信口开河，胡说八道，说来说去，竟说到不可捉摸的境地去了。但他仍是摇头，说我太浅薄，太没有见识了！他说：

"我不是说过么？你不肯把眼睛望四外望一望，只在狭小的角落里打旋，为什么不说十个人，而偏以一个人举例呢？不可以说十个人，有几个有学问的么？至于离题太远，那更可笑，'题'是什么东西？莫非你被捆个结实，不能活动活动么？难道你情愿死在题之下么，而且你的题根本是不是正确还是个问题，所谓问题的讨论，便是研究'问题'的本身究竟对不对，'题'并不是一个牢不可破的桎梏，那样就成为一个偏见，成见了！一个有钱的人，一个有学问的人，无须你说，谁都了解是有学问方面好，那成什么题，也不必讨论，那是对小孩子的问答，就如问儿童说：馒头好吃？窝窝头好吃？小孩子一定说馒头好吃，窝窝头不好吃，因为他吃窝窝头吃厌了！这算什么问题，所谓题一定得是范围广大，向细小的部分去研究，你不懂这点，所以说我离题太远，你要仔细不要被'题'困死才好……"

"我走遍天下没见过你这般胡说的！"我狠狠的对他这样说，"你去走遍天下吧！你没有钱，你就是有学问的幻想家！"

"你懂得什么？黄齿小子！"

"你懂得？你是在鸟笼子里见识深博的哲学者！"他一转身去了，远远的对我，呼道：

"没有钱连饭都没有吃的，哪来的学问，不吃饭能读书，会有学问么，你是个傻子！"

我不愿和他说了，他是块石头，自以为聪明非凡……

（注："抬杠"，即辩论之意，唯与辩论之趣旨不同）

（署名：慈灯）

同乐会

在外省读书的大学生邹成哲，立了个志愿，小学校长和会上的年轻办事员一致赞同，非实施邹成哲发起的"同学会"的计划不可，日期是元宵节的次日，地点在小学校。初五那天，这个消息就像一阵西风似的传遍了乡间，说是特从外国请来个魔术师，会大变活老虎，还有七个脑袋的白蛇唱"妈妈好糊涂"，种种珍奇有趣的节目不计其数，分文不取，欢迎参观。八十岁的老头和老婆都欢心称意，一定叫孙女扶着去看个千古未有的热闹。年轻的丫头小子们，从得到这个消息后，就睡不着觉了，盼望那天赶紧到来，越快越好。

望眼欲穿，正月十六这一天终于到了。学校里挤满了老少观众，几乎把教室的门框都快挤倒了。邹成哲只穿一件衬衫，在人群中奔来跑去，搜寻他们的演员，他扯着三麻子的耳朵叫道："你死到哪里去了？还不快去打扮起来……"三麻子愁苦的跟他跑去，哝哝的说："我都忘了！忘记告诉我的辞句……"

邹成哲忙得汗珠直滴，一会儿看他从人群中拖个学生向什么地方跑去，一会儿又拿件女人的红衫跑来，会上的几个年轻办事员也一样的忙碌着，学校教员全到场，胸前都插一朵小纸花，据说是"干事"。绅士们也胸前戴纸花，谓之"名誉会员"，衣袖上系条红布的是"招待"，招待来宾，女客方面的招待是女教员和几个大个的女学生担任，为临时选这几位招待，费了一点半钟手续，不是女学生害羞不干，就是母亲反对，很不愿意叫自己的宝贝女儿出风头，后来，是村公会长出来当保证，说明招待伟大的使命，经过祖父母或父亲许可以后，母亲才吞吞吐吐的答应了，让女儿的袖上绑一条红布，有的女学生情愿干这一份差事，被母亲指着鼻尖噘着嘴唇骂一顿哭起来的。

这件事的进行，据可靠方面的消息称：实在费了相当的艰苦，编剧、设备布景、置办服装演员的人选问题，训练，足足准备了两个星期。邹成哲把他母亲、嫂嫂、姐姐、老婆等花衣花鞋都偷着拿出来了，从各家借了若干服装。演员是村中一些"不要脸"的小伙子，其中有目不识丁、教过八十遍也背诵不了一句话的傻瓜。总之，邹成哲苦心经营，凭着他坚决的意志，热心的指导精神，总算成功个事实的未来。他半年不眠，执笔写剧，画各种布景，多费了灯油，被母亲再三申斥，因事务缠身，没有余暇不能趁假期在老婆身上尽些温情，老婆也曾因之悲伤的流泪，然而他都忍耐了，全不顾虑一心一意的埋头尽忠自己的企图。

因为有几个演员潜逃，到时不痛快出场化妆，藏在人群中假装看光景的缘故，把时间弄迟了。再加之缺少这样缺少那样，一条铁丝不够长了，只得慷慨的干事解下裤腰带结上，影响到布幔的扯拉不能顺手，没有法，扯到结扣的中间，另外一个人用竹竿挑动。为这根竹竿，特意派遣三个学生跋涉三里的路程到会上借，这个学生，他恐怕耽误看大变老虎，哭丧着脸不愿意服从这个职责，校长过来对他一瞪眼珠，他才迟迟的跑去了。

观众整整等了一上午，都焦急了，不耐烦起来。老太婆在硬板凳上工夫长了，觉得腰骨酸痛，"宣传委员"对大家声明道：

"这就开始了，请大家再稍稍等一会儿！"宣传委员说了好几次"再稍稍等一会儿"，大家都有点不信他了，庄稼凳动了性子，咒诅着，说他是骗子，最后的一次，他高声叫道："现在就要开始，请大家入席吧，不过因为座位少，来的人多，年轻人和学生不得入座，在后面站着看！"像一窝蜂子似的，黑压压的往会场拥挤，三个教室打开板壁构成的会堂，人是挤满了，小孩子被撞倒，破声哭嚎，老人被拥挤发出的呻吟，年轻姑娘媳妇被手指扭了屁股的大骂，埋怨、笑声、呼闹，混合成了惊天动地的狂潮，把房盖震得咯咯叫响，站在外面，不得其门而入的人很多，确是热闹非凡。

铜铃格啷格啷的响起来，一个人在后台使力拉开白布幔，他用力过猛把铁丝拉断了，一阵鼓掌就如雷鸣，几个人跑出来，七手八脚好不容易又结好，再慢慢一拉，布幔被平安的移到一旁。拉布幔的被邹成哲打了巴掌，骂他是废物，他要辞职不干，大家劝解一番，才点头表示做下去。后台的风琴响了，奏着国歌的起头，村公会长从台前的位上立起，说：

"请大家立正，合唱国歌！"只有学生东零西散的在夹杂的群众间发出一些奇怪腔调，七高八低，音拍不齐，就如深夜的猫头鹰叫，唱完，又坐下，会长登台，风琴停止，他开口说道：

"今天——是同乐会，同乐会就是大家共乐的意思，起先，我真想不到来这些人，可知大家对于共同的'同'字的关心，也可以说，大家的团体观念很重，我们是很高兴的。因为时间晚了，我不能多说话，现在请邹成哲君，把关于今天的会务，概略对大家介绍，希望大家欢喜鼓舞的在这里乐一天……"

不消说在他一鞠躬之后是不约而同的鼓掌，邹成哲出来了，全场立刻静默，他把手里卷成一圆筒的纸张打开一瞥，说道：

"第一场是新剧，叫《发财还家》分两幕，剧中的情节极简单，大家一看就可以明了非常有趣而且极有意思；第二场是音乐，风琴、口琴、打琴、胡琴，四种音乐合奏，奏的是《梅花三弄》，大家好好听吧，好听得很！第三场是讲故事，讲一段可悲可笑可赞可叹的故事；第四场是新剧，叫《赌钱鬼卖妻》；第五场是独唱，唱《十八岁大姑娘相丈夫》，胡琴伴奏；第六场是讲演，题目是《随便乱谈》；第七场是三人合唱《春天的快乐》《月明之夜》，风琴、口琴、胡琴、打琴，四种乐器，再加上铃铛伴奏；第八场是双簧；第九场是《谈谈本村几位名人》；第十场没有了。至于各场的出演人员，大家一看就知道，我勿须说明，不过我要说两句以外的话。

"新剧在我们乡间，今天是有史以来初次，大家看惯了《铁公鸡》《马寡妇开店》之类的旧剧，从来不曾看过新剧，实在是件憾事！要问新旧剧谁好谁坏？就像问牛车和火车谁好谁坏一样！旧剧比方牛车，在现在的世界上不大受欢迎了。新剧比方火车，我们一时一刻不能与它分离，它有左右人类思想的能力，是文化传达的邮差，好处无限，影响我们向新，固然求之不得。影响我们向旧，一定是要排除的，一斤新的猪肉和陈腐的腥臭的狗肉，我想大家一定取新而弃旧。今天我们贡献在大家面前的，便是新的猪而不是陈腐的狗肉，不过演出的一定太幼稚，这也是设备缺乏，训练不足，没有人才和种种原因，希望大家原谅……"

他的演说完了，大家又是一阵鼓掌，鼓掌比先头响动得多。然而大家都奇怪了，明明说是特从外国请来一位魔术师大变老虎，还有七个脑袋的白蛇唱，怎么没有呢？莫非撒谎吗？失望的灰色空气布满了整个屋子，不过兴致并没有完全消失。

幕幔闭后，从幔下的空处看见许多只脚在大肆活动，运搬桌子凳子的声音可听清楚，铃响了，全场的吵嚷立刻变为静寂。

一张教室里的长方桌摆在台中央，刘老四打扮的老太婆，穿一件破旧的衣裙，头上扣着假发，脸上抹了些黑灰，一看就知道是个穷人，她正在补着一件破衣，台上放一盏半支蜡烛，点着。首座伏一个十五六岁的少年，衣服极破旧，一心一意在读一本旧书，那是杨秃子扮的，他的家本是穷寒，又是个极用功的优等学生，这个角色，正合他的身份。他演得也很逼真，后面的布景，画一扇窗，窗纸破几个窟窿，月亮在树梢头暗淡的挂在黑漆漆的半空，后台轻轻的碎锣敲三下，表示打更，少年悲哀的对老婆婆说：

"妈，你睡觉去吧，天不早啦！""我一点也不困，孩子，要不然我们一起去睡吧，你不要累坏了。"砰！砰！砰！这是谁跺地板表示敲门，同时在后台有一人喊道："开门啦，屋里可有人？"喊声很嘎响，而且不自然。母亲答应："你是谁呀？"儿子放下书来，对母亲说："一定是要米账的那个小子。"

母亲忧虑的立起，走到台侧，做开门状，进来的是会上书记张本义，他扮演米店外柜，青布大褂，瓜皮帽，鼻下留个小须，一走上台，就厉声叫道：

"为什么欠账还不清呢？我不只跑了三两次啦，今天不现给一定是不能成的……"

观众中一个汉子自言自语的说道。

（原文缺失）

饰母亲的是教员李先生，头发全白，拄着拐杖，坐在窗前乘凉。饰十年前少年的为邹成哲，他戴着行旅帽，提着包袱，手里握一支杖，浅蓝色长衫，灰尘沾满了。他急急走到台前，向里望了望，同时母亲听脚步声，也回头查看，抚着额，挤着眼皮，看不出来人是谁。儿子前进几步，把帽子摘下，手杖包袱全置于桌头，跑过去，握住母亲的两手，半天才开口说话：

"母亲！你不认得你的儿子？""呀！孩子！果真你回来了？你……"母亲掉落拐杖，抱着儿子的胸，哭起来！儿子也哭，哭了半天，母亲

一面哭一面叨念着："想不到你……能有……回来的一天，这十年的光阴，母亲的心碎了！"

儿子："我回来了，母亲！求你别伤心了！"母亲拭泪，儿子替她拾起拐杖，过去解开包袱，拿出蛋糕，问道："母亲！你饿吗？"母亲："我不饿！孩子！亏是你年年寄几个钱来家，不然母亲绝活不到如今。"

儿子："我走饿了，让我吃一点罢！"母亲："你吃罢，我去给你烧点水。"儿子："不用，母亲，等我吃完了自己去烧……"

母亲："那么你一面吃一面讲些这十年来，在外面做了些什么事给母亲听听罢！"

儿子："好！"他吃了几口，说道：

"离家的那年，我在外面做工，后来遇见一个财主，他收留了我，看我诚实殷勤，能耐苦，就供我念书，我一边读书一边帮他整理商店的事，进了中学又考大学，在大学的文科，去年我就卒业了。整整的这一年，我写了一年诗，投到报上或杂志上发表，收些稿费，我没有发财，或者就是我包袱里的那本诗集便算我的事业罢！"

他从包袱里翻出一本书，拿给母亲看，母亲翻一翻叹道："孩子！我的眼睛花了，看不见这上面写的什么！"儿子："我念给你听吧！"母亲："你多多写吧，这就是发财，可是你不要顾虑发财，多多的做些事便是发财了！"母亲和儿子都微笑了，在后台假装在屋外有儿童歌声，唱道：发财还家，拿些何物，劳累的心血和苦学的结晶，啊！这结晶，是人类伟大的使命！伟大的使命！

——幕终——鼓掌又起了，第二场的音乐是教员郑先生弹风琴，其余都是会上的小伙子，第三场的讲故事，仍是邹成哲出台，没有布景和设备，他只站在台上，讲道：

"距今两千年前，在深山里住着一个老兔子，她生了七个女儿，第一个女儿名叫石，第二叫海，第三叫树，第四叫草，第五叫云，第六叫山，第七叫雪。这七个女儿都是生成的聪明伶俐，粉白的面庞，粉白的身体，而且很强壮，她们居在深山，没有谁欺负，自由的过活。住几年，石在外面结识了一个很英俊的男友，时常伴他到各处散步、游戏。母亲知道了，大发雷霆，把她打一顿，禁止她出外。她很伤心的在穴里哭泣，思慕那难得的友伴，可怜的好友——她那知心知己，常徘徊在她们穴前，盼望她出去和他谈话，总是失望，有时他在穴外从早徘徊至黄昏，才寞寞的去了。她在穴里急得如热锅里的蚂蚁，想不出好办法，她的妹妹海看着这件不幸，很觉不忍，决心帮姐姐的忙。一天石的友伴照旧又来到穴前，郁郁的低声歌唱，海毅然的走出，把他叫到一旁，暗暗的告诉他姐姐在穴里的情形，时时不忘他，为渴想他，常在深夜悲哭，劝他不必忧愁，迟早必有到一块的一天，这样他俩熟悉了，海代替了姐姐的位置，其实海自己也不知道，她的目的不过为姐姐尽点责任。

他误会了，看海像石似的一般亲密，海禁不住把姐姐忘了，和他成好友，母亲知道，大哭一番，加倍的责打，禁止海外出，姐妹俩同病相怜，全囚在寂寞的穴中，天天哭着，想着同一个友伴，第三个女儿树，忍耐不下去了，她像海似的为她两个姐姐出力，认识了时常在穴外徘徊者做伴旅，母亲又知道了，骂她打她囚禁她，而且严厉的加倍。

老兔子很愚蠢，她不知道第四个女儿草也步了三位姐姐的后尘，石因为伤心过度，一病不起，终于凄惨的病死了。当她被埋葬的时候，他的良友远远的跑在山头，默默的流泪祈祷，草的行动也被母亲得知了，不消说又是重演前次的戏文，骂她打她，囚禁她，这时第二个女儿海，和姐姐一样，病倒了，病死了，当她的尸身埋葬时，在山头仍有个哭泣默祷的姿影。

老兔子的传统观念太深，屡次为这事动怒，气得大病一场，好容易痊愈，谁知第五个女儿云，又跑出去模仿姐姐们的志愿去了，又被母亲探悉，把她打个死去活来，树病死了，接着又是草也病死了！云受伤过重，原因几位姐姐相继病死，过分的悲哀，也死去了，母亲一次一次受这些打击，而且年老体弱不幸也死了，葬她尸身的是第七个女儿雪，和她几位姐姐的知己，他俩埋葬了老兔子之后，就携手远去，决意让后辈自己释放，所以后世的兔子的结合，完全不受任何拘束。”

“哈哈哈哈……”“啪啪啪啪……”

嬉笑鼓掌震得人耳聋，把睡熟的老太太们惊醒了，疲乏的打着哈欠，唾液由嘴里流出。

《赌钱鬼卖妻》上场了。台上置一方桌，四面围一群赌徒，各个挽袖露臂在摸牌九，三麻子在正位，歪戴着破礼帽，吸着纸烟，领扣全解开着，活像个流氓，他把钱都输光了，大家要剥他的衣裳，他斩金截铁的声音道：

“如果谁……如果谁赢了我全部财产，我情愿把老婆也还债。”于是大家全三百五百押他的牌九，他的房子地全都输掉了，当场交还契约，但他不甘心，说道：“你们稍等一会儿，我回家把老婆拖来，谁赢了就领去罢。”全体赞成，他跑去了，一个光棍拿出一张纸，另一个在上头写字，说是赢了他的老婆，马上逼他画手押，否则他事后不承认。一阵哭叫声后台传出，刘五扮的女子，头戴鲜花，身穿花衣，大红鞋，三麻子两手拖她的腰走出，她极力挣扎不去，三麻子狠狠的踢她两脚，她痛极了，一拳打倒三麻子，骂道：

“你这个该死的，这是演戏，怎么真踢？”观众笑得捧腹，邹成哲急忙跑出，对大家发表道：“这种有气力的女人本是有的，大家别见怪！”又把三麻子拖起，推他俩继续表演，刘五很不高兴。勉勉强强装着，三麻子把她拖到桌子后面，开始大赌，把老婆输了，赢他老婆的是赵二虎，他逼三麻子画了押，拖过女人的手温柔的对她说道：“从今以后我就是你丈夫，你就是我老婆了！哈哈！”

“我应该怎样说？”刘五问他。“你哭呀！你就说不愿跟我呀！”他说道：“你哭呀！你就说不愿跟我呀！”台下连三岁小孩子都笑了起来，邹成哲急得直跺足，诅咒着：“这些傻子，畜生！”

“快拉幔啦！快拉！”邹成哲又跑出来推一拳，又急忙跑回去。拉幔的只顾笑，忘记了工作。几个演员明星不知如何表演，三麻子哭道：“我的妈呀！我的老婆没有了！我怎么活下去呀！我的妈！”邹成哲提醒刘五：“快躺下打滚！哭！”刘五躺下，问道：“这样吗？”邹成哲从后台露出一只头，诅咒着："快拉布幔！算完罢！"这时会上的年轻办事员范喜来的母亲在台下呼道："不准躺下！爬破我的衣服！小鬼！"范喜来急忙从后台跑上台对他母亲说："妈！不要紧！"独唱演员无论如何不肯出场，只得取消，《随便乱谈》也没有了，因为时间不早，《春天的快乐》《月明之夜》《双簧》都取消。《谈谈本村的几位名人》实施了，出场的是金广明。

他坐在椅上，客气着道歉，说自己的观察不免许多错误，务请被谈的人不要生气才好云云。

大家都很兴奋，猜测着他要谈谁，他点一点头说："第一个要讲的是冯真的老婆！"大家都把视线在场中搜索，在角落里，发现了冯真，他的老婆是坐在女宾席的后排，听说要讲她，大大的着了慌，站起来尖着嗓音指着金广明说："你敢！你说！"

村公会长立起，对大家宣言道："今天是同乐会，谁也不许在台下胡闹！"她脸红红的不语，忽然走出去了，但门口挤得风雨不透，她挤不出去，

只得仍旧回来。她的座位被别人抢着占领，怒火不禁上升，质问占领她座位的说："这是我的地方啊！"

"你不是走了吗？这又不是你家的……"招待员过去劝说，台上的幕幔这时拉开了，邹成哲出来说："时间不早了，散会！对不住大家！请原谅……"嗷嗷叫喊的声浪，又鼎沸了，门挤住，不能交通，把窗户打开往外跳，学校的院子里人山人海，都往回走，忽然一声叫骂，在教员室门前起了，大家全围上去看热闹，只听得一个骂道：

"金广明！你妈的，你为什么讲我的坏话。在全村人面前，你……"接着是互相的揪打。邹成哲在"化妆处"对在招待的女教员道歉说："实在劳驾！先生！我是失败了！请别见笑！""没有的话，你办得很好，佩服得五体投地……"一个人弹着风琴张动着大嘴唱道："唉呀！不好了！女儿不见了！……"

无　聊

　　他在小屋内闷坐中，无聊得很！几本破书堆在桌上，快翻碎了，书皮已经破得字都看不出来，不知是些什么书，看他苦恼的情形，一定是在悲哀着自己的孤苦伶仃，那几本书上必写着：我的命好苦呀！我的环境不良呀！我的前途艰难呀！如果不是写的这些，也跑不出苦恼烦闷、忧伤的范围，不然他不至于这么缺乏生趣吧？

　　他看一看屋顶，那屋顶是变成了黑色的石灰，黑的圆圈和复杂得没有系统的图案，好像谁特意涂在上面的。他又看一看门，那门静静的关着，是半洋式的玻璃门，玻璃镜上糊着报纸，纸已经又枯槁又憔悴了，墙壁、铁钉上悬挂着衣服帽子，床上乱堆着的行李，床下没有秩序的摆着的鞋只，简直没有一件东西使他看了会高兴的，他踱到窗前，把鼻尖紧贴着玻璃，眼珠上翻，直直的望着青空的白云，蔚蓝色的苍天，屋顶上摇摇摆摆的树梢，但都不能提起他的精神。他急急地在屋中转圈，转了一圈又一圈，转了一圈又一圈，不知转了多少个圈，他微微的笑了，觉得自己也太滑稽，成了畸形的人物。他又坐在床边，低头深思起来，像电影似的闭着眼皮，闭了半天，他忽然跳了起，向四面看看，屋子里的东西他天天看，早就看熟了，他觉得没有再细看的价值，便扣上帽子跑出去了，门关得很响。

　　外面的寂寞是嘈杂的，不同屋子里，他顺着胡同慢慢走去，卖杏仁茶的老头一看他出来，以为是主顾到了，表现着欢迎的很，看他默默的走过去了，才知道所想的谬错，便送他个憎恨的神气。他走了一程，到转弯的角落，他毫不踌躇的转过去，一只黑狗正在那里低头寻食物，被突如的吓一大惊，拔腿就跑了，并且回头狠狠的瞥他一眼，这一瞥把他瞥恼了，他提起长衫果敢的追去，那狗听见后面急骤的步子，头也不回，加快速度，一股劲跑没有了，他一看失掉了踪迹，很失望的停止追击，半天挪一步，十分疲乏的样子，喘息着，又吹起口笛。一个小学生走过来了，他对那小学生缩一缩鼻子，挤挤怪眼，把那小学生引得大笑，他也笑起，走过很远，他回头望望，看那小学生仍站在那里，目送着他，看他一回头，立刻转身走了。

他转弯抹角走出狭窄的几条胡同，往高坡上走去，坡是相当的高，他想试一试自己的气力，鼓起勇气，弯腰缩背往上跑，两条腿迅速的移动，臂摆着，终于跑上去了。从后面看，他越跑身体越渐小，到了顶上，他累得满面紫红，像下锅半天的螃蟹，气力全用尽了，实在再搬不出能力，一屁股坐在石上。面前展开的是广阔无边的景致，翠绿色的大海，浮着无数只帆船，在夕阳的淡照里，悠然的向西移动，海面被夕阳映射着，放出灿烂夺目的金光，风一点也没有。岸上有几个穿洋服的在散步，可以看出他们是互相牵着手，好像唱着歌。

他的无聊消灭了一些，站起伸伸懒腰，打个喷嚏，踱下高坡，打算往回走了。

夕阳快落下去了，房顶只一半照着黄色的阳光，再抬头一看，半截阳光也消灭了，黄昏的大幕慢慢拉下。他在街上走了半点钟，不知回去好还是上别处走走好，肚子里咕噜一阵，一辆自转车从他身旁擦过，险些碰着他，他咒诅道：

"你个该死的王八！"骑车的人不曾听见，摇头摆尾，洋洋得意的跑去。又一辆汽车飞来，

他头不抬眼不睁的让它过去了，又一辆马车，接着又是一辆，第三辆，排一长列，都坐着人，大概是刚下火车的。

"唉！好寂寞！无聊得要死！"他对着将黑的天空一声大叹。

（《泰东日报·零碎集之五》，署名：慈灯）

无形的网

一个小火轮船把我拖到岸上，这样！我就到了要来的地方了！我在嘈杂的人中钻来钻去，很疲乏的迈着腿，很客气的打听着，好容易找到一家使我非常欢喜的旅馆。立刻，我就把小包放在柜台前面的长凳上，同时，一个坐在账桌上正在写字的面色苍白的人立起问：

"找房间么？""不……有位徐先生，他住这里没有？""贵姓？"

"徐！"他手指间夹着笔，搔搔头皮，转过身去掀开门帘。

走出一个身躯胖胖的人，他一眼便看见了我，惊愕的瞪着眼睛："喂！你怎么来的？今天到的么？"

"刚才下船。""行李呢？""没有行李。"

他让我到一个收拾得很干净的小屋内坐下，问东问西，问长问短，我一一的答他，默默的垂着头。想哭，但是没有眼泪，这个人是我的姐夫，他告诉我此地的状况和风俗人情，他最后说：街面比往年萧条得多，找职业很难，目前的办法，先在这里住些日子，托托人，介绍介绍，慢慢的设设法看。

"什么？你这兔羔子！给了你这些还嫌少？不要拉倒！一个不给你，随你便……"

门外有人大声嚷，我们出去一看，原来是一个穿白色长衫的人和洋车夫吵嘴，洋车夫嫌他给钱太少，伸手讨要。他满脸大汗，不住的喘气，憔悴的黑色的面孔中间有一个高高的鼻子，脚背上绑着麻绳，那是为了使他的鞋"跟脚"起见这么办的。穿长衫的人满不理会他那可怜的样子，咒骂了几句，提着衣襟进了旅馆，姐夫很客气的和他点头，洋车夫在毒热的太阳下，立在石阶上，愁苦的愤愤的看着掌内几个铜板。

我在一间很大的通房里的一端占了一个位置，晚上我就在后院的厨房吃饭。

伙计很多，他们一群人，像一群绿头苍蝇一样，一面吃着一面嗡嗡的谈话。

他们用异样的眼睛来看我，好像一群野犬对一只完全陌生的犬，想跳过来把我咬倒，但是我亲切的摇摆着尾巴，他们和气了。一个尖下巴伙计告诉我饭碗和筷子的位置，指示我自己过去拿。

我第一个认识了写账的段先生，他是十分和蔼的人，他的眼睛像女人似的放着温柔的光，两只手很清瘦，手指又细又长，显露着青紫的筋骨，他写起字来把脑袋极力的倾着，他的眼睛好像有点近视。

"老弟，在什么地方做事？"当我告诉他，我是个没有职业的人，到此地来的目的后，他才明白，点着头，同情的呼吸着，把他的笔在砚台上一下一下拍着，轻轻的翻着账帘。有几个带着盒子炮的警察来（查店）问了我半点钟，并且上上下下的端详我，认为我是"安分守己"的好人，没有把我带到局子去。我呢，心地坦坦白白，什么也不怕，因为我确实是像世界上大多数的老实人一样，规规矩矩，我还什么都不懂呀！

这是真的，这时候我什么也不想，东奔西跑，只为了三件事，职业，钱，读书。

睡不着觉，我就打开包袱，在两件短褂里面有几册"文艺名著"，这是我从很远的地方带来的。我打开书，就忘记了一切的忧愁，我很蠢笨的嚼着一个一个会使我兴奋的铅字，一行一行的嚼，一页一页……

找职业好像在人烟稠密的大街上找黄金一样的难！待了几天，我很无聊，跑到江边看风景。好多帆船，拥挤着停在江边，赤胸露腿的人们在船头上蹲着做饭，小贩叫喊着做生意，我看见一艘舢板上，在布棚下面躺着一个人，拿一本书在哼哼呀呀的大声念，我想知道他念些什么，走到距他很近的沙滩蹲着。"正月里来正月正，我领小妹妹逛花灯，逛灯是假意呀！妹妹……"他的嗓子粗哑，颤抖着，一点不好听。我在一个杂耍场有两个姑娘张着嘴唱小曲的地方坐下了。不到两分钟，小曲唱完，一个捆着花腰带的大汉过来和我要钱。"没有！"

"没有？嗯？人家不是白唱给你听的呀！"

"我刚才来……"

"谁说的？我明明看见你在这坐一天了！一角钱，快点，不必找麻烦！"

我掏出一角钱给他，无奈的离开。以后，我再也不敢到这可怕的地方来了。贪婪的人，生性粗暴的人，做着敲竹杠买卖，甚至害人的，我看见许多了，而这一次，我却上了当。袋里只有七角钱，无端的刨去还没有代价的一角，待着吃饭，待久了是不行的，我接到在前柜帮助段先生写账的命令。

旅馆的房间是用号码叫着，几号拿去一床被或两床褥子，几月几日几号的老客借柜上多少车钱？这些琐碎的账目归我记载。有时候，新到了旅客，我帮助从车上搬下东西，送到后院，交给那些茶房。

我是旅馆职员之一了。到厨房吃饭，我可以随便坐在什么地方，用不着畏首畏尾的客气，看人家的眼色。伙计们——连段先生在内——都不知道我是经理的亲戚，如果知道，或许会对我恭敬些吧？但是我不愿叫他们知道，因为我觉得羞耻，这样是很好的。

有个十七岁的茶房，是个很美貌很聪明的孩子，因为和我的年龄相仿，所以和我格外要好。他告诉我许多我以为"稀奇"，而他则以为没什么的事情，以后，我便注意到这层。

那些年轻的男女原来不是夫妻，他们出出进进很像夫妻呢？我自觉知道的事情很不少了，我有时候很骄傲，因为是读了几页书啊！

我知道能开走汽车的并不是汽车夫，乃是机械。汽车夫不过是能开车汽车的一小部分。然而那些冒牌夫妻我却看不出来。那些打扮入时的女子，我对她们是很尊敬的，十七岁的茶房对我这种少见识的态度大加嘲笑。他说：尊敬用不着，唾弃是正确的。

更有件事，叫我伸了半天舌头，也是茶房告诉我的。在这旅馆的各个房间里，几乎和神话世界一样，有许多秘密我不知道的。

这叫我特别的觉悟，现实世界是一本最丰富最真实的书，不过书还是书，不能因此便减低了书的价值。我是看书的人，从前，书是世界所造的，而将来我相信书是要造成宇宙了。

新的职务加在我身上了，职务给我很大的兴趣。每天有几个伙计专门到车站去"接客"，他们的臂上担着臂章，那上面写着旅馆的名字，当我的臂上也有了这个记号的时候，我感到，我在繁杂的人类中生有着落，似乎有了一些保障。

连我是四个人，我们步行到车站去，在嚣嚣嚷嚷的待客里坐着，等过来的火车，在这时候，我可以看见各形各色的人，在我周边旋转。

男的、女的、老的、少的，表现着各种不同的面孔，他们像恍惚影子一样，在我面前一闪，我便不复记忆了，正如他们不记忆我一样。

车一进站，我们便到收票处的栏杆外面，眼看那些下车的人在呼喊着我们旅馆的名字，同时也有许多"同行"列在我们一排叫喊着。

抓到主顾，便请他们上马车，拖回旅馆，这好像"叫人忘忧的人"拉客的情形一样。

"穿巷"的姑娘，随着"拉胡琴"或者"弹弦"的人。到晚上，有许许多多到旅馆来廉价娱乐的客人。琴师坐在房间的外面，拉着胡琴或弹弦，姑娘在屋内"笑眯眯"的唱。"唉唉哟！唉唉哟！"

有的把一面小鼓敲得清脆的响，客人除了听唱之外，还有随便"动手动脚"的"权利"。

自私的欢乐的嬉笑，无聊的单调的胡琴，弦、皮鼓，装作的淫荡的歌唱，客人呼喊茶房，电铃，各种声音嘈杂闹成一片。而我，三号被一条，七号裤子一条……

饭馆送外卖的小伙计，自朝至晚，跑来跑去，提着木盒，污秽的脸儿，肮脏的手，无表情眼睛，他们都在制服着感情。这些人，他们所以弹，所以唱，所以嬉笑，所以提着盒，所以哭、所以笑，完全是"无形的网"，而且是丝的网套着他们。他们的灵魂是在这网下面晃来晃去，而他们自己并不知道这面无形的网。即使聪明一些的，能够知道，能够了解，也无可如何，像停泊在江边的帆船的桅杆尖顶的小旗，受着风的吹拂着摇摇摆摆一样，而己身，没有把握！

我认识一个当营长的弟弟的年轻人，他是个性格豪爽，体格健壮的家伙，有一个四方形的脸盘，一个像蛤蟆嘴似的嘴，说起话来嘴显得特别大。

他找他的哥哥，想谋点差事，没有顺便的船，所以在旅馆里住了许多天。他的智识比我强不多，一瓶不满半瓶晃荡，好像无所不知似的，其实没有一件事情彻底。然而我却喜欢他，因为我没有朋友的缘故，正如那些明明知道她并不爱惜的男子却嫁了这个男子的女性，是因为年龄等不得。或者别的道理那样吧！

"找我哥哥去，我想总会谋点差事，你看，我能不能去当个军官？我很愿意当军官。"

他得意的说明他的志愿，我静静的听着，拾了一个石子，抛到江里去。"当军官，好像有些危险，时常去打仗，但是我想，没有点危险性的事业是干燥无味的，莫非说，你永久蹲在旅馆里，不想到别处去试试么？""到别处试试，怎么试？"

"一块去吧，你愿意不？"

"现在，我想先住几天看，我不是什么地方也没去过啊！比方目前，我竟然在这江边散步。"

"你如果到我哥哥那里去，他一定喜欢你。"我又拾了一个石子往江里抛。住了几天，他走了。过了三年，有一天我在火车上碰见了他，他简直不认识我了！

旅馆的营业有时很不好，而这时，伙计们自然无事可做，跑车站几个人，甚至连臂章都用不着从袋里面掏出来，到了相当时间，只跑到车站看一看就算了事。

姐夫叫我到他的面前，和我商量一个茶房辞职了，问我愿不愿意做。"愿意，这没有什么。"

"干几天看看，你如果不能干再说。"

"能干！"

我还不知道，一个人如果能干各种"低贱"的事是有好处的，我所以要干，不过为博和我商量的人欢心，如果我有别的事做，我绝不干这种事。

茶房事业，不像学习创作，是很简单的，一学就会，其实我也并没有学，拿起就干了。

打扫屋子，侍候客人，两条腿不停的跑，一个公司经理的阔太太说我不像个茶房，我在外面清楚的听见那位经理对他的夫人说：

"这种青年人是做什么的，有些可惜……"

"有些……"什么，我可没有听见，大概是"有些可怜！"可怜的人并不是我，是那些"无形的网"都不懂的人，有了时间，我就拼命的读书，一本书我读了三遍以上还不理解，蠢笨得真可以。有一天，我倒一些尘土在一个墙角地方看见墙角拉着一个丝网，网中间趴住一个黑色的肥胖的蜘蛛，这正是和我感到的无形的网的形状相同。铁簸箕的尘土倒了，轻快了不少，但是我的心沉重了！

（署名：慈灯）

夏日的河边

　　一群金色的鲫鱼摇摆着尾巴在树梢上停住了，一共七条，他们之中有一条最大的，那是首领，他走到哪里，其余的必紧紧的尾随着游去，他停止了，其余的便不走，真是奇怪的事情啊！他有什么力量统帅那些鱼呢？他用怎样的指挥方法？一只小鸟飞进水里来了！正好落在鲫鱼群集的树梢，鲫鱼受了惊，首领先离去，其余的也急急的窜走了，他们的姿影消失在深渊的水中，沉下去，渐渐缩小，终于不见了！我回头仰望，那只鸟，完全是很普通的鸟，它啾啾叫着，左右摇脖颈，舐着胸，四面望望，又一只小鸟飞来了，站在他的身旁，活泼的和他谈话，水中的树梢又增加了一只鸟影。鲫鱼又出现了，他们排着整齐的队伍，从东向西游来，态度十分清闲、安乐，一条半大的停住了，离开群众在找些什么，想到走远的队伍，匆匆的追去了，我在他的头前猛然投一块小石子儿，他向左一闪，仍直向前进，追上他的队伍。这时水中又加两只鸟影，合唱着，商量些什么事，一只向南面的柳树上飞去，其余的三只随后也飞去了，齐齐飞到柳树梢，消失在柳叶浓密的深处。树枝上寂静了，悄无声息，微风吹来，轻轻晃动，水面发生波纹像大海的浪花，一波一波滚去，我盼望鲫鱼再来，但失望得很，等了多时，总不见他们的影子，我仰面躺下想睡。

　　温柔的细沙如暖烘烘的眠床，阴深的树影把炎热的太阳遮住，在我的身上太阳完全推动了权威，他一点能力没有了，我愿意睡，可以睡至傍晚，不过我不困乏，不想睡只是躺着发懒。悠悠的蝉鸣在头上开始，轻轻地、慢慢地，试验他的琴弦，少停，又试，接着唱个起头，连续不断的唱起来了。他的歌调是悲哀，一种不满的愤激，但是转过几拍，沉入平静，像是长篇陈叙，说明他流浪的短短的一生的生命，到处经历着欺骗、残害，没有同情和帮助，狠心的螳螂的阴谋，自私自利的麻雀的不诚意，他怒了，暴吼用着□□□□□□□□□□□极大提高超亮的尖嗓，他哭了！连哭带唱并且弹琴，辛苦的奔放着他天才的诗人之情，音拍达至不能再高的程度，很迅速很自然的中止，而且飞去了。他飞走的时候是多么慌忙，我抬头观察他的去处，他在转弯抹角，飞行的航线一点不规则，钻进柳树叶中去了，我不禁一惊！站起静听消息，果然！悲哀的事实实现了，一阵大吵大闹从柳树梢传出，接着是挣扎，哭嚎，求救的呻吟，悲愤的呐喊，但都不济事，一只鸟飞去，他随着鸟哭泣着一道飞去，远远的杨树林中去了，听得最后的难过的余音，唉！一个没有团结的蝉的不幸的结局。

时间大概是不早了，农夫荷锄走过，到他们田里去锄草。一个牧童摇着鞭子，当他的鞭子在半空一划，猛力一抽，立刻清脆的"啪！"响一声，在他面前的三只黄色的老牛，很习惯的迈着方步，尾巴左右晃动，敲打屁股上的马蜂，栽栽乎乎走到河边，探头饮清水，牧童赤着腿肚，紫红的筋肉凸出，他弯腰在沙滩上撰一块薄薄的石片，很巧妙的顺水面一抛，那石子像一架水上飞机，顺水面飞去，点点的翻着白花，石片飞过彼岸，疲乏的落下去了。

老牛喝饱了水，走了，牧童摇着鞭也走了。我也要走了，我是无事可做的逼迫着成了的一个小悠闲阶级。

（《泰东日报·零碎集之三》，署名：慈灯）

蝴蝶诗人

春天的风，好像从仙女的嘴里喷出来的香气，说不出的温柔，说不出的甜蜜。

再这样美妙的风里的蝴蝶诗人，懒洋洋的闪动着美丽翅膀，在颜色鲜艳的花园里快活的飞来飞去。

蝴蝶诗人的名声很大，花园里所有的花都知道他，连小草、连大树、连草丛中蚂蚁大学的学生、连大树的繁密的枝叶里的小鸟教授们，差不多就可以说没有不知道蝴蝶是一个鼎鼎大名的诗人的。

诗人的蝴蝶先生在芬芳的花园里一面快活的飞着散心，一面在装满了学问的肚子里打着叙情的诗稿，打好了便掏出小手账写在纸页上，好好的保存着预备将来出诗集。

温和的风没有骄傲的阶级的眼光，无论什么地方，高尚的山、伟大的树林、自由的河川、劳动的大海，……凡是他能去的地方全去。

但是在百花盛开是花园里，甜蜜的风特别的高兴，他把鲜花的醉人的芳香吹散了，分送到各处。

花园里，牡丹花的旗袍的颜色最美，最鲜艳，别的花也都穿着五光十色，辉煌灿烂的衣衫。她们最欢迎蝴蝶诗人到花园里来，在她们的队里寻找诗歌的资料。有些花看见高贵的蝴蝶诗人，情不自禁的喊道：

"生物界的智慧！"

"他是宇宙间的大天才！"

"文化的结晶品，时代的宠儿……"

听见这些赞歌的蝴蝶诗人当然是非常快活的喽！

蝴蝶诗人很快活的落在一位夜来香小姐肩膀上，和她谈起天来：

"夜来香小姐，少见少见，你好么？"

"谢谢诗人先生，我很好，不知近来做了一些什么诗呢？"

"并没有做什么诗，只是各处闲逛而已……"

"别客气。"夜来香小姐用特别动人的嗓门说，"你一定是做了不少美妙动人的诗。"

蝴蝶诗人踌躇的想了一下：

"我只做了一首。"

"是什么诗呢？可不可以对我讲一讲……"

"那是一首歌颂我无时无刻不在想念的意中人的诗。"

"哦！那一定是一首美妙动人的诗，——但是，请问，你的一种人是谁？"

"我讲出来你不生气么？"

"我为什么要生气呀？"

"那么，好，让我直率的说吧，我的意中人就是你！"

夜来香小姐害羞的弯一弯腰，天真的笑了一下，拿出一个新鲜的绿草像小手巾似的遮住可爱的面孔，这么一来，更美，更动人了。我们的蝴蝶诗人快活得像个敏捷的风车似的，得意的闪动着翅膀，高兴的翻扬着雪白的肚皮，幸福的眼里放着格外幸福的光。

这时候，有两个从人类中才、生出来的活泼的小朋友到花园来游戏，他们看见了美好的蝴蝶，马上脱掉上身衣服，年纪较大的一个手灵眼快，他举起衣服一打就把蝴蝶打昏了！

"捕找了么？"

"是的，快来看哪，多么好的蝴蝶！"

两个小朋友乐不自禁的欢呼着、蹦着、跳着、唱着歌，兴高采烈的把蝴蝶拿回家去，用针刺穿了蝴蝶的脖子扎在墙上当玩物。

从这以后，夜来香小姐时常偷偷的流着泪，夜里流的明亮的泪水第二天还挂在柔嫩的颊边上。

别的花和小草，草丛中的蚂蚁大学生，大树和树里的小鸟教授们听说蝴蝶诗人的遭遇，都叹息着说，蝴蝶诗人的死太可惜了！

然而那温和的风却什么也不说，他照旧的，把花的香带到各处，到高尚的山、伟大的树林、自由的河川、劳动的大海……凡是他所能到的地方去。

蝴蝶诗人呢，他在墙上一声也不响。

索 引

以下内容为在各类文献中发现涉及杨慈灯（夏园）著作的转载、论文、研究、评论、回忆录、新闻编年史、党史、文学史、地方志等的有关记录。

目前发现在1931年至1984年曾经用以下名字和笔名出版的著作和刊登的各类文章：

杨慈灯、杨小先、小先、杨剑赤、杨剑慈、杨上尉、杨光天、杨思曾、赤灯、慈灯、磁灯、紫灯、耻灯、郝让先、夏园。

近年新出版的书目

《杨慈灯文集》上、中、下卷，辽宁人民出版社，2015年版。

《东北沦陷时期文学作品与史料编年集成》45卷，北京线装书局，2015年版。

"伪满时期文学作品丛书之四"《老总短篇集》十卷，2015年版。

已经查找到的原著

长篇：《一百个短篇》《入伍》《老总短篇集》《年轻人》

中篇：《月宫里的风波》《童话之夜》《说到哪里做到哪里》

尚未找到有出版记录的著作

长篇：《泛滥》《过河》《浅蓝色的乐园》《小人物的生平（童年）》《退伍》《穷小子漂流记》

中篇：《童话之晨》

发现有记录发表过作品的报刊

《泰东日报》《哈尔滨午报》《滨江日报》《大亚日报》《大同报》《滨辽日报》《盛京日报》《东北文学》《民主青年》《文艺杂话》《新满洲》《麒麟》《关东日报》《警声》《友谊》《新华月报》《中华月报》《大连日报》《平津晚报》《晋察冀日报》《老百姓日报》《鲁迅晚报》《人民日报》《三江报》《康德新闻》等。

由于年代已久，许多记录不能一一查到，目前查到的大多是在20世纪70年代以后出版的一些书目、报刊汇编、文学史、文学大系、文学词典、回忆文章、论文、历史记载书目索引中查出的。

部分文章载录

《东北儿童文学史》，辽宁少年儿童出版社，1995年12月版，第112页。

《东北现代文学大系》长篇小说卷（上）第六集，沈阳出版社，1996年12月版，"导言"第21页。

《东北现代文学大系》长篇小说卷（下）第六集，沈阳出版社，1996年12月版，第1209—1586页。

《入伍》（长篇小说），沈阳出版社，1996年12月版。

《东北现代文学大系》短篇小说卷（中）第三集，沈阳出版社，1996年12月版，第734—740页。

《劫》（短篇小说），沈阳出版社1996年12月版。

《东北现代文学大系》评论卷第一集，沈阳出版社，1996年12月版，第707—709页。

《东北现代文学大系》资料索引卷，沈阳出版社，1996年12月版，第94—867页。书中共收录一百多篇短篇、散文、评论、杂文、诗歌、戏剧。

《辽海文坛鉴识录》，当代世界出版社，2002年10月版，第32页。

《异态时空中的精神世界——伪满洲国文学研究》，华东师范大学出版社，2008年9月版，第36页。

《史述和史论——战时中国文学研究》，山东大学出版社，2005年6月版，第562—565页。

《难忘的岁月——察哈尔革命报纸史实录》，《未开放的蓓蕾》，光明日报出版社，1990年11月版，第157页。

《抗战时期沦陷区文学史》，台湾成文出版社有限公司，1980年5月版，第366页。

《中国抗战时期沦陷区文学史》，福建教育出版社，1995年7月版，第272—278页。

《东北现代文学史料》第三辑，辽宁社会科学院文学研究所，1981年版，第144—145页。书中共介绍32篇短篇小说。

《又见朱媞》（三），《芒种》2011年第10期，第78页。

《中国沦陷区文学大系》（史料卷），广西教育出版社，1998年12月版，第350页。

《中国沦陷区文学大系》（小说卷），广西教育出版社，1998年12月版，第1130—1135页。

《中国解放区文艺大辞典》，安徽文艺出版社，1992年5月版，第142页。

《中国现代文学词典》收录中篇小说《年轻人》，杨慈灯著，1943年7月长春开明图书公司出版；短篇小说集《一百个短篇》，杨慈灯著，1943年11月长春新京书店出版。

《中国解放区文学书系　散文杂文编》，重庆出版社，《阿Q再起》，第1465页；《也算杂感》，第1467页。

《吉林省志》（卷三十九）文化艺术志，吉林人民出版社，1993年8月版，第377页。

《红军在贵州的故事》，中国民间文艺出版社，1984年版，第114—322页。

姜德明著：《想起鲁迅晚报》，《新闻战线》1980年第4期，第32页。

金冶、陈思著：《鲁迅晚报出版始末》，《新闻战线》1982年第2期。

《天一阁》文丛一辑，宁波出版社，2004年12月版，第233页。

《中国新闻年鉴1991》，中国社会科学出版社1992年2月版，第540页。

《中国出版年鉴1989》，中国社会科学出版社1992年2月版，第16页。

《中国新文艺大系》（1937—1949）理论史料集，中国文联出版公司，1998年11月版。

《中国新文艺大系》（1937—1949）散文杂文集，中国文联出版公司，1998年11月版。

《文艺研究》2006年第4期，中国文联，第44页。

《北京文学史》，人民出版社，2010年3月版，第327页。

《北京历史文献要籍解题》，中国书店出版社，2010年9月版，第195页。

《中国文学史著版本概览》，辽宁大学出版社，1992年版，第261页。

《北京现代革命史》，中国人民大学出版社，1998年12月版，第181页。

《北京东城区文化文物志》，北京东城区文化文物局，2000年10月，第149页。

《中国共产党北京东城区历史大事记 1919—2000》华龄出版社，2006年8月版，第46—47页。

《北平地下党斗争史料》，北京出版社，1988年12月版，第157页。

《新华日报索引1946—1947年》，北京图书馆，1964年10月版，第125页。

《北京文化综览》，北京师范学院出版社，1990年7月版，第264页。

《李下斋文选 研究卷》，民族出版社，2006年7月版，第288页。

《子冈作品选》，新华出版社，1984年4月版，第201页。

《河北解放战争史》，解放军出版社，2002年3月版，第118页。

《解放战争时期北平第二条战线的文化斗争》，北京出版社，1998年1月版，第498页。

《中华民国史档案资料汇编》（第五辑.第三编.文化），凤凰出版社，1996年6月版，第255页。

《中国新闻事业编年史》（中册），福建人民出版社，2000年9月版，第1532、1534页。

《笔底波澜——百年中国言论史的一种读法》，广西师范大学出版社，2006 年 5 月版，第 247 页。

《新华社回忆录》，新华出版社，1991 年 10 月版，第 102 页。

《二十世纪中国文学史》（中册），高等教育出版社，2010 年 6 月版，第 375 页。

《辽宁文学精品大系新中国 60 年》（文学评论卷），辽宁人民出版社，2009 年 10 月版，第 27—29 页。

《中国现代文学总书目》（小说卷），知识产权出版社，2010 年 3 月版。

《中国抗战时期沦陷区文学史》，成文出版社，1980 年版，第 272 页。

《北京档案史料》，新华出版社，2000 年 12 月版，第 161 页。

《新闻研究资料》（总第 21 辑），中国社会科学出版社，1983 年 9 月版。

《新闻研究资料》（总第 39 辑），中国社会科学出版社，1987 年 9 月版，第 211 页。

《新闻研究资料》（总第 45 辑），中国社会科学出版社，1989 年 3 月版。

《新闻研究资料》（总第 53 辑），中国社会科学出版社，1991 年 8 月版。

《北京革命史简明词典》，北京出版社，1992 年 5 月版，第 386 页。

《中国新闻事业史教学参考资料、新民主主义革命时期》（下册），中国人民大学新闻系新闻事业史教研室，1996 年 6 月版，第 929 页。

《北京旧事》，学苑出版社，2000 年 6 月版，第 552 页。

《晋察冀日报》，群众出版社，1986 年 5 月版，第 201 页。

《枕书集》，上海人民出版社，1991 年 2 月版，第 30 页。

《期刊工作论著索引》（1901—1984），东北师范大学图书馆，第 84 页。

《中国的印刷术》，科学普及出版社，1987 年 6 月版，第 303 页。

《中国共产党历史报刊名录 1929—1949》，山东人民出版社，1991 年 12 月版，第 202 页。

《中国现代文学词典》（小说卷），广西人民出版社，1989 年 11 月版，第 329 页。

《世变缘常》，人民文学出版社，2002 年 3 月版，第 40 页。

《现代东北的文学世界》，春风文艺出版社，2007 年 12 月版，第 46 页。

《东北现代文学论文集》，辽宁大学出版社，1986年9月版，第6页。

《伪满军事》，吉林人民出版社，1993年12月版，第532页。

《〈晋察冀日报〉通讯全集》（1938—1948年），中央党史出版社，2012年1月版，第1065页。

《潮汐》，《大连日报丛书》（消息选），新华出版社，1994年9月版，第82页。

《帆影》，《大连日报丛书》（散文选），新华出版社，1995年3月版，第2页。

《东北沦陷时期图书书目》，吉林省图书馆藏。

《附录文学的前见研究》（附录二：伪满洲国时期部分出版机构及其出版的文艺类图书）

《东北现代文学年表》

《东北现代短篇小说》史论

《丰功》下

《中国现代文学研究丛刊》，2006年第4期。

《中国现代报史资料汇辑》，重庆出版社，1996年9月版，第691页。

《政治协商会议资料选编》，四川大学马列主义教研室中国党史教研室科研组，1979年版，第270页。

《上杭文史资料》（第一辑总第四辑），1984年版，第39页。

《我们在中国干了什么？》，《文萃》，第7页。

《北京志　出版志》第十二辑，北京出版社，2006年版，第691页。

《北京专史集成　北京文学史》，人民文学出版社，2010年3月版，第327页。

《中国新闻大系　1937—1949》（散文杂文集），中国文联出版公司，1996年6月版，第754页。

《作家与作品》，新华书店上海发行所编印，第172页。

有关杨慈灯的研究文章、评论和回忆文章

吕元明、岗田英树：《满洲国时代中国人作家的小说写作底层人的研究》。

子馀：读《月宫里的风波》，《中华月报》1944 年第 3 期，第 89—105 页。

张永利：《二十世纪四十年代沦陷区乡土小说的主题与意义》，《文艺研究》2006 年 7 月 9 日。

高翔：《红高粱土地上的耕耘——"现代东北文学大系"读后感》，《文化学刊》2009 年第 1 期。

谢淑玲：《东北文学研究的新景观——评高翔〈现代东北的文学世界〉》。

刘晓丽：《试论满洲国的"附和作品"》。

吕平：《从〈平津晚报〉〈老百姓日报〉到〈鲁迅晚报〉》。

《东北现代文学研究论文集》，辽宁大学出版社，1986 年 11 月版，第 6 页。

《文化学刊》，2009 年第 1 期。

《大事记》（解放战争时期北平第二条战线新闻出版方面斗争大事记），第 220—231 页。

《守望冷滩》（想起《鲁迅晚报》），第 132—138 页。

《汉语言文学研究》（杨慈灯：伪满洲国的现实之昼与童话之夜），2015 年第 2 期，第 108 页。

《社会科学辑刊》，1997 年第 1 期，《论东北沦陷时期的短篇小说》。

丁元元：《寻老父遗作寻到了个大作家》，《上海老年报》 2015 年 10 月 13 日。

宋韵声编著：《辽宁翻译文学史》，辽宁大学出版社，2016 年 3 月版。

《东北沦陷时期文学作品与史料编年集成》，"序"（初国卿），2015 年 10 月。

吴限：《国土虽被侵略，孩子不能沦陷——杨慈灯用童话抵抗日本奴

化教育》，《辽宁日报》2015年。

《被遗忘的伪满洲国文坛——杨慈灯创作谈》，《名作欣赏》，2015年第11期总第520期。